沐笙箫

上册

莫忘初心，许你朝夕 II

沐笙箫 作品

青岛出版社
QINGDAO PUBLISHING HOUSE

图书在版编目（CIP）数据

莫忘初心，许你朝夕. 2 / 沐笙箫著. -- 青岛：青
岛出版社，2018.1
ISBN 978-7-5552-5777-6

Ⅰ. ①莫… Ⅱ. ①沐… Ⅲ. ①长篇小说－中国－当代
Ⅳ. ①I247.5

中国版本图书馆CIP数据核字(2017)第178701号

书　　　名	莫忘初心，许你朝夕. 2	
著　　　者	沐笙箫	
出版发行	青岛出版社	
社　　　址	青岛市海尔路182号（266061）	
本社网址	http://www.qdpub.com	
邮购电话	010-85787680-8015　13335059110	
	0532-85814750（传真）　0532-68068026	
责任编辑	郭林祥	
责任校对	耿道川	
特约编辑	崔　悦	
装帧设计	樱　瑄　李红艳	
印　　　刷	北京海石通印刷有限公司	
出版日期	2018年1月第1版　　2018年1月第1次印刷	
开　　　本	32开（880mm×1230mm）	
印　　　张	15.5	
字　　　数	350千	
书　　　号	ISBN 978-7-5552-5777-6	
定　　　价	55.00元	

编校印装质量、盗版监督服务电话　4006532017　　0532-68068638
建议陈列类别：畅销·现代言情

目录 CONTENTS

目 录 _{CONTENTS}

Chapter 1
洛萧能碰你，我就不能?

在公寓休息了两天，莫南爵的腰本就没什么大碍，第三天也好得差不多了，早晨就出门去了公司。

童染给他做了早饭，将他送到楼下，莫南爵上了车，突然摇下窗户看向她："想要什么礼物?"

"……"她怔了下，"你要给我买礼物?"

"要什么，说。"

童染有些不好意思，除了那条项链，他还是第一次这样直接想要给她买礼物，她象征性地矜持了下："其实，我也没什么特别想要的……"

"哦，"莫南爵闻言却点了下头，"那我走了，晚上会早回来。"

"……"

童染还没反应过来，男人那辆布加迪威航就这么咻的一下开了出去。

这……这什么意思?

她说没什么特别想要的，他就干脆不买了?!

她愣愣地看着连跑车影子都看不见的前方，好半天才缓过神来，这男人到底是怎么开这么大公司的?!

回公寓换了套衣服，童染也出了门。

她不能每天在家无所事事，要找工作。

到附近的几个人才市场晃了一圈，她拿着南音钢琴系的毕业证，很快就找到了一家乐谱社。对方给的薪水算是中等，工作就是帮人作词和谱曲，并不需要每天来上班，只要按时交稿就行。

和对方谈好条件之后，童染从办公室出来已经是下午三点多了。

她向来不喜欢在外面吃饭，去超市买了点西红柿和乌冬面，想着自己回家做。

童染提着便利袋走进小区，一边走一边盘算着晚上莫南爵来了该怎么把他给赶出去。这男人一天到晚就动歪脑筋想着蒙混过关，她稍微心软下，他就能把她给抱上床。

他以前天天对她横眉竖目，现在这么轻易就想她答应？！

简直是做梦！

乘电梯上了楼，童染低头在包里翻着钥匙，面前突然多了一道黑影。她以为是自己挡着别人的路，便侧了下身，却不料那人还是没有动。

她下意识地皱起眉头："是你挡着我……"

看清面前是何人的一瞬间，她顿住了声音。

男人一身白色的西装，身形修长，英俊不凡，笑容温和："出去买菜了？"

"嗯，去找了份工作，"童染点点头，而后视线扫向四周，"洛大哥，你怎么会找到这里来？"

"我想找你，还不容易吗？"洛萧伸手接过她手里的便利袋，打开看了下，"饿坏了吧？以后别这么迟吃午饭。走，我给你煮面。"

说完，他转过身就朝最里面一间屋子走去。

童染站在原地没动，洛萧走了几步，回过头来看她："小染，你怎么了？"

童染咬着下唇，好半天才抬起头："洛大哥，我……"

"好了，有什么天大的事情，吃完饭再说，"洛萧走过来伸手环住她的肩，将她往门口带，"我都已经来了，你不打算请我进去坐坐？"

童染身体僵了下，想要推开他，可是洛萧完全不给她这个机会，他说着伸出另一只手就要去拿她手里紧攥的钥匙。

童染也知道自己不可能就这么让他走，抖了下肩膀，不着痕迹地挣开他的手，朝门口走去："洛大哥，我早上来不及收拾，家里很乱。"

家里。

这两个字，狠狠地刺激了洛萧的神经，他俊脸上的表情僵住，不过几秒便恢复了原来的温润，他笑着摇了下头："你以前的房间都是我帮你收拾的，我还不知道你吗？"

"……"

他一提到以前，童染就觉得自己的心猛地抽了几下，她急忙拎着便利袋走进去，换了拖鞋后朝厨房走去："洛大哥你先坐，我去放东西。"

洛萧跟在她后面，一进屋，就看到了玄关处的男人拖鞋。

是莫南爵的。

他眯起眼睛，直接穿上了那双拖鞋。公寓进门拐个弯就是浴室，洛萧走过去时扫了一眼，里面还有湿气，很明显早上有人冲过澡，装衣服的篓子里放着几件男士衬衫。

边上的洗漱台上，还有用过后没来得及收起来的剃须刀。

主客厅的沙发上，还搭着一件阿玛尼手工西装。

这一切证明，童染现在和莫南爵住在一起。

洛萧皱起眉头，四处看了下，主卧和客房门都是开着的，两张床上都有睡过的痕迹，他心里的郁结松了下，看来他们暂时没有睡在一起。

童染端着水从厨房里走出来，见洛萧站在客厅里不动，她走过去将水放在茶几上："洛大哥，你怎么了？"

"没事，"洛萧望向四处，眼眸中全然没有了方才的打量，仿佛只是随意看看，"这里环境挺不错的，下面还有花园设施，你一个人住很适合。"

童染有些不好意思，摇了下头："其实也不全是我一个人住。"

洛萧望向她："那，莫南爵平时也会过来？"

"嗯，"童染也不避讳，她和莫南爵的关系洛萧早就知道了，"这公寓也是他买的，所以……"

"你喜欢这种公寓？"洛萧走到她身边，手落在她的肩上，"小染，我也可以买给你，你要什么样的都行。"

陡然靠过来的男性气息，令童染下意识向后退了两步，她抬眸看着他，将话题岔开："洛大哥，你吃午饭了吗？我去煮面……"

"不用，你歇着，"洛萧知道她的性格，所以也不逼她，挽起袖子朝厨房走去，"你一手力气小不方便，我来煮吧。"

"……"

童染跟进去时，洛萧已经开始切西红柿了，他的手艺一直很好，从小就经常煮面给她吃。男人清俊的侧脸在厨房的灯光下若隐若现，他撕开袋子将面倒了下去："你现在还是这么喜欢吃乌冬面。"

童染将打好的蛋递过去，洛萧动作熟练，她也帮不上什么忙，只能站在边上看着："洛大哥，你今天怎么有空过来？"

"小染，"洛萧顿住动作，"我每天都在想你。"

"……"

对于他的话，童染是真的不知道该说什么，她咬住下唇，没再多说。

面出锅的时候，洛萧细心地给她的那碗洒上了葱花和麻油。

童染看着他的动作，他从来都是这么细心，她的所有爱好和习惯他记得一清二楚，每次都能将她照顾得无微不至。

相比起洛萧，莫南爵可真是难伺候难照顾，别说他照顾她，他还动不动就对她大吼，要不然就是毫不尊重地将她丢来丢去，他说一她不能说二，霸道到极致。

可是不知道为什么，她竟然已经开始习惯莫南爵的霸道了。

洛萧在她对面坐下来，将筷子和勺子递给她："吃的时候慢点，胃不好别吃太烫。"

童染点点头，抬眸望向他垂着的头和被浅薄刘海遮住的眉眼，他们已经有多久没有坐在一起吃饭了？

曾经那般习以为常的画面，终究一点一点消失了。

她拨着碗里的面条，却怎么也咽不下去："洛大哥，你来我这里，嫂子知道吗？"

"不要喊她嫂子，"洛萧皱起眉头，这里随处都是莫南爵的味道，他自然也是吃不下去的，"小染，她不是你的嫂子。"

童染抿了下唇："可是，你们已经结婚了。"

"我和她会离婚的，"洛萧表情严肃，炙热的目光看向她，"我不是你的亲堂哥，所以你不会有嫂子。"

童染并不笨，他说得这么明白，她不可能听不懂，洛萧对她的感情，她比任何人都清楚，曾经，她也认为自己对他的爱是不会变的。

可是现在……她放下筷子，双手放在膝盖上交叉相握："洛大哥，我有话想和你说。"

洛萧心里一凛，面上却不动声色："怎么了？"

"我，我住在这里，是我主动向莫南爵要求的，"童染想了下，决定实话实说，"我提的条件他都答应了，所以我和他已经彻底结束了之前的关系。"

洛萧闻言眸中蹿起火光，这样的消息对他来说无疑是好的："那你现在是自由的了？"

"洛大哥，其实我一直是自由的，没有任何人绑得住我的，"童染将最后一个心字给省略了，她相信他能够听懂，他们之间一直有种不言而喻的默契，"正因为我是自由的，所以我现在住在这里，希望能开始新的生活。我找了工作，也能够自己照顾自己，我希望……希望能够跟着自己的感觉走下去，能够对得起自己。"

她这番话说得很透，洛萧眼底的希冀瞬间沉了下去，他眯起眼睛，眼神竟带着一种难见的薄凉："小染，你说你的感觉……是指莫南爵？"

分明已经说出口了，童染却觉得点一下头是那么艰难："对……"

洛萧深深地呼出一口气，觉得有些可笑："小染，你疯了吗？"

"洛大哥，我真的考虑了很久，我……"

"你知道自己在做什么吗？"

洛萧打断她的话，话语中透出的哀戚和嫉妒，生生将餐厅内的气氛压至冰点，他几乎是咬着牙道："莫南爵是什么样的人，难道这么久了你还不清楚吗？"

"洛大哥，"童染抬眸望向他，眼里波光浮动，"你们都误会了，他不是那样的人……"

"他是！"洛萧陡然提高音量，搁在桌面上的双手紧握成拳，"小染，你要看清楚，莫南爵的血腥和残暴是众人皆知的，他杀过多少人你知道吗？他手上有多少鲜血你知道吗？帝爵每天千万亿的资产进出账，包括黑道交易和暗度陈仓，有多少人命掺杂在里面你知道吗？！"

"……"

童染紧咬着下唇，曾经，她也和大家一样，认为像莫南爵这种人，是万死难辞其咎的，认为他死后是会下十八层地狱的……

可是，他所受的痛楚和逼迫，他小时候受过的那些伤，以及从死人堆里爬出来的那种绝望，有谁知道？

她摇了下头，膝盖上交握的手指绞得泛白："洛大哥，他是什么样的人我知道，我觉得我已经足够了解他了。"

"你了解？你拿什么去了解？"洛萧冷笑一声，"帝爵是莫南爵一手扶起来的没错，我承认他没有依靠莫氏集团，确实有这个实力，但是他背后是什么样的交易链，你都了解？"

"那，"童染抬头看着她，"傅氏呢？你为了傅氏和大伯断绝关系，也是踩着尸体才站起来的吗？"

洛萧没想到她会这么问，顿了下，面不改色道："小染，我从来没有杀过人。"

要杀，也是为了她才杀的。

"洛大哥，你听我说，"童染不自知地开始为莫南爵说话，"他身在那样的家庭，所以也是被逼的。我能理解他，而且我相信，他会慢慢改的……"

"没有谁是被逼的，莫南爵那样的人杀人是不需要理由的，改更不可能，那是他的本性，他从来不懂什么叫作心慈手软，因为他已经习惯了。"

那些恶魔的交易，那些血腥的双手，洛萧知道有多么可怕，他是真的不想看到童染靠近莫南爵："小染，你别这么单纯，莫南爵在外面有多少女人你永远不会知道，你对他来说算什么，他能娶你吗？"

童染闻言咬住了下唇，膝盖上的手握了松、松了握："我知道，也许我对他来说什么都不是，只是个女人而已……"

她说着抬起头，纠缠的葱白十指终于平放在腿上："洛大哥，我想要给自己一个机会，我尊重自己的感觉，不管结果如何，我不希望自己后悔……"

童染想，也许她和莫南爵走不到头，也许以莫南爵的身份他和她不可能有结果……千千万万个也许，她其实有很多理由可以选择逃避和放弃。

但是，不去试一试，怎么会知道？

她选择相信自己的心一次……

洛萧站起身走到童染身边，大掌落在她的肩上："小染，我是不可能把你交给莫南爵的，他身边不是你能够安全待的地方。"

"他会保护我的，"童染摇了下头，以前的画面在眼前闪现，"每次出事他都会保护我，我从来没受过一点伤……"反倒，都是他在替她受伤。

洛萧闻言脱口而出反问道："你的左手是怎么伤的？"

"……"童染下意识地握住左手手腕，神色复杂，"这是我自愿的，和莫南爵没有关系。"

洛萧没有点破，伸手拉住她的手腕，掌心轻轻摩挲着："那也是待在他身边才受的伤，小染，你听我的不会错，我还会害你吗？"

童染将手抽回来，站起身后低头收拾碗筷："洛大哥，我只是个普通人，没人会注意到我的……"

"我会注意到！"洛萧按住她收碗的手，侧着身体，她的肩膀刚好抵在他的胸口，"小染，这不是开玩笑的事情。"

童染垂下头去，没有推开他，她知道，告诉洛萧这些话很残忍，可是洛萧是她最亲的人，她要将自己心里的话都说清楚。

她歪着头向后靠在他的胸前，男子有力而急促的心跳声传来，她弯起唇瓣道："洛大哥，我知道你是为我好，从小到大你一直照顾我关心我，从来都只为我一个人。可是现在，你已经结婚了，有了家室，我也……长大了。"

她尽量说得婉转易懂："生活已经不是从前的模样了，我希望新生活会更好。莫南爵是我第一个，也是唯一一个男人，我尊重自己的选择，你选择了傅青霜，我希望你也尊重自己的选择，我们都坚信着自己的选择继续走下去……以后不管我们是不是在一个地方生活，你还是洛萧，我还是童染，你是我在这个世界上最亲的人，这点，就算到死也不可能会改变。"

她说完之后没有动，就这么静静地站着。

洛萧闻言脸色一片惨白，这番话，她到底还是说出来了。

他闭上眼睛，苦涩的感觉弥漫上来。她只当他是亲人吗？他为她娶了别的女人，他为她背信弃义，为她几乎牺牲了一切……

可是为什么，到头来，二十一年的陪伴，竟抵不过一个莫南爵？！

是啊，她看见的是他娶了别的女人，她看见的是他坐稳傅氏总裁的位置，她看见的是他携着妻子出入高级场所，他的付出他的隐忍她全然看不见……

洛萧不可抑制地颤抖起来，他咬着牙，眉宇间溢满了戾气。童染感觉到他不对劲，伸手推了下他的肩："洛大哥，你没事……"

她话还没说完，洛萧突然攥住她的手腕，目光炙热："小染，如果莫南爵不是你唯一的男人，你是不是会放弃和他走下去的念头？"

"什么意思？"童染并未听明白，"洛大哥，你还没听明白吗？我……"

洛萧完全不理会她的话，只是这么盯着她："如果，你有了别的男人，莫南爵是不是就会成为出局的那一个？"

童染蹙眉："我没有别的……"

"小染，不要怪我，也不要恨我，"洛萧打断她的话，伸手握住她的肩将她扳过来正对着自己，"我都是为了你好，你是我唯一深爱的女人，以后你都会明白的。"

"洛大哥，我不值得你爱，我们已经错过了，"既然已经说了，童染索性点明，"你爱的应该是傅青霜，她才是你的妻子……"

话未说完，童染猝然睁大眼睛，惊诧地看向身侧的洛萧："洛大哥，你……"

"小染，不要恨我。"洛萧咬着牙说完这六个字，突然弯下腰，手臂穿过童染的腿弯，直接将她扛了起来！

"啊——"身体骤然失去平衡，童染大惊失色，隐约间已经猜到了什么，伸手用力捶着他的后背，几乎是大叫出声，"洛大哥，你放开我——"

洛萧薄唇紧抿，温润如玉的脸庞上闪现出不容置疑的薄怒。童染刚刚那番发自内心的话语，彻底将他压抑了这么久的嫉妒挑了起来："小染，你别怕，我不会像莫南爵那样对你。"

"洛大哥，你冷静点……"童染见洛萧出了餐厅朝主卧走去，双眸渐渐染上绝望，双腿用力蹬着，"洛大哥，你别这样，我们好好说——"

洛萧并不说话，穿过主客厅，前方就是主卧，童染双手扳住了玻璃门的边框，十指用力得几乎要掐进去："洛大哥，你放我下来啊——"

洛萧走了几步后动不了，侧眸向后看去，空着的手伸出去抓住她的手腕，将她的身体放了下来。

一落地，童染刹那间如释重负，大口喘着气，可才不过几秒钟，洛萧又俯下身，将她横抱了起来。

　　自始至终洛萧一言不发，径直走进主卧，童染挥舞的双手打在他的脸上和身体上，他视而不见，将童染放到大床上后，紧接着就压了下去。

　　"不要，洛大哥，你别这样——"童染像是疯了一样朝床沿爬去，扎着的头发全部散开来披在肩上，双手揪紧床单想要撑起身，可是男女力气终究悬殊，她才挣扎了几下，就被洛萧死死地压在了身下。

　　"小染，你别乱动，待会儿伤着了，"洛萧伸手将衬衣的扣子扯开几粒，露出好看的锁骨，"我不会弄疼你的。"

　　"不要，不可以，你走开，走开啊——"童染杏目圆睁，抓住洛萧的手臂，"洛大哥，你不要让我恨你，你快起来，我求求你……"

　　"小染，你为什么就是不明白？"洛萧握住她的双手反压上去，"和莫南爵在一起你这辈子都不会安宁的，我怎么能让你就这么陷进去？你现在只是一时鬼迷心窍，我不能眼睁睁看着你被他骗得团团转。"

　　洛萧知道，若是他今天强要了她，按照童染的性格，是断不可能再对莫南爵有什么念头了。

　　她是他的，发生关系也是迟早的事情，他先做了这一步，才能锢住她已经动了的心。

　　"我明白，我什么都明白……"童染浑身连带着嘴唇都在颤抖，"洛大哥，你清醒一点，我是童染啊！你怎么可以这样对我……"

　　洛萧另一只手向下拉开了她的风衣腰带："我洛萧这辈子不管做什么都是为了你。所以，我绝不能失去你。"

　　"洛大哥，你从来没有失去过我……"童染目光渐渐涣散，她有些自嘲道，"可是你现在这么做，就是在失去我……"

　　洛萧并不理会，低下头，薄唇沿着她的脖颈开始轻吻。他虽然同莫南爵年纪差不多，可是从未碰过女人，她身上的幽香，如同罂粟般吸引着他。

　　他一路吻到她纤细的锁骨上，手从风衣里抽出来后，握上她的肩，将她的衣服向下拉开。

　　肩头肌肤感觉到的凉意，令童染猝然叫了起来，她开始剧烈挣扎："不可以！洛萧，你走开，不要啊——"

　　洛萧紧抿着唇，索性松开抓着她的手，双手扯着她的衣领，用力朝两边一撕！

黑色蕾丝背心露了出来，童染惊恐地瞪大眼睛，开始用尽全力死命扑腾："救我，莫南爵，救我！莫南爵——"

洛萧闻言拧起眉头，低下头凑到她耳边："小染，你告诉我，为什么莫南爵可以，我就不可以……"

童染别过头去，没有再推开他。她还能说什么……这种事情没有为什么，她给不了任何答案。

"你说你选择了莫南爵，要跟他试一试，你知道我有多心慌吗？"洛萧薄唇蹭了下她细嫩的颈间肌肤，近乎贪恋地吻了下去，"小染，我爱你……嫁给我吧，好吗？我可以带你去任何你想去的地方，这里的所有人我们都不再见，都当作不认识，我们开始全新的生活……"

"洛大哥，我现在已经开始了全新的生活，"童染睁大眼睛，就在这张床上，她昨天还答应了莫南爵今天晚上给他做意大利面吃，这里的床单和枕头还有他的味道，"是你不肯开始，不是我。"

洛萧单手撑起身体，望向她空洞的眼底："你所谓的全新的生活，就是排开我？"

"你在我生命中是排不开的，是你在亲手将我推开，难道你还不明白吗？"童染整个人仿佛被抽掉灵魂，声音听不出一丝悲喜，"洛大哥，你今天若是想好了，非要我不可，我不会再挣扎。"

洛萧闻言眼里蹿上火光，童染却闭上了眼睛："但是我一定会恨你，会恨你一辈子。"

她将眸中的哀戚掩去，洛萧却看得一清二楚。

洛萧眉头紧皱。她恨他一辈子，和让她继续对莫南爵存有念想，孰轻孰重？

一时之间，他竟然有些无法衡量，就这么单手撑着身体，视线落在她雪白的小脸上。

最终洛萧闭了下眼睛，从童染身上起身，拉过边上的薄被，正要给童染盖上——

玄关处响起门铃声。

站在床边的洛萧一怔，躺着的童染也是一怔，二人对视一眼，男人敛眸，转身就要朝门口走去。

"等等！"童染从床上下来，拉住洛萧的手，"我去开门，你别出来，让我先跟他把事情说清楚。"

洛萧侧眸看了她一眼，目光柔和，什么也没回答，拉开童染的手时，身体恰好挡住了床头柜上的台灯，右手负在身后，将指腹上的一个白色小圆球直接粘在了床头柜台灯的内壁上。

那东西很小很轻，白得接近透明，除非知道的人特意去看，否则是绝对看不见的。

"既然我在，就不需要你去说。"洛萧拉开童染的手，顿了下，抬腿朝玄关走去。

童染顾不上换衣服，跟着跑了出去。

门铃持续不断地响着，间或还有男人低沉而不耐烦的声音："童染！童染？！"

洛萧背对着童染眯起眼睛，脸上露出一丝狠戾之色，他快步上前握住门把，毫不犹豫地直接将门打开——

童染跑出来时，门正好被打开，人倒是没进来，却突然传入一阵洪亮又激昂的歌声——

"死了都要爱，不淋漓尽致不痛快，感情过深，只有这样，才足够表白。穷途末路都要爱，不极度浪漫不痛快——"

洛萧："……"

童染："……"

门外的歌声循环放着，声音大得估计方圆几里都可以听见。

洛萧怔了下，半天没有缓过神来，抬眸朝门口看去，并未见到任何人影。

他朝前走了两步，门外的男人听见脚步声，便将手里的999朵玫瑰花高举起来，成片的鲜红，直接堵在了门口。

洛萧正好走出去，他一低头，就见那片艳红之上，用白色的康乃馨摆出了四个字——莫染初心。

他彻底怔住，视线扫过去，整条走廊都是鲜红一片，全部被玫瑰花摆满，每一束都被摆成一个巨大的心形，上面还铺着一块黑色的巧克力。

黑色的巧克力上面，用白色的奶油写着四个大字——染指终身。

莫染初心，染指终身……

洛萧双目一刺。

门口的栏杆上，放着一个大红色的录音机，四周也都被玫瑰花填满，录音机里正放着那首扣人心弦的歌："享受现在，别一开怀就怕受伤害，许多奇迹，我们相信，才会存在——"

洛萧浑身僵硬地站在那里，视线随着那大红色的录音机移上去，看见一个乳白色的首饰盒用红线系着，被吊在半空中，随着风来回晃动着。

童染站在玄关里面，越过洛萧的肩头看着眼前这一幕，半张的小嘴一直没合上。

门口的男人半跪着，高举的 999 朵玫瑰花让他看不见面前的是何人。莫南爵一身白色西装，俊脸含笑，薄唇魅惑地勾起："童染，我爱你。"

莫南爵说出这句话时，身后的录音机正好播放到歌曲的高潮部分："发会雪白，土会掩埋，思念不腐坏，到绝路都要爱……"

童染惊讶地捂住嘴，她没想到，莫南爵今早说的带礼物回来，竟然是这样的礼物……

这是他第一次说，我爱你……

这是他第一次表白……

越过洛萧的肩头，那些鲜红的玫瑰花越发刺眼，童染只觉得胸腔里的空气都被抽空，双脚像是被定住，怎么也动不了。

头顶久久没有动静，莫南爵俊脸有些挂不住，毕竟他是第一次做这种事情，要说追女孩子嘛，他自然是没经验的。哪还有女孩需要他去追？

莫南爵手臂举着花束有些发酸，他轻咳一声："童染，你是感动得哑巴了？"

洛萧双手负后站在门口，仅仅一束花之隔，他能够清晰地感觉到莫南爵话语中透露出来的欣喜，但对他来说，却是巨大的悲戚。他抬了下眸，嘴角残忍地勾起："爵少，真巧，我们又见面了。"

"……"

空气瞬间凝结。

听到这句话后，莫南爵原本清亮的眼眸中骤然笼上大团的阴鸷，这声音，他怎么可能认不出？

男人一张俊脸阴沉下来，他并未着急抬头，而是缓缓站起身，手里那束本来被举着的玫瑰花随着他的动作垂下，上面的"莫染初心"四个大字也滚落下来，狼狈地掉在了地上。

莫南爵弯腰用食指轻弹了下膝盖处的灰尘，这才直起身体，单手插兜，就这么片刻，方才的深情毕露已不再，恢复成了那副居高临下的冷傲姿态。

男人微仰起精致的下巴，带着碎冰般的黑眸朝门内看去。

他一眼就看到了洛萧，可视线并未停顿，而是越过他的肩头朝玄关内的童染看去。

她拢着衣领，却掩饰不住被撕开的线衫，脖颈处细碎的吻痕很淡却很清晰，小脸上泛着不正常的苍白。

莫南爵眸内的冰寒被一点一点击碎，变成一抹绝望，视线收回来时，掠过洛萧扯开的衬衫衣领。

男人好看的锁骨上，还有童染挣扎时不小心抓出的红痕。

简直是一目了然。

这一切，在莫南爵眼里，已然化成一把利剑，他纵然极力掩饰，还是被刺得生生后退了一步。脚下踩到玫瑰花，他脚跟处微微用了下力，便轻而易举地将那鲜红花瓣蹍碎。

就像他的心。

这天底下最蠢最丢脸的人，他当之不愧。

莫南爵嘴角勾起一抹意味不明的笑，扬了下手，将那999朵玫瑰直接朝楼下扔去。花束太大，飞出去的时候擦过在空中悬挂着的首饰盒，连带着一起掉了下去。

咚——

"啊——是谁啊，乱扔东西，万一砸死人怎么办？！还把歌放那么大声，神经病啊！"

楼下传来路过的人胆战心惊的谩骂声。

莫南爵双手插兜，一言不发，黑曜石般的瞳仁深邃如海，就这么紧紧地盯着洛萧。

是，他就是个神经病。他莫南爵就是有病！

洛萧衣衫不整，却也没觉得有什么不妥。莫南爵此刻有多痛，洛萧都明白，因为他曾经不止一次这样痛过，他尝过的味道，他就要莫南爵也尝个够。

洛萧背对着童染，所以不需要掩饰眼中的残忍："爵少，你来得真是时候。"

莫南爵冷睨着他："话要说清楚，不是来，我这是回来。"

洛萧勾唇："这里是你家吗？"

"她在的地方，就是我家，"莫南爵瞥了童染一眼，笑意却不达眼底，"如果她人在傅氏，那么傅氏也是我家。我的女人除非我亲手推出去，否则她再怎么样，也是我的。"

洛萧眼神阴鸷："她现在是自由的，她要在哪里只能由她自己决定。"

莫南爵闻言眼底透出薄凉。怎么，自由了，就这么迫不及待地告诉洛萧？

童染紧咬着下唇，莫南爵这话，分明就是认定了她和洛萧有过什么。对于这件事情，他其实一直是认定了的，只是选择了原谅。但是这次，被再次翻了出来。

她转身拿起沙发上男人的西装，披在身上后走了出去："莫南爵，你先进来，我慢慢跟你说……"

她话还没说完，洛萧突然伸手揽住了她的肩，将她抱进怀里，口气严肃认真地开口："爵少，只要你肯开口，我愿意让傅氏整个归为帝爵，我全身而退，分文不要。"

傅氏如今已挤进交易股市前三，身价剧增，不同以往。

确实，是个不小的诱惑。

男人伸手摸了摸鼻子，闻言笑出声来："一掷千金，洛总就为一个女人？"

"是，"洛萧毫不犹豫地点头，"你想要什么都可以开口，我只要小染，别的什么都可以给你。"

"是吗？"莫南爵双手环在胸前，"那，我要你的命。"

"……"

童染伸手推开洛萧，身体由于反作用力撞到边上的门框，洛萧还要伸手去拉她，却再度被她挥开，童染一双眼睛紧紧盯在莫南爵身上："莫南爵，事情不是你想的那样……"

"我们下午确实做了。"

两道不同的声音同时响起。

童染简直不敢相信，诧异地侧过头看向洛萧："洛大哥，你……"

"我们做了，"洛萧强硬地搂过她，他要看的，就是莫南爵痛到极致的模样，他句句残忍，"爵少，这不是我们第一次做，小染早已经是我的女人了，希望你这次能放她离开，霸着个已经不属于你的女人，还有什么用？"

"洛大哥！"童染手肘一个用力将他顶开，跌撞两步，几乎跌出门去，她回过头猛然怒瞪向洛萧，"你疯了吗？！"

莫南爵闻言只是冷着脸，薄唇紧抿着，不知道在想什么。

洛萧不看她，视线始终落在莫南爵身上，毫不留情道："爵少，你好好考虑一下我的提议。你女人那么多，小染对你来说也许只是玩玩，却是我的一切。一个傅氏换一个女人，你绝对不亏。"

"住口！"事实完全被扭曲，这样的情况下，怎样解释似乎都已经是多余的了，童染走过去拉住洛萧的手臂，"你先走吧，以后不……"

她话还没说完，洛萧突然反握住她的手，猛地将她扯入怀中，低下头直接吻向她的嘴角！

"你——"童染下意识反手要打向他，可是手被握住，她只能用力别过头，男人的吻便落在她的锁骨上，留下一个淡红色的吻痕。

"你松开！"感觉到温热的气息，童染只觉得浑身一震，退后两步，身体撞在门上，发出砰的一声巨响！

发生的这一切，自始至终，莫南爵均冷眼旁观，依旧双手插兜站在门口，动都没动一下。

"小染，"洛萧收起眼底的残忍，伸手去拉童染，"你没事吧？"

童染垂着头，肩头撞到门上，骨头生疼，她不去看洛萧，而是走到莫南爵身边，声音低不可闻："莫南爵，你跟我进去吧，我想和你好好谈谈，好吗？"

她的语气近乎哀求。

莫南爵却置若罔闻，抬眸望向洛萧时，黑眸中翻涌着骇人的狂狷："在哪里做的？"

"主卧，"洛萧回答得干脆，"你说她是你的，那只是属于你的时候。现在，她是我的。"

"哦?"莫南爵紧抿着薄唇,侧眸望了一眼童染,他也不相信自己会发出这样低沉哀戚的声音,竟像是抱着最后一丝希望在询问,"不是第一次做?"

与莫南爵的阴鸷完全相反,洛萧温润的俊脸上是志在必得的清冷。他知道,这一次,是他击碎莫南爵和小染的关系最关键的一步。

同样身为男人,他了解莫南爵最痛的地方是哪里。

一个字一个字,洛萧说得清晰无比:"一共四次。第一次是在锦海上,小染被海水卷走之后。第二次是在射击庄园,晚上。第三次是在结婚宴的那天晚上。第四次,就是今天下午。"

莫南爵嘴角勾起的弧度冷冽如冰刀,洛萧每说一句,他的大脑就空白一分。

第一次的齿痕。

第二次的失踪。

第三次、第四次……

那些场景历历在目,莫南爵心里其实是认定了的,只是他一直觉得,只要童染彻底底跟了自己,她说爱他,以前的一切,他都可以不计较,他只希望跟她有以后。

是啊,不计较,换来的就是更深的伤害。

莫染初心,童染对他本就没有初心。

她对他的初心,就是逃离,就是钱权,她接近他……本就是为了救洛萧!

童染震惊地望向洛萧,粉唇微张,无法置信这些话会从他嘴里说出来。

洛萧见她动了动唇,以为她要说话,便又先她一步开了口:"爵少,该说的我都说了,这些事情小染肯定不会在你面前承认。"他歪曲事实,却确实是他发自内心的话语,"你们之间发生过什么我完全不在乎,我们不必是敌人,也不必再见面。我会带她离开这里,傅氏归于帝爵,我什么都不要。"

"洛萧!"童染上前两步站在洛萧面前,抬眸触及他坚毅的眼神,这个男人和她相伴了二十一年,可是她此时好像不认识他了,多一眼,便多一分陌生,"你到底在胡说些什么……你疯了吗?"

"小染,"洛萧掩起眸中的心疼,"他什么都知道了,不需要隐藏,你现在可以跟我走了。”

童染难以置信地摇着头，面色惨白：“你怎么可以这样胡说？你真的疯了……你已经不是洛萧了……”

洛萧眸底一沉，伸手拉住她：“小染！”

“放开我！”童染用力一甩，仿佛受到了什么伤害，“不要碰我！”

“小染！”

“够了！”出声的是莫南爵，男人冷冷地看着眼前拉拉扯扯的一幕，只觉得无比刺眼，他就像个傻瓜，看了一场戏，居然还不知道最丑的那个主角是自己，“你确定，你要带她走？”

此话一出，童染猛然抬起头，双唇发颤：“莫南爵！”

“是，”洛萧站在门口，正对着阳光眯起眼睛，身上却笼罩着挥之不去的阴暗，“我确定，我一定要带她走。”

“莫南爵，”童染小脸惨白地走上前，伸手握住他的手，“你先跟我进去……”

莫南爵冷笑一声：“怎么，你怕我杀了他？”

“……”

男人眉梢带着自嘲：“每一次，你都怕我杀了他。”

后半句他没有说出来。他想说的是，你每次都怕我杀了他，他杀我于无形的时候，你看见了吗？

童染垂着眸：“我只是想和你……”

洛萧知道，若是童染劝得莫南爵进去了，也许这次机会他就要生生错过。他走上前握住她的手：“小染，跟我走。”

“放开我！”童染侧过头，眼里已经是清冷一片，“你自己走吧，这里是我的家，我不会走的。”

“那我们进去，”洛萧始终不肯放手，“你已经是我的女人了，我不会再让你和别的男人在一起。”

“你松开——”

洛萧见状眉头拧起，索性弯腰，直接将童染抱了起来：“爵少，明天一早，我就会让人把傅氏的东西带去帝爵，我们连夜就离开。”

他做得这般明目张胆，莫南爵再怎么样也是忍不了的，一个反手扯住童染的手臂，将她从洛萧身上拉下来，在她要落地时搂住了她的腰，同时在洛萧膝盖上用力一踢！

洛萧吃痛地后退一步，像是明白了什么，可是已经来不及，莫南爵动作奇快，搂着童染进了门，一个反手将门关上了！

"莫南爵！"洛萧被隔绝于门外，"你要做什么？你别乱来！"

童染被莫南爵拉进来后，以为他是愿意听自己解释，伸出手想要去拉他，可是下一秒，男人却一个旋身，将她抵在了大门上！

"你——"后背一阵刺骨的冰冷，童染惊恐地看着眼前的男人，"你要做什么……"

莫南爵双手握着她的肩，身体倾下来，鼻尖同她相抵："童染，你这出戏，演得很精彩。"

"我没有……"童染摇头，"那些都是他胡……"

"小染！小染！"洛萧心急如焚，拿过栏杆上的录音机，一下一下地用力砸着门，"莫南爵，你要是对小染做了什么，我永远不会放过你！"

"听听，多痴情，"莫南爵所有的情绪已经被愤怒和心碎掩埋，"童染，有男人能为你这样肝脑涂地一掷千金，你该高兴。"

包括他。

"……"童染对上他的眼睛，伤人的眼神几乎将她刺瞎，"其实你一直是认定的，对不对？"

"认定什么？"

"你认定我和他发生过什么，你一直这么认为……"童染整个人都跟着门一起颤动着，"我就是把心挖出来，你也是认定了的……"

是她的错……都是她曾经的隐瞒，使得他对她的信任被生生撕裂。

童染闭上眼睛，只觉得心被撕开一道巨大的口子，左心房流血，右心房流泪……

莫南爵闻言冷笑一声，伸手扯开她身上的西装，脖颈处斑驳的吻痕将男人的最后一丝理智彻底击碎，他伸手掐住她的下颌，死死咬着牙，手指却怎么也舍不得用力："童染，你敢说，你心里没有洛萧？"

"……"

莫南爵嘲讽一笑，视线扫过童染脖颈上的吻痕，猛地低下头，一口咬在了她的锁骨上！

"啊——"童染吓得大叫出声，伸手猛推着他，"放开我！"

莫南爵并不说话，唇抽离她的锁骨后落在胸前。她的衣服本就已被撕开，这会儿一扯便开，男人的手从蕾丝背心伸进去，并不弄乱，只是握着柔软搓揉着。

童染只觉得羞耻无比，抬起一只脚就踢在莫南爵腰上："莫南爵，你放开我！"

"嗯——"男人腰上伤刚好，他闷哼一声后，顺势拉起她踢过来的腿，固定在自己腋下后，手朝下探去——

"莫南爵，你别动小染！"洛萧手里拿着已经砸烂的录音机，胸膛剧烈起伏着，脸上表情骇人，他抬脚用力朝门把上踢着，暴戾地怒吼出声，"莫南爵，你松开她！你再碰她一下，我就让你和整个帝爵陪葬！"

洛萧此刻有些后悔，应该借着韩青青之手，直接杀了莫南爵，此时他宁愿和莫南爵同归于尽！

门内，巅峰过后的激情渐渐沉了下来。

莫南爵抽身而退，童染早已浑身无力，离开他的禁锢后身体顺着冰冷的门滑下来，瘫软在玄关的地上。

男人冰冷的指腹，一寸寸滑过童染细嫩的肌肤，带起一阵原始的战栗。莫南爵细心地将她的纽扣扣好，而后又捡起西装给她披上。

"小染！"

伴随着巨大的怒吼声，免漆门锁终于被踢了下来，洛萧伸手就要拉开门，莫南爵却抬起头，先他一步推开了门。

童染半个身体靠在门上，这么一推，她整个人便向后栽去。洛萧手疾眼快地俯身扶住她："小染！"

童染艰难地撑起身体，伸手推开洛萧，手肘抬起时西装滑落下去，露出脖颈上斑驳细密的吻痕。洛萧目光一黯，咬牙抬起头："莫南爵！"

莫南爵嘴角勾起冷笑，抬脚跨过童染后朝外面走去："如果洛总能和我一样不介意的话，就尽管将人带走。"

"你简直不是人！"洛萧松开童染站起身，一把握住莫南爵的肩头，

"莫南爵，你竟然这样对她！你知不知道什么叫作羞耻？！"

"羞耻？"莫南爵转过头，黑眸中厉色乍现，他嘲讽地开口，"怎么，我这样做就是羞耻，你就是对她好？"

洛萧五指用力："至少我不会在这种情况下这样对她！"

"哦？是吗？"莫南爵并未拍开他的手，而是睨向地上的童染，"那好，你现在就在我面前做，那样我就答应放了她，以后再也不纠缠。如何？"

"……"

洛萧怔了下，目光浮动，似乎有什么东西透了出来。

童染撑着门站起来，眼里是藏不住的哀戚。她什么也没说，缓缓转过身走进了房间。

洛萧虽然没有说话，但是那一瞬间的动摇，已经让她看到了答案。

莫南爵这才拍开洛萧的手，冷笑一声："你这下知道什么叫羞耻了吧？"

他说着扯了下领带，上面还有汗湿的痕迹，他将领带扯下来扔在门口，转身就朝电梯走去："自己想过的事情，就没资格说别人羞耻。"

门口的脚步声渐行渐远，童染走到玄关边上，听着电梯门合上的声音，终于忍不住，一手撑着鞋柜蹲了下来，整个人止不住地颤抖。

洛萧在门口站了很久，直到看着莫南爵的身影出了小区，他才转身回到屋内，看到童染蹲在那儿，伸手拉她："小染。"

童染任由他拉起来后带到沙发上，洛萧给她倒了杯水，空气中，情欲的气氛还未散尽，自然是尴尬至极的："小染，你先喝点水，我去给你放洗澡水。"

"不用了，"童染脸色苍白地摇摇头，"你走吧，我想好好睡一觉。"

"小染，"洛萧将水杯端起来递到她嘴边，"你这样子我怎么能走？你先喝点水，刚才的面都没吃几口，等你洗完澡，我带你出去吃点东西。"

"我这样子不好吗？"童染抬眸，透过水杯望向洛萧。她无法想象，这会是陪伴了她这么多年的男人，她只觉得过往的朝夕相伴仿佛只是一场梦，"你说那番话，不就是希望看到这样的结果吗？"

曾经那个如此护着她、那个如太阳般炙热地照耀着她的少年，现在就坐在她身边，可是她为什么觉得越来越冷？

她一直以为，她能够找到自己爱的人，找到自己坚定的方向，他会替她高兴的……

洛萧的视线扫过她颈上的吻痕，他突然想到了什么。

那样的情况下，莫南爵肯定是没有做措施的……要是小染怀孕了怎么办？

他的心一下子提了起来，若是小染怀上了莫南爵的孩子，按照小染的性格，断不会轻易打掉……到时候就真的麻烦了。

思及此，洛萧将手里的水杯放下，起身走到橱柜边："小染，你这里有药吗？"

童染抬眸，视线同他相碰，瞬间就明白了洛萧的意思，她只觉得身心俱疲："你走吧，我想一人静一静。"

她搬来公寓的时候就没带药来，那些避孕药……现在还放在帝豪龙苑的电视柜抽屉里。

"不行，不能不吃药，"洛萧皱起眉头，他不能让这样的万一发生，"小染，你难道还想怀上莫南爵的孩子吗？"

童染自嘲一笑："我有那个资格吗？"她站起身朝次卧走去，"我真的累了，让我好好休息一下，好吗？"

"小染，"洛萧扳着她的肩让她正对自己，"你清醒一点，莫南爵刚刚的做法还没让你死心吗？你跟着他，但凡有一点惹怒他，他都不会放过你。"

"洛大哥，你到底在怕什么？"童染眼里满是藏不住的讽刺，"按照你和他说的那些话，我也有可能怀上你的孩子，不是吗？"

"小染，你别闹了，"洛萧眉头拧得越发紧，"先去我住的地方。"

"闹的不是我，我从来没有闹过。"童染将长发顺至耳后，莫南爵的话句句仍在耳边，那些玫瑰花瓣的味道还萦绕在鼻尖，"我和莫南爵已经这样了，他也许再也不会理我了，你还有什么好担心的？"

"既然你们没可能了，那我带你走，"洛萧握住她冰冷的小手，"我们今晚就走。"

"走？到哪里去？"童染望着他的眼睛里再无柔和，"洛大哥，你明明介意，又何必……"

"小染，我说过我不介意。"

"是吗？"童染拂开他的手，指了下主卧，"那我现在给你，你要吗？"

洛萧抿起唇，他不是不想要，可是……他皱了下眉："小染，你先去洗个澡，等以后……"

"洛大哥，你何必骗自己？"童染嘲讽地一笑，"就算你得到了我，今天发生的事情你也忘不了的……这件事情会留在你心里一辈子，成为疤痕……"

洛萧紧抿着唇。他确实在乎，可是这并不妨碍他爱她，这些并不是童染的错，而且只要她跟着他，这些都会随着时间淡忘。他再度拉住她："小染，你相信我。"

"我一直相信你，从来没有不信过，可是，你一刀斩下来，现在谁来相信我？"

童染轻笑一声，想要拨开他的手，可洛萧并不给她机会，见她神色决绝，也不再多说，直接俯身将她打横抱起来，朝门口走去："先去我住的地方。"

"你放我下来！"童染本就因为莫南爵的索求而浑身无力，这会儿更是觉得头痛欲裂。洛萧怕她有什么过激的反应，走得很快，一下就到了楼下。

他将她抱进副驾驶座，系好安全带后才坐上驾驶座，黑色的保时捷稳稳地从小区门口开了出去。

直到车尾消失在街道后，树荫下的男人才走了出来。

莫南爵双手插兜，嘴上叼着一根烟，狠狠吸了一口，随后将其丢到脚下踩灭，嘴角勾起自嘲的笑。

他也不知道，自己在等什么。

如果下来的是洛萧一个人，他想，他也许会忍不住冲上去看看她，看看她是不是被自己伤到了，是不是还有什么话要对自己说……

可偏偏不是，是啊，怎么可能是？

童染那么爱洛萧，怎么可能让他一个人走？！

他几次想要掏出手机派人跟着他们，可是手刚碰到却又松开来，还跟着做什么？

细碎的夕阳光洒下来，莫南爵从树边走出来，伸手挡了下，指缝中透下来的碎光，几乎照得他站立不稳。

洛萧并未将车开到傅家别墅，他有几处别的房子，里面也都请了保姆，男人将车拐了个弯，从另一条道朝小区开去。

街边，一辆红色的玛莎拉蒂上，一个妆容妖娆的女子瞥到飞驰而去的保时捷，顿了顿，忙叫男人跟上。

跟了几条路，在等红灯的时候，她才看清保时捷的车牌。女子蹙眉，而后拿出手机打了个电话："喂，青霜，我看到你家老公的车子了……对，在庆春路这边，不晓得是去哪里。"

傅青霜刚好打洛萧的电话没人接，闻言一愣："他一个人？"

"好像不是吧，"女子探头看了下，"副驾驶座上还有一个人，我看不清男女。"

傅青霜握紧话筒："你帮我跟好，别丢了，我现在就过去。"

"好，明儿个你得请我去美容院啊。"

"没问题。"

挂上电话，女子忙叫身边的男人跟上去。

洛萧心系童染，这时候路上车子也多，他并未发现有人跟着。

一路到了天城复式小区。

女子亲眼望见洛萧的车子开进去后，给傅青霜打了个电话报上小区名字，然后驱车离去。

洛萧并未将车开进车库，就停在了楼下。

他走过去拉开车门，抱着童染走了进去。这房子是他平时经常过来住的，傅青霜并不知道。

洛萧开门进去后将童染放在主卧的床上，转身走到楼下。这房子请了保姆，每天都会在，见洛萧抱着个女人进来，吓了一跳："少爷，您来了。"

"去放热水，待会儿帮她洗个澡。"洛萧朝楼上看了一眼，径自走到厨房，保姆忙跟在后面："少爷，您饿了我来做，您要吃什么？"

"没事，我来就可以，"洛萧打开冰箱看了看，取出西红柿和牛肉，"你去放热水吧。"

"是，少爷。"

保姆刚转过身，洛萧却顿住了手里的动作，皱起眉头道："等一下。"

"少爷？"

"你现在出去一趟，"洛萧有些说不出口，可是童染就在楼上，他没办法离开，"去药店买避孕药。"

"啊？"保姆年纪不大，闻言愣了下，而后急忙点头，"是，少爷，我这就去。"

天城复式小区算是高档小区，并不难找，傅青霜跟过来的时候，离洛萧到这里也不过才十几分钟。

她朋友说副驾驶座上坐着一个人，她不用想都知道，那人只有可能是童染！

除了童染，洛萧还对谁有兴趣？

她将车停在小区门口，徒步走进去，四处张望着，正在焦急中，突然瞥见一户人家门口的那辆纯黑保时捷。

傅青霜小心翼翼地走近看了下车牌，果然是洛萧的车。

她正思考着找什么借口进去，这时大门被人打开，一个人从里面走了出来。

傅青霜眯着眼看了下，看打扮应该是个保姆，她跟着那人走出去，到小区门口才拦住她："你是刚才那家人的保姆？"

那小保姆也没见过什么世面，看见傅青霜冷着脸，也猜到了什么，顿时有些害怕："是，是的……我只是个保姆而已……"

傅青霜闻言脸色沉了下来，看来洛萧是经常来这里住的，居然还请了保姆！她缓了下神色，这才开口："你别害怕，我不是针对你。"

小保姆依旧半垂着头："你有什么事情吗？"

傅青霜怕洛萧会出来，将小保姆拉到边上的车棚下："你的雇主，是姓洛吧？"

"这个我们不方便透露……"小保姆也知道洛萧是结了婚的，她可不想惹麻烦上身，"我真的什么都不知道，你要问还是找别人吧。"

傅青霜知道她不会随便乱说，从包里拿出准备好的一个信封递过去："这里面是三万块钱，我问什么，你说什么，谁也不会知道是你说的，明白吗？"

有钱能使鬼推磨，三万块钱，相当于小保姆一年多的工资，小保姆犹豫了下，还是伸手接过信封："您尽管问吧，我知道得也不多，不过得快点，我还得去买东西。"

"你的雇主叫洛萧？"

"是的。"

"他平常一般什么时候过来？"

"也不多，一个月一两次，"小保姆想了下，报出最近的几个时间，"平常少爷过来都是一个人，只是吃饭睡觉而已，晚上也从来不出去，生活很单调的。"

傅青霜一听更是生气，那几个日期，恰好就是洛萧跟她说要出差的时间！她强自镇定了下才又开口："今天他也是一个人来的？"

"今天不是……少爷还抱了个女人，"小保姆知道傅青霜要问，便继续说下去，"是个长头发的女人，身上披着黑色西装，我看见脸了，好漂亮的，但就是精神不太好，"想到童染的眼神，她都觉得有些瘆人，"给人感觉挺绝望的……"

"绝望？"傅青霜拧起眉头，攥紧拳头，"你听见他们说什么了吗？"

"没听见什么，就是少爷抱她上去的时候，我听见少爷说了一句话……"小保姆神色闪躲了下，少爷说的那个名字，她平时也就是想想而已，"少爷说：'小染，我以后不会再让莫南爵这样对你了。'就这一句，别的我都没听见……"

"莫南爵？"傅青霜想了下，大概知道发生了什么，"那女人现在在家里？"

"是的，少爷把她抱到主卧去了，估计晚上会歇下。"

"他让你出来买什么？"

小保姆脸上一红："避孕药……"

傅青霜脸色一沉，随即又反应过来，按照洛萧所说，和童染发生关系的，应该是莫南爵。

如果是洛萧自己，他怎么可能让童染吃避孕药，他巴不得童染怀上他的孩子……

如果童染真的怀上莫南爵的孩子，说不定会生下来，到时候洛萧再要去抢也没用了，思及此，傅青霜又从包里拿出一万块钱，勾起嘴角道："你在这里等我，我去买药。"

说着她将钱塞给小保姆，转身走到不远处的药店买了两瓶药，一瓶是罐装的避孕药，一瓶是维生素。这种维生素她以前经常吃，形状和避孕药是一模一样的，除非医生，一般人是看不出来的。

她走出药店，将避孕药倒在边上的草坪上，而后将维生素倒进避孕药的瓶子里。

"你把这个拿回去就行，没人会怀疑你的，"傅青霜将药递给小保姆，"你别说见过我，只要你什么都别说，就不会有事。"

"这是什么药啊？"小保姆拿来看了下，可别是什么毒药，"不会有问题吧……"

"你放心，我没那么傻，绝对不会出人命的。"

"那，好吧。"

傅青霜又和小保姆简单地交代了几句，便开车离开了。

小保姆回来的时候，洛萧正在煮面，她怕洛萧发现药瓶是开过的，便走过去将药瓶拧开："少爷，我买来了，检查了没问题……要不要我拿上去？"

"不用，我来吧，"洛萧将面盛出来，接过药瓶，端着瓷碗朝楼上走去，"你不用上来了，休息吧。"

"是，少爷。"

洛萧走上楼时，发现童染维持着他放下她时的姿势，一动也没动。

他将瓷碗放在床头柜上，伸手拉了下她身上的被子："小染，还冷吗？怎么没去洗澡？"

童染一言不发，只是睁着眼睛看着天花板。

洛萧起身去浴室投了条毛巾，拧干后走出来，俯身给童染擦着脸，眼里柔情似水："我煮了面，你先吃点再睡吧，我把面条和菜都切碎了，你直接当成汤喝就可以。"

见她还是不说话，洛萧拿过两个抱枕垫在她背后，让她靠在床头，随后舀起一勺面吹了吹，递到她嘴边："小染，听话，就喝十口就好。"

童染嘴唇动了动，她抬起眸，望进洛萧的眼底："你从来没给过我问你的机会。"

洛萧一怔："什么？"

"从一开始到现在，我不管你为什么娶傅青霜，可你确实娶了，我那段时间很伤心很难过，可是，每次问你，你从来不说……"童染皱起秀眉，"我们错过的这些时间，已经足够改变所有事情了……"

洛萧将瓷碗放下来，温润的俊脸上染上哀戚之色："小染，今天是我不好，可是让我眼睁睁看着你走到莫南爵身边，我做不到，我真的做不到……"

"我们已经错过了，不可能再回头，"童染对他的话置若罔闻，径自说下去，"所以，洛大哥，到此为止吧……你曾经给过的那些情我这辈子都还不起了，下辈子我再还你……好吗？"

童染双肩抖动了下，也不知道是哭是笑："我曾经以为，这个世界上最不会伤害我的人就是你，你一直是保护我的，我什么东西都会和你分享，什么事情都会告诉你，包括我的爱情，但你却……"

但你却，生生撕碎了它……

洛萧不甘道："他到底有什么好，值得你这样做？！"

童染抬眸望着他："我爱他，所以他哪里都好，甚至所有的不好都是好的。"她神色坚定道，"其实就算没有莫南爵，我们也是不可能的，洛大哥，从你离开家那天起就已经不可能了。不管你有什么苦衷，这一切发生了就是发生了，不可能再有回头路……"

洛萧瞳孔收缩了下，双手攥紧："回头路……"

童染眼底的坚决倾泻而出："我不想错失自己的心，我放不下莫南爵，我骗不了自己，我不可能再爱你了……所以，洛大哥，我求你，放了我吧。"

洛萧闻言浑身一震，脸上血色尽褪："小染……"

"你想逼死我吗？"童染不给他说话的机会。她没有过激的行为，神色甚至称得上是平静的，语气却十分冷然，"如果我真的想死，有很多种方法，你绑不住我的。"

他明白她的意思……

如果这次他不放她走，她可能真的会寻死。

洛萧喉间哽咽了下，从口袋里掏出那瓶避孕药。他想给自己一个缓冲的机会，就算现在放她走，起码暂时不能让她怀上莫南爵的孩子："这是避孕药。"

童染嘴角勾起苦涩的笑，就算她现在怀孕，莫南爵会相信是他的孩子吗？

洛萧见她不接，眉宇皱了起来，抓着她的手道："小染，你不用求我放你走，我不会让你求我任何事。你吃了药，半小时后，我就让你离开。"

童染低头望着那白色的药瓶，思虑片刻后点了点头，这药她现在不吃，回去也一样要买："好。"

洛萧闻言神色松了下，起身朝楼下走去，倒了杯水递给跟着下楼来的童染："温水，不烫的。"

童染坐在沙发上，接过水杯，从药瓶里倒出一颗药吃了下去。

洛萧紧盯着她的动作，确定她吞下药之后，在她身边坐了下来。

童染浑身一僵，这么微小的动作却被男人捕捉到，看来，下午他确实吓到她了，洛萧侧眸看向她："小染，对不起。"

"……"

童染垂着头，闻言没说话。

"没关系"这三个字，她终于还是说不出口了。

时间一分一秒地过去，童染就这么垂着头坐着，时不时看一眼时间。

半小时过后，童染站起身来："我走了。"

洛萧跟着起身："我送你回去。"

"不用了，"童染径自走到玄关，她来的时候是被洛萧强行抱来的，并未穿鞋子，她索性穿着拖鞋走过去开门，"你刚才已经答应我了，洛大哥，你从来不骗我的。"

"……"

洛萧扬起的手因为这句话顿住，他皱了下眉，拿起桌上那瓶避孕药："你带着吧，留在我这里也没用。"

他到底还是担心的，童染眸中溢出失望之色，她伸手接过药瓶放进口袋里："谢谢。"

"……"

洛萧目光沉了下去。

童染打开门，夜已深了，外面自然是寒风刺骨，她裹紧身上的西装外套，那上面隐约还有莫南爵的味道。

她回头看了一眼洛萧，"再见"两个字始终没说出口，转身朝外面走去。

"小染，"洛萧跟到门口，紧盯着她的背影，"照顾好自己，有事打电话给我。"

童染没再回头，一路快步走出小区，手不经意间碰到口袋里的避孕药瓶，只觉得莫名苦涩难当，像摸到烫手山芋般缩回手来。

夜晚的风很大，吹起她的头发，四周冷清一片，童染垂下头，目光凄凉。

到头来，仍旧是她一个人。

走了一段路，好不容易拦到一辆出租车，她坐上车后，报出了公寓的地址。

车窗外霓虹闪烁，童染半眯起眼睛，忽然瞥到了一家冰激凌店。

那是她在千欢咬碎玻璃杯那次，莫南爵带她来过的地方，他还准备了一个巨大的心形冰激凌……

冰激凌店渐行渐远，童染伸手擦了下眼角，胸口堵得难受不已。

"哎哟，我说小姑娘啊，是不是和男朋友吵架了啊？"透过后视镜，那司机师傅实在看不下去她独自伤心的模样，在他们老一辈人眼里，有什么说出来不就得了，"你自己瞎哭个什么劲儿啊，稀罕谁就去找谁说清楚啊，就算你在这儿把眼泪流干了，谁看得见啊！"

"……"童染咬了咬唇，突然开口，"可是他已经走了。"

"走了，走了就去追回来啊！"司机师傅摇头晃脑，"你们这些小姑娘啊，死要面子活受罪。男人都是经不住哄的，你多哄几句，他要是爱你，立马回来了……"

"……"

见她不说话，司机叹了口气："你看，你对着我都能说真心话，对着你男朋友就不行啊？要我说现在的年轻人都是一个样，也不晓得是怎么想的……"

童染贝齿咬得越发紧，她攥紧拳头后松开，冲着前面说道："麻烦您，不去刚才那地方了……直接去帝豪龙苑吧。"

"啊？"司机吓了一跳，那地方哪是一般人去的，"好吧，这拐过去可远了。"

出租车转了个弯后从另一条路开出去，童染攥紧小手，莫名的迫切感溢了出来。

千欢是去帝豪龙苑路上的必经之处，夜深人少，童染一眼就瞅见了千欢门口的那辆车。

宝蓝色的布加迪威航……全锦海市，只有他一个人开得起这车。

她双眼一下子睁大，忙开口："等等！就在这里停！"

"好好好……"司机师傅忙在路边停下车，刚想说差点被她给吓死，却见童染伸手在兜里摸来摸去的。

糟糕，她出门的时候，身上分文没有，她都给忘了。童染垂下眸，看来只能回去了："对不起，还是先去之前那个小区吧……"

"没事，"司机看出她的窘迫和着急，"就当我做回善事，你快去吧。"

"谢谢您。"

童染赶忙下车，走到千欢门口时她扫了一眼莫南爵的跑车后，便走了进去。

千欢今晚也不知道是不是有什么活动，四处都是跃动的人影，霓虹灯照得人头晕眼花。童染走到一个包厢门口扯住服务员问道："您好，我想问一下莫……爵少在哪个包间？"

服务员鄙夷地睨她一眼，这种送上门来的太多了，她口气冷淡，甩手就走："不知道。"

童染咬着唇，一间一间地找着，几乎将整个千欢翻了个遍，却还是没找到莫南爵。

来这里的几次，都是莫南爵带她来的，如今他不在，她怎么可能找得到？

她眼神迷茫，脚下虚浮，凭借着记忆走到洗手池，弯腰打开了水龙头。

冰冷的水滑过手掌，童染掬起一把拍向脸颊，凉到近乎刺骨的感觉让她好受了些。

此时，身后传来脚步声，她并未在意，而后，旁边水池的水龙头被人拧开，男人弯下腰，修长好看的双手撑在池边。

一股酒气扑面而来，童染下意识地皱了下眉，自顾自地洗脸，身边的男人却并未洗手，只是这么站着，任由水哗啦哗啦地流。

二人并排而站，都垂着头，谁也没有心思看旁人一眼。

童染取过边上的纸巾擦了下手，关上水后就转身走开。

刚走到门口，突然一个打扮妖娆的女人蹬着高跟鞋快步走进来，走到男人身边，柔柔地说了一句："可算找到了，他们喝得正尽兴呢……"

童染身上起了一层鸡皮疙瘩，她抱起双手准备继续去找人，却听得那女人又娇媚地喊了一声："爵少……"

她顿时僵住。

"爵少，咱们进去吧，嗯……"那女人往男人身上靠去，伸手搭上他的肩，要知道这样的机会可是千载难逢的，她整个人贴着他，"要是您不想进去呢，我就陪您在这里面玩玩，感觉也是很爽的……"

男人眉目冷淡，俊脸上是藏不住的厌恶："走开。"

"爵少……"

童染感觉浑身像是被钉子钉住一样动弹不得，这声音，她再熟悉不过。

她刚才那么迫不及待地想要找他，现在他就在身后，她却什么都说不出来了……

那女人还在不停地说着什么，莫南爵伸手扶了下额头。他刚才竟然在想，若是童染能够像别的女人一样围着他，这般热情，那该有多好？

莫南爵闭了下眼，觉得自己纯粹是找虐，偏偏一心死磕在那女人身上，怎么也放不开。童染下午跟着洛萧走了，又怎么可能会出现在这里？！

莫南爵嘴角勾起自嘲的弧度，推开身边缠着的女人，抬脚就朝外面走去。

刚走出来，视线扫过门边背对着这边的女人，他觉得这个背影怎么看怎么像童染。

他现在是不是看谁都像她了？！

莫南爵冷着脸，这种感觉让他很不舒服，他正要转身离开，那女人却突然转过身来，二人的目光顿时交会到一起。

男人一怔，随后皱起眉头，甚至怀疑自己是不是喝醉了。

童染见他看过来，也是一怔，然后动了动唇："莫南爵……我有话想跟你说"

莫南爵眯起眼睛，眼底的惊讶迅速收起来后，转为嘲讽，他冷笑一声，伸手搂住边上的女人："怎么，和洛萧说完了，才想到我？"

"……"

边上的女人见莫南爵这个态度，也料到面前这女人不受待见，她捂着嘴倚在莫南爵的胸膛上："我说妹妹呀，要勾搭男人也不是这么个办法呢，你以为长得好看就有用？我们爵少可不吃这套，你回去多学学吧。"

她丰满的双峰随着靠过去的动作挤在男人的胸膛上，将衬衫磨出撩人的褶皱，童染逼着自己无视这场景，将视线移到男人的脸上："莫南爵，你能不能给我一点时间？我想和你解释清楚……"

"洛萧不要你了，你就跑来和我解释？"想到洛萧，莫南爵狠下心，搂着怀里的女人转身就走。

临走之时，那女人回过头，带着胜利的意味瞥了童染一眼。

童染知道他还在气头上，也没办法，却又不想就这样离开，该解释的还是要解释，就算他们不在一起，她也不能让他这样误会下去。

想了下，她还是跟了上去。

听到身后的脚步声，莫南爵紧抿的唇角还是缓了下，他忽视不了自己心底的那抹希冀，可他也忽视不了自己心里的那根刺。

包厢里面男女成群地坐着很多人，童染跟过去的时候，服务员正好送酒进来，她站在门口看进去，只见偌大的方形玻璃桌上，摆满了玻璃杯，每一杯里面都倒满了酒。

长沙发上，莫南爵坐在正中央，身侧坐着两个美女，男人修长的手伸出去，端起一杯酒仰头就喝了下去，而后将杯子在桌上翻了个个儿，随后又拿起另一杯。

一杯接一杯，长桌上近一半的酒被他灌了下去。

旁边坐着的几个哥们儿见状有些吃惊，不由得吹起口哨："什么情况啊，爵少今天这么豪爽？"

另一人开玩笑般附和道："爵少这么久不出来，咱哥儿几个还以为你金屋藏了个什么娇，今天定是跑了吧，哈哈——"

"哈哈，肯定是的，爵少也有难敌美人关的这一天啊！"

"得得得，都干了，为咱们爵少痛失美人哀悼下！"

这几个平常都是玩得好的哥们儿，这种玩笑也是经常开，谁也不会在意，这番话说完之后，一群人就拿着杯子站了起来。

"来，干干干——"

边上的美女也都跟着起身，一群人都站着，莫南爵一人坐在正中央，嘴角勾起一抹自嘲的笑，食指松了下衬衣的纽扣，身体朝后面的沙发靠去："今儿个谁喝少了，以后都别出现。"

此话出口，想偷混过去的也没辙了，众人都是烈酒下肚。莫南爵见状扬起薄唇，握住一瓶烈酒，直接仰头灌了下去！

"哟，爵少这就直接开吹了啊！"旁边的人显然更加兴奋，出来玩嘛，图的就是个兴奋，众人拍手起哄，将包厢内的气氛推向高潮，"噢噢噢——"

莫南爵仰着头，俊美的侧脸在灯光下更有极致的魅惑，流出来的酒从嘴角滑向颈部的喉结，而后滚进解开几粒扣子的白色亚麻衬衫中。

身边的美女看到这场景更是激动不已，将身体贴上去，手沿着男人胸膛的曲线画着圈圈。

"这妹妹真火辣啊——"

"来，啵一个！"

莫南爵却对身边的声音充耳不闻，一瓶酒吹完了，随手将酒瓶摔到地上，而后又拿起一瓶，再度仰头灌下去！

边上的人瞪大眼："爵少今儿个玩真的啊——"

童染再也看不下去了，几步冲到莫南爵面前，一把将男人正灌着的酒夺了下来："不要再喝了！"

随着她的动作，酒瓶飞出去砸到边上的吧台，瞬间四分五裂！

莫南爵手依旧维持着半举着的姿势，他微抬起头睨着眼前的女人，灯光昏暗，他俊目带着迷离的醉意："滚！"

童染依旧站着不动，冷着脸道："你不能这样喝酒。"

莫南爵闻言冷笑一声，大掌撑在身边的女人白皙的大腿上，拍了几下后站起身："我能不能，跟你有什么关系？"

童染皱起眉头，他这副模样，不晓得之前就喝了多少，她直接伸手抱住他的手臂："走，我们先回去。"

"回去？"男人像是听到了什么好笑的话，用力将她推开，身体后倾坐回沙发上，双臂张开顺势搂住身边的两个美女，"回哪里去？"

童染被他推得向后摔去，边上的男人见状伸手搂住她的细腰："我说妹妹呀，爵少不甩你，不如跟了我怎么样？"

童染正要推开他，莫南爵却勾起嘴角，修长好看的手指在美女的肩头上轻点着："东子，要玩就在这里玩，别找个我看不着的地儿，不痛快。"

童染心底一沉，她垂头看着他，眼里含着几分震惊。

东子听到这话却微松了下手，也许童染听不懂，但他不可能不懂，莫南爵这话的意思，还不就是这女人是他的吗？

他自然不敢再有什么动作，松开童染后，忙打圆场道："妹妹，不然这样，你和咱们爵少拼拼酒，你要是能把他喝倒，回哪里还不就是你说了算吗？"

莫南爵并不说话，旁边的美女将头埋入他的颈窝处撩拨着，男人也不知道真醉假醉，浅眯着眼。

童染见他坐着不动，便点了下头："好，不过我有个条件。"

"什么？"

"我用瓶子，他用杯子。"

"妹妹也这么豪爽啊，肯定没问题啊！"边上的人见状自然是想看好戏的，当下便让服务员送酒上来。

十来瓶烈酒摆上桌，服务员开好瓶后，又将桌上的空杯都倒满。童染也不坐下，伸手拿起一瓶酒，什么也不看，就学着莫南爵的样子，仰头灌了下去！

"哟哟哟，这个妞有胆量——"

辛辣的液体一股脑地冲入咽喉，童染立马被这冲劲逼出眼泪，她强自忍着，大口大口地将酒咽了下去。

一瓶酒很快被灌完，童染二话不说，当即又拿起一瓶，仰起的脖颈拉出优美的弧线。莫南爵靠在沙发上冷睨着她，并未去动手边的酒杯。

第二瓶、第三瓶……

喝到第四瓶的时候，童染终于支撑不住，身体晃了下，向后倒去！

砰！

大家都望见了莫南爵冷如冰刀的眼神，所以没人敢动，所幸身下是地毯，童染摔下去并没有多痛，撑起身体后朝桌上抓去："瓶子给我……"

"妹妹，你喝够了，来，这边休息下——"

这时才有人要去扶她，童染却突然眯起眼睛，伸手用力推开那人，小脸通红："走开！把酒给我！"

"这……"边上的人目瞪口呆，还没见过哪个女人这么能喝的。有人试探性地递了瓶酒过去，果然，童染接过后，直接朝自己脸上倒去！

整瓶酒倒下来，淋得她尖叫出声："啊——"

童染抬起手臂抹了把脸，而后摇摇晃晃地站起身来，将手里的酒瓶举高："你们……你们谁敢再叫他喝，我……我就砸死他！"

几个人面面相觑，这是什么情况啊，东子看向莫南爵："爵少，您看这妞……"

莫南爵面色阴沉，冷着脸推开身边的美女，起身朝童染走去。

童染醉得不轻，感觉到有人靠近，只当是灌酒的人，皱起眉头扬起手里的酒瓶就直接砸了上去！

"爵少！"

身边有人惊呼，莫南爵反应敏锐地侧了下身，伸手抱住童染的腰，下一瞬，她手里的酒瓶擦着他的后脑勺飞出去，狠狠地砸在金色墙壁上——

"天哪……"陪酒的美女拍着胸脯，"吓死人了……"

就差那么一点，那酒瓶就砸到他头上了……

莫南爵脸色铁青，低头看着怀里不停挣扎的女人，只觉得一阵阵怒火从胸口喷发出来。

他一把将童染横抱起来，转身就朝包厢外面走去。

身后那群人自然是不肯放过他，都跟了出来："爵少，你就这么抱着女人走了啊，我们哥儿几个……"

"滚！"莫南爵头也不回道，"喝多少我埋单，都滚！"

见他发了火，那群人都噤了声。

莫南爵抱着童染走出来，直接将她扔在副驾驶座上。

"嗯……"童染只当在自己床上，抬腿翻了个身，这样的姿势，让胸前的饱满都挤在了一起，上面，还有男人下午揉捏出来的痕迹。

莫南爵目光一暗，当即发动车子开了出去。在岔路口的时候男人犹豫了一下，还是朝帝豪龙苑的方向驶去。

晚上没什么车，不一会儿便到了门口，周管家开了门，见莫南爵怀里抱着个女人，二人身上还满是酒气，他怔了下："少主、童小姐……"

童小姐不是搬出去住了吗？怎么喝成这样回来了……

"去煮点醒酒汤上来。"

"是。"

莫南爵直接抱着童染进了浴室，将她放在大理石台子上，伸手就要脱她的衣服。

"不要……"

男人眼睛一眯："不要什么？"

"走开……"童染蹙着眉，脑海里全是下午洛萧强行撕开她的领口的画面，她神色焦急地喊道，"把手拿开，不要碰我——"

男人顿住动作。

"莫南爵……"童染嘤咛一声，后面的"救我"两个字还没出口，便被男人用力捏住了下颌："怎么，洛萧能碰你，换我就不能？"

听到"洛萧"二字，童染下意识地皱起眉头，莫南爵却以为她嫌弃自己，男人俊脸阴沉，也不管那么多，大手用力一撕，直接将她的上衣撕开！

"啊——"

胸前一凉，童染向后缩了下，伸手扒住边上的墙面，蜷起身体："走开，你走开！"

"你就这么抗拒我？"莫南爵凑过去，深深凝视着她的俏脸，"童染，有时候我真弄不懂你。"

浴池里蓄满了热水，莫南爵弯腰将她放进去，童染浑身冰冷，乍一接触到热水，立马双手双脚都缠上他想要脱离："好烫……"

"你还怕烫？"莫南爵眼神一暗，搂住她的腰将她按进浴池里，烦躁地将沐浴露涂在她的身体上，用浴球来回搓揉着，"你倒是够爽，我还得服侍你洗澡。"

"这里不舒服……"童染头靠在软软的垫子上，身上还有人按摩，她下意识抬起一条腿，"这里……"

"……"

她还享受起来了？

莫南爵脸色一沉，丢开浴球，身体向前倾，将童染抵在宽大的浴池上，双手握住她的肩头，"童染，知道我是谁吗？"

她粉唇微张了下："莫南爵……"

莫南爵低下头，舌尖抵上她的嘴角："童染，为什么你不骗我？"

"……"

"你要是骗我，我宁愿装作被你骗。"

她小巧的鼻头浅浅地皱起："不……"

莫南爵心尖一颤，他实在忍不了，伸手绕过去搂住她的腰，让她上半身完全贴着自己："童染，你爱我吗？"

二人都是赤裸的，突然间如此亲密的动作让童染缩了下身体，她小脸红扑扑的，醉得完全没了意识："莫南爵，你是浑蛋……"

明明不是什么好话，男人却像是听到了情话一般，俊脸上泛起一丝动容，薄唇贴住她的唇角："你爱我吗？"

他有些激动，所以动作幅度大了些，童染被他压得很不舒服，小脸别了过去："不要……"

莫南爵动作顿了下，还是沿着她的唇吻了下去，最后皓齿在她的唇瓣上轻咬了下。

身下燥热得厉害，他拉起她的手搭在自己的背上，手掌抚上她的眼睛："童染。"

"嗯……"

"我是莫南爵，"他声音低哑，"不是洛萧。"

童染只觉得头痛欲裂，酒精的作用导致她像是飘在云端，她伸出手去却什么也抓不到，脚下空空的，耳边有个声音不停在响……

不是洛萧，不是洛萧，不是洛萧……

一听到洛萧的名字，她秀眉就紧紧地拧起来，突然张嘴就朝前一咬，莫南爵手臂缩了下，童染恰好咬在他的胸前："嗯——"

她并未用力，男人却被这难耐的感觉弄得闷哼一声，他握住她的后颈将她拉开："你这女人是属狗的？！"

童染拧着眉头，突然低声喃喃道："莫南爵……"

男人怔了下，耳朵贴过去："什么？"

"是真的……"她仰着头，星眸极浅地眯着，下午的场景反复出现在脑海里，她像是在火中煎熬，"洛大哥，我是真的爱……"

后面一个"他"字还没出口，门外突然响起敲门声，周管家端着瓷碗站在门口："少主，醒酒汤煮好了。"

男人不悦地拧眉："放门口。"

"是。"

莫南爵回过头来，将她的上半身托起："你是真的爱谁？是真的爱洛萧？！"

三瓶酒下肚，童染哪会知道自己说了什么，咂了咂嘴歪过头："嗯……"

莫南爵目光一沉，冷着脸将她的双腿折起来后向两边拉开，不顾她的挣扎，他调整下姿势后沉腰下去，几乎全部没入。

"啊——"童染上半身挺起，紧咬住下唇："疼！"

莫南爵握住她的腰："疼也给我受着！"

童染纤细的背部不停地撞着后面的浴池壁，晕染出一片绯红，她双手伸出去环住他的脖颈，抓出一道道红痕。

莫南爵任由她抓着，低下头看见她在自己身下妩媚的模样，说不爱是假的，他比任何人都明白，这个女人，他是放不了手的。

可一想到她这副模样洛萧也曾看到过，也曾体验过这样极致的快感……男人双眼狠狠地眯起，浓浓的妒意和占有欲涌上来，怎么也压不下去！

该死的！

莫南爵抽身而出，直接将她从浴池里抱了起来，走到 kingsize 大床边就扔了上去。童染顿觉凉意，想要蜷起身体，却又被压下来的男人再度摊开。

他火热的手抚上她的脸："童染，说爱我。"

"……"

她毫无反应，莫南爵用力扳住她的肩："说！说你爱的是我，不是洛萧！"

"……"

她依旧闭着眼睛，什么都听不见。

他跟一个醉了的人说什么？！

莫南爵顿觉挫败，动作丝毫不温柔，一次又一次地将她推进火热的深渊。

男人轻合上眼睛，只有这样，他才能感受到她是他的。

是他一个人的。

缠绵过后，童染沉沉睡去，莫南爵却毫无困意，他将她抱到浴室清洗干净后冲了个澡，走出来时，脚下踩到她衣服口袋的鼓起。

男人弯腰将里面的东西掏出来，竟是一瓶避孕药，一看就是刚买的。

莫南爵冷冷地勾起唇，手指用力到几乎将药瓶捏碎。怎么，她跟着洛萧，就这么心急非得吃避孕药吗？

男人厌恶地随手将药瓶甩开，换了件睡袍后，躺在她身边。

身边传来女子轻浅的呼吸声，莫南爵却睁着眼睛，怎么也无法入睡。

他几乎有种冲动想直接拿枪把洛萧给毙了，可他忍住了，因为他知道如果自己杀了洛萧，童染这辈子都不会原谅他了。

一个韩青青就足够将他打入地狱了，对她，他再好也没用，想要让她记住那么难，但是但凡有一丁点不好，就会刻得特别深刻。

男人食指轻按住眉心，陈安说的没错，像他这样的人，真的不应该动心。

可心若能够轻易控制，世界上还有"疼"这个字吗？

Chapter 2

偷看她洗澡

第二天一早，童染是被摇醒的。

她费了好半天劲才睁开眼睛，浑身就像散架了一样，她手肘撑住床沿坐起来，就见楠楠趴在她的脚踝边上，两只肉乎乎的小爪子扒着她的腿晃来晃去。

她浅笑开来，伸手去抱它。这才多久不见，这小家伙就长得这么滚圆滚圆的。

楠楠讨好般任由她抱着，毛茸茸的小脸舒服地在她柔软的胸前蹭来蹭去的，童染感觉到痒，低下头才发现，自己竟然什么都没穿！

身上深深浅浅的吻痕一大堆……

昨晚……

童染忙拉过被子捂住胸口，楠楠叼着不肯放，她学着莫南爵的样子将它丢开：“别闹。”

“喵！”楠楠抗议，为什么要丢我！

童染没空理它，环顾四周，一眼就能知道这里是帝豪龙苑的主卧，她再熟悉不过。

是莫南爵带她来的？

她皱起眉头，房间里并没有人，她坐起身后，发现自己昨晚穿着的衣服就扔在床边，她捡起来便发现一股酒味扑鼻而来。

这怎么穿……童染犹豫了下，还是起身去试衣间，里面她的衣服都还在，她随便选了件长裙换上。

她简单地洗漱后下了楼，周管家正在打扫，看到她下来，开口道："童小姐，您醒了。"

童染礼貌性地点下头，视线扫了一圈，"莫南爵他不在吗？"

"少主一早就出去了，估计晚上才能回来。"

"哦，谢谢您。"

楠楠一直在脚边打转，童染便弯腰将它抱起来，走到沙发边坐下来，正准备打开电视，周管家却走过来挡在前面："对不起童小姐，您不能看电视。"

她怔了下："为什么？"

周管家一脸为难，却不敢违背命令："少主吩咐的，说您一醒来就必须马上离开这里。"

童染攥了下手，动了下唇："他还说了什么？"

"少主说……"周管家有些不好意思，却又不得不转达，"少主他说，你们早已经结束了金主和情妇的关系，所以昨晚的事情只是一夜情而已，相信童小姐你也不是没有经历过的人，男欢女爱再正常不过，他已经准备了钱，不会白睡您……"

说着，周管家掏出一张银行卡，背后写着"100"字样，递到童染手边。

童染瞬间愣住，连话都说不出来。

不会白睡你……

这句话刺得她心脏骤停了下。

周管家见她坐在沙发上一动不动，便弯腰将卡放入她的手心里。那卡明明不重，却压得童染手腕欲断，她垂下头去，习惯性地掩饰自己的情绪。

气氛降至零点，楠楠似乎也感受到什么，安静地缩在童染腿上，叫都不敢叫一声。

周管家尴尬地站在那儿，这种事情少主自己想出来的自己却不干，非得推他来得罪人……

他轻咳一声，本想走开，可想到早上莫南爵交代的时候那副冷漠的神情下，眼里的哀戚瞒得了别人，却瞒不了他，又开口道："童小姐，您可别当真了，少主就是这样的性格，他小时候受的伤太多了，所以现在但凡心痛了，就会下意识避开的，我敢保证这些不是他的真心话……"

童染垂着头，摊了下手，那张卡掉在地上，她看也不看一眼，抬起头问道："他晚上几点回来？"

"这个我不太清楚，少主从不说这些，我们也不可能问，"周管家同童染对视，一眼望进她眼底，看到了那抹同莫南爵无异的哀戚，"童小姐，我希望您能留在少主身边陪他。"

"……"

该怎么陪？童染知道莫南爵生起气来不是开玩笑的，他本来就是个脾气臭的男人，动不动就骂她损她，而且，这种事情本就难以解释……

童染伸手在楠楠身上帮它顺着毛，抿着唇没有接话。

周管家见她不说话，有些焦急，又说道："我能看出少主对您是有感情的，他平时冷漠惯了，行事风格也都是这样，我们都习惯了……"

童染点了下头，周管家是为他们好，她自然看得出来："谢谢您，可是如果他坚持不信我，我也没有办法，毕竟信任是两个人的事情，我一个人坚持是没用的。"

"我知道的，少主脾气不好，跟着他您确实受委屈了，"周管家摇摇头，在童染身边坐下来，"童小姐，少主身边的女人我不是没见过，但是这么久以来，他还从来没因哪个女人这么伤心过。他对您当真和别人不同的，我只是希望您能在他身边陪陪他，在我眼里，他一直是个孤傲的孩子……"

孤傲……听到这个词，童染贝齿轻咬住下唇，目光带着疑虑："周管家，莫南爵他母亲……是在他很小的时候就去世了吗？"

"这……"周管家怔了下，"您是怎么知道的？"

"是莫南爵告诉我的。"

"少主居然将这些事情都对您说了，"周管家一副了然的表情，"看来少主确实想要将您留在身边了，童小姐，您可千万别误会少主，他既然能开口告诉您这些……"

那几乎证明，莫南爵已经能放心将自己的心交出来。

"我知道。"童染点头，目光却暗淡下去。他第一次跟她表白，竟然在那样的情况下被打断……他看见洛大哥站在门口的那一刻，一定很难受吧？

她垂下眼睑，人生就是这样，很多事情是掌控不了的，如果可以，她也希望什么都不曾发生，可现实很残酷："那，他母亲……是被人杀害了吗？"

"少主没告诉您吗？"

"他只说他下不了手，否则不会这样……我再问，他就不肯说了。"

"唉……"周管家叹了口气，老脸上溢出沉痛的神色，既然少主肯开口，说明对童染没什么可隐瞒的了，而且他不希望莫南爵唯一一个上心的女人离开，"大少奶奶，确实是被杀害的。"

"是……谁？"

"少主并不是家里的长子，却是唯一一个正室所生的孩子，从小肩上的担子就很重，如果比不过其他妾室所生的孩子，就会被比下来，所以一直在用最严厉的方式培养。"

其他妾室……童染怔了下，想起上次在庄园被抓回来，莫南爵和她吵架，她说到"私生子"三个字时，男人明显发怒的神情："他不是私生子吗？"

"不是，少主是正室所生。"这些往事，就连周管家提起来都是悲痛的，"少主的父亲一共娶了三个女人进家族，个个都是老爷精心挑选的，从相貌到身材都是无可挑剔的，但是大少爷真正喜欢的只有一个——大少奶奶，也就是少主的母亲。她生下少主后，大少爷就给了她正妻的名分。"

"那，另外两个……"

"另外两位夫人也分别诞下一个男孩，其中一个比少主大，我们都叫他大少爷。但因为二少奶奶不得宠，大少爷就算是最年长的，也还是私生子的身份。"

童染皱起眉头，那莫南爵为什么这么排斥那三个字？

"大少奶奶从小就对少主十分严厉，什么都要他学到百分之百，所以少主同她并不亲，相反，少主和大少爷关系特别好。他小时候唯一依靠和最亲的就是大少爷，兄弟两个关系一直不错，我们这些下人也是看在眼里的……"

周管家说着开始摇头："但是少主毕竟是正室所生，所以莫家什么东西都是单独交给他，老爷也对少主多了一份心。大少爷看在眼里，好多事其实他也想做的，可是二少奶奶没那个权力说话，大少爷无能为力……"

童染眼皮跳了下，感觉接下来肯定发生了很不好的事情："那后来……"

"后来，老爷将莫氏在美洲的一家产业交给少主，让他全权打理，当时大少爷还因为一些小事被老爷禁足在家不允许出去，可少主已经能坐上主位……"

"他哥哥……"

"对……"周管家知道童染听到这里肯定也猜出什么来了，"大少爷其实早就嫉妒怨恨在心，后来少主一个月将那家产业的销量翻了个倍，还打通了在欧洲的市场，老爷很满意，宴请亲朋好友大肆庆祝了一番。当天晚上，少主拿着老爷送的枪回房，就看到……"

周管家顿了下，事情过去这么久，他还是不忍地别过头去："看到大少奶奶浑身鲜血地躺在床上。"

童染震惊地张大嘴，怀里的楠楠也跟着蜷起身体朝她身上靠过去，缩成小小的一团："怎么……怎么会这样？"

"那一年，少主也才十七岁……"周管家声音哽咽，"是枪伤，从太阳穴打进去，一枪毙命……"

"是……谁？"

"是大少爷，"周管家叹了口气，"他直接承认了是他做的，我还记得少主当时震惊的表情，可大少爷说：'虽然杀她的人是我，可间接凶手是你。'然后少主想要冲出去，大少爷就抢过他手里的枪抵在少主头上，说，'你今晚只能待在这里，如果走出去一步，我就在她身上多打一个洞……'"

"……"

"大少爷向来说到做到，少主对他感情很深，再加上老爷的房间在莫氏地宫的另一边，少主就真的没走，坐在大少奶奶身边一宿没动……"

童染噌的一下站起身，动作幅度太大将茶几上的热茶都撞翻了，怀里的楠楠也滚到地上，她满面震惊："这……"

他竟然守着他母亲……就那么坐了一夜……

周管家料到她会是这样的反应，兀自摇头："第二天早上，少主才去找老爷，大少爷也去了，可没想到……老爷听了后非但没有发火，还有些惊喜，称赞大少爷有勇气，说不定好好培养能有继承家族的可能……少主还没开口，老爷就扔给少主一把枪，说他若是觉得委屈，就拿着枪去把二少奶奶杀了。老爷说，莫家的子孙之间，就该存在这种有胆量和狠心的较量，这样才能坐稳位置……"

"……"

童染张了张嘴，想要说些什么，可是连个音都已经发不出来了。

那些名利和权势，就真的比亲情更重要吗？

"少主没办法对二少奶奶下手，和大少爷打了起来，老爷发了火，将少主关了一个多月，少主没法下手，所以算是放弃了莫氏的继承权……"

残忍的话，周管家终是不忍再说下去，童染也知道，最后，自然是兄弟之间彻底翻脸，莫南爵离开美洲之后创立帝爵，再也没回去过……

她鼻尖泛起酸涩，终于知道为什么那天莫南爵已经开了个头，后面却不愿意继续说下去。

原来，他这般排斥"私生子"这三个字，并不是因为自己，而是因为他哥哥……

周管家收起脸上的沉痛之色："童小姐，少主平时暴躁霸道些您就多多包容下，他这孩子性子就这样……"

童染轻点了下头，扶着沙发坐下去，气氛一时间沉淀下来，童染伸手想去抱楠楠，却发现它已经不知道跑到哪里去了。

周管家知道她定是听进去了，便抬头看了一眼时间："童小姐，时间也不早了……"

话还没说完，座机电话便响了起来。

周管家看她一眼，起身去接电话："喂，少主，童小姐她……她已经走了，对，是，刚刚走的……"

童染垂下眸，这男人还专门打电话回来问她走没走吗？

挂了电话，周管家无奈地看向她，童染却先他一步站起身："周管家，那我就先走了，谢谢您告诉我这些。"

"唉，好……"

童染朝门口走去，突然想到了什么："周管家，您知道陈安的手机号或者地址吗？"

既然她说什么莫南爵都已经不信了，那就只能让陈安告诉他毒发那晚的事情……

"安少爷？"周管家想了下，摇头，"安少爷平时住的地方可多了，而且少主说这几天安少爷去了意大利。您找安少爷有事？"

"没事，我就随口问一下，"童染无话可说，抬眸朝楼上看去，"对了，我想把楠楠也带……"

周管家打断她："少主吩咐过，任何东西您都不能擅自带走。"

"……"童染彻底无语，也不再纠缠，出了帝豪龙苑。

童染刚走出正门，周管家便赶忙上了三楼主卧，楠楠正趴在一堆还没洗的衣服上瞎滚，嘴里啃着一个崭新的白色药瓶。

"可算找到你……"周管家上前将楠楠抱起来，从口袋里掏出一个蓝色圆状物，抓了几下楠楠的耳朵，直接按了进去。

"喵嗷嗷——"楠楠痛得半死，肥嘟嘟的爪子使劲抓挠，可对方不依不饶，将那圆状物固定好后，这才将它抱起来，打开门将它丢了出去："快追上去，要是没追上，晚上回来少主就把你剥皮炖汤喝！"

"……"

童染并未走多远，便感觉到一个柔软的东西撞到了自己腿上。

"呜——"

她忙蹲下身去，楠楠被撞得四肢朝天，嘴里叼着的药瓶滚到一边，童染伸手捡起来，发现是洛萧给自己的那瓶避孕药。

连楠楠都知道特意给她送药来吗？

她嘴角弯起一抹苦涩的笑，收起药瓶后伸手将猫咪抱起，楠楠却并不乐意，伸爪在头顶胡乱挥舞着，似乎想要拨开什么："嗷——"

"怎么了？"童染皱起眉头，蹲着将楠楠放在膝盖上，摸了下它的头，那东西很小，又是软材质的，她根本发现不了，"别闹了，我带你买吃的去，好不好？"

"喵！"楠楠不依，"嗷嗷嗷——"

"哪里不舒服？"童染无奈，低头凑到它头顶四处看着是不是有什么伤口。

同一时间，帝爵顶层——

莫南爵跷着腿坐在皮椅上，手里端着杯咖啡，轻抿了口，面前，是巨大的液晶屏幕。

此时，满屏幕都被一双乌黑的大眼睛占满，女子抬起头后又低下来，男人能很清楚地听到她的声音："你瞎叫什么，到底哪里疼……"

"嗷……"

楠楠就是觉得耳朵上不舒服，可童染怎么检查也没发现异样，她抱着楠楠站起身朝前走去："你再不乖，我就把你扔进垃圾桶，到时候让莫南爵那浑蛋收拾你。"

莫南爵："……"

童染出了帝豪龙苑后打了辆车，却没有直接回公寓，而是在附近的药店门口停了下来。

莫南爵拧起眉头，她去药店做什么？

童染走进药店，店员热情地迎了上来，她脸上发红，四处看了下后才开口问道："那个，有没有……消肿的药？"

"消肿？"店员看她一眼，童染眼神闪躲了一下，对方立即反应过来，"有的，您稍等，我去给您拿。"

店员动作很快，拿了一盒白色药膏递给她，取出说明书解释道："这药效果很不错的，每天擦三次就可以了，千万记得，擦完之后不能碰水，这几天都别行房事了，女人可要学会爱自己。"

店员说得大胆直接，童染满面通红，接过药后点了下头："好，谢谢。多少钱？"

"二十五。"店员接过钱后侃侃而谈，"唉，现在的男人就是这样，看您样子刚结婚不久吧？让您老公以后温柔点……"

"嗯，"童染只得咬着唇点头，"我老公平时就是这样，我都习惯了……"

她说，我老公。

莫南爵原本暗沉的眼眸里顿时涌起明亮的光芒。

她虽说得平静，可那几个字，偏就让男人不由得口干舌燥。

童染抱着楠楠跨出店门，细碎的阳光从头顶洒下来，让人不自觉有些慵懒，她微眯起眼睛，来不及伸手去挡，便看见一道人影从前方走过来。

她下意识地皱起眉，抬脚就要走开。

却不料，对方几步走到她身边，语气冷然："童染。"

屏幕面前的莫南爵剑眉一皱。

童染无奈："有事吗？"

傅青霜趾高气扬地站着，她只是来这边看父母，顺便买些中药，却没想到能碰到童染："你来这里做什么？"

"你管得着吗？"童染冷笑，看也不看她一眼，"没什么事我就先走了。"

"站住！"傅青霜拽住她的手臂，看到她手里的药膏，想起昨晚洛萧载着她到天城复式小区的事，眼神由嫉妒转为嘲讽，"哟，已经要用这种东西了？"

"滚开！"童染忍无可忍，用力一甩手，"傅青霜，我劝你管好你自己，不要惹不必要的麻烦。"

"装什么清高？"傅青霜嗤笑一声，"童染，你说你这副样子要是被莫南爵知道了，他还会要你不？"

"他怎么可能不要我？"童染当真是讨厌她至极，三番五次退让，她反倒更加嚣张，童染抬高下巴道，"傅青霜我告诉你，莫南爵是不可能不要我的，他爱我我爱他，我们相爱至深，自然是好得很，倒是你，"她伸手摸着楠楠的头，"你自己的老公，你拴住了吗？"

"你——"傅青霜未料到她会说这样的话，当即冷下脸，"童染，你勾引我老公，你还有脸说？！"

"开口前你最好权衡清楚，你这么血口喷人，要是被莫南爵知道，你觉得他会放过你吗？"童染下意识就完全将莫南爵当成给自己撑腰的，眯起眼睛道，"自己拴不住的东西就去想想为什么，别老是咬着别人不放。还有，我希望你能弄清楚，我和洛大哥干干净净，什么都没有发生过，你别辱骂我的同时，侮辱了他。"

傅青霜被她一番话说得满脸通红，习惯性地扬手就要一巴掌甩过去："你给我闭嘴！"

童染灵敏地侧了下身，傅青霜的巴掌落了个空。童染右手假装摸向自己的裙摆："我若说我这里有支录音笔，你说的这番话我已经录下来，会发给洛大哥，你怕不怕？"

傅青霜脸上闪过一丝慌乱之色，若说不怕是假的，她和洛萧关系越来越差，男人似乎越来越不把她放在眼里。她强自镇定道："你想怎样？"

"我只是开个玩笑，"童染捕捉到她的慌乱，浅勾了下嘴角，"傅青霜，我之前因为洛大哥，所以尊敬你叫你一声堂嫂，可你丝毫不领情。既然如此，我们以后都不用再说话了。你别招惹我，我自然不会招惹你。"

说完，她也不等傅青霜回应什么，抱着楠楠转身离开。

傅青霜脸色铁青，双眼愤恨地盯着童染的背影，指甲嵌入肉中。如果不是因为童染，洛萧又怎么可能天天不着家？！

屏幕前的莫南爵自然将她们之间的对话听得一清二楚，他眉心跳动，几乎怀疑自己的耳朵出了问题。

"他爱我我爱他，我们相爱至深……"

"我和洛大哥干干净净，什么都没有发生过……"

字字干脆，不带一点疑惑。

她第一次在别人面前说出爱他……还有那一声"我老公"。

莫南爵修长的手指握着咖啡杯，指尖都颤抖起来，内心的激动和雀跃只有他自己知道。童染若不是定了心，按照她那性子，打死她也不可能直接说出那样的话。

男人眯起眼睛，如果她和洛萧真的什么都没有发生过……

那他昨天是犯了个多大的错误？

砰——男人一拳砸向办公桌，脸色阴鸷下去。

手边的电话突然响起，莫南爵看了眼号码，暂时关闭了液晶屏幕，接了起来。

公寓的门已经被换过了，童染到门卫那里拿了备用钥匙，开门进去。

楠楠初来新家很是激动，在屋子里来回转悠，左闻闻右嗅嗅，就差没把墙给咬穿。

童染拿出药膏时指尖碰到了那瓶避孕药，犹豫再三，她还是将药瓶放进了床头柜的抽屉里。

也许还能用上。

拉开抽屉时她突然笑了下，她这是在期待什么？

中午童染也吃不下什么，弄了些东西给楠楠吃后，本想睡个午觉，可最后还是忍受不住，将那药膏的说明书拿起来看了下后，想那店员说的擦药后不能碰水，便起身去了浴室。

楠楠吃饱后正眯着眼睛趴在阳台上晒太阳，见童染进了浴室，便也跟了进去。

童染脱了衣服后拧开淋浴喷头，滚烫的热水冲在身上，她舒服得不由得低叹一声。

楠楠见她自己冲得爽，自然是不依的，也跟着在地上滚来滚去，一身纯蓝色的毛弄得湿答答的耷拉下来，看起来极为狼狈。

童染实在看不下去，便弯腰将它抱了起来。

此时，处理完事情的莫南爵正好回到办公室，男人有些迫不及待地按开了遥控器。

液晶屏幕上，瞬间出现了高清版的画面——赫然，是一具雪白的身体！

男人解袖扣的手很明显地顿了下，双眼危险地眯起，画面中，源源不断的水珠顺着女子高耸的双峰滑下，经过纤细的腰肢、平坦的小腹……

楠楠被她高举着，从这个角度，那些美景简直是一览无遗。

莫南爵眼中蹿了下火光后陡然一沉，这女人洗澡不好好洗，这是在搞什么？

幸好他买的是只母猫，否则还得了？！

童染丝毫不知道自己早就被看了个光，她向后退些，让热水从头顶打下来，强烈的刺激让她觉得舒畅无比，她晃动着双手，让猫咪扑腾得更厉害："楠楠，你说，莫南爵是不是个不折不扣的大浑蛋？"

莫南爵："……"

"世界上为什么会有这种浑蛋男人？"童染想到他昨晚搂着两个美女，就觉得莫名不爽，她皱起鼻头，"像他这种男人，又好色又好赌，还那么懒，嘴上不饶人，成天除了吼人就是动手，霸道又蛮不讲理，全身上下找不出几个优点来，除了长得帅点身材好点开个大公司以外，简直就是个废物……"

莫南爵："……"

他在她眼里居然是个废物？！

童染挤了点沐浴露给楠楠搓着滚圆的小身体，纤细的手指穿梭在蓝毛中："你说他这种人到底哪里好？到底为什么这么多女人喜欢他？"她的话带着莫名的醋意，"像他这种男人，就得把他的双手双脚都用麻绳捆起来，然后好好折磨他，他才知道自己有多可恶……"

莫南爵："……"

她到底有这种不正经的念头多久了？！

他紧盯着屏幕里童染纤瘦的双肩和晃动的曲线，喉间不由得轻滚了下。

他正聚精会神地紧盯着屏幕，办公室的门突然被人敲了两下，而后直接被推开，男人手疾眼快，赶忙拿起桌上的遥控器按了关闭键。

营销部主管已经换了个年轻男人，小伙子拿着报告走进来，看到莫南爵动作有些慌乱地坐在那儿，俊脸还泛着潮红，怔了下："总裁，这是下半年度的报表……"

这会儿谁还有心思看报表？！

莫南爵哑着嗓子，不想就这么错过大好的福利，眉头一皱，吼道："谁允许你随便进来的？！门在那里是摆设？！"

"总裁，我敲了门的……"

"敲了两下就敢直接进来，下次敲三下你是不是就准备直接砸门了？！"

"……"

营销部主管被骂得莫名其妙，以前明明是敲门就进的。他瞥了眼莫南爵手边的遥控器，再结合现在的情况，脑子一转，瞬间就明白了什么……

总裁一个人在办公室……看"动作"片？！

这传出去可真是爆炸性的新闻啊！

他轻咳一声，忙将手里的文件放到桌子上："总裁，那我就先出去了，您忙，您忙……"

莫南爵冷淡地瞥一眼文件："扣三个月奖金。"

"……"营销部主管什么也不敢再说，不声不响地退了出去……

门刚被关上，莫南爵再度按开屏幕开关，童染这时候已经洗好了，伸手将淋浴关掉。莫南爵知道自己彻底没福利了，不由得黑了脸。

童染抹了把脸上的水，转身将楠楠放在淋浴开关边的台子上，习惯性伸手摸着它的小脑袋，突然就冒出一句："楠楠，他真的是十恶不赦，对吧？"

男人手肘撑着办公桌，腕部抵在额头上，听到这句话后，伸手想要将屏幕关掉。

可下一瞬，童染却站直身体，轻叹了口气："可是，我怎么就偏偏爱上了这么个大浑蛋？"

莫南爵心尖一颤，猝然抬起头，利眸直射过去。

画面中，女子微微弯下腰看着眼前的猫咪，眉宇间笼着一抹散不去的哀戚："楠楠，如果你是莫南爵，我说是因为我告诉洛大哥我爱上你了，想和你试一试，洛大哥一时生气想强暴我，你会信吗？"

什么？！

莫南爵闻言霍地站起身，黑眸一眨不眨地盯着屏幕，眼底蹿起熊熊火焰。要不是他装个摄像头在这破猫身上，这蠢女人还得替洛萧瞒到什么时候？！

童染伸手拍了拍额头，她也不知道自己为什么莫名其妙说出这些话，也许是积压久了，没地方宣泄吧。

浴室里雾气很大，她转身就朝外走，楠楠想跟上，可小家伙运气太差，下来的时候脚一滑，整个身体正好撞在淋浴开关上！

哗的一声——童染才刚转过身，一阵冰冷的水突然浇下来，她下意识退后两步，脚下也不知踩到了什么，整个人重重地摔了下去！

砰！巨大的碰撞声响起，门边的玻璃门被她撞得摇晃不停，发出刺耳的声音。童染咬着牙，右手撑着地面，却发现怎么也站不起来，左手也一阵钻心地疼，估计是摔伤了。

楠楠看这情况也知道自己闯了祸，喵了两声，却见童染没有反应，小家伙护主心切，当即就从淋浴开关上跳下去，半个身体撞到边上的瓷砖上——

嘀的一声，画面瞬间一片黑暗。

莫南爵怔了下，随后反应过来，应该是摄像头被撞坏了。

陈安买来的东西这都什么鬼质量？！

听之前的声音，童染八成是摔了一跤，男人神色焦急，也顾不得许多，拿起车钥匙就下了楼。

浴室里，童染挣扎了半天还是没能爬起来，只觉得半边身体都摔麻了，从肩部到大腿都酸胀地疼……

楠楠也撞得不轻，跌跌撞撞地从边上爬过来，伸出小舌头可怜分分地舔着童染的手背："喵呜——"

不知道为什么，强忍了那么久的眼泪，在这时候竟然夺眶而出，童染紧紧地咬住下唇，双肩不可抑制地颤动起来。

"呜……"楠楠哀号一声，跳到她身上开始舔她的脸颊。

哭到最后她几乎没了声音，浴室里的雾气都已经散尽了，可是她仍旧动不了，左手似乎肿了，吸气都疼。童染侧过头去，半边脸颊贴在地板的瓷砖上，只感觉一片冰凉。

砰！

蓦地，外面的门似乎被人慌乱地打开来，而后浴室的门一下子被推开——

"童染！"莫南爵大口喘着气，胸膛剧烈起伏着，俊脸上沁满汗珠。

童染一怔，一瞬间还以为自己是在做梦，她居然听见了莫南爵的声音？

男人见了浴室里的情况，急忙俯身将她抱起来。

"嘶——"他的手刚碰到她的腰，童染便倒吸了一口凉气，"疼！"

"摔着哪里了？"莫南爵手上的劲道立马松了下，他蹲下身来，伸手拨开她脸上黏腻的发丝，"童染，说话！"

童染咬着唇，这才确定自己不是在做梦，她抬起眸，鼻尖突然泛酸："我……没事。"

每次她最狼狈的时候，最及时出现在她身边的，总是他……

"你不嘴硬能死？"男人没好气地瞪她一眼，都摔得爬不起来了，这女人还说没事？！他冷着脸，"是哪边疼？"

"左边……"童染说着艰难地抬了下左胳膊，还好，不至于彻底没知觉，"估计肿了，没……"事字到嘴边，她怕说了他又要凶自己，忙改了口，"你……扶我起来吧。"

男人小心翼翼地搂住她右侧的腰，而后抬起她的右腿，将她抱了起来。

"嘶——"离地的一瞬间，童染的左手还是抽筋似的颤了下。莫南爵动作很快，立马将她平稳地横抱起，大步朝客厅走去。

童染这会儿怕他看到桌上的药膏又要误会，忙用右手推他："还是去卧室……"

男人双眼斜下来一瞪: "你现在很有力气？！"

"……"她只得乖乖闭上嘴。

客厅的长沙发很大，莫南爵弯腰将童染轻轻地放了下来。这儿光线好，身上任何一点小伤口都能看见。他起身取了条干净毛巾走过来，替她擦着身上的水渍。

童染半靠在沙发垫上，男人就这么低头替她擦着，什么话也不说，她皱起眉头: "莫南爵……"

"做什么？"男人冷着脸抬起头，"你莫不是要叫我别碰你？"

"……"童染抿紧粉唇，双眼一眨不眨地看着他精致的侧脸，莫南爵突然侧过头来，薄唇勾了下: "看这么认真做什么，我又不是洛萧。"

他嘴巴向来很毒，童染也知道他的性子，被堵得哑口无言，只得别开了视线。

莫南爵帮她擦干净身上后，又拿浴巾将她的湿头发擦到半干。他突然如此细心地服务，童染实在不习惯: "不擦也没关系……"

莫南爵动作突然顿住，抬起好看的桃花眼睨向她: "为什么不拿着那张卡？"

"什么卡？"童染皱眉，而后想起他早上让周管家给的那张卡，同他对视，"你希望我拿？"

男人抿了下薄唇: "我知道你不会拿。"

"那你为什么要叫周管家给我？"

"那你明知道我放不下你，又为什么要让我看到你跟洛萧勾搭在一起？"

"……"他突如其来的这么一句话，令童染有些措手不及。她望进他的眼底，不明白他这话到底是什么意思。"我没有和他勾搭，我和洛大哥早就结束了。"

"什么时候？"

"在我碰到你的时候，"童染神色认真，"我已经和他彻底说清楚了，也彻底到此为止了。"

莫南爵捕捉到她话里的关键词，脱口而出: "那你打算和谁重新开始？"

童染几乎下意识地就要将那个"你"字给说出来了，可话到嘴边，她又咽了下去，眸中满是疑惑："莫南爵，你不正常。"

他现在不是应该还在生气误会吗，怎么突然这么问？

"……"

男人瞬间怔住，他一着急居然给忘了，童染并不知道他已经知道了真相。

童染灵敏地嗅到一丝不对劲，一双大眼睛紧盯着他的俊脸："莫南爵，你在想什么？"

"没什么，"男人反应比她还快，瞬间掩饰下去，轻咳一声，搬出冷淡的表情，"我想什么还需要和你交代？"

童染越听越不对劲，皱起眉头："你怎么会突然过来？"

男人闻言眼皮都没抬一下："我想来就来。"

童染只觉得这里面肯定有问题："那你怎么知道我在浴室里摔了一跤？"

"……"

他难道要说是心有灵犀？！

莫南爵只觉得用这四个字回答不能再蠢，索性站起身朝浴室走去："你这女人怎么那么多废话？！给我乖乖躺好！"

他回来时手里拿着一条大浴巾，童染见状朝边上瞅了眼："你刚刚已经拿过一条了，还没用过的。"

"……"莫南爵俊脸微沉，"童染，你想死？"

童染大胆地抬眸对上他的眼睛，突然开口："莫南爵，你派人跟踪我。"

男人怔了下，随后笑出声："怎么可能。"光是跟踪能看到什么？

"那你……"童染咬着唇，目光巡视一圈，而后，自然而然地落在了茶几上趴着的楠楠身上。

莫南爵也顺着她的视线看去。

两道目光同时射过来，楠楠滚圆的小身体一缩，小脑袋抬起后左右瞅了下，赶忙蹿下茶几，一溜烟飞快奔向阳台……

童染右手指着楠楠跑开的方向："莫南爵，你让它跟着我。"

"开什么玩笑，"男人自然打死也不会承认，眉梢一挑，"你以为它真是猫妖？还有妖瞳不成？"

"妖瞳？"童染学着他平时思考的模样眯起眼睛，犀利地在他身上扫了一圈，"难道你在楠楠身上安了摄像头？"

莫南爵没想到她居然这么会联想，立马否认："怎么可……"

"难怪它早上一直朝头上挥爪子，我还以为它哪里不舒服，"童染越想越觉得不对劲，自顾自说下去，瞬间恍然大悟，"我说楠楠怎么突然跑出来找我，八成是你给它头上什么地方装了摄像头或者窃听器，然后再放它出来让它跟着我……"

莫南爵瞬间怔住，这女人什么时候成福尔摩斯了，居然还给她推理出来了？！

莫南爵只得冷下脸，反正他向来脸皮厚："童染，你胡说八道的本事倒是越来越强了。"

童染并不接话，抬眸定定地瞅着他，突然问道："莫南爵，你看得爽吗？"

"我说没有就是没有，"男人拧眉，"我看你还需要偷看？"

"那你早上为什么赶我走？"

"这两者有关系吗？"莫南爵想到她在浴室里说的那些话，若不是他这样做，她怕是还要为洛萧隐瞒，"童染，如果真的有东西能看，我真想挖开你的心来看看。"

"我的心你比我更清楚。"

"我清楚什么？"莫南爵冷着脸，"我只看到你心里装着洛萧，别的什么我也看不清。"

童染几乎是一瞬间接话："那你为什么要在楠楠身上安摄像头？"

男人正在气头上，想也没想脱口而出："我想装就装，哪有那么多为什么？"

童染闻言抿了下粉唇，抬起头来看着他。

莫南爵："……"

得，不打自招。

她这套话的技能是和谁学的？！

莫南爵只觉得自己这辈子都没这么丢脸过，这等于间接承认了偷看她洗澡。男人俊脸铁青，扯了下领带走到窗边，竟是一句话都说不出来。

童染躺在沙发上，身上什么都没穿，虽说开了暖气并不冷，可这样也很奇怪，她瞅着男人颀长挺拔的背影，半晌才开口："莫南爵……帮我拿下衣服。"

男人一动不动。

她又开口喊："莫南爵？"

"童染，"莫南爵好看的桃花眼浅眯起，他并未转身，而是微仰起头，细碎的阳光洒在他的俊脸上，却怎么也照不进心中，"在我准备放手的时候，你却说你爱我，你说，我该拿你怎么办？"

他这番话不是面对着她说的，所以童染看不清他的表情，她心里一刺："你要……放手？"

男人冷笑一声："不放手怎么办，守着你和洛萧过一辈子？"

童染轻咬下唇肉，到了这时候，她反倒不知道说什么了："你如果相信我爱你，就应该知道我和洛大哥什么都没发生过。"

"你要我怎么相信你爱我？"

"我本来就爱你，这个还需要证明吗？"童染睨着他的脸色，故意开口，"你要是想知道，就等陈安回来了去问他。"

"关陈安什么事？"莫南爵冷着脸，语气不善，"童染，你别想这么蒙混过去。"

"你不是和陈安很好吗？"童染一步一步引他入局，"你们这么要好，我就不信你们……"

"童染！"男人大步走到沙发边，一手握住她的右肩，"我和陈安什么事都没有，你再敢说这些乱七八糟的，看我怎么收拾你！"

童染并不说话，睁着一双大眼睛，定定地瞅着他。

这种时候这男人的高智商到哪里去了？

莫南爵对上她的目光后，瞬间呆住，这才惊觉自己刚才一个没忍住说了什么。

这女人简直……

童染看着他愣愣的表情，笑了下，右手伸出去揉了下他的头发："好可爱。"

莫南爵："……"

童染纤细的手指抚过他深棕色的短发，男人发质很好，怎么打理都很有型，她捏了下他的脸颊："没关系，偷看偷听这种事情我不怪你，人都有犯错的时候，以后改了就好，别自责。"

莫南爵："……"

童染越看他这受气的小媳妇样越觉得好笑，肩膀抖动了下，右手在他的俊脸上左掐右捏："莫南爵，你……你别动，快把手机给我，我必须把你这样子拍下来，真的太可爱了，哈哈哈……"

莫南爵紧盯着她的小脸，在童染笑得不行、舌尖伸出来舔下唇瓣的时候，他猛地低下头，薄唇直接封住了她的小嘴。

"唔……"童染睁大眼睛，捶他的肩，"你别……"

莫南爵侧着身体，一手绕到后面托住她的后颈，勾住了她的舌尖，不容她挣扎和退缩。

他的吻火热而霸道，带着些许怒气的成分，一点点品尝着独属于她的甜美。

童染被他吻得头晕目眩，不自觉地轻眯起眼睛，就要被他带进去，却陡然想起这里还是客厅的沙发上，她用力别过头去："唔……莫南爵！"

莫南爵被打断很是不爽，舌尖轻抵下嘴角，俊脸绷不住情绪："做什么？"

"你说不过我就想来这招？"童染伸手抹了下唇，斜睨着他，"你能不能像个爷们一样？"

"爷们？"莫南爵眉梢轻挑，另一只手抚上她平坦的小腹，大掌一路游移向上，"你不是问我看得爽不爽吗，我现在就告诉你。"

"……"

不要脸！

莫南爵将俊脸埋进她的颈窝："洗干净了就是香。"

"……"

"以后不许跟除我以外的人洗澡，"男人含住她的耳垂，"猫也不行。"

"……"

她涨红脸咬着唇，莫南爵顺势就要朝她身下探去，童染陡然想起什么，忙屈起右腿："不行！"

男人不依，大手已经抓住了她的小腿："为什么不行？"

"我今天身体不太舒服，"童染本是随口扯了个谎，又想起他肯定也知道自己买了药，索性直说，"你昨晚弄伤我了。"

"……"

莫南爵也想起她在药店买药的事，喉结轻滚了下，童染见状以为他会不顾这些，刚想着怎么开口劝他，却见他从自己身上翻身下来。

她向来脸皮薄，忙扯过毯子盖住自己的身体，低声说："你去帮我拿衣服吧，我冷。"

"没事，待会儿我摸摸就热了。"

"……"

折腾了半天，童染好不容易才求他给自己穿上了衣服，她的左手确实红肿了起来："轻点……好疼。"

"忍着点，让我看下，"莫南爵将她抱在自己腿上，轻握着她的手腕来回翻看了下，上臂侧面确实青了些，他皱起眉，"陈安这几天不在，我带你去医院。"

"没事，不用去医院，还能动，"童染不想那么麻烦，挣扎着从他身上下来，"休息几天就好了，没必要去医院的。"

男人反对："不行，到时候残废了你要我伺候你的饮食起居？"

莫南爵抱起她就朝门口走去，童染拗不过他，只得伸手勾住他的脖子，将头埋进他的胸膛里，莫名觉得温暖。

莫南爵的布加迪威航就停在小区门口，他抱着童染上了车，替她系好安全带后，朝医院开去。

小区对面，一辆黑色的保时捷停在树荫下，洛萧双手握着方向盘，眯起眼睛，盯着布加迪威航远去的方向。

小染受伤了？

男人眉宇间笼起一抹戾气，看他们刚才那样，分明就是和好了，怎么会这么快？！

洛萧双手攥紧，将套着皮套的方向盘攥出褶皱，童染那天晚上对他说的话一遍又一遍地回响在耳边，他目光微沉，透露出隐忍的阴沉。

跑车逐渐消失在视线里，洛萧正要跟上去，手机却突然响了起来。这号码是私号，极少会有人打进来，男人并未犹豫，立马按下接听。

"少爷……"

里面的男人说得很急，洛萧却依旧面色平静，听完之后只说了一个好字，便挂了电话。

他温润的眸子眯起，却并未再追上去，而是掉转车头，朝反方向疾驰而去。

医院人很多，莫南爵提前打了招呼，所以他们也没排队，到了后便直接进了科室。

其实童染的手臂没什么大碍，就是摔青了些，医生检查了下，发现并未伤筋动骨，开了点药膏吩咐她静养几天别碰水。

从拥挤的电梯下来，童染坚持不要他抱，男人便搂着她的腰朝右边走去。

靠在他怀里，童染抬头看着熙熙攘攘的人群，每个看病的人都有人陪着，都有人关怀。

她侧过头，看着莫南爵精致的侧脸，突然发现自己何其幸福。

至少……她不用一个人。

见她盯着自己看，男人眉头拧了起来："怎么了？是不是手又不舒服？"

"没事，就看你长得帅，"童染笑了下，这才发现不对劲，这分明不是出去的路，她扯住他，"你要去哪里？"

"去看病。"

莫南爵言简意赅，强搂着童染就朝边上走去，她瞅了眼，顿时红了脸："我不要去妇科！"

"你有病不需要去看？"二人本就惹人注目，她又叫得这么大声，周围有人时不时瞧过来，男人冷下脸，"废话那么多做什么。"

"我又没事为什么看妇科，我要回去……"

"你难道要我一直憋着？"男人俊脸铁青，这件事情上就是没的商量，"你买的什么破药膏，必须去看。"

"……"

童染拗不过他，只得挂了号。

二人从医院出来的时候已经是晚上七点多了，莫南爵看了下时间，将跑车从后门开出来："带你去吃饭。"

童染搓搓耳朵："去哪里？"

"你想吃什么？"男人文着苍龙的修长食指在方向盘上轻轻点着，"去云庭吧，那儿最近出新菜。"

"云庭？"童染蹙眉想了下，笑出声来，"就是以前你和苏莉莉大庭广众之下接吻的那个地方？"

男人俊脸一沉："我什么时候和苏莉莉接过吻？"

"我都看到了……"还当着她的面，童染酸溜溜地看他一眼，"你以前那么多女人，能算清我是第几个不？"

"你是第一个，"莫南爵从来不打草稿，踩着油门，"我就只有你一个女人。"

"得了吧，"童染翻了个白眼，"你以为我是聋子？你和苏莉莉当时在房间门口……"她说着噤了声，那样的声音回荡在耳边，心里到底还是不爽的。

"你不提那件事情会死？"莫南爵冷着脸，他分明就没和苏莉莉做过什么，只是让苏莉莉对着主卧喊了几声，这女人就非要这么抓着不放？

难道非要他承认他是为了让她吃醋才故意这样的？！

"这件事情确实存在啊，难道还能消失吗？"童染说着鼓起小脸，她其实能理解他为什么这么生气，她光是听着苏莉莉在门口的叫声，现在想想都觉得接受无能，更何况他还是亲眼看到……

"怎么就不能消失？"莫南爵没想到女人居然如此记仇，"我脑袋里的都能消失，你就不能？"

"你能消失是因为你知道了真相！"

"哦？"说到这件事情，男人一双桃花眼眯了起来，"童染，真相就是洛萧想强暴你？"

童染怔了下，没想到他说得这么直接，辩解道："其实也不是……"

"那是什么？"莫南爵脚下踩住刹车，跑车就这么停在路中间，"难道还有我不知道的隐情？"

由于惯性，童染整个身体向前栽了下，被男人一把扯住，他冷下脸道："说清楚。"

脾气说上来就上来。

嘀嘀嘀——

后面传来司机按喇叭的声音，童染见状忙扯住他的手臂："我们回去说吧？回去我好好跟你解释，好不好？"

男人冷睨着她，童染比了三根手指竖在耳边："我确定，我发誓！"

莫南爵神色晦暗不明，提到洛萧他就想杀人，他哑着嗓子突然道："叫我。"

"莫南爵？"

"我让你叫我，不是让你找死。"

"……"童染瞬间反应过来，后面的抗议声越来越大，她忙端正身体，"合格的好老公。"

莫南爵："……"

童染将头歪过去靠在他的肩上："你是世界上最合格的好老公。"

说着她又撑起上半身在他侧脸上吧唧亲了一口，这才坐回副驾驶座上："这样行了不？！"

男人这才满意地勾起唇，踩下油门："回去一起算。"

"……"

车子一路经过几条商业街，莫南爵正要从主干道拐进去，童染却突然拉了下他："那里那里！"她伸手拍着车窗，"是夜市！"

"夜市？"男人瞅了眼，两道剑眉立即拧在一起，在他的印象中，那种地方向来是脏乱差的代名词。

"对啊，那里面好多小吃，"童染本就饿了，扒在车窗上眼巴巴地看着，就差流口水了，她也知道男人不喜欢，试探性地问道，"莫南爵，我们去那里吃吧？"

男人想也不想便拒绝："不行。"

"为什么？"

"没有为什么。"

童染光是看着那热气腾腾的小摊就眼馋，拉住他的手："我们就去一次，你没去过，我带你去看看？"

"你也没去过贫民窟，要我带你去看看？"

"……"她索性伸手按住他的方向盘，"我真的想吃。"

"不许吃那些东西，"男人还是冷着语气，"都不干不净的，你还嫌自己不够蠢？"

童染："……"

莫南爵打了下方向盘："我带你去云庭。"

"我才不想去云庭，"童染瘪着嘴，她现在只想吃小笼包和臭豆腐，"我就要吃夜市。"

"我说不行就不行。"

"……"

不是应该依着她吗？

这时红灯刚好结束，莫南爵将车拐进主干道，拍了下她的手："坐好。"

童染一脸不甘愿，失落地坐回座椅上，在男人即将开出这条街的时候，她突然灵光一闪，故意闷闷地开口："以前我下课的时候，洛大哥天天带我去夜市吃夜宵。"

吱——

车轮摩擦地面发出尖锐刺耳的声音，莫南爵双拳一攥，猛然将跑车停了下来。

童染吓了一跳："你做什么？"

"洛萧经常带你去吃？"男人神色阴鸷地看向她，"小时候？"

"是的，"目的达成，童染配合地点头，洛大哥确实经常带她去，只是已经很久没来了，"那里是我们的共同回忆中一个很重要的地方。"

共同回忆？！莫南爵冷着脸，一把将车钥匙拔出来，推开车门就跨了出去："下车。"

"……"

童染没想到他变得这么快，反应过来时，男人已经拉开了她的车门，单手撑在上面："出来。"

她猫着腰下了车："怎么了？"

莫南爵裹住她的小手："带你去吃夜市。"

"……"

醋意还真浓。

童染吐了下舌头跟在后面，夜市现在正是热闹的时候，两侧的小摊子上摆满了各种各样的小吃，个个都人满为患，冒着香喷喷的热气。

莫南爵走到哪里都是焦点，不断有座位上的大学生朝他招手搭讪，童染跟在后面觉得自己已经被数道目光箭射了个遍，她扯了下男人的袖子："你别走这么快。"

"这儿有什么能吃的？"男人拧着眉，显然对这种味道很不习惯，左右瞅了几眼都觉得不舒服，"就只有洛萧那种该死的蠢货才会带你来这种地方。"

"……"

他分明就是还在吃醋，童染抱着他的手臂晃来晃去，途经一家凉皮店时停了下来，转身走进去："我们吃这个吧？很好吃的。"

莫南爵一百万个不愿意，可想到洛萧和她的"共同回忆"，男人还是硬着头皮跟了进去。

"老板，两碗凉皮，"童染都不记得自己多久没吃过了，笑眯眯地开口，"多加点辣椒。"

"好嘞！"

她走到小圆桌边上准备坐下来，却见男人戳在那儿："你不过来坐吗？"

莫南爵看着这小破摊子，一脸嫌弃："凉皮是什么？"

"是一种小吃，QQ的味道很不错，"童染知道他这种大少爷不可能吃过，拉着他坐下来，"尝尝就知道了。"

莫南爵剑眉皱着，没办法，只得坐了下来。

小圆桌很矮，男人坐着不舒服，四处瞥了眼，满地都是乱扔的东西："这就是你和洛萧之间的共同回忆？"

童染正擦着筷子："是的，我们以前经常来。"

"果然，"莫南爵冷冷地瞪她一眼，"你们的回忆简直是个垃圾场，丢掉是最好的办法。"

"……"

老板很快将两碗红油的凉皮端了上来，小碗套着塑料袋，童染看得口水都快流下来了："快尝尝！"

她说着就夹了一口吃，味道和以前没有差别，她吃了好几口，抬起头见男人定定地瞅着她："你不吃吗？"

莫南爵抿着薄唇，修长的食指将碗推开，这种东西他看着就没食欲："你吃吧。"

童染不依，卷起一筷子凉皮举起来："你尝一下看嘛，味道真的很好，简直让人欲罢不能。"

男人别过头:"欲罢不能是吃你时候的形容。"

"……"

童染不罢休,手托在下面送到他嘴边:"洛大哥也很喜欢吃凉皮。"

此话一出,果然见莫南爵眉头松了下,他冷睨她一眼:"你经常这样喂他?"

"是的……"

男人冷着脸瞅着面前的凉皮,到最后还是吃了进去。

童染握着筷子,满脸期待:"怎么样,好吃吗?"

这味道他实在是不喜欢,可还是点了下头:"凑合。"

"我就说嘛。"

一碗吃下来,男人面前的分毫未动,童染却已经吃了个底朝天,她拍拍肚子:"好饱。"

莫南爵如蒙大赦,忙站起身:"走。"

"不行,"童染忙扯住他,"小笼包臭豆腐蒸饺鸡蛋饼南瓜糕还没吃。"

莫南爵:"……"

一路逛下来,童染差不多将夜市的东西吃了个遍,男人抿着唇跟在后头,她每吃一样,他就让老板再打包一份,带回去。

吃到最后,莫南爵实在看不下去了才将她强行搂出来:"你想吃到住院?"

童染打了个饱嗝,这才发现自己真的吃撑了。

回去的路上,她病恹恹地靠在座椅上,伸手揉着肚子:"怎么办,吃撑了好难受。"

"活该。"

"……"

"以后不许去了,"莫南爵冷着脸,"今天我陪你逛了一遍,不再是你和洛萧的共同回忆了。"

童染闻言并不反驳,而是侧眸看向窗外:"早就不是了。"

从很久以前……从他离开家那时候,就已经不是了。

男人倒是很满意:"知道就好。"

到家之后已经很晚了,莫南爵给童染的手臂擦了药,相比于白天来说手臂已经消肿了，这会儿就是淡青色的痕迹，只有碰着还有点疼。

洗漱之后童染穿着睡衣进了主卧，楠楠蜷成一团缩在窗台上，童染走过去将它抱了起来，小家伙傲娇地扭了几下："嗷嗷嗷——"

童染扶额，弯腰将楠楠放到床头柜上，蹲了下来："楠楠，你是一只猫，不是一头狼，所以以后不许嗷嗷嗷的，明白了吗？"

楠楠一脸不爽，你们出去玩了一天，把我丢在家里！它圆睁着一双蓝色的大眼睛，虎视眈眈地瞪着童染："嗷！"

童染无奈，想着等下让莫南爵教训它，便站起身来想走。楠楠这下子急了，以为她生气，忙撒着短腿去咬她的睡衣："喵！"

小家伙运气实在不好，跳下来的时候腿勾到了床头柜上的台灯，它太胖了，台灯被整个拽下床头柜，摔在了地上——

哐当！

童染一惊，怕它被割伤，忙转身去抱它。

就在她蹲下身的一瞬间，胸前项链的吊坠垂下来，正好同台灯内壁上白色的小圆球相碰，二者相吸了下，极轻的小圆球便被牢牢地吸在了吊坠上。

童染将楠楠丢到床上，俯身收拾碎片："你给我老老实实待着！"

小家伙也知道自己闯了祸，乖乖地窝在床上，睁着蓝瞳，瞥见了童染吊坠上的不显眼物体，正要伸爪子去抓，却被走进来的男人一把拎起后颈："怎么回事？"

"它瞎闹腾，把台灯摔了。"童染收拾好后朝客厅走去，"你好好收拾它。"

莫南爵嫌麻烦，将楠楠直接扔到窗外的栏杆上，小家伙怕得直哆嗦，一个劲扒着窗子。

男人懒得理它，正要换上睡袍，床头的手机突然响了起来。

他瞅了眼号码，眼眸瞬间眯了起来，按下接听键，对方恭敬地开口："少主。"

"说。"

"少主，鱼儿上钩了，"对方言简意赅，"大概在二十分钟前，人被抓走了。"

莫南爵勾起薄唇，果然，做亏心事的人，半夜到底还是怕鬼敲门的。

"少主，您看？"

男人将颈间的浴巾扯下来，眼底泛上一抹狠戾："我现在就过去，给我围！"

"是，少主。"

童染收拾好回卧室的时候，却见男人已经换了一身黑色皮衣，她诧异地看着他："大晚上的，你这是要去哪里？"

"出去办点事儿，"莫南爵擦着她的肩膀走出去，"你在家等我。"

"等下，"童染敏锐地捕捉到他俊脸上的戾气，扯住他的手臂，"很危险的事情？"

"小事。"

"那你就不必亲自去。"童染向来不管他的事情，现在却会莫名担心。

莫南爵眉梢轻挑了下："怎么，担心我？"

"没，"童染嘴硬，心里其实知道，这男人在外面绝不会那么简单，否则也坐不上今天的位置，她咬着下唇，"那，什么时候回来？"

"你想我什么时候回来？"莫南爵嘴角含笑，伸手抚上她的发顶，韩青青的事情，一直是他们之间的一个结，如今鱼儿上钩了……

男人眯起眼睛。

童染看出了他的犹豫，走过去靠在他边上："事情，是不是和我有关系？"

莫南爵舌尖轻抵了下嘴角："女人这么聪明可不好。"

他这句话等于是默认，他原本就不打算瞒着她。童染握住他的手，心里的波浪被一层一层地翻开，她瞬间就明白过来："是不是和……青青有关系？"

"我说过，"莫南爵点了下头，反握住她的手，"我自己的清白，我自己来还。"

童染垂头不语，这件事情在他们中间造成的隔阂，甚至比洛大哥还要严重……

她抿了下唇："我也要去。"

"不行。"男人料到她会这么说，断然拒绝，"太危险了。"

"危险你能去，我就不能去吗？"童染一听危险更不想让他一个人去，"让你一个人身处险境，我宁愿自己也不平安。"

"胡说八道什么？"

"我没胡说八道……"童染心里莫名紧张，伸手抱住他的胳膊，"危险就危险，反正你会保护我，我不让你一个人去。"

莫南爵看着她可怜巴巴的小脸，今晚什么情况他也不确定，但他做这些，无非为了揪出幕后黑手，证明自己的清白，她若是跟着去亲眼看看，也没什么不妥。

见男人抿着唇不说话，童染晃着他的手臂："莫南爵……"

"去换衣服。"

她一喜："真的？"

"嗯，"莫南爵低头在她脸上一吻，"再危险，我都会护你周全。"

与此同时，天城复式小区。

小保姆今天睡得很早，半夜的时候醒了一次，出来倒水喝，一开门，就瞥见正从楼上走下来的男人。

她吓了一跳，半天才看清楚是谁："少爷，您要出门？"

"嗯。"洛萧淡淡应了一声，穿着黑色的大衣，领口竖起，几乎遮住大半张脸，只余下一双温润的眼眸，"早点睡。"

"少爷慢走。"小保姆说着抬头看了一眼挂钟，妈呀，都凌晨两点半了，少爷这是去做什么啊……

洛萧出了小区后绕到对面超市的后门，一辆黑色的轿车停在那儿，车牌和车标都已被除去，贴着厚厚的防辐射玻璃纸，外面完全看不见里面。

里面的人看见他后忙下来打开车门："少爷。"

洛萧抬脚跨上去，里面亮着灯，好几个彪形大汉围坐在里面，男人翻下领子后摘掉手套，目光扫向众人："怎么回事？"

其中一个彪形大汉从口袋里掏出几张照片递过去，口气有些担忧："少爷，您看……"

洛萧接过去看了眼，也拧起眉，这照片，分明就是整容后的韩青青！

男人眸子眯了起来："这是什么时候拍的？"

"就昨天早上，"彪形大汉又将手机拿出来，里面有一段录像，"在贫民窟，之前把那疯女人给放到那儿去的时候我们哥儿几个有几个认识的人在那里，结果昨天一大早那几个人给我打电话，说又看到那个疯女人出现……"

洛萧点开来看，视频里确实是贫民窟里韩青青住过的那一间屋子，画面中，女子无论是从身形还是脸蛋，甚至是头发的颜色、神态动作，都和整容后的韩青青一模一样。

洛萧素来沉静的眼底涌起波浪，难道韩青青没死？

可是小染那天都自杀了……

他思索了一会儿开口："你们确定这个女人是当初那个？"

"不会错的，"彪形大汉说着都觉得瘆人，大家都以为这女人已经死了，"我们兄弟几个见过都说是的，完全一样……不懂她从哪里冒出来的。"

"不可能，"洛萧打断他，"莫南爵已经杀了她。"

"可是少爷，我们当初跟着莫南爵的手下，没人发现这女人啊。"另一个人满脸疑惑地说道，"照理来说，如果死了是肯定要处理的，可是我们在那栋别墅周围跟了将近一个月，也没见任何被处理的东西……"

边上的人点头："是啊，该不会这女人压根没死吧……"

洛萧手里拿着照片，眉头紧皱，其实他并未听到任何关于韩青青死了的确切消息，小染没提过，莫南爵也没真正承认过……

难不成，韩青青真的没死？

那，小染为什么会自杀？

他抿紧唇，想不出个所以然来双手放下来，将照片随手扔在座椅上，靠向椅背："人现在还在贫民窟？"

"呃……"几个人互相对望，其中一个人大胆道，"少爷，我们已经把人抓过来了。"

"什么？"洛萧瞬间坐起身，脸色一沉，"你们抓了人？"

"是的，我们看那疯女人又回来了，所以……"几个人面面相觑，生怕挨罚，"所以就抓到城郊河边上的破工厂里了。"

洛萧闻言嗓音骤然冰冷："谁让你们擅自动手的？！"

"……"

几个人都垂着头不敢说话，洛萧平常很是温和，从来不发火，可一旦发起火来……

所有人的心都提了起来。

也不知道过了多久，才有人敢开口："那少爷……要不要我们现在把人放了？"

男人沉着脸，却摆了摆手："不用放，现在带我过去。"

"啊？"

"她没死也是有可能的。"洛萧沉下怒气，他也是急过头了，其实换作他来决定，韩青青如此重要的人物，他应该也是会把人抓起来的。

毕竟，她是个很大的隐患，绝不能让她在清醒状态下和小染对话，洛萧深知这一点，脸色缓和下来："多叫点人来，不用出现，就伏在四周。"

边上的彪形大汉点点头："少爷，那您……"

"我去准备下，二十分钟后来接我。"

"是，少爷。"

苍茫的夜色下，四辆黑色轿车疾驰在公路上。

其中一辆车的后座上，莫南爵靠窗而坐，男人开了点窗户，嗖嗖的冷风就这么灌了进来。

他额前深棕色的碎发被吹起，童染伸手帮他顺了下："在想什么？"

男人跷着一条腿，手上的铂金打火机一开一合："我觉得事情没那么简单。"

"你是找了个女孩子，整容成青青的样子？"

"嗯，找了个你都看不出来的人，我保证他们一定会怀疑，但是……"莫南爵眯起眼睛，总觉得有什么地方不对。

"那个女孩子现在在他们手里？"童染皱眉，"会出什么事吗？"

"能出什么事？对方看到她，肯定会怀疑为什么没死，他们想从她嘴里套话，自然不会动她，"男人薄唇邪肆地勾起，食指在大腿上轻点着。

"那你这次去是直接抓人？"童染怎么也想不通，韩青青会和谁有关系，"会是谁？竟然如此残忍……"

莫南爵闻言挑了下眉，不着痕迹地瞅她一眼，目光变得深邃晦暗。他其实能想到是谁，可是没证据的事终究是空口白话，他从来不乱说："我也不知道。"

童染垂下眸，坐到男人身边，小手握住他的大手，男人几乎是下意识地反裹住她的手，十指相扣，紧紧攥在手心里。

她将头靠过去，轻搁在他的肩膀上："莫南爵，谢谢你。"

"……"男人怔了下，轻笑出声，"谢我什么？"

"谢谢你包容我，谢谢你做的一切……"童染轻咬下唇，"其实青青的事情你完全可以不管，甚至可以直接解决她……但是你为了我做了这么多，如果不是因为我，她也不会这样对你……莫南爵，谢谢你。"

莫南爵嘴角含笑："就嘴巴上谢而已？"

"你还想要什么？"

"你说呢？"

"……"

童染甩开他的手，这男人实在不适合走抒情路线："跟你这种人没法好好沟通！"

"那你谢我做什么？"

童染："……"

莫南爵轻眯起眼睛，突然开口问道："你和韩青青，平常在学校里就两个人？"

"一般都是，我就和她玩得比较好，"童染点点头，"去哪里都是一起的，以前大伯接我回家住，她也会跟我一起去。"

男人敏锐地捕捉到关键词："那她也认识洛萧？"

"认识，但他们没见过几次面，"童染盯着他的俊脸，突然叹了口气，"你能不能不要每次都扯到洛大哥？青青的事情和他能有什么关系？"

"你这么重视他，我能不扯吗？"莫南爵舌尖轻抵嘴角，洛萧果然是认识韩青青的……

一提到洛萧气氛就骤然变了，童染怕他不高兴，抿着唇没有说话，男人却又问道："你之前说，你去仓库找他们，还有一个人在，是不是叫罗成？"

"对，"童染点头，她也只是提过罗成这个名字，他现在却突然提起来，她皱眉，"难道……"

莫南爵接过她的话头："他也失踪了。"

"失踪？"童染诧异地张大嘴，"怎么会这样？"

"肯定是因为他知道了什么，要么死了，要么被人抓起来了，"莫南爵轻挑眉梢，这是道上人都知道的做法，"总之，得让他闭紧嘴巴。"

"……"

童染秀眉皱得越发厉害，罗成知道了什么？

男人刚想继续开口说些什么，手机突然响了起来，他指尖滑开屏幕，"说。"

"少主，我们都已经部署好了，废工厂里面大约有七个人，我们找的那女人也在里面，"对方声音压得很低，四周都是风声，"目前没有听到打骂或是开枪的声音，我们按照您说的将人都分散在四周了。"

莫南爵眯起眼睛："周围没发现其他人？"

"现在天太黑了，而且不能惊动工厂里面的人，最不利的是这儿四周是一片大的芦苇丛，再外面一点就是城郊河，我们的人过不去，只能就近围起来，"对方顿了下，"况且这四周都是化工厂，我们不敢擦枪走火，怕会引起爆炸。"

"还真会挑地方，这倒是对他们最好的保护，"男人勾了下唇，"行了，我马上到，你们都先按兵不动。"

"是，少主。"

挂了电话，莫南爵见童染一双大眼睛定定地瞅着他："没事吧？"

"没事儿，马上就到了，"男人一手揽过她的细腰，"你困了就眯会儿。"

与此同时，在他们行驶的这条公路的边上，仅仅几排大树之隔，正前方不远处的一个岔道口上，几辆黑色轿车也在疾驰着。

与后面的车不同的是，这些轿车都是贴车牌贴车标的，左右后各一辆，将中间的围了起来。

车内，男人坐在正中央，戴着黑色的口罩、黑色的呢帽，身上的大衣和靴子也是全黑的，只露出一双温雅的瞳仁。

边上的彪形大汉将检查过的枪递给他："少爷，我们的人已经在等了，那女人现在状态还算稳定，就等您过去。"

"嗯。"

男人轻点下头，接过枪放进口袋，手伸下去的时候，指尖触到一个冰冷的蓝牙耳机。

男人原本温雅的瞳仁瞬间收缩了下，眼底涌起晦暗之色，白皙的手指将那耳机拿出来，放在戴着皮手套的手心里。

那耳机很新，右边有一个很小的按钮，从他在她床头柜的台灯上安这个窃听器到现在，一次都没用过。

他知道，只要他按开，就可以听到童染的声音。

终究还是控制不住思念，男人按下启动按钮，将耳机挂在了耳朵上。

他并不知道，此时那白色的小窃听器正粘在童染颈间项链的吊坠上，轿车平稳地行驶着，车内很安静，女子靠在莫南爵怀里，轻眯起眼睛，似乎是睡着了。

从耳机里听到的，就是童染轻缓的呼吸声。

男人在黑色口罩下的嘴角浅浅地勾起，小染，希望你能做个好梦。

他正准备将耳机摘下来，边上的彪形大汉正好出声打断他的动作："少爷，我们到了，已经进了工厂的大门了。"

"嗯，直接开进去，"男人顿住动作，犹豫了下还是没将耳机摘下来，能时刻听到她的呼吸声，他起码能时刻心安，"没发现异状吧？"

彪形大汉摇头："暂时还没有，我们的人都来了，都在芦苇丛里。"

"好，继续叫人盯着。"

轿车又开了一段路，不一会儿，四辆车子就在工厂外围的杂草堆旁停了下来。

很快有人上来拉开车门，男人将其余的枪和照片都收进口袋，而后在边上的箱子里拿了一管浅黄色的试剂，压低帽檐后下了车。

周围的人立即站直垂首："少爷。"

男人点头："都进去吧。"

此时，工厂的大门口又有四辆黑色轿车按照刚刚他们开过的路驶进来——

童染还在睡着，所以莫南爵并未开口说话，示意司机直接开进去。

司机将手伸到窗外，比了个旋转的手势，另外几辆车会意，直接朝里面开去。

几乎是同一时间，城郊河对岸不远处也不知道是谁家在放烟花，从最高的楼顶咻地蹿出一片绚烂的火光，砰的一声炸开在空中！

巨大的声响和明亮的烟花将天空照得骤亮。

莫南爵拧起眉头，伸手捂住童染的耳朵，怕她被吵醒。

而前方，本来已经抬脚准备走进工厂的男人却陡然停下脚步！

身边的彪形大汉也跟着停了下来，奇怪地问道："少爷，您怎么了？"

男人扬手示意他别说话，紧接着，城郊河对岸又响起两声烟花蹿上天空的声音——

咻！砰！

彪形大汉厌恶地皱眉，开口骂道："现在的人都是脑残啊，大晚上放烟花奔丧啊？！"

男人冷喝一声："闭嘴！"

彪形大汉立即噤声。

砰！

第三声响起的时候，男人伸手捂住戴着耳机的那只耳朵，瞳仁猝然放大！

他可以确定，他听到了双重声响，这烟花的声音从耳机里也可以清晰地听到！

这就表明，那白色的窃听器也在附近……莫南爵来了？！

这是个计！

男人几乎是瞬间反应过来，眉头一皱，双手张开向后一挥："撤！"

"啊？"彪形大汉一怔，"少爷，里面还有我们的兄弟，那女人……"

"我说撤！"男人向后退了几步，猫着腰退进车里，将帽檐压得更低，"该死的，别的都不管，都给我上车！"

车门砰的一声摔上，几乎是同时，后方几辆黑色轿车开了过来——

刚上车的一众人也没想到突然会有车蹿出来，车内的彪形大汉吓了一跳："糟了，少爷，这是怎么回事……"

怎么会有人来？！

强光照射下，莫南爵这边的司机瞬间看到了前方的轿车，他也无法顾忌莫南爵吩咐的别出声，转头说道："少主，前面有车！"

莫南爵眯起眼睛，怀里的童染这时候也醒了过来，男人伸手挡住她的眼睛让她有个适应期："能看见车牌吗？"

"看不清，都是挡了车牌的，"司机打开大灯，"车好像只是停着，车边上都没有人。"

　　童染揉着眼睛坐起身，莫南爵搂住她的肩，拿过准备好的湿纸巾给她擦了擦脸："开过去看看。"

　　"已经到了吗？"童染靠在他怀里，"你带枪了吗？"

　　莫南爵在她额头上吻了下："怎么，你想要一支来保护我？"

　　此时，他们的对话清晰地通过胸前吊坠上的窃听器传了过去，黑色轿车里的男人按着耳朵上的耳机，诧异地睁大眼睛。

　　小染怎么也来了？！

　　彪形大汉有些焦急地坐在驾驶座上："少爷，该怎么办？后面有车，我们出不去……"

　　男人也顾不得再听下去，坐直身体后朝前指了下，双眼狠狠眯起："往前开！"

　　"啊？"彪形大汉一怔，握紧方向盘，"不行啊少爷，前面没路走，都是厂房……左右都是芦苇丛，开出去是城郊河……"

　　"我开，"男人将他拽开，坐到驾驶座上，"你让另外几辆车都朝不一样的方向开，把帝爵的人引散。"

　　"帝爵？"彪形大汉一听这名字瞬间竖起汗毛，忙点头，"是，是……"

　　男人坐上驾驶座后，脚踩住油门，猛打了下方向盘，车子不断地退后——

　　"少主，有车在退，"司机有些诧异，这样不是找死吗，"我们会相撞的，要不要让一让？"

　　莫南爵松开童染，弯腰看了下，前面的几辆车都散开了，却有一辆朝他们这里退过来，他眯起眼睛："我来。"

　　童染一听，就知道又是类似飙车，忙扯住他的袖子："莫南爵……"

　　"没事，你坐我边上，"莫南爵将她的安全带系好，拍了下她的脑袋，"相信我。"

　　童染看着他的眼睛，心里安定不少，点了下头："好。"

　　前方的车还在不停后退，眼看就要撞上，莫南爵坐稳后脚下一踩油门，性能极佳的黑色轿车就这么迎着前方的车尾撞了上去！

　　砰——

　　两车相碰，巨大的震动带起漫天灰尘，童染紧紧地抓住车门。前面那辆车被撞得打了个转，男人从后视镜里看了眼后面的车，从窃听器里，他可以清晰听到童染话语里的担忧。

他心一横，猛踩下油门，车子朝工厂里面拐了进去！

边上的彪形大汉吓得半死："少爷，小心，那边是河啊……"

男人眯起眼眸，脚下油门丝毫未松，前面道路崎岖，后面穷追不舍，他权衡之后，猝然转了下方向盘，轿车朝右边的工厂内开去！

"少爷！天哪！"

彪形大汉吓得魂都飞了，轿车直接冲进厂房，四周都是滚圆的大油桶，撞飞后悉数朝车上砸来，黑色的玻璃瞬间被砸开一个大洞——

哐当！

车速依旧在加快，男人握着方向盘开着车在工厂内打转，玻璃碴被风吹起，剐过男人俊脸上的口罩。彪形大汉手已经被剐破，回头望了下："少爷，他们也追进来了！"

"打电话，叫六子他们全部开进来，"男人紧攥着方向盘，"进来之后全部撞他。"

"是！"这个时候彪形大汉也不敢再问，忙掏出手机。

莫南爵将车开进来时，周围正好涌进来三辆车，这里的地形他并不熟悉，却一眼就看出了对方的计谋，男人薄凉的唇瓣勾起："还真是敢玩。"

童染紧攥着的双手早已泛白，这样的场景她还真是第一次见："我们要进去吗？"

"当然要，怕什么，"莫南爵舌尖轻抵嘴角，"你怕死在我身边？"

"胡说八道！"

莫南爵冷哼道："他进到这里，无非想要借着车多，让他的车撞我，他从上面加速飞出去。"

"好残忍，这不是舍卒保车吗？"童染难以置信地摇头，"这些人你都不认识吗？"

莫南爵侧眸睨她一眼，并未开口。

后面几辆都是他的车，莫南爵让司机给后面的人打了个电话："让他们代替我冲进去，我绕到后面的出口拦他。"

"是，少主。"

莫南爵眼里涌起一抹狠戾"只要他从后面出去，我保证他插翅也难飞！"

这边，洛萧听着耳机里传来的对话，眯起了眼睛。莫南爵竟然如此聪明，这都能被他料到，他立马改变主意："再给六子打个电话，让他们进来后，直接撞我。"

才不过几分钟，七辆车从工厂边上开进来，莫南爵将车子退开让后面的车进去，自己将车子绕到后方停着，食指轻点着方向盘。

此时，贴着车牌的四辆车冲进去，却并未按照莫南爵想的那般撞他叫进去的三辆车，而是擦过那三辆车后，直接朝里面那辆车撞去！

莫南爵双眼一眯，现在唱的是哪一出？

只见并不大的厂房内，原本打着转的轿车瞬间停了下来，洛萧掉转车头面向大门口，等那些车就要撞过来的时候，用力踩下油门，轮胎在水泥地面上飞速地旋转起来，发出刺耳的声音。

而后，伴随着砰的一声，洛萧握紧方向盘，轿车腾起，擦着撞过来的车的引擎盖，直接蹿了出去！

哐当！

洛萧撞过三个油桶，直接掉了个头，从同莫南爵相反的方向开了出去！

莫南爵用力捶了下方向盘，脚踩油门追了上去，同时吩咐司机："左边的芦苇丛高，让他们全部从左边堵！"

洛萧听得一清二楚，眯起眼睛："让六子他们全部走右边。"

莫南爵紧追在后面，四辆车按照他的吩咐从左边围成一个圆圈，却不料前方的车突然改变方向，猛然扎进右边的芦苇丛！

就连错开的时间都如此精确！

司机坐在后面握着电话，也觉得太巧了，他怔了下："少主，这……"

莫南爵眯起眼睛，目光晦暗，只当这次是巧合。他左右瞅了下，依旧紧追不舍："待会儿我加速冲上去，佯装要撞上去，他们必然会改变方向来躲避，等我擦过他的车尾后三秒，你就打开左边的窗户，把他右边的后视镜打下来，你听到二就打开窗户，听到三就开枪。"

司机也是老手，闻言立马拿起后座椅下面放着的枪："是，少主。"

这边车里，洛萧自然明白莫南爵的意思，转头吩咐边上的人："你现在爬到后座去，把窗户打开，等一下后面的车追上来，我说开枪的时候，他们后面左边的窗户会打开，你立马开枪把后座上的那个人打死。"

"是，少爷，"彪形大汉拿起扫射枪，洛萧又说道："切记瞄准后座，不要伤到副驾驶座上的人。"

"是。"

与此同时，莫南爵踩下油门，双眼一眯，后座上的司机会意后，拿着枪趴在左边的窗户边。

童染紧张地抿紧唇瓣："莫南爵，小心。"

"放心吧。"

轿车一下子飞了出去，莫南爵打了下方向盘，擦着前面轿车的车尾，轿车也如他所料地转了下头，男人见时机成熟："一。"

司机将手枪上膛后，食指扣在扳机上："准备好了，少主。"

莫南爵点下头："二。"

几乎是二字刚出口，洛萧便用力踩下刹车，回头对彪形大汉说道："开枪！"

"三。"

三字刚出口，前面的轿车却突然停了下来，莫南爵猝不及防，可后面的司机已经打开了窗户——

蓦地，前面的轿车后车窗突然被打开，彪形大汉握着枪，对着这边后座打开的窗户就是一阵激烈扫射！

砰！砰！砰！

车窗玻璃被打碎，莫南爵猛打了下方向盘，轿车擦着芦苇丛边上的铁丝网冲了进去！

"啊——"虽然莫南爵躲得很及时，可司机的右手上还是中了一枪，肩膀也被子弹擦过，鲜血飞溅，他捂住肩膀倒在后座上，"少主，小心！"

莫南爵好看的桃花眼狠狠地眯起，童染回头看了眼，吓得捂住嘴："他……他受伤了……"

"死不了，"莫南爵脚下踩着油门，"我就不信这么巧。"

"少主，这里面也许有诈，"司机拿出胶带暂时将自己的手裹起来，"他们怎么会知道我们不是真撞？"

莫南爵并不说话，剑眉紧拧，顺着芦苇丛开了一段路。男人眼力极好，感觉到前面不远处的芦苇在摆动，料到肯定有车，吩咐司机道："我冲出去后你就立马打开天窗站起来，直接打他的轮胎，随便打哪一个都行！"

洛萧暗叹莫南爵果然有一套，他也不吩咐彪形大汉，等身后有车冲上来时，他一手握枪，猛然摇下车窗，对准那车的上方就是一枪！

砰——

司机肩头中了一枪，忍着剧痛抬起手，洛萧看见后暗骂一声找死，阴狠地眯起眼睛，而后又是两枪！

"啊——"司机捂着胸口从天窗摔了下来，莫南爵回头望了一眼，剑眉紧锁："怎么回事？！"

司机半边肩头染满了血，咬着牙开口："少主，他们好像知道我要打轮胎……"

莫南爵双拳紧握，俊脸上阴霾一片。他从不相信运气这种东西，这里面肯定有问题。

此时他的车已经冲了出来，洛萧从后视镜望了一眼，趁机将车减速向后撤，两辆车并排而行，他突然打开窗户，掏出手枪后，对准边上车子的后视镜就是两枪！

莫南爵在他减速的时候已经料到不对劲，后视镜被打下来后，洛萧摇起窗户的时候，他迅速摇下窗户——

车窗这么一上一下之间，两人的视线刚好有那么几秒撞上。

Chapter 3

这是我们第一个孩子

 也就这么一点点缝隙，莫南爵只能看到戴着口罩毡帽的男人，一张脸全部被遮了起来，犹如笼罩在无边的黑暗之中。

 那男人也看了过来，目光交错之间，莫南爵狠狠眯起眼睛，越来越深的疑虑划过脑海，他几乎可以断定，那人目光里流露出来的，是恨意！

 那样深切的恨莫南爵也深深体会过，他比任何人都清楚。身边的童染拍了拍他的肩："你怎么了？"

 "没事，"莫南爵摇头，想到刚才接二连三的巧合，瞅了眼童染，"你带手机了吗？"

 "手机？"童染没想到他会这么问，出门的时候匆匆忙忙的，身上什么都没有，她摇头，"没带，你不是说来办事的吗，我带手机做什么？"

 莫南爵黑眸不着痕迹地在她身上扫了一圈，他方才说什么，对方都能猜到并且极为精准地进行反击……

 难道，真能听到不成？

 司机捂着肩头躺在后座上："少主，前面的车子要开出去了……"

 莫南爵眯起眼睛，好，喜欢听他的话是不？那成，让你们听个够。男人嘴角噙起一抹凉薄的笑，忽然开口："让所有车朝左后方包抄，我们从左前方冲出去。"

司机点头，手指刚碰到手机，却见莫南爵扬手比了个相反的手势。

司机跟了他这么久自然明白他的意思，点了下头，直接发了条短信出去。

这边，洛萧听见后犹豫了下，方才莫南爵问童染带没带手机那一句他听得清楚，话里分明带着怀疑，而后那么快就吩咐下去，不是故意说给他听的是什么？

"少爷……"彪形大汉在后面出声提醒，"我们再冲出去些就能脱险了。"

洛萧点头，方才莫南爵的那番话定是试探，料定他听到后会朝右边躲，然后莫南爵再直接从右边拦住他。

男人勾起嘴角，下了决定后将方向盘朝左边一打！

几乎是同时，洛萧的轿车出现在左侧的芦苇丛顶端，却不料莫南爵并未从右边出来，而是按照他交代时所说的，竟然真的从左边冲了出来！

这一招当真厉害！

"少爷！"彪形大汉大惊，"小心！"

洛萧猛踩下刹车，可是已经来不及，莫南爵的车头冒出来后砰的一下撞向他的引擎盖，男人脚下油门用力，洛萧被撞得连连后退，他拧起眉头，就见莫南爵已经掏出了枪。

两辆车车头对顶着，童染拉紧安全带望过去，一眼就望到驾驶座上戴着口罩帽子的男人。

童染看过来的眼神洛萧自然清楚，男人喉间哽咽了下，握住枪的手松开来。

如果他这时候开枪，很有可能会打到童染。

莫南爵侧过身子拍下童染的大腿："坐稳。"

童染还来不及点头，就见男人突然侧身扬起手里的枪，对准对面的驾驶座就是一枪！

洛萧闪避不及，子弹擦着他脸上的口罩而过，射入驾驶座的座椅内，口罩露出一个小口子，洛萧反应奇快地用牙齿咬住后，不等莫南爵开第二枪，突然猛然后退！

莫南爵丝毫不犹豫，照着驾驶座又是一枪。

洛萧眯起眼睛，顺势侧过身，宁愿让原本擦过帽檐的子弹生生打入自己的肩胛骨！

中弹后的洛萧闷哼一声，整个身体微微弓起，彪形大汉魂都吓飞了，忙用后面的废报纸捂住他冒血的肩头，"少爷……"

"果然不敢以真面目示人。"莫南爵看见这一幕后嘴角勾起，有种猜测在心底渐渐清明起来。

洛萧死死咬着牙，不断后退的车子猛地顿住，莫南爵顺势冲上前想要再度相撞，洛萧却朝右边一打方向盘，车子直接朝大片芦苇丛中驶去！

前面穿过重重芦苇就是城郊河中央，莫南爵料到对方不可能走没准备的路，舌尖轻抵了下嘴角："叫直升机来。"

司机忙吩咐下去。

莫南爵没再追过去，对方既然敢冲进去说明肯定有准备，他不能带着童染冒这个险，再说芦苇丛那么高，冲进去难保不会中埋伏。

他将车停稳后下了车。

童染也跟着走了下来，这里很冷，她原本吓白的小脸，这时候竟呈现出不一样的红晕："怎么了？不追了吗？"

莫南爵抿着唇没有回答，童染以为他受伤了，走过来拉起他的手臂想要检查，男人顺势将她搂进怀里："冷吗？"

童染点了点头，瓮声瓮气地问道："你平常出来办事就是指这种吗？"

这分明就是出来拍好莱坞大片……

"怎么，关心我？"男人斜她一眼。

童染将头埋进男人宽厚的胸膛里，刚才说不怕是假的，她无法想象，莫南爵的世界会是这样血雨腥风，风口浪尖处也不是谁想站就能站稳的，一个不小心，就是粉身碎骨。

她光是想着都觉得浑身颤抖，而后皱起眉头："刚才那辆车里的那个男人，就是和青青有关系的人？"

"你说话这么留情面做什么，"莫南爵在她头顶轻拍了下，望出去的目光却是晦暗不明的，"应该是杀了韩青青的人。"

"……"

二人站了不到五分钟，高密的芦苇丛顺着风声晃动了下，莫南爵敏锐地眯起眼睛，突然松开童染："坐回去。"

童染此刻也浑身紧绷着，听到这话马上拽住他的手："你要去做什么？"

"怕我丢下你？"男人好笑地看她一眼，"乖，坐回去。"

童染还来不及点头，前方不远处的芦苇丛中突然响起一阵窸窣的声音，莫南爵搂紧她的纤腰向后退了两步，就见一架纯黑色的直升机蓦地升起！

嘟嘟嘟的声音响彻每一个角落，莫南爵快步将童染拉到车边，她刚要开口，就见边上的男人突然掏出手机，修长的食指在屏幕上滑过，点开了一张照片。

那照片四周都很模糊，显然是在颤抖的情况下拍的，却唯独将半空中的直升机拍得很清楚。

莫南爵抬头瞥了眼，同空中这架差不了多少。

男人动作很快，只是比对了下就收起手机，童染站在他身边，在他锁屏的时候瞅了眼，看到了照片下方标注的字母。

South Africa。

南非？

她拧起眉头，可是容不得她细想，身后也响起直升机的声音，巨大的灰尘被扫起，童染忙捂住嘴。开过来的直升机降至半空中，抛下了安全绳。

莫南爵拽住安全绳后搂住童染的腰，二人就被拉上了直升机。

"少主，"里面坐着两个黑衣人，见他上来递过一把枪，"对方有七架直升机。"

莫南爵掂了掂手里的枪："这么多？"

"我们也是刚刚才看到，从左右各来三架，"黑衣人顺着舱门玻璃指出去，"现在我们追的这一架，上面应该就是他们的老大。"

"他们？"莫南爵知道这会儿说话也许不安全，所以并未细问，而是抬头望了下，"我们按兵不动，"他顿住声音，指了下他看见的那架直升机，"就先跟在后面。"

黑衣人瞅出端倪，同自家少主对望了下，将"是"字咽了回去，只是点了下头。

此时天上星月全无，望出去只有一眼的漆黑，两架直升机就这么一前一后地飞着，纯黑和军绿色呈现出鲜明的对比。

童染被莫南爵拉到最里面的位置坐着，男人拉起她紧攥着的小手，她抬眸望见他紧绷着的俊脸，刚要开口，手里陡然一沉。

童染低头一看，居然是一把小巧的黑色手枪。

她瞬间愣怔："这……"

"待会儿的事谁也说不准，你坐在里面别动，"莫南爵握住她的肩头，薄唇凑过去吻了下她的嘴角，"谁要是动你，你就打谁。我教过你的。"

"谁会动我？"童染察觉到他话里的意思，扯住他的手，"我们会有危险？"

"危险这种东西，谁吃得准？你今晚选择跟我来，本来就是危险，"莫南爵嘴角含笑，手臂绕过她的肩头，说得极为轻松，"我的命每天都是悬在半空的，这一点我比任何人都清楚。"

空气中有种沉重气氛在蔓延，童染知道站在高处其实更寒冷，男人的这番话，居然让她鼻尖不争气地酸了下。

她攥紧手里的手枪，心里开始不安："我出来的时候，答应了楠楠回去给它洗澡。"

男人两眼专注地瞅着外面："没说不让你洗。"

"……"

他能挑到重点上吗？！

童染咬着下唇，突然伸手抱住他的腰："那你要跟我一起回去，我一个人不会洗。"

她这番话里的撒娇意思再明显不过，莫南爵只觉得心头一暖，她话语中透出的浓浓担忧他怎么会听不明白："好。"

"那我们什么时候能回去？"童染双手环紧，侧脸贴在他的颈窝里，"反正你一定要陪我回去洗澡。"

"放心吧，"莫南爵心里的喜悦无限放大，将她抱到腿上，手指钩到她铅笔裤的拉链，"你要是现在脱了裤子，我马上就可以回去。"

"……"

童染涨红了脸，拍开他的手坐到边上，这男人真的不适合好好说话。

莫南爵一逗她就觉得好玩，拉过她握着枪的手："还记得怎么用吧？"

"记得，"她点头，"你都教过我的。"

"当然得记得，你第一次举枪还是抵在我的头上，多少人练了一辈子枪就为了能抵着我，"莫南爵笑着拍拍她的臀，"乖乖坐好。"

莫南爵起身回到前舱，黑衣人递给他一张地图："少主，这里一直追出去就是锦海区域，海中央太大了，我们无法控制风向的。"

莫南爵低头看了一眼，面色凝重，声音压得很低："那就现在收线。"

黑衣人点头，直升机突然开始加速，童染感觉身子颠簸了下，舱门突然被打开，黑衣人靠过去，两把冲锋枪架在舱门边上，对准前方深黑色的直升机。

一阵装弹拉闸的声音后，莫南爵点头："开。"

这个字刚出口，从四周突然飞来四架深黑色直升机，将他们围了起来！

黑衣人面色一凝，莫南爵再度下令："开！"

突突突的扫射声传来，让人震耳欲聋，子弹壳从冲锋枪里飞出来，有一颗滚落到童染脚边，她弯下腰去捡，就在这一俯身之间，一颗子弹从直升机后方射进来，擦过她的后脑勺，直接射中了其中一个黑衣人的胸膛！

"啊——"黑衣人捂着胸口闷哼一声，倒在地上，手里的冲锋枪从舱门口滚落下去，直接掉进了下面的河里！

童染一惊，脸色瞬间刷白，要不是她刚刚弯腰，这一枪打的就是她的脑袋！

莫南爵脸色铁青，伸手将童染拽过来，让她俯趴在座椅上："别动，什么时候都别抬头。"

童染还要开口，后脑勺被男人用力按了下，她便听话不再动了。

男人走到舱门边，黑衣人捂着胸口退进内舱，莫南爵从脚上的皮靴里掏出一把细长的枪，枪口泛着银白色的光芒。

男人双眼眯起，一手拽过安全绳在手心缠了几圈，半个身体倾出舱门后，对准后头的纯黑色直升机就是一枪！

砰——

他枪法很准，直接打掉直升机的一个螺旋桨，直升机在空中左右转了几下，而后失去重力，莫南爵毫不犹豫地又补了一枪，第二个螺旋桨被打了下来，上面握着枪的人大惊失色。

"给我开枪！"上面的人彻底怒了，几人探出头来将枪对准这边，童染忍不住抬头看了一眼，叫道："莫南爵，小心！"

男人眯起的双眼如豹子般狠戾，他并未退后，反而扯了下手里的安全绳，而后一个俯身栽了出去！

童染吓得几乎哭出来，冲过去扯住绳子："你疯了？！"

"叫你别动，蠢女人！"

莫南爵双脚钩住直升机的栏杆，手里缠着安全绳，头顶就是螺旋桨呼呼的声音，吹起他深棕色的短发，男人七十度斜着身子，修长的手臂抬起后，对准后面那架直升机的驾驶舱就是精准的两枪！

"啊——"驾驶员双手手臂中枪，慌忙间乱按一通，"我的手，我的手！"

只见那直升机左右倾斜，而后俯冲直下，一头栽进了河里！

莫南爵手臂用力一拽，腰间发力，整个人顺着力道回到机舱内。

童染瘫在舱门边上，男人回来的时候身体压在她腿上，她眼眶一湿，用力抱住他的腰，抡起拳头直接捶在他头上："你这个神经病！你刚刚吓死我了！"

她着急得就这么哭了出来，莫南爵甚觉可爱，搂住她坐了进去。

此时，围在边上的另外三架直升机上的人见状都有些害怕，有人忙拿起枪想要扫射，最前方那架直升机上的男人看见后拿起手边的对讲机："都给我住手！"

那些人听到命令，依旧握着枪不肯放："可是少爷，刚刚六子他们已经被打下去了……"

洛萧声音低沉："谁也不许打那架直升机，谁打一枪，我会还他十枪！"

此时，莫南爵派来的直升机也从四面抄了上来，同剩下的那三架绕着圈打着，莫南爵见状收起枪，命令飞行员跟着最前面那架直升机。

洛萧坐在机舱中央，扯掉脸上破了的口罩后，又从口袋里掏出一个新的戴上，这东西向来是他出门必备的。

彪形大汉的声音从后机舱传来："少爷，其余的全部甩掉了，但是有一架追得特别紧，应该就是莫南爵的那架。"

洛萧眉头拧起："我们前面是什么情况？"

"前面就是锦海的中心区域，那里经常大风大浪的，我们如果飞过去，不知道会不会碰上风浪……"彪形大汉顿了顿说道，"少爷，如果我们不甩掉后面那架直升机，八成，就……"

洛萧皱起眉头，思索了下，起身走到后舱："让开。"

彪形大汉应声退开身，洛萧蹲下来后将摆在座椅下面的两个黑色大皮箱拉了出来，将大拇指按进边上的凹槽内，指纹读取确认后，皮箱自动弹开来。

皮箱内分成一个个小圆孔，每一个圆孔里都插着一根试管，边上的缝隙被海绵塞着，防止碎裂。

一眼望过去，那些试管里都装满了液体，每一支都是不同颜色，赤橙黄绿青蓝紫混合在一起，竟然一个不少。

洛萧眯起眼睛，脑海中飞速盘算着。他大学读的就是化学专业，对于比例的掌控天生就有着异于常人的敏锐度，大约三十秒后，男人眯起的眼睛睁开来。

洛萧低下头，目光扫过一遍后，从两个皮箱内分别取出七支试管。

他一手各夹着三支，嘴里还咬着一支，彪形大汉见忙上前从皮箱的夹层内拿出特殊材质的透明袋，动作极为小心，因为他知道，这些液体随便滴一滴在身上，那就……

彪形大汉不敢再想下去，将透明袋打开后递到洛萧面前，男人将试管中的液体倒了进去，每一支倒入的剂量都不相同。

六支试管倒好后，洛萧才将嘴里咬着的那支拿下来，瞥了一眼紧张兮兮的手下，嘴角浅浅勾起："怕什么，这些东西你喝下去都没事。"

"可是……"

"除非你也中了 Devils Kiss。"

洛萧将手中最后一支试管液体倒入，彪形大汉刚想开口，却见那透明袋里原本混杂的液体骤然间变成大红色，洛萧接过透明袋，扎口后晃了几下，那大红色顷刻间便沉淀下去……

最后，沉寂下去的大红色渐渐凝结在一起，直至完全凝结成一团，四周都呈现出魅惑人心的深红色。

彪形大汉第一次看到这样的情况，吃惊地张大嘴。洛萧神色如常，两指掐紧透明袋的口子后用力将其朝机舱门上摔过去！

砰！

彪形大汉吓得双腿一软："少爷，您干什么啊？！"

透明袋里凝结的团状物撞在坚硬的机舱门上，反反复复几次后，便彻底碎裂开来。洛萧双手裹住后用力捏了几下，彪形大汉此时再看，袋子里的东西，俨然已经成了深红色的粉末！

"这、这……"他难以置信道，"少爷，这是？"

洛萧眉宇间笼着戾气："放心，普通人吸入不会有事。"

彪形大汉点点头，不敢再多说什么。洛萧望他一眼，眼里的狠戾几乎能杀死人："去看一下现在是什么风向。"

"西北风，"彪形大汉走到驾驶舱看了下，"风力四级。"

"我们是迎风？"

"不是的，我们现在是侧风而行。"

"改，"洛萧眯起眼睛，"我要逆风而行。"

"少爷，这是在海上，逆风而行我们也许会……"

洛萧打断他，语气笃定："不改我们就一定会死。"

男人握紧手里的透明袋，素来温雅的脸庞此刻早已阴沉如夜，逆着风，他将粉末散出去，才能确保吹到后面跟着的直升机里。

如果给他足够的时间调配，他可以让莫南爵直接死在这里！

彪形大汉看到他凛冽的神色，不敢再多说，应声后忙去掉转行驶方向。

此时后面的直升机上，莫南爵正看着前方的地图。这里太黑了，风又这么大，男人眉头紧锁，正在思索对策。

这时，驾驶员突然回过头来："少主，前面的直升机突然朝左边开了。"

男人眼皮轻抬："跟。"

"要跟到什么时候？"童染开口，"万一他们一直开呢？"

"开到地狱我也跟，敢嫁祸我，别怪我押他下阴曹地府，"莫南爵眯起眼睛，在触到童染的脸庞之时，那抹狠戾才淡下去，"待会儿要是下面有游艇经过，我就先放你下去，你回去等我。"

童染断然拒绝："我不回去！"

男人冷冷一瞪："不行，我说回去就必须回去，否则我把你扔下去。"

"你有种就扔我下去，"童染坐直身体，同他对瞪，"没种就闭嘴。"

黑衣人："……"

莫南爵闻言目光一沉，刚要伸手去搂她，前面的人突然叫起来："少主，他们开了后灯！"

话音刚落，前方骤亮，白色的灯光照过来使得他们的位置一览无遗。莫南爵抿起薄唇，将童染推进后舱后，打开舱门，比了个手势，边上的黑衣人会意，走到另一边。

只要他们两枪下去，前面的直升机绝无生还的可能——

几乎是同一时间，洛萧也打开了舱门，他们选了这个逆风最强劲的方位，此时风向正好向后，他将手里的透明袋袋口打开，对准后方就是用力一扬！

一大半深红色粉末随着呼啸的强风朝后面吹去，在空中闪现出极致妖娆的美。

此时，莫南爵后背抵着舱门边缘，单脚钩住座椅底端，倾出半边身体，扬起手中的银色手枪——

"少主，前面有红色的风飘过来！"黑衣人说话的时候已经吸入几口粉末，却并未有什么反应，他神色一松，"少主，好像不是什么毒……"

话音刚落，红色粉末自左向右吹进来，莫南爵眯起眼睛，粉末悉数顺着强风吸入鼻腔，他只觉得浑身一颤，像是无数双手抓住他身上的各处神经，而后，一股岩浆般的快感自脑门爆发！

"少主，"黑衣人转过头来，"我们现在开枪吗？"

莫南爵死死咬着牙，一点声音都发不出来，他握着枪的手剧烈地颤抖起来，眼前的景象开始模糊，男人俊目一沉，陡然发出一声极其沉重的闷哼。

他靠着舱门，半个身体都悬在外面，童染本是看着前方的，此刻突然发现男人钩着座椅的左脚松开来，她一个激灵反应过来："莫南爵！"

她杏目圆睁，莫南爵此刻浑身都在发抖，舱内弥漫着深红色的粉末，男人呼吸一下便吸入一口，每一下，都会使他心脏剧烈地收缩一下。

童染靠过去时，莫南爵已经疼得眼睛都睁不开了，浑身的快感一波一波地转换为痛楚，他猝然抬起头："啊——"而后，他颀长的身体晃了下，猛地从舱门口栽了出去！

"莫南爵！"

童染小脸刷白，冲过去拽住他的手臂，男人半个身体已经歪出去，童染用尽全身的力气抱紧他的腰，加上黑衣人在后面拽，才死命将他抱上来："莫南爵，莫南爵？！"

他俊脸上显露出奇异的潮红色，额头上早已沁满汗珠。童染一摸，竟然是冰冷的，她急得不行，伸手用力拍着他的脸："莫南爵，你怎么了？你醒醒！"

男人浑身仍在发抖，眉头紧紧锁着。

一股不祥的预感陡然生出，童染伸手按住他的心脏："莫南爵！"

她力道很大，按得男人胸口起伏了几下，童染喘着气，抬眸瞥见座椅上沾着的深红色粉末："是不是这些粉末导致的？"

黑衣人半跪在边上，闻言也皱起眉："应该不是的，我们都吸入了，就只有少主有事……"

"Devils Kiss……"童染嘴唇苍白，巍巍颤颤念出这两个词的时候，只觉得当真如恶魔的吻一般，怎么也甩不开，她推了下黑衣人，"去拿矿泉水来，多拿两瓶！"

黑衣人忙按照她的吩咐拿了几瓶水过来，童染打开后就要往莫南爵脸上倒，黑衣人忙按住她的手："你做什么？！"

"他现在必须醒过来，不然会疼疯的！"童染甩开黑衣人的手，"他是我男人，我不会害他。"

这句话从她胸前吊坠上的窃听器清晰地传入洛萧耳里，他双眸一沉，眼底压抑的狠戾悉数翻涌上来，眉宇间笼上层层杀气。

纯黑色的直升机调整航向后，就要朝前飞去，洛萧却突然攥紧双拳："掉头！"

"什么？"好不容易坐下来歇口气的彪形大汉闻言吓了一跳，"少爷，后面直升机的速度已经慢下来了，我们好不容易才甩掉的……"

"我说掉头，"洛萧从口袋里掏出黑色手枪，熟练地上膛后走到舱门边上，"他们肯定还在后面盘旋，我们直接绕过去。"

彪形大汉只得命令飞行员将直升机掉头飞回去，洛萧站在舱门边，他很清楚，后方那些后援机不可能这么快追上来，莫南爵那架直升机上，除了小染、莫南爵，顶多就剩几个手下和一名飞行员……

男人眯起眼睛，他要杀了莫南爵！

童染将三瓶矿泉水悉数倒在莫南爵的脸上，男人浑身抖得不成样子，冰冷的水浇下来，他陡然睁开眼睛，一个反手就将身边的人推开！

童染本就是跪在他身边的，男人这一推完全是无意识的，所以力道极大，她整个人向后一仰，滑向舱门滚了出去："啊——"

"童小姐！小心！"

黑衣人大惊失色，想要去拽已经来不及。好在童染滑下去的时候拽住了边上的安全绳，灵敏地用脚钩住了舱门，黑衣人冲到舱门边伸出手的时候，她的手刚好拽不住安全绳，眼看就要一松——

"童小姐！"黑衣人拽住她的手腕，手臂发力将她拉了回来，"您没事吧？！"

童染顺着舱门瘫坐在地上，小脸泛白，刚刚就差那么一点点，再早一秒钟松手，她就尸骨无存了……

黑衣人想起身将舱门关上，童染忙拉住他的手："别关，现在机舱里都沾着那种深红色粉末，要是关了门空气不流通，到时候他会吸入更多。"

黑衣人看了她一眼，许是没想到她竟然不是个花瓶，点头退到边上："那少主现在……"

童染将长发顺至耳后："我们能联系到外面吗？"

"不行，这里太偏僻了，"黑衣人去前舱看了下那些仪器，而后摇头，"海上没有任何信号，暂时还搜不到。就算联系到了，也要等一段时间，可是少主……"

后面的话他没有说，童染心知肚明，莫南爵未必等得了。

童染秀眉紧蹙，几乎是爬到莫南爵身边，伸手摸着他的脸："莫南爵，你能听见我说话吗？"

莫南爵眼皮轻抬了下，全身连带着指尖都在颤抖……

"你很冷对不对？"童染嘴唇贴上他的额头，只觉冷若冰霜，这已经不是正常人该有的温度了，她很清楚，这是即将毒发的征兆，要是真在这里毒发就糟糕了……

童染匆忙间将自己的外套脱下来，裹住他的上半身："你能听见我说话吗？莫南爵！莫南爵！"

无论她怎么动作，男人就是一动不动，精致的五官犹如冰雕般凝结起来，到最后，连抬一下眼皮的动作都消失了。

"糟糕！"黑衣人突然出声喊道，"少主开始发热了！"

话音刚落，男人原本苍白的俊脸上渐渐泛起奇异的潮红，性感的喉结滚动了下，发出痛苦压抑的声音："嗯……"

毒素已经开始蔓延了……

童染急得像热锅上的蚂蚁，一阵阵压抑的焦躁声就要冲破喉咙，她死死咬住贝齿才抑制住，清美的小脸上迸发出绝望之色："莫南爵！"

"啊……"莫南爵陡然闷哼一声，童染猝然睁大眼睛趴到他胸前，"莫南爵，你醒了吗？你怎么样？"

黑衣人却在边上喊了一句："童小姐……"

童染顺着他的视线看过去，只见男人的右手开始剧烈地颤抖，修长的手指开始泛白，指尖却滴血似的红……

童染瞬间明白过来，可是已经来不及，莫南爵突然坐起身，眼睛依旧紧闭着，右手却陡然扬起，用力朝边上的座椅砸了过去！

"不要——"

他这会儿完全处于无意识状态，这一砸下去右手必定会废掉，童染速度竟然比黑衣人还快，一个侧身挡过去，男人扬起的右手手肘刚好顶在她的腹部，她身体一弓，剧烈的疼痛蔓延上来，她几乎是瞬间尖叫出声："啊——"

这时才冲到边上的黑衣人脸色一变："童小姐！"

莫南爵听着耳边划过的凄厉叫喊声，动作陡然顿住，蓦地睁开眼睛。

"少主？"黑衣人吓了一跳，忙过去扶他，"少主，您怎么样？"

莫南爵只是坐着，睁开的黑眸里无丝毫波澜，眼珠转也没转一下。

童染直起身体，腹部的剧痛让她连发出声音都很难，她咬着牙，好不容易才撑起身体："莫南爵……"

男人一动不动，眼神涣散，就好像被抽掉了灵魂。

Devils Kiss 的毒素在他体内沉寂太久，一直被陈安研制的药物暂时压抑着，突然之间如此猛烈地吸食深红色粉末，如果不是刚刚童染那几瓶水倒下去，他绝对撑不到现在。

这时候外面风力越发增大，直升机飞得不高，可以听见底下海浪涌动的声音。

童染感觉腹部一阵阵抽痛，她也管不了那么多了，爬到男人身边，下意识地伸出双手环上他的脖颈，小脸紧贴着男人的脸颊："莫南爵，你能听见吗，我好痛……"

莫南爵精致的侧脸被她的发丝拂过，下颌抵在童染的颈窝处，滑嫩的感觉让他有片刻的恍惚……

童染伸手按了下腹部，指尖轻触一下都疼，她咬着下唇，别过头来，对上莫南爵的眼睛："你再撑一会儿，很快就能开出去……"

砰——

蓦地，外面响起一声枪声。

童染双眼一眯，环在男人背部的五指猛然收拢，目光凌厉地朝外面看去。

距离他们这架直升机不远的地方，洛萧侧靠在舱门边，他能够很清晰地看见坐着的莫南爵，他身上环着的人，不用猜，肯定是童染。

刚刚童染所有的哭喊声，他听得一清二楚。洛萧拉紧了脸上的口罩，单手举起枪，对准了莫南爵的后脑。

相反，童染这边处于逆风方向，风大得让人难以睁开眼睛。黑衣人朝舱门边上靠过去："童小姐，小心些，那边有架直升机正开过来。"

黑衣人肩胛骨处中了弹，右手已无法举枪。童染看了眼，点点头："我看到了。"

黑衣人怔了下，本以为她会惊慌失措，没想到这会儿她居然出奇冷静，他看向童染："童小姐……"

童染秀气的眉头紧皱着，她强忍着疼痛弯腰将莫南爵放平，男人闭着眼睛的样子就像是睡着了，她低头看了眼他的脸，突然开口："开过去。"

黑衣人惊讶："什么？"

"反正我们也出不去，"童染捡起莫南爵手边的枪，捂住肚子走到舱门边上，黑衣人忙要扶她，她挣开他的手，"把直升机开过去，那架直升机上人应该不多，否则早就扫射了。"

话音未落，第二发子弹砰的一声打在舱门边上！

"童小姐，您别站在那里！"

童染向后退了点，却并不躲避，而是俯身将舱门边的安全绳捡起来，学着记忆中男人的样子在手上缠了几圈，然后抬眸看向黑衣人："你的左手还能动吗？"

黑衣人不明白她要干什么："可以，但是太黑了，我没有少主那么好的枪法。"

"能打就行。"

童染其实浑身都疼，她从衣服上撕下一块布揉成团咬在嘴里，这时那架直升机越来越近，突突突的声音响彻天际——

洛萧手里也拽着安全绳，从他这个角度望去，甚至可以看见站在舱门边的童染随风飞舞的发丝。他眉头拧起，小染在做什么？

风太大，童染脖颈上的项链被吹得飘起，洛萧听不见她说了什么。童染将身体侧了下后对黑衣人说道："等一下你打右边，我打左边。"

黑衣人诧异："你会开枪？"

"胜算其实不大，这里太黑了，"童染握紧手里的枪，看向平躺着的男人，眼里隐藏的哀戚和柔情倾泻而出，"莫南爵，不行的话，我们就一起死吧……"

砰！第三声枪响炸在童染耳边。

洛萧皱起眉头，彪形大汉凑过去："少爷，这样打的话，很容易误伤到童小姐的……"

"今天这么好的机会，必须杀了莫南爵！"洛萧目光深沉，将手里的枪握紧，"你们都别出手，我一个人来。"

"是。"

两架直升机在空中盘旋，洛萧让飞行员开高些，他知道左边是那黑衣人，所以绕到右边，俯下身时，恰好可以透过大开的舱门看到躺在正中央的莫南爵。

洛萧眼角肃然眯起，指尖就要扣动扳机——

砰！

一声枪响蓦地炸开，彪形大汉一怔："少爷小心！"

童染双手高举着莫南爵的那把银枪，单脚钩着舱门，枪口直接对着直升机的下端，方才子弹射出去时的那种震动感还残留在手心里，真实得让人害怕。

这算是她开的第一枪，可是这一枪打出去的时候，她竟然没有半点害怕。

"少爷，双侧滑竿被打掉了一半，"彪形大汉探头看了下，"如果再打掉一半我们就会坠机。"

洛萧眉头紧皱,那一枪是小染打的?

此时,这边童染转头对飞行员说道:"直接开上去,跟他们面对面。"

黑衣人皱眉:"万一他们有扫射枪怎么办?"

童染粉唇边勾起冷笑,眼底尽是愤怒的火焰:"如果他们真的有,并且都已经倒回来了,那我们开到哪里又有什么区别?"

"……"黑衣人只得点头。

眼见着两架直升机到了同样的高度,彪形大汉将手里的扫射枪瞄准对面:"少爷,他们开上来了。"

"你别动手。"

"是。"

洛萧双脚分开站在舱门边,位置正好同升上来的直升机平行。

对面舱门边的女子也是这个站姿,漆黑的天幕下,二人正好面对面而立。

洛萧眯起眼睛,眉宇间却怎么也不敢笼上心疼。他从未想过,他们二人会有这样持枪对峙的一天。

洛萧瞥向舱内躺着的男人,如果没有莫南爵,他们之间就不会走到这一步!

男人嘴角勾起嗜血的弧度,右手一抬就朝内舱打去!

就在他抬手的一瞬间,童染身体突然向外面一倾,她单手握住舱门边的栏杆,对准洛萧就是一枪!

天太黑,而且她枪法并不好,这一枪并未打准,擦着洛萧的左侧发迹飞过打在座椅上。男人怔了下,并未料到她开枪竟能毫不犹豫!

就在他怔住的一瞬间,童染单脚跨出来踩在直升机外的栏杆上,洛萧失神片刻,就见女子突然吐掉嘴里的白布,将银枪咬在齿间。

童染知道这样的枪法是打不到对方的,所以她将手里缠着的安全绳绕开后,对着对面的直升机甩了过去!

"小心!"

彪形大汉不敢喊少爷,可他冲过去的时候已经晚了,童染那一鞭子力道极大,又粗又长的安全绳抽在洛萧的双腿上,男人吃痛之下站立不稳,就要从直升机上栽下去,好在后面的人拽住了他。童染这时却突然松开绳子，抓起咬着的银枪就是一枪！

砰——

子弹正中洛萧的左肩，男人闷哼一声，难以置信地瞪大眼睛。童染冰冷的双眸中迸发出嗜血的恨意，她紧咬着牙道："他有多痛，我要你们十倍偿还！"

彪形大汉扶起洛萧，男人撑着舱门，却不敢再站在外面，退进来些，背部抵住座椅后才开口："开高些。"

直升机骤然升高，童染一个抬眸，就见上面的人枪口依旧对准内舱。她还来不及开口，就是砰砰砰三枪，她一惊，子弹从斜上方射下来，两弹打在玻璃上，还有一弹直接炸开在莫南爵耳边！

明摆着他们就是要他的命！

童染气得浑身发抖，只觉得胸腔内的怒气和恨意越积越深，几欲喷发。

她曾经还天真地说过，杀人这种事情她绝对不会做，她觉得自己和莫南爵不是一个世界的人，他的世界太过黑暗……可是直到现在她才发现，有些人就是该杀！

她此时宁愿自己死，也要杀了他们！

童染攥紧双拳，那直升机见并未打到莫南爵又降下来些许，她看准时机将安全绳缠在手上后握住栏杆，等直升机靠过来的时候，她几乎整个身体都倾过去，对准对面的机舱就是一通乱打！

砰砰砰砰！

接连四发子弹出去，洛萧弯下腰，肩头中弹的伤口还在冒血，他伸手摸了下，只听彪形大汉突然大叫了一声："啊……我的脚！"

他捂着右腿跪了下来："少爷，她这样打下去，我们都得死……"

洛萧眉头紧锁，侧了下身，看到另一个舱门边站着的黑衣人，洛萧忍着肩头的剧痛走到舱门边，扬起手就朝内舱开了一枪！

童染听到声音忙回头去看，就在她回头的一瞬间，洛萧眯起眼睛，又是一枪出去，子弹擦着童染的侧脸飞过，直直地射进了黑衣人的背部！

"啊——"黑衣人本就胸口中弹，这个时候再来一枪，他早已撑不住，手臂拽了两下终是没了力气，他回头看了一眼莫南爵，嘴巴动了动，"少主，保重……"

"小心！"童染冲过去的时候已经来不及，黑衣人身体晃了下，直接顺着直升机的舱门栽进了海里！

一条人命瞬间在自己眼前消逝，童染目瞪口呆，随后咬着牙回过头。洛萧一眼望进她的眼底，喷薄的火焰已经完全燃烧，她攥紧双拳，看着对面戴着黑色口罩的男人，几乎是吼出声来："你到底是谁？"

洛萧后退几步，他自然不可能回答她，就在他脚步向后移的时候，童染却突然冲过来，她连安全绳也没套，就顺着直升机的舱门爬了出来！

洛萧吃了一惊，生怕她跌下去，可是这会儿他无法出声喊她，他一喊，她肯定能听出他的声音……

童染半个身体已经爬出，她顺着爬到机尾，凭借机尾的高度，她肯定能轻而易举地将他们直升机的主杆打断！

洛萧当然知道这点，他重新走回舱门边，嘴边咬着的"小染"两个字却怎么也喊不出来。男人犹豫了下，最终抬手朝舱门就是一枪！

子弹在童染手边五厘米处炸开，洛萧以为能逼她退回去，她却爬得更快。

洛萧皱紧眉头，就在他犹豫的一瞬间，童染突然感觉腰间一紧，整个人被大力地拽了回去。她一怔，莫南爵修长的双手已横在她的腰间："你在做什么？"

童染鼻尖一酸，男人将她从舱门上抱下来，她回过头，就看见莫南爵苍白的俊脸，她破涕为笑："你醒了？"

"我睡着了？"莫南爵微眯着眼睛，浑身还是疼得不行，童染被抱进来的瞬间，男人手臂松了下，整个人靠在舱门上，她忙扶住他："你怎么了？"

莫南爵薄唇紧抿，思绪再度开始混乱，他手撑了下额头，感觉浑身又开始发抖："把我扔下去。"

"你疯了？"童染拉住他的手，"我们马上就会没事的。"

"你当我是三岁小孩？"莫南爵环住她的腰，俊脸埋在她的腰间，大掌在她腰际轻拍了下，"把我扔下去，他们会放你走。"

"你在胡说八道什么？"童染抡起的拳头没舍得砸下去。

"别怕。"男人大掌在她的后脑勺上轻拍了下，体内开始燥热翻涌。莫南爵知道自己已经毒发撑不了多久，这样下去迟早会死："听话，回去等我。"

说着他站起身，童染吓得忙拽住他："你要去哪里？"

莫南爵脚步虚浮，好看的桃花眼眯起："他们要的是我的命，我若是跳下去了，他们不会为难你的。"

"你疯了？！"童染死命拽住他的手臂，"你跳下去会死的！"

"不会死，"莫南爵转身抱住童染的纤腰，他就算死了，也不能让她出事，"回去帝豪龙苑等我，我就跳个海而已，不会有事的。"

"你当我是三岁小孩？"童染学着他的口吻说道，死死地抱住他，"莫南爵，你跳我也跳！要死就死在一起！"

洛萧闻言眯起眼睛。

她话音刚落，莫南爵陡然闷哼一声，男人原本澄亮的黑眸猝然涌起猩红之色，整个人半跪下去，童染吓了一跳："你怎么了？！"

童染本来是挡在他身前的，莫南爵这么一跪下去，洛萧举起的枪正好能瞄准他的胸口。他手指按住扳机，就在扣动下去的一瞬间，童染却突然弯下腰——

砰！

子弹朝着童染的后背直射过去，男人猝然睁大眼睛，还未出声，莫南爵却突然搂住童染的腰，忍着剧痛弹跳起来，一个旋身将童染护在怀里，子弹就这么穿进了他的左肩！

"嗯——"他中弹后闷哼一声，整个人就要向下栽去，童染吓得抱住他："莫南爵！"手掌触及之处全是鲜血，她浑身发抖地回过头去，"你简直不是人！"

洛萧心口猛烈收缩了下，他眯起眼睛，却再度举起枪。莫南爵俊脸苍白，看着这个动作魅惑地勾起薄唇，却见洛萧的枪口陡然移向童染，莫南爵到底还是不敢拿她的命来赌，直起身体，洛萧看准时间再度开枪！

砰！

子弹分毫不差地射入莫南爵的右臂，体内的毒素恰好涌上来，莫南爵身体晃了两下，童染手疾眼快地扶住他，可莫南爵突然拽住童染的手臂将她朝内舱用力一推，她被推得后退两步，就见莫南爵的身体直直从舱门口栽了出去！

"莫南爵！"她扑过去扯住他的袖子，可残留在手中的只剩下碎布，底下就是深不见底的锦海，童染两手扒住舱门，下面哪还有人影。

"啊——"凄厉的叫喊声划破天际，惊散了盘旋在上空的飞鸟。

洛萧拧起眉头朝下看去，最终松了口气："我们可以回去了。"

"是，少爷。"

就在洛萧直起身体的一瞬间，舱门上的把手钩住了他脖子上戴着的东西，他起来得太急，那银质的东西被钩下来后直接掉了下去——

"少爷，我们是回……"

彪形大汉说着话回过头，却见洛萧毫不犹豫地拉过边上的安全绳，直接跳了下去！

"天哪！少爷！"

洛萧跟着那银质的东西跳下去，伸手抓却没抓到。

童染趴在舱门边连哭都哭不出来了，见状直起身体，一手拿过枪一手牵着安全绳，也跟着跳了下去！

安全绳很长，洛萧下落到一半的时候突然听见砰的一声，他抬起头，就见不远处童染也跟着跳了下来。她双眸喷火，手腕缠着绳子已经被勒出血来，见他抬头，她小脸上迸发出恨意："是你杀了他！"

他皱起眉头，拽了下手上的绳子，彪形大汉会意后开始向上拉，童染毫不犹豫地再度举起枪："我要杀了你！"

她一连几枪都没有打中，洛萧上升速度很快，几乎就要到舱门口了，童染此时已毫无活下去的欲望，只想杀了眼前这个人。她一咬牙，直接松开了手里的安全绳！

身体瞬间向下落，童染借着下落时的姿势，双手握着枪对准上面扣动扳机。

砰——子弹正中洛萧腰侧，男人手劲一松就要掉下来，彪形大汉正好抓住他的手腕，将洛萧拖上去后平放在座椅上，对着飞行员吼道："快，少爷受伤了，快回去！"

飞行员赶忙将直升机掉头，彪形大汉蹲下来，洛萧腰侧中弹，由于角度问题子弹射入很深，血流不止，他忙拿过边上的毛巾给洛萧捂住："少爷？您觉得怎么样？"

洛萧牙关紧咬，疼得五脏六腑都在打战，他却抬起手来："小染掉下去了……"

"少爷，我们必须马上回去，不然您的命保不住的，"彪形大汉按住他的手，"血止不住！"

洛萧俊脸绷着，他疼的不是伤口，而是童染不顾性命为莫南爵开的这一枪。他脸色惨白地命令道："快去救她……"

彪形大汉却不顾三七二十一，按住洛萧的双手："少爷，对不住了，这次我不能听您的，您哪怕回去杀了我，我也不能让您白白丢了性命，"说着，他转头对不知所措的飞行员喊道，"现在就开回去！"

"是。"

直升机盘旋了下便直接飞走，洛萧动弹不得，腰侧伤口血流不止，很快就陷入了昏迷。

此处并不是锦海的中心区域，童染掉进海里之后四肢扑腾着想要起来，可海水无孔不入，她一连呛了好几口，剧烈的酸麻感顿时从四肢百骸弥漫开来。

莫南爵……

童染死死咬着牙，用尽全力扑腾着，费了好大的力气才浮出水面。四周黑压压一片，童染纤细的双臂在水面上用力地拍着："莫南爵！你在哪里？莫南爵！"

没有人回答她。

童染拼命朝前面游着，嘴里酸涩不止，不知道是海水还是泪水，她伸手在脸上抹了下："莫南爵！你出来啊！你说了要带我回去，你说了叫我等你啊！"

四周仍是死一般寂静，童染面如死灰，莫南爵从舱门口栽下来的时候正在毒发，为了护着她左肩中了一枪，然后手臂又中了一枪……

她越想越怕，从来没有过这般哀莫大于心死的时候，哪怕是洛萧离开她，哪怕是左手废了，她都没有这么撕心裂肺过……

童染也不知道自己游了多久，身后响起哗啦啦的声音，她以为是莫南爵，欣喜地回过头："我就知道你不会……"

话音还没完全落下，一个巨大的浪头袭过来，童染还没反应过来，就被浪花狠狠地抛起，整个人像是飞了起来，背后的海水像是一双手，将她举起！

这一浪并没有多凶猛，可她被抛上去之后摔下来，身体砸在海面上就好比砸在水泥地上，童染疼得蜷起身体，小腹处的肿胀感越发明显，她心头闪过不好的念头，可她已经动弹不了。海水渐渐漫过耳际，她闭上眼睛，莫南爵，我真的要死了……

哗啦啦——

又是一阵海浪的声音，童染下意识地就要躲开，可是她手脚无力，感觉海浪在逐渐靠近自己，她用力抱住双肩，想着彻底沉下去算了。

蓦地，她只觉得腰间一紧，一阵爆发的力度将她整个人从海水里捞了起来，身体贴上一具同样冰冷的身体，男人熟悉的声音在耳边吼道："童染！"

仅这两个字，她死灰般的眸子猝然睁开，眼泪就这么毫无征兆地喷涌出来，浑身都跟着这份惊喜颤抖起来。

腰间的手臂紧了下，男人大掌拍向她的脸颊："童染！"

童染死死咬着下唇，努力瞪大眼睛，水雾闪过之后眼前的景象渐渐清晰起来，入目便是一双好看的桃花眼："你……"

莫南爵搂着她的细腰，俊脸苍白却不掩冷傲神色，男人语气更冷："谁叫你下来的？掉到海里你不会游泳？你断手断脚了？"

这番话满是指责，童染听了却鼻尖一酸，一双大眼睛死死地盯着他的俊脸："莫南爵，真的是你……"

"你还希望是谁？洛萧？"

"……"

童染依旧盯着他的脸，满脸惊讶。

男人抿紧薄唇，左肩和手臂的两处伤已经疼得没了感觉，他冷冷瞪她一眼："蠢女人。"

童染盯着他的脸看了半天，突然伸出双手，用力地抱住了他的脖子，"莫南爵，我以为你不要我了。"

她双手环得很紧，几乎全身都贴了上去，小脸靠着他的耳际。这样的距离让童染觉得无比安心，她咬住下唇："我刚才还以为你……"

后面的几个字她没有说出来，那一瞬间绝望像是淬了毒的针扎进心里，没有体会过的人永远不会懂。童染用力抱着他，生怕一松开，他就会消失。

莫南爵俊脸搁在她的肩膀上，搂在她腰侧的手臂紧了下："童染。"

"怎么了？"二人浮在海面上，轻微的举动都能带起水花的声音，她搂紧他，"莫南爵，我们要怎么回去？"

莫南爵没有回答，突然握住她的后颈将她拉开来，童染一怔，紧接着感觉眼前一黑，男人的俊脸贴了上来。他薄唇狠狠攫住她的，舌尖霸道地抵进去，直接吮住她后开始深吻。

海水随着男人的动作时不时地跑进嘴里，苦涩得发酸，童染被他吻得头晕目眩，推着他的肩："你别……"

莫南爵却不听她的话，按住她的后脑勺死命地吻着，似乎要将她的唇吞下去。他从未这么疯狂过，童染也不再挣扎，任由他吻着自己。过了片刻，男人在她嘴角处轻咬了下，这才退开身。

好不容易得到自由，童染大口喘着气："你……"

话还没出口，莫南爵却再度将她搂进怀里，男人薄唇贴着她的耳郭，突然开口："童染，我就要撑不住了。"

"你胡说什么？"童染一怔，用力推开他，"我们一定能出去的。"

"出去我也撑不住，"莫南爵眯起眼睛，"我自己的身体我自己清楚。"

"你不要胡说！"童染出声打断他，视线随着他精致的下巴向下，扫过左臂的时候，顿觉触目惊心。中弹的两个地方泡了太久的海水已经开始泛白，连血都不冒了，她颤抖地伸出手："你这里很疼吗？"

"不疼，"莫南爵握住她伸过来的手，递到薄唇边轻吻了下她的指尖，舌尖扫过她的指腹，"让我好好看看你。"

童染抬眸看他："莫南爵……"

他将她的小手裹在手心里，眸中深情难掩："童染，再吻我最后一次。"

最后一次……

怎么可能是最后一次？！

"莫南爵，你发什么疯！"童染用力抽回手，小脸紧绷起来，"你绝对不会有事的，我们现在朝前面游，一定能到岸。"

莫南爵狭长的眸眯起，口气固执："吻我。"

她不理他，扭头四处看了几眼："我们现在就朝前面游。"

"你放心，我一定不会让你有事，"莫南爵定定地看着她，体内潜藏的毒素再度翻涌，他心知自己没有多少时间了，垂在海里的左手紧攥成拳，精致的眉眼在夜色下熠熠生辉，"童染，吻我。"

童染看出他的不对劲，心中一紧："莫南爵，你开始疼了？"他伸手强硬地扳住她的小脸："我叫你吻我！"

童染争不过他，双手环过去时忍不住颤抖："莫南爵，我可以吻你，但不能是最后一次。"

"是我的最后一次，不会是你的。"男人猛然伸手将她拥进怀里。

童染心中一窒，还没开口，男人便再度吻上她的唇，她闭上眼睛迎上了这个吻。

可这次不同方才那般霸道，莫南爵只是轻含住她的舌尖，动作很轻，抚上她后颈的手也是轻柔的。童染眉心皱起，轻哼出声："嗯……"

她有些想要加深这个吻，可刚有所动作，莫南爵却突然别过头错开她的深吻。将她用力揽进怀里，男人勾起唇笑道："小妖精。"

她趴在他的肩膀上回了一句："还不是你教出来的？"

莫南爵轻笑一声，并不否认，大掌在她腰际轻拍了两下。童染还想开口说些什么，却感觉到男人陡然加速的心跳，她心下一沉："莫南爵……"

"走，我带你去岸边，"男人不给她开口的机会，搂紧她的腰，眯起眼睛，"那边是岸。"

"你怎么知道？"

"求我我就告诉你。"

"……"

童染顺着他的视线望去，似乎真的有岸："你既然知道，为什么不早点过去？"

莫南爵声音渐渐沙哑起来："我去了谁来找你？"

"……"

原来他一直在海里找她……

胸口蓦地被剧烈地敲击几下，男人背部一僵，疼痛犹如藤蔓般迅速蹿了上来。他怕她看见，迅速松开搂着她的手，扶着她的腰将她朝前用力推了下，咬着牙开口："别磨磨唧唧的，能动就自己游。"

"咯咯……"童染一个不稳朝前栽了下，呛了好几口水才浮上来，回头瞪了他一眼，"不是你说想好好看看我吗？"

背部疼得好似一把尖刀削过，莫南爵别过头去，隐在水里的双拳握紧，喉间滚了两下将闷哼声生生憋了回去："看不下去，太丑。"

"……"

"自己游，别妄想我会帮你。"

"……"

他始终侧着脸，童染看不见他的表情，叫他他也不理，她觉得莫名其妙，几次想要靠过去，男人都冷冷地推开她。

童染本来就肚子疼，方才缓了下才好了一点点，这会儿游得更慢了。她手臂泛酸，怎么都挥不起来，放眼望去还有一段距离，她一脸沮丧，忽然就停了下来："我好累……"

海水随着她的动作晃动到脸上，童染一抹脸，大喊出声："莫南爵！我好累！"

还是没声音。

童染揉着酸麻的手臂，刚蹬了下腿，前方的水面上突然蹿出一个修长的身影。她怔了下，就看见莫南爵俊脸上滚落着水珠，冷冷瞪着自己："说你蠢你还不承认。"

莫南爵上前搂住她，靠近之后童染发现他浑身都在颤抖，她心头一揪："你怎么了？"

"冷的，"莫南爵左手掐进手心的指甲已经掐出血来，他将她的头按在肩膀上，"自己换气。"

童染抱住他的胳膊："好。"

莫南爵眯起眼睛："以后什么都要学会，没有人会帮你。"

她随口就回："你帮我啊。"

男人没再说话，带着她朝岸边游去。

与其说是岸，不如说是个荒芜的小岛，莫南爵将她丢在满是沙子和石头的岸上，童染四处瞅了眼，到处杂草丛生，不知道有没有什么怪兽……

她正打量着四周环境，莫南爵却站起身朝海边走去，她忙起身喊道："你去哪里？"

莫南爵头也不回，脚步有些虚浮，童染跟上去拉他的手臂，男人却依旧不为所动。她冲到他身前，这才发现，他原本黝黑的双眸彻底染上了嗜血的猩红。

"你……"童染被他眼底嗜血的猩红吓得连连后退两步，"你怎么了？"

男人依旧向前走着。

她快步追了上去："莫南爵，你能听见我说话吗？"

他显然是听不见的，童染去拉他的手，却被大力甩开，他执意朝海里走去，她心知定是毒发了，再次冲上去拉他，在他甩开她的一瞬间，突然低下头去，贝齿一张，用力咬在他的虎口上！

男人吃痛，原本浅眯的眸子猝然睁开，侧眸看向童染，她这才松了口气："你……"

话还没出口，莫南爵突然用力甩开她，而后抬起手，直接掐住了她纤细的脖颈！

"啊——"

童染睁大眼睛，男人修长的手指用力捏住她细嫩的颈间肌肤，她只觉得胸腔内气息在减少，忙双手抓住他的手臂："莫南爵，我是童染……"

她圆润的指甲在他手臂上抓出红痕，莫南爵狠狠眯起眼睛，五指越发收拢。童染知道他这会儿听不进去任何话，只得心一横，抬脚对准他的右腿用力一踹！

莫南爵吃痛后手劲一松，童染顿时跌落在沙滩上，石子硌得皮肤生疼，她捂着胸口不停咳嗽着："咯咯……咯……"

眼前笼上一道黑影，她抬起头就见莫南爵笔直地站在她面前。她以为他好了，撑着身体想站起来："你觉得怎么……"

却不料，男人伸手抓住她的胳膊后，直接将她拎了起来！

"啊——"脚下腾空后，腹部疼痛越发明显，童染双脚乱蹬，说不怕是假的，"莫南爵，你放我下来！"

男人冷冷地看着他，童染一颗心提在嗓子眼里，被这么拎着难受至极，她涨红了脸："莫南爵……"

她声音很轻，带着点柔，不知道是不是因为这个，男人黑眸转了下，五指一松，童染便又跌落在地上。

她刚松口气，却见男人越过她继续朝海里走去。童染站起身后冲过去，直接从后面抱住了他的腰："除非我死了，不然我是不会让你下海的！"

也不知道她哪来的力气，箍在他腰上的双臂力道极紧，他被这么一抱，一时之间竟然动弹不得。童染死死抓住他腰侧湿透的衬衫："莫南爵，你要是难受就打我，我就站在这里，你怎么打我都不会躲的。"

男人闻言狭长的眸子眯了下，低下头，看着交握在自己腰上的素白小手，一时之间竟移不开视线。

海风徐徐吹来，脚下踩着石子有些难受，童染动了动脚，双手抱着他觉得安心至极："莫南爵，你说以后我们就到这种小岛上来住好不好？在这里建个房子，门口种花种菜，每天听潮起潮落，把楠楠也带过来，给它找个男朋友成家，我们一辈子都不出去了……"

说到最后她终是噤了声，这样于她来说是好事，可是让他放弃整个帝爵，放弃所有的事业，陪她来过这种清淡日子，对他这种权势倾天的男人来说，又怎么可能？

童染将光洁的额头抵在他背后，轻叹了口气："莫南爵，我觉得这样下去，爱会把我吃了的……"

话音落下，童染只觉得男人浑身都开始发烫，她怔了下，想要松开手已经来不及，莫南爵陡然抓住她的手腕，另一只手已经握住了她的肩膀，童染只觉得头晕目眩，整个身体被人抓起来后，直接朝海里摔去！

扑通！

她本就瘦，身体在半空中翻了下，正好摔进浅滩里。童染摸着越发酸胀难耐的腹部抬起头，就见莫南爵朝自己走过来。

他俊脸上满是戾气，垂在身侧的双手紧攥成拳，每一步都似带着嗜血的火焰。童染杏目圆睁，双手撑在身后，肩膀忍不住颤抖："莫南爵……"

男人完全听不见她的声音，薄唇紧抿着，俊脸沉浸在黑暗之中，眼前的一切在他的视线里全是红色，血红血红的一片，像是漫天的枫叶，但唯有童染是黑色的，所以脑海里不断有个声音在敲击——杀了她！

莫南爵握拳的手松了又紧，指节发出咔咔的声音。童染盯着他这副嗜血的模样，不住地摇着头："莫南爵，你，你别这样……"

她说着向后挪去，海水涌上来，打在男人裤腿上激起水纹，童染一眼就望见了他眼底的杀意。就在此时，他突然大步上前，弯腰就去抓她的肩膀！

她惊得一个后滚，黏腻的沙子沾满衣服，她嘴里也呛了口，却连吐掉的时间都没有，男人连连追上前，她喘着气大喊出声："莫南爵，我是童染！"

童染。

这两个字让男人动作稍顿了下，但也就是那么一瞬间，随后背脊猝然蹿上强烈的针刺感，莫南爵剑眉拧起，眸中猩红乍现，伸手就握住了她的肩！

"啊——"童染大喊出声，身体被拎起后直接抛进海水中，犹如撞在水泥地上，手肘抵得生疼。前方传来脚步声，她抬起头，就见莫南爵一步一步朝海里走去，她顿时一惊："不可以！"

……

童染想起在岛屿那晚他的毒发情形，深吸了一口气，撑起身体，趁男人转过头去的一瞬间，用力朝他的方向冲了过去！

她跑得很快，脚下的沙子踩出哗哗的声音，男人听见声音后下意识回过头来，就见一个黑影猛地扑了上来！

莫南爵被她那股蛮力带得跟着弯下腰来，童染比他先落地，背部贴着地面后，迅速用右手勾住他的脖子，使出全身的劲，将他用力向下拽去。

莫南爵闷哼一声，身体随之压了下来。童染朝边上挪了下，在他倒下来时翻身而上，双腿夹住他精壮的腰后直接跨坐上去。

她左手使不上多少力气，只能用屈起的左膝盖用力抵着他的左手："莫南爵！"

男人躺在地上，眼内猩红未褪，他伸出手去想要将身上的束缚推开，童染一把抓住他的手："莫南爵，你看着我！"

童染心口一阵抽痛，双手扳住他的肩，小脸凑过去吻住了他紧抿的薄唇。

猛然间的柔软令男人眉头松了下，童染双手穿过他的腋下抱住他的背，将舌尖抵进去缠着他，要将他体内的欲火挑起来。因为只有这样，才能压过毒发的冲击，让疼痛有个得以宣泄的发泄口。

"莫南爵，"她拉着他的手伸进自己的上衣里，贝齿凑到他耳垂边轻咬下，"我爱你。"

这三个字无疑是最好的催情剂，男人猩红的瞳仁内火光蹿起，他一个翻身将她压在了地上。

海水不断涌上来，将二人交缠的身体盖过后又退下去，童染只觉得天空都在晃，眼前的景象开始模糊。

莫南爵伸手扣住她的腰，将脸埋进她的脖颈处，特有的清香令他回神片刻，男人眸内的猩红退去少许，他喘着气，将童染翻过来后，再度压了下去。

他脑海中一片空白，耳边回荡的都是那句话：莫南爵，我爱你……

黎明渐露。

莫南爵精致的侧脸在朝霞升起时被镀上一层光芒，他终于松开扣着女子细腰的双手，顺势倒在她身上，眸内原本嗜血的猩红悉数退去。

他的下巴刚好抵在她的肩头上，童染早已累得连一根手指头都不想动，她艰难地别过头去，看见他已经恢复正常的脸色。

终于挺过去了……

她闭上眼睛，紧绷的那根神经瞬间就松了下来。

莫南爵并未转醒，就这么压着她，童染伸手推他的肩，好不容易才将他推开。

男人衬衫的扣子扯开了一半，露出性感的胸膛，她伸手摸向他的俊脸，确定温度正常后，完全放下心来，这才替他将衣服全部扣好。

这时候天已经完全亮了，洒下来的光辉将小岛彻底照亮。童染的上衣已经被撕坏，只得拿过男人的鹿皮大衣裹在身上。

她捂住还在抽疼的腹部，环顾四周，海面上没有半个人影……

难道还要被困在这里吗？

蓦地，空中传来直升机的声音，童染忙抬头看去，直升机上有人看见了她："是童小姐！"

直升机很快降落下来，舱门打开，陈安第一个跨下来，视线扫过岸上，一眼就看到了莫南爵："爵！"

他冲过去蹲在男人身边，手指探了下他的颈部动脉，而后松了口气："还好……"

"救他……"

耳边传来微弱的声音，陈安别过头，童染嘴唇苍白，浑身都在发抖，鹿皮大衣将她整个人衬得越发娇小："他凌晨毒发了……"

陈安点下头，还没开口，视线顺着她颤抖的双肩移下去，目光陡然变得深沉无比。

只见汩汩鲜血顺着她天蓝色的铅笔裤自双腿间流下来，滴在深浅不一的褐色石子上……乍一看，分外刺眼。

陈安是学医的，这意味着什么他最清楚不过，男人霍地站起身，望着那些鲜血，双目狠狠一刺："童染！"

话音刚落，就见她身体晃了下，陈安冲过去扶住她，这才发现她浑身已经抖得不成样子。童染死死咬住下唇，用力将他朝莫南爵躺着的地方一推："你快……快去救他……"

陈安也不知道她哪里来的这么大力气，他竟然被她推得歪了下："你感觉怎么样，小腹疼？"

"我……没事。"

童染深深吸气，腹部却坠疼得厉害，"事"字出口时，她终是忍不住，双膝一软直接朝地上跪了下去！

"小心！"陈安手疾眼快地弯腰，手臂穿过她的膝窝将她横抱起来，转身就朝直升机跑去，"你再忍忍，我们马上就可以回去。你放心，爵现在已经没事了。"

此时，另外几架直升机上的黑衣人走过去将莫南爵抬了起来，童染紧盯着男人的身影不放，陈安将她抱到了另外一架直升机上。

"安少爷，"黑衣人跨上来后关上舱门，"少主没有生命危险，其他的都检查过了，岛上也没有别人。"

"嗯，"陈安点头，"马上回去。"

"是。"

四架直升机训练有素地腾空而起，陈安从窗户垂眸朝小岛望去。

他真的很难想象，在这样荒芜的地方，况且还是黑夜，到底要有多大的勇气和意念，童染才能将毒发的爵给控制住？

他从来就看不起爱这个字，觉得这是世界上最难以触碰的东西，可……

在童染身上，他觉得这个字是真实存在的。

医院，重症监护室。

女子穿着蓝白相间的病号服躺在偌大的病床上，头发散在枕上，衬得一张原本明媚的小脸越发苍白如纸。

她紧紧闭着眼睛，睫毛微颤，垂在身侧的手时而握紧时而松开，像是有什么东西堵在胸口，再怎么驱赶也是徒劳。

妈妈，妈妈……

童染张了张嘴，干涩的唇瓣裂开来，她疼得浑身一缩，脑海中浮现出浸在冰冷海水中的那种绝望感，像是藤蔓般骤然缠住脖颈，她噌的一下坐起身来，大叫出声："啊——"

病房门被人猛地推开，男人手里还拿着药瓶，几步冲了进来："怎么了？"

童染缓缓睁开眼睛，入目便是一片洁白。

她胸口还在剧烈起伏，每喘一下，小腹都会跟着抽痛一下，她好半天才回过神来，视线扫一圈后，才意识到自己现在在病床上。

"做噩梦了？"陈安将手里的药瓶放下，走到边上帮她调了下点滴的速度，然后在病床边坐了下来，"现在感觉怎么样？"

童染目光有些空洞，抬眸扫了他一眼，呼吸渐渐平稳："我……怎么了？"

陈安抿着唇，一时之间没能说出口。

童染望着他垂下去的目光，缓缓伸手抚向自己平坦的小腹，她已经知道自己失去了什么。

陈安见她神色间溢出无法抑制的哀戚，伸手扶住她的肩头："别太伤心了，你和爵都还年轻，想再要很容易。"

童染闻言浑身一震，摸着腹部的小手一攥，眼泪毫无征兆地就从眼眶中滚落下来。

陈安见状神色间溢出不忍，握着她的肩头的手忍不住收紧："童染……"

"我……没事……"声音因为哭泣而破碎不堪，童染习惯性地想要蜷起身体，可腹部的疼痛让她无法完成这个动作。

她只得垂下头，用牙齿咬住手背，眼泪滚滚而落的同时，纤细的双肩也跟着剧烈地颤抖起来。

这个孩子，从存在开始她就不知道，直到失去了……她才知道。她没有和宝宝说过话，也没有给宝宝唱过歌，甚至都没有摸过一次……

然后，就这样没了。

宝宝，对不起……我不配做你的妈妈，你应该有更好的归宿，会有更适合你的家庭，给你补偿失去的温暖。

"童染，你听我说，"陈安实在看不下去了，这副模样谁见了都会心疼。他走过去握住她的肩，声音很轻："孩子以后还会有的，你属于早期流产，孩子走的时候还没成形，是受精卵着床子宫后脱落出血，所以他不会疼的……"

不会疼吗？

童染陡然想起在直升机上自己腹部的抽痛，宝宝，那是你在喊疼对吗？

对不起，是妈妈没保护好你……

她不敢大声哭出来，整张病床都随着她的颤抖而摇晃。

"童染，"陈安蹲下身，握住她的双臂，"不要憋着，心里难受就大声哭出来，你要是出了事，爵怎么办？"

最后一句话起了作用，童染抬起头来，蒙眬的泪眼望向陈安，男人点了下头："是你救了他一命。"

童染浑身一震，昨天的记忆涌了上来。

是她救了他吗？

童染咬住下唇，眸中泪光涌动，陈安抓紧她的手臂继续说道："没有你，他撑不过来。童染，是你和孩子救了他一命。"

童染只觉得胸口处被什么东西敲击着，一下，一下，又一下……她闭上眼睛，眼泪顺着脸颊滑进嘴里，酸涩瞬间在舌尖蔓延开来。

莫南爵，我好痛……

陈安知道自己的话起了作用，起身坐在床沿，继续柔声相劝："爵要是知道你这样，他会比你更痛。"

"我……"童染别过头。

"你爱他吗？"

童染嘴唇颤抖，这个事实她不可能再否认："爱……"

陈安扳着她的双肩："既然有爱，你还怕什么？"

"……"

"我能看出来，爵也爱你，你最爱的人就在你身边，你是幸福的。

孩子没了还会再有，他在天国若是知道他能让你守住自己爱的人，也会替你开心的，"陈安见她紧绷的小脸放松了些，才敢继续劝下去，"他不会怪你的，也不希望看到你怪自己。童染，你要做的就是不要辜负他的付出，好好守住爱人，这就是对他最好的交代。我这么说，你能明白吗？"

童染含泪的眸子垂了下去，陈安的话就像是注射进来的新鲜空气，将此刻他心里的悲伤和乌云一点点祛除，可胸口还是被压得难受……

在小岛上发生的一切，她不后悔，一点也不后悔……如果再给她一次机会，她还是会毫不犹豫地选择救他……

可童染也无法不自责，宝宝，妈妈是不是好自私？

宝宝，对不起，真的对不起……

陈安握在她肩上的手收紧，童染终于再也忍不住，双手颤抖地抬起来抱住头，蓦地大喊出声："啊——啊——"

她叫得无比凄厉，饱含悲伤，将所有的伤心和绝望，全部释放了出来。

她边喊边哭，眼泪滴在男人的手背上，冰冰凉凉的。到最后没了力气，胸口的起伏弱了下去，陈安知道她发泄得差不多了，这才扶着她的肩让她躺回床上："睡一觉，醒来就没事了。"

背靠着柔软的床单，童染剧烈的喘气声渐渐平稳下来，她将眼角拉开一道缝隙，开口才发现声音沙哑得都不能入耳了："陈安……"

起身倒水的男人回过头来："怎么了？"

她知道自己刚才是真的失态了："谢谢你……"

"谢什么，"陈安勾唇笑了下，"我是为了爵才劝你的，"陈安将水倒入杯中，英俊的脸上带着几分笑意，"谁叫他一头栽在你身上爬不起来，我只能扶着你了。"

他这番话带着些许揶揄，想让气氛变得轻松些，童染自然明白，点头道："我知道，还是谢谢你。"

陈安将水杯递过来，她坐起身后接过，杯壁传来的滚烫温暖着她冰冷的手指，童染轻抿了口热水，脸色渐渐红润了点："莫南爵现在怎么样？"

"没事，都检查过，一切正常，"陈安知道她一冷静下来肯定第一个问这个，抬眸看了眼时间，"应该还没醒，不过也差不多了。"

童染悬着的心落了下去，她握紧杯子："他这次毒发是因为吸入了那些深红色的粉末？"

"是的，我从你们的衣服上提取到了一点残留物，"陈安眉头深深拧了起来，语气变得沉重，"可是这东西我一时半会儿也没办法完全弄懂，不像是什么催化剂……"

"他这次毒发和以前不一样，"童染回想起凌晨时候他的反应，到现在还有些心悸，那种嗜血的疯狂令人发颤，"那次在岛上的房间里，他至少只是伤害自己，不会伤害别人，可是这次他看到我就会想要杀我，而且戾气更重，完全无视旁人，上次他还能和我说话的……"

"杀人？"陈安语气陡然沉了下去，"看来，那东西当真不是催化剂……"

"那是什么？"

陈安皱眉深思："如果我没猜错，那应该是粉末状的 Devils Kiss。"

童染怔了下："粉末状？"

不是深红色的液体吗，怎么还会有粉末状的……

"爵这样的情况应该是第二次吸食 Devils Kiss 之后，症状转入第二阶段，就会出现和第一阶段不同的表现，"陈安伸手比画了下，面色凝重，"之前那么痛爵都忍过来了，就是因为他深知这东西栽进去第二次，就会有第三次、第四次……"

"那怎么办？"童染心口一窒，皱起眉头，"那些粉末已经被他……"

"没办法，只能继续观察，"陈安眯起眼睛，"原本是液体的毒品，若是要配比成粉末状，只有一种可能性。"

"什么？"

"那就是必须 Devils Kiss 的最初研发人，才可能配比出粉末状毒品。而且这种东西不可能随身携带，要么事先准备好，要么就是临时配比出来的。"

她斟酌着他的话："你是说，昨晚直升机上，有和 Devils Kiss 有关的人？"

陈安点头："应该说有和烈焰堂有关系的人。"

童染对这三个字完全陌生，将词在嘴里过了一遍："烈焰堂？"

"对，"陈安拍拍她的肩，"下次叫爵告诉你吧，你现在身体状况不适合多聊，别想那么多，先睡一觉。"

童染也知道这种事情一时半会儿解释不清，只得咬着杯口点头道："好。"

"爵醒了会来看你的，你安心睡。"陈安说完站起身朝门口走去。

刚走到门口，身后突然传来女子的声音："陈安！"

他顿住脚步，转过身来询问地望着她。

童染犹豫了下，还是开口道："我……有事情想拜托你。"

陈安眉梢轻挑，不等她继续便问道："你要我帮你隐瞒？"

"……"

他一语道破，童染便也不否认："孩子的事……我不想让他知道。"

"为什么？"

"因为这是我们的第一个孩子……"童染咬住下唇，眼里是藏不住的哀戚，"我不希望莫南爵和我一起伤心……我一个人伤心就够了，我希望他什么都不知道……而且如果他知道孩子是因为救他才没有的，他一定会自责。我体会过这种痛，知道有多难挨，所以我不想让他跟我一起痛……"

陈安皱起眉头，她这番话不无道理，可……

"之前我帮你隐瞒，是因为想让你离开，因为你说不想和爵越缠越紧，可是现在你们已经有了感情，为什么还要瞒着？"他顿了下，"告诉他，他会更疼你。"

童染摇头："他会更疼我，可是他自己也会很疼……"

陈安还是犹豫："可是……"

"我爱他，"童染语气坚定，目光带着恳求，"陈安，谁都不希望自己心爱的人受一点点伤害，我不想他为此难受，你能明白吗？"

陈安皱起的眉头松开："好，我答应你暂时先不说。"

童染松了口气，将杯子放到床头边："陈安，真的谢谢你。"

"那你要怎么和爵解释？"陈安看向她，"流产后一个月内不能同房，你觉得你瞒得住？"

"……"

童染皱起眉头，也许很难瞒住，但是总比他再体会一遍这种自责和心疼要好："这个我会想办法的，你就告诉他我不舒服，暂时不能……"

"好……"陈安叹了口气，打开房门走了出去，"你先睡会儿吧。"

病房门被关上，室内的空气陡然变得安静，童染失神地望着床头的水杯，片刻后，拉过被子，将头深深地埋了进去。

医院十九层，隔离间。

陈安推门进去的时候男人已经醒了，他走过去将手里的报告单放在床头："感觉怎么样？"

莫南爵撑着床沿坐起身，皱着眉，手掌贴了下额头："什么怎么样？"

"你自己毒发你不知道？"陈安睨他一眼，手触向他颈间的动脉，"还好没事。"

莫南爵拍开他的手，俊目四处瞅了下："童染在哪儿？"

"放心吧，没人敢动你的女人，"陈安指了指楼下，"在床上好好睡着，我刚去看过。"

莫南爵舌尖轻抵嘴角，啐了口："都是些什么鬼东西。"

"还不是你玩女人栽进去的代价，"陈安拿起床头的报告单递给他，自己在床边坐下来后跷起一条腿，"你自己看，人家现在捏住你的命已经是随随便便的事情了。"

莫南爵眉头紧锁，接过单子扫了几眼，视线触及"粉末状 Devils Kiss 纯品"几个字时，眼神陡然变得深沉："你确定？"

"百分之九十能确定，"陈安掏出一支烟，却没有点燃，"你想想看，Devils Kiss 这种东西从南非传过来，还是秘密途径才能拿到，你派人去拦截那么多次只能拿到几百支而已，难道除了研发人，还能有谁这么快就能拿到原液，分解出原配方，并且如此精准地配比出粉末？"

说着，陈安啪的一下将手里的打火机合上："要是有，我愿意跪下来对着他喊声师父。"

莫南爵薄唇轻抿，将报告单扔到边上，伸手拿过陈安手里的烟："烈焰堂。"

陈安靠过去："爵，你说你怎么得罪了南非那块，让他们就这么毫无征兆地死死盯上了你？"

莫南爵抬眸，同他对视一眼，二人眼里闪过一样的怀疑光芒，陈安先开了口："爵，你怀疑谁？"

莫南爵眯起眼睛，俊脸阴沉下来。其实，他反倒不希望是他怀疑的那个人，否则这个事实对童染来说，无疑是个沉重且难以接受的打击……

思及此，男人暗啐了口，自己什么时候变得这么心软了？

陈安双手交叉在脑后，见他凝眉便知道他的想法，摇了下头："爵，你当真是给我敲了个巨大的警钟。"

莫南爵冷冷看他一眼："怎么？"

陈安笑出声来："你这不就是在拿命告诉我，女人和毒品是一样的东西。"

"滚！"

莫南爵踹他一脚，下床走到窗边，低头瞅了眼身上也被换上的蓝白相间的病号服，一脸嫌弃："丑死了，这种衣服也就你想得出来。"

"这不是为了和谐嘛，"陈安跟着走过来，"上次在柏莱市海上伏击你的那伙人，我估计他们手里的 Devils Kiss 是第一批，所以毒性稍淡些。"

"这次的是第二批？"莫南爵视线投向窗外，看着湛蓝的天空不知在想什么。

"应该是，要么就是经过改良后的版本，总之，毒性比之前强了很多，"陈安伸手将他叼在嘴边的烟夺了下来，"不许抽，上次毒发你至少还能忍下，这次直接开始杀人了都。"

男人双眼一眯："杀人？"

糟糕，差点说漏嘴了。

陈安轻咳一声："你自己中毒后的事情，就真的一点都不记得了？"

"不记得。"莫南爵皱眉后摇头，他只记得自己靠在舱门边举枪，而后有风飘过来，他吸了两口便顿觉眩晕，之后的差不多就不记得了。

"昨晚飞行员回来告诉我，童染对着要杀你的直升机开了几枪，好像还把人给打伤了，"陈安望向男人精致的侧脸，其实他很想说出真相，毕竟这种隐瞒的事情，他真不擅长，"你当真一点印象都没有？"

"没有。"男人闻言眉宇间笼上不悦，那蠢女人还开枪了？！

她是怕别人打不死她？！

陈安也不再多问，看来这 Devils Kiss，他当真得找时间好好研究一番了。他拍拍莫南爵的肩："具体的我也不清楚，你得问你女人。她在十六层 ICU11 房。"

"你不是说她没事，那住什么 ICU？"

"我什么也没说，你自己看去吧。"陈安说着便转身出了隔离间。

Chapter 4

我是你男人，你的什么都是我的

病房内，童染浅浅地睡了一觉，醒来时浑身都是细汗。她有些慌张地摸了下额头，而后松了一口气。

还好，并未发烧。要是烧了，莫南爵待会儿醒了细问几句，说不定就会露馅了。

护士过来换了点滴瓶，童染望着细细的针尖扎进手背里，原本应该很疼的动作，她这会儿却没有任何感觉，心里已疼过了头："谢谢。"

"有事就叫我。"护士报以微笑后端着药盘离开，房内再次恢复静谧，童染平躺在那儿，手背上冰冰凉凉的，她两眼无神地睁着，瞅向斜上方的点滴瓶。

一滴、两滴、三滴……

她一滴滴地数着，手落在小腹上，想着，孩子离开的时候，她的小腹也是这样抽痛的，一下、两下、三下……

她轻咬住下唇，将涌上来的泪水生生逼了回去，这不过短短一夜之间，很多东西已然改变。是不是她要的、曾经拥有的，都要面临失去的痛苦？

童染正望着点滴瓶怔怔出神，视线恍惚了下，就见一个人影站在了病床前，男人的俊脸随即压下来："哭什么？"

她吓了一跳，忙向后躲了下："你……"

莫南爵身上披着件大衣，脸色还是有点苍白，他弯下腰，修长的手指轻抚上她的脸颊："打个点滴就能把你疼哭了？"

"……"

"真没用。"

"……"

童染坐起身，转身拿枕头垫在背后时，偷偷将眼角的泪水迅速抹掉，再转过头来时，面色已同平常无异。

她抬眸望着他的脸："你好些了吗？"

"这话该我问你，"莫南爵在床沿坐下来，瞅了眼她打点滴的手，"躺在这里的是你。"

"我就是有点不舒服，"童染含含糊糊将话题带过去，"估计是着凉了。"

男人睨向床头药盘里的药瓶，眉头拧了下："着凉了要打这么多药？"

"陈安说的，"童染只得推到他身上，"他说都是必须要打的。"

莫南爵眯起眼睛，伸手就要拿一瓶过来看看，童染一惊，忙拉住他的手，她也不知道该说什么，便随便扯了个话题："昨晚飞机上的人是谁？"

男人动作猛地顿住，伸出去的手收了回来，俊目垂下来睨着她的小脸："怎么突然这么问？"

"那些人对你太狠了，分明就是要赶尽杀绝，"童染想起直升机上那个戴口罩的男人，想起他毫不犹豫朝内舱开枪的动作……到现在还心有余悸，"他们是你的仇家吗？还是……"

莫南爵俯下身，双手撑在她的身侧，薄唇靠近她的嘴角："你后来看清他的脸了？"

突如其来的亲昵令童染想到了他在岸边的嗜血凶猛，她下意识地缩了下身体，而后摇头："没有，他一直戴着口罩。"

"躲什么，"莫南爵一手伸进被子去穿过她的后腰，一手搂住她的后颈，吻轻柔地落在她的眼角，"昨晚吓坏了吧？"

他语气莫名轻柔，身上的薄荷清香蹿入鼻腔，童染顿觉鼻尖有点发酸，忙抬起右手环住他的脖子："还好，就是很怕你会出事……"

"怕什么，我出事也不会让你出事，"男人半个身体压在她身上，童染身体扭动了下："起来，你好重……"

"别乱动，"莫南爵俊脸埋入她的颈窝边轻蹭了下，她身上的清香令他头疼舒缓了些，"万一我控制不住就在这里要了你。"

"……"童染一下僵住，当真一动也不敢动。

莫南爵抬起俊脸，按照以前童染的性格，应该同他顶嘴才对，这会儿这么听话？

男人敏锐地眯起眼睛："童染，你有什么事情瞒着我？"

这男人是属狗的吗？

童染摇了摇头："没事。"

"那你绷这么紧做什么？"

莫南爵一手从她的上衣里伸进去，摸到她胸前，这才发现她身上只有一件薄薄的病号服，脸色骤然沉了下去："是谁给你换的？连内衣都没穿？！"

"莫南爵！"童染的小脸噌的一下红了起来，她怕他看到自己身上那些痕迹，忙将他不安分的大手拉出来，一手护在胸前，"你别喊那么大声，这里是医院！"

"错，陈安的医院不能叫医院。"

她不解地皱眉："那叫什么？"

"应该……"男人嘴角含笑，"叫治愈性娱乐场所。"

"……"

这名字听起来规规矩矩的，怎么从他嘴里说出来，就偏偏带了几分色情的味道……

童染错开他暧昧的视线："莫南爵，你就没个正经！"

莫南爵反握住她的手，掌心残留着滑嫩的触感："你要是喜欢，这里马上可以变成我们的别墅。"

"呸，"童染推他，"谁喜欢住在医院的？"

"只要你喜欢，住哪里都可以。"

她双眼亮了下："真的？"她昨晚还在和他说，要是能住在那样的小岛上……

莫南爵趁机靠过去，伸手揽着她的肩："只要有床就行。"

"……"

"怎么，不愿意？"男人耍起无赖，病床足够大，他直接躺上去，一手圈着她的细腰，将头枕在她的大腿上，随口说道，"你要是想住在那种荒无人烟的地方也可以，到时候多给我生几个孩子，最好都生男孩。"

孩子……

提到这两个字，童染只觉得心尖被狠狠一扎。她也不知道自己为什么这么敏感，眼眶猝然发酸，她用力咳嗽几下掩饰喉间哽咽的声音："为什么……要男孩？"

莫南爵翻了个身，俊脸正好面向她平坦的小腹，仅仅隔着一层薄薄的布料，他鼻间的气息喷洒在她的小腹上，男人自恋地轻掀了下眼皮："男孩多好，像我。女孩像你那么蠢，那不是这辈子都完了？"

"……"

经历了昨晚那样真枪实弹的场面，莫南爵怕她吓着了，这会儿本是变着法子逗她开心，可这句话出口，童染却突然没了声音，她别过头去，抬起手背搭在眼睛上。

"怎么？"见她半天不说话，莫南爵轻拍了下她的腰，"感动成这样？"

眼泪夺眶而出，童染仰起头，死死抿着唇瓣，声音沙哑起来，幸好他躺在她腿上，这个姿势看不见她的脸："没有，我累了，想睡觉。"

莫南爵手臂圈紧她的腰，俊脸完全贴在她的小腹上："昨晚，我毒发后伤着你了？"

他这个动作使得童染浑身倏然紧绷，她双手握起拳头，插着点滴的左手顿时传来撕裂般的剧痛，她咬住牙后摇了下头："没……"

莫南爵轻合上眼帘："是不是很可怕？"

"还好……"她睁大眼睛，想让眼泪全部涌回去，"当时我们掉到海里后旁边就是岸，你毒发后……我，我看你一直发抖，不敢过去，所以……离你比较远。"

她这番话出口后，男人神色黯了下，虽然有点失落，心里却是赞同她的做法的。他搁在她腰间的手轻轻摩挲着："这样是对的，以后有危险都要离开，不要伤害自己。"

　　"我不会的，"童染仰着头，右手抚上他的侧脸，想到昨晚直升机上他替她挡枪的那一幕，"莫南爵，如果有人开枪打我，你会替我挡吗？"

　　男人毫不犹豫："会。"

　　"为什么？"

　　他勾唇反问："你会吗？"

　　童染有片刻的失神，很想告诉他孩子的事情，可话冲到嘴边，她还是犹豫了，她真的不想看到他难受和自责的样子……

　　就是这么片刻的失神，却让莫南爵以为她犹豫了，男人眼底的希冀彻底暗淡下去，但并未因此发怒，因为她是他的女人，就算她说会，他也不会让她受伤："这样就对了，以后不要为了任何人伤害自己。"

　　童染喉间哽咽，点了点头："你也是……"

　　"我要也是，谁来保护你？"

　　"……"

　　童染张了张嘴，她想说，我只希望你保护好自己，男人却先开了口，话语中没有丝毫责怪："童染，我保证，再有昨晚那样的场面不会再带你去，不会再让你置身在那样的危险中。"

　　"……"

　　男人俊脸轻蹭，童染几乎可以感觉到他鼻尖抵着腹部的柔软。她咬住下唇，垂眸睇着他精致的侧脸，莫南爵，曾经我们的孩子就在那里，他待过一段时间，你能感觉到吗？

　　时间仿佛就这样静止，莫南爵一直维持着这个姿势，好像是睡着了，病房内有淡淡的消毒水的味道，童染屏住呼吸，生怕吵醒了他。

　　男人侧着身，童染伸手将他身侧滑落下去的大衣拉起来时，一眼就望到他肩头和手臂上缠着的纱布，上面还泛着淡淡的红色。

　　她动作很轻，给他盖上衣服后将手收回来搁在床侧，双腿被他压得有些发麻，可这样的画面对她来说是无比美好的，她不忍心去破坏。

　　童染轻呼出一口气，想将他的短发捋顺，手再度抬起来时，男人突然开口唤她："童染。"

　　"嗯？"

　　莫南爵睁开双眼："为我生个孩子吧。"

"……"她怔了下，"为什么？"

"不是都说，女人最爱的就是孩子嘛，"男人俊脸依旧埋在她的腹部，嘴角浅浅勾起，"有了孩子，我就可以彻底绑住你，再来十个洛萧也不用怕。"

童染没想到他会这么说："你本来就不用怕。"

"怎么不用怕？"莫南爵抬起俊脸，瞥她一眼，"要是我和洛萧同时站在你面前，你手上有一把刀，肯定是捅我。"

"……"童染满头黑线，这男人也不知道发什么神经，"我捅自己。"

"那不就是捅我？"

"……"

"不对，比你捅我还要痛。"

"……"

他这算是情话？

童染不由得有些失神："莫南爵，你怎么突然变得这么温柔？"

"我一直很温柔，"男人凑上去吻住她的嘴角，"童染，给我生个孩子。"

她眉头拧了起来："我不要。"

"为什么不要？"

童染不想继续这个话题，伸手抵住他的胸膛将他推开："我累了，想睡会儿。"

"不行，"莫南爵一手撑在枕头上，不让她躺下，重复问道，"为什么不要？"

她侧眸看着他："孩子生下来姓什么？"

男人勾唇笑道："我的孩子，当然姓莫。"

"那你是他的什么人？"

"父亲。"

"那我？"

"母亲。"

"那我们是什么关系？"

"你是我的女人。"

这句话一出口，答案似乎已经明了了，童染将他的手推开："好了，我要睡了。"

"童染，你什么意思？"莫南爵俊脸一沉，"你想说什么？"

"没什么，我希望我的孩子能正正常常地叫爸爸妈妈，而不需要躲躲藏藏的，"童染贝齿咬住下唇，狠下心开了口，这时候只有这样说才能终止住这个话题，"莫南爵，我们还没有到能有孩子那一步。"

她说完之后翻了个身，只留了个背影给他。

莫南爵欺身上前，将她压在病床上，双手撑在她的头侧："童染，你要名分是吗？我马上就可以给你，只要你点头，我什么都给你。"

"……"

"你想要什么名分？少夫人？还是帝爵？"

他口气里带某种急切，她的那句没有到那一步，将男人心底仅剩的安全感全部抽离。她本就是他从洛萧手里抢来的，她稍微动一下手指，他都生怕她会逃跑："你说，童染，你到底要什么？！"

"我，我也不知道。"童染别开脸，心跳得厉害，其实她什么也不想要，只想要他平安地在她身边。

"既然你不知道，那就生个孩子，"莫南爵剑眉紧皱，直接去扯她的衣领，"生了你就没得想了！"

他力道很大，几乎将她半边病号服领子给扯开，童染手疾眼快地掩住胸口："莫南爵！"

她死死护住胸口，力道竟也大得惊人，莫南爵见怎么也扯不开，索性直接低下头，隔着薄薄的布料，对着她胸前咬了下。

童染疼得眼泪在眼眶里打转，一个用力，直接踹中男人腰侧！

男人的注意力在她脸上，被她这么一踹，便直接翻下床去。

男人闷哼一声，童染撑起身后一惊，忙起身过去拉他："怎么样？疼吗？"

莫南爵站起身来，俊脸上溢出薄凉："怎么，你连骗我一次都不愿意？"

"……"

童染皱起眉头，无法回答他。

男人冷冷瞥了她一眼，转身就朝外面走去。

砰——童染有些失神地望着被大力摔上的房门，一时之间觉得有些难受。

不知过了多久，房门再度被推开，她以为是莫南爵回来了，猛然抬起头，却看见陈安站在门口。

陈安找了一圈没找到莫南爵，一来，就看到这幅场景，凌乱的床单，童染被扯开的病号服领口……

他眉头皱了起来："发生什么事？爵打你了？"

"没有，"她喉间哽咽了下，绕过床头走到窗边，视线也不知道定格在哪一处，"陈安，我可能……要在这里住很长一段时间。"

"住吧，先把身体养好。"

陈安并未多说，这情况很显然是吵架了，童染这么死命护着，爵肯定是误会了什么。他叮嘱着："你好好休息，多躺躺。"然后走了出去。

"好，谢谢你。"

房门被关上，童染抬眸望向夕阳下的天空，只觉得无比刺眼。

她想，自己也许真的做错了，她不该瞒着莫南爵，如果把事实都告诉他，自己是不是就不会这么难受？

也许，她真的学不会该怎么去爱一个人……

她一直觉得，能替对方担当下所有沉痛的爱情，才叫爱，就像小时候洛萧对她，他的肩头担着她童年所有的阴影，他的肩膀一直温暖着她的整片天空……

所以，当她爱上一个人的时候，就想替他承担一切，宁愿分担对方天空中所有的阴霾，哪怕自己的天空早已经乌云密布……

莫南爵，我是不是做错了？

胸腔内所有的空气像是瞬间沉了下去，腹部传来的阵阵抽痛越发明显，童染小脸痛苦地皱起，眩晕感陡然从太阳穴处传来，她手撑住额头，双眼翻了下，身体倒下去摔在地上，彻底失去了知觉。

医院，顶层天台。

此时正值傍晚，凉风徐徐，天边残阳如血。陈安推开铁门走进来时瞥了眼，好家伙，门链都直接给踹断了。

他四处瞅了下，医院的天台很大，白天的时候，会有很多白鸽停留在上面。陈安走进去，一抬头，果然见莫南爵站在平台的顶端。

男人修长的手指间夹着根烟，却一口也没有抽，手臂上崩开的伤口的鲜血顺着腕骨缓缓流下，男人却似毫无知觉。

陈安走过去同他并肩而立，男人眼眸微眯，也不知道在想什么，以至于有人站过来，竟没有察觉。

陈安顺着他的视线望过去，此时天边除了一片血红什么也望不到，他轻唤了声："爵。"

男人一动不动，也不知道听没听见。

陈安眯起眼睛，这样子，看来果真没发生什么好事："你刚才，去看过童染了？"

莫南爵声音极为冷淡："嗯。"

"你们吵架了？"

"你什么时候废话那么多？"

"……"

陈安总觉得有些愧疚，夹在中间实在难做人。他能够理解童染的初衷，但是作为男人，这种事情被女人蒙在鼓里，以后若是知道了，不得抢拳头把自己砸死？

陈安斟酌了下，这件事情得慢慢说："爵，你后悔来中国吗？"

"你什么时候变得这么娘儿们了？"

"……"陈安稳住阵脚，"就聊一下而已。"

莫南爵抬起手，薄唇抿住香烟后轻吸了一口，烟草混合着血腥的味道蹿入脑海："我没资格后悔。"

"美洲那边，最近在找你，具体什么动静我找人去查了，还没消息，"陈安瞅他一眼，暗自摇头，这个话题选得太沉重了，"如果美洲那边有消息，你回去吗？"

男人心不在焉："再看。"

"……"

冷场了。

陈安绷着俊脸，他发誓，这种事情他以后再也不要做了。一想到那边还答应了童染，他就想直接把自己给磕死，这都揽的什么事："你若是回美洲，带不带你女人去？"

"怎么，"莫南爵侧眸看他一眼，目光冰冷，"你莫不是要跟我说你想要她？"

"……"

得，怎么说都是错，陈安皱起眉头，实在不善措辞，只能直接扯："你爱她？"

莫南爵并未回答，他将烟头扔在地上踩熄，旋身走下天台的顶端，陈安跟了下来："爵，我有事情和你说。"

"你今天疯了？"莫南爵这会儿一门心思在童染身上，哪有空管那么多，想到那该死的蠢女人他就觉得胸闷，"自己去开药吃，别烦我。"

他说着就朝天台的出口走去，陈安忙伸手拽住他："爵，我真的有事。"

男人这才顿住脚步："怎么？"

"今天黎明，我们是在一个荒岛上找到你们的，"陈安回想起当时的场景都觉得有些难以置信，"你那时候是昏迷的，但是身上的毒性已经退下去了。"

莫南爵眯起眼睛，似乎嗅到了什么："童染待在我身边？"

"是的，"陈安点头，顺着他的话继续陈述，"她当时站在你边上不远处，应该是想看看有没有人，我在直升机上一眼就看到了她。"

"站在我边上？"莫南爵回想起之前在病房里童染所说的，她说他毒发的时候很可怕，她怕伤到自己，一直离他比较远，怎么会站在他边上？

陈安继续点头，"她应该一直都在你边上。"

"你想说什么？"男人敏锐地眯起眼睛，不祥的预感闪过眉心，他看向陈安，"我传染给她了？"

"不，"陈安摇下头，关于这点他也正在研究中，"我给她检查过，她的血液内没有 Devils Kiss，我也挺奇怪的，所以这样看来，肉体接触应该是不会传染的……"

莫南爵一张俊脸越发阴沉："肉体接触？"

陈安抿唇，伸手搭上男人的肩头，五指握紧后，才开口道："爵，她流产了。"

她流产了……

仅仅四个字，却使莫南爵如遭雷击！

他猛然抬起头，瞳仁剧烈收缩，脸上是从未有过的震惊："你说什么？！"

"凌晨的时候你毒发，那时候你们都掉进了海里，我不知道你们是怎么上岸的，但是……"陈安神色凝重，握在莫南爵肩头的手能明显感觉到男人浑身都在颤抖，他知道这个事实确实很残忍，任谁都很难接受，"你这次毒发属于二次毒性，很难控制，据童染说，你有伤人的举动……我也不知道她到底用了什么方法控制住你，总之最后你们做了……算是她用孩子换了你一命。其实她那时候也不知道有孩子，是我带她回来之后才发现流产了，才知道的……"

他说得很慢，每个字都很清晰。

莫南爵一动不动，就这样看着陈安，眸底渐渐翻涌起滔天巨浪，男人薄唇轻颤，竟然说不出一个字来。

童染在病房里说过的每一句话都在脑海中清晰回响。

她所谓的骗，就是将这一切都自己打碎了牙往肚子里咽？

她所谓的骗，就是让他连亲手杀了自己的孩子都不知道？！

她所谓的骗，就是打算让他一辈子不知道他是怎么伤害她的？！

好，真是好极了！

莫南爵垂着的双手颤抖地握成拳，男人牙关紧咬，精致的俊脸上压抑的情绪濒临爆发。

她为了救他而流产失去第一个孩子，他却误解她，想强要她，逼问她为什么不给自己生孩子……

她当时那么痛，为什么不说？为什么要一个人扛？

男人狠狠眯起眼睛，哀戚与薄怒从黑眸中迸发出来，颀长的身形看起来竟带着几分萧索。

陈安眉头深锁，五指紧了下："爵，你别这样……孩子属于早期流产，受孕时间不久，况且这孩子本身也未必能要，毕竟你有毒素在身，换个角度想，其实也……"

"孩子是怎么走的，"莫南爵浑身阴鸷逼人，"就因为做了？"

"这是主要因素，还有，"陈安顿了下，"她腹部受过重击，算是诱因吧。我问了飞行员，说当时你在机舱内吸入粉末后就已经毒发，应该是毒性让你想自毁右手，她替你挡了下，导致……"

男人拳头捏紧。

　　"其实她当时已经腹部剧痛了，她心里应该隐约猜到自己怀孕了的，但是当时情况紧急，在岸边她为了救你，所以没办法顾及那么多……"

　　他这番话还没说完，莫南爵突然抬起手，拽住陈安的手臂后直接将他朝边上的墙壁上抵去！

　　他速度很快，每一个动作都带着无法抑制的怒气。陈安闭上了眼睛，知道他要打人，自己也确实该打。

　　砰！

　　莫南爵抡起的拳头在陈安脸边顿住，男人胸膛剧烈起伏，肩头的枪伤由于撕扯再度裂开出血，他却浑然不顾，哑着嗓子道："你为什么不说？"

　　陈安睁开眼睛："爵，她醒了之后我告诉她实情，她确实很伤心，我劝了她，她冷静之后拜托我，说不想让你伤心自责，说孩子已经失去了，没必要让你和她一起痛苦……我看她那么痛苦，觉得她说得有道理……"

　　莫南爵单手揪着他的衣领，怒吼声几欲震天："这种事情你居然帮她瞒着我？你他妈的脑子有坑？！"

　　"爵，"陈安任由他揪着，这件事情自己确实处理不当，"对不起。"

　　"对不起？"莫南爵浑身的火焰几乎能够烧死人，"你帮她的时候是怎么想的？你知不知道她是个女人，她那样的性子你让她憋在心里，你这不是把她逼进火坑？"

　　陈安拧紧眉头，盯着男人紧绷的俊脸："她这也是为你好……"

　　"为我好，她曾经有多为洛萧好你知不知道？"男人举着的拳头都跟着颤抖，"她这样为我好，只会让她离我更远。她心里还有洛萧我不是不知道，你让她这样憋着，就等于是把她从我身边推开！她要是因为这个回去洛萧身边，你要我怎么办？你要我怎么再去把她抢回来？！"

　　他的这番话，令陈安无比震惊，他想过莫南爵会生气会伤心，可没想到的是，他竟这么爱童染，爱到连一点点失去的可能都如此害怕……

　　这还是他曾经认识的冷血冷情的莫南爵吗？

　　陈安见他这样，便想要将童染手臂的事情暂时吞下去。这次要是一次性说出来，他估计莫南爵会受不了。

　　"为什么她知道怎么做有用？"莫南爵抡起的拳头垂了下来，突然开口。

"……"陈安怔了下，解释道，"这个也是她发现的，毒发的时候你体内的毒火散不出来，所以会很痛苦，但是可以通过别的途径发泄。虽然治标不治本，但好歹能将毒火发出来，不过这样对女方伤害很大……"

莫南爵像是察觉到什么，顺着他的话套："那她是怎么发现的？"

"这我也不知道，"陈安想了下，这点他也很佩服童染，"应该是上次你毒发的时候发现的吧？"

"上次？"

"对，"陈安在沉思中忘了隐藏，脱口而出道，"上次她废手帮你解毒，就是用的这个方法，那是第一次发现……"

话落，莫南爵一双好看的桃花眼几乎眯成缝。

废手解毒？

她的左手不是自己摔废的，是为了帮他解毒才废的？！

男人薄唇紧抿，连带着眉心都在颤抖，凌厉的目光犹如冰刀，差点将陈安身上生生剜出几个洞来。

"……"

陈安这才惊觉自己说了什么。

"上次，"莫南爵喑哑的嗓音颤抖得不成声，"在岛屿上，也是她为我解的毒？"

"……"到了这份上，陈安也不再隐瞒，点了点头，"是的，当时她翻墙出来找你，刚好我在别墅下面，她非要上去，至于发生了什么我也不清楚，总之……应该是她死也不让你给自己注射，替你挡的时候，你手里的针尖划伤了她的左手。"

"……"

当时，因为她左手受伤这件事情，他还将她大骂一顿。

男人不期然想到了当时她胸口的那块淡青色齿痕，这是他心头一直没有拔出来的一根刺，他一直以为，那是她和洛萧上过床的最好证据。

原来，他一直无法释怀的那块印记，居然是他自己刻上去的！

她为他废了左手，毁了自己的钢琴梦，他居然还质疑她的清白？！

她该有多疼……

莫南爵一动也不动，陈安却能感觉到他浑身笼罩的乌云，那是血液几乎凝结的感觉，他皱起眉头："爵，你不用自责，这件事情已经过去很……"

不等他的话说完，男人垂下去的拳头再度扬起，砸向他头侧的水泥墙面！

"爵！"

陈安一惊，手疾眼快地抱住莫南爵的腰将他用力向后推："你冷静点！"

莫南爵狠狠眯起眼睛，眼里透出嗜血的光芒："放开我。"

陈安双手按住他的肩膀，膝盖抵住他的腿："爵，你听我说，那次她没有告诉你其实也和我有关系，我那时觉得她想害你，她也说自己迟早要离开你的，让我隐瞒，我就答应了。"

男人听后嘴角冷冷勾起："所以，你们就真的什么都没有说？"

"是的，"陈安轻轻点头，"那时你中毒确实是因为她，我一度以为她是烈焰堂派来的人……"

莫南爵冷笑，眉梢眼角竟是刺骨的冰寒。他从来不会想到，她曾为他付出这么多。

说到底，"洛萧"这两个字就是深深扎在他们中间，所以，他能够对她的伤心和绝望视若无睹，因为他从来看不见她的付出，只当她心里只有洛萧。莫南爵不可否认，就连童染对他说"我爱你"的时候，他也还是认为她心里有洛萧……

男人胸膛剧烈起伏，每呼吸一下都彻骨地疼。他没有感受过多少亲情，所以始终无法理解洛萧在童染生命中的地位，可是他同样没有感受过爱情，所以无法想象童染为他付出为他疼的时候，还在承受他的质疑和伤害该有多伤心……

莫南爵攥紧的拳头再也忍不住，他一拳打在陈安的肩膀上，疼得陈安倒吸口凉气。

"你为什么不早说？！"莫南爵扬起手，一拳再度落下来，"你要是早说，就不会有这些事情！"

陈安差点被他打成残废，疼得缩起肩膀："我现在不是说了吗……"

"你现在说有个屁用！"

现在他已经把童染给伤了个透彻，还来说什么说？！莫南爵越想越气，抢起拳头直接朝陈安的脸上砸去——

"爵！"陈安忙伸出双手交叉挡在面前，"你要打死我吗？"

男人冷冷骂了句："你早该被打死！"

"打死我谁治你女人？"陈安送出口气，伸手推他的肩，"起开。"

"滚！"

莫南爵踹了陈安一脚，目光冰冷："以后别再让我看见你！"

"干什么，难道还看一次打一次？"陈安接过他的话，站定后拍拍身上的灰，一动才发现两边肩膀都疼得发抖，估计已经红肿了，"得，以后不要找我，你跟你女人爱来爱去的，到最后把我爱得一身伤。"

"你再废话一句我就把你扔下去。"

莫南爵单手撑住栏杆大口喘气，二人对视一眼，陈安摇头："爵，不就一个女人，真值得你这样？"

"你想试试看值不值得？"

"得……"陈安想要摆摆手，却发现自己已经连手都抬不起来了，疼得他不行，"总之，你别给童染说是我给你说的。"

莫南爵瞥他一眼："她要多久才能出院？"

陈安无奈开口："其实不一定要住院调养，之前我是怕你不知道她流产，所以调理不当，回去之后多炖点汤，多躺躺，一个月内你别跟她行房，一般问题不大。"

男人皱眉："一个月？"

"差不多吧，女人这方面很伤身的，你别胡来。"

莫南爵点头，眼里的戾气和怒火退去后，只剩下怜惜和自责："你就当没和我说过。"

"怎么？"

"她这么千方百计瞒着我，不就是怕我难受伤心，"莫南爵侧过头，精致的侧脸被逐渐暗淡的夕阳镀上一层余光，"她瞒得这么辛苦，要是让她知道我和她一起痛了，她肯定会更痛。"

"你俩真是……"陈安摇头，语气倒是赞成的，"这样也好，她现在情绪不稳定，也不适合讲这些事情，反正你已经知道了，以后对人家好点，别动不动就给人整一身伤……"

"操心这么多，"男人冷睨他一眼，"你先把你脑子里的坑填满。"

陈安："……"

莫南爵懒得再看他，双手插兜后朝铁门走去，拉开门走出去的一瞬间，还是丢下一句话："我不是冲你发火。"

说完之后他砰的一声带上门离开，陈安闻言站在原地笑了下："我知道。"

他站了一会儿后也准备下去，这才发现铁门已经被男人给带上，要大力才能拉开。陈安现在肩膀疼得双手完全无法动弹，这里几乎又没人会来，他俊脸铁青，气得抬腿就踢："搞什么鬼，莫南爵，你给我记住！"

莫南爵从天台下来之后直接去了童染的房间，却见一个小护士正在换病床床单。

莫南爵眉头一皱，瞬间冷下脸："这病房里的人哪去了？"

"啊？"小护士被突然出现的声音吓了一跳，"你说这房里的美女姐姐吗，刚才护士长进来看到她昏倒了，现在应该是送到急救室去了吧。"

"昏倒？"莫南爵眉间闪过慌张神色，语气骤沉，"你说送去急救室？！"

"对啊，就几分钟之前发现的，"小护士朝右边一指，"从那里拐进去，就能找到了……"

等她再回过头时，面前的男人早已没影了。

莫南爵冲出病房后直接朝急救室冲过去，门口围着几个人，男人随手揪过一个就往墙上一扔："她人在哪里？！"

"什、什么人？"被拎起来的病人家属吓一跳，"我，我们没看到人……"

边上站着的人以为他是找正在手术的人，好心开口："还在里面吧，流了好多血，不晓得会不会有生命危险，先等等吧，急也没办法……"

流了好多血……

男人双目一刺，这句话竟将他击得生生退后，他胸腔内瞬间聚集起压抑的气息："什么时候送进去的？！"

"就刚才从外……"

话没说完，莫南爵已经等不了了，抬腿就朝紧闭的手术室大门冲去，恰好边上的护士长走出来，瞧见后忙去拉他："爵少！"

"滚！"

男人挥手，护士长知道他肯定是搞错了："里面那个是刚送来的，头被砸破了，您女人在那边房里呢。"

莫南爵脚步一顿，屏起的气息瞬间松了下去："她没事？"

"没事，刚刚也把我吓了一跳，"护士长忙殷勤地过去拉住他的手臂，"在那边，我带您去。"

莫南爵一时心急，竟任她拉着，穿过长长的走廊后，入目是纯白色的休息室，这里是病人放松身心最好的地方，专门为那些达官贵人准备的，设备和服务自然都是一流的。

护士长直接抓住了他的手："爵少，您现在要进去吗？她还在睡，估计没这么快醒。"

男人眼神一寒："松开。"

"不好意思啊爵少，我也是太着急了……"护士长不情愿地将手松开。

莫南爵并未发怒，瞥了眼紧闭着的房门："她怎么会昏倒？"

"她身子虚，女人流产后都这样，经不起折腾的，"护士长将口袋里的病历拿出来翻看了下，"她刚才昏倒应该是由于神经过度紧绷，说白了就是太紧张了，加上应该是有剧烈动作，导致小腹坠痛加剧，肯定会头晕，她又这么瘦，身体绷不住。"

莫南爵薄唇紧抿，眉头皱着，心里烦躁不已："那她什么时候会醒？"

"这个不知道，要看个人体质吧，她估计会睡久一点，身体太弱，"护士长实话实说，"以后还是要多小心些，她子宫壁薄，流产伤害已经很大了，还好没造成无法弥补的局面，女人要是真的伤着了就补不回来了……"

护士长平常上班习惯了，说话也就带着些许训人的口吻，说完之后她才想起站在自己对面的是莫南爵："呃，爵少，其实情况也还好……"

"我知道了，"出乎意料地，男人并未有一丝一毫的不满，反倒听得十分认真，而后眯起眼睛，"还有什么需要注意的？"

"……"护士长推推眼镜，"一个月内不要有性生活，平时多呼吸新鲜空气，保持好心情也是很重要的，不能发怒不能吵架，鸡汤啊什么的补品多吃些，让她把身体养胖些，流产就是坐小月子呢……"

"好。"莫南爵一一记在脑海里，听到最后还点了下头，"谢谢。"

"不用不用，我们应该的……"护士长受宠若惊。

男人抿起唇不再开口，视线扫过病房："我现在可以进去？"

护士长又是一惊，爵少刚才连手术室的门都敢踹，怎么这会儿还会问这种问题："当然可以……"

莫南爵抬脚就要进去。

"等等，爵少，您看到院长了吗？"护士长扬了下病历，"有单子找他签字，他手机也没带在身上，我刚才让人找遍了医院都找不到他。"

没带手机？

莫南爵闻言眼皮轻跳了下，修长的食指按向眉心："他开车出去了，叫我转达你们，明天下午才会回来。"

"噢，好的，那我先下班了，明天再找他。"

"嗯。"

身后传来护士长离去的脚步声，莫南爵缓步走上前，伸手握住了门把，男人动作很轻，尽量不发出声音，怕惊醒了里面睡着的人。

整个房间都是欧式的格调，连地毯都铺着乳白的绒毛地毯，脱了鞋后踩上去软绵绵的，四周挂着几幅颜色淡然的山水画、白色的丝质窗帘……

房内的气氛被衬托得无比祥和。

陈安还真有一套，这样的设计和摆设，果真让人看着都觉得舒服。

莫南爵缓步走向房间正中央的圆形大床，脚步很轻，走到床边后站定，双手插兜，桃花眼浅眯，居高临下地看着床上的人。

女子纤瘦的身体半蜷起来，呈一种自我保护的姿态，偌大的被单衬得她身子越发孱弱。她还昏昏沉沉地睡着，呼吸轻浅，看起来就像沉睡的公主，如果不是颈间还有微微跳动的脉搏，几乎让人怀疑她是不是还能醒过来。

视线毫无遗漏地从她身上每一处扫过，莫南爵弯下腰，单手撑住床沿后坐了下来。

床的一侧陡然沉了下，童染似乎感觉到什么，秀眉轻蹙，被单下的肩膀拱了拱，但并未醒来。

莫南爵薄唇紧抿，紧盯着她苍白的小脸。

昨晚在岸边，他到底对她做了什么？她是怎么撑过来的……

男人眼神越发深邃起来，眼底的动容和怜惜叫人不忍，他伸出双手，轻轻扳着童染的肩膀，女子嗯了一声，他稍稍用了点力，将她半蜷的身体摆成了平躺的姿势。

房间里开着二十四小时恒温的空调，莫南爵起身将温度调高些后，又将窗帘拉了起来。

他折身回到床沿坐下，平躺之后呼吸似乎顺了很多，童染两手放在身边，睡得很是安宁。

"童染。"男人喉间哽咽下，突然轻唤了一声。

他知道，她这会儿听不见。

正是因为她听不见，莫南爵才敢继续说下去，他从未在她面前这样表露过自己的心声，他向来是个不屑解释的人，更不可能为了谁去证明自己，可这次，他是真的怕了："疼吗？"

她真的很瘦，稍稍用力，他掌心就像被硌得有些疼了。莫南爵俯下身，薄唇凑近她的嘴角："童染。"

磁性的嗓音轻柔无比，童染于睡梦中眉心微蹙了下，细小的动作被捕捉到，莫南爵舌尖在她嘴角上轻触了下，柔软的触感让男人心口微痒，他低下头，薄唇直接吻住了她的唇瓣。

男人另一只手从她的脸颊向下，滑过肩头后，将她上衣的纽扣一一解开，然后向两边拉开，目光向下探去。令他身体上如今布满一个又一个瘀青，从肩头一直延续到腰部，有些地方的瘀青已经转换为紫红色，可以看出当时要她的人用了多大的力道。

莫南爵俯下身，突然将她紧紧搂入怀中，闭上眼睛后，声音极轻地道："对不起……"

这三个字，他从未对任何人说过，他们这种人的世界里从来没有对不起和我爱你，因为从小就有人告诉他们，歉意和感情，是这个世界上最不值钱的东西。

可是她闯入他的世界，将他原本的世界全部打碎，在她身上他感受到爱，感受到恨，感受到原谅和温暖……

"童染，"他贴在她耳边，"以后不许骗我，不许瞒着我，什么事情都要告诉我。只要是和你有关的事，就都和我有关。"

童染皱起眉头，是谁在说话？

男人手指穿过她乌黑的长发，一下一下地帮她顺着："不许再伤害自己，为了任何人任何事都不行……包括我。"

"也不许再一个人扛着，我是你男人，你的什么都是我的，包括你的身体，"莫南爵将她手臂上的上衣完全脱下来，大掌轻抚上她的背，"我不允许，你就不能让自己受一点伤。"

"我不会再眼睁睁地看着你从我手里溜走，"他声音低沉喑哑，"也不会再将你推出去，一次也不会。

"你以后只能吻我，只能对我哭对我笑。

"别的男人对你说对不起你就给一巴掌，对你说我爱你你就告诉我。

"什么事我都可以依着你，只要你乖乖待在我身边。"

莫南爵低下头，吻在她的眉心，想了下还是补上一句："除了和洛萧有关的事情。"

童染在睡梦边缘徘徊着，努力想要睁开眼睛，看看眼前的人是谁。

"至于孩子，你想要就要，不想要便不要，以后都是，你想要什么我们就要什么，不想要什么就不要，除了我，我允许你不要任何东西。"

"我也允许你出去，你想去哪里都可以，只要记得回来，"他顿了下，总是不忘补上一条，"只要不是和洛萧一起。"

童染眼皮跳了下。

"你这个蠢女人，"莫南爵的声音再度响起，像是咬着牙，"要是还有下次，我一定扒了你的皮！"

童染眉头皱起，心头一紧，一下睁开了眼睛，正好和莫南爵垂下的视线对上。

二人都是一怔。

由于拉了窗帘，房间里大半的光线被遮住，颇有种黄昏的感觉。童染同他对视了几秒，而后低头看了看自己光裸的身体："你……"

男人俊脸一僵："我……"

童染吃惊地半张着嘴，瞬间涨得满脸通红："你……你在做什么？"

莫南爵嘴角微抽，是啊，他在做什么？

他总不能说他脱光了她的衣服，正在跟她道歉？！

莫南爵眯起眼睛，没辙了，便立即摆出一张万年冰山脸："你有意见？"

"……"

"你身上哪里还是我没摸过的？"

童染无话可说，挣扎了下，而后陡然想起自己身上那些痕迹，忙拉过被子盖住身体："你怎么会在我床上？"

莫南爵目光一寒："你还想谁在你床上？"

"……"

童染不着痕迹地看他两眼，见他似乎并未因为那些痕迹生气或者怀疑，便以为他没有看见，松了口气，身体向后面缩了下。

她闪避的动作极为刺眼，莫南爵眯起眼睛看着她："你躲什么？"

"没什么，"童染皱起眉头，"你不是回去了吗？"

男人只得点头："我又回来了。"

"……"童染不明白他为什么突然回来，毕竟不久之前他们才大吵一架，她避开这个话题，抬眸环顾四周，"我怎么会在这？"

"你昏倒了，护士抬你进来的。"

她点下头，也不再多问，伸手将床上自己的上衣拿起来，抬头看他一眼："你不出去吗？"

"我出去干什么？"

"我要换衣服……"

原本以为这话出口会被骂，却不料男人点了点头，起身往外走去："好，我在外面等你。"

童染盯着他笔挺的背影，没多说什么，换上衣服走出来。

莫南爵背靠在房间门口，听到开门声怔了下，而后冷下脸："谁叫你下床的？"

她双手环着肩膀："你不是说在门口等我吗？"

男人抿着唇，突然脱下身上的西装给她披上，童染刚想说不用，莫南爵便弯腰将她横抱起来："别乱动。"

"我自己可以走……"她蹬了下双腿，可男人搂得很紧，丝毫不容她挣扎。

一路到了病房，莫南爵弯下腰将她放在病床上，童染伸手环住他的脖子，不让他起身："莫南爵，你不生气了吗？"

男人任她搂着，维持着这个姿势同她对视："我生什么气？"

"你刚刚摔门走了，"童染咬住下唇，"我以为你生气了。"

"没有，"莫南爵神色黯了下，到现在，她还关心他是不是生气了，明明是他伤害了她，男人拉开她的手站起身，"你好好休息。"

童染神色间流露出失望，莫南爵却突然定住不动。他能在她睡着的时候说那么多，为什么她醒了，他就一句话都说不出来？

气氛就这样僵持着，到最后，最先开口的还是童染，她望着男人一动不动的背影，声音很轻："你要回去了吗？"

莫南爵转过身，目光灼灼地看着她："你不想我回去？"

"没有，"童染咬住下唇，她并不善于说什么好听的，可是在这样的时候，她不想一个人，"这里晚上很黑，我一个人有点怕。"

男人抿起薄唇，童染以为他又不高兴，忙解释："其实也不是，我就是……"她别开目光，实在说不出让他留下来陪自己的话，"要不然，你帮我叫一下护士吧？"

莫南爵并不说话，转身朝外面走去。

耳边传来房门被关上的声音，童染用手背遮住眼睛，上面还有打点滴时留下的瘀青，透过指缝她能很清晰地看到头顶明亮的白炽灯……

她盯着看了好久，灯光刺得她双眼生疼，她眯起眼睛，也不知道是哭还是在笑。

躺了好一会儿，童染撑起身体将房间里的灯关掉，躺下来后将被子盖过头顶，手掌抚向小腹。

都说流产后情绪会很不稳定，这句话当真不假，童染低头看着自己的小腹，想象着孩子曾经在的时候，虽然它还没成形，却已经算是一个小生命了……

想着想着，她竟已经眼眶湿润了："莫南爵，你是个不折不扣的大浑蛋。"

"你找死？"

一道清冷的声音自门口传来，童染一惊，还以为自己幻听了，她刚撑起身体，房间内的灯突然被打开。

莫南爵站在门口，俊脸上阴鸷一片，手里还拎着两个大袋子："童染，你到底一个人背地里偷偷骂了我多少次？"

"你……"童染瞪大眼睛看着他，"你不是走了吗？"

"我什么时候说过要走？"莫南爵走进来后冷冷瞪着她，"把你刚刚说的话再重复一遍。"

"……"童染望向他手里的袋子，将话题岔开，"这些是什么？"

"药，还有你要吃的补品，"男人眼睛轻眯，"陈安每次不宰我就不舒服。"

"这么多？"童染看着那满满的两大袋，瞥向男人身后，"陈安没来吗？"

莫南爵眉梢轻挑："他有事出去了，不在锦海市。"

"噢，"童染胡乱应了声，"那你现在要走了吗？"

男人开始套她的话："童染，不赶我走会死？"

"我什么时候赶你走了？！"

"那你一直反复复问什么问？！"

"我只是希望你留下来陪我！"

不经过思考的话冲出口，房间内顿时安静下来，童染小脸红彤彤地瞪着他，瞬间就明白自己中了圈套："莫南爵！"

"怎么，"男人笑着挑了下眉，"求我留下来陪你？"

"你……"

她索性一个侧身躺下去不再理他，莫南爵勾唇走过去，从后面搂住她的细腰："怎么，生气了？"

童染将脸埋下去，脸上烧得厉害："你走开！"

"我走开了谁陪你？"莫南爵双手伸出去将她抱起来。

身体骤然悬空，童染忙抬起头，伸手去推他："你放我下来……"

"不放，"男人眼神晶亮，定定地瞅着她，"童染，你这辈子都别指望我再放开你。"

"……"

突然这么一句话让童染彻底怔住。这男人就是这样，冷起来能冷死你，深情起来又能让人彻底沦陷。

童染看着他闪动的瞳仁，原本阴霾的心情一扫而光，都说男人的情话不可信，可是他这么一句话，就能让她的心跟着悸动。

莫南爵魅惑地勾起唇，抱着她的手颠了几下："怎么，被我感动了？"

"怎么可能。"她忙侧过脸，想要避开他的视线，可男人的吻跟着追过去，莫南爵倾身将她放在床上，吻随即落在她的眼角，薄唇碰到她还未干的眼泪："别哭。"

一阵酸涩冲上鼻间，就这么两个字，童染一瞬间觉得无比委屈。她咬住唇，就算哭腔这么浓还是死倔道："我没哭。"

"还说没哭，"莫南爵吻干净她眼角的泪，声音轻柔道，"哭成这样了，比楠楠还脏。"

"楠楠才不脏，我每天都给它洗澡。"

莫南爵在她脸颊上轻咬一口："你就是比它脏。"

童染皱起鼻头，眼泪再次滑落，满腹的委屈彻底发泄出来，她小手握成拳砸在他身上："你嫌我不爱干净就不要理我，你走，我不要看到你，我这辈子都不想见你……"

"我就喜欢不爱干净的。"

"你走开，莫南爵，我讨厌你……"

莫南爵手掌收紧，将她搂进怀里，"你讨厌我没关系，我爱你就行了。"

"……"

"我爱你，你就别想跑，"男人低头吻着她的秀发，"我爱一辈子，你就得跟着我一辈子。"

她哭得肩膀颤抖，将头靠在他的胸膛上，几乎是哭喊出声："莫南爵，你浑蛋！"

"对，我浑蛋。"

"你欺负我！"

"对，我欺负你。"

"你不是人！"

"对，我不是人。"

"你每次都那么凶！"

"对，我每次都凶。"

"莫南爵！"

"我在。"

"都是你！"童染哭得鼻子泛酸，想要将拳头捶到他脸上，可是手扬起后还是舍不得，转而搂住他的脖子，"我真的很讨厌你。"

"我知道。"

"我恨不得咬死你。"

"咬吧，"男人薄唇轻勾，"楠楠的牙刷我带来了，咬完之后给你刷牙。"

她龇声龇气道："我不要和楠楠用一个牙刷。"

"好，你说什么就是什么，"莫南爵扳着她的肩膀将她拉开，童染别开脸，男人却勾住她的下巴，"还闹不闹？"

"我没闹！"

"好，你没闹。"

"话都是你一个人说的，"她想到他之前的冷眉冷眼就越发觉得委屈，女孩子脾气彻底上来了，"反正你叫我走我就得走，你叫我回来我就得回来，你要是有别的女人就一脚把我踹开，我连说句话的机会都没有。"

"童染，我保证，"莫南爵拉起她的左手，视线不着痕迹地扫过她手腕上一道淡粉色的疤痕，那是她为他划伤的，那也是她为他丢失的梦想，男人薄唇印上她的指尖，落下一个吻，黑眸紧盯着她的眼睛，"我莫南爵这辈子绝不会再碰别的女人，我要的，就只会是你童染。"

"你……"童染怔了下，她从未想过他会说出这番话。

他凑到她耳边，炙热的气息喷洒在她耳畔，痒痒的，撩拨着她的心弦："我爱你。"

童染别过小脸："莫南爵，你别以为我那么好哄。"

"当然不好哄，"男人嘴角勾着浅笑，"我女人要是那么好哄，还得了？"

"……"

"早就给人拐跑了。"

童染冷哼："喊，谁敢拐你的女人？"

"乖，"莫南爵薄唇凑过去吻了下她的鼻尖，"终于承认你是我女人了。"

"你……"童染一个反手推开他的俊脸，"莫南爵，反正你就尽情欺负我吧。"

"我从来不欺负自己的女人。"

"你确定？"

男人剑眉蹙起，想起现在正在天台和无数蚊子一起看星星看月亮从诗词歌赋谈到人生哲学的某个人，强忍住笑意，而后轻点下头道："我也从来不欺负自己兄弟。"

"是吗？那你叫陈安来做证。"

男人挑眉："说了他有事，和几个朋友一起看星星看月亮去了。"

童染闻言露出鄙夷之色："你兄弟也没几个正经的。"

"他不需要正经，"莫南爵身体向前倾，双手不安分地靠过来，"童染，吻我。"

"少跟我动手动脚的。"童染拍开他的手，手疾眼快地伸手扯过边上的枕头，直接朝他脸上一蒙！

莫南爵只觉得眼前一黑，他剑眉拧起，整张俊脸都被捂在枕头中："童染！"

童染收回手径自下了床，穿好鞋子走到塑料袋旁看了眼："我想回去住，医院睡着不舒服。"

说完她就朝门外走去，转过头见男人还坐在床边不动，她拧起眉："你还愣着做什么？"

"……"

莫南爵竟也没多说什么，起身拎起袋子跟着她走了出去。

走到电梯口的时候，上方好像隐约传来砰砰砰的声音，童染奇怪地抬头看了眼："什么声音？"

"不知道，"莫南爵眉心跳了下，这八成是天台踹门的声音，"估计是小猫小狗在闹着玩吧。"

此时电梯门正好打开，童染走进去时还侧耳听了下："这种高档医院还会有小猫小狗吗？"

男人没再说什么，跟着走了进去。

出了电梯后童染朝停车场走去，莫南爵喊住她："你要带我去停车场偷情？"

"……"童染皱眉，"不开车回去吗？"

"我们都从海边回来的，难不成我还开了战舰？"男人睨她一眼，"过来，去外面打车。"

"这里不好打车吧，"童染小跑了几步到他身边，"要是陈安在就好了，他可以送我们。"

就算他在也送不了，莫南爵浅笑，空出一只手牵起她的小手："走。"

到公寓的时候，已经是一个小时以后。

上楼开了门，童染脱了鞋走进去，重重地呼出口气："终于回来了。"

楠楠本来蜷着身体缩在电视柜边上，圆圆的大眼睛瞅见光亮，噌噌噌几下就扑了过来："喵——"

"楠楠！"童染弯腰将它抱起来，小家伙一个劲地在她胸前蹭，眼睛舒服地眯起，"你自己在家乖不乖？"

"喵！"

"我们回来晚了。"童染抱着楠楠走进主卧，那天晚上只是说去办事，她还想回来给楠楠洗澡，却不承想，居然发生了这么大的变故。

莫南爵进屋后将袋子放下来："饿了吗？"

"你饿了？"童染将楠楠放下，小家伙咬着她的裤腿不肯放，她朝厨房走去，"家里没什么吃的，菜也不新鲜了，要不我给你煮点方便面吧？"

"不用，"莫南爵将她推出厨房，在她臀上轻拍了下，"我自己煮点面，你去洗澡吧。"

"好。"童染也累了，进浴室简单洗漱了下，出来时见厨房还开着灯，她将头发放下来走过去，"莫南爵，还是我来……"

一阵香味传来，童染嗅了两下，抬头就见莫南爵围着围裙站在流理台边，手里拿着一个大勺子，那模样，要多家常就有多家常。

男人正低头想尝口汤，看见她后脸色 沉："怎么不去躺着？"

"你在做什么？"童染有些惊讶地走过去，这才看清，"哪来的鸡汤？"

"我让周管家提前来炖好的，"莫南爵薄唇轻抿了口后点头道，"味道差不多了。"

童染心里一暖："你怎么就确定我会想要回公寓？"

"我让周管家在帝豪龙苑也炖好了，你要非得住医院，我只能给你送了，"男人从橱柜内取出瓷碗，盛好汤后舀了勺递到她嘴边，"尝尝看。"

不得不说，这男人心细体贴起来，当真是到位的。

童染鼻尖酸涩，一时之间没动，莫南爵以为她刚洗完澡没胃口："你先去躺着吧，我待会儿端过去。"

童染垂着头，半天没说话，男人将碗放下来："怎么了？不舒服？"

"没。"她瓯声瓯气地摇了摇头，莫南爵正要抬起她的脸，她却伸手抱住了他的腰，将脸靠过去紧紧贴着他的胸膛。

男人身体一僵，嗓音莫名地紧张起来："怎么了？"

她深深呼吸，红了眼眶："莫南爵，你为什么对我这么好？"

莫南爵还以为她哪里又不舒服了，听她这么说，男人性感的薄唇浅浅勾起，手落在她的腰间："知恩要图报。"

知道他接下来的话肯定没个正经，童染忙伸手捂住他的嘴："你就不能说点好听的吗？"

"这次是你先抱上来的，"莫南爵搂住她不让她退开身，低下头抵在她的额前，"童染，我说了，这辈子别想我放开你。"

她想要挣扎，男人却已经将她按在了墙壁上，低头攫住她的唇，二人火热地吻在一起，童染伸手环住他的脖子，莫南爵抱着她的手用力到几乎要将她嵌入自己体内。

一个吻几乎将厨房内的火焰彻底点燃，童染被他吻得满面潮红，她伸手推他："快放开我。"

男人喉结轻滚了下，知道碰不了她，这会儿光是搂着就觉得难受了："不放。"

"莫南爵，你别闹……"

她嘴里说着，双手却也紧抱着他的背，男人看着她娇媚的模样，几番追逐的吻落在她的脸上和锁骨上，童染缩着肩膀想要躲："痒……"

莫南爵魅惑的桃花眼浅浅眯起，薄唇轻含住她的耳垂，视线从她优美的锁骨处向下，突然定格在他送她的那条项链上。

只见浅蓝色的吊坠上，粘着一个白色的小圆球，如果不细看是不可能发现的。

他的吻突然停下来，童染奇怪地蹙眉："怎么了？"

"没事，"莫南爵吻住她的眼角，童染将自己的身体朝他身上贴了下，抑制不住滚动的渴望，"抱我……"

他顺势搂住她，视线还是定格在吊坠上的白色圆球上。

莫南爵可以确定，这若不是监视器，就应该是窃听器。

男人眯起眼睛，眼里闪过一抹厉色，这也就可以解释，为什么在追车的时候，对方可以三番五次地打破他原本的计划……甚至，对方还逃掉了。

莫南爵薄唇凑过去吻着她的锁骨，转移她的注意力后将那白色的圆球取了下来。

那东西很软，捏在手里也没什么奇怪的，莫南爵修长的指尖搓了下，这会是谁给她戴上的？

若要说可能性，能和童染近距离接触的，除了自己，那就是……

"怎么了？"他半天没动，童染睁开了眼睛，莫南爵将手里的东西捏紧，直起身体将她搂紧，突然开口："最近洛萧没来找你吧？"

童染身体僵住，抿起唇："怎么突然问这个？"

"就随口问问，"男人剑眉松了下来，有些东西不是怀疑就行的，等他彻底证实后，才有资格说出口，"你多久没回家了？"

提到回家这个词，童染想到洛庭松，脸上顿时涌起歉意："好久了，我连个电话都没打给大伯，我觉得挺对不起他的……"

"什么时候带我去见见你大伯？"莫南爵皮厚地问了句，虽然他已经见过洛庭松，但是由她带去见，意义总是不一样的。

"你要见我大伯？"她将尖尖的下巴抵在他的肩膀上，闻言怔了下，"这就要见家长了？"

男人低头在她的秀发中蹭了下："你身上我都摸遍了，还不能见？"

"……"

"什么时候？"莫南爵捏着那圆球的手指用力，薄唇勾起，"你这么久没回去，我陪你回家看看。"

"好，"童染自然是高兴的，她也很想回去看看，很多事情也要和大伯解释清楚，她不想这样不明不白地下去。而莫南爵这样做，就是想和她正式开始。女子唇边漾起浅笑："过几天吧，下周我往家里打个电话，大伯有空我们就回去。"

"那就下周，你带我去见你大伯。"

莫南爵刻意将那圆球贴在唇边，说完这句话后大手一扬，那东西在空中划过一道弧度后，直接落进了水池的排水口里。

他知道，这种东西若是丢了或者坏了，对方的接收器里，是可以听到最后一句话的。

锦海市，某私人医院。

罗成来的时候身上是带了枪的，可门口有两个彪形大汉守着，他和这些人向来关系不怎么好，他们排斥他，他也不想融入他们。

"站住。"

罗成回头看了眼："怎么了？"

"例行搜身，"两个彪形大汉对视一眼，其中一个走上前拽住他的胳膊，"把手抬起来！"

罗成皱着眉："少爷说我可以不用检查。"

"少爷是这么说，可是我们得确保他的安全，"那人见他不抬手，抄起手上的电击棒就朝他身上挥去，"老实点，快！"

"安全这种事情，谁说得准？"

罗成冷笑一声，抬起手将腰间的枪取出来，手法娴熟地几下拆卸开来扔在脚边，"这样可以了吧？要是待会儿出了什么事，可别说我变了把枪出来杀人。"

"喊。"那两人冷哼一声，一脚将罗成扔下来的枪踢开，又恢复了双手负后的站姿。

罗成沿着走廊进去后，进了最里面的一间病房。

病房里开了加湿器，里面窗帘拉着，病床上躺着一个人，边上守着的护士看见有人忙起身，罗成四处看了看："没什么大问题吧？"

"已经都稳定下来了，"护士低着头，似乎有些害怕，"他，他一直喊，还有过挣扎的表现，可外面的人吩咐过不能碰他，所以我只能看着……"

"喊什么？"

"喊两个字，我也不确定是什么……"

罗成望了一眼病床："是不是'小染'？"

护士抬起头，难掩吃惊神色："你怎么知道？"

"没你的事了，出去吧，"罗成挥挥手，"没喊你别进来，你就守在门口，看见有人走过来就喊一声，我和他有重要的事情要谈。"

"好，我知道了。"

护士出去后将门关上，罗成走到病床边站定，男人还未醒来，面色苍白，眉头紧锁着，睡得并不安稳。

他身边是一个点滴瓶架，上面吊着点滴，而洛萧的手背上插着针头。

这无疑是一个很好的机会。

罗成眯起眼睛，他一直想杀了洛萧，这点洛萧也很清楚。

不可否认，他跟了洛萧这么久，从一开始什么都不敢被训练到今天的杀人不眨眼，洛萧确实教了他很多。

他更加不可否认，洛萧确实是个深藏不露的人，从前他见过洛萧几次，都是在南音艺术学院门口，看见他来接童染。

他无论如何都不可能想到，当初那般温润的男人，竟会站在如今这样的高度上。

罗成蹲下身，从自己鞋子的夹层里取出一支试管，里面装着白色的液体。他拿起试管晃了几下，再从皮带的内扣里拿出一支一次性注射针管。

这些藏东西的地方，都是洛萧教他的。

男人眼里闪过一丝犹豫，最终却被他掩藏下去。韩青青被注射毒品时那般凄厉的叫喊声他忘不了，他这辈子都忘不了！

杀了洛萧，他就可以报仇！

罗成手上动作加快，他将液体吸入针管后转过身，食指在点滴软管上轻弹几下，抿起唇，几秒之后，抬手就把针头扎入软管，将液体悉数推了进去。

他的视线始终定格在软管上，确定液体完全融进去后，才松了口气。

罗成将手里的针管握紧，刚准备再次藏入皮带内，一转过身，发现原本插在洛萧手背上的针头，此时竟然悬挂在床边！

他吃了一惊，忙抬起头，就见洛萧已经坐起身来，男人一手按着手背，显然是在他注射液体之前就将针头拔了出来。

"你……"罗成睁大眼睛。

洛萧俊脸苍白，抬眸看他一眼："想杀我？"

事情败露，罗成也不否认，捏紧手里的针管，"是。"

洛萧勾唇浅笑，并未再说什么。

罗成见他这样，心想反正他也要死，开口问道："我进来的时候你就醒了？"

"我如果不醒，就再也醒不了了，"洛萧穿着白色衬衫，侧过头对上罗成的目光，那模样，真同罗成之前所见的他一样，"如果不是十足安全，我不会打点滴。"

"那你何必让我进来？"罗成双手紧握成拳，"你明知道我想杀你，为什么还要留着我？！"

"不是什么事都有为什么的。"

洛萧双脚探出去下了床，动作很慢，腰侧的伤口撕裂般疼，男人拧起眉头，还没走到窗边就已经受不了了，停下脚步转过身："罗成，你是不是对现在的情况不满意？"

"不满意，我能控制吗？"罗成冷冷地看着他，直接刺他的痛处，"我听说，是小染给了你一枪？"

"你知道得还挺多，"洛萧俊目眯起，"她不知道是我。"

"她知道是你就不会开枪？"

洛萧摇头："不会。"

罗成不知道他哪来的自信："你不怕我告诉她？"

"告诉了她你就会死，你跟过我，莫南爵饶不了你，"洛萧目光笃定，"跟着我你好歹还能活命，我不信你会选择死。"

罗成抿起唇，洛萧其实没有说错，他对莫南爵也没什么好感，跟着洛萧，他起码还能活命："我刚刚要杀你，你不是应该直接解决我？"

"死是最轻松的，要是我想杀你，你早就死了。"洛萧单手轻捂住腰侧，童染毅然决然开枪的那一瞬间的剧痛，如今还深深扎在他的心头，他失去意识那一瞬间就在想，如果能这样解脱，能死在小染手上……他这辈子也值了。

罗成探究着他的神色："你不处置我？"

洛萧闻言勾起唇，罗成这副样子，当真和他当初如出一辙，他清了下嗓子："你想要什么处置？"

罗成抿起唇。

不说话，就是不想死，洛萧抬眸看向他："你既然如此放不下过去，那么，整个容吧。"

罗成一怔："整容？"

"你不是忘不了韩青青吗？"洛萧一语击中他的要害，"可是你又想开始新生活，我知道你有跟着我闯荡的心，既然这样，换掉一切，我给你一个全新的身份。"

"全新的身份？"罗成闻言怔了下，而后冷笑："你觉得对我来说有差别吗？"

"如果不换，那你迟早要被整死，"洛萧瞥他一眼，眉宇间笼着层层阴霾，将他原本的清俊全部掩去，他意味深长地看向罗成，"被你自己整死。你放不下过去，但是你也舍不得为过去死，想重新开始，那我拉你一把，有什么不好吗？"

罗成想也不想地拒绝："不需要，我就是我，难道你想把对付青青那套用在我身上？"

洛萧淡淡一笑："都随你，我给了你路你不走，那你就走自己的路。"

"你的路太脏，"罗成还是很倔，别过头去，"我不稀罕。"

"好一个不稀罕。"

洛萧嘴角勾起抹笑，罗成再度转回头来的时候，发现一个黑洞洞的枪口正指着自己。

他一怔，说不怕是假的："你睡觉都带着枪？"

"我的命已经不是我自己的了。"

"那还能是谁的？"罗成屏气凝神望着枪口，"小染的？"

这两个字，到底还是让洛萧眸底一柔，男人浑身的阴霾退去些许，他后退几步，腰部轻抵在桌沿上："她是我的。"

"喊，你当莫南爵是死人？"

"他很快就会是死人。"

罗成不屑地笑："真逗，难道你还能动莫南爵？"

"不，我当然动不了他，"洛萧俊脸含笑，并不点破，"你现在不懂，也许以后你跟着我时间久了就会懂，动不动得了一个人，是老天爷说了算的。"

罗成听得蒙了，这些玄乎的话他向来没兴趣："总之你和莫南爵之间的恩怨跟我没关系！"

"怎么，"洛萧望见他眼底的惊慌如同自己预料的那般，男人握枪的手转了转，"你不是不怕死吗？何必撇得这么干净？"

罗成咬牙，一张年轻的脸涨得通红。谁会不怕死，他也只是个普通人。其实他和洛萧不过就相差两三岁，可他面前这个男人已经历经沧桑，罗成一眼望过去，几乎看不懂洛萧脸上任何表情。

他狠狠瞪洛萧一眼："你少废话，要杀就快点！"

洛萧反倒收起枪："接受了？"

罗成咬住自己最后一丝的坚持："你胡说什么？我才不会接受你的提议……"

砰——

子弹擦着罗成的耳际飞出去，将他身后的花瓶打得粉碎，他耳膜嗡嗡作响，几乎被巨大的震动给震聋。

"少爷！"外面有人拧开门把，几步冲进来，看到一地碎瓷片都怔住了，"少爷，您没事吧？"

"没事。"洛萧扫了一眼，"都出去。"

"是，"其中一个彪形大汉出去的时候瞪了罗成一眼，低声啐道，"没用的东西！"

房间内再次恢复安静，罗成还处于极度震惊中，双膝一软，直接跪了下去。

洛萧垂眸看了一眼，再度抬起枪。

罗成抬眸正好触及漆黑的枪口，他垂在身侧的双手开始发抖。洛萧食指扣住扳机，薄唇张了下，只说了三个字："别后悔。"

就这简单的三个字，彻底击溃了罗成的心理防线，他跪着的身体猛然向后跌去，伸手挡在脸前："别！"

洛萧预料之中地顿住动作，可并未放下枪。

罗成紧咬着牙，似乎处于极度挣扎之中："我……我不想……"

"不想忘记过去？"洛萧冷冷一笑，高大修长的身形被透进来的月光映出一道很长的影子，他目光阴狠道："放不下就死，放得下就站起来！"

罗成双唇颤抖，撑在地上的手握起来："我不想成为……你这样的人……"

"你以为我想？"洛萧双眼一眯，这句话似乎戳中了他的痛处，他手一扬就将枪砸了出去，冰冷的枪支狠狠砸在罗成的嘴角，罗成伸手捂住，还来不及痛呼出声，衣领便被人提了起来。

"你以为每个人都有你这么好命？"洛萧身上有伤，这样的动作伤口会裂开，可他不管不顾，揪紧罗成的衣领将罗成抵在墙壁上，双眸中似迸射出火光，"不是每个人都有换掉过去的资格，也不是每个人换了新的身份都能重新开始，你有这样的机会，居然不要？你知不知道多少人想要却没有？！你知不知道换掉过去却换不掉血液是什么感受？！"

说到最后洛萧几乎是怒吼出声。他从未发过火，什么事都是那副淡然的样子，罗成吓得双眼圆睁："少……少爷……"

"不要喊我少爷！"洛萧死死盯着他，膝盖后撤后用力顶向罗成的小腹，后者疼得大叫起来："啊——"

"疼吗？"洛萧再次用力，然后弯腰将枪捡起来，枪口直接顶在罗成的太阳穴上，"你知道换不掉过去比这疼多少倍吗？"

"少……"罗成喉间哽咽，"我换……我想换……"

"你不是不怕死吗？"洛萧手上用力，枪口在罗成的太阳穴上按出印子来，他阴冷着口气道，"你不是要证明你爱韩青青吗？让我看看，你爱她有多深！你能为她换掉自己吗？"

"我……"罗成已经吓得脸色苍白，他对韩青青是爱，也确实是深爱，可是他知道，自己的这份爱，当真是敌不过洛萧爱童染的十万分之一，他颤抖着出声，"我……我不想死……"

"不想死，"洛萧冷笑，"那你想怎么样？"

"我……我愿意重新开始，"罗成深吸口气，心理防线彻底崩溃，"少爷，我愿意跟着您重新开始，我愿意彻底忘记过去！"

洛萧还是举枪抵着他。

罗成咬着牙，盯着面前清俊的男人："从今天开始，我再也不是罗成，过去的一切都跟我没关系，我愿意跟着少爷，走出一条新的路！"

洛萧眉眼冷淡，就这么看着他："你确定？"

"我，我确定。"

"大仇不报了？"

"我……"罗成拧起眉。

"报不报？！"洛萧手上用力。

"报！"罗成浑身绷紧，耳边传来枪支的咔嗒声，他骤然放下心里纠结的一切，"我要杀了一切挡路的人，莫南爵也好傅青霜也罢，来一个杀一个，来两个杀一双！"

洛萧这才勾起满意的笑，松手退开身。罗成整个人顺着墙壁滑了下来，洛萧抬腿踢他一下："起来，要重新开始就不该倒下去。"

"是。"罗成强撑着站起身。

"好了，"洛萧转身走向病床，在床沿坐下，腰侧的伤口应该是裂开了，男人伸手按了下，"我会找人带你去整容，随你整成什么样，名字也重新起一个吧。"

"是，谢谢少爷，"罗成垂首，突然心头闪过一个念头，"什么样都可以吗？"

洛萧皱眉，打破他的想法："莫南爵不行。"

罗成被戳中想法，只得点头附和："那我就随便整一个。"

"名字，"洛萧抬头看他一眼，"你想叫什么？"

"听少爷的。"

"叫，"洛萧想了下，"冷青吧，你不是爱韩青青吗？"

"已经不爱了，"罗成脸上的顺从看不出来是真是假，"我已经不是罗成了。"

"嗯。"洛萧淡淡应了一声，突然道，"其实，我挺羡慕你的。"

罗成不解："少爷羡慕我什么？我爱的女人已经死了，我都已经这样了……"

说到一半他自知失言，洛萧却并未放在心上，转头望向窗外："你和韩青青说到底还是纯粹的爱，老天爷没有给你们的爱注入残忍的东西，所以你能轻易换掉过去。"

罗成皱起眉头："你和小染……"难道还有什么残忍的东西在里面吗？

洛萧打断他的话，显然不愿意多说："没事就出去吧。"

"是。"

罗成刚转身要走，门却突然被推开，几个男人走进来，手里还拎着皮箱，洛萧看了一眼，出声喊住罗成："留下。"

罗成知道洛萧是要带他融入他们，所以站定了脚步。

为首的那个男人戴着黑色的口罩，罗成第一眼就发觉他身上的气质很不一样，洛萧手下的人他都见过，可是没有一个人能有他这样的冷冽。

罗成下意识觉得，这人肯定不是洛萧一手带起来的。

为首那人将手里的皮箱放在床头，啪嗒几下打开，里面是排列整齐的白色粉末："少爷，新出的。"

洛萧拿起一包看了下，粉末晶莹剔透："可以。"

"是，"为首那人知道洛萧是这方面的高手，"可以"这两个字就是过关了，便将皮箱收起来，"少爷，什么时候放进市场？"

"今晚就放，"洛萧站起身，将白衬衫脱下后穿上新的衬衫，不紧不慢地系着扣子，一众人均低着头，"只要是莫南爵涉足的领域，你就都放进去。"

"是。"

"记住，要打帝爵的旗号，用帝爵的名号让这些东西流入市场。但凡出现在非洲那边，和帝爵有关的任何生意，都拦截下来，每次杀人的时候都留一个活口，然后告诉他，你们都是莫南爵的人。"

为首那人应声："少爷，前段时间我们的人在北非地区遇上帝爵的人，对方太强大，硬拼没拼过，都死了。"

洛萧沉吟了下："莫南爵不好对付，这点你也很清楚。"

那人点头："是，所以我们还是能避就避，来阴的比较保险。"

洛萧眯起眼睛："你多派些人去美洲，想办法破坏莫氏的生意，不需要抢他们的货，只要杀了莫氏的人就可以，同样告诉他们你是莫南爵的人。"

"是。"

罗成站在边上听得背后直冒汗，不得不说，洛萧这招真狠。

不正面出击，就能给莫南爵招来一群仇人。

欲加之罪，何患无辞？何况这种事情本来就是解释不清的。

"好了，都散了吧，"洛萧穿好衬衫后转身走出去，罗成忙开口，"少爷，你的伤……"

"不碍事。"洛萧挥挥手，人已经走出去了。

罗成还是心有余悸，等病房里的人都走完之后才出来，一抬头，就看到为首那人站在门口。

他眼中浮出一抹戒备："有事？"

"我听说，"为首那人锐利的眸子扫他一眼，"你认识童染？"

罗成一怔："你也认识？"

"你和她是什么关系？"

罗成想了下，反正他马上就要换身份了："她是我同学。"

"同学？"

那人冷冷一笑，显然恨极了这两个字："这女人当真有一套，走到哪里都逃不开爱她的男人。"

罗成皱起眉头："你别胡说，我不爱她。"

"可是少爷爱她。"那人简单地说了句就要走，罗成拽住他："你和小染是什么关系？"

"没什么关系。"

"那你为什么要问我？"

那人推开他的手："我曾经差点就可以杀了她。"

曾经？杀了她？罗成吃了一惊："你是谁？你叫什么名字？"

"我已经没有名字了。"

那人丢下这一句话，罗成回过神再度抬头的时候，他已经走了出去。

罗成半天没反应过来，不过这些事也和他没关系，他跟着走了出去。洛萧坐在车内，手里拿着那个蓝牙耳机，上面闪烁的信号灯已经熄灭，表明那窃听器已经没用了。

其实他也很奇怪，那窃听器他明明是安在主卧的台灯上，为什么那天小染和莫南爵去了现场，居然连窃听器也会在？

如果没有这个窃听器，那天晚上估计就真的中了莫南爵的圈套了。

洛萧皱眉，还是将耳机戴上耳朵，里面信号闪了几声，传来了窃听器保留下来的最后一句话——

"那就下周，你带我去见你大伯。"

见大伯？

洛萧眯起眼睛，小染和莫南爵居然已经进行到要去见家人的地步了？！

下周……

他脸色阴鸷，罗成坐在边上也不敢说话，过了许久，才听得洛萧开口："去傅氏。"

很快就到了傅氏，洛萧下车的时候看了罗成一眼："下次再见到你的时候，会是我们的第一次见面。"

罗成知道他说的是自己的新身份："是。"

洛萧点头后走进傅氏大厦，罗成望着他笔挺的背影，突然觉得，这个男人肩上担着的东西，可能远比自己想象的要多。

童染一直在公寓休养，莫南爵平常就早上出去一下，下午和晚上都会留在公寓陪她。

自从那次直升机事件之后，她和莫南爵之间似乎有了某种默契，流产的事情谁都没有提起过，莫南爵只字不提，童染也不会说。

对于韩青青的事情，童染算是彻底释怀了。

她再怎么笨也知道了，那件事同莫南爵是无关的。

二人住在一起，男人也没有再回帝豪龙苑，这公寓，俨然成了他们的家。

今天又是个好天气，暖暖的阳光洒进来，楠楠懒洋洋地趴在卧室的阳台上，动不动就用小爪子挠挠头。

童染早上醒得很早，抬起手背揉了下眼睛，抬眸，就看见搂着自己的男人。

莫南爵眼睛轻合着，脸上洒了一层薄薄的细光，童染轻轻抬起手，指腹顺着他的两道剑眉向下，滑过英挺的鼻子，一路来到薄唇……

能够每天睁开眼睛就看到自己心爱的人，这样的生活是她一直向往的。

她嘴角渐渐勾起幸福的浅笑。

这样的日子要是能一直下去多好，她什么都不想要，只要每天睁开眼睛能看到他，名分、金钱、权势……通通成了虚无的东西。

童染近乎贪恋地盯着眼前的俊脸，指腹在男人好看的薄唇上轻轻摩挲着……

蓦地，手指被一口咬住。

她一怔，男人已经睁开眼睛，皓齿轻咬着她纤细的手指，一看他那魅惑的模样就知道准没好想法："一大早就偷摸我？"

"……"

童染向来脸皮薄，抽回手翻了个身："自恋，谁摸你。"

"不承认？"莫南爵俊脸含笑，大手一伸揽住她的腰，让她的后背紧贴着自己的胸膛，"想要就说，不要憋着。"

"我肚子不舒服，陈安都说要一个月才行……"童染咬住下唇，手肘顶了下他的胸膛，"走开，我要去做早饭。"

"不要，"男人一口回绝，凑上来咬她的耳垂，"我要吃的不是早饭。"

"那你就和楠楠一起吃猫食！"

"乖，"莫南爵翻个身压住她，霸道地扳过她的脸，"吻我。"

童染拗不过他，莫南爵压着她折腾了好一阵才放开，她鼓着小脸下了床，男人还不肯起来，单手撑着头邪笑着看她："多做点，我饿了。"

她穿好裤子回头一瞪："你不是不饿吗？"

"逗一下你就饿了。"

"……"

童染逃一样出了主卧。

莫南爵起来之后套了件黑色背心，紧身的布料勾勒出男人健硕的身材，他走到厨房门口双手环胸斜靠着，看着里面忙忙碌碌的女人。

Chapter 5

他是我的爱人，而你是我的亲人

　　童染腰上围着粉色的围裙，脚上穿着为了楠楠才买的猫头拖鞋，她一手拿着锅盖，一手正用筷子翻着锅里被煎得黄灿灿的饺子，时不时用锅盖挡一下，生怕油溅到自己身上。

　　莫南爵走进去，双手从她腰后环上来贴在她的小腹上，童染一怔："你怎么起来了？"

　　男人下巴抵着她的颈窝："来看看你给我做什么好吃的。"

　　"快出去，"童染手肘抵了下他，"别溅到身上了。"

　　男人挑起一缕没被她扎住的秀发："知道会溅到身上还做？"

　　"你不是爱吃吗？"童染没好气地睨他一眼，"我又做不来你爱吃的西餐，好不容易你爱吃煎饺，我肯定天天做。"

　　"讨好我？"

　　这男人黏起人来当真是寸步不离，童染好不容易被他搂着做完早饭，她坐在桌前托起下巴："好吃吗？"

　　男人喝了口红豆粥："凑合。"

　　哼，又是凑合。

　　她端详着他的神色："是不是每次做的你都不喜欢？"

"还行。"

哼，又是还行。

童染再次开口："那你有什么特别喜欢吃的吗？"

男人薄唇动了下，童染见状干脆直接替他开口："随便。"

莫南爵嘴角含笑，闻言挑眉看了她一眼："聪明。"

"我觉得你瘦了。"童染伸手指指他。

男人左右瞅了一眼："哪里瘦了。"

"我做的东西你都不喜欢吃，所以饿瘦了，"童染见缝插针，"你有什么喜欢的吗，我去买？"

"不需要买，"莫南爵始终笑着，"把你自己洗洗干净。"

"你——"童染被他气得快要吐血，"你每天吃这么少，感觉我好像在虐待你。"

"在床上吃饱就成。"

莫南爵没再多说，他吃得少，是因为小时候饿出来的，就算几天不吃东西，他都没事。

"……"童染彻底败下阵来，夹了两个煎饺塞进嘴里，一张小脸被塞得鼓鼓的。

男人放下勺子："童染。"

她没好气地看他一眼："干吗？"

"今天周六，"莫南爵双手交叉放在桌面上，似乎对这件事情很感兴趣，"我们去你家吧？"

"咯咯——"童染咳嗽了一下，男人将牛奶递给她，童染喝了好几口，用手拍着胸口，"你干吗对去我家那么感兴趣？"

"那不是你长大的地方吗？"莫南爵眼睛微微眯起，"我想去看看。"

最主要的，还是和洛萧一起长大的地方。

俗话说得好，知己知彼方能百战百胜，莫南爵倒想看看，她和洛萧一起生活过的地方，究竟是什么样子。

童染斜睨着他："你干吗对我长大的地方这么感兴趣？"

男人视线直接落在她胸前："我对你的很多地方都感兴趣。"

童染无语地喝了口牛奶："你今天不忙？"

"只要是和你有关的事，我随时都不忙。"

"……"

情话倒是说得这么顺溜了。

童染时不时瞅他一眼，为什么她总觉得这男人没安好心？

莫南爵双手撑在桌沿上，俊脸故作严肃："我是为了你好。"

童染咬了下杯沿："哪里好？"

"去见你大伯，不就是对你负责的表现？"

"所以？"

男人挑眉："告诉他们，你是我莫南爵的女人。"

"然后？"

"以后你身上就贴着我的标签。"

"最后？"

莫南爵伸手摸了摸鼻子，就差没把那句让洛萧好好看看给说出来了。

童染瞥他一眼，也不再说话，起身就准备收拾碗筷。

莫南爵拉着她坐在自己腿上，一只手从她胸前绕过去："怎么我要去见你的家长，你还这么犹豫？该紧张的人是我才对。"

童染鄙夷地回头看他："有你莫南爵紧张的事吗？"

好像还真没有，男人双手搂紧她，俊脸贴着她的侧脸："你就是我最紧张的事。"

"我是个人。"

"那你就是最紧的人。"

得，越说越不正经，童染拍开他的手："我去洗碗，等下问下大伯有没有时间，我们正好带你去玩。"

男人挑眉："你带我？"

"我们那里很多好吃好玩的，"童染侧身在他脸上亲了口，"带你体验体验平民百姓的生活。"

收拾好碗筷后已经十点多了，童染一直记着洛庭松的号码，只是从来没打过，她握着手机犹豫了下，还是拨了过去。

那头过了很久才接："喂？"

"喂，"童染顿了下，"大伯，我是小染。"

"小染？"洛庭松的声音明显激动起来，自从上次被莫南爵带到病房见了童染一次，他还没和她再联系过，"你现在在哪里？还好吗？"

"我挺好的，大伯您放心，"童染听着关切的话语心头一暖，侧眸看了眼正在沙发上看报纸的男人，突然觉得有点紧张，"那个，大伯，您今天在家吗？"

"啊？"洛庭松一怔，忙点头，"在的在的，你要回家来吗？我叫你大伯母多做几个你爱吃的菜……"

"对，我下午的时候回去一趟。"

"好，好，好久没回来了，真好，"洛庭松一连说了几个好字，而后话锋转了下，"那，小染，萧儿和你一起回来吗？"

"……"

童染握着手机的手紧了下。

莫南爵抬头看了她一眼。

"不，我带个朋友回去，"童染实在说不出口，想着电话里也说不清，到家再解释，"大伯，那下午见。"

"好，大伯在家等你。"

挂了电话，莫南爵合上报纸，食指在桌面上轻叩一下，显然不悦："我何时成了你朋友？"

"哎呀，电话里这样讲嘛，"童染忙挪过去坐在他身边，伸手抱住男人的胳膊，"回去见了面不就知道了吗？"

莫南爵不吃这套，从茶几上拿起个葡萄开始剥着："你准备怎么和你大伯介绍我？"

还需要介绍吗？

谁不认识他莫南爵？！

童染耸耸肩，顺势将他剥好的葡萄抢过来塞进嘴里："大概就说你和哪个女星接触过啦，和谁出入酒店被偷拍啦，上一任的绯闻女友啦，隐藏的不为人知的私密生活啦……"

男人被她一通话说得头疼："我哪有这么乱？"

童染顿住声音睨他一眼："没有吗？"

"我不为人知的私密，你还不知道吗？"

"……"

吃过午饭，童染换了件纯白色的雪纺长裙，也没扎头发，只将垂下来的别到耳后。

她从主卧出来时，男人正在镜子前打领带。

童染走过去抱住他的腰："干吗这么正式？穿休闲点就行。"

莫南爵闻言薄唇勾了下："没听说过吗？丑媳妇见公婆，能加一分是一分。"

这话怎么听着这么别扭？

"你是丑媳妇的话，全天下的女人都别带男人回家了，"童染睨他一眼，这男人，长着张魅惑众生的俊脸还成天嘚瑟，"我保证，我大伯见到你绝对满意。"

男人穿上深蓝色的西装，俊脸含笑："你这么肯定？"

"……"

童染彻底无语，他莫南爵上谁家提亲，哪家父母敢拒绝？

童染拉着他下了楼，跑车出了小区后直朝洛家的方向开去。

直到布加迪威航消失在街角后，小区门口的黑色轿车上才走下来两个人，其中一人拿着望远镜朝跑车驶出去的方向看了一眼，朝另一人点了下头。

另一人会意，忙掏出手机打了个电话，很快就被接通，他恭敬地喊了声："少爷。"

"嗯，"那头的男人应了声，"他们已经出去了？"

"是的，往兰云大道去的，应该是去洛家了。"

"好，你们撤吧。"男人挂了电话。

那人挂了电话，另一人捶了捶肩："收工吧，回去好好歇歇，在这儿守了一周了，累死我了。"

"是啊，"另一人从车内拿出罐可乐，"你说莫南爵怎么会住这种地方，他不是有栋别墅吗？"

"谁知道呢，八成是因为女人吧，他车里不是坐着个女人吗。"

"是少爷喜欢的那女人？"

"八成是，要不然少爷叫我们在这里盯一周……"

那人话说了一半突然顿住，边上仰头喝可乐的人推了他一把："你结巴啊，说一半你……"

他视线抬起，也顿住了。

明明已经开出去的宝蓝色布加迪威航不知道什么时候倒了回来，莫南爵将车横在二人面前，推开车门走了下来，光是那气势，就已经令二人吓得腿软。

其中一人伸手指着他："你、你怎么……"

另一人手里的可乐都掉在了地上。

男人冷笑一声，就这点本事还跑来监视，活脱脱找死。他走过去将手臂搭在轿车的车门上，精致的下巴抬了下："说，谁叫你们来的？"

"你，我……"那两人对视一眼，怎么也没料到莫南爵居然还绕回来了，其中一人推了同伴一把，强自镇定道，"这是大马路边，我们只是在这里吹，吹吹风而已，难道这也不行吗？"

"行，当然行，"莫南爵直起身体，俊脸上看不出一丝一毫的不悦，伸手在车门上轻叩了下，"既然喜欢吹风，我请你们到更好的地方去吹个够。"

二人脸色一变："你想怎么样？"

莫南爵双手插兜，笑容魅惑，二人还没反应过来，边上突然走出来五六个人，个个身强体壮："少主。"

莫南爵眯起眼道："带他们去个没人的地方好好吹一下风。"

"是，少主。"

那二人对视一眼，显然想跑，可刚抬腿便被动作敏捷的黑衣人用力地按在了引擎盖上，脸贴着滚烫的盖面，二人大喊出声："光天化日的杀人了啊——"

"光天化日？"莫南爵靠过去斜倚在车门边，掏出根烟叼在嘴边，笑容耀眼，"我就是在这里把你剁成肉泥，也没人敢说一个不字。"

"你、你……"

"说，"莫南爵微弯下腰，黑衣人便扯着那两人的头发让他们抬起头来，"谁让你们来的？"

"没有谁……啊！"

莫南爵将烟塞进其中一人嘴里，掏出铂金打火机点燃，弥漫的火星渐渐开始燃烧，呛得那人一阵咳嗽。

黑衣人固定住他的嘴，不让他将烟吐出来。

男人扣着打火机顺着整根烟来回动着："说！"

那人眼睛圆睁着，阵阵炙热扑面而来，眼看就要烧到嘴边。

童染本来坐在车里没有下来，可看到这幅场景，还是推门下了车。

她走过去站在莫南爵身边，男人见到她，便啪的一声合上打火机，伸手将她搂进怀里，视线还是落在那两人身上："还不肯说？"

二人闭紧了嘴巴，显然说了会有更惨的下场。

莫南爵再度扬起打火机。

童染有些不忍，伸手抓住他的手："这样不好吧……"

男人看她一眼，搂在她腰间的手轻拍了下，竟将打火机收进了口袋。

黑衣人略带诧异地看了童染一眼，果然，现在这女人说什么，少主就做什么。

童染朝他们看了一眼，并不清楚状况："这两个人是做什么的？"

莫南爵手在她腰间摩挲着："没事，就是来监视的。"

"监视我们？"

"嗯。"

童染闻言拧起眉来，突然开口："那你烧吧。"

那两人："……"

黑衣人："……"

原来这个也不是什么善茬！

莫南爵闻言笑出声来，这女人还真是变得快，他嘴角的笑意收不住，朝车里一指："搜搜看。"

"是。"

童染靠着莫南爵，突然对着那两人问道："为什么要监视我们？"

其中一人憋屈得很，脱口而出："关你什么事……啊！"

莫南爵抬起一脚就踹在他的膝盖上，眼中涌起厉色，他的女人自己可是都舍不得凶的："再说一个字试试看？！"

"……"

黑衣人在车里翻了翻，很快翻出一部手机，莫南爵接过来看了下："没用，都是加了密的号码。"

"少主，就只有这些东西。"

莫南爵眼神扫过二人，松开童染后弯腰探入车内，墨黑的眸子扫了几眼，突然伸出手探向后视镜。

被按在引擎盖上的二人眼中闪过一抹慌乱。

男人敏锐地捕捉到他们的神色变化，毫不犹豫地将后视镜直接扭了下来！

莫南爵直起身，将后视镜丢给黑衣人。

童染递过去一张湿纸巾，男人擦了下手，黑衣人将掰烂的后视镜递过去，里面是一根细细的银色铁丝："少主，是信号接收器。"

"现在就查定位接收源在哪儿。"

"是。"

黑衣人拿着铁丝离开，过了不到五分钟就回来了："少主，信号接收源是傅氏大厦。"

童染一怔。

莫南爵侧眸看她一眼，似乎对这个结果并不意外："洛萧派你们来的？"

二人抿着嘴，到了这份上，也没什么好坚持的了，其中一人索性直接开了口："确实是洛总叫我们来的。"

莫南爵薄唇勾起冷笑："他叫你们来做什么？监视我们每天买什么菜？"

"洛总没说买菜的事，"那人估计是害怕，竟也当真了，慌忙摇头，"我们也不上去的，就是在门口看着，洛总说只需要看你们什么时候出去，往哪条道走，就可以了。"

男人脸色阴鸷无比："那我们刚刚走兰云大道，你们汇报了？"

那人咬牙，知道自己凶多吉少了："已经汇报过了。"

莫南爵转头看了童染一眼："洛萧还真是痴情不悔啊。"

"……"

"应该说是死不悔改。"

童染皱起眉头："你干吗这么阴阳怪气的？"

男人冷哼："怎么，你被洛萧这样执迷不悟的行为给感动了？"

见他这醋吃得越来越大，童染忙走过去拉住他的手："你别生气了。"

莫南爵仍冷着俊脸，童染见状又补了句："监视就监视吧，嘴长在他身上，他要吩咐别人这么做，咱们控制得了吗？现在事情暴露了，就让他们回去告诉洛大……洛萧，当敲个警钟，这样以后他就不会再派人来监视了，这样不是很好吗？"

莫南爵显然不吃这套："直接送尸体回去不就是最好的警钟吗？"

童染抿着粉唇："他们也是有老婆孩子的人，而且他们也只是奉命行事……"

莫南爵抿着薄唇，也没说怎么处置，直接搂着童染朝跑车走去："走。"

童染被按进副驾驶座时，侧眸望了一眼："那他们……"

男人并不说话，踩下油门，跑车直接飞了出去。

一路上莫南爵都冷着张脸，童染知道他生气，可她不想这么美好的一天就被这样破坏了，何况他们现在要去的是大伯家……

童染小手抓着安全带，斟酌着开口："那个……"

莫南爵冷冷看她一眼："怎么，又要求情？"

"……"

"洛萧找两个废物监视你你倒是不生气，"男人醋味十足地开口，"我给那破猫安个摄像头，你就非得刨根问底？"

"……"

童染满脸黑线，她刨根问底是因为在乎他，洛萧找人来监视她，她是真的觉得无所谓，反正他们也不会再有多大交集，再监视又能怎样？

童染正寻思怎么开口，莫南爵见她小脸凝重，突然在方向盘上用力捶了下，喇叭发出嘀嘀的刺耳声："姓洛的到底有什么好？"

童染见他吃醋吃成这样，突然觉得很想笑，她强忍笑意摇摇头："他没你好。"

"那就是说他也很好？"

她忙改口："他不好。"

"怎么不好？"

"反正就是不好，没你温柔没你体贴，没你帅没你俊。"

"那你还爱他？"

"我不爱他。"

"什么时候开始不爱的？"

"从我爱上你的时候。"

男人俊脸越发阴沉："那就是说以前是爱的？"

"以前也不是爱，"童染将头靠在座椅上，"我一直在想我以前对洛大哥到底是什么感情，"其实她也没彻底想明白，但是现在这些真的已经不重要了，珍惜眼前人才是最重要的，她爱的人已经在她身边了，"我现在想通了，也许我对他只是一种依赖吧，因为他陪了我太久太久，所以一时之间难以放下……"

莫南爵抿着薄唇，之前洛庭松同他说过，童染小时候确实吃了很多苦，也确实是洛萧陪她走过来的。

就因为这些都是事实，才让他更加不爽！凭什么洛萧就比他捷足先登二十一年？！

他并不接话，童染也没有再说，车内还开着暖气，莫南爵瞥了她一眼，终于开口："热不热？"

童染忙侧身看他："你不生气啦？"

"我没生气。"

"胡说，你看你的脸冷得跟冰山一样。"

"你懂什么，这叫线条。"

"是是是，"童染嘴角抿着笑，"爵少全身上下都是线条。"

莫南爵将车拐进内弯，突然伸手拉住童染的小手，双眼盯着前方未动："我只是希望以前陪你的人是我。"

他说这句话的时候并未看她一眼，口气甚至还冷冷的，却深深地暖进了童染心里，她握住他的手，嗓音莫名有些颤抖："莫南爵，你以后都陪着我就够了。"

男人没再回答什么，只是握紧了她的手。

洛家的房子并不是什么大别墅，和帝豪龙苑更是天壤之别，只是买了个地皮后，花点钱建了栋普通的三层楼房。

这里其实也算是个小区，只是大家住的都是自个儿盖的房子，一起住了好多年，彼此都认识。

莫南爵将跑车开进来停在边上，推开车门走下来，深蓝色的西装衬得他身形颀长挺拔，侧脸俊美英气，正在门口晒衣服的大妈看得眼睛都直了，就差没瞪出来："这、这是哪来的小伙子……"

童染坐在车内没动，其实说到底她还是很紧张的，这里虽是她从小长到大的地方，可是她毕竟这么久没回来了……

而现在回来，一切都已经不一样了。

男人将准备好的礼物从后备厢中拿出来，而后走过去拉开车门，童染一双小手还绞在一起，莫南爵轻笑出声："怎么，你带我来见家长，就怕成这样？"

"我，我没怕，"童染嘴硬，推开他逼近的身体下了车，转身就要朝前跑，"我先去看看……"

"站住，"莫南爵一把拽住她的胳膊将她拉回来，"你跑什么？"

"我没跑，"童染挣了两下，"这都是认识的邻居，你别拽我……"

莫南爵索性搂住她的腰将她抱进怀里："我是你男人，拽你还不行了？"

二人正在推推拉拉，门口几个逛超市的大妈走回来，一眼就看到了那辆宝蓝色的跑车，其中一人眼尖，瞅见了童染："啊，这不是小染吗？"

童染头皮一阵发麻，这些人小时候都是看着她被大伯母打的，从来也都是笑话她，她下意识地有些抗拒，可也不好装没看见，只得转身笑了下："王阿姨、张阿姨。"

"你可好久没回来了，我们还说你在外面混得不错呢，"王阿姨说着看向她身边的男人，眼睛里藏不住吃惊之色，"小染，这是……"

童染有些不好意思，莫南爵却上前两步轻揽住她的腰："我是她未婚夫。"

童染："……"

王阿姨："……"

张阿姨："……"

这么帅气的未婚夫？！

洛萧喜欢童染的事情在这里已经不是秘密了，几个大妈有些惊讶，同时眼里有藏不住的嫉妒，自家女儿找的可比这帅哥差远了。

童染想到小时候，每次自己被大伯母打得半死，这些所谓的阿姨就只是看笑话，她被扔出家门的时候，去敲她们家的门，只想要口水喝，可她们哪个不是用脏话骂她的？

她在这些邻居眼里，一直都是一个寄人篱下的笑话。

思及此，童染只觉得无比羞耻，微垂下头去。莫南爵轻抬眼眸扫了一眼，她咬唇的动作说明她不开心，他自然是知道的。

童染拉了下他的手，声音很轻："我们走吧。"

莫南爵却反手搂住她，男人今天出奇地有礼貌，竟然还伸出手去："你们好。"

他薄唇勾笑，魅惑的神色令几个大妈都红了脸。张阿姨忙跟他握了下手，盯着他的俊脸看了半天也挑不出一点毛病，有些不甘心地开口："请问怎么称呼？"

"我姓莫，"莫南爵俊脸含笑，礼貌到底，"你们可以叫我小莫，大家都这么叫我。"

童染闻言吓了一跳，抬头看了他一眼。这男人胡说八道都不带打草稿的，平常谁敢叫他小莫啊……

"哦，小莫啊，"张阿姨握着他的手拍了拍，总觉得童染找了个比自己女婿帅这么多的男人，心里就是不爽，"你在哪里上班呢？我女婿也同你差不多大，在帝爵集团的营销部呢。"

边上的王阿姨忙出声附和道："是啊，帝爵可是大公司呢，好多人争破头都进不去的，要不我们平常怎么总说张姐的女婿就是有出息呢！"

莫南爵俊脸上笑意不减，他礼貌地点了下头："这么巧，我也在帝爵上班。"

童染："……"

张阿姨闻言一怔，没想到居然这么巧："小莫在帝爵哪个部门呢？"说着，她从钱包里掏出一张名片递过去，"这是我女婿的名片，他是营销部的主管，新上任没多久，刚被他们总裁给提拔的，哎呀大公司就是忙啊……"

莫南爵伸手接过名片，张阿姨还是不肯罢休："小莫你有名片吗？我给我女婿一张，反正你们一个公司的，赶明儿我让他找你，年轻小伙子在外拼搏，多个人一起总是好的嘛。"

童染："……"

"张阿姨说得对，"莫南爵点头，修长的食指从衬衫口袋里拿出张名片递过去，"这是我的名片，您女婿找我就直接打电话。"

"哎哎，好……"

张阿姨满面笑意地将名片接过去，低头瞅了眼。

边上的王阿姨也凑过去看。

场面瞬间安静下来。

童染抬头看向边上新种的杏花树。

张阿姨半天没缓过神，她同王阿姨对视一眼，这才抬起头，声音满是诧异和难以置信："小，小莫啊，你……你是帝爵总裁？"

莫南爵并未回答，而是牵起童染的手，临走前还不忘礼貌道："我们先回家去了，两位阿姨，下次再见。"

后面的人吓得连再见都不会说了。

童染任由男人牵着走，抿着笑道："莫南爵，你好坏。"

男人轻挑下眉："我哪坏了？"

"你逗她们。"

"我哪敢？"莫南爵握着她的手紧了下，"她们都是你的阿姨，你没看我客气着吗？"

"你装的。"

"我从来不装。"

"对，你是刚正不阿的爵少嘛。"

"……"

穿过几条小道，童染脚步缓了下来，想要抽回被他握着的手："快到了。"

莫南爵手上用力："你再敢抽来抽去的我就直接在这里吻你。"

童染马上不敢动了。

莫南爵跟着她走到一座有门红色大门的房子前，童染站住："就是这里。"

门的两边还贴着对联，上头还挂着个红红的灯笼。

门口的栏杆上挂着咸鱼腊肉，一看就是实打实过日子的人家。

莫南爵四处看了几眼，这就是洛萧的家？

童染推开他的手要向前走："我去敲门。"

莫南爵却将她搂在自己身侧："一起去。"

她也不推拒："好。"

二人来到门前，童染侧过头，大门边的墙壁上坑坑洼洼的痕迹还在，那是小时候她和洛萧一起用小刀刻上去的……

当真是物是人非了。

才按了几下门铃，便有人过来开门："谁啊？"

开门的是童染的大伯母宋芳，她一抬头看到莫南爵站在门口，下意识地就问出口："你是找……"

话还没说完，她瞥到男人身边的童染，脸色瞬间冷了下来："原来是小染来了。"

"是不是小染来了？"大厅处传来洛庭松的声音，宋芳看了眼莫南爵，她天天在家，也不会看什么新闻，所以并不认识他，脸上便带着明显的不高兴，她黑着脸让开身："既然来了，那就进来吧。"

莫南爵拉着童染走进去，洛庭松正穿着外套："小染,怎么突然回家来，大伯都没准备给你买点……"

他抬起头时明显一怔,老脸上的惊讶完全掩不住："爵,爵少也来了，"他看向童染，"小染,爵少要来你怎么不早说，家里什么好菜都没准备……"

童染站在莫南爵身边,轻咬下唇："大伯,他也是临时决定要来的……"

莫南爵伸手搂住她,姿态亲昵,眼眸轻抬："洛总似乎不太欢迎我。"

童染忙伸手扯他。

"这怎么可能，爵少您坐，我去给您倒茶……"洛庭松拉了下自家老婆,使了个眼色后就要往里厅走。

"洛总不用麻烦，"莫南爵却突然出声，"我今天是来拜访您的。"

洛庭松一双眼睛都吓直了，客套道："爵少哪里话，我们该去拜访您才对……"

莫南爵嘴角含笑，松开童染后走过去，将手里的礼物递过去："大伯。"

简简单单的两个字入耳，洛庭松却吓得手一抖，一张老脸瞬间白了。

宋芳站在边上也没敢开口，自家老公怕成这样，而且她看着莫南爵就不像普通人，难道这死丫头还带了个什么财神爷回来不成？

　　莫南爵再次将礼物递过去，语气依旧很礼貌："大伯，这是我买给您和伯母的见面礼。"

　　洛庭松暗自抹把汗，这，这到底是什么情况？

　　童染见他不动，站在边上喊了声："大伯。"

　　洛庭松这才回过神，忙伸手接过礼物："谢，谢谢爵少，破费了。"

　　男人轻眯起眼睛："不知道大伯是否满意？不满意的话我叫人换别的送过来。"

　　"满意，满意，"洛庭松忙点头，他压根不知道袋子里是什么，拎在手上却好似有千斤重，"爵少，您先坐着，我和小染去给您倒茶……"

　　莫南爵走到沙发边坐下来，手里还搂着童染不放："她就不用去了，这个点她习惯休息。"

　　"好，好的，那我们去……"

　　洛庭松拉着宋芳逃一样进了厨房。

　　童染伸手推了下莫南爵："你别老是搂我。"

　　"好，"莫南爵跷着腿坐在沙发上，虽然点了头，手还是搂着她的腰没放，"我很客气了吧？"

　　"是的。"童染点头，他能做到这份上实属不易，毕竟他从来没跟人客气过。

　　男人将她搂紧，俊脸凑过来："我表现这么好，有什么奖励？"

　　"你别，"童染忙推开他，"这还在家里，被人看见不好。"

　　莫南爵桃眉："谁敢说不好？"

　　"……"确实没人敢。

　　童染怕大伯不敢出来，四处看了看，拿起桌上的苹果："我削一个给你吃？"

　　她要亲自削，男人自然是同意的，松开她，拿起边上的报纸："好。"

　　"我去厨房拿削皮刀。"

　　她说着起身进了厨房，一推开门，洛庭松正和宋芳站在里面，见她进来吓了一跳，忙朝她身后看："小染……"

　　童染走到水池边拧开水龙头，将苹果洗干净："他在客厅看报纸。"

　　洛庭松陡然松了一口气，压低声音道："小染，你跟大伯老实说，他怎么会突然跟你一起来？"

童染不想多说，毕竟这种话还是莫南爵亲口说比较好。她取过削皮刀开始削苹果："没什么，他就是陪我回来看看，顺便吃个饭。"

洛庭松见她不愿多说，也生怕怠慢了客厅里那位爷，忙端起倒好的茶水盘走出去，走到厨房门口又顿住脚步："小染，你削好了也快出来。"

要他一个人对着莫南爵，要是一句话说错了，估计都得被对方一个眼神吓得老年痴呆。

"好。"

洛庭松出去后，宋芳一边烧水一边看向童染道："没想到你还挺有勾男人的一套，帝爵总裁？真是了不起。"

话语里的讽刺童染不是听不出来，她垂着头并未说话，专心削苹果。

宋芳瞅着她这样就觉得越发不爽，视线扫过童染全身，无一不是名牌，她嘲讽道："小染啊，你身子不干净了吧？"

童染手里动作一顿。

宋芳见状知道自己说对了，表情更是得意："小染，大伯母真没想到你居然这么不要脸，还没嫁人呢，身子就不知道给几个男人糟蹋了，说出去还不得把我们洛家的脸丢尽了啊？"

童染继续削皮，没什么好回嘴的，宋芳这种女人，你就算有一百张嘴，她也能用一张嘴说赢你。

从小到大，她不知道被骂得有多难听，这点算什么？

"哟，跟我这装冷漠呢？"宋芳看她这不冷不热的样子更是生气，抬手想将她的衣服扒下来看看有没有吻痕，却碍于莫南爵在外面不敢动手，只得悻悻收回手，嘴上更加不饶人，"呵，你以为莫南爵能娶你？他那样的男人要什么样的女人没有？能看上你？"

童染削好了果皮，从碗柜里拿出白瓷碗，用水果刀将苹果切成一小块一小块后放进去，这才开了口，语气很淡："这是我自己的事。"

"你自己的事？哼，笑死人了，"宋芳冷笑一声，眼里尽是鄙夷和嫌弃，"童染，你以为自己长了张狐狸精的脸就了不起？漂亮又怎么样，他不过就是看你年轻，所以玩玩你，他这么有钱有权，身边肯定美女如云，你觉得他会留你？"

苹果已经切好，一个个形状差不多，放在瓷碗里晶莹剔透，很是好看。童染就这么一动不动地低头望着瓷碗。

宋芳这人就是喜欢吵，她一口气说了这么多，见童染还是不为所动，更是气不打一处来："被我说得不敢说话了？你说说看，萧儿的事情是不是跟你有关系？他都不和我们联系了！还说什么断绝关系，我看八成是你逼他的吧？萧儿从小就瞎了眼喜欢你，你这狐狸精，肯定是你在床上跟萧儿胡说了什么，吹枕边风把他逼得跟我们断绝……"

"大伯母，"童染突然抬起头，一双大眼睛看着她，口气依旧很淡，"你刚刚说的话我都录下来了。"

宋芳一怔："你，你什么意思？"

"没什么意思，像我这种人说不定一个不小心就按错了把录音给放出来了，"童染眉目平静，一点都看不出生气的样子，她端起瓷碗朝外面走去，走了两步突然回过头看了眼宋芳，"大伯母，要是真的放出来了，不知道莫南爵和大伯听了会怎么样？"

宋芳："……"

童染转身就要走。

宋芳气得差点胃出血，冲上前拦住厨房的出口，出口就骂人："童染，你别以为我不知道，萧儿和我们断绝关系肯定是因为你！你肯定勾引了他，骗他上床然后让他这么做！还有外面那个帝爵总裁……"

宋芳话还没说完，身后突然传来脚步声。

童染听见声音抬起头，一眼就看见莫南爵阴沉着脸站在那儿。

她握着瓷碗的手紧了下。

宋芳明显也感觉到背后有人，转过头去，看到莫南爵的时候吓了一跳，整个人向边上缩了下。

莫南爵双手插兜，好看的桃花眼微微眯着，眼底的神色却是阴鸷无比的，薄唇紧抿，视线落在宋芳身上。

宋芳只觉得有千万把利剑朝自己刺来。

洛庭松站在莫南爵身后，急得就差跺脚了。刚才宋芳的那番话他听得清清楚楚，他自己老婆是什么性子他清楚，平常他若是听到了最多就是说她几句，可今天……

莫南爵能跟着童染回家来，还这般客气，已经说明他的态度，宋芳这么说童染，不明摆着是找死吗？

洛庭松想了下，忙走过去站在童染身边："小染，你没事吧？"

童染本是皱着眉的，闻言摇了下头："没事。"

"没事就好，你看看，你难得回来一趟"洛庭松为难地看了眼莫南爵，见他依旧神色阴鸷，便将童染推出来，"我和你大伯母一直担心你一个人在外面，她也是关心你，再说她就是这样的人，你不是不知道，她没有恶意的……"

"确实，"接话的是莫南爵，男人嘴角冷然地勾起，"洛总，之前童染自杀住院，看来您是白去了。"

童染闻言一怔，这事她从来不知道："大伯，我住院的那次您去了？"

"这个……"洛庭松忙点头，这称呼由大伯变成洛总，看来是真的惹怒莫南爵了，他暗自心惊，"我去过一次，是爵少请我去的……"

"话可别这么说，"莫南爵眯起眼睛，"您刚才都说了以为童染一个人在外面，看来我在你们眼里完全不存在，跟死人差不多。一个死人又怎么请得动您？"

洛庭松被他一句话堵得冷汗直冒，莫南爵勾勾手指，洛氏马上就能被夷为平地，他连忙摇头，就差冲过去抽宋芳两嘴巴子："不是的爵少，您误会了，我们都知道小染跟了您的，我们在家都说这是她修来的福气……"

"知道她跟了我，还这么骂她，"莫南爵目光冰寒，声音更冷，"骂我的女人，就相当于骂我，天天在家骂我，就是你们所谓的修来的福气？"

"……"

洛庭松下巴都快掉下来了，手心全是冷汗，老脸上皱纹更深："爵，爵少，我不是这个意思……"

男人微抬下巴："那是什么意思？"

"不是，这……我……"

洛庭松半天也凑不出一句话，只得看向童染："小染，你也知道……"

"她知道什么？"莫南爵语气冰冷，"她不是都劝洛萧和你们断绝关系吗？还能知道什么？"

宋芳忙插了句嘴："我刚刚只是随口猜测一下……"

"随口都能把我女人扯到别的男人身上，要是真的说起来，她要被你们扯成什么样？"

宋芳一怔，撇了下嘴："她和萧儿以前本来就……"

"所以洛萧该死。"

宋芳瞬间急了："你别动我儿子……"

"就因为是你儿子，"男人眼睛凌厉地眯起，阴鸷被无限放大，"所以才更该死。"

"你……"宋芳被男人眼里的阴鸷吓得张大嘴，声音颤抖，"你、你要是敢动我儿子一下，我，我就去法院告你！"

莫南爵挑眉，像是听到什么笑话："欢迎到帝爵来请律师，我可以给你打个折。"

宋芳："……"

洛庭松冒了一身冷汗，宋芳这话一出口，他差点冲过去直接撞死，忙开口喝了声："闭嘴！还嫌自己惹的麻烦不够吗？"

宋芳被喝得浑身一震，抿住嘴巴没敢再说话。

洛庭松搓着手望向莫南爵："爵少，您看这事儿闹的，都是自家人，没必要这么生气……"

自家人？

莫南爵冷笑一声，伸手将童染拽过来："走。"

"爵少……"

"洛总，"莫南爵走了几步又回过头来，"我会在帝爵恭候你们的一纸诉状，我们法院见。"

洛庭松张大嘴："爵，爵少……"

这要是法院见，还有活路吗？

宋芳知道这是来真的，忙跟着自家老公开口："爵少，我……我错了，我刚刚就是嘴贱多嘴几句，我再也不敢了……"

莫南爵哪会吃这套："我会让你们明白，什么才叫真正惹上了麻烦。"

"……"

男人冷冷地说完后，大手搂住童染的腰就朝外面走。洛庭松心知他们要是就这样走了，自己后半辈子怕是都过不安生了，忙追上前，一把拉住童染："小染啊……"

童染被搂着走了几步，别过头，就见洛庭松一脸哀求地望着她："小染啊，晚上留下来吃饭吧，这么久没见，大伯也很想你。你看爵少也难得来一次，都是一家人，何必这么不欢而散……"

宋芳跟着补了一句，脸上的表情完全变成了讨好："是啊，小染啊，我买了菜的，都是你平常爱吃的菜……"

洛庭松粗糙的手抓着她的手腕，童染见大伯吓得几乎要哭出来了，她轻咬住下唇，伸手扯了下男人的袖子："莫南爵……"

男人冷冷看她一眼："怎么？"

"我们留下来吃晚饭吧？"童染握住他的手，睁大眼睛看着他，"我已经好久没回来了，你答应了今天陪我的……"

莫南爵眯起眼睛。

"我带你去看我以前住的房间好不好？"童染捏紧他的手，轻靠在他身上，"你不是说希望以前是你陪着我吗，我带你去看看，就当你以前都陪着我，好不好？"

洛庭松站在边上小心翼翼地看着莫南爵的神色，生怕他一个不高兴做出什么事来。

男人并未说话，看来并不太高兴，童染也因为洛萧所以有所介怀，拉着他的手面向洛庭松，口气认真而严肃："大伯，今天我和他一起来，主要是想告诉您，我现在已经是他的人了，所以以后我也会和他在一起。您是我的长辈，从小到大您就相当于我爸爸，这是我人生中的大事，您有知道的权利，我带他来给您看看，希望您能同意。"

一番话下来，洛庭松嘴巴张得更大，似乎难以置信："小，小染，你，你和爵少……"

莫南爵冷冷开口："她现在是我女朋友。"

洛庭松："……"

宋芳："……"

二人对视一眼，他们以为童染只是莫南爵的情妇而已，怎么会……突然成了女朋友？！

宋芳暗自咬牙，心里越发不爽。童染到底有什么狐狸精的能耐，竟能降伏这个男人？

"大伯，"童染见状说了句，"您不同意吗？"

"同意，当然同意……"洛庭松毕竟也是老江湖了，怔了下后忙开口，"小染，你和爵少感情好就好，你们能在一起，大伯自然是为你们高兴的……"

男人冷哼一声。

"谢谢大伯。"童染浅浅笑起来，伸手握住男人的手，"我带你去楼上看看，好不好？"

莫南爵没回答，但也没拒绝，童染拉着他朝楼上走去。

走上楼梯，男人依旧冷着脸，童染圈住他的胳膊："你别生气了嘛。"

莫南爵冷冷抽出手臂："有人欺负你，我能不生气？"

童染心里一暖，靠过去抱住他的腰："你不也经常欺负我吗？"

男人脸色更冷。

"我开玩笑的嘛，你别冷着脸，"童染踮起脚，伸手抚上他的剑眉，"你别皱眉头，我不喜欢你皱眉头。"

莫南爵闻言眉间松缓下来，握住童染的手递到唇边："小时候，你都是这样被骂的？"

"嗯，"童染点点头，神色暗淡下来，"大伯母现在不会打我了，已经好多了。"

"小时候怎么打你？"

"用鞭子和棍子，"童染比画了下，"都是很粗、带刺的那种。"

男人脸色一沉："都打了哪里？"

"都没怎么打到我身上，"童染摇摇头，"每次都是洛大哥帮我挡的，所以他背上都是鞭痕。"

莫南爵一张俊脸几乎比墨还要黑："你看过他的背？"

童染咬住下唇："以前都是我帮他上药的，鞭痕很可怕，伤口都是绽开来的……"

"我知道。"男人眯起眼睛，那种痛他吃得更多。童染见他沉着脸，神色露出些许哀戚："我知道你生气，大伯母就是这样的人，可是大伯对我真的很好，他就和我亲生父亲一样，我再怎么讨厌大伯母，可是他们毕竟是我唯一的家人……我不想让大伯难过。"

莫南爵没再说什么，只是伸手将她搂了过来。

"我没事，都过去这么久了，"童染从他怀里挣脱出来，拉住他的手，"我带你去我的房间看看。"

男人站着不动："我要去看你以前睡过的房间。"

"……"

"你以前不是都和洛萧一起睡的？"

"是……"

"带我去洛萧的房间。"

"……"

童染咬住下唇，莫南爵索性拉开她的手："我自己找。"

"你别，"童染无奈，只得拉着他走到二楼的第二间，"这里。"

男人冷哼："记得还真清楚。"

"……"童染扶额，这男人醋吃得真独特，这种事要是忘了就是失忆了好吗？

莫南爵拧了两下门把没拧开："门锁了？"

"可能是的，毕竟好久没人住了，"童染转身要下楼，"我去找大伯拿钥匙。"

"不用。"男人手腕用力，只听咔嚓一声，门把直接被他拧了下来。

童染："……"

"破门真不经拧，"莫南爵瞥了眼，将门把随手扔进走廊上的垃圾桶里，见她站着不动，男人脸色一沉，"怎么，你心疼洛萧的门？"

"……"童染看了眼垃圾桶，只得挺胸直腰地摇摇头，"没有。"

莫南爵警告性地看她一眼，伸手去推门，结果虽然门把被拧下来了，可门还是打不开。

"这锁还是锁着的，"童染弯腰凑近锁眼看了下，"要不我还是找大伯拿钥……"

她身体一歪，蓦地被男人拉得退后几步，莫南爵抬起腿，直接将门踹开。

客厅里的洛庭松听到声音朝楼上望了下，但肯定是不敢上去的，只是这声音……这是在做什么啊？

童染望着被踹开的房门，张大了嘴："你……"

莫南爵眯起眼睛："洛萧派两个废物来监视你，我踢他扇门怎么了？"

"……"

这和监视有什么关系？

莫南爵拍拍手，直接走了进去。

童染跟着进去，莫南爵双手插兜，左右看了下："这就是洛萧的房间？"

房内装修和摆设都很简单，深蓝色的窗帘，一张大床，柜子里放的都是书，书桌上放着几盆盆栽。

"是的。"童染也好久没来过了，这里还是和以前一样，一点都没改变。

"都是些什么乱七八糟的东西，"莫南爵抬脚踢了下，脚边放着毛绒玩具，男人一看，还是个狗熊，眉头皱了下，一脸嫌弃，"洛萧还有这癖好？简直是变态，这种东西哪个男人会买？"

童染忙弯腰将狗熊捡起来，拍拍上面的灰："这些都是我的。"

"你喜欢？"莫南爵回过头。

"挺喜欢的，小时候天天抱着。"

男人毫不犹豫地接话："那我明天去买一百个放家里。"

童染抬头看他："你刚刚不是说没有男人会买吗？"

"……"

得，把自个儿绕进去了。莫南爵走到书桌边，随手拿起一个相框。

里面是一张合照，背景应该是某个旅游景点，童染那时候完全是个小孩子，扎着马尾，素面朝天的小脸比现在更白净清纯，旁边的男孩子穿着白衬衫，伸手搂着她的肩，二人脸上都是笑意，童染还比着个剪刀手。

男人俊脸一沉，这照片看着就刺眼："这是谁？"

"这是我啊，"童染走过去将脑袋贴在他的胳膊上，伸手指了下，"你看不出来吗？这是我高一的时候。"

男人瞥了眼，看着上面靠在一起笑得灿烂的两个人就不爽："你以前比现在更丑。"

"……"

"旁边搂着你的是洛萧？"

"是啊。"

"看来他从小到大都没长成人样过。"

"……"

他每句话都酸得不行，童染笑着伸手将相框拿过来："就你最帅，行了吧？"

"抢什么，你还要带回去当成宝？"莫南爵伸手拿回来，"这种东西还留着做什么？"

"这是我们高中组织旅游时拍的照片，"童染凝眉沉思，"嗯，我想一下，这是去哪里来着……"

"你们的高中明天就会关门。"

"……"

莫南爵本想将相框放回去，手腕翻了下，不经意间看到了相框背面还用蓝色水笔写着两行字："我没有忘记过一路是你陪着我。"

上面一行字苍劲有力，下面一行字娟秀文雅，一看，就知道是一男一女一起写的。

莫南爵脸色更沉，心里越发怄气，这都是些什么乱七八糟的？！

这蠢女人高中不好好念书，到底在做什么？！

童染本来弯腰在看桌上的杂志，感觉到身边的寒意，抬头看了眼："怎么了？"

莫南爵冷着脸将相框翻过来："这又是什么？"

"这是什么时候写的……"童染凑过去，突然想起什么，"应该是照片洗出来那天，去学校门口买的相框，然后就写了。"

"一起写的？"

"是啊，卖相框的老板说这样比较有纪念意义。"

莫南爵俊脸突然逼近，伸手扳着她的脸，语气低沉："你为什么记得这么清楚？"

童染一怔："是你问我我才说的啊……"

"那证明你一直记得。"

"我又没失忆……"

"那我问你，"莫南爵捏着她的下巴，好看的薄唇紧抿着，"我们第一次做爱，我用了什么姿势？"

"莫南爵，你——"童染啪地拍开他的手，瞬间涨红了小脸，"这种事情我怎么可能会记得！而且我们第一次是……"

男人就是不罢休："那第二次是什么姿势？"

"我不记得了！"

"那你还记得个破相框？"

"莫南爵，你无理取闹！"童染伸手将相框拿过来，"不就是张照片吗？你要喜欢我们回去也拍，你想写什么就写什么。"

莫南爵紧盯着她手里的相框："我们拍什么？床照？你比个跟这个一样的剪刀手？"

"……"

童染对这种醋罐子彻底无语，伸手想将相框摆回去，莫南爵却伸出手来抢："你做什么？"

"我放回去啊，"童染瞥他一眼，"难道你要带回家？"

男人抿着唇："我来放。"

童染将信将疑地看他一眼，还是松开了手，可就在她松手的一瞬间，莫南爵掐准了时间也松了手——

哐当！

相框从桌角滚落下去，掉在地板上，前面的玻璃瞬间碎成了两半。

莫南爵低头瞥了一眼，摇了下头："真不经摔，这样就碎了。"

童染："……"

她并不觉得可惜，其实这照片碎了也就碎了，因为里面的画面早就已经碎了，徒留照片也没意义。童染弯下腰要去捡，却被男人一把拉住："不许捡，会割手。"

她也没坚持，顺着男人的力道站起身来，莫南爵握住她的手："一个相框而已。"

"我知道，我没怪你。"

男人死不承认："又不是我摔的。"

"莫南爵，"童染面对着他，伸手抱住他的腰，将脸贴在他胸前，"我是不是不该带你来看？我这么做只是想告诉你，我和洛大哥已经完全结束了，我已经可以很自然地在你面前提起他，说我和他小时候的事情给你听,因为他对我来说是哥哥、是亲人……"

莫南爵扫了一眼屋内,伸手搂着她:"我知道。"

"那你还吃醋……"

"你能和洛萧勾肩搭背出去照相,我吃个醋还不行?"

童染皱起小鼻头:"那是高中的事情……"

莫南爵就是独断专行:"你整个人都是我的,你的过去虽然我没参与,但也是我的,不可能是洛萧的。"

"……"

真霸道。

童染嘴角弯起笑意,她越过他的肩头望向外面,空中飞着几个风筝,看起来格外舒心:"莫南爵,我们去放风筝好不好?"

"多大人了还放风筝。"

童染挽着他的手朝外面拽:"走嘛,就在那边公园,有个好大的草坪。"

"好。"

莫南爵无奈答应,被她拽着走,路过书柜的时候扫了一眼,男人蓦地顿住脚步,视线定格住:"这些都是你的书?"

童染回过头望了一眼:"不是,那都是洛大哥看的书。"

莫南爵将书柜打开,里面竟清一色是化学方面的书籍。他随手抽了一本,上面密密麻麻的化学符号令人眼花缭乱:"他经常看?"

"是啊,他对这方面很有兴趣,可以说是痴迷,"童染瞥了一眼,她理科向来很差,化学怎么补都不及格,"以前就经常在家做实验,他化学都是考全校第一的,高考是全省第一,满分。"

全省第一?

莫南爵眯起眼睛,随手又抽了两本出来,每本上面都有笔记,很显然是被人熟读过的。

童染见他看得十分认真:"怎么了?"

"没事。"莫南爵将书放回去,临出门时回头望了一眼,目光冷冽,某种猜测在心里越发清晰起来。

童染坚持要放风筝,二人便步行到边上的公园,里面有好多小孩子,个个手里拽着个风筝，跑得不亦乐乎。

很快就有个卖风筝的阿姨凑到两人身边："你们是来放风筝的吧？"

"是的，"童染点点头，弯腰挑选起来，"莫南爵，你喜欢哆啦Ａ梦吗？"

莫南爵看了一眼，想到那个相框，突然开口："有没有可以自己写字的？"

"有的有的，"阿姨从里面抽出一个纯白色的风筝，"很大的，你们想写什么都可以。"

"就要这个。"

莫南爵伸手接过，还特意选了支蓝色的笔，男人将风筝放在台子上："这就和你们的相框后面一样了。"

这男人……

童染探头探脑地凑过去："你写什么啊？"

莫南爵并不回答，手臂撑着台子，他的字很漂亮，龙飞凤舞，很是大气。

"好了，"男人将风筝的线拉开来，"你去跑。"

童染嘟起嘴："为什么是我跑？"

"因为你和洛萧搂在一起照过相。"

"……"

她以前怎么没发现，莫南爵居然这么能吃醋！

童染无奈，拿着风筝开始小跑："你拉住了，我要跑了——"

莫南爵站在原地，袖子挽至手肘，从这个角度望过去，可以很清晰地看到男人精致俊美的侧脸。童染眼睛微微眯起，她曾经多么希望老天爷能派个天使陪在自己身边，那样就什么都有了，可现在她发现，原来她的天使一直都在。

"童染，你跑不跑？"男人见她站着发愣，皱起眉头，"你傻站着在想相框不成？"

"……"看来这相框得被他说上一个月。

童染将风筝高举过头顶，她步伐轻盈，跑得并不快，也许是运气好，风向也对了，才跑一小段路风筝便飞了起来。她清美的脸上扬起笑容，一路跑回去："莫南爵，你快看，飞起来了！"

男人抬手擦了擦她的脸，将汗珠细心地抹去："看到了，一个破风筝就能让你这么高兴，没出息。"

　　童染抬头望去，他们的风筝飞得最高，她被阳光照得半眯起眼睛，这才看清楚，白色风筝上，用蓝色的记号笔写着十六个漂亮的大字——

　　"莫染初心，染指终生，生生世世，永垂不朽。"

　　这看着怎么像是某个教会的宣传语……

　　童染扑哧一声笑出来，伸手就去捶他："莫南爵，你幼不幼稚？"

　　一个大男人居然写这种东西……

　　"怎么幼稚了？"莫南爵冷下脸，微仰起下巴看着，俊脸上写满了"满意"二字，"难道你和洛萧写那种东西就不幼稚了？"

　　"……"

　　又来了。

　　童染忙伸手去拿他手上的线，有些担心："会不会掉下来？"

　　"我送上去的风筝，还有掉下来的道理？"

　　"喊，这东西很难说的，我去拉着跑一下。"

　　"不用。"莫南爵搂住她不让她动，偏偏就这么巧，那风筝上去后就再没下来过，一直稳稳地飘着，那十六个字正对着他们，连斜都没斜一下。

　　边上的人都围过来看，能把风筝放得这么好，八成是经常来放的。

　　童染瞅了他一眼："你是第一次放风筝？"

　　"当然，"莫南爵扬扬手里的线轴，视线扫过草坪上奔跑的小孩子，一个个笑得灿烂，他的童年从来没有过这种阳光，"这种东西我才没兴趣。"

　　"怎么可能，"童染睁大眼睛，"我以前放一个掉一个，从来没飞这么高过。"

　　"你以前和谁一起放？"

　　"洛大哥……"

　　莫南爵听到这三个字侧眸看她一眼，童染忙抿住唇，这男人想说什么她现在都能猜到了。

　　她眯着眼睛仰头看着风筝，那十六个大字在耀眼的光芒下格外清晰，就像她身边这个男人，已经彻底占据了她的人生："真好看。"

　　莫南爵低头凑到她耳边："你是说我？"

　　童染翻了个白眼："自恋。"

　　男人伸手捧住她的脸，薄唇贴了下来，她忙伸手推他："你别……

这里孩子多。"

"有什么关系，宣扬一下纯洁的爱情。"

"……"

莫南爵搂住她的腰，这一吻并不深入，只是在她的唇瓣上轻触几下，浅尝辄止："以后只要你喜欢，我什么都陪你做。"

"真的？"

"前提是彻底忘掉那个相框。"

"我本来都已经忘了……"

"能记起来的就不叫忘。"

"……"

洛萧从傅氏出来的时候，已经是下午五点多了。

专用车库内，两个人站在他的车边，神色有些慌张："洛总……"

洛萧皱起眉头，一下子没认出来："做什么？"

其中一人颤颤巍巍地站出来："我们是您派去盯着莫南爵的，中午还给您打过电话……"

洛萧看了两眼，这才想起来："什么事？"

"那个，我们哥俩被，被发现了，"二人对视一眼，生怕被处罚，"是被莫南爵发现的。"

"哦，说了什么？"

"没说什么，就是，就是接收器被他找到了，然后定位了接收源是傅氏……"那人低着头，显然很害怕洛萧，"然后他们把我们抓起来了……"

洛萧再次瞅了他们两眼，俊脸冷淡："能活着出来，不错。"

"……"

其中一人再次开口："洛总，莫南爵的人没打我们……"

洛萧并不意外，拉开车门后坐上去："打你们也是浪费时间。"

"……"

"说吧，"洛萧双手搭在方向盘上，清俊的脸侧过来，"叫你们转告什么？"

真聪明啊，不愧是老板。二人对视一下后其中一人站出来道："那几个人说，莫南爵的原话是：'若想人不知，除非己莫为，既然做了就做好死的准备，洛总记得自己买好棺材。'"

洛萧闻言脸色一沉，搭在方向盘上的手紧握成拳："好，我知道了，你们走吧。"

他说着就发动车子，那人却神色为难地看他一眼："洛总，还，还有……"

洛萧顿住动作。

"那，那个……莫南爵的最后一句话是，买了棺材记得到帝爵去报销，他送你去死，就要尽到善后的责任。"

"……"

洛萧眉宇间笼上寒冰，那两人见状吓得半死，连忙鞠躬道歉："洛总，是我们没用，我们也不知道莫南爵为什么会发现，我们……"

"没事，"洛萧收起情绪，从边上的 CD 箱里拿出两沓厚厚的钱扔出车窗，而后将车子掉个头朝车库外面驶去，"叫你们去就做好了被发现的准备，你们走吧。"

他丢下这句话就加速开了出去，剩下那两个人望着轿车的背影，矮的那个不解地摸着后脑勺："洛总这是什么意思啊，既然知道会被发现还叫我们去监视……"

高的那个将钱捡起来，目测了下，差不多有五万多，他满意地将钱揣进口袋，抬脚踢了矮的那人一脚："蠢啊你，洛总这意思当然就是让莫南爵知道，他时时刻刻在看着啊，就是表示他不会放手嘛，这都不懂。"

"那洛总这么做有啥意思啊……"

"就是两个男人抢一个女人呗，这里头学问大着呢，谁狠心谁抢得到呗。"

与此同时，傅氏大楼外，傅青霜坐在车内，推了下墨镜，看见洛萧的车从车库出来，并未走回家的路，而是朝另外一条相反的路开去。

他难道又要去找童染?

傅青霜暗自握拳，犹豫了下，还是踩下油门跟了上去。

下午的时间过得很快，夕阳渐落，二人步行往回走，童染手里拿着风筝："我要带回家。"

"带回家做什么？"莫南爵挑了下眉，"我写的你就这么想珍藏？"

"不是，"童染小脸严肃，"给楠楠的小窝当垫底的，它最近老吵着不舒服。"

"……"

一路说说笑笑，童染不经意间侧过头去，嘴角的笑意还未退去，就见一辆黑色保时捷从小区门口开了进来。

童染目光一刺。

这车……她认识。

莫南爵伸手揽住她的肩膀，自然也看见了那辆车，他眯起眼睛，眼底倾泻出凛冽的冷意。

黑色保时捷并未靠边停，而是一直朝这边开过来，寸寸逼近，车头几乎要撞上他们，最后擦着二人的身体停了下来。

童染皱起眉头。

轿车停稳后，驾驶座的门打开，洛萧下来后，视线直直地定格在童染身上。

洛萧盯着童染的小脸，只觉得胸口滑过的暖流舒适无比："小染。"

莫南爵眯起眼睛，握在童染肩上的五指收拢："洛总来得这么慢，是选好棺材了？"

洛萧沉下口气，视线还是没离开童染："爵少，好久不见。"

莫南爵冷笑："别客套，我们没有交情。"

洛萧并不接话。

"走，"莫南爵冷睨他一眼，揽着童染就朝前走，"饿了，吃饭。"

童染自然是跟着他，刚走了两步，手腕便被冲过来的人猛地拽住，洛萧指尖感受着她腕部细腻的肌肤："小染。"

"松开！"

莫南爵一个反手拉开了童染的手，将她护到自己身后，高大颀长的身形朝洛萧逼近两步："你找死？"

洛萧抬眸同他对视："让开，我有话跟她说。"

"笑话，"莫南爵冷嗤一声，双手插兜，微仰起下巴，"我的女人从来不和别的男人单独说话。"

童染别开视线，并未看洛萧一眼，而是伸手握住莫南爵的手："不是饿了吗？回去吃饭吧。"

洛萧眯起眼睛，眼底急切起来，越过莫南爵的肩头朝后面看："小染，跟我走。"

"洛萧，你疯了？"莫南爵伸手扯下领带，眼中渗出厉光，"怎么，想打架？"

洛萧闻言，清俊的脸庞侧过来："你如果打不死我，我就带她走，怎么样？"

"好一个打不死你。"

莫南爵脸上笼上重重阴霾，长腿跨出去，一手就抓住了洛萧的衣领。男人速度奇快，直接将洛萧抵了保时捷的车门上："要是再被我看到你碰她一下，我就让你失去双手。"

洛萧任由他压着，并不反抗："那你碰过她这么多次，我要砍掉你多少双手？"

"你要试试看？"

莫南爵嘴角勾起抹冷笑，握起的拳头突然放进洛萧垂着的手里，洛萧怔了下，就见莫南爵带着他的手扬起来，而后猛然砸向车窗——

砰——

巨大的破裂声响起，震得洛萧后背发麻，玻璃碎开了花，碎片悉数扎进了洛萧的手背，鲜血顺着白色的袖口流了下来。莫南爵嘴角含笑，收回完好无损的拳头，另一只手握住他的肩头："怎么，还要再试一次？"

洛萧拧眉，五指试着握了下："让我带她走，这只手留下来给你。"

莫南爵眯起眼睛，抬脚就朝他的腹部猛地顶过去！

"住手！"一声惊叫从小区门口传来，一辆红色奥迪急速开进来，驾驶座上的人显然没想到会看到这一幕，她将车随处停下来，撞倒了别人门口的架子，可傅青霜顾不得许多，推开车门冲了过来，"萧！"

洛萧侧过头，眼底露出厌恶之色："你怎么来了？"

傅青霜的视线定格在他滴血的左手上，上面扎进去的玻璃片尤为明显，她无比心疼，抓住他的胳膊："你的手……快，我们去医院！"

"滚开！"洛萧冷冷甩开她，看了眼她的车，口气骤然阴寒，"你跟踪我？"

"我不是故意的……"傅青霜咬住下唇，"我去傅氏找你，看见你从车库出来但是没回家，我担心你出事，所以……"

洛萧脸色阴沉："你居然敢跟踪我？"

傅青霜微垂着头，眼睛盯着他的手。

莫南爵冷笑一声，松开手，直起身子："看来上次洛太太开的药不太管用，洛总这样的人，除非是被人打断腿，否则怎么都得来插一脚。"

"你凭什么打他？"傅青霜闻言抬起头，"爵少，不管萧做了什么，你都不应该把他打成这样。"

"他抢我的女人。"

"我不需要抢，"洛萧站直身体，"她本来就是我的。"

傅青霜攥紧拳头，她的男人，竟然当着她的面说这样的话："萧，你就不能顾及一下我在场吗？"

"你现在就可以滚，"洛萧毫不犹豫地开口，声音冷淡，"以后要是再跟踪我，别怪我翻脸。"

傅青霜张了张嘴，想要反驳什么，可是终究没有开口，站在那儿没动。

莫南爵瞥了两眼，转身搂住童染："走，没我们的事。"

童染点点头，自始至终没有插一句话。

洛萧却并不罢休，几步追上来："小染！"

"你还没完没了了？！"莫南爵猝然转过身，扬起拳头就要抡过去，童染不想再这么无休止地打下去，何况这还是住家里的小区门口，便搂住莫南爵的胳膊："爵！"

这一声出口，两个男人同时怔住，莫南爵侧眸看她一眼，扬起的拳头松了下，童染双手紧搂着他："家门口，别这样。"

莫南爵眯起眼睛，嘴角扯开笑容，扬起的手改为搂住她："好，听你的。"

洛萧皱起眉头，滴血的左手攥了下，钻心地疼："小染……"

童染这才抬眸看他，许久没有见面，洛萧还是那副模样，她却觉得已经离她的生活很远了，她目光清澈，声音也很清淡："哥。"

洛萧闻言浑身一震，她喊的不是洛大哥，而是哥……

"哥，"童染再次喊出声，看了眼后面的傅青霜，"你和嫂子一起回来吃饭吗？"

洛萧目光深邃地看着童染："小染，你喊我什么？"

"哥哥，"童染同他对视，靠紧身边的男人，这是他们从小一起长到大的庭院，她从未想过会有如今这一幕，"你本来就是我哥哥。"

莫南爵挑了下眉，心底生出难以抑制的舒爽，这女人，今天倒是很听话。

洛萧垂着的手颤了起来，眼中露出难以置信的神色："小染，你知道我爱你……"

傅青霜站在后面实在听不下去了，走上前拉住洛萧的手："萧，我们先回去吧……"

"滚开！"

"我们走吧，"童染不再看他，靠着莫南爵，"大伯应该做好饭了，你不是饿了吗？"

"好。"

二人刚转过身，就见洛家的大门打开，洛庭松从里面走出来，他本想出来看看莫南爵的车是不是还在，谁知道这一抬头，竟然看见了洛萧。

洛庭松瞬间愣在原地，老脸上布满惊讶，要知道，洛萧自从离家后就再也没有回过家。他大步朝这边走过来："萧儿！"

洛萧闻言拧起眉，退后几步，脸上露出嫌恶之色。

洛庭松几乎是跑过来的，他有关节炎，腿脚不便，一个趔趄摔倒在地，童染忙上前去扶他："大伯！"

洛庭松抓着童染的手才勉强站起身体，他眼眶已经湿了："萧儿……"

洛萧眉宇冷淡，双手负后没有动。童染扶着洛庭松，感觉到他激动得浑身都在颤抖，只觉得无比讽刺，她看向洛萧："哥，他是你爸爸。"

洛萧依旧没有动。

洛庭松颤抖着伸出手去想要摸他一下，却被洛萧极快地躲开："别碰我！"

洛庭松手一顿，眼泪直接落下来。

童染见状心底一酸，咬住下唇，声音激愤无比："洛萧，他是你亲生父亲！"

洛萧闻言喉间哽咽了下，有些东西生生卡在喉咙口，割得他几乎失声，他忍痛咽了下去："他早就已经不是了。"

"你疯了吗？他把你从小养到大！"童染难以置信地看着他，洛萧的那句话对大伯有多残忍，对她就有多残忍，他们原本该是一家人，"是不是有一天，我也不再是你妹妹，我们都要成为仇人是吗？"

洛萧双手紧攥："小染，我不可能这样对你。"

童染别过头去不再看他，看着洛庭松问道："大伯，您没摔伤吧？"

洛庭松双目空洞，视线死死盯在洛萧身上，这是他儿子，他只有这么一个儿子。他强撑着朝洛萧走去："萧儿，留下来吃饭好吗？你妈做了菜，让爸好好看看你，我跟你妈等了你好久，你从来不回来，我们一直在等……"

洛萧目光冰冷，扫过洛庭松身上时更是冰寒刺骨。

洛庭松见他这副态度，只觉心如刀割。他完全顾不得这么多人在场，双膝软着就朝地上跪去："爸求你了，你回来了就别走了，爸给你跪下，就一晚上，你留下来陪陪爸，陪陪你妈，你妈每晚都哭，说怕她死了你都不在身边……"

洛萧冷冷看他一眼，眼底的哀戚与绝望迸射出来，傅青霜站在他身后，能够很清楚地看见男人负在身后紧攥的拳头到底用了多大力气。

童染咬唇摇着头，眼眶跟着湿润，她眼里的大伯，何曾是这副样子。她抓着他的胳膊："大伯，您别这样，您先起来再说，地上凉……"

"不，不行……"洛庭松用力推开童染的手，顿时膝盖生疼，身体跌了下向后栽倒，可他依旧向前爬去，"萧儿，你别走，你听爸说，你要听什么都行，爸什么都给你说……"

门口的地上都是碎石头，洛庭松右手被割破，鲜血滴在地上尤为刺眼，童染见状大惊："大伯！"

她冲过去想拉他起来，可是洛庭松怎么也不听劝，他眼里只望得见洛萧。童染从来没见大伯哭得这么卑微这么伤心，她抬头望向莫南爵，男人感觉到她的视线，眯了下眼睛，他本不想管这么多，可还是走过来握住洛庭松的手臂将他强拉起来。

洛庭松这会儿也顾不得身边的人是莫南爵，伸手就去推他的手："让我跟我儿子说几句话，别让他走，别让他走……"

莫南爵双手架着他，抬头望向洛萧："你还是人吗？"

洛萧眼底薄凉一片，就算所有人都说他不是人，他也没什么可在乎的：

"我说了，我跟他没关系。"

洛庭松双肩一垮，神色哀戚无比，差点又要跪下去。

童染站在边上，看着都觉得刺眼，她心底泛酸，几步冲上去抓住洛萧的手："你真的疯了吗？"

"小染，"洛萧见她肯靠过来，眼中溢出欣喜，忙反手握住她的手，"我现在就带你走，好吗？"

莫南爵眯起眼睛，还未开口，就见童染用力甩开洛萧的手，小脸上溢满愤怒："你连你亲生父亲都能这样对待，凭什么说要带我走？"

洛萧再度扬起的手顿了下："小染，你不相信我吗？"

"我曾经有多相信你难道你不知道吗？"童染退后两步，嘴角勾起冷讽，"我们之间的信任是你亲手摧毁的，不是我。"

洛萧神色急切，朝她走近一步："小染，你现在跟我走，我会让你明白……"

"够了！"童染出声打断他，目光坚定，"哥，我已经有男朋友了，"她看向莫南爵，"我今天就是带他来见大伯、大伯母的，因为他们都是我的家人，所以我要带男朋友给他们看。如果你和大伯没关系，那么我们自然也没有关系，以后不必再见，更不必说话。"

她一番话说得决绝，莫南爵并未开口，只是冷眼看着。洛萧深深皱起眉头："小染，难道我们之间的关系和感情非要建立在这些上面吗？"他同样看向莫南爵，这才是他和童染之间最大的阻碍，"你和他不也什么都没有吗？"

"不一样，"童染望着莫南爵，眼底的柔和洛萧看得一清二楚，"他是我爱的人，而你是我的亲人，爱情和亲情无关，但是亲情和亲情有关，你和大伯若是没了关系，我们怎么能算亲人？"

莫南爵闻言眼皮跳了下，她这张小嘴真是越来越会说了，偏巧每一句话都深得他心。

洛萧紧咬着牙，这番话击得他生生退后两步，他望了望洛庭松："若我和他还有关系？"

"那你就还是我哥哥。"

哥哥。

洛萧只觉得无比讽刺，他拼了命避开的东西，到头来还是原模原样地扣在他头上，他怎么会甘心："小染，你就不能听我好好说吗？"

童染同他对视："好，你说。"

"这里不方便说，我带你离开，找个安静的地方说。"

"没什么不方便的，"童染视线扫了一圈，"这里站着的都是我们一家人，不需要避讳什么。"

一家人……

洛萧扫了眼莫南爵，而后又要去抓她的手："小染……"

"有完没完了？"莫南爵冷冷开口打断他的动作，双手还架着洛庭松，"你自己的父亲要我来扶，洛萧，你也不嫌在女人面前丢人吗？"

洛庭松听了洛萧那番话早已失望透顶，可他是真的希望洛萧能留下来，哪怕是吃顿饭也好，他浑浊的眼望向童染："小染啊，你，你和萧儿感情好，你劝劝他，让他留下来，陪我们老两口吃顿饭……大伯没有别的心愿，也从没求过你任何事情，就这么一件……"

莫南爵并未使太大力气，洛庭松用力推开他，几乎是哭着又跪了下去："小染，大伯给你跪下了，你劝劝你哥……"

"大伯，"童染走过去扶着他，她是真的无法看下去，大伯曾经是多么骄傲的人，"您先起来……"

洛庭松抡起拳头砸向地面："我自己的儿子连顿饭都不愿意跟我一起吃，我这辈子起不起来还有什么区别……"

童染眼里溢出不忍，她抬眸看向洛萧："你还看得下去吗？"

"小染，"洛萧盯着她的脸，"你如果叫我留下来，我肯定会留。"

莫南爵站在边上，闻言冷笑："童染，你叫他去死试试看。"

洛庭松摇着头，抓紧童染的手，声声都是哀求："小染，大伯求你……"

"大伯，您别急，您先起来，我答应您……"童染眸中满是心疼，她轻拍着洛庭松的手安抚着他的情绪，而后才开口，"哥，一起吃顿饭，我也难得回来一趟，好吗？"

洛萧胸口堵着口气，紧攥的手松开来："小染，我不想听你喊我哥哥。"

得寸进尺！

莫南爵眯起眼睛，几步又想上前，童染忙站起身抓住他的手，看着洛萧，脸上已经不带任何情绪："洛大哥，我求你，你留下来，陪大伯吃顿饭，好吗？"

洛萧看了眼莫南爵，而后将视线移回童染脸上："你说留，我肯定留。"

洛庭松闻言瞬间破涕为笑，强撑着爬起来，跌跌撞撞地朝洛萧走过去："萧儿，你想吃什么菜，爸马上就去买……"

洛萧侧过身避开他的手，走到童染身边："小染，我们进去吧。"

莫南爵俊脸阴郁一片，如果不是童染拉着他的手，他绝对会冲上去打人。

童染靠着莫南爵的手臂，一手还同他紧紧相握："大伯在跟你说话。"

洛萧依旧盯着她的脸："那我们一起去说。"

莫南爵双眸几乎喷出火来："洛萧，你不要太过分了。"

洛萧同他对视："爵少这是要赶我走吗？"

童染感觉到男人紧攥的手，看了眼满脸泪痕的洛庭松，点了下头："好，我陪你去说。"

"童染！"莫南爵冷冷出声，"你敢走一步试试！"

"你回客厅等我吧，"童染踮起脚在他侧脸上吻了下，"我待会儿陪大伯去买，你想吃什么？"

男人目光冰寒："吃你。"

"……"

洛萧眯起眼睛。

"好了，你回去等我嘛，我马上就回来，"童染捏了下他的手心，走过去扶住洛庭松，"大伯，我陪您去超市。"

洛庭松视线从未离开过洛萧，生怕一转眼自己儿子就再次消失了："萧儿，你想吃什么？"

洛萧看他一眼，难得地开了口："我也一起去。"

洛庭松一个激动，忙点头："哎，好，好……"

"我也去。"莫南爵走上前圈住童染的腰，"我开车送你。"

洛萧转过头来看他。

洛庭松生怕洛萧一个不高兴不去了，忙看向童染："小染，大伯只是想买个菜……"

"我知道，您别急，"这么几个人看来看去，童染夹在中间无比难堪，她转过身看向莫南爵,眼里明显有着哀求和哄劝:"你回家里客厅等我好不好?只是买个菜,就在对面超市,很快就能回来的。"

男人冷着张俊脸,童染伸手从他背后绕过去抱住,指尖捏了捏他的脊梁骨:"莫南爵,好不好?"

莫南爵也知道她难堪,心里不爽,拉开她的手就转身朝里面走,临走前微俯下身,薄唇擦过洛萧的耳际:"最没用的,就是利用女人和老人的男人。"

他说完便大步朝屋内走去,洛萧沉下脸,是,他利用了童染对洛庭松的感情,可是又怎么样?

对他来说,任何东西只分得到和失去,手段和过程,他从不会在乎。

童染扶着洛庭松朝小区外走去,洛庭松时不时回头看一眼洛萧是不是还在,经过傅青霜身旁时,他停了下来:"你是……"

傅青霜脸色并不好看,从认识到结婚,洛萧一次都没带她回来过:"您好,我是洛萧的妻子,我叫傅青霜。"

洛庭松看着她,也知道是傅氏集团的千金,是他儿媳妇:"好,都回来就好……"

傅青霜还想说点什么,洛萧从后面走上来:"你回去吧。"

傅青霜一怔:"为什么?萧,今天大家都一起吃饭,我不想回去……"

"叫你回去你就回去!"

"萧儿,就一起吃个饭吧,"洛庭松忙阻止他,他并不知道为什么洛萧和傅青霜感情如此差,"你们婚后第一次回来,你妈还给儿媳妇准备了首饰的,正好今天一起送给她……"

洛萧闻言皱起眉头:"直接送给小染。"

洛庭松:"……"

童染小脸一沉:"非得把我推出来当猴耍是吗?"

洛萧嘴角勾起抹笑。

傅青霜紧咬着下唇,心底不爽到极致,洛庭松忙出来调节:"小傅啊,你先进去吧,萧儿妈妈在里面……"

"好。"傅青霜虽然几万个不情愿,可她不想这么离开,看了一眼洛萧后,便蹬着高跟鞋朝洛家走去。

　　小区外面就有个二十四小时营业的超市，以前童染和洛萧经常陪洛庭松来买菜，今晚再次过来，童染四处看了看，超市还和以前一样，就连门口摆口香糖的架子都没换。

　　洛庭松拍拍她的手，而后看向洛萧，他们就像他的一双儿女，从小一起带到大："你们吃不吃鱼？就让你妈像以前一样给你们红烧，我去选条大的鲤鱼。"

　　洛萧抿唇不语，童染笑着点头："好，大伯，您选您喜欢吃的买吧，我们吃什么都行。"

　　"哎，我去选鱼，你们在这里等我，那边人多挤不进去。"

　　"好。"

　　童染看到边上的架子上摆着白色的口香糖，和莫南爵上次说的是同一种，便弯腰拿起一盒看着，突然一个小孩推着购物车四处乱跑："啦啦啦……"

　　那购物车眼看就要撞上她，洛萧手疾眼快地伸手揽住她的细腰："小心！"

　　哐当——

　　购物车撞在一边的米架上，小男孩哇的一声哭了起来，童染忙推开洛萧的手，蹲下身去抱他："不哭不哭，摔着了吗？"

　　"痛……"小男孩抬起头，一看是个漂亮的姐姐，伸手就搂住童染的脖子，"姐姐，我不痛！"

　　"乖，"童染将他扶起来，拍拍他的裤子，"去找妈妈吧，别乱跑了，好危险的知道吗？"

　　"好，谢谢姐姐。"小孩子乖巧地点头，屁颠屁颠地跑开。

　　童染起身，还未站稳，腰间便再次被人揽住，洛萧将她抱进怀里，抵在边上的冰箱上："小染。"

　　"你做什么！"童染一惊，伸手推他，"你放开我！"

　　"抱一会儿不行吗？"洛萧手臂横在她腰间不动，低下头，鼻尖几乎触碰到她的脸颊，"我好久没抱你了，小时候我经常抱着你，你睡不着我就给你讲故事哄你，你不记得了吗？"

　　童染别过头去，一阵莫名的恐慌从心头涌上来，她直接抬脚去踩他："你松开！这里是超市！"

　　"超市怎么了？"洛萧抱得更紧，手里伤口还没处理，他却全然不在乎，因为这样的时间对他来说是弥足珍贵的，"小染，没人会管的。"

童染双手抬起护在胸前："你放开我，你别这样……"

"小染，你今天好美，你知道我有多想你吗？"洛萧一只手伸上来握住她的肩膀，让她背部抵着冰箱，他直直地望进她的眼底，语气无比宠溺，"你也是想我的，对吗？我知道，你不可能忘记……"

"谁说的？"

蓦地，一道冰冷磁性的声音打断了他的话。

童染惊讶地抬起头，就看见莫南爵不知道何时出现的，男人单手撑着冰箱门，射过来的目光就像一把利刃，生生刺向洛萧："洛总，大庭广众下你就敢这样抱着我的女人，是不是嫌棺材小了，要我把你们洛家一家人全部葬进去？"

洛萧并不松手，依旧搂着童染，拧眉看向莫南爵："这是我和小染的事。"

"她的事就是我的事，"莫南爵伸手拽住童染的手腕，不舍得用力，就这么拽了下，童染伸手推开洛萧，几步跌进莫南爵的怀里："你怎么来了？"

莫南爵手臂圈住她的细腰，伸手拉开冰箱的门，随手取了瓶可乐出来："我想来就来，你管得着吗？"

"……"

吃枪药了。

"看什么，"男人打开罐装可乐，喝了口后，突然低下头，吻住童染的粉唇就这么喂了进去。

Chapter 6

小染，莫南爵这样吻过你吗

她双眼睁大，冰凉的可乐滑过喉咙："唔……"

"莫南爵！"洛萧双眼一眯，上前一把将莫南爵推开，表情染上薄怒，"你不要太过分了！"

莫南爵退后几步，手臂依旧紧圈着童染的腰，修长的手指轻擦了下嘴边的可乐："你说说看，我哪儿过分了？"

洛萧拧紧眉头："这里是公共场合，你考虑过小染的感受吗？"

男人挑眉："那你考虑过吗？"

洛萧："……"

莫南爵眼角沁出一抹笑，将可乐放进童染的手里，从口袋里掏出一百块钱，上前塞进洛萧手里："如果你是心疼这可乐，那你去买，买多少我都替你付。"

童染："……"

洛萧将钞票捏成团后随手扔掉，望向童染："小染，他这样对你，你不生气吗？"

童染同他对视，只觉得无比讽刺："你那样对我，你考虑过我会生气吗？"

洛萧眯起眼睛："我和他不一样。"

童染别开视线，洛萧从小就很倔，他既然认定了不一样，她说再多又有什么用？

"当然不一样，我和你怎么能一样？"莫南爵冷冷睨他一眼，接话倒是很及时，"我是人，你不是。"

洛萧皱起眉头，还想说什么，这时洛庭松拎着买好的鱼从里面走了出来，望见这边对峙的三人怔了下："怎么了这是，爵少也来了啊……"

童染推开莫南爵的手走过去："大伯，我来拿吧。"

"没事儿，不重，"洛庭松望见洛萧还在，脸上的表情也变得愉悦，"我还买了些凉菜，都是你爱吃的……"

话还没说完，洛萧转身走出超市。

洛庭松一顿，低下头叹了口气，童染什么也没说，只是握紧了他的手，莫南爵走过来揽住她的腰："看什么？"

"我没看，"童染收回视线，"你到底出来干吗？"

"怎么，我不出来，让你被抱个够？"莫南爵冷冷看她一眼，"被抱得爽吗？"

童染伸手掐他的腰："你变态！"

从超市走回去只不过五分钟，洛庭松左右看着就是不肯进去，童染怕他摔倒："大伯，洛大哥还在，没走，我扶您进去吧？"

"好，"洛庭松一颗心落了回去，他拍拍童染的手，"小染，我知道你们之间有点误会，爵少好像也不太高兴，多亏你了，你原谅大伯，就当大伯求你这么一次，我是真的想他了……"

"我知道，大伯您别这样说，我都知道，"童染看在眼里疼在心里，扶他走进去，"慢点。"

上台阶时她回头看了一眼："你不进来吗？"

莫南爵双手插兜站着："我抽根烟。"

"好，我在里面等你。"

男人望着她的背影，眼睛眯起，而后转身朝前走了两步，一个侧首，就见洛萧靠着车窗站着，抬头望着天空。

莫南爵抬脚走过去，靠在他对面的轿车车门边。洛萧望他一眼，转身就要走。

"来得真是及时，"男人突然出声，从口袋里掏出根烟叼在唇边，"从听到窃听器里最后一句话开始，你就派那两个人在门口盯着了吧？"

洛萧眼神平静，并未流露出任何情绪："我听不懂你在说什么。"

"对，你听不懂，"莫南爵修长的食指弹开打火机的盖子，香烟被点燃，男人吸了口，烟寸寸烧上去，泛出似能燎原的火光，"自己装的窃听器救了自己一命，我是该说你聪明，还是该说你运气好？"

"莫南爵，"洛萧同他对视，烟雾缭绕下，他仍能感觉到男人眼里的尖锐和探究，他面色如常，"你要胡说八道或者是栽赃陷害，那你找错人了。"

"对，我找错人了，"莫南爵轻笑一声，薄唇轻吐出烟雾，"这方面你才是高手，我怎么可能陷害你？"

洛萧皱起眉头别过头去，他向来不抽烟，受不了这种味道："不必拐弯抹角，你到底想说什么？"

"我想说什么难道你不清楚吗？"莫南爵眼眸轻抬，"一口气做了这么多事，你倒是如鱼得水。"

"你不用白费力气套我的话，我没做就是没做，你怎么说都是徒劳，"洛萧敛起脸上的情绪，跟着站直身体，"欲加之罪，何患无辞？"

"这句话说得真好，我就当你替我说了，"莫南爵薄唇忽而勾了下，"你一早就认识韩青青吧？"

"认识又能说明什么？"

"裴若水这名字是你起的？"

洛萧面不改色："裴若水是谁？"

"是韩青青。"

"裴若水和韩青青有什么关系？"

"本来是没关系的，但是你硬生生插上一脚，她们就成了一个人。我倒是觉得佩服，你还真下得了手，要是当时那一刀下去童染没醒过来，你打算陪她去死谢罪吗？"

"小染那一刀是你害的，跟我有什么关系？"

莫南爵眯起眼睛："洛萧，你不用跟我装，有些事情你我心里都清楚，你瞒得了别人，瞒不了我。"

洛萧不为所动："我不清楚。"

"我知道你不清楚，你明摆着是脑子有问题，"莫南爵将手里的烟蒂丢在脚边踩灭，而后又点起一根，"Devils Kiss 你自己尝过吗？"

"Devils Kiss 是什么？"

"你不是会自制粉末纯品吗？"

"你什么意思？"

"或许我该叫你一声烈焰？"

"烈焰是谁？"

莫南爵闻言冷笑一声，啪的一声合上铂金打火机，而后抬手直接将其放进了洛萧胸前的口袋里："你说烈焰是谁？"

洛萧抓住他抽回去的手："我怎么会知道？"

"要照镜子吗？"

"莫南爵，说话要有证据，信口雌黄谁都会，"洛萧表情愠怒，将打火机从口袋里拿出来扔在地上，"你过来就是为了跟我说这些完全不搭边的东西？"

"也不完全是，我还有个问题想问你。"

洛萧眯起眼睛。

"我记得，你当初说过，我和童染不是一个世界的人，因为我的世界是黑色的，"莫南爵嘴角魅惑地勾起，他吸了口烟，烟雾令空气都跟着朦胧，"可是你现在也踏进来了，我很好奇你那句话还算数吗？"

"你的世界确实是黑色的，难道小染跟着你会安全吗？"

"明知道这样的世界是黑色的，你不也踏进来了？"

洛萧摇头："我和你不一样。"

"有什么不一样，杀人放火难道还分干净和脏吗？"

洛萧依旧是那句话："我说了，我什么都没做过。"

"对，你什么都没做，"莫南爵薄唇抿着笑，他突然拉起洛萧扎着玻璃碎碴的那只手，伤口没有处理，这会儿依旧鲜血淋漓，"你是不是想说自己的血都比别人干净？"

洛萧皱起眉头，用力想要抽回手："松手！"

"急什么？"莫南爵忽然抬起另一只手，将正在燃烧的香烟烟头对准洛萧滴血的手心，就这么直接按了下去！

烟头的火星蹿入外翻的皮肉内，带着蚀骨的剧痛，洛萧眉头深深拧起，脸上血色迅速褪去，垂着的手紧紧攥起。如果不是他极能忍，这会儿必定早已喊出声来。

莫南爵盯着已经被按灭的火光，指尖按着烟头朝他手心里面转了几下。

洛萧整只手臂都因为这灼烧般的疼痛而颤抖，莫南爵睨他一眼，手上劲道未松，香烟就这么直立在他的手心上，就好像深深地扎进去一样："疼？"

洛萧眯起眼睛看向他，也不知道是不是疼得，竟一个字也没说出口。

男人见状嘴角勾起抹冷笑。

"莫南爵——"蓦地，门口那边传来童染的声音，"吃饭了，你一根烟还没抽完吗？"

莫南爵眯眯眼睛，这才松开洛萧的手，抬手将手指沾到的血迹擦在洛萧的衣服上，而后摊了下双手，重复洛萧那句话："我也什么都没做。"

洛萧："……"

莫南爵双手插入兜里，擦着洛萧的肩膀朝外面走去："有些东西，你沾了就是沾了，既然已经踏进来了，双手沾了血，哪还有洗干净的道理？"

男人留下这句话就走了回去，洛萧眯起眼睛盯着他笔挺的背影，将手心的烟头拿起来后丢在脚边，看着童染握住莫南爵的手同他一起走进去，眸中闪过一丝阴狠之色，而后将烟头踩住，脚底用力踠了几下。

饭厅内，红色的圆桌上已经摆满了菜，中间是一条红烧鲤鱼，色泽鲜红，边上围着各种荤素搭配的菜，阵势如同小年夜一般。

童染拉着莫南爵走进来，伸手拍拍他袖口的灰："你跑哪里去抽烟，抽了这么久？"

莫南爵伸手搂住她："怎么，想我了？"

刚好走过来的洛庭松忙别开眼。

"别乱搂，"童染推开他，"我去端菜，你先坐着。"

"做什么要你端菜？"

莫南爵拉着她走到桌边坐下，瞥了眼坐着不动的傅青霜："这里该端菜的不是你。"

傅青霜咬住下唇，她坐在这里无疑是最尴尬的，洛萧不待见她，所有人都是冲着童染来的。她犹豫了下，还是起身去了厨房："我来帮您吧？"

宋芳正在炒花生米，回头看她一眼，眼里的妒恨将傅青霜吓得退后了几步。

"你叫傅青霜是吧？"

"是，是的。"

"你和萧儿结婚这么久了，怎么没见你回来过一次？"宋芳冷哼一声，手上翻炒的动作越发加大，"作为妻子，丈夫和家里的关系变成这样，难道你一点责任都没有吗？真不知道你是怎么为人妻的，真是丢我们洛家的脸！"

傅青霜被她劈头盖脸一顿说，不由得怔了下："这里面的事情我也不太清楚……"

"让开！"宋芳脸上摆满了不满意，分明将傅青霜当成了抢自己儿子的人，她伸手将傅青霜用力推开，"不需要你在这里帮忙，你是千金大小姐，我们高攀不起，背地里使了什么阴狠的手段你以为我们都不知道？给我出去！"

傅青霜被推出厨房，尴尬地站在原地。洛萧正好从门外进来，她走过去一眼就瞥见了他的左手，顿时大惊失色："天……萧，你的手心怎么了？"

童染闻言顺着她的视线看去，就见洛萧左手手心黑了一小块，明显是被烫过的，中间通红，整只手犹如浸在鲜血中，玻璃片还扎在手心里。

她像是想到什么，秀眉蹙起，拉了下边上的男人："是不是你干的？"

莫南爵跷着腿靠在椅子上，并不否认："怎么，你还想替他报个仇？"

童染伸手在他腿上掐了下。

洛萧走到桌边坐下，将手垂下去，似乎感觉不到疼："没事。"

"这还能没事？你是想手废掉吗？"傅青霜忙去取来纱布和清洗液，用镊子小心翼翼地将扎进去的玻璃碎片夹出来，可是她显然没做过这种事情，手法很是生疏，才几下就已经开始发抖，"不行，我……我弄不来这个。"

洛萧拿过她手里的镊子，突然看向童染："小染，你来帮我一下。"

童染点头，还没起身手腕便被拽住，莫南爵长臂一伸揽住她的肩："她没空。"

洛萧依旧看着童染。

"包扎清理我也不太会，"童染也不再坚持，知道洛萧自己能处理，"哥，你自己弄一下吧，实在不行去边上的小诊所，就在小区外面。"

莫南爵薄唇勾笑："洛总，我可是什么都没做。"

洛萧没再多说什么，随意清理了几下，便用纱布裹了起来。

很快菜便上齐了，饭厅内的白炽灯被打开，圆桌边坐着六个人。洛庭松瞅了几眼，洛萧和童染身边都坐了人，本该是其乐融融的场景，气氛却怎么看怎么不对。

"爵少，您多吃点，"洛庭松坐在莫南爵边上，也不敢夹菜，只能一个劲地说着，"招待不周，都是些家常小菜……"

莫南爵嘴角含笑，看起来心情不错，他瞅了眼桌上的菜："给我夹点。"

"你断手断脚了？"童染斜睨他一眼，夹的菜刚放进他的碗里，自己的碗里突然多了一块鱼肚，洛萧不知道什么时候坐到她边上来了："小染，多吃点。"

童染咬着唇，谢字还没出口，莫南爵突然一筷子将她碗里的鱼肚夹走："她不爱吃鱼。"

洛萧皱起眉头，又伸手去夹菜，童染忙拉住他的手："我自己来吧，不用麻烦了。"

"跟我客气什么？"洛萧想要反握住她的手，童染却先一步抽了回来。她自己也觉得奇怪，以往他们二十一年都在一起吃饭，洛萧给她夹菜已经是家常便饭了，可为什么现在再这样，就变得这么奇怪了？

一餐饭吃下来都没说几句话，童染也觉得尴尬无比，洛庭松和宋芳几乎没怎么吃，两双眼睛一眨不眨地看着洛萧，好像怎么也看不够。

收拾完碗筷后已经八点多了，童染起身望了眼时间："莫南爵，我们回去吧？"

洛萧闻言站起身。

"萧儿，今天就住一晚上吧？"洛庭松拿着切好的水果走出来，将盘子放在桌上，有些诚惶诚恐地站在洛萧身边，"房间都是没动过的，还是你走之前的摆设，被单什么的你妈都是给你五天一换，都很干净，你直接睡就可以，正好今天小傅也在……"

洛萧一言不发，只是盯着童染。

洛庭松瞬间就明白了他的意思，忙走过去拉着童染："小染啊，你也住一个晚上吧，难得回来一趟，你的房间等一下收拾下就可以住了，你就当陪陪大伯……"

童染咬住唇，本想拒绝，可是洛庭松看着她的眼睛都快滴下泪来，她自然知道他是想留住洛萧，可……她转头看向沙发上跷着腿的男人："你明天一早有事吗？"

莫南爵眼眸轻抬："你让我没事，我就没事。"

这男人……童染推了他一下，反正住哪里都一样："那我们住一晚上吧？"

出乎意料地，莫南爵并未反对，而是随意地点了下头："好，只要你跟我睡，住哪儿都行。"

"……"

洛庭松听他同意了，忙看向洛萧："萧儿，你看，小染他们也住下来……"

洛萧抿着唇，深深地看了童染一眼，转身上了楼。

洛庭松悬着的心瞬间落下，忙跟着走上去："爸帮你整理，你看看要不要住爸的房间……"

"看见没，你都可以操控一个男人的行为了，"莫南爵望了眼洛萧上楼的背影，嘴角噙着笑，"我是不是该给你开场庆功会？"

"去，你说话不带着醋味能死吗？"童染伸手掐向他的腰间，"我们就住一晚上，明早就回去。"

莫南爵俊脸突然变得严肃："你说，你大伯对我满意吗？"

敢不满意吗？

童染懒得回答，伸手将他拉起来："我们上楼吧，我的房间也有电视，在这里坐着好尴尬。"

莫南爵起身搂住她："好。"

这里不比帝豪龙苑，不是每个房间都有浴室，而是二楼三楼各有一个浴室，平常二老两个人在家，所以三楼的浴室封了起来，只剩下二楼的可以用。

"我的房间挺小的，"童染用钥匙打开房门，里面那张床估计莫南爵一个人睡还差不多，她回头看了一眼，"要不然你睡客房吧？"

"然后？"莫南爵单手撑在门边，俊脸阴沉下来，"趁我晚上睡着了，你就跑去和洛萧偷情？"

"……"

童染翻了个白眼，走进去将被单换掉，房间里摆设没变，只是许久没打扫："你先等等，我收拾下。"

莫南爵走进来，随手拿起她书桌上的东西："你以前是不是很少在自己房间睡？"

"是啊，"童染将床头擦了擦，"我都在洛大哥房间睡。"

莫南爵俊脸一沉。

童染顿觉上了套："莫南爵，你不套我话会死吗？"说着她拿着抹布走了出去。

走到楼梯口时，童染一抬头，就见洛萧堵在她跟前。

"小染，"洛萧接过她手里的抹布，"晚上跟我住。"

童染差点一个站不稳，别开视线："哥，把抹布给我。"

"不要喊我哥。"

"你本来就是我哥哥。"

"小染！"洛萧伸手握住她的手腕将她朝三楼拽，"你跟我上来，我有话跟你说。"

"你放开我！"童染一惊，忙伸手去拍他，"你别这样，莫南爵就在房间……"

"你就这么在乎莫南爵？"洛萧猛然回过头，眯起眼睛，"他对你来说这么重要？"

"你……"

童染话还没出口，洛萧突然弯下腰将她扛在肩头，几步就跨上了三楼。

"啊——你放我下来！"

她的叫喊声被淹没在三楼的楼梯尽头，洛萧扛着她走进三楼第一间房，将她放了下来。双脚一得到自由，童染便拼命朝外面冲去："你让我下去……"

"小染！"洛萧一手横过她的腰将她拖进去，另一手将房门锁上，"你和我单独待一会儿就不行吗？"

"你松开我！"

洛萧眉头紧皱，抓着童染的腰将她抵在墙壁上，身体随即覆了上来："让我抱一下。"

童染力气没他大，猝不及防便被他紧紧抱住，她忙伸手捶他的肩："洛萧！"

"我在，"洛萧将下巴搁在她的头顶上，只是这么抱着，他便感觉莫名心安。方才莫南爵的那一番话令他内心翻起恐慌，他怕还没得到就要失去，更怕失去再也得不到，"小染，我一直都在。"

童染被他抱得几乎窒息，张嘴就咬在他的肩头上："你放开我！"

"你就非得要莫南爵吗？"洛萧微微撤开身子，双手落在她的肩头上，五指收紧，"为什么你不肯跟我走？"

"你又为什么非要带我走？"童染同他对视，"现在这样不好吗？你有你的家庭，我也有我的，为什么非得互相干涉，我们本应该可以好好相处……"

"小染，我们不是要互相干涉，我们早就已经绑在一起了，"洛萧近乎贪恋地盯着她的脸，"跟我走，小时候承诺你的一切，我都可以给你……"

"我不要！"童染用力推开他的手，朝阳台门边退去，"洛大哥，放手好吗？我早就说过我们不可能了，上次我已经说得很明白了，为什么你就是听不懂？我爱的是莫南爵，我已经和他在一起了，他会好好对我，你也有傅青霜了，就让一切在这里停止吧……"

洛萧稳步上前，伸手就要搂她："莫南爵是不能给你幸福的。"

"我爱他，"童染咬着唇，挺直了腰杆道，"我愿意为他放弃一切，只要他一句话，我甚至愿意去死。"

她并不知道，她这几句话无疑点燃了洛萧心头压抑的火焰，他双眸迸射出火光："童染！你们才认识多久，就愿意为了莫南爵去死？"

"和时间无关。"

洛萧紧紧盯着她的脸："小染，我们在一起的二十一年对你来说，当真什么都不是吗？"

"为什么你要这样想？"童染皱眉看向他，真的无法理解，"洛大哥，我从来没有忘记过，那一路是你陪着我，可是那些都已经过去了，我们都长大了,都有了自己的爱人和生活,难道这样不好吗……"

"过去了?"洛萧嘲讽地笑了下,"对你来说,那些已经过去了是吗?"

童染垂下头去,深深的无力和酸涩感爬上心头。

洛萧五指几乎要掐进她的肩头:"小染,我绝不会让你和莫南爵在一起。"

童染肩膀抖了下,笑出声来:"如果我非要和他在一起呢?"

"我会杀了他。"

童染抬眸看进他的眼底,语气坚决:"你若是杀了他,就等于杀了我。他死了,我也不会活。"

洛萧俊脸一沉,是从什么时候开始,如此残忍的话她都可以当着他的面肆无忌惮地说出口,他不知道他们之间是哪一步错了。男人沉着脸,握着她双肩的手向下滑落在她的手腕上:"小染,如果死的是我呢?"

"你不会死的,"童染挣了下没挣开,"你是我哥哥,莫南爵不会杀你的。"

洛萧猝然眯起眼睛:"我不是你哥哥!"

"你是!"童染脱口而出,"你从来都是我哥哥,小时候就是,你保护我,因为我是你妹妹,因为我们是亲人……"

"我说不是!"洛萧浑身颤抖,这番话等于是在他身上捅刀子,每一个字都扎得极深,却不见血,"不要再说了……小染,我爱你,这是永远改变不了的事实,只有我才能保护你,我才能给你幸福……"

"可是我不爱你,"童染打断他的话,第一次残忍地将他们之间这根缠绕的藤条掐断,她字字诛心,"洛大哥,以前我一直以为我对你的感情就是爱,对此深信不疑……可是后来我发现我错了,我对你不是爱,那只是依赖和亲情,我不爱你,我从来没有爱过你……"

我从来,没有,爱过你。

这八个字宛如惊天闷雷,在洛萧头顶炸开。

他难以置信地皱起眉头,眉目间的寂寥堪比秋叶,男人手腕松了下,童染顺势推开他:"我已经把话说明白了,洛大哥,希望你能懂。"

她说着朝门口走去,洛萧缓缓攥紧拳头,突然侧身拦住她,嗓音低沉喑哑:"小染,是不是莫南爵逼你这么说的?"

"不是,"童染摇头,"这些都是我的真心话。"

"不可能，"洛萧蓦地拽住她的手腕，将她朝边上的墙上推去，童染惊得想要叫出声，洛萧却伸手捂住她的嘴，"不可能！"

"唔——你——"童染惊恐地睁大眼睛，洛萧将她紧紧地抵在墙壁上，屈起一条腿压住她的双膝，俊脸逼至她的耳旁，"小染，你骗我对不对？你怎么可能不爱我，你不可能不爱我！"

童染被他压得动弹不得，双肩剧烈抖动，墙上的灰被蹭了下来，滚落在二人身上，边上，那幅曾经一起画的沙画摇摇欲坠……

洛萧一手伸上来握住她的脖颈，声音无比轻柔："小染，你告诉我，你爱我。"

童染无法出声，只能使劲摇头。

洛萧抡起一拳砸在墙上，那幅沙画掉下来，砰的一声砸落在脚边，童染眸中溢出泪光，双肩止不住地向内蜷起，却再度被男人扳住："小染，说你爱我……"

洛萧的手滑下来揽住她的腰，他紧贴着她，感受着她剧烈起伏的胸膛："小染，没有人会比我更爱你。"

童染紧咬住下唇，趁他搂住她之际，张嘴咬住他的手指，洛萧吃痛松开手，童染立即大喊出声："莫——"

"小染！"洛萧手疾眼快地再度捂住她的嘴，目光阴沉下来，"你要把莫南爵喊来做什么？"

童染抬脚就踢他，却被男人轻易地抓住："我的话你当真一个字也听不进去吗？"

童染拼命摇头，睁大眼睛看着面前的男人，只觉得无比陌生……

洛萧欺身上前，再次将她压在墙上，脸庞微沉下来："小染，如果莫南爵上来看到我们在缠绵，你是不是就可以彻底和他断掉了？"

童染闻言浑身一震，洛萧依旧捂着她的嘴，薄唇擦过她的秀发："上次要你没要成，这次我一定会温柔。"

洛萧的话就像是一记重锤砸下，童染简直无法相信，这里是三楼，是随便一个人都可以打开的房间，他居然可以说出这种话？！

洛萧低下头，朝她的颈部吻去，他一手还捂着她的嘴，这个姿势让童染觉得无比屈辱，她努力向上仰着头，泪水滑落下来……

"小染，"洛萧一手伸过去按在她的腰侧，眼中闪过嫉妒，"莫南爵这样吻过你吗？"

童染并不回答，闭着眼睛，也不再挣扎。洛萧怔了下，感觉捂着她的嘴的手边也没有呼吸了。

洛萧眼里闪过极重的恐慌，他拍拍她的额头："小染？"

童染动也不动，洛萧腿上的劲松了下，没了他的支撑，她身体软软的，顺势就靠着墙壁滑了下去。

洛萧大惊失色，忙松开手，蹲下身想去搂她："小染？"

感觉到身上的束缚消失后，童染猝然睁开眼睛，伸手将洛萧推开，身体滚了几下后爬起来朝门口冲去！

洛萧眉头一皱，抓住她的脚踝，手腕用力翻了下，童染被他生生拽了回来，身体重重地摔在地板上，她疼得浑身蜷缩起来："你……"

"你非得跑不可吗？"洛萧翻了个身压住她，一手撑在她的头侧，一手掐住她的下颌，目光前所未有地冰冷，"小染，为什么你就是不让我碰你？"

童染唇边勾起讽笑，她疼得话都说不完整，却止不住颤抖地笑道："洛大哥，你……你不觉得你这句话问得很……可笑吗？"

洛萧撑起上半身，脱下自己的西装外套，童染睁大眼睛，还没出声，洛萧就将部分衣服卷起来塞进她嘴里。

"唔——"

"小染，我今天必须要你，"洛萧俯下身，将她的双手高举过头顶，整个人几乎完全压着她，扳过她的脸就开始亲吻。他的手滑落在腰间，隔着衣服掐紧她的细腰，童染只觉得犹如藤蔓缠着自己，嘴里塞着衣服，她怎么也吐不出来。

洛萧轻柔地吻着她的脖颈，见她反应激烈，他顿住动作，凑到她耳边："小染，等我们开始了再让你喊，莫南爵上来就算看到了，也迟了。"

"……"

"到时候，"他将脸埋入她的颈窝，"你就是我一个人的了。"

童染奋力蹬着腿，顾不得莫名的疼痛，右膝用力一抬，直接顶向洛萧的小腹！

　　她用了极大的力气，洛萧吃痛弓起身体，牵扯到腰侧还未痊愈的伤口，一时松了对她的钳制，童染趁机爬起来，想要朝门口冲去……

　　可她刚站起身，只觉得下腹处一阵收缩般疼痛，童染咬住下唇，感觉一股温热从体内冲了出来。她颤抖着低下头去，借着窗外洒进来的月光，能清晰看见鲜红色的血染红了裙摆，正顺着她的腿流向地板……

　　洛萧见状撑着身体站起来，几步走到她身边："小染，你这……"

　　童染微微弯着腰，伸手捂住腹部，疼得额头沁出冷汗："叫……叫救护车……"

　　"小染，"洛萧并不知道她之前已经流过一次产了，"你是不是怀孕了？"

　　童染脸色惨白，虚弱地摇摇头，自从上次流产后莫南爵就没有碰过她，怀孕是绝对不可能的，唯一的可能就是刚才摔倒的时候伤到了，她伸手抓住洛萧的手："快……"

　　洛萧却认定她怀孕了，阴恻恻地眯起眼睛，突然伸手扶住她："小染，再忍一下，等流完了，我就送你去医院。"

　　童染闻言满面震惊，艰难地侧过头望向他。

　　洛萧皱眉承受着她眼神中的刺痛，紧紧抓住她的胳膊，语气凝重："小染，你不要糊涂，孩子不能留。"

　　童染听到这句话直接笑了出来："你真的是洛萧吗？"她深深地看他一眼，"为什么……我觉得我已经不认识你了？"

　　洛萧皱起眉头："小染，我一直没有变过。"

　　"是啊，你没有变过，"童染笑得双肩颤抖，低下头看着自己血流不止的双腿间，鲜红的血几乎将她的眼睛刺瞎，"到现在你居然说你没有变过，真好笑……"

　　"小染，"洛萧想要解释，却发现自己也不知道该怎么解释，他眯起眼睛望向门外，"我上来找你的时候已经让我爸去拖住莫南爵了，他们应该马上会上来，"他低头望向她染红的裙摆，"再过五分钟……我就送你去医院，你再忍忍了……"

　　童染笑得眼泪都出来了，颤抖地伸手扳住他抓着自己的手，有些称呼再也叫不出口："洛萧，放开我。"

　　洛萧却弯下腰将西装外套捡起来，不等童染再开口就卷起来塞进她嘴里："以后我们也会有孩子的……你不能替莫南爵生孩子。"

他将衣服塞进来时太用力,她的嘴角似乎都破了,腥甜的味道顿时席卷而来。

与此同时,楼梯口传来脚步声——

洛萧双手攥紧,突然弯腰将她打横抱起,童染已经疼得没有任何力气挣扎。洛萧将阳台的门打开,抱着她闪身躲了进去。

莫南爵双手插兜走上来,洛庭松忙从后面走上前挡着:"爵少,小染真的出去了,和她大伯母一起去对面买药了。"

"买什么药?"莫南爵左右瞅了几眼,他才接了个电话,十分钟时间这蠢女人就跑没影了,二楼找了一圈都没人,这楼梯上去就是三楼,难道他随口说一句,她还真跟洛萧跑去偷情了不成?!

"她刚刚出去的,我看见的,"洛庭松搓着手,"爵少,要不您先去洗个澡?我保证等下您一出来就可以见到小染。"

莫南爵冷笑一声:"洛萧在哪里?"

洛庭松忙朝二楼指了下:"和小傅在房里呢,这孩子和我们闹矛盾,不肯出来说话……"

莫南爵眯起眼睛,敏锐地捕捉到洛庭松眼中闪过的一丝为难,他转身就朝楼下走去:"那好,我去找洛萧聊聊。"

"爵少……"洛庭松又跑下来想挡住他,"您别麻烦,先休息一下吧,我给您讲讲小染小时候的事情……"

话还没说完,莫南爵突然转过身,直接顺着三楼的楼梯走了上去。

男人走得很快,洛庭松只能在后面追着,心里暗想萧儿千万不要做出什么事来,他心底到底是偏向自己儿子的:"爵少,小染真的不在上面……"

莫南爵走上三楼,上面显然许久没人住,到处都是灰尘,男人眯起眼睛,察觉到不对劲,脸色阴鸷无比,伸手揪住追过来的洛庭松的衣领,将他用力抵在墙上,俊脸逼近:"别给脸不要脸,要是她出了一点事,我就把你们洛家夷为平地!她到底在哪里?"

"爵少,"洛庭松有些心慌,"小染还能出什么事,这是在家里,都是自家人……"

"自家人?"莫南爵冷笑一声,手上用力,"少跟我打马虎眼,你不说可以，我若是找到了，让你好好看看什么叫作自家人！"

他说完松开手朝边上走去，洛庭松被他弄得滚在地上，莫南爵大步向前，抬脚就将边上的门砰的一声踢开："童染！"

"爵少，您别……"

莫南爵满脸戾气，用力挥开洛庭松，扫了一眼房间后没见到人，正要转身离开，视线却陡然扫到地板上的暗红血渍。

洛庭松跟在后面也吓了一跳，忙伸手将灯打开，这一照更加明显，地上一大摊暗红的血渍，正沿着地板的纹路蜿蜒流开。

莫南爵双手紧紧攥起，眼中翻涌着惊涛骇浪，他一手将洛庭松抓了过来，手上用力，竟生生将他提了起来："说！童染在哪里？！"

洛庭松被他勒得几乎窒息，抓着他的手："爵少，我，我是真的不知道……"

莫南爵眯起眼睛，一把松开洛庭松，这房间很大，四周都是散落的画具和模板，并不像是有人，可直觉告诉他，她就在这里。他踢开脚边的东西："童染！"

洛萧抓着童染蹲在阳台小门边的杂物堆后，这个姿势让她小腹更加胀痛，血依旧流着，虽然没有那么多了，童染却觉得更加难受，光洁的额头上沁出密密的汗珠，几乎就要昏厥过去。

"童染！"

莫南爵将能踢的东西全部踢开，橱子、柜子也全部打开来看，可并没有人。

男人目光晦暗无比，顺着那摊血迹来到阳台，仅仅一个纸箱的距离，童染抬眸就能够清晰地看到他的背影，可她一点也动不了。

阳台很大，放的也都是杂物，好几个纸箱堆在四处，莫南爵双手撑着窗台，眼眸四处扫了下，视线陡然定格在其中一个大纸箱上。

他抬脚朝外面走去，即将跨出阳台的时候，却突然顿住了脚步。

仅仅一步之遥。

"爵少，怎么了？"洛庭松也感觉到其中的不对劲。

莫南爵眯起眼睛，推开洛庭松，就在洛萧以为他要走出去的时候，男人陡然旋了个身，伸手就去抓那个纸箱！

几乎是同时，本来已经没力气动弹的童染猛然睁开眼睛，用尽最后一丝力气歪了下头，直接朝坚硬的墙面磕去！

咚——童染一头磕在墙面上，发出沉闷的撞击声，洛萧大惊失色："小染！"

莫南爵正好拉开纸箱，将这一幕尽收眼底，男人半弯着腰，动作瞬间一顿。

童染这一下磕得头晕目眩，疼痛感从头顶蔓延开来，她轻掀开眼帘，嘴唇苍白如纸："莫南爵……"

洛萧伸手要去拍她的脸，却被男人一把握住，莫南爵力气极大，怒吼出声："你们在做什么？！"

"你放开！没看见她疼吗？"洛萧甩开他的手，搂住童染站起身，用力晃着她的肩，"小染？小染！"

童染视线恍惚，心想，洛萧那句"没看见她疼吗"真是这世界上最讽刺的话了吧，他看见了她疼，却让她再等等……

"你给我滚开！"莫南爵浑身戾气，抬起一脚就踢在洛萧的膝盖上！

洛萧吃痛退后，莫南爵一把将童染从他怀里抢过来，男人薄唇抿了下，还未开口，就瞥见她裙摆上一大摊刺目的血渍。

他眼神陡地暗沉下去，搂住她的腰的手收紧："怎么回事？！"

怀里的人一动不动，莫南爵感觉自己的心开始颤抖，他不得不承认这是在害怕。他顾不得许多，抱起她就朝外面走去，边走边喊她的名字："童染！"

"等等！"洛萧伸手拽住莫南爵的手臂，上前几步，神情虽然紧张，但是明显有种担忧松懈了下去，"莫南爵，她已经流产了。"

莫南爵怔了下，自然知道童染不可能流产，可现下什么都比不上去医院重要，他甩开洛萧的手："你想眼睁睁看着她血流殆尽而亡？"

洛萧收回手，视线落在童染的腹部："我不会让她怀上你的孩子。"

童染靠在莫南爵怀里，觉得这一天估计是她这辈子最讽刺的一天，两人两种截然不同的态度……

莫南爵眯起眼睛，却不想在此时浪费时间，转身就走。童染伸手环住他的脖子，虚弱且艰难地抬起头望向洛萧，嘴角的嘲讽和心酸令人不忍去看："如果……我真的怀孕了，你难道就没有想过……这……也是我的孩子……"

洛萧怔了下，他知道是她的孩子，可这也是莫南爵的孩子："小染，我的用心你到现在还不理解吗？"

童染蓦地松开手，任由自己靠进莫南爵的胸膛，眼泪在眼眶里打转，她努力睁大眼睛，不让它流出来。

也许，她从未理解过他……

莫南爵冷着脸，握在童染腰侧的手紧攥得发白。他不再给他们说话的机会，抱着童染冲下了楼。

傅青霜和宋芳听到声音也来到房门口，莫南爵冲下楼的时候，宋芳很明显一怔，还未开口，就听见洛庭松一巴掌甩在洛萧脸上："你，你怎么这么糊涂！"

宋芳一怔，忙去拉他："你打儿子做什么！"

"我打他？"洛庭松气得老脸通红，要扶着墙才能勉强喘气，他拍着胸口，"你问问看你儿子做了什么好事！"

宋芳从未见过洛庭松生如此大的气，伸手就去拉洛萧："萧儿……"

"我不是你们的儿子，"洛萧眉目冷淡，侧身避开宋芳的手，"早就已经不是了。"

他说完转身就走，傅青霜忙跟在后面，洛庭松气得追上去，在楼梯口的时候，洛萧顿住脚步，没有回头，声音却异常坚定："我没有做错。"

"你……"洛庭松冲过去又要打他，洛萧伸手用力推开他："你没资格打我！"

洛庭松被他推得生生后退，身体撞在墙上发出砰的一声，宋芳忙冲下来扶住他，不由得出声斥责："洛萧！"

"做什么？难道我说错了吗？"洛萧冷笑一声，弯下腰，眼中的阴狠被沉痛覆盖，"你们有资格吗？"他一手撑在洛庭松的头侧，"你们今天但凡说出'有资格'这三个字，我立马就从这里跳下去！"

洛庭松和宋芳对视一眼，犹豫了下，还是后者先开了口："萧儿，你爸他从来都……"

"住口！"洛萧蓦地抡起一拳砸下来，剧烈的震动让洛庭松感觉自己头侧的墙壁几乎要被砸穿，洛萧死死咬着牙，清俊的脸上迸出恨意，呼出的每一口气都带着抽痛，"我说过，他早已不再是我爸。"

宋芳陡然红了眼眶。

话音刚落洛萧起身冲下了楼，傅青霜望了一眼二老，咬住下唇，想说什么还是没说，转身也跟着洛萧跑了出去。

洛庭松看了眼宋芳，望着洛萧离去的背影摇着头，满脸都是沉痛："作孽啊，真是作孽……"

宋芳看他这样心疼不已，伸手抱住他的肩，眼泪也跟着落下来："老头子，别说了……"

洛庭松看向窗外的天空，胸口几乎被压得无法呼吸。

这里离陈安的医院太远，莫南爵开到最近的医院停了下来，打开车门抱下童染就往医院里冲。就在他的身影进入医院后，黑色的保时捷也跟着开过来，几乎撞到前面跑车的车尾。

洛萧从车上下来，傅青霜冲上去抓住他的手："萧，你还是别进去了。"

洛萧伸手就要甩开她，傅青霜干脆抱住他的腰："你这样进去，万一莫南爵一个冲动……"

"不要你管，"洛萧用力将她拉开，"不要跟着我，滚！"

"萧！"傅青霜死死地拉住他，"难道童染真的那么重要吗？为什么你除了她就看不见别人？"

洛萧冷笑一声，转过身看向傅青霜："你觉得你能和她比？"

傅青霜抓着他的手腕："为什么我不能？"

洛萧居高临下地睨着她："你当初威胁我的时候，想过为什么吗？"

"我那是因为爱你……"傅青霜摇头，一次威胁，难道就一辈子都抹不去了吗，她咬住下唇，"既然我这样爱你你无法接受，你凭什么就认为你那样爱童染，她能够接受？"

"我说了你不能和她比！"洛萧眉头一皱，伸手挥开她，"因为她本来就是我的，而我不是你的。"

傅青霜被他推得一个趔趄，整个人跌在医院门口的防护栏上，她抓着栏杆站起身，望着男人坚毅的背影，只觉得无比心痛。

是，她威胁了他，可她从来没真正伤害过他。傅青霜环住双肩，痛得站不起来，如果她真的能狠下心来伤害，洛萧和童染怎么可能还有机会？

说到底，还是她太爱他了，爱到卑微……

急救室外。

洛萧冲进来的时候，男人正坐在外面的椅子上，医院这时候刚好很多人，可他浑身戾气，竟惊得没人敢靠近一步。

不远处传来脚步声。

莫南爵抬眼瞥了他一眼，阴霾笼罩下，洛萧每走一步都像是踏在地狱里。

莫南爵薄唇紧抿，这时候是真的没心情去打他，童染裙摆上那一大摊血迹几乎生生刺进他的胸腔，男人双手交握撑在鼻尖，莫名的恐慌感席卷全身。

他想，他对童染的感情真的是越来越深了，非但如陈安所说的收不住，甚至蔓延得更厉害。之前他还能在这种时候冲上去给洛萧几拳，可现在，在没确定童染没事的情况下，他竟然连呼吸几下都觉得漫长。

洛萧也并未开口说话，他没有走近莫南爵，而是在离他不远的椅子上坐下来。

他伸手撑住额头，身累心更累，童染被莫南爵抱出去的时候，最后回头望他的那一眼，眼里的空洞绝望刺得他心尖颤抖。

他何尝不疼？

只是他已经习惯了疼，他告诉自己，如果不狠下心这么做，面临的将会是失去。

蓦地，急救室的门被人推开。

中年女医生拿着本子走出来，还未开口，莫南爵已经霍地起身冲了过去，男人双拳紧攥起，连自己都没想到竟然会害怕到颤抖："她怎么样？"

洛萧闻言也起身走过去。

"你们两个都是病人家属？"

"我是。"

"我是。"

两人同时开口，洛萧重申一句："我是她家人。"

莫南爵冷冷看他一眼，此时更关心的是情况如何，所以抿紧薄唇，并未同他争。

医生取下口罩，眼里满是鄙夷，轻摇下头："我说你们这些年轻人到底是怎么回事？她刚流过产没多久，怎么能这么剧烈地运动？"

莫南爵脸色陡然一沉。

洛萧瞬间一怔，皱起眉头："什么叫刚流过产没多久？"

"不是之前流产的吗？"医生闻言疑惑地翻了下本子，"应该没多久吧，我估计也就半个月左右。"

半个月左右……这么说，是那次直升机上……

洛萧只觉得当头一棒，侧眸望向莫南爵："小染之前流产了？"

莫南爵看也不看他一眼，视线落在医生身上："她现在情况怎么样？"

"暂时没什么事，"医生合上本子，推了下眼镜，"应该是摔倒了，再加上腹部被用力压过，导致子宫刚愈合的创面出血，她本来子宫壁就薄，虽流产过后调理得好，但身体还是虚得很，"她望向莫南爵，"你是她老公吧？不是我说你，这种事情以后必须注意，女孩子这方面耽误不得，我看她头上也有伤，应该是轻微脑震荡，没什么大碍。"

莫南爵俊脸沉入阴霾之中，垂在身侧的拳头握紧。

医生见状吓了一跳，生怕他一个忍不住就冲上来给她一拳，她轻咳一声，该说的还是得说完："不过幸亏她运气好，没出什么大事，但可不是次次都有这么好的运气的。这血也流得太多了吧，难道流血的时候你作为她老公都没发现吗？要是再耽误一下，说不定子宫都得端掉，到时候后悔都来不及。"

洛萧眉头紧锁，斟酌下开口，也不知道是没听懂还是不相信："她这是流产后出血？"

"是啊，这么大的出血量，之前肯定是受到了重创，她头上还有伤啊……"医生瞥一眼莫南爵，心想怎么现在长得好看的男人都这么残暴，她看向洛萧，"你是她哥哥吧？你俩都是男人，你好好跟他说说，别那么暴力，要是今天发生了什么，她这子宫肯定保不住。"

洛萧张了张嘴，什么也说不出来，没想到居然如此严重，他轻点下头："好，我知道了，谢谢。"

"她等下就能出来了，你们去缴住院费吧。"医生说着再次瞥了眼莫南爵，见他冷着脸一言不发，以为他被说得不高兴，无奈地摇下头，"记住，千万别再刺激她了，我看她挺消极的，精神方面也很重要，再出一次血神仙都救不了。"

洛萧一一应承下来："好。"

医生转身走进去。

走廊内人声鼎沸，洛萧面向莫南爵，眉头紧皱："小染流产是什么时候的事？"

莫南爵冷笑一声，眼睛狠狠眯起，透出的戾气无比瘆人："你有脸问这句话？"

洛萧双手负后站着："她的事我当然有资格知道。"

"呵，你在直升机上做了什么，"莫南爵俊脸阴鸷，五指收拢后又张开，蓄势待发，"这点你应该比我更清楚。"

"我说了我不清楚你在说……"

洛萧一句话未说完，莫南爵陡然向前，伸手揪住洛萧的领子将他用力抵在雪白的墙面上："你不清楚？！"

洛萧半个身体撞在边上的椅子上，翻过来后发出巨大的声响，右腿几乎要被撞断，他依旧摇头："我确实不清楚。"

莫南爵冷笑，俊脸逼上前，屈起右腿朝他膝弯处用力一踢，男人毫不留情，用了十成力气，洛萧膝盖一软，整个人跪了下来。

"装什么？"莫南爵嘴角冷冷勾起，不给他缓冲的余地，伸手再次将他拎起来，握住洛萧的双肩，抡起拳头直接砸向他的嘴角，"怎么，敢做不敢当？"

洛萧疼得全身都在颤，他咬紧牙关："小染流产是你造成的，和我无关。"

"你知不知道再晚来一步会有多危险？你知不知道？！"莫南爵又是一拳打在他脸上，方才医生的那番话令莫南爵无比后怕，男人抡起拳头再度狠狠砸向他的腹部，"和你无关你能眼睁睁看着她流血？怎么，洛萧，你不是爱她吗？这就是你的爱？"

洛萧眉头一皱，也不知道是哪句话触动了他，他伸手用力将莫南爵推开："我爱她是我的事，我们的爱你没资格来评判！"

"你以为我爱管你的破事？！"莫南爵被推开后再度几步上前，洛萧已经被他打得头晕目眩，还没看清眼前的人的动作，身体便被狠狠摔在地上，肩头传来剧痛，"你以前跟她怎么样是你的事，我一点兴趣都没有，但是你要弄清楚，她现在是我的女人，她的一切都是我的，你伤她就是伤我。洛萧，我警告你，你要是再敢靠近她一步，我会让你们整个洛家陪葬！"

洛萧抬起头，扯了下嘴角："你就算让全世界陪葬，童染也是我的。"

"你的？"莫南爵一脚踩住他的手背，脚尖用力，居高临下地睨着他，"如果她真是你的，你会眼睁睁看着她流血？你知不知道这对一个女人来说有多残忍？！"

洛萧咬牙忍着痛，声音笃定无比："莫南爵，如果你怕她流血会痛，那你就早点放手。离开了你，她就不会痛。"

"你还是人吗？！"莫南爵忍无可忍，抓住他的肩将他拉起来，而后双手一翻，直接将他砸向边上的座椅！

砰的一声，木质椅背应声裂开，莫南爵浑身戾气，眼眸被一层血色所笼罩，他俯下身捡起摔断的椅脚，一步一步朝洛萧走去。

四周的人早就吓得跑光了，没人敢靠近，洛萧一只手撑起上半身，抬头望他："你要杀我吗？"

莫南爵并不接话。

"你杀我我不会反抗，"洛萧强撑着想要站起来，可是手脚均传来剧痛，他笑了下，伸手按住腰侧，"莫南爵，如果你杀了我，小染肯定不会原谅你。你忍心再刺激她一次吗？"

莫南爵冷冷一笑，在他跟前站定，下巴微仰："我很好奇，你哪来的自信？"

此时，医院门口冲进来几个人，傅青霜扶着洛庭松走在前面，宋芳在后面跟着，看到这个画面，所有人皆是一怔。

最先跑过来的是傅青霜："萧！"

她冲到洛萧身边蹲下来，看着他满脸满身的伤："怎么回事，怎么会伤成这样……"

洛萧并不说话，莫南爵冷眼睨向傅青霜，声音戾气逼人："我不打女人，你最好快点滚开。"

"爵少，我求你，你放过他吧，"傅青霜站起身挡在洛萧前面，摇着头张开双臂，"我求你别打他了，你要打就打我吧……"

莫南爵眉头一皱："滚！"

洛庭松和宋芳也走了过来，宋芳直接扑上去哭，洛庭松望了一眼，颤颤巍巍地走到莫南爵面前，双膝一软，竟然直接跪了下去！

"爵少，我，我知道萧儿做错了，"洛庭松布满皱纹的手伸过去抓住莫南爵的裤腿，上半身向下弯，"爵少，我就这么一个儿子……小染小时候也是他照顾的，他们感情很好的，我也不知道哪里出了错，今天的事情我们也很难过，但是求求您，您别打他，要打就打我……"

"敢做就要敢当，"莫南爵俊脸冷淡，尖锐的眸子狠狠刺向半躺着的洛萧，"伤了我的女人，还想让别人替他挡？"

莫南爵抬脚将他抖开，洛庭松再度扑上去，而后开始磕头，一下又一下，额头撞击着地面："我求求您，爵少，求您放过他……"

宋芳惊得松开洛萧过去抓莫南爵，她早已泪流满面："我不管你是谁，你要是杀了我儿子我就跟你拼命！"

"爸！妈！"傅青霜忙去拉他们，三人抱作一团，"你们别这样……"

莫南爵见状冷笑一声，侧开身子避开三人，蓦地冲上前，迅速俯下身，手里的椅脚直接朝洛萧的肩头刺了下去！

"不要！"傅青霜的尖叫声响起，洛萧闷哼一声，疼得整个身体弓了起来，瞬间鲜血四溅。

那椅脚并不锋利，所以扎得并不深，莫南爵握紧后用力向下压去，眼神狠戾："这一下是我替童染还给你的。"

洛萧苍白的脸上疼得满是汗珠，他颤抖地伸出手去，竟然直接握住了插在自己肩上的椅脚，同莫南爵对视，眼底挑衅分明："莫南爵，你有本事今天就直接杀了我。"

宋芳和洛庭松吓得瘫软在地，傅青霜扑过去抱住莫南爵的手臂："爵少！你冷静下来，这里是医院。你想想童染，看在她的面子上……"

莫南爵冷笑一声："我看在童染的面子上，就是让他死！"

洛萧眯起眼睛，一手扶着墙强撑着站起来，肩头鲜血已将他的衬衫染红："莫南爵，你不是问我哪来的自信吗？我今天就告诉你，就凭我和童染的二十一年，就凭我是洛萧，我就赢了你。"

开口闭口就是二十一年，过去的岁月能代表什么？在莫南爵看来，过去只能羁绊住脚步。

莫南爵冷笑一声："怎么，你要的，难道就是赢我？"

"赢了你，小染就是我的。"

"洛萧，用输赢来定感情，"莫南爵当真觉得好笑，"你称之为爱？"

洛萧不置可否，他的感情莫南爵不会懂，他不需要多解释。他微抬起下巴，汗珠滑落下来："莫南爵，你若就此放手，我绝不会再为难，这是我给你的最后一次机会。"

"给我的最后一次机会？笑话，"莫南爵握住椅脚的手转了下，抬起来直指向他，"你今天伤了她，是我不给你机会。"

傅青霜忙走过去扶住洛萧，这才发现他疼得全身都在发抖，她急得满头大汗，压低声音道："萧，你别再说了，服个软吧，我们先离开这里，其他的事情以后再说……"

否则依照莫南爵的性子，这样僵持下去，洛萧说不定会被他活活打死。

洛庭松瘫坐在地上起不来，艰难地抬起头望向自己的儿子。不过短短个把月，他们竟然已经形同陌路。

自己的亲生骨肉不认自己，还能有什么比这个更加残忍？

也许真的是他错了……

心口堵得难受，他摇着头抹着眼泪，宋芳见了心里更不好受，站起身走到洛萧身边，而后看向莫南爵，说到底，还是偏向自己儿子："你凭什么这样打我儿子？童染大出血，那还不是怪她自己身体不行，关我儿子什么事？小时候就是萧儿替她挡这个挡那个的，他为童染已经受够多伤了，她流个血，难道还要我儿子偿命？"

说到最后，宋芳还是放小了声音："说到底还是她自己命不好……"

莫南爵想起宋芳之前在厨房门口对童染说的那些话，这些人说是家人，却是伤害她最深的人，男人嘴角勾起冷讽："既然你这么说，我今天是不是也该把她小时候受过的苦一次性讨回来？"

他一句话毫不留情地堵过来，宋芳张了张嘴，喉咙口像是被卡住，半天说不出一句话来。

"都走开。"洛萧伸手拂开身边的傅青霜，站直身体，捂着肩头伤口的右手垂下来，抬眸望向莫南爵，"我欠小染的，我自己来还，不需要你来插手。"

"你还？你拿什么来还？"莫南爵冷笑，依旧抬手指着他，"她流一滴血，你难不成要用十滴来换？"

"这是我的事。"

洛萧薄唇紧抿，扶着墙壁走到窗边。这里是三楼，医院的窗户大大开着，透过纱窗，能一眼望到外面姹紫嫣红的灯光。

洛萧眯起眼睛，那些灯光到底还是照不进他的生命里，莫南爵有句话说得没错，他已经踏进来了，就休想再踏出去。

到了这一步，他早已没了退路。

傅青霜不放心，走过去要拉他："萧，你别冲动……"

"滚开！"洛萧用力将她推开，傅青霜一个趔趄跌坐在地上，男人极为冷淡地瞥她一眼，而后伸出手，将纱窗推了上去。

洛萧视线直直看向急救室，眼里的痛楚哀戚一清二楚。他抬起左手，将小拇指伸直后，平放到下方的窗框上。

傅青霜不明所以地瞪大眼睛。

洛萧紧紧抿住唇，在所有人的注视下，突然抬手将窗台上方的扳手用力拉开，极重的铝合金窗户直接滑了下来——

砰——

就那么一瞬间，伴随着巨响的，是一声清脆的咔嚓声，铝合金窗户准确无误地砸在洛萧放在窗框上的左手小拇指上！

骨节脆裂，十指连心。

"萧！"傅青霜杏目圆睁，撑起身体冲过去，却不敢碰他，紧紧捂住嘴，拼命哭着摇头，"你、你的手……"

洛萧俊脸扭曲，左手的剧痛直刺入心脏，他双膝一软，疼得直接跪了下来，嘴里的痛呼声到底没能咬住："啊——"

宋芳张大了嘴，见状直接瘫坐在地上。

洛庭松伸手捂住胸口，别过头去，脸上溢满痛苦无奈之色。

莫南爵俊脸微沉，神情晦暗难测。

"萧，你……"傅青霜泣不成声，颤抖地弯下腰抱住他的肩，扭头大喊，"来人啊，医生！医生——"

洛萧半跪在冰冷的地砖上，眼角眉心全是冷汗，左手不住颤抖，小拇指处生生断裂开来，指骨碎裂的剧痛宛如锥心。他弯着腰，嘴唇惨白，视线艰难地抬起望向急救室："小染，对不起……"

短短五个字，刺入在场每一个人的心。

傅青霜只觉得浑身被尖刀捅入，他还是什么人都看不见，他做什么都是为了童染，甚至愿意断一根小指来道歉……

此时，急救室的门被人打开，护士搀扶着童染走出来，一边推门一边摇头斥责："你说你非要出来做什么啊？身子这么虚，当真是不要命了啊？"

洛萧一眼就望见穿着病号服的童染，她也是弯着腰的，一手捂着腹部，乌黑的长发全部披散在肩头，越发衬得一张小脸苍白尖瘦。

童染单手撑住门，视线扫过来，望见凌乱不堪的场面，以及莫南爵手上沾血的椅脚，皱起眉头："你们……"

洛萧顾不得左手的剧痛，膝盖撑着地面想要站起身来，满心满眼只有她："小染……"

傅青霜眼底一刺。

莫南爵扔开手里的椅脚，大步跨过来，在童染的视线即将扫向洛萧时，伸手将她揽进怀里："怎么下床了？"

童染小脸贴在他的胸膛上，只觉得莫名安心，她虚弱地吸了口气："我……我听见外面有人尖叫，以为是你出事了……"

"没事，"莫南爵高大的身形挡在她面前，伸手按住她的后脑勺，不想让她看到那些血腥和纠葛，此刻她需要的是静心休养，男人轻拍了下她的背，"我抱你进去。"

他弯腰将她轻柔地横抱起，童染并未说什么，轻合上眼睛，莫南爵抱着她侧身走进去，急救室的大门被关上，发出沉闷的声音。

洛萧身体向前跌了下，怎么撑还是站不起来。他颓然地靠在旁边的墙上，闭上眼睛，左手再痛，也比不上心痛。

傅青霜伸手想去拉他，却见他靠在墙边的头歪了下，整个身体朝边上倒了下去。

"萧！"她惊叫一声，让宋芳扶着他，忙冲下去叫医生。

四楼骨科。

老医生推了下眼镜，拿着拍好的片子递过来："这砸得也太重了吧？直接从手指根部砸碎了骨头，小拇指齐根断了。"

"没办法接上吗？"

"这骨头砸得这么碎怎么接？"

傅青霜攥紧拳头。

"留院观察下吧，暂时没伤到经脉，"老医生递过去一张单子，"去缴下住院费。"

傅青霜没再多说，回到病房内，就见一个男人站在洛萧床边，她皱眉走过去："你是？"

男人听见声音回过头来，傅青霜顿觉那双眼睛有些熟悉，恍惚在梦中见过……她忙摇下头撇开这种想法："你是他朋友？"

冷青扫了她一眼，走到床边看了下洛萧裹起来的左手："是怎么伤的？"

"自己砸的。"傅青霜没有隐瞒。

冷青并不意外："又是为了童染？"

傅青霜一怔，虽然不知道他为什么知道，但没多问。

"好好照顾他。"冷青说完这句话就走了出去。

傅青霜看一眼他的背影，也没心思管那么多。洛庭松和宋芳都在隔壁病房休息，她在病床边坐下来，弯腰将脸贴在洛萧的胸口上，一手搂住了他的脖子。

只有这种时候，她才能和他靠这么近。

病房内开着加湿器，莫南爵坐在床头，正搂着童染的脖子将她上半身抱起，将水杯递到她嘴边喂他喝水。

童染小抿了几口，有水滋润后喉咙舒服多了，莫南爵想要起身，她却伸手拽住他的袖子："别……走。"

男人动作顿住。

童染见他没动，这才安下心，手始终抓着他的袖子，将头轻靠在他的胸膛上："莫南爵，你生气了吗？"

莫南爵摇头："没有。"

童染喉间哽咽了下，听出男人声音里的冷淡，不再隐瞒，实话实说："昨天晚上，我拿着抹布下楼时，在楼梯口碰到洛萧，说了几句，他就突然扛起我……"

"好了，"莫南爵伸出食指抵在她的唇边，"别说了。"

童染心口一窒，她微仰起头注视着莫南爵，语气突然急切起来："你不想知道吗？莫南爵，你是不是不相信我？我说的都是实话，昨晚我和洛萧什么都没有……"

"我知道，"莫南爵伸手握住她的肩，力道很轻，却依旧能轻易地将她抱起来，"不用说了。"

"你怎么知道的？"童染抬手握住他的手，"你生气了对不对？我们真的没什么，我跟他说得很清楚了，我说我爱你……"

"好了，"莫南爵再次抵住她的唇，黑曜石般的眸子同她的对上，嗓音低沉，"他为你断了根小指。"

童染皱起眉头。

莫南爵盯着她的脸色，继续开口："他自己用窗户砸……"

"好了，"他话还没说完，童染学着他的样子伸出一根手指抵住他的薄唇，"不用说了。"

莫南爵眯起眼睛，张嘴轻咬了口她的手指，童染忙将手收回来："小狗样。"

"为什么不让我说？"

"我不想听，"童染神色淡漠，摇了下头，"和我没关系。"

莫南爵显然没料到她会这样说，食指轻抬起她的下巴："那你为什么跟我解释？"

"我怕你误会我……"童染抬眸看着他，"莫南爵，你真的没生气吗？"

男人皱眉："我是那么小气的人吗？"

一个破相框都能吃那么久的醋的人，天底下都找不出几个，童染浅笑："你不是醋坛王中王吗？"

莫南爵却并未笑，望进她的眼底，再次重复："童染，他为你断了根小指。"

童染嘴角的浅笑僵住，她同他对视："所以？"

莫南爵眼睛微微眯起："我不信你不伤心。"

童染低头看向自己的腹部："莫南爵，孩子流产的事情你知道了吧？"

"你少跟我扯，"男人霸道地伸手扳住她的小脸，"那件事隐瞒我，我后面再跟你算。你现在告诉我，你听到那句话，心里是怎么想的？"

"疼死了，你又掐我！"童染拍他的手，皱眉道，"哪句话？"

男人不耐烦地重复："他为你断了根小指。"

"哦，"童染点头，"肯定不是为我。"

莫南爵眯起眼睛："为什么？"

"他的小指又不是我砸断的，为什么是为我？"童染伸手摸向自己的腹部，洛萧那句"等流完了，我再送你去医院"仿佛还在耳边回荡，她不得不承认，那是她活了这么多年，听过的最残忍的一句话。

"童染，"莫南爵俊脸逼近，似乎并不相信她会说出这种话，"你不正常。"

"我怎么不正常了？"童染皱起鼻尖，"我又没逼他断手指，他要断也是为自己断的，为什么又要扯到我身上来？"

她说完轻咬了下唇瓣，这个动作被男人捕捉到，莫南爵倾身搂住她，不让她看见自己眼里的落寞："童染，我知道你难受。"

童染怔了下，伸手抱住他的背，将头埋在他的颈窝里，声音很轻："我不难受。"

"你骗不了我的，"莫南爵搂住她的腰的手圈紧了些，生怕松一下就会失去她，"我不让你解释，是因为我怕你说了难受。"

听到这句话，童染陡然红了眼眶，她抱紧他："我爱你。"

"我知道。"

莫南爵将她拉开，伸手抚上她的脸颊："傻瓜，哭什么？"

童染咬着唇，眼泪毫无征兆地滚落下来，胸口像是压着块大石，堵得她怎么也忍不住："莫南爵……对不起。"

男人擦掉她的眼泪："对不起什么？"

"我不知道。"童染垂下眸，只觉得空气都无比沉重，"你说得对，我骗不了你……我真的好难受。"

"一句对不起就把我打发了？"莫南爵抬起她的下巴，薄唇吻上她的眼角，将她的眼泪全部吻住，动作轻柔得令人沉沦，"在我面前为别的男人流泪，童染，你胆子长到头顶去了？"

"我没有……"童染仰着脸承受着他的吻，莫南爵一手搂住她的腰，俊脸埋进她的颈窝里："童染，这是最后一次。"

她微怔了下："什么？"

"最后一次，我允许你为洛萧流泪，"男人嗓音喑哑低沉，饱含的情绪只有他自己才能体会，"从今以后，你的眼泪只能为我莫南爵流，别的任何男人都不行。"

童染心口一窒，他能为她做到这步，是她从未想到的，她以为他就算不发火，起码也要生气的。她侧过头，让他的脸从自己颈窝处挪开，伸手捧住他精致的脸："我知道你不舒服……"

男人拉起她的手轻吻了下，眼神澄亮，神色认真："我确实很不舒服，但是我知道你对洛萧的感情。我允许你最后一次为他难受，但你从今天开始就得给我忘了他。你是我莫南爵的女人，脑海里只能有我，明白吗？"

童染心里一暖，环住他的脖子将他拉向自己："我以为你会骂我。"

"我正有这个打算。"

童染紧贴着他的侧脸，声音正好清晰地传入他的耳朵："我好怕你会生气，当时在房间里，我看到自己流血了，第一个想法是万一你进来看到，会不会误会我……"

莫南爵怔了下，大手穿过她的背让她上半身紧贴自己，童染继续说着："我会难受是因为……"她喉间哽咽了下，"他说要我再等等，等流完了再送我去医院……他以为我怀孕了。我觉得我真的不认识他了，他再也不是我认识的那个洛萧了，再也不是了……"

莫南爵搂紧她，他知道她难受，其实他比她更难受，看着她为别的男人伤心，就算无关爱情，他心里也不舒服。

"好了，我都知道，"男人轻拍她的背部，"你说了这么多，不就是想告诉我，你爱我？"

她搂紧他："对不起。"

"知道错就好好改正，别再给我惦记别的男人，"莫南爵直起身体，将她放平在病床上，"先睡一觉，醒了我们就回去。"

"好，"童染点头，突然想到什么，"关于我流产的事……你不问我吗？"

男人一脸了然："陈安早就告诉我了。"

"什么？"童染一怔，"他什么时候说的？"

"很早，"莫南爵眼皮跳了下，"他主动告诉我的，说是非说不可。"

"……"童染咬牙切齿，陈安这个大叛徒！

"睡吧，"莫南爵倾下身在她眼角轻吻了下，"我出去一下，保证你醒来就能看见我。"

童染点头，并不问他去哪里："好。"

将她的被子盖好，莫南爵在床边坐了会儿，起身走了出去。

傅青霜正守在病房内，医生说有发炎感染的迹象，伤口恢复得并不好。

洛萧刚吃了药，这会儿还没醒。

走廊上传来脚步声，她望了眼昏睡的男人，犹豫了下还是站起身。

一开门，就见莫南爵颀长的身形站在门口。

她全身的神经骤然紧绷起来，双手呈保护的姿态抵在门上："你来做什么？"

"紧张什么？"莫南爵眼睛微微眯起，令人看不透他的想法，"怎么，洛萧还没死？"

傅青霜也不敢同他大喊大叫，警惕地开口："爵少不必费心。"

"别太抬举他。"莫南爵冷笑，瞥向四周，而后走到隔壁病房，伸手就将房门推开。

"你别进去——"

傅青霜喊出声来时已经来不及，莫南爵抬脚跨了进去，里面洛庭松正和宋芳说着话，见人进来忙闭上嘴。

宋芳神色紧张，似乎生怕男人听见他们说话的内容，她噌的一下站起来："你，你怎么来了？"

莫南爵双手插兜，冷眼扫了一圈，直接开口："我来告诉你们，从今天开始，童染和你们洛家再无任何关系，她不可能再和你们见面，你们也休想再见到她。如果被我发现你们找了她或是闹出什么事波及她，别怪我动手。"

宋芳冷哼一声，并不在意。

洛庭松闻言表情一僵，再怎么样他还是把童染当成女儿对待的："小染她……"

莫南爵眯起眼睛："这也是她的意思。"

洛庭松叹了口气，他知道童染必定伤心："爵少，希望你能好好照顾小染……"

"我若是你，能说出这句话，就应该能多扇洛萧几巴掌，"莫南爵眉眼冷淡至极，周身笼罩着阴鸷，嘴角冷冷地勾起，"你生的儿子，够你骄傲几辈子了。"

男人丢下这句话，转身走了出去。

洛庭松捂住胸口倒回床上，宋芳忙去帮他顺气。莫南爵没有说错，都是他造的孽，现在要补，已经来不及。

莫南爵回到洛萧的病房，举步走到病床边，居高临下地睨着床上躺着的人。

昨晚那么一下，傅青霜早已神经紧绷，忙冲过去挡在病床边："他已经断了一根小指，那些惩罚已经够了，你不能杀他！"

"怎么回事？"门口蓦地传来一道声音，冷青走进来，手里还拿着病历，他望一眼莫南爵，眸中闪过震惊之色，却很快掩饰下去，"你是谁？"

莫南爵一眼看穿他的伪装，双手插兜，俊脸微仰："怎么，洛萧身边的人都喜欢睁眼说瞎话？"

冷青被他一句话堵死，强自镇定道："原来是爵少。"

莫南爵并不说话，睨着冷青的脸，怎么看怎么奇怪，突然开口问道："你整过容？"

冷青一怔，浑身僵硬一下后瞬间恢复："爵少说笑呢吧，我一个大男人整什么容？"

"没整过就不正常了，"莫南爵邪肆地扬唇，好像真的只是开了个玩笑，"洛萧身边怎么可能有你这种人模人样的人？"

　　冷青扯了下嘴角，都说莫南爵气势强大，果然招架不住，他望了一眼洛萧："爵少是来看洛总的？"

　　莫南爵嘴角勾笑，俯下身，伸手拉了下洛萧的点滴管，傅青霜一阵紧张，却见男人直起身体："醒了就不必闭着眼，说不定哪天闭着闭着就再也睁不开了。"

　　傅青霜怔了下，朝洛萧看去。

　　莫南爵不再多说，转身朝病房门口走去，丢下一句话："别再纠缠童染，否则下一次断的就不是你的手指头。"

　　冷青似乎想要追出去，刚走了两步，病床上的男人突然开口："站住。"

　　傅青霜吃惊地望着他："萧？"

　　洛萧缓缓睁开眼睛，冷青忙走过来，男人俊脸苍白，嗓子还是有点干哑，左手更是撕心地疼："小染怎么样？"

　　傅青霜眼眶一红，强忍着泪水别过头去，他醒来第一句话，还是离不开童染。

　　"少……"少爷两个字卡在喉咙口，冷青忙改了口，"洛总放心，童小姐没事，已经脱险了，这会儿在莫南爵安排的医院。"

　　洛萧知道冷青说的是陈安的医院，他上次去过，既然童染没事，他也就放心了。男人疲倦地合上双目："都出去吧。"

　　傅青霜并不想走，拿起桌上照的片子："萧，你看一下吧，这是你左手小拇指……"

　　"废了就废了，不需要你提醒，"洛萧别过头，不让情绪流露出来，"出去。"

　　冷青知道洛萧心情不好，拉着傅青霜走出去。

　　童染在医院里躺不住，几天之后，陈安给她检查后确定没大问题，便让她出了院。

　　一系列检查后就到了晚上六点多，夜幕降临，莫南爵抱着她走进电梯，童染伸手环住他的脖子："我发誓以后再也不要来了。"

　　"自己争气点，"男人冷着俊脸，手臂紧了下，"别动不动就瞎惹事。"

　　"我哪里瞎惹事了？"

"要跟我翻旧账？"

"……"好吧，又来了。

撒娇没撒成，倒吃了个哑巴亏，童染乖乖地闭上嘴巴，莫南爵将她放在副驾驶座上，系好安全带后发动了车子。

正处于高峰期，男人开得很慢，童染将窗户打开了些，微凉的风吹进来，她舒服地仰起小脸，像一只惬意的猫咪。

"关上，"莫南爵单手握着方向盘，一手将她的小手拉过来裹进掌心，"会着凉。"

"不会，我有那么娇弱吗？"童染挣开他的手，目光瞥向窗外，"莫南爵。"

"嗯？"

"我想吃生煎包。"

男人拧了下眉："什么是生煎包？"

"就是把包子煎一煎嘛，"童染知道他肯定没吃过，伸手朝不远处的街道指去，"就在那里面，是家很有名的老店，拐进去就能买到。"

"好。"

那里也是一个类似夜市的地方，没有停车的地方，男人只得将车停在路口，童染挽着他的胳膊："我保证你也喜欢吃。"

"跟上次的凉皮一样？"

"绝对比那个好吃。"

莫南爵轻挑了下眉，不置可否，搂着童染走过去。说是有名的老店，其实就是家小店面，只不过门口已经排起了长长的队伍，许多上班族哪怕是多站个十几分钟，也要买几个解解馋。

"要排队啊，"童染站在队伍最后面朝前望了下，小脸沮丧，"好长啊，估计要等好久。"

莫南爵瞥了一眼，抬脚就要上前："我去买。"

"别，"童染知道他所谓的买，就是霸道地全包下来，她忙拉住男人的手，"我们还是排队吧，大家都等了这么久的。"

尽管脸上不乐意，男人还是停下了脚步。

小小的街道因为这家生煎包店而变得温暖起来，童染双手环着莫南爵精壮的腰，视线越过他的肩头扫向四周，一眼就看到不远处一个算命的小摊子。

她皱起鼻头，似乎很有兴趣。

莫南爵轻拍一下她的背："怎么了？"

"没事，我去那里看看，"童染拉开他的手，嘴角勾着浅笑，"你在这里排队等我。"

男人并未多问，她难得心情好，想做什么，他自然不会阻拦。

童染走到那小摊子边，坐着的老人家抬起头瞧她一眼："小姑娘，算命吗？"

"算，"童染点点头，莫名很想试试，"我想抽根签看看。"

老人家从桌子里面抽出几张纸和铅笔："是想算什么？"

"都想算。"

"好，"老人家将纸笔递给她，"写一下要算的人的生辰和姓名。"

童染点头，将自己和莫南爵的名字写上去，写到一半她回过头去，就见男人正侧眸看着自己，这么远远地看过去，所有人之中他依旧是最耀眼的那一个。

她微笑了下，低头继续写。

"好了，给您。"

"等一下啊。"老人家将纸接过去，看了几眼后，又从桌子底下掏出两个圆筒，"小姑娘，你选一个。"

童染随手指了下："这个。"

老人家点头，将她选中的圆筒打开盖子后递到她面前："小姑娘，抽一根吧。"

童染望着圆筒里的签，莫名开始紧张，她伸出小手，凭感觉抽了一支。

她将抽的签紧攥在手心，还未看，腰间却陡然一紧，男人磁性的声音在耳边响起："在做什么？"

童染一怔，五指抓得更紧："没什么，"她回过头去，见莫南爵手上拎着一次性塑料盒，"你买好了？"

"嗯，不知道你爱吃什么馅的，都买了。"男人精致的下巴抵着她的头顶，望了眼她手里的木签，"这是什么？"

老人家出言提醒："小姑娘，看看吧。"

"就是抽支签，觉得挺新奇的。"童染笑了笑，其实这东西本就是信则有不信者无，全图个舒服，她将手里的签正过来看了一眼，上面写了一行黑色小字，具体是什么她也看不懂，便朝那老人家递过去，"您帮我看看吧。"

莫南爵眯起眼睛，显然也看不明白。

老人家伸手接过去，看了一眼后怔了下，扶了下眼镜望向童染："小姑娘，是支下下签加凶签。"

"……"

童染闻言垂着的小手攥紧，浑身下意识紧绷，莫南爵察觉到她的反应，墨黑的眸子看过去："什么意思？"

老人家感觉到他眼里的探究和尖锐，心里不由得害怕，忙实话实说："就是大凶的意思。不过这东西嘛，说不准的，我也就是个做生意的，"他将木签放回筒里，摇头晃脑的模样让人侧目，"你们要是在意呢，可以买块玉佩辟辟邪，不在意就算了，现在的年轻人没几个信这个的。"

莫南爵俊脸沉了下，这种东西他向来是不信的，胡说八道都能让你好几天吃不下饭。他手臂紧揽住童染的腰，想要将她抱起来："走，回车上，再不吃就凉了。"

"等一下，"童染出乎意料拉住他的手，抬眸看他，"我……我想买块玉佩。"

莫南爵望见她眼里的动容，要买便买，他都依她："好。"

童染将视线投向摊位上摆着的各色玉佩上："要买什么样的玉佩才能辟邪？"

她低头看着，认真的模样十分娇憨，男人薄唇轻扬，眼底的清冷转化为柔和。

老人家看见他看童染的目光，轻摇了下头，从边上的袋子里拿出一个红绸的小袋子，看来还是珍藏版："这是块紫玉，你要是喜欢呢就拿去。"

莫南爵挑眉："有用？"

老人家摆摆手，话可不能乱说："这我不保证的。"

童染接过来后打开，里面是块通体泛着紫光的玉佩，圆润通透，不大不小，看起来很是漂亮："多少钱？"

"九万五。"

"什么？"童染一怔，怀疑自己是不是听错了，"九……九万五？"

老人家忙点头，表情还挺严肃："对，这可就一块了啊，卖了就没了。"

"……"

搞什么，简直是讹钱。

童染将玉佩装进小袋子里还回去，心道差点被骗了："谢谢您，不用了……"

"我们要了，"莫南爵却拉住她的手腕，俊脸微仰，"喜欢就留着。"

她摇头，这小摊子上的东西也不知真假，九万五也太贵了："不要浪费……"

"叫你留着就留着。"莫南爵按住她的脑袋，从口袋里掏出张金卡，"可以刷卡吧？"

老人家见状忙从袋子里拿出个银行专用的 POS 机。

童染见状差点扶额，这……现在算命的，居然还能自备 POS 机？

莫南爵嘴角噙着薄笑，刷卡付款后，老人家一脸喜滋滋的，望了童染一眼："小姑娘，可别摔碎了，这东西得活生生的才有用。"

童染翻了个白眼，只得点了点头。

莫南爵搂着她朝路口走去，见她盯着玉佩看个不停，大掌在她肩头摩挲几下："这么喜欢？"

"也不是，"童染紧攥着玉佩，感觉坚硬的玉石硌着手心细嫩的肌肤，"就是觉得挺有眼缘的，不过九万五也太贵了……"

男人嘴角含笑，不以为意："你要是喜欢，明天开家玉器店，让你看个够。"

"……"

二人走到车前，四周车来车往，前面估计都堵得不成样子了，童染绕过车尾朝另一边的副驾驶座走去，刚迈出一步，一阵强烈的光线照射过来！

"小心！"

腰间陡然一紧，她整个人几乎被男人有力的臂膀举起来，童染下意识地伸手去挡，掌心原本紧攥着的玉佩似乎碰到了什么，摔在了地上。

童染再度伸出手去却抓了个空。

"怎么样？"擦过来的轿车停下来，莫南爵抱着童染将她的双肩扳正，神情急切，"哪里伤着了？"

"我没事。"童染摇摇头，此时那轿车的司机走下来，见状连连道歉，莫南爵冷着张俊脸，对方望了一眼他的车，几乎要将腰弯到地上去。

童染忙低下头，就见那块紫玉佩已经摔碎，似乎还被车胎碾过，几乎碎成粉末。

她眼底一刺。

那老人家的话回响在耳边，童染只觉得浑身都开始发麻。她小手攥紧，蹲下身要去捡。

"怎么了？"莫南爵伸手勾住她的腰，以为她不舒服，"肚子疼？"

"不是，"童染眼眶红红的，像是抓住救命稻草般抓住他的袖子，咬住下唇，"怎么办……玉佩碎了。"

莫忘初心，
许你朝夕

II

沐笙箫 作品

青岛出版社
QINGDAO PUBLISHING HOUSE

Chapter7
莫南爵是不能给你幸福的

男人闻言瞥了眼，碎得还真是彻底，他眼底阴鸷一片，锐利的眸子朝那轿车的主人看去，一眼就将人看得双腿发软。

"这……我……"那司机吓得魂不守舍，急得干跺脚，"我，我真不是故意的，刚刚前面那辆车突然掉头，他打着大灯，一下子就照得我看不清……"

莫南爵眯着眼睛，并不说话。

"我……我……"司机见他身边的女人看着那块玉佩，心知这样的人才不会在乎钱，他忙转移目光，"小姐，对不起，我真不是故意的，这玉佩是哪里买的，我去买块一模一样的给您……"

童染视线定格在碎成粉末的玉佩上，闻言摇了摇头，她总觉得心里不舒服，可这也不能怪人家，是她自己没抓好："没事，和你没关系。"

司机忙看向莫南爵。

男人伸手搂过童染："真没受伤？"

"没有，"童染看一眼那司机，也是个上班族，于是笑了下，"真的没关系，我没受伤。"

司机心下一松："那这玉佩……"

莫南爵冷冷看他一眼："还不走？"

"……"司机又道了几声对不起，忙滚回车上溜之大吉。

童染还站在原地不动，眼睛直勾勾看着被碾碎的玉佩。这时候风大，吹起她肩头的长发，使她更显纤瘦，莫南爵脱下外套裹住她的肩头："怎么，一块玉佩就把你的魂都勾走了？"

"不是，"童染肩头一暖，回头望了一眼，"九万五……"

"你现在已经是阔太太了，"男人嘴角含笑，似乎知道她不开心，揶揄道，"买个生煎包花了将近十万。"

"……"还真是这样。

童染皱了下眉头，没办法，碎了就碎了，也不可能复原，她转过身道："我们走吧……"

话还没说完，就见莫南爵拿过她手上的红绸袋子，走到碎玉边蹲下身，伸手开始捡。

"别，"她忙去拉他，"会割破手的。"

男人瞥她一眼："割破手总比看你哭鼻子好。"

童染怕小腹不舒服，没敢直接蹲下去，半弯着腰，手撑着他的肩头："莫南爵，别捡了，手指割破出血就……"

"嘶——"她话音刚落，男人修长的手指被尖利的碎玉刺破，鲜血顿时冒了出来，莫南爵眉梢轻挑，侧过头来看她。

"你……"童染一怔，她还真是乌鸦嘴，"你快起来，车里应该有创可贴……"

她莫名开始手足无措，转身就朝车门走去，结果脚下崴了下，也不知道绊到了什么，莫南爵手疾眼快起身搂住她，伸手将她的脑袋按在自己的胸膛里，感觉到她微微颤抖的双肩："童染，你今晚怎么了？"

"没事，"童染习惯性地伸手环住他的腰，两人身体相贴，彼此的温度传递给对方，她突然就很想哭，无助感涌上心头，"怎么办，莫南爵，怎么办……"

男人搂紧她，心情也随着她的抽泣变得阴郁："什么怎么办？"

"真的碎了，"她小手在背后紧攥着他的衣服，这样的怀抱太温暖，温暖到她已经无法承受任何失去，"那老人家说了，这玉佩是辟邪的，不能碎，要活生生的……"

莫南爵薄唇紧抿，这女人，钻起牛角尖来还真是吓人，他大掌在她背部轻拍着："十万还买不到你一个心安？"

她鼻间轻哼，他都不安慰一下她："买不到。"

男人笑了下："那你要多少？"

"我什么都不要。"

"不是要活生生的吗？"莫南爵握住她的肩头将她拉开，俊脸凑过去，"我这不是活生生的吗？"

童染别开脸，这男人就没个正经，她冷着小脸："反正你不在乎。"

"我怎么不在乎你了？"

"……"童染语塞，说不出来，沉默了一会儿，她突然开口，"莫南爵，我只是觉得很怕。"

男人抿着薄唇，她继续说着："莫名其妙地害怕，我也不知道为什么。"

"别怕，"其实他知道这几天童染心情不可能会好，他眯起眼睛，难得地退让了一步，"如果，你想去见……"

"不，"童染出声打断他，眼睛里亮晶晶的，"我不想去见，会有人照顾他的，那个人不会是我，我已经没必要去了。"

莫南爵将下巴轻抵在她的头顶，这个话题一直是他们之间的一个禁忌，他知道，就算无关爱情，她也不可能这么快跨过去，而她也知道，他不可能完全抛开。

二人谁也没再开口，相拥着站了一会儿，街灯的光洒下来，拉出的两道影子十分温暖。莫南爵大掌拍拍她的腰："走，回家。"

童染点头，心情也舒服了很多，跟在男人身后："好。"

到家已经八点多了，买的生煎包也已经凉了，莫南爵进浴室冲澡，童染饿得不行，将生煎包放微波炉里热了下后便开始吃。

楠楠拖着圆滚滚的身体冲过来，童染也夹了个生煎包给它，这小家伙已经发展到给什么吃什么的地步了，童染真怀疑，要是它饿昏了头，人家给老鼠药它八成也吃。

她不禁皱眉，抓住它的小爪子，为什么她养只猫就这么蠢？

楠楠也有几天没见到她了，感觉着她细嫩的手抓着自己，高兴得不行，滴溜溜的圆眼睛盯在童染胸前，仰起小脸就要去蹭。

"喵——"

只是小家伙还没蹭到，后颈突然被人拎起来，男人随手晃了下就将它丢出去，童染见状忙起身："别……"

楠楠肥滚滚的身子摔在玄关处的地毯上，扑腾了几下才爬起来，小身板缩在鞋柜边，虎视眈眈地盯着乱扔它的人。

莫南爵睨它一眼，男人穿着件黑色背心，白色的休闲裤，衬出修长完美的身材。他将搭在肩头的毛巾扔在沙发上，精致的下巴上还有水珠滑下来。

他坐下后伸手搂住童染的肩："好吃吗？"

童染正张嘴咬了口，鲜香的肉汁流进嘴里，就是记忆中的味道，她馋得连点头都忘了："好吃。"

"你比楠楠还馋嘴。"

她含含混混："我哪有。"

莫南爵靠在沙发上，双手交叉于脑后，眼眸微眯地盯着她一张一合的小嘴，体内的火一阵阵地往外蹿。

童染一口气吃了几个，还是觉得意犹未尽，刚又夹起一个，突然觉得背后传来的目光炙热无比，她转过头，就见男人正一眨不眨地盯着自己。

童染警惕性地看他一眼："你做什么用那种眼神看我？"

莫南爵并不回答，坐起身体，一张颠倒众生的俊脸正对着她："吃饱了？"

不对，他绝对是有目的的。

童染浑身紧绷起来，摇摇头："还没。"

男人闻言身体又靠了回去："那继续吃。"

她继续吃起来，还是忍不住回头看了眼："你不睡觉吗？"

"我不困。"

"……"

童染咬了两口，却吃得不香了，这么个美男用这样的目光在背后盯着，谁吃得下？

她只觉得危机四伏，端起碗筷起身就要去厨房："我去收拾一下。"

"不用，"莫南爵也跟着站起身，伸手接过她手里的碗筷，"我去洗。"

"……"

这男人神经搭错了？童染诧异地看着他："为什么？"

"我放了热水，你去洗澡，"莫南爵朝浴室看了一眼，"别洗太久，医生交代过的。"

他说完抬脚就朝厨房走去，童染看着他的背影，张了张嘴，他这是开始走模范丈夫的路线了？

她转身进入浴室洗澡，顺带将头发洗了下，吹干后擦了擦，这才走出浴室。

莫南爵正跷着腿靠在沙发上看电视，楠楠围在他的脚边打转闹腾，见她出来，他丢开遥控器站起身："洗好了？"

童染穿着浴袍，正顺着头发，朝他看了一眼："你在等我？"

莫南爵点头，俊脸带笑："对。"

"……"童染用奇怪的眼神看他一眼。

二人对视，视线交会之时，有某种火花擦出来，男人眼里的炙热火光很是明显，莫南爵也不掩饰，直接朝她走过来。

童染知道他这一扑过来就是洪水猛兽，下意识地抬脚就朝房间里跑："你今天睡次卧！"

"不行！"男人腿长，怎么跑都比她快，三步跨过来，一脚刚好抵住正要合上的房门，"我为什么要睡次卧？"

童染双手双脚并用，死死抵着房门，透过门缝瞅他一眼："你，你今天不正常。"

莫南爵棱角分明的俊脸上带着不怀好意的笑："我哪里不正常了？"

"就是不正常！"童染咬着下唇，他虎视眈眈的眼神跟楠楠很像，"你快出去，我要睡觉了。"

　　相比她的手脚并用，男人显然轻松很多，似笑非笑地看着她："你睡你的觉，我为什么要出去？"

　　她差点败给他的厚脸皮："你要是在我怎么睡觉？"

　　他随口胡扯："我不碰你。"

　　"你觉得可能吗？"

　　"怎么不可能，"莫南爵盯着她白皙的小脸，"医生叮嘱过，我肯定不碰你。"

　　童染半信半疑："真的？"

　　"当然是真的，"莫南爵神情认真，点了下头，"我会拿你的身体开玩笑吗？"

　　童染听他这么一说，双脚的劲道松了点，但这男人的本性还是让她不放心，"那你为什么不干脆睡次卧？"

　　莫南爵从容不迫地回答："看不见你的笑我怎么睡得着？"

　　"……"

　　连歌词都用上了……

　　童染越发不相信，透过门缝瞅着他的眼睛。

　　"你做什么跟防狼一样？"男人伸手握住门把，下腹欲火难忍，几乎就要喷发，"我是那种说话不算话的人吗？"

　　"……"

　　童染抿起粉唇，还是没有开门。

　　"我是你男人，"莫南爵推了下门，俊脸上浮现哀戚的神色，"有哪个女人会把自己男人拒之门外的？"

　　"……"

　　童染手上的劲道又松了下。

　　他眼睛微微眯起，动之以情晓之以理，女人心软，莫南爵自然知道："我只是想抱着你睡，童染，难道连这个要求你都不能满足我？"

　　童染一怔，被他这么一说，她瞬间觉得，自己……这么做好像是有点过分？

毕竟他都承诺了，而且还帮忙放洗澡水，收拾碗筷……

莫南爵敏锐地捕捉到她神色间的懊恼，薄唇轻轻勾起，却一瞬间就被掩饰下去。

童染松开一只手，脚却还抵着没放。

时机已经到了，莫南爵故作伤心地摇摇头，收回脚转身朝次卧走去："那你睡吧，我不打扰你了。"

童染见状以为他生气了，忙收回脚拉开门："莫南爵！"

男人依旧朝前走，头也不回。

"莫南爵，你听我说！"童染一下子急了，他似乎真的生气了，她忙冲上前拽住他的手臂，"我不是那个意思，你可以睡主卧的——"

男人瞬间顿住脚步。

童染绕到他跟前，抬头望向他的俊脸："你还是和我一起睡主卧吧？"

莫南爵俊脸冷淡，竟然将她的手拉开来："不要。"

童染一怔，突然慌了："为什么？"

"是你不让我进去的。"

童染撇撇嘴："是你用那种眼神看我，我以为你要……"

"要什么？"

她脱口而出："我以为你又要动手动脚。"

莫南爵闻言俊脸一沉，抬脚绕过她就走："让开。"

"别，"在他擦过她的肩膀时，童染忙抱住他的胳膊，"莫南爵，我不是那个意思……"

男人轻哼一声。

童染晃了两下他的胳膊："对不起嘛，我误会你了，我向你道歉。你晚上还是睡主卧吧？"

男人开始甩脸子，抽回手臂："不睡。"

童染一脸沮丧，挡住他的路："我都已经道过歉了……"

莫南爵别过头看了眼主卧的门，眼睛眯起："方才是你把我推出来的。"

这会儿，自然是要推回去才行。

"我……"童染咬住下唇，绕到他背后，一双小手抵着他健壮的背部肌肉，推着他朝主卧走去，"莫总，睡主卧吧，好不好？"

男人还是不说话，童染索性推着他进了主卧，莫南爵突然转身开口："是你推我进来的。"

他这么一转身，童染双手直接抵了个空，脚步趔趄了下，男人大手一伸直接搂住她："小心。"

"你……"童染皱起眉头，抬头一看，原本俊脸冷淡的男人已经换了个表情，那似笑非笑的桃花眼魅惑至极，一看就没安好心。

她张了张嘴巴，一下子没反应过来："你不是生气了吗？"

"你都主动推我进来了，我还生什么气？"莫南爵一手还横在她的腰间，俊脸凑过来，"你第一次主动邀请我睡主卧。"

"……"

温热的气息喷在脸上，渗入每一寸皮肤，童染浑身一个激灵，伸手抵住他压下来的胸膛："莫南爵！"

"在，"男人在她耳边低语，"我不会走的，放心。"

童染彻底无语，气得不行，拽住他的手就将他往门外拉："你居然又骗我，出去，去你的次卧！"

"什么叫我的次卧？"莫南爵勾唇浅笑，"不是你说的吗？主卧是一家之主待的，所以我肯定要待在主卧。"

"……"她简直就是搬起石头砸自己的脚。

莫南爵趁机将她抱了起来，抬脚将房门踢上。

"……"童染感觉到阵地在转移，慌乱中胡乱蹬着腿，在他身上乱踢，"放开我！"

莫南爵突然低咒一声，松手让童染跌在柔软的被单上，男人微微弯下腰去："你是想踢死我吗？"

"你活该！"

童染抱着被子缩到床里侧，她居然给他道歉，还把他推进来……

这世上还有比她更蠢的人吗？

男人维持着弯腰的姿势，一直没动。

过了好半天，童染瞅了几眼，这也装太久了吧："莫南爵？"

男人没出声。

童染心里咯噔一下，扔开被子冲过去拽住他的胳膊："你没事吧？"

莫南爵抬起头，童染以为他又是骗自己的，却没想到，男人神色认真，突然开口："我在想，你那时在岸边为我解毒……该有多疼？"

童染一怔，没想到他会突然说起这个。这个话题他们从来没有直面过，因为这就像是结了痂的伤疤，一碰，还是会疼得不行。

她别过头，将视线投到窗外："莫南爵，我们的孩子这时候一定在看着我们。"

男人浑身一震，哀戚从眸中溢出。

他顺着她的视线望出去，窗外月光淡淡，恬静美好，莫南爵薄唇轻抿，嗓音里有着藏不住的自责："是我亲手杀了我们的孩子。"

"不是！"童染脱口便反驳，抓着他的胳膊的手用力，指甲几乎嵌入他的手臂中，"莫南爵，你别这样说……"

男人直起身体，眼角的落寞在月光下显得分外明显："我说的是事实。"

"不是！真的不是！"童染猛地摇头，咬住下唇，她一直不敢在他面前提这件事，就是怕他会自责，"如果这样说，那应该是我害的，我都不知道有他的存在，是我这个做母亲的没有尽到责任……"

当初用孩子换他一命，这个选择是她做的，她不会后悔，可是并不代表不会难受……

男人别过头去，拉开她的手，转身朝外面走去："你早点睡。"

她忙扯住他："你要去哪里？"

莫南爵一手已经拉开房门，修长的腿跨了出去："我去阳台抽根烟。"

"我也去陪你。"

此时夜已经深了，小区内静悄悄的。莫南爵双手撑着窗台站着，右手修长的手指间夹着根香烟，却并未吸，男人视线投出去，也不知道在看什么。

"在想什么呢？"童染知道他心情不好，同他并肩而立。这小区位置极佳，对面便是一条人工河，新架好的桥面姹紫嫣红的，看上去绚烂至极。

"没什么，"莫南爵眯起眼睛，望了童染一眼后将手里的烟掐灭，揽着她的肩膀走进屋，"会着凉。"

"我这还是件长袖呢，"童染靠在他的臂弯内，"你还穿着背心。"

"我不一样。"

童染站定脚步，笑意盈盈："有什么不一样的？"

男人拧起眉心，他心情不好的时候，她总能笑得这么灿烂，其实他知道她心里也难受，他大掌在她肩头轻拍了下："去睡。"

"你不睡吗？"

"不困。"

童染的小脑袋凑过来："你做什么冷冰冰的？"

莫南爵并不说话，转身走到低温酒柜边，随手拿了瓶红酒出来，童染忙体贴地去冰柜里取了两个高脚杯过来。

男人瞥了一眼："你不能喝。"

"就喝几口嘛，"童染挨着他坐在沙发上，将高脚杯摆在二人跟前，"你帮我倒。"

香醇的红酒顺着被冰镇过的杯沿滑下来，像是上好的绸缎，润泽度令人倾心。莫南爵将酒瓶放下，端起高脚杯，仰头一饮而尽。

"喂，"童染忙拉住他的手，学着他以前说过的话，"红酒不是这样喝的。"

男人眉间笼着清冷，他并未开口，而是又倒了一杯，仰头又要喝，童染及时抢过他的杯子："你喝这么快，我怎么办？"

莫南爵双手撑在膝盖上，闻言薄唇轻扬："去睡。"

"不要，"童染拉过他的手，透过高脚杯，她能清晰望见他的侧脸，被渲染上一层酒红，更显精致，"我们来喝交杯酒？"

男人将手抽出来："去睡。"

"……"又是这句。

童染弯起唇，坐直身体，将酒杯放回他手里："你不愿意喝，那我自己来。"

MO WANG CHU XIN, XU NI ZHAO XI

男人也不反对，就这么盯着她看。

"一碰杯，白头偕老，"童染抓着他手里的高脚杯同自己的交了个杯，纤细的手臂绕过去，低头轻抿了口，"好喝。"

莫南爵抽回手后也抿了口酒，还是没说话。

童染又喝了几口，小脸上渐渐浮现出红晕。红酒的味道在口腔里蔓延，似乎连空气都暖了起来，她嗓音糯糯的："莫南爵，你还记得之前的事情吗？"

男人侧眸看她。

"就是刚认识没多久啊，"童染学着他的样子，手肘撑着膝盖，橙黄色的壁灯光洒下来，她一手托腮，"那时候你好恶劣，每天都欺负我，要不然就是变着法子威胁我……"

男人拧了下眉头："胡说。"

"我没胡说，你自己想想你那时候做过什么。"童染将高脚杯放在眼前轻晃着，透过那瑰丽似乎能望见以前，她勾起浅笑，"那时候我们还争论过，我说我绝对不会爱上你，你说我一定会……我们还吵了一架，你吵不过我就威胁我……"

莫南爵薄唇抿着笑："迟早的事。"

童染侧眸同他对视："要是我们错过了呢？"

男人语气很笃定："不可能。"

"你就这么确定？"

"是我的跑不了，"莫南爵薄唇轻抿口红酒，馥郁的香味令人心醉，"你跑到哪里，我都能把你抓回来。"

童染笑出声来："我要是死了呢？"

"那我肯定已经在地狱里等你了。"

"别胡说，"童染伸手捂住他的嘴，"我怎么舍得让你下地狱，所以我不会死的。"

男人倾身向前，回想起童染说的以前，别说爱，她压根不肯正眼看他："你那时候满心满眼只有洛萧。"

她怔了下："哪时候？"

男人脸色阴沉："你自己想。"

童染摇头："反正我都忘了。"

莫南爵显然不信，将杯中的红酒饮尽，突然开口唤了声："童染。"

"嗯？"

"要是洛萧死了，你会怎么样？"

莫南爵开口后就转过头来看着她，目光灼灼，不容她闪避。

童染别过头去，这个问题，她从来没想过，也不可能会去想："我不知道。"

莫南爵眯起眼睛："如果是我杀了他呢？"

"你……"童染猛地回过头，男人能很明显看见她脸上迅速褪下去的血色，她蹙起眉头，良久才开口，"莫南爵，你要杀他吗？"

男人并未回答。

答案其实很明显，童染知道，他一直都想。

童染小手攥了下，仰头将高脚杯里的红酒悉数灌下，莫南爵没有阻止，她站起身来，原本打算咽在嘴里的话还是说了出来："莫南爵，如果你要杀他……希望你不要告诉我，也不要让我知道。"

莫南爵食指在玻璃桌面上轻叩几下，明知故问："为什么？"

童染低下头，她并不是心软，也不是犹豫不决，可有些东西是说不清的："就算他那样对我，可至少他曾经陪过我那么长的岁月……莫南爵，我无法眼睁睁看着他死的。我知道这样说你可能会不高兴，但是我不想骗你……至少目前，我没办法看着他死……"

男人本不想问，可话还是从唇边逸出："那如果他杀了我呢？"

童染目光一黯，回答得很迅速，几乎是脱口而出："那我会杀他，然后陪你一起死。"

莫南爵嘴角挑起抹笑："你敢杀人？"

童染毫不犹豫："为了你我就敢。"

"好了，不说这个，"男人站起身揽住她的肩，望了眼时间，"一点半了，去睡吧。我去给你端一碗鸡汤，你先躺着。"

童染闻言怔了下："你什么时候准备的？"

"你洗澡的时候。"

"……"他什么时候变得这么贴心了……

望着他站在厨房里的背影，童染弯起嘴角。

什么都不比这来得更幸福了。

接下来的一段日子，童染一直在公寓养身体，每次她嚷着要出去玩，莫南爵都不让。

近两个月没出门的感觉……

童染小手托腮坐在阳台上，冬天就快到了，她望向外面，果然，树叶都开始掉了。

楠楠蜷在她腿上，这段时间小家伙减肥，每天就吃两顿，也确实瘦了不少。童染上网学了几个毛衣的新样式，给楠楠织了件小衣服，粉蓝色，短短的，颈子上还绣了朵小黄花，小毛衣刚好能裹住小家伙圆滚滚的身体。

玄关处传来钥匙开门的声音。

童染瞥了眼时间，五点。

真准时。

她忙将楠楠放到地上，小家伙不肯离开，童染索性一脚将它踢开，手里拿着个浇花的东西，听到脚步声朝这边靠过来时，便蹲在地上。

男人随手将钥匙扔在茶几上，走过来时拧起眉："你在做什么？"

童染并不动。

莫南爵弯腰拉住她的手臂想要将她带起来，童染却推开他的手："别动。"

"怎么了？"男人瞅了眼，"闹脾气？"

"没，我在种蘑菇，"童染拉住他的手摸向自己的头顶，"莫南爵，你说我是不是已经开始长蘑菇了？"

"……"又来这招。

莫南爵瞥她一眼，而后直起身朝客厅走去："没门。"

"……"又失败了，童染忙丢开浇花的东西，跟着男人的脚步走到客厅，"买菜了吗？"

"待会儿会有人送来。"莫南爵在沙发上坐下来，跷起一条腿开始看报纸。

童染蹭过去："楠楠说想散步。"

"给它喂点吃的。"

"家里猫粮都吃完了。"

"我让人送来。"

"洗发水好像没了……"童染蹙眉想了下，"还有我经常用的护肤霜，包括你的……"

"都会送来。"莫南爵折了下报纸望向她，"你别想着出去。"

童染小脸沮丧，一头倒在沙发上："为什么啊，我闷了两个月了……"

"还没到，"男人看了下日期，"差三天。"

"……"童染双手捂住脸，"我会憋疯的。"

"放心，我会让你恢复的，"莫南爵继续翻报纸，"去泡杯咖啡来。"

"你敢喝我泡的？"

"随你泡，反正你跑不了。"

"……"

童染站起身去给他泡了杯咖啡过来，男人端过去抿了口递给她："放桌上。"

她依言放在桌上，而后转头看他："你晚上想吃什么？"

"你做什么我就吃什么。"

"红烧蘑菇？干煸蘑菇？油炸蘑菇？"

"随你。"

童染冷着小脸："合着我成了你的保姆？"

"怎么可能？"莫南爵薄唇轻勾，"我不会发你工资的。"

"莫南爵，你——"她伸手将他的报纸抢过来，卷起来藏在背后，"我要出去。"

男人双腿交叠，身体向后靠："不行。"

"那什么时候才行？"

"满两个月就让你出去，"莫南爵桃花眼浅浅眯起，"我喜欢你每天在家等我。"

"我出去也可以每天在家等你。"

"你确定？"

"赶回来等你。"

"去做饭，"莫南爵长臂一伸，从她背后将报纸抢过来，"不想做就歇着，等一下会有人过来。"

哼。童染瞪他一眼，转身进了厨房。

三天时间过得很快，童染拳着腿窝在沙发上看杂志，男人今天回来得很早："看什么？"

"没什么，娱乐杂志，"童染见他走进来便将杂志丢开，伸个懒腰，伸手捏了下自己腰间的细肉，"怎么办莫南爵，我最近胖了好多。"

男人松开领带，闻言看了一眼："还是太瘦。"

"我已经九十七斤了……"

"等你九百七十斤再来跟我说你胖了。"

"被你这样养下去就快了。"

莫南爵转身朝主卧走去："我不介意。"

"我介意！"

男人已经走进去了。

童染气得不行，他整天给她装冷酷，就是不让她出门，说到底还不就是怕她跑去见洛萧？！

这男人真是幼稚！

她扯过个抱枕缩在沙发上，莫南爵从主卧出来的时候已经换了套衣服，纯白色的针织衫套在身上，将他的身形衬得更加完美。男人朝她走过来，弯腰伸出手："起来。"

童染翻个白眼，穿成这样是要去走 T 台吗，她脚尖在沙发上踢了一下以示不满："不要！"

"我数三下。"

她一口气替他数个够："一二三四五六七八……"

莫南爵薄唇勾笑，不再拉她，直起身体后朝门口走去："那你就老实在家待着。"

童染几乎是跳起来冲过去，男人正在玄关处换鞋："你不是不起来吗？"

她只能干瞪眼："你要去哪里？"

"有个赛车 party，"莫南爵双手插兜，俊脸含笑，"你既然数了那么多下，就在家里待够时间。"

"……"

下了楼，童染才发现外面有多冷，她穿着件纯黑色的呢绒大衣，脚上套了双皮靴，搓手哈着气："很远吗？"

"还好，"莫南爵拉过她冻红的手在掌心搓了几下，而后将她拉近自己，"很冷就回去。"

"哪会，我穿很多了，"童染忙抽回手，生怕他一个反悔自己就得回去，她挽着他的胳膊，"快走，等一下就堵车了。"

"好。"

开 party 的地方在近郊，空气很新鲜，也相对清冷些。其实这些聚会莫南爵以前是经常来的，香车美女，是个男人都喜欢。只是和童染在一起后他便极少出现，类似千欢那种地方，他几乎都没再踏进去过。

今晚会来，也是想带她出来放松放松。

刚开进别墅的区域，童染便看见一排豪车停在那儿，她眯了下眼睛："都是你朋友吗？"

男人随意地将车停在大门口："狐朋狗友。"

"你也不怕人听见。"

"我怕什么？"

二人下了车，莫南爵将钥匙丢给看守的人，别墅前边就是一个很大的花园，门栏边还卷着鲜艳的花朵，草坪上丢满了香槟。

童染四处看了看，果然是个有钱人的极乐世界。

男人揽着她走进来，大老远就有人看见了，忙出声喊："爵少！"

莫南爵俊脸带笑，视线扫向四周："今晚这么有兴致。"

"这还不是因为你来了嘛，之前喊了那么多次你都不肯来。"几个哥们凑过来，童染一眼便认出，这几个人就是那次她去 KTV 找莫南爵时的人。

"哟，"那几个人也一眼认出了童染，嘴上都没好话，"我就知道爵少喜欢这个味道的，"他们视线扫过童染，"妹妹啊，你说你是不是每天在家里拿个啤酒瓶和爵少练拳啊？挥来挥去的就挥出感情了……"

"滚，一边玩儿去，"莫南爵揽着童染的肩头，绕过他们朝里面走去，"想吃什么？"

童染望了一眼摆着的东西，拉开他的手："你去和他们玩嘛，我自己坐会儿。"

"我就是陪你来的。"

"……"到底是谁陪谁？

"爵少！"二人正说话，不远处传来一阵激动的喊声，接着就是高跟鞋噔噔噔的声音，穿着裹胸短裙的美女端着香槟走过来，"你好久没来了……"

童染眉心跳了下，看来这种活动他经常来。

那美女走近后才发现莫南爵一只手揽着童染的肩，面上露出些许不悦："爵少，这位是？"

莫南爵瞥她一眼："你是谁？"

美女："……"

这男人，八成是以前女人太多，名字都忘了……童染拉开他的手转身就走："我去那边坐会儿。"

"我也去。"

莫南爵冷眸扫了那美女一眼，后者忙缩了下身体，望向童染的背影。什么情况，她吃醋了不成？

童染顺着边上的秋千走着，莫南爵大步上前扯住她的手腕："怎么，生气了？"

"没，"童染抽回手，"你女人那么多，我一个个气，不是要被气死？"

男人眉头拧起来，看来这种地方当真是不能带媳妇儿来的："胡说八道，我都不认识。"

"以前也不认识？"

他确实忘了："不认识。"

童染看他一眼，莫南爵抢先一步开口："你在吃醋？"

"对，"童染点头，她就是不舒服，"反正你堂堂爵少，走到哪里都有女人认识你。"

"我又不认识她们。"

"但她们就是盯着你！"

莫南爵笑睨着她愤愤的表情："那你要我怎么做？"

"……"童染一时语塞，想说叫他也待在家里不出来，"不知道！"

男人望着她被吹得通红的脸颊，转身拿了杯红酒递给她："你在这里等我，我进去一下。"

"好。"童染接过酒后走到边上的秋千边坐下，也不多问。

莫南爵转身从别墅正门进去，一路上都有人打招呼，男人显然没那个心情，上楼后走到第二个侧门，食指轻敲了下。

里面的几个男人正在喝酒，其中一个过来开门："爵。"

莫南爵大步跨进去，从酒台上端了杯香槟："喊我来做什么？"

几个人相视而笑，都不承认："我们可没喊你啊。"

"没喊我还找个女人来搭讪？"莫南爵颀长的身形往桌边一靠，抿了口酒，"什么事？"

其中一人敛起笑容，走过去将红木门关起来："爵，我们哥儿几个听说你最近在查南非的那个烈焰堂？"

莫南爵点头，这几个都是他要好的哥们儿，平常生意上也都有来往："嗯，你们有料？"

"这不正好，"蓝衬衫的男人走过来，从兜里掏出一个U盘，"我一个朋友的朋友，是个女的，本来跟家里人闹脾气，离家出走，在外市晃荡了几个月，也不知道怎么的，居然被忽悠去了南非。她到那儿之后才发现是个毒品组织，可把她给吓得够呛。"

另一个男人跷起腿："还给她逃出来了？"

"是啊，她也是运气好，"男人掂了下手里的U盘，"听说是烈焰堂刚好有货运出去，她也不知道耍了什么把戏上了那车，就从那边逃出来了。那边是完全强制性的，进去的人除非是死了，不然肯定是出不来的。"

"那里头该有多乱啊？"

"才不乱，人家烈焰堂的老大管得可严了，总之被忽悠进去就是不停做事，采药、研药，说白了就是做粉末嘛，"男人说着冷笑起来，"那种地方就是个地狱。"

"那她最后怎么样？"边上的人喝了口酒，"回锦海了？"

"得了吧，你没混过啊？"蓝衣男人瞥他一眼，"被杀了呗，你们以为烈焰堂吃素的啊？这种在里面待过的人肯定知道点东西啊，跑出来还得了，一回来没多久就死了。"

"死了？怎么死的？"

"不知道，据说是出去玩的时候出的意外，"蓝衣男人将酒杯放下来，摇了摇头，"哪那么多意外啊？以前不出，偏偏从南非回来就出了这样的意外，谁信啊。再说了，她回来也不过才几天而已，据说吓得连门都不敢出，还是她朋友拉她出去玩，这一玩就没命了……"

边上的男人起身拿了杯酒，走过来靠在莫南爵边上："她死了多少天了？"

蓝衣男人皱起眉头："大概也就半个月吧，反正她回来估计是连家里的鞋子都没穿热就死了，而且，"他将声音压低些，"你们可别小看这样的组织，南非那个地方大家都知道，乱得不行，根本是群龙无首，咱们的人在那边根本是站不住的，这烈焰堂却包揽下所有销售渠道，将那里大大小小的帮会管得死死的。"

有人插嘴："那就是说南非现在烈焰堂是老大？"

"当然，烈焰堂目前就是南非最大的毒枭，所有进了烈焰堂的人都得吃药，每月定时发药，要是有人跑了或者是不服从，没药就是死。"

"那回来死了的那女人也吃了药？"

"八成是吃了的，反正她当初就不该去外面瞎晃。"

莫南爵始终保持沉默，听到这句话的时候微微眯起了眼睛。

去外面瞎晃……他记得，调查的人告诉他，韩青青失踪一段时间后整容成裴若水才回来的。

那这期间……再和那次直升机上的事情一联想，莫南爵便能猜到，韩青青搞不好就是在外市晃荡的时候被烈焰堂的人给带走了……

后来，如果他没猜错的话，洛萧偶然发现了她，觉得她可以利用，所以才……

莫南爵瞳仁内划过一丝尖锐，当真是步步为营，这番心机，连他都为之侧目。

此时，又有人开了口："烈焰堂的老大谁见过？照片发张来看看，何方神圣啊……"

"看个鬼，都没人看过他的脸，只说是个男人，个子挺高的，"蓝衣男人神秘地朝屋内的人看了一圈，最后视线落在莫南爵身上，"爵，应该和你差不多高。"

莫南爵舌尖轻抵嘴角，揶揄道："你难道想说其实我就是烈焰？"

"没，我哪敢啊，"男人挥了下手，突然敛了神色，"不知道你们听说过没，Devils Kiss，近年来最烈的药，传说是烈焰一手研发出来的，毒性绝对能吓死人。现在在市面上还买不到样品，说是如果连续注射，到最后人连枪都敢吞……这玩意儿，谁沾谁死啊。"

莫南爵闻言挑眉，薄唇勾了勾，抿了口香槟。

蓝衣男人说完后看向他："爵，我说了这么多，你就不发表点看法？"

莫南爵抬眸瞥他一眼："你这不是还没说到重点？"

"得，还是你厉害，我就不卖关子了，"蓝衣男人笑了下，"那个女人死之前和我那朋友见过一面，她也算是第一个从里面逃出来的人，据她的说辞，烈焰堂虽然全部是烈焰在管，但是其实还有个老二。"

莫南爵眯起眼睛："二把手？"

男人点头，神色凝重："对，但她说那人不管事，从来不在南非出现……"

"挂个名？"

"一开始她也以为是挂名的，听那边的人议论过，后来才知道，这老二不是普通人，反正也位重权高的。烈焰堂在南非能彻底站起来一直到站稳脚跟，就是靠他扶了一把。"

"哪里人？"

"好像不是中国人，反正不在亚洲，不是我们这块儿。"

莫南爵食指在冰镇的高脚杯上轻弹了下，视线陡然变得深邃无比："也是个男人？"

"是的，那个老二好像并不太关心烈焰堂的事情，反正他从来不露面，只是偶尔出手，里面的人说他比烈焰厉害多了。"

边上有人感叹："这烈焰堂胡作非为也不是一天两天了，刚起来的时候手段就残忍，那么多势力都想把它给压下去，可最后偏偏就让它站稳了脚跟。"

"烈焰肯定不会满足于南非这一块的，等他们再壮大些，势力肯定会转移到各个地方，看来又得不平静了……"

蓝衣男人闻言看向莫南爵，虽然对他们来说暂时不构成威胁，可其中的隐患有时候比表面上的威胁更可怕："唉，等他起来了，又是下一个帝爵啊。"

"滚，"莫南爵收回视线，在边上的靠椅内坐下，跷起一条腿，"U盘里面是什么？"

"是录音，得亏我那朋友留了一手，要不那女的死了就什么都没了，"男人将U盘朝这边一扔，"那女的说，烈焰堂过不了多久就要和欧洲那边的人合作，在罗马秘密会面，应该是初步洽谈。"

莫南爵扬起手精准地接住U盘，边上的人瞥了一眼，喝口酒道："这么快，都合作到欧洲去了，下一步是不是就是美洲了？"

马上就有人接口："怎么可能啊，美洲是莫氏的天下，谁敢惹？都得死。"

蓝衣男人忙瞪他："瞎说什么？"

那人看了莫南爵一眼，自知失言，拍了下自己的嘴："开玩笑开玩笑。"

"没事，"莫南爵站起身，U盘扣套在他修长的食指间，他将高脚杯放下后抬脚朝外面走去，"这事你们最好都烂在肚子里。"

蓝衣男人伸手拍了拍他的肩："放心吧爵，这U盘就这一份，是我自己经手过的……"

砰——

话音还没结束，门边酒台上的高脚杯突然被打得炸开来——

莫南爵按住蓝衣男人的肩头将他拉开，子弹擦着二人的头侧打中了门把手，枪声接连不断地在耳边响起，蓝衣男人按下被擦出血的肩头："外面有人！"

"应该是埋伏的，居然敢跟到这个地方来！"

边上的人冲过去将四周的窗户按下来，这里表面上是别墅，实则也是他们经常藏身用的地方，窗户都是防弹的。

蓝衣男人冲过去拉开其中一个抽屉："你们都从后面走，我估计是烈焰堂的人。居然这么快，就逃出一个人而已，那女人都死了，他们有必要这样追着杀？"

蓝衣男人刚想扔把枪过去，却见莫南爵伸手拉开房门，直接冲了出去！

他大惊失色，现在情况不明冲出去不是找死吗："爵！"

莫南爵微弯着腰，将U盘放入衬衣口袋，从房间出来后并未走楼梯，而是顺着边上的圆柱滑了下去。他跑得很快，身形矫健，几个侧身后，直接从窗户翻出了正门。

外面的人都还在，似乎并未受到波及，一众人也都听到了里面的枪声，正目瞪口呆地朝这边看。莫南爵顾不得那么多，拨开人群冲了出去："童染！"

他朝先前站的地方看去，女子并不在那儿，莫南爵只觉得一颗心提到了嗓子眼，双目骤然变得猩红："童染！"

边上端酒的侍应生走过来："爵少……"

"滚开！"莫南爵伸手推开他，走了两步后又转过身抓住他的肩膀，"看没看见我女人？！"

那侍应生几乎被他提了起来，张着嘴说不出话来。

莫南爵心急如焚，一个松手将他甩开，刚要转身冲出去找，就见一个人站在那侍应生身后。

他眯起眼睛看过去，看清对方精致的眉眼之后，心重重地落回了胸膛内。

"怎么了？"童染手上还握着手机，看到他也松了口气，焦急地走过来抓住他的手，"发生什么事情了？我刚刚听到枪声，还以为是你……"

"没事，"莫南爵伸手抱住她，力道很大，她撞进他的怀抱中都有些疼了，男人手臂环紧，"我没事。"

童染靠在他的肩头上，声音有些闷闷的："是有人埋伏吗？"

"和我们没关系。"

"你没受伤吗？"

"没有。"

童染听他这么说也不再多问，双手绕过他的背后交握在一起："你没事就好。"

男人下巴抵在她的头顶上，感受着她身上的清香，才慢慢安下心来。

莫南爵眯起眼睛，那女人才逃出来，烈焰堂就开始清扫她出来后接触过的人，看来真是谨慎至极。

别墅里面的人也都出来了，并未有人受伤，那几个埋伏的人似乎并不想伤及他人，目标只是一个，没得手也就走了。

蓝衣男人拍拍衣服，用纱布按住肩头，马上便有家庭医生过来给他包扎："搞什么鬼，开个 party 都不安宁……"

童染见他受了伤，眉头不由得拧起来，侧过头问："出什么事了吗？"

"没事，"莫南爵揽住她的肩，带着她朝外面走去，"几个暗杀的而已。"

"而已？"童染侧眸看他一眼，"刚刚也不知道是谁那么着急。"

男人瞥她一眼："那是因为你太蠢。"

童染不服气："那你干吗出来找我？"

莫南爵冷着俊脸，握住她肩头的手陡然收紧："你真的想知道？"

"……"才不想。

童染识趣地闭上嘴巴，伸手抱住他的胳膊："那我们这就回去吗？"

"本来想带你在这附近玩玩的。"

看守的人递上钥匙，莫南爵拉开车门坐上去，侧眸看她："这里露天游泳池很大。"

一听到"游泳"两个字，童染浑身骤然紧绷，她抓紧安全带道："我不会游泳。"

"我可以教你。"

她就是不肯："我不想学。"

"没听过吗？人在水中的时候可以完全放松下来，"莫南爵嘴角含笑，拉过她的手，"俗称放松身心。"

童染忙抽回手，将脸别向窗外。她就说这男人怎么如此好心带她出来参加 party……原来在这里等着她。

可惜某人的诡计到底没得逞，二人回家后，莫南爵又提过几次，童染以各种理由推托，最后只好说下次再来。

可是这一拖，就彻底拖下去了。

秋天踏着步伐远去，连带着落叶都消散，日子一天一天地过去，随之而来的便是寒冬。

今年的冬天似乎特别冷，童染穿着厚厚的棉绒睡衣，推开阳台的门，白茫茫的大雪从上方飘落下来，她伸出手去，冰凉的触感在手心化开，凉得她缩了下手。

楠楠身上裹着厚厚的小毛衣，四只脚也都穿上了袜子。它抱住童染的脚背，懒洋洋地不肯动弹。

"楠楠，快起来，"童染踢了下脚朝屋内走去，"有东西吃了。"

小家伙一听到吃字，眼睛瞬间放亮，乖巧地松开爪子，却见童染直接走进了主卧。

搞什么嘛，又骗它！

它喵喵地跟进去，童染拿起床头的手机望了一眼，五点四十分。

自从那次从 party 回来之后，莫南爵就变得特别忙，每天都有很多事情要处理。他的事情童染从来不过问，所以并不知道是什么事，可看他这么累，童染真觉得心疼。

就连睡觉睡到一半，他接个电话都要出去。

童染纤细的手指在屏幕上摩挲着，犹豫了下，还是拨了个电话出去。

那头，男人很快便接起来："喂？"

她握着手机来到窗台边，一手托腮："你还在忙吗？"

"在公司，"莫南爵弯起嘴角，听到她的声音都觉得舒心，男人将手里的文档放到一旁，"怎么，想我了？"

"去，"童染才不会承认，脚边楠楠围着打转，她视线投向窗外，"你今晚不回来吃饭吗？"

男人背靠向座椅，光是这样，他都能想象她这时的姿势以及表情："先回答我上一个问题。"

她嘴角勾勒出浅笑，将视线收回来，走过去躺到摇椅上，抱着平常二人经常靠着的抱枕："想。"

"多想？"

童染将脸埋入抱枕内："再问我要挂了。"

"挂了我就当面问你。"

"……"她咬了下嘴角，"你还没回答我的问题。"

"晚上我尽量回去，"办公室的门被推开，莫南爵接过对方递过来画着机密符号的文件，挥手示意对方出去，"可能会迟点，你不用等我吃饭。"

"你注意安全，别喝了酒开车，"童染眉眼弯弯，"我在家等你。"

"记得吃饭。"

"好。"

挂了电话，童染躺在摇椅上轻晃着，这样安稳的日子过了这么一段时间，她觉得自己仿佛都忘了以前发生过的不愉快。虽然莫南爵这段时间很忙，但是每天的早安和晚安都是少不了的，他再忙，也会赶回来。

因为他说过，他要和她一起，开始和结束彼此的每一天。

不得不说，这男人肉麻起来也和无赖一样，能叫人被酸得半死。

童染拳起双腿，这几个月洛萧也没有来找过她，一切似乎真的已经归于平静了。

她笑容浅浅，轻合上双目，那块碎玉佩的事情也被抛诸脑后。

接到导师林千岩的电话，是早上十点多。

莫南爵没再不让她出门，男人早上七点多就出去了，童染浑身酸软这会儿还没起来，直到接了电话后，才起身去洗澡。

窗外雪花飞舞，咖啡厅里自然是开着暖气的，童染穿了件浅红色的高领毛衣，下身配皮裤，黑色长靴衬出一双纤细修长的美腿。

童染推门进去的时候林千岩已经到了，看到她进来，男人忙起身挥手：

"小染！"

"老师，"童染落座后打个招呼，将包放到边上，"对不起，我们家猫不听话，我要出门它缠着我给它弄吃的，所以迟了点……"

"没关系没关系，"林千岩摆摆手，将菜单推过去，"想吃什么？今天老师请客。"

服务员走了过来，童染也不好拒绝，以前在大学的时候，林千岩很照顾她和韩青青，经常请她们吃饭。

她翻了翻，其实也没什么胃口："来份洋葱牛肉吧。"

"我也一样。"

服务员将单子收好："好的，请二位稍等。"

"小染，来，"林千岩给她杯子里满上茶，目光关切，"你最近还好吧？好久没看见你了。"

童染微微一笑，这句话似乎每个见到她的人都要说上一遍，她都忘了自己本来还应该是个学生，她并未直言："老师，南音这一批的钢琴学生还多吗？"

"还好吧，没几个特别有天赋的，我们系里想抓几个重点突出的都找不到，"林千岩多多少少也从别人那里听到点什么，"小染，你们这一届马上就要大四了，你还回学校上课吗？"

大四了……真快。

如果她没有遇到莫南爵，洛大哥没有娶傅青霜，韩青青也没有出事……如果这一切都没有发生，不知道现在会是怎样一番光景？

童染伸手往菊花茶里加了点糖，拿起勺子搅动着。她左手手腕上戴着个紫玉镯子，遮盖着那道针划开的伤疤："老师，我回不去了。"

"怎么了？"林千岩关切地问，"是家里的事吗，还是……"

童染直言不讳，眼底沁出哀戚："我已经不能弹琴了。"

林千岩怔了下，下意识地就朝她的手看去，童染翻了下手腕，将伤疤的那面朝下，别开视线："对不起，老师。"

以前在学校，林千岩最重视的学生就是她……到底有多久，她已经快要完全忘记指尖跃动在琴键上的感觉了？

她这辈子都不可能再次体会了……

林千岩也看出应该是她的伤心事，识趣地不再多问："没关系，毕业证什么的都没问题，到时候我都会帮你办好的，你一样会是个合格的大学生的。"

童染只是轻点下头："谢谢老师。"

林千岩端起茶喝了口，斟酌着语句："小染，我听说，你和帝爵集团的人走得很近？"

童染怔了下："什么？"

老师是怎么知道的……

"是这样的，我们学校想和 Driso 大赛做成联谊的形式，这样也方便推广学生出去，"林千岩有些为难，但还是开了口，"那个，小染，如果你和帝爵的人认识，能不能帮忙问问看这件事？"

"……"童染总算明白了，为什么林千岩周一一大早把她叫出来，她还以为他是因为师生情谊在，原来……她笑了下，也不是什么大难事，"好，我这几天就帮忙问问看。"

林千岩闻言瞬间激动起来，要知道这事可是十分棘手："那太好了，小染，其实就算不达成合作也没关系的，只要让 Driso 大赛到我们学校设立个报名点，别的我们到时候再争取……老师都不好意思了，现在还反过来要麻烦你了……"

"没关系的老师，你不用跟我客气。"童染保持微笑，这些所谓的麻烦，还不是莫南爵一句话的事……

林千岩不仅仅是老师，其实也算是她的恩人，之前她在南音被阮亦蓝欺负，是他一次次帮自己解围，那时候麻烦他的更多。

二人又聊了点别的，很快点的餐就送上来了。

这家咖啡厅的洋葱牛肉盖浇饭算是出名的，童染早上到现在都没吃东西，这会儿也有点饿了，舀起一勺，洋葱的味道刚刚入口，浓香还没化开，一阵恶心的感觉却陡然涌了上来——

"哕——"童染忙丢开勺子伸手捂住嘴，胃里酸液翻涌，她止不住干呕，差点吐出来。

"怎么了？"林千岩吓了一跳，忙拿张纸巾递给她，看了眼她面前的碗，"是不是吃的东西不干净？"

"没事。"童染摇摇头，端起桌上的茶喝了几口，略甜的味道好不容易缓解那油腻的味道，她顺着胸口，身体向后靠去。

林千岩见状神色紧张起来："是不是不舒服？小染，我送你去医院吧？"

"老师，我真的没事，"童染摆摆手，这样靠着舒服多了，她伸手按着太阳穴，"可能是胃受凉了，我早上也没吃早饭。"

"这东西你别吃了，点碗清淡的粥喝。"

"没事，我不吃了，喝点就好。"

林千岩将她面前的瓷碗推到一边，童染抬眸扫了一眼，光是看到洋葱，她都觉得莫名一阵反胃。

到最后，点上来的粥她也没喝几口，林千岩非要带她去医院看看，童染找了好几个借口才拒绝他。

从咖啡厅出来的时候已经是下午一点多，林千岩开车走了，童染坚持不让他送，沿着咖啡厅朝前走。冬日的太阳并不算浓烈，可白晃晃的光依旧刺得她睁不开双眼。

童染渐渐觉得体力有些不支，明明没吃什么东西，胃液却不停地涌上来，冲击着喉咙。她伸手抚着额头，一波一波的眩晕感灭顶般袭来。

她不敢再走，在边上的休息凳上坐了下来，胃里难受得很，童染伸手捂住肚子，不停地回想自己昨天是不是吃了什么。

是昨晚莫南爵买的蛋糕，还是那条鱼……

难道……

童染猛然睁大眼睛，一个念头在脑海中划过，她算了下时间，她的"大姨妈"确实有一段时间没来了……

可是她的"大姨妈"一直不规律，况且每次……她都让莫南爵采取措施了的，怎么可能这么巧？

童染皱起眉头，在休息凳上犹豫了下，还是起身去路边打了辆出租车。

这里离医院很远，她到的时候已经是下午两点多了，这时候刚上班，人山人海，童染之前在车上坐了一会儿已经好很多了，到一楼挂了号，便上楼排队。

妇科排队的人很多，她拿了瓶水后就坐在一旁的椅子上，双手撑着膝盖，握着矿泉水瓶的手莫名开始颤抖。

如果她真的怀孕了……那，这就是她和莫南爵的第二个孩子。

童染双手捂着脸，心底紧张又不安。

"妈妈，妈妈……"旁边的椅子上，一个穿着粉色公主裙的小女孩伸出胖嘟嘟的手，"妈妈，宝宝要抱抱……"

女子笑了下，将她抱了起来："不乖了是不是？"

小女孩搂着自己妈妈的脖子，笑得甜美："没有，宝宝很乖……"

女子伸手从包里拿出巧克力，一抬头，就见边上坐着的人定定地看着她们。

女子微微一笑："你也是来做孕检的吗？"

童染一怔，忙别开视线："对不起，我刚刚失礼了……"

"没关系，我也是来做孕检的，"女子很好说话，"第二胎就懂得多了，"她看童染一眼，"你应该是第一胎吧？肚子都没显出来，肯定还小。"

童染弯唇浅笑："我还不知道自己怀没怀上呢。"

"是来确定的吗？"女子一怔，随即拍拍她的肩，"哎呀，其实很好判断的，你最近爱不爱睡觉？或者有没有吃什么东西会反胃？比如看到就觉得恶心，吃了就想吐，一般都是这样的。"

她最近确实嗜睡，而且今天中午吃洋葱就想吐……童染点头："好像是的……而且我这几天老是觉得很累。"

"那就肯定是了，"女子笑起来，"恭喜你，要做妈妈了。"

小女孩闻言仰起头来："姐姐要做妈妈了吗？"

童染看着她一双黑白分明的大眼睛，伸手摸摸她的头："你喜欢弟弟还是妹妹呢？"

"我会听的哦，"小女孩从女子身上滑下来，几步跑到童染身边，将耳朵凑过去贴在她的小腹上，小手抓着她的毛衣，"我听到了，是个弟弟在说话！"

"不许胡闹。"女子拉过自己的女儿。

"没事。"童染笑眯眯地看着小女孩，她总觉得，那个失去的孩子肯定是个女儿，一直安静地待在自己的肚子里，从来没有闹过，一直到离开……

女子见她这样，以为她是紧张："你老公呢，他没陪你一起来吗？"

"没，他工作忙。"

"别担心，要是怀了就生下来，有个孩子是好事，"女子压低声音，"以后你老公就会经常回家啦，男人啊，就要有责任心来牵绊他。"

童染闻言不由得联想了下，如果让莫南爵来给孩子换尿布会是什么样……

她嘴角轻轻勾起，不知道他会不会肯？

童染和女子聊了会儿，进去后女医生看她一眼："多大？"

"二十二。"

"结婚了吗？"

"……"童染怔了下，实话实说，"没结。"

女医生推推眼镜："月经多久没来了？"

"推迟十二天了。"

"去照个B超，再验个血HCG，"女医生递张单子给她，"填好去缴费，五楼抽血。"

"好，谢谢。"

童染攥紧单子，在B超室外面等待的时候，觉得全身都紧绷起来了，抽了血后她取了化验单子，连看也没敢看，就先下了楼。

她将单子交给医生。

"嗯，"女医生扫了几眼，将单子夹在边上的文件夹里，"上一次月经结束是什么时候？"

童染想了下，报出个时间。

女医生拿起笔："那应该没错，现在胚胎还小，B超暂时看不见，算一下的话，应该是一周多快两周了。"

童染张大嘴，一颗心差点跳了出来："确……确定吗？"

"当然确定，你这血HCG报告都在这呢。"

童染咬住下唇，一阵难以抑制的感觉喷发出来，手下意识地放在小腹上。这里面……现在有她的孩子，她和莫南爵的孩子……

她眼眶陡然泛红，却是因为激动和兴奋。她无法想象，居然能再次怀上，是老天爷要弥补第一个孩子所留下的遗憾吗？

女医生看了眼单子："目前没什么大问题，再过几周你再来检查。"

童染皱起眉头："我平时在家好像也没什么反应……"

"正常的，很多孕妇前三个月都不会有反应的，到后期才会慢慢开始难受。你注意别熬夜早点休息，吃的方面注意点就行。"

"还有什么需要注意的吗？"

"切记，不能发生关系，"女医生看她一眼，"前三个月必须注意这点，还有你太瘦了，这段时间吃好点。"

"好，谢谢。"

女医生又交代了几句，童染便出来了。

一直到走出门诊室，童染才缓过神来，手轻柔地落在腹部上，小脸上笑容浅浅勾起，她真的有孩子了！

她将手伸进包里，指尖刚碰到手机又松开，还是晚上等莫南爵回来再告诉他，给他个惊喜。

她走出妇科到了电梯口，一路上小脸上的笑容藏都藏不住。

童染的身影刚刚在妇科的正门消失，从楼上下来的女人一眼就瞧见了她。

傅青霜手里还握着检验单，怔了下，她没看错，那是童染？

童染到妇科来做什么？难道……

傅青霜眯起眼睛，并未回去，而是乘电梯下了楼，一直到医院正门口。她站在台阶上望出去，正好看见童染站在路边打车，一手还放在小腹上。

傅青霜赶紧拿出手机，将这一幕拍了下来。

她旋身乘电梯上楼，这时候已经快下班了，傅青霜推开妇科门诊室的门走进去，方才给童染看过的那名女医生正在喝茶。

"姑姑。"傅青霜走近喊了一声。

女医生一看是她，忙笑眯眯地拉着她的手坐下来："青霜啊，这么久才下来，是不是排队人多啊？"

"我排队的时候接了个电话，就耽误了下嘛，"傅青霜在边上坐下来，将检验单子递过去，"姑姑，您看一下。"

"五周多了，"女医生细细地看了一遍，"还不错，各方面指标都挺好的，你自己平常多注意点。你告诉你老公了没？"

傅青霜脸上扬着笑，她想，自己好歹给洛萧怀了个孩子，他知道了肯定不会不要，毕竟这是他的亲骨肉："这不是早上才知道吗，我就想着晚上跟他说。"

"早点说，让他也好多照顾你，"女医生拍拍她的手，"我那天还和你爸说，你嫁了个好老公，傅氏能有今天这个位置，可多亏了洛萧。"

傅青霜听了这话自然是高兴的。

"对了，晚上睡觉的时候小心点啊，"女医生嘴角抿笑，"可别让他一个大男人压着你了，到时候伤了孩子就糟了。"

傅青霜嘴角的笑容瞬间僵了下，别说怕压着她，洛萧晚上几乎很少和她睡在一起，要么是有事不在家，要么在家也要办公，总之，她睁开眼睛躺着的时候，他从来不会过来。

女医生瞧出她的不对劲："青霜，怎么了？"

"没事，姑姑您放心吧。"

傅青霜说着想到了童染，忙将手机拿出来，按了几下调出刚刚照的那张照片："姑姑，我问您个事儿。"

"什么？"

"这照片上的女人刚刚来过吗？"傅青霜将手机递过去。

女医生看了一眼便认出来了，点了下头："哦，是来看过。"

"那她来看什么？"

"我们这能看什么啊，怀孕了呗，"女医生瞥她一眼，"怎么，你朋友啊？"

"是啊，"傅青霜随口胡扯，"大学同学，我跟她好久没联系了，她居然怀孕了？"

她一边说着，一边偷偷按下了手机录音键。

"我看看，"女医生从边上抽出童染的单子，而后戴上眼镜，"是叫童染吧？她是怀孕了没错，才一周多……"

傅青霜点点头，又不着痕迹地将录音保存后关闭。

"这样啊，我改天跟她联系一下。"傅青霜说着，站起身朝门外走去，"谢谢姑姑，那我先回去了。"

"哎，好，注意身体啊，有什么事儿给我打电话。"

与此同时，帝爵。

莫南爵跷着一条腿坐在办公桌前，手里拿着他派人中途拦截下来的资料。

他微微眯起眼睛，手边的咖啡已经凉透，可男人一口也没动。

那天U盘里，那个女人说烈焰堂近期会和意大利合作，看来是真的。

此时，内线电话响起，男人伸手按下接听："说。"

"少主，我们的人在楼下。"

"直接从内部上来。"

"是。"

不出五分钟，办公室的门敲了几下后被推开，两个黑衣人走进来："少主。"

莫南爵将手边的A4纸放下，压在椅背上的手托着下巴："查得怎么样？"

"我们的人去了南非，在那附近埋伏了很久都没动静，"其中一个黑衣人上前，拿出一部手机，里面是一段视频，"今天下午的时候发来的，大概是两点多，烈焰堂中心区域有人走动，并且乘直升机离去。"

男人眯起眼睛："确定是高层人员？"

黑衣人递上几张A4纸："按照您的吩咐派人检查过，确实是高层人员的出行配备，而且这些人也都极少在大众面前出现。"

莫南爵拿起那手机看了下视频，内容其实没什么，就是一行人从旧仓库里走出来，个个穿着迷彩服，身高体壮，背后背着一个黑色的包，看起来和普通人无异。

男人修长的指尖轻点两下，将画面拉近后放到最大，细细地观察了下，才发现这些人走路的时候，右手手腕都是朝内贴着腿侧的。

因为传闻，入了烈焰堂的人，都要在手腕上文上一个火焰般的红色标记。

这么做自然是为了掩饰，或者可以说是因为知道自己手上有那么个标记，所以这就成了习惯性的动作。

莫南爵注意到这个细节，随手将手机甩在桌子上，眼底的阴鸷浮上眉梢。

黑衣人见状出声问道："少主，您说，烈焰应该不在南非吧？"

莫南爵上半身向后靠，修长的双腿交叠："肯定是不在的，烈焰在哪里我们无法确定，但是这次行动很重要，既然高层都去了这么多人，烈焰肯定少不了的，一定会去。要不然第一次合作老大都不出面，这么没诚意，谁还谈？"

"是，属下愚昧，"黑衣人低下头，而后压低声音道，"少主，属下估计，这次应该就是之前得到的消息去罗马。"

还用问吗？！

莫南爵舌尖轻抵嘴角，闻言眼底涌起邪肆的笑，等了这么久，终于让他等到了。他一手撑着桌沿站起身："准备一下，去意大利。"

"少主，那帝爵的事情？"

"暂时交给手下的人处理，不要对外公开我不在锦海市。"

"是。"

莫南爵食指在桌面上轻叩："记住，这次我们的行踪要完全保密，你们待会儿从后面下去，开街角的黑色轿车走，选四个人跟着我就行，其余的在周边城市待命。"

黑衣人怔了下："少主，不带多的人去的话……"

"我早就告诉过你们，人多就是一个大目标，"莫南爵眯起眼睛，目光冷冽地看向他，"这次意大利之行谋划这么久，烈焰势必会很小心，如果我们带着人浩浩荡荡地出现在罗马，你以为烈焰是个瞎子？"

黑衣人闻言瞬间醍醐灌顶，连连点头："是，少主说得对，属下没想那么多……"

"永远不要小看你的敌人，"男人眼神狠戾，"因为下一刻，也许他们就能踩着你站起来。"

"是。"

莫南爵端起桌上的白瓷杯，杯子里的咖啡已经冷了，入口更加苦涩，男人抿了口，嘴角却微微扬起。

烈焰堂在外已经公然挑衅多家公司，虽然帝爵只是其中一家，但是谁都能看出来，烈焰堂最主要的目标，其实就是帝爵。

明修栈道，暗度陈仓。

如果说烈焰真的是洛萧，那么这一战迟早是要来的。这几个月洛萧的沉寂并不代表他没有任何动作，如果烈焰堂不除，再加上他体内的Devils Kiss……以后的麻烦事可就真的是无法预估了。

莫南爵直起身体，从抽屉里拿出部信号隐藏的手机："现在就通知他们准备，我们今天先飞别的地方，明天再转机到罗马。"

黑衣人忙点头，这样比较不容易被盯上："是，少主，属下马上就去。"

童染并未直接回家，而是去蛋糕店买了个水果蛋糕，又去花店买了几束花。

她心情出奇地好，觉得浑身透着股欢乐，拎着大袋小袋回到家，一打开门，趴在门边的楠楠就冲过来要她抱："喵！"

"乖，我先放下东西。"童染颠颠腿，楠楠咬着她的裤腿不肯放，她走进来将蛋糕放在桌子上，而后去储物间拿出两个瓷花瓶，将买的鲜花摆进去。

鲜艳的花朵清新绽放，如同她此刻的心情，童染将花瓶摆在客厅和主卧内，一眼扫过去，视野极为舒服。

"喵喵……"楠楠不满地抗议。

"楠楠乖，"童染弯腰，双手搂着它的小身子将它抱起来，凑过去蹭蹭它毛茸茸的头顶，"想不想吃蛋糕？"

"喵！"楠楠瞪圆眼，必须想！

"等他回来再吃，"童染抱着它走到藤椅边坐下来，动作小心翼翼，虽然也知道没那么夸张，可她还是不自觉地轻柔下来，想了下，她又补充一句，"等你爹地回来。"

楠楠滴溜溜的眼睛四处瞅了瞅。

"楠楠，你听，"童染眉眼带笑，尽是幸福的弧度，揪着楠楠的小脑袋让它靠在自己的小腹上，"听见了吗？里面有个小宝宝，马上就要长大了。"

楠楠什么也不懂，张嘴就咬住她的衣服。

童染难得没有拉开它，将头朝后面靠，藤椅轻晃着，她足尖在地面轻点，微风拂来，她轻合上眼睛……

恍惚之中，她好像看见了爸爸妈妈，看见了以前他们一家欢聚在一起的场景，看见了小时候那蓝蓝的天……

她终于不再退缩，能够勇敢地跑过去。睡梦中，童染记得是挽着莫南爵的，她将他带到他们面前，微笑着介绍，爸，妈，这是我男朋友，我们有孩子了，我要和他一辈子在一起……

童染想，没有什么礼物比一个孩子来得更好，以前的一切都可以过去，这个孩子会是她新生活的开始，莫南爵一定会喜欢。他们之前失去的那个孩子让他无比自责，她想，他要是知道了，肯定会很高兴的……

她从来没有睡得如此香甜过，梦中嘴角眉梢都尽是笑。

这一觉醒来，天都已经黑了。

"喵——"

楠楠蜷在她的腿上，小家伙明显也跟着她睡了一觉，童染揉揉眼睛坐起身，看一眼时间，居然已经七点半了。

她忙起身走出阳台，客厅里灯没开，很显然，莫南爵并未回来。

童染皱起眉头，陡然想起手机还放在包里，她走过去拿出来，这才发现有好几个未接来电，时间就在十几分钟前。

她点开后发现号码是她所不熟悉的，甚至有两个来电还是未显示主叫用户，童染指尖在屏幕上摩挲，正准备拨出去，手机再次响了起来。

依旧是个未显示主叫的号码。

她也顾不得许多，忙按下接听："喂？"

"在做什么？"那头，男人磁性的嗓音传来。

熟悉的声音令她的心陡然落回原地，她盘腿在沙发上坐下来，自己嗜睡真是越来越严重了："没做什么，下午在藤椅上睡着了……现在才醒。"

男人轻笑："小猪样。"

"你才是小猪。"她轻哼。

"我是男人还是小猪，你不是比我更清楚？"

"……"

莫南爵薄唇浅浅勾起，身边是个偌大的草坪，边上停着四架直升机，所在地很隐蔽。

黑衣人走过来递上印着"最新"二字的文件。

莫南爵并未伸手接，看一眼黑衣人，示意他们暂时别动，他缓步走到边上："吃饭了没？"

"还没，"童染咬下嘴角，语气莫名带着点不开心，"你又不回来吃饭？"

"嗯，这几天很忙，"莫南爵听着她清甜的声音，当真很想拥她入怀，语气不自觉地放柔，"忙完这阵子就好了。"

童染勾起唇，他事情多，她自然是理解的："那你几点回来？我给你准备夜宵。"

"这几天我要出去一趟，"莫南爵微眯起眼睛，这一趟，回来之后一切都能彻底平静下来，她想要的那些安稳幸福，甚至是婚姻，他都能给，"三到五天的样子，最长不会超过一周。"

"什么？"童染一怔，握紧手机，"今天就要走吗？"

"一会儿就要走了，已经在准备了。"

"这么快？"童染皱起眉头，突然有些担心，"是什么重要的事情吗？早上出门的时候你都没说……"

"是临时决定的，"男人并未将意大利说出来，她是他的女人，只需要在他身后就好，风雨他替她扛，那些黑暗的交易，他当真不想她看见，"挺重要的事情，非去不可。说不定这次之后我就金盆洗手了，给你个套牢我的机会。"

他半开着玩笑，童染被他逗乐，笑着拨了下头发："去，你那手根本洗不干净。"

她娇嗔的语气从话筒清晰传入耳膜，莫南爵斜倚在树干上，一身皮衣更显孤傲不羁，俊脸上却溢满温柔，男人目光流转："童染，等我回来。"

"好，"童染浅笑，回得毫不犹豫，"我在家里等你。"

"我会尽量快，你别到处乱跑。"

什么叫到处乱跑？童染笑出声："我才不会跟你一样到处潇洒，你放心。"

"也许我到了那边电话会打得少，你晚上不许通宵看电视，我会让楠楠监督你。"

"好。"

"十二点之后不许吃东西。"

"好。"

"不许接别的男人的电话，也不许见别的男人，尤其是洛萧。"

"好。"

"不许让楠楠巴着你睡，它是只猫，让它睡猫窝。"

"好。"

"不许自己偷偷喝酒。"

"好。"

"晚上不许出门。"

"好。"

"不许……"莫南爵皱起眉头，要交代的东西他在车上的时候已经想好了，可太多了，这会儿突然想不起来了，"我待会儿发短信，注意事项都告诉你，你条条都得照做，违反一条我打断你一条腿。"

"……"

童染哑口无言，这男人还真是小孩子气："我又不是小孩子了，还需要交代那么多吗？"

"在我眼里你比小孩子更蠢。"

"……"

没听见她说话，莫南爵声音骤然变冷："懂？"

童染无奈，这男人……她连连应声点头："懂懂懂，你说什么我都照做，哪怕是叫我穿睡衣去上班我都去。"

"再加一条，不准趁我不在出去上班。"

"……"

"也不许在家给我看什么谱子，十点之前必须睡觉。"

他句句严厉得不行，童染却越听越暖心，她身体向后靠，找了个舒服的姿势坐着："反正最长也就七天，七天之后你就能亲自监督我了。"

莫南爵挑眉："你没听说过度日如年吗？"

"那是神话故事中才有的。"

"对我来说你就是神话，"男人薄唇浅浅勾起，"你是我最美的神话。"

"你从哪儿学来的这些歌词……"

"陈安说女人都爱听这些话。"

"陈安怎么知道的？"

"他女人太多了，恐怕他自己都数不过来，"莫南爵微仰起头，天空繁星点点，男人嗓音低沉："童染。"

"嗯？"

"还未分别……我就已经开始想念了。"

"我也是。"

童染握紧手机，心口有暖流划过，一丝丝蔓延开来，她伸手抚上腹部："莫南爵，等你回来，带我去上次说的那个游泳池吧。"

"不是说不喜欢游泳？"

"你说过要带我去，不是一直拖着吗，我想去了。"

男人俊脸含笑："好，你说去哪儿就去哪儿。"

童染手掌从腹部抚过，孩子才一周多，还未成形，她却好像已经能听见他的心跳："莫南爵，等你回来，我给你个惊喜。"

"什么惊喜？"

"等你回来就知道了。"

男人向来不喜欢这样卖关子："不行，现在就说。"

"等你回来嘛，也不过就七天，我在家数数指头就过了。"童染浅笑，他去办重要的事，她还是别告诉他孩子的事，省得他在外面分心，"反正你肯定会很高兴。"

莫南爵伸手扯下领带："我现在就要知道。"

"……"

"不说这几天就别想出门。"

"是一个很大的礼物。"

"什么礼物。"

童染皱起小鼻头："惊世骇俗的。"

"童染，你到底说不说？！"

"好好好，我说……"她轻咳一声，突然开口，"莫南爵，我爱你。"

男人一怔。

"这个世界上我最爱的人就是你。"

莫南爵展颜，嘴角弯起明媚的弧度。

童染继续说着："你在外面注意安全，我在家里等你回来。"我和孩子一起等你回来。

男人点点头："好。"

此时，黑衣人从不远处走过来，见他还在打电话，便轻声说了句："少主，都准备好了。"

莫南爵轻轻点头，转过身去，俊脸上浮现柔和之色："老婆，等我回来。"

童染勾起嘴角，这一声老婆喊得她心神俱爽，她低头看着自己的腹部，也轻喊出声："你答应过我要做个合格的好老公。"

"我保证，说到做到。"

"你快去忙吧，别担心我。"

"好。"

童染没再说话，而是对着手机听筒啵了下。

莫南爵始终勾着薄唇，挂了电话后转过身，就见黑衣人愣愣地盯着自己。

男人瞬间冷下俊脸，刚才的温柔形象仿佛只是幻觉，擦着黑衣人的肩膀走出去时，吩咐道："派两个人暗中护着她。"

黑衣人忙跟上去："少主，是要给童小姐禁足吗？"

"不用，"男人摇头，他不会束缚她的自由，这是他答应她要给她的尊重，"她可以出门，去哪里都可以，但是不能出锦海市。让他们暗中保护，别让人缠上她。"

"是，属下马上安排。"

四架直升机已经全部待命，男人抬起修长的腿跨上去，弯腰时黑色的皮衣被晚风掀起，冷冽弧度尽显。

"少主，弟兄们都准备好了。"

"走！"

"是。"

直升机渐渐升起，莫南爵双手插兜站在舱门边，俊目微眯，扫了一眼锦海市的夜景。

童染，等我回来。

回来之后，那一声老婆，我一定实现。

与此同时，傅家别墅顶层。

今晚的风很大，冬日飘雪不断，雪势愈演愈烈，天台上已是白茫茫一片。

洛萧双手负后站在天台边，一眼望出去，四周都是灯红酒绿的繁华，他却能清楚地看见那些繁华背后的孤独。

男人眯起眼睛，原本清俊的眉眼越发冷冽，雪花从空中飘落下来，些许落在他的鼻尖上。洛萧蹲下身，伸出左手，捧起地面上的雪花。

他左手修长好看，温雅如玉，唯一的不足，便是小拇指上套着个黑色的指套。

雪花冰冷的触感沁入手心，洛萧却并不觉得冷，他将手举高到眼前，一眨不眨地盯着那些雪花出神。

小时候，每当下雪，他都会和小染一起打雪仗。那时候她最怕冷，只要雪花扔到她脸上，她就会立马号啕大哭……

天台的铁门被打开，身后传来脚步声。

冷青穿着件湖蓝色的大衣，站定脚步："少爷。"

洛萧站起身，将手上的水珠抖落。

"少爷，用人说您每天都在这里站着。"冷青手里还拿着件大衣，走上前去，将大衣披在洛萧的肩上。

洛萧微微一怔，伸手拢住大衣的边缘，回过头看了眼："都准备好了？"

冷青点点头："是的，那边该去的人都已经先去了，资料和人手也都齐了，就等少爷您了。"

"好。"洛萧转过身，黑色大衣衬出他俊脸瘦削的弧度，冷青瞥了眼，洛萧当真是瘦了很多，看来用人说的是实话。

洛萧抬脚走下台子，脚步却突然顿住："你是第一次出国吧？"

冷青怔了下，如实回答："是的。"

洛萧淡淡一笑："欧洲那边很冷，记得带点厚衣服。"

"少爷，您之前去过意大利吗？"

"没去过。"

洛萧摇头，以前小染总说，她最喜欢的地方是普罗旺斯，第二就是意大利的罗马……

冷青看着他微微出神的样子，不由得叹口气，一看洛萧这样，八成是在想童染。

虽然他也深爱过，也曾经撕心裂肺过，可是他真的很难想象，到底是什么样的爱，能让一个男人无法自拔成痴？

"发什么愣，"洛萧擦着他的肩膀往铁门处走，"你要是喜欢国外的话，若是意大利那边谈成了，以后都交给你。"

冷青脚步一顿，要知道，意大利那边可是他们初次对外合作，谈成了就是行业的垄断，这可不是开玩笑的事情："少爷，您……"

"我从没骗过你。"

冷青张了张嘴，却不知道该说什么："少爷，您为什么对我这么好？"

洛萧微仰起头，看向漆黑的天空："因为你是她同学。"

冷青一怔。

洛萧转过身："不仅仅是因为你和以前的我很像，还因为你和小染是同学，所以能拉你一把，我绝不会薄待你。"

冷青闻言脱口而出："可是青青她也是……"

洛萧直言不讳，说不骗他当真就不骗："如果那时候有利用价值的是你而不是她，那么今天站在我面前的就是她，死的就是你。"

冷青闻言垂下眸："谢谢少爷。"

洛萧转身出门朝楼下走去，冷青忙跟上。

下了楼，洛萧先进书房取了些傅氏的文件交给下人暂时处理，冷青站在书房外等着。

傅青霜正好从外面回来，手里还拎着几袋子衣服，她甩掉脚上的高跟鞋后准备进餐厅吃饭，用人忙凑上前汇报："太太，先生在家。"

傅青霜抽纸巾的手一顿："一天都在家？"

"是的，一直在天台，刚刚才下来，"用人朝楼上看了一眼，"这会儿在书房，那个叫冷青的手下也在。"

"好，我知道了。"

傅青霜也顾不上吃饭，忙朝楼上走去，刚走到书房门口，便被人拦住，冷青伸手按住门锁："抱歉，你暂时不能进去。"

"松开！"傅青霜冷冷看他一眼，语气嘲讽，"开什么玩笑，你要搞清楚，这里是傅家！我是洛萧的老婆，你一个下人凭什么阻碍我的自由？"

冷青叼着烟，闻言并未松手："总之你不能进去，就凭洛总给了我这项任务。"

"他让你在这里看着？"

冷青一手夹着烟，吐出口烟圈："废话，你眼瞎？"

"你——"

傅青霜被他气得说不出话来，她向来是大小姐脾气，只是在洛萧面前不显露而已。她几步走上前，抬手就朝冷青的脸上甩去！

让她忘记一个叫莫南爵的人

"住手！"

傅青霜抬起的手被拽住。

她怔了下，抬起头刚要说话，就见书房门打开，洛萧冷着脸站在门口："你们在做什么？"

冷青松开傅青霜的手："没什么，她要打我。"

傅青霜作势又要上前甩他。

洛萧眉头一皱："够了！真要打起来？"

傅青霜咬住下唇，没敢再上前。

洛萧瞥她一眼，并未对此事发表看法，擦着傅青霜的肩膀走下去，话却是对冷青说的："准备一下，可以走了。"

"萧！"傅青霜握着被拽疼的手，冲上去挡在洛萧身前，"你要去哪里？"

"办事，"洛萧并不看她，径自朝楼下走去，"去外省，河西桥的项目，一周就回来。"

"一周？"傅青霜忙伸手拽住他的手腕，"萧，你这几天能不能不走？

我想你留在家里陪我。"

洛萧头也没回："不行。"

傅青霜急得直跺脚："萧!"

洛萧置若罔闻,看了一眼冷青："东西都放上车了吗?"

"放了。"

"走吧。"男人走到玄关处准备换鞋。

傅青霜咬咬牙,就在洛萧直起身的瞬间喊出声来："我怀孕了!"

冷青闻言一怔。

洛萧挑了下眉,抬起头时视线扫过去,从冷青的这个角度看去,能明显看到男人眼角染上的冷笑。

"你今天去医院了?"

傅青霜见他肯看自己,忙点头："是的,我下午去的,我姑姑的医院,她是妇科主任。"

"多大了?"

"五周多。"

洛萧眼皮跳了下："嗯,好好休息。"

"你不开心吗?"傅青霜走过来拉住他的手,想要让他摸摸孩子,"这是你的亲骨肉。"

"嗯,开心。"洛萧并未多说,看了冷青一眼,嘴角勾起意味不明的笑。

傅青霜脸上的笑晕染开来："那你就别走了,我下周还要去复检,你陪我一起去好不好?"

"那个项目我必须去,"洛萧突然指了下冷青,"要不让他陪你去吧。"

"我才不要!他只是个下人而已,"傅青霜嫌弃地说了句,拉着洛萧不放,"萧,你陪我去吧,好不好?"

洛萧俊脸冷淡,拉开她的手："很多人可以陪你去,再不行请家庭医生来家里吧。"

他说完转身就走。

冷青举步跟上。

"萧!"傅青霜气得直跺脚,突然喊出声来,"你给我五分钟,我有事情和你说。"

洛萧头也不回。

"很重要的事情，你错过了一定会后悔！"

洛萧顿住脚步。

傅青霜又道："是关于童染的事情。"

洛萧闻言立即转过头："小染怎么了？"

果然，一提到童染，他的态度立马就不一样了。

傅青霜咬着唇，转身朝楼上走去："这里不好说，我在主卧等你。"

冷青看向他："少爷……"

"你去外面车上等我，我很快就来。"洛萧脱了鞋子走回去，脚步甚至带着几分急切。

主卧里，傅青霜坐在床边。

洛萧走进来后就站在门边，抬眸望着她："你要说关于小染的什么事？"

"萧，你过来。"傅青霜拍拍床沿。

洛萧拧起眉头，还是走了过去，但并未坐下，而是站在她跟前："说。"

傅青霜拉住他的手，低头将脸颊贴在他冰冷的手背上："萧，你想听听孩子的声音吗？"

"你到底想说什么？"洛萧冷淡地抽回手，"我上来不是陪你闲聊的。"

"闲聊？"傅青霜闻言抬起头来，"萧，我和你聊我们孩子的事情，你觉得是闲聊吗？"

男人毫不犹豫："是。"

"你……"傅青霜只觉得如鲠在喉，"我知道你对我没感情，可是这孩子毕竟是你的……"

洛萧挑眉，孩子是不是他的，他自然最清楚："你要是不想生可以打掉。"

傅青霜闻言噌的一下站起身，脸色苍白："你……你说什么？"

洛萧同她对视，面色不变："孩子在你肚子里，这是你的自由，我无权干涉。"

"你无权干涉……"傅青霜重复了下他这句话，突然笑出声来。她退后两步，膝弯处抵住床沿，而后重重地坐下去，"你居然能说出这样的话来……"

洛萧始终站着没动，见状只是追问道："你要跟我说小染的什么事？"

都说孕妇的情绪不稳定，傅青霜闻言突然站起身来，几步冲到桌边拿起手机："我怀着你的孩子你说叫我打掉，可你有没有想过，你爱的女人也正怀着别人的孩子！"

洛萧闻言眉头紧锁起来，大步上前扣住傅青霜的手腕："你说什么？！"

傅青霜用力甩开他的手，脸上的哀戚再也藏不住："我说她怀了别的男人的孩子，我说她现在肚子里的是莫南爵的种！"

"你胡说八道什么？！"洛萧陡然伸出双手握住她的肩头，"你说清楚！什么叫肚子里的是莫南爵的种？"

他的力道极大，傅青霜被他握得肩骨生疼，她用力挣脱，而后扬起手机："是我亲眼看见的！"

洛萧一双眸子几近赤红，一把夺过她手里的手机，随便按了几下，翻到相册时，视线陡然定格在第一张照片上。

照片里的女子穿着浅红色的高领毛衣，皮裤裹着的一双腿修长纤细，正伸手拦车，而她边上，正好是第二附属医院的招牌。

赫然是童染！

洛萧瞳孔猛烈地收缩了下："这是你什么时候照的？"

"今天下午，她也去我姑姑那里看了，"傅青霜冷笑道，"她也怀孕了，胎儿才一周多。你不在乎我的孩子，叫我打掉，你说，莫南爵会叫童染打掉吗？"

洛萧眉头紧皱，双手紧握成拳。

"怎么，说不出话来了吗？"是啊，她这么说他会疼，可她比他更疼。

她做再多他也不会看一眼，可童染的一张照片，就能让他瞬间失控……

洛萧全然注意不到她的神色，紧盯着手机上的照片："她下午是一个人去的？"

"我看到她的时候是一个人，但是她迟早会告诉莫南爵的，难道你还能阻止吗？"傅青霜一把抢过手机，"他们相爱你是知道的，他们的孩子生下来一定会很幸福。洛萧，你已经没机会了，童染不会再属于你，你不爱我可以，也别指望你爱的女人会爱上你……"

"滚！"洛萧用力一挥手，傅青霜被他挥得退后两步。她伸手撑住桌沿，对着男人决绝的背影大喊出声："既然我得不到你，你也别妄想得到童染！"

砰——

回应她的是房门被用力摔上的声音。

房内瞬间恢复安静，傅青霜胸口起伏着，艰难地喘了口气，这才感觉缓过来点。

她捂住脸后慢慢蹲了下来，细小的抽泣声从指缝中逸出。

傅家别墅外，黑色的轿车停在门口，冷青看到洛萧出来忙拉开车门："少爷。"

见洛萧面色凝重，冷青又问："小染出什么事了？"

"没事，"洛萧摇头，小染怀孕这件事还是越少人知道越好，"傅青霜闹脾气而已。"

冷青点点头："那我们走吧。"

"不，"洛萧并不动，"意大利那边我暂时不去了。"

冷青一怔："少爷，那边是第一次洽谈，很重要的……"

"我知道，"洛萧点了下头，而后从口袋里掏出张金色的卡递给他，"你打这个卡上面的电话，接通后直接找一个叫焱的人，告诉他我有急事，他会代替我去。"

冷青接过那张卡，看了下后瞪大眼。那张卡呈全金色，但细看之下可以看出其实被镀上了一层暗红，卡的中央，用一个圆圈圈着一个火红的焱字。

冷青喉间哽了下，想问的话还是咽了回去。

洛萧此刻心思完全不在这儿："对方要是挂了电话，你就继续打，接通后报上我的名字和你的身份，别的不用多说。"

"是，少爷放心吧，我一会儿就去打，"冷青闻言点头，"那我还需要去意大利吗？"

"不用，你就在锦海市待着吧，我这边的事情也需要你帮忙，"洛萧摆了下手，而后眉头轻拧，"莫南爵最近的行踪能查到吗？"

冷青摇摇头："查不到，我们连帝爵的交易中心都进不去，更别说查他的行踪。最近一点风声都没有，我们派去跟他的人什么也没说，我估计莫南爵应该还在锦海市才对。"

"很难说，查不到就说明他也可能不在，"洛萧眯起眼睛，"莫南爵肯定也派了人在跟我的行踪。这样，你找几个人，打扮成我们的样子，全副武装别露脸，让他们准备好后从傅氏走出去，然后去机场，随便买一张机票，飞哪里都成。"

"是。"冷青点头，一一记下。

洛萧说完转身要走，而后突然又顿住脚步，朝别墅楼上看了一眼："傅青霜是真的怀孕了。"

冷青闻言一怔："我，我知道。"

洛萧挑眉看他一眼："是你的孩子。"

"……"冷青抬起头，倒也不敢百分百确定，"少爷这么肯定是我的？万一……"

"没有万一，她肚子里的孩子要么是你的，要么就是她在外面找了男人，"洛萧嘴角勾着抹淡笑，"我没碰过她。"

"……"

冷青抿紧了唇，傅青霜这么爱洛萧，断不可能在外面找男人。她并不知道同她发生关系的是他，还天真地以为是洛萧。

冷青完全无法想象，自己居然有孩子了："少爷，让她打掉吧。"

洛萧拍拍他的肩："你也老大不小了，该要个孩子了。"

"我不想要和她的孩子！"冷青脱口反驳，"再说了，她是您的妻子……"

"她不是，"洛萧眉峰一冷，"小染才是我的妻子。"

冷青自知失言，没再多说什么。

"你这几天找人好好看着傅青霜，"洛萧回头望了一眼，"别让她去找小染，也别让她去洛氏，就让她好好待在家里，说是我交代的让她养胎。"

"是。"冷青点头后上车离去。

洛萧在门边站了一会儿，并未转身回去，而是驱车出了门。

一路开到公寓楼下，洛萧一手搭在方向盘上，侧眸朝里面看去。

小染一定在家，可他并不确定莫南爵在不在。

洛萧将轿车绕到边上不起眼的树荫下停稳，车内开着暖气，他看一眼时间，21:45。

他将座椅调低，身体向后靠。

夜色渐浓，马路上依旧车水马龙，洛萧眯着眼睛，这样的黑夜他不知道经历过多少次，每呼吸一次，心都跟着抽痛。

一夜未眠。

早上九点十分，洛萧看到公寓小区门口走出来一个人。

童染穿着孔雀蓝的披肩长裙，这颜色极衬她的肤色，脚踝处微皱的裙摆随着她轻缓的步伐而轻轻摆动，她披着头发，手里只拿着一个小包。

洛萧目光一亮，浑身的黯然和疲倦一扫而光，他并未下车，而是隔着一小段距离跟着她。

童染并未走远，小区不远处就是超市，她过了马路后便进了超市。

洛萧将车停到马路对面，视线在超市外面扫了一圈，看到两个人也不紧不慢地跟着童染，她进去后二人便在超市门口等着。

应该是莫南爵的人。

洛萧下车后绕过另一条街，从超市的侧门走了进去。

此时超市人很多，童染推着小推车，也没什么特别想吃的，漫无目的地闲逛着，在乳制品区停了下来。

她弯腰正准备去拿一瓶酸奶，一只大手横了过来。

童染以为别人也看中这个，便退让了几步，却不料下一刻，推车的把手也被人握住。

她皱眉抬起头，就见穿着白衬衫的男人站在她面前。

童染微微一怔，而后转身就要走。

"小染！"洛萧伸手扣住她的手腕，"你见到我就非得躲着吗？"

"放开我！"童染用力挣扎几下，眉心蹙起，那晚在洛家的记忆蹿上来，她只觉得四肢百骸都蔓延着刺骨的冰寒，"你别抓着我。"

"好，"洛萧依言松开手，却挡在她身前，"小染，你先别走，我有话和你说。"

童染垂着头，并未看他："没什么说的了，那天已经说得很清楚了。"

洛萧近乎贪恋地盯着她尖尖的下巴："你说清楚了，我还没说清楚。"

童染无奈，在冰柜边站定，抬起头看向他："既然你非要说，那就在这里说吧。"

"这里不方便，人太多了，"洛萧紧盯着她的脸，"小染，我们找个咖啡厅好好谈谈，行吗？"

"不必了，"童染摇头，神色淡漠，"有什么话就在这里说吧。"

洛萧抿起唇瓣，视线有意无意地扫过她的腹部，喉间哽了下，突然开口："对不起。"

童染当真想冷笑，别开视线："我承受不起你的对不起。"

"小染，就因为那天的事情，你要恨我一辈子吗？"洛萧抬起左手，小指上的黑色指套内空了一大截，"一根手指换不回你的原谅吗？莫南爵也不是没伤害过你，你不是为他废了左手吗，为什么你就能原谅他？"洛萧收回手，神色沉痛，"小染，我已经知道我做错了，可为什么你就是不能原谅我？"

"他是伤害过我，可是我也伤害过他，你们不一样，"童染眼角溢出嘲讽，"你伤我比任何人伤我都要痛，这一点你到现在也不明白。我和莫南爵互相伤害过，那是因为我们都在为对方成长，可是你，你对我的伤害，是为了什么？"

洛萧毫不犹豫地接话："为了什么你还不明白吗？"

童染抬头看他："洛萧，你了解我的，我现在没法原谅你，我做不到……

你别再找我了，我现在很幸福，这样的生活我很快乐。等我能原谅你的那天，我们还会是一家人。不要将我们以前拥有过的最后一丝美好磨灭。"

说完后她推着车转身就走，经过乳制品冰柜的时候推车再次被人拽住，童染恼羞成怒，回过头去："你……"

"不是要买这个吗？"洛萧嗓音温润，弯腰将她之前要拿的那瓶酸奶拿起来，替她放入推车内，"冬天不要喝太多冷的，记得加热。"

童染眉目平静，伸手将那瓶酸奶拿出来放回去："我又不想买了，谢谢你。"

洛萧收回来的手僵在半空中。

童染并未再逗留，直接下楼出了超市。

洛萧从侧门出去，回到车上，看着童染从小区门口进入公寓，跟着她的那两个人也跟了进去。

洛萧眯起眼睛，看来，莫南爵是真的不在家。

他将车开回原来的位置，一直等到黄昏，都没见童染再出来。

天色渐暗，街灯全部亮了起来，照在轿车的前窗上，晕染出一片昏暗。

洛萧握紧方向盘的手猝然松开，眼底的狠戾已然收不回去，他脚下一踩油门，车子一下开了出去。

冬天的路很不好走，锦海市向来大雪，越是往城郊越是积雪，冷青开着车，颠颠簸簸差点让他把晚饭吐出来，他看了下表盘上的时间，21:45。

开了两个小时才到路口！

一路开到一栋房子门口，冷青在院子里将车停好，下车将后车门拉开："二老，到了。"

宋芳扶着洛庭松下了车，这里是一栋新的房子，但是实在太偏僻了，根本没什么人，连一片完整的水泥路都没有。

冷青领着二人朝里面走，对他们他还是很恭敬的："麻烦你们进去二楼等一会儿，洛总马上就到。"

二十分钟后，一辆黑色轿车开到，洛萧从车里下来，戴着口罩，一身黑色。

冷青瞥了眼，车里似乎还坐着几个人，只是轿车并未逗留，洛萧下来后便开走了。

男人抬脚就朝里面走去。

冷青忙跟上去："少爷。"

洛萧取下口罩，俊脸上是平时看不见的冰寒，他始终皱着眉："人都接来了？"

"是的，他们现在在二楼。"

洛萧点头，脚步却突然顿住，抬眸看了眼亮着灯的二楼，视线久久没有收回来。

冷青见状开口问道："少爷，这里按照您的吩咐没安排人手，只有我们两个人……"

洛萧回过神，摇摇头继续朝前走："没关系，这件事情不要让别人知道。"

"是。"

一路上了二楼，其实这房子还是毛坯房，除了几张桌子和凳子，别的什么都没有。洛庭松和宋芳坐在凳子上，宋芳四处打量着，而后视线陡然定格在二楼楼梯口的人身上，一怔："萧儿！"

洛萧上来后就站在那儿没动，宋芳连忙走过来拉住他的手："萧儿，什么时候来的，怎么都不喊我们？"

洛萧并不说话，挣脱宋芳的手走进去，洛庭松看到他站起身："萧儿。"

洛萧抬眸看他，眼神依旧冰冷，找不出亲人间该有的温暖："知道我今天为什么要找你们来吗？"

宋芳想说话，却被洛庭松一把拽到身后，他看向自己儿子："萧儿，你是不是有事情要求爸？"

洛萧点了点头："是。"

洛庭松知道不可能是简单的事："是什么事？"

"我要娶小染。"

一句话，把在场的三个人都给吓住了。

最激动的还是宋芳，她朝前走了几步，脸上是藏不住的嫌弃："萧儿，你到底是怎么想的？童染到底有什么好，你现在和小傅在一起不是挺好的吗？你们都结婚了，傅氏你也完全当家作主了，要知道像小傅这样的女人，能够将家族企业交给你，也是很难得的……"

"是吗？"洛萧冷冷一笑，双手负后，"知道我为什么娶她吗？"

宋芳愣住，同洛庭松对视一眼，洛萧先他们一步开了口："是因为你们。"

洛庭松脸色瞬间刷白，他难以置信地看着洛萧："萧儿，我们和小傅不认识。"

"是啊，我以前也不认识她，"洛萧笑出声来，"因为你们，我娶了一个完全不认识的女人，原因只是她爱我。这件事情想想就让人觉得可笑，你们想笑吗？"

宋芳皱眉："我们什么也没做……"

"你们什么也没做？"

洛萧猛然抬起头，向前两步，浑身散发出修罗般的煞气，惊得洛庭松退后一步："萧儿，你不是心甘情愿娶傅青霜的吗？"

洛萧双手紧握成拳，语气冷冽："我是不是心甘情愿，难道你看不出来吗？你捂着心瞎着眼活了这么多年，难道到现在还不清醒吗？"

洛庭松一时没能接话，宋芳见这气氛剑拔弩张的，忙站到中间来："萧儿，你别这样说话，他毕竟是你爸……"

"是啊，"洛萧点点头，眉宇间尽是嘲讽，"你们是我爸妈！可你们给我留下了什么？居然还好意思说什么都没做……你们做了什么难道还需要我重复一遍吗？！"

他声音极大，整栋房子仿佛都在跟着颤抖："你们不是很能说吗？骂小染的时候一套一套的，怎么这会儿说不出话来了？她那么听话你们还要骂她打她……你们到底是不是人？！"

洛庭松脸色惨白："爸对不起你……"

"对不起？对不起能换回什么？"洛萧双目猩红，浑身都在发抖，突然抓起边上的凳子，用力地朝墙上抡去！

砰——

凳子断成好几截，墙灰四散，洛萧胸膛剧烈起伏着，喉间哽了下："冷青，送她回去。"

冷青一怔："少爷？"

洛萧脸色阴沉地看向宋芳："外面有车，把她送回去。"

"是。"冷青不敢再多问，拉着宋芳朝外面走去，宋芳看了一眼洛庭松，洛萧又开口了："让我跟他单独说几句。"

"那我在楼下等……"

"给我滚！"洛萧一脚踹向边上的桌子，"滚！"

宋芳眼眶泛红，没敢再多说什么，跟冷青下了楼。

二楼只剩下他们父子二人，安静得只能听见男人的喘息声。洛萧静静地站了很久，突然转过身面向洛庭松，从口袋里取出一串车钥匙。

洛庭松抬起头来。

"我要你帮我一个忙，"洛萧几步上前，将车钥匙交到他手里，"行吗？"

洛庭松伸手接过钥匙，语气很沉重："萧儿，你别一冲动做傻事……"

"不会，"洛萧收回手，眉宇间已经恢复平静，"你只需要帮我这个忙，以后我会经常回家。"

"真的？"洛庭松难以置信地看着他，"萧儿，过去的事情就过去了吧，毕竟……"

洛萧打断他的话："楼下有辆黑色吉普车，是崭新的，你拿着这串钥匙下去，开到步行街街口，会有人在那里等你。"

洛庭松看了眼那串钥匙："为什么要去步行街？我这么大年纪了，做不来什么事……"

"不需要你做什么，你只要把车开过去就可以了，"洛萧眉目平静，"你刚刚才答应了我，难道现在就要反悔吗？"

洛庭松喉间哽住，握紧那串钥匙："成，我到了之后给你打电话。"说着转身朝楼下走去。

洛萧望着他有些蹒跚的背影，薄唇抿了下，突然开口："爸。"

洛庭松浑身一震，回过头来。

"开车注意安全。"

洛庭松激动得热泪盈眶，连连点头："哎，好，好……等爸给你打电话。"

洛萧下楼的时候，冷青等在门口："少爷，他开车走了。"

洛萧点点头："我知道。"

冷青见他脸色苍白，问道："少爷，您没事吧？"

洛萧没有说话，拿出手机，拨了个号码出去。

对方接得很快："少爷。"

洛萧还是不说话，又过了几分钟，对方再次开口："少爷，看到他的车了，刚过一号路口。"

洛萧垂在身侧的手紧攥成拳，他突然退后两步，闭上眼睛:"动手吧。"

冷青在边上闻言一怔，动手……

"是。"

对方的话音刚落下没多久，话筒里突然传来一声刺耳的刹车声，随后便是剧烈的碰撞声——

冷青震惊地睁大眼睛，张大的嘴久久不能合上："少爷，这……"

此时，手机那头再次传来声音："少爷，我们的人已经动手了。"

洛萧一句话也没说，将手机挂断，而后睁开眼睛，双眸被朦胧的水光遮住。他握紧的拳头松开，双膝一软就朝着前方跪了下去。

他跪姿笔挺，肩头很快被雪花覆盖成白色，冷青站在他身后，还没缓过神来，就见洛萧双手撑向地面，端端正正地磕了两个头。

冷青见状浑身僵住，寸寸寒意从心头漫上来，他只觉得一股翻涌的感觉从胃中涌上来，忙捂住嘴："少爷，他毕竟是……"

后半句话他还是没有说出来，雪越下越大，洛萧动也不动，就只是跪着。

也不知道过了多久，男人浑身几乎盖满了雪，冷青冷得直哆嗦，俯下身将洛萧肩头的雪拂开："少爷，您起来吧，很冷……"

"罗成。"洛萧突然开口喊了声。

冷青一怔，洛萧喊的是他原来的名字，他还是应了声："是。"

"是不是从此以后，再也不能回头了？"

洛萧跪着仰起头，冰冷的雪花几乎将他的眼睛刺瞎，他双肩颤抖："我以为，我不会难受的……"

"少爷……"冷青在他身边单膝跪下，按住他的肩，"你觉得这样做值得吗？"

"我放不开，"洛萧声音很轻，层层蚀骨的哀戚如潮水般将他浸湿，"我再怎么也放不开她……"

洛萧闭上眼睛，垂下头去，冷青看见他眼角滑落的泪珠，瞬间便滴落在雪中，杳无踪影。

童染这几天晚上都睡得很不安稳，也不知道是不是因为莫南爵不在身边。外面雪下得很大，屋内暖气一直开着，楠楠也不住自己的小窝了，索性爬了上来，摊开四肢，舒舒服服地躺在原本属于男人的位置。

童染百无聊赖，看了半天韩剧，好不容易有点困意，睡下去的时候也没关电视，迷迷糊糊之中，是被一阵手机铃声给吵醒的。

童染眯起眼睛，被吵醒后很不爽，一只手臂打过去，差点把楠楠给打扁，小家伙嘴里咬着她的手机，在她身边一个劲地转悠。

童染将楠楠抱起来后拿过手机，屏幕上闪动的是陌生的座机号码，她皱起眉头，犹豫了下还是按下接听键："喂？"

"是童小姐吗？"对方是女声，语气听起来透着几分急切，"我们这里是第二人民医院。"

医院……童染握紧手机，还未开口，对方又道："您是不是有个亲人叫洛庭松？"

童染心里咯噔一下，一个激灵坐起身："是，我是，洛庭松怎么了？"

女护士似乎在翻本子："他半个小时前出了车祸，送过来的时候已经深度昏迷，目前在急救室，我们在他的手机通讯录里的家人栏里翻到您的号码，希望您能过来一趟。"

好似一个惊雷打在头顶，童染一张小脸瞬间血色尽褪，她半张着嘴，却怎么也发不出声音，对方等了几分钟又开口："喂？童小姐您还在听吗？"

"在……在的，"童染喉间哽咽了下，眼眶陡然泛红，她胸口剧烈地起伏了几下，"我，我现在就过去。"

"好，您快点吧，这边情况不稳定，病人随时有死亡的可能。"对方说完便挂了电话。

嘟嘟的声音从耳边传来，童染浑身都在颤抖。

车祸……大伯出了车祸？

她哆哆嗦嗦地抬脚下床，匆忙换好衣服，穿的还是白天那件披肩长裙，拿了包和手机就出了门，下楼打车的时候才发现，小家伙居然也跟着跑下来了。

童染皱起眉，可这会儿门已经关了，也顾不得把它送回去，她便抱着楠楠上了出租车。

随后一辆黑色轿车跟在了出租车后面。

半夜街上车很少，出租车很快便到了医院门口，童染付了钱，连找的钱也顾不上拿，抬脚就朝医院里面冲去。

童染赶到的时候走廊空荡荡的，手术室上方的"手术中"三个字还亮着，她喘着气，喊住走廊那头的护士："洛庭松是在里面吗？"

"你是他的家属吧？"

"是的，他情况怎么样？"

"具体情况要出来才知道。"护士翻了下本子，"你跟我过来签个字吧，顺便把手术费缴了。"

缴了手术费后，童染回到急诊室门外，坐在椅子上，双手捂着脸，怕得浑身颤抖。楠楠围在她脚边，不吵不闹地咬着她的裙摆。

宋芳不久之后也接到电话赶来，满头大汗地冲上来，一眼就看见了坐在急诊室门外的童染。

童染也看见了她，浑身无力地站起身："大伯母，大伯他……"

"你居然还有脸来？！"

宋芳看到她就气不打一处来。她回去之后等了许久不见洛庭松回来，接到电话居然说他出车祸了，这其中有什么事情她不敢去想，可一想到洛萧晚上说的那番话，她就恨不得杀了童染，"你还不快滚？我们洛家不需要你假惺惺的！"

童染并不接话，她不愿意同她吵，何况这里还是医院，她退开身想要坐回去，宋芳却几步上前，抬手就要甩她耳光！

蓦地，抬起的手被冲上来的人稳稳抓住："请对童小姐放尊重点。"

宋芳一怔，抬头看见两名男子，看样子并不认识。童染也看过来，其中一人这才退开身："我们是爵少的人。"

童染闻言没再开口，坐了回去。宋芳悻悻地看了她一眼，自然不敢再动手，转身坐在她对面。

等待的时间总是漫长的，其间宋芳偷偷给洛萧打了好几个电话，可他始终是关机。

宋芳咬着牙，洛庭松明明是和洛萧待在一起的，怎么会出车祸？

可怕的想法涌入脑海，宋芳握紧手机。

她如果真的失去了丈夫……那么她不能再失去儿子。

手术进行了大半夜，洛庭松被推出来的时候还是昏迷不醒。

医生拿掉口罩走出来，看了眼二人："都是病人家属吧？"

"对，"宋芳抢先一步点头，"我老公怎么样了？"

"撞得很厉害，中度脑震荡，颅内出血，胃部也有轻微出血，左腿和右臂粉碎性骨折。我们已经给他做了一次清创手术，现在情况还是不稳定，就算清干净了也未必能醒过来，"医生将手术单递过来，"你们还是做好心理准备吧，最好的预计结果就是植物人，最坏的就是死亡。"

宋芳闻言腿一软差点瘫软在地上，童染伸手扶住她，眼眶无法控制地泛红，她咬紧下唇问道："医生，难道……没有醒来的可能性吗？"

"这个我不好下定论，毕竟凡事皆有可能，"医生叹口气，"但是这种概率一般是比较小的。"

童染垂下头去，难受得几乎要窒息。

医生又交代了几句后便走了，童染想扶着宋芳去休息，宋芳却伸手

· 295 ·

用力推开她："都是你！你这个灾星，都是你我们洛家才会变成这样！早知道就该把你送去孤儿院……"

她表情憎恨，骂得不留余地，楠楠围在脚边喵喵地叫，冲过去就要咬宋芳，童染忙弯腰将小家伙抱起来，这时候大伯出了事，她更不可能和宋芳吵架。

洛庭松被推出来后进了重症监护病房。

宋芳还是没能撑住这悲痛，头晕目眩差点昏倒，童染喊了护士来给她安排了间普通病房先休息。

童染拿着手机站在病房外，大伯现在昏迷不醒，随时会有生命危险，她皱起眉头，洛萧一直没来，她是不是该打个电话？

可是……

前面等待的护士不耐烦地回过头："你到底进不进去啊？"

童染回过神，还是将手机放回了包里："进的。"

护士看了眼门口的男人："一次进去不能超过两个人，你们要进去吗？"

那两个男人看向童染，童染摇头，她并不知道莫南爵会派人跟着她："你们在这里等我吧，里面毕竟是病房。"

二人便点头退开。

童染套了件清洁隔离衣，里面很干净，到处是消毒水的味道，护士领着她进入最里面的一间，伸手推开门："病人在里面，你进去吧。"

童染将隔离用的口罩戴好："你不和我一起进去吗？"

"探视的是你，我进去做什么？"护士握紧口袋里的一大沓钱，自然是拿钱办事，嘴上一套套的，"你进去就行了，我在边上的看护室，有什么情况就按病床边的铃，十五分钟必须出来。"

"好的，谢谢。"

童染点头后进入病房，护士转身时忍不住看她一眼，这女人什么来历，怎么身边都是这种人？

房间里面并未开灯，微弱的心电图亮光下，童染看见一个人躺在病床上，身上连着管子。她鼻尖一酸，缓步走上前去："大伯……"

病床上的人猝然睁开眼睛。

童染才朝前走了几步，便觉得鼻腔内像是吸入了什么东西，浑身灌铅似的沉重。她以为是怀孕的反应，伸手撑住额头后，视线恍惚了下，身体一歪便朝边上倒了下去。

就在此时，病床上的男人蓦地撑起身体，掀开被子冲过来，在她倒下去的瞬间将她抱住："小染。"

童染已经彻底失去知觉，闭着眼，头靠在男人的臂弯上。洛萧扯掉手上黏着的塑料管，手臂稳健有力地将她打横抱起，而后走进了洗手间。

洗手间内窗户大开，外面已经安排了人接应，洛萧知道莫南爵的人就守在房门外面随时可能进来，不敢耽误，将童染交到外面的人手里，等她安全被带下去时，自己也跟着从窗户出去。

夜色渐浓，黑色的遮牌轿车并未再停留，直接从医院的后门开了出去。

意大利，罗马。

黄金会所内，几名外国人端着酒杯靠窗而立，高大的身形被绚烂迷彩的灯光遮住。这儿是纸醉金迷的天堂，来的人没几个会空手出去。

莫南爵一身曜石黑的西装，姿态高傲，双手插兜从门口走进来，身后跟着两个黑衣男子。

女服务员眼睛一亮，忙凑上前去找机会勾搭。

男人目不斜视，经过那几个外国人身边时，其中一个认出了他，毕竟是生意人，几个人都练就一口流利的中文，忙迎上来："爵少？"

莫南爵好看的桃花眼微侧，并不开口。

"爵少，我们是意大利盛时集团的，我是斯坦威尔·杰森，"对方确定是他后主动递上名片，一看便知是举足轻重的人物，"您怎么会有空到意大利来？之前我们的人去过帝爵，只是一直没找到机会合作。"

莫南爵伸出手去接过名片，俊目睨了一眼，食指轻弹名片："那我们今晚可以好好谈谈。"

对方犹豫了下："这个，爵少明天就走吗？"

"对，"男人下巴微仰，"今晚不方便？"

"也不是，今晚也约了一家公司，不过这都是一个项目的，"杰森脸上堆着笑，他们公司虽然规模极大，但是那些进出口的贸易还是得靠着类似帝爵这样的大公司来支撑，生意人嘛，多一分选择就多一分盈利，"爵少要是不介意的话，赏脸一起坐坐？在二号包厢，搞几个活动，大家增进下感情。"

莫南爵眉梢轻挑，将名片交给身后的人："好。"

"那，爵少慢走。"

"不走，"莫南爵俊脸带笑，包裹在西装裤下的修长双腿抬起，"我就在二号包厢内等，杰总一起来？"

杰森怔了下："这就不用了，爵少您先玩着，我一会儿还要去接另一家公司的人……"

"不用，"莫南爵微微弯腰，伸手将他领带上的褶皱抚平，"我已经找酒店的人用你的身份去接了，他们会直接被接过来，省事。"

"……"

杰森摸不着头脑，可莫南爵已经这么说了，他自然是不好拒绝的。虽然他们选了和烈焰堂合作，但其实只是因为他们在南非的交易口很大，几乎是垄断形势的，而对方选择他们，也是因为他们在意大利的交易口大，说白了，就是互利共赢。

但若是相比起来，能和帝爵合作的话……

杰森略微权衡了一下，忙走到前面："爵少，二号包厢在这边，我带您去……"

莫南爵眯起眼睛，眼角带着抹笑，抬脚朝前走去。

晚上七点，活动准时开始。

黄金会所其实也算是个意大利大型的拍卖会所，名流人士都会来此，无论服务还是环境都是一流的。

二号VIP包厢内，正中央是一个巨大的玻璃框，大到可以站下一个人，边上被分成左中右三个位置，每个位置都用磨砂玻璃隔开，看不见对方的脸。

莫南爵坐在中间的位置，手边的高脚杯里是冰镇的红酒，男人搭起一条腿，薄唇轻抿着，身后站着一名黑衣人。

这里的规矩，只能带一个人进来。

杰森坐在左边，掏出手机看了眼时间："七点已经过了，怎么还没来？"

"杰总急什么，"莫南爵端起高脚杯，送到嘴边却并未喝一口，"我让酒店的人去接总不会错的，再说了，南非那边飞过来时间也挺久。"

杰森想也没想就接了他的话："虽然烈焰堂在南非，但是他们的人未必会从南非飞过来，说不定……"

话还未说完，他才猛然惊觉自己失言，毕竟合作的前提就是不透露对方竞争公司的名号，他忙摆手，却发现莫南爵是看不见的："爵少，那个，其实……"

莫南爵轻晃高脚杯，薄唇魅惑地勾起："我什么也没听见。"

杰森抹把汗，真是商场如战场，这些人个个厉害成这样，随便几句话就把他套死了。他坐回椅子上，不敢再开口。

此时，黄金会所外疾驰而来一辆红色法拉利，门口的服务员忙上前去拉开车门。

一身紫红色西装的高大男人跨下车，左手小拇指上戴着颗红色钻石，随着他的动作闪现出慑人的光芒，一头酒红色的短发炫彩夺目，整个人如同火焰般耀眼。

紧接着，法拉利后车门也被打开，两个高挑的浓妆美女跟了下来，一左一右站在男人身边："焱少，怎么一下飞机就来这里，我们都困了……"

"想睡觉？"男人一手揽过一个，"待会儿回去让你们睡个够，乖，陪我进去耍几把。"

两个美女哪敢说不，男人将车钥匙扔给服务员便朝里面走，她们见状忙跟在后面。

脚步声渐近，莫南爵耳力极好，抬起眼眸的同时，包厢门被服务员打开："第三位客人到了。"

男人大步跨进来，坐在右边的位置上，身后只跟了一位美女。

在这样的包厢里身份其实都是保密的，杰森也不敢说自己说了什么，服务员适时提醒："拍卖可以开始了。"

莫南爵靠向椅背，三人都按了铃，拍卖正式开始。

一道湛蓝色的灯光打过来，正中央的玻璃框内立即升上来一个女人。

她穿着简单，只是条白色的连衣裙，披散着头发，唇红齿白，一看便知最多二十岁。

这人看起来感觉倒是跟童染很像。

莫南爵食指在扶手上轻叩几下，并不动。

刚进来的男人见状勾起满意的笑容，手一挥，竟然将手边所有的筹码推了出去："全押。"

他身后的美女嘟起嘴跺跺脚："焱少！"

莫南爵闻言眉心一凛，焱少？

然而那男人并不说话，一双凤目紧盯着玻璃框内的女人。

服务员会意，开口问第一遍："还有人再加码吗？"

杰森自然是不加码的，那一声焱少也把他给听蒙了，烈焰堂来的人难道不是烈焰？

服务员开口问第二遍："请问还有人加码吗？"

依旧没动静。

服务员刚要敲下第三遍铃，莫南爵突然伸出手将自己面前的筹码牌翻倍后推了出去，身后的黑衣人见状替他开口："跟。"

杰森再度抹把汗，一开始就玩这么狠，后面怎么收场？

那男人眼皮也不抬一下，顺势将手边的筹码翻了五倍。

杰森差点坐不稳……

莫南爵眯起眼睛，并没动。

他在等对方开口。

果然，那男人见状轻笑出声，磁性的嗓音轻佻无比："怎么，这就不敢跟了？"

莫南爵闻言俊脸骤然一沉，大团的阴霾如同拨云散雾般炸开来。他突然站起身，最前方的服务员见状忙开口提醒："这位客人，您如果提前出去就视为退场……"

莫南爵置若罔闻，修长的左腿轻抬，而后猛然朝右边的磨砂玻璃用力踢去！

砰——

巨大的玻璃碎裂声响彻整个包厢，成片的磨砂玻璃从中央断开来，如同瀑布般泻下！

站在靠椅后面的美女吓了一跳，忙朝边上躲去："啊——焱少！"

杰森紧跟着站起身，什么情况这是……

莫南爵俊脸阴沉，双手插兜，视线扫过一地狼藉，而后同坐着的男人对上。

二人同时眯了下眼睛，眼底划过震惊。

莫南爵冷笑，眉梢眼角尽是瘆人的冰寒："怎么，很好玩？"

那美女看了他一眼，这张脸她也经常在国外的杂志上看到，这么说来……她惊讶地捂住嘴，退在边上没敢动。

男人也跟着站起身，酒红色的碎发张扬不羁："我当是谁这么大胆，原来是你。"

莫南爵冷着脸，神情难测。

莫北焱上前两步，勾着笑伸出手去："爵，好久不见了。"

莫南爵并不伸手，冷冷睨着他，眼角似淬着毒："你是烈焰？"

莫北焱也不觉得尴尬，收回手后斜靠在边上的玻璃门上，嘴角轻佻地扬起："烈焰？是谁？"

莫南爵阴恻恻地眯起眼睛。

这时候谁还能管规矩，杰森忙推开玻璃门走过来："爵少，您消消气，这是怎么……"

后面的话还没出口，视线扫过去时，生生顿住，杰森目瞪口呆地看着面前对视而立的二人，久久不能回过神："焱，焱少？"

莫南爵始终冷着俊脸，视线扫过莫北焱："洛萧没来，所以就让你来？"

"谁认识洛萧了？洛萧是男是女我都没见过，"莫北焱嘴角含着笑，到哪儿都是一副玩世不恭的样子，"哎呀，火气别冲我发，说白了就是好玩儿，这些事情我都懒得掺和，一个莫氏都快把我整死了，什么烈焰堂烈火堂的？"他左手伸过去搭在莫南爵的肩头上，手上的红钻石戒指摩擦了下莫南爵的肩，"你什么时候回来，爷爷说要见你。"

莫南爵伸出一指抵开他的手："你什么时候死我什么时候回去。"

莫北焱收起脸上的笑意，突然靠过去："爵，你真的这么恨我？我是你哥哥。"

"我哥哥已经死了，"莫南爵手肘抵过去，侧身避开，刀削般的下巴微仰，"你也想死？"

莫北焱收回手，玩世不恭的模样令人摸不透他到底在想什么，他摊了下手："不想。"

莫南爵冷笑一声："看来莫氏是要倒闭了，你还得跑到南非那种地方弄个烈焰堂，怎么，饭都吃不起了？"

"爵，你干吗老是把这莫须有的东西扣在我头上？"莫北焱邪魅的俊脸上含着薄笑，"你知道我向来怕麻烦，玩几个女人喝几杯酒，别的我也不图，人生得意须尽欢嘛，你说是不是？"

此时，黑衣人退出去接了个电话，进来的时候脚步急切，低声在莫南爵耳边说了几句。

男人俊脸陡然一沉，阴鸷瞬间浮现上来，什么也没再说，转身就走。

"等等，"莫北焱伸手扣住他的手腕，"爵，你回来美洲，我把莫氏分你一半，怎么样？"

他语气依旧是轻佻的，说话时眉梢习惯性地向上扬，让人猜不透他这番话到底是真是假。

莫南爵冷冷抽回手，脚步并未停下："我从来不要我已经丢掉的东西。"

他走出包厢后门被重重摔上，留下的余声久久没能散去。

杰森抹了把汗，终于结束了，一笔生意谈得他一颗心快跳出来。他转身想走，却被那位美女拦住，她一改方才的姿态，妆容精致的脸上冰冷无比："焱少有话要和你说。"

杰森转过身去，态度恭敬："焱少还有什么吩咐？"

莫北焱双腿交叠着，双手撑住桌沿，俊脸上玩世不恭的笑已经彻底收了起来，眼里的狠戾阴狠无比："是谁给你的胆子，让你随意带人来的？"

杰森彻底怔住：“不是我带爵少来的，他，他自己来的。”

“你不告诉他，他能来？”莫北焱眯起眼睛，“你这死找得太简单了。”

“焱，焱少饶命……”杰森双腿一软跪了下来，“爵少为什么会来我也不知道，我什么都没说过……”

他说着低下头去，下巴却被一个冰冷的东西挑起，他不用看也知道那是什么。莫北焱蹲在他跟前，笑得邪肆：“我告诉你，我今天来这里还真不是特意为了什么烈焰堂，区区一个烈焰堂我怎么会看得上？我想玩就玩，大家都得陪我，但你把我弟弟弄来，不是存心堵我的路吗？”

莫北焱的这番话，杰森自然是不相信的，可是没办法：“是，是，焱少，我知道错了，以后绝对不会……”

“知道错了就好。”

莫北焱突然站起身来。

杰森松了一口气。

可是下一瞬间，男人却微抬起手，黑漆漆的洞口直接对准了杰森的头，扣下扳机：“但是已经迟了。”

砰！

杰森瞪大眼睛，张了张嘴巴，什么也说不出来，身体一歪倒了下去。

莫北焱神情冷淡地收回手，将枪扔到那美女手上，跨过杰森后双手插兜走出包厢：“走，去潇洒！”

美女笑着跟上去。

锦海市，某私人医院。

病房里开着暖气，装修布置得也很简单，年迈的老医生收回手里的仪器，口气依旧果断：“不行。”

洛萧皱起眉头，看向病床上躺着的女子，她眉心轻蹙着，似乎在睡梦中也不安稳：“孩子一周多了吗？”

“对，”老医生将单子递给他，“快两周了，目前情况很稳定。关键是她之前流过一次产，子宫壁已经很薄了，何况她是 RH 阴性型血，本来这种血型的人流产就不行，新生儿溶血的概率很大，不能再生的可能性也大，难道你不知道吗？"

"RH 阴性型血我知道，"洛萧眯起眼睛，握住童染的手，"那如果这次打了……"

老医生直接接话："不能打，打了以后百分之九十五的可能不能再生。"

"……"

洛萧盯着童染苍白的小脸，眉头紧锁，而后站起身走到窗边。外面还在下雪，男人撑着窗沿，点起一根烟。

他从来不抽烟，这烟点着也没抽，洛萧视线望向窗外，好半晌将烟对着窗外弹了几下后按灭。

老医生坐在病床边，摇头叹气："有孩子不好吗？你们这些年轻人……"

洛萧转身回到病床边坐下，抬头看一眼那个老医生："我听说，你会催眠？"

老医生眯了眯眼睛，粗糙的手布满皱纹："这个，略懂一点。"

"你会的那种催眠是什么概念？"

老医生从边上的包里拿出一块翠绿色的玉佩："其实催眠是可以让人忘记某一段记忆的。当一个人的催眠敏感度达到四级或以上，我就可以协助她忘掉某段记忆。"

洛萧闻言目光一亮："关于某个人的记忆也可以忘掉？"

"可以是可以，但是要看这个人在心里根植得深不深，太深了肯定是忘不掉的，"老医生摇摇头，"我举个例子，比如这小姑娘深爱着一个人，你让我催眠她忘掉那个人，那肯定是不可能的，因为那个人已经深入她心里了。"

洛萧目光瞬间暗淡下去："那什么样的事情可以忘记？"

"短期内的就可以忘记，这种记忆都不太深刻。"老医生说着抬起头看他，"但是，这种忘记是暂时性的，在一定条件下记忆也会随之恢复。"

"恢复……"洛萧视线始终定格在童染脸上，"一般在什么样的条件下才会恢复？"

"具体要看你要她忘记什么事情。"

洛萧眯起眼睛："我要她暂时忘记自己怀孕这件事。"

"这个……可以是可以，"老医生皱起眉头，从来没人要他这么做过，"但是让她忘了自己怀着孕，万一磕一下碰一下，那孩子不是很危险？"

"这不是你该问的事情，"洛萧在床边坐下来，温柔地将童染额前的碎发拨开，"如果她忘了自己怀孕，什么条件下才会想起来？"

"这个就难说了，记忆都是一瞬间被触发的，她如果单单忘了怀孕这件事情，可能某天看到一个孩子就会想起来。"

"至少能保证多久不会想起来？"

"这个真没法确定……人心和人脑是我们没办法控制的，"老医生摇头，"难道你还能抓住一个人的心吗？"

这句话让洛萧眉宇间笼上阴霾，"我一定要一个确切的时间，你估计也得给我估计一个。"

"这个，不出意外一个月之内，她绝对不会想起来，"老医生觉得有点不可思议，"一个月以后，就得看她的记忆在哪个瞬间会被触发了，时间说不准。不过……到三个月以后肚子大起来，这怎么也瞒不住啊。"

"这个不需要你管，"洛萧手掌贴了下童染的额头，冰冷一片，他起身到边上拧了块热毛巾给她敷上，"什么时候可以开始催眠？"

"现在就可以，"老医生瞅一眼童染，"但是她半途不能醒来。"

"她二十四小时内不会醒来的。"

"那就行，"老医生握着玉佩站起身，"你只要让她忘记自己怀孕吗？"

"再加一个，"洛萧皱起眉头，"让她忘记一个叫莫南爵的人。"

老医生挑眉："是她深爱的人？"

"是……"

"那估计不行，人的思想很可怕，她如果真的深爱，就一定忘不掉。"

洛萧攥紧拳头，心里还抱着最后一丝侥幸，如果……如果小染不是真的深爱莫南爵，那么她就能忘记了："你试试看吧，我不会亏待你。"

"好，我尽力。"

老医生来到床边，伸出手指按了下童染的脸骨："长得倒是真好看，来，你把她扶起来，让她双手交握，然后脸正对我。"

童染毫无知觉，洛萧将她纤瘦柔软的身体扶起来，握住她的肩，按照医生说的做："这样就可以了吗？"

"关掉灯，不要出声。"

洛萧空出一只手关掉灯。

老医生面色凝重，将手里的玉佩吊在一根指头上，在童染面前轻晃着，洛萧紧抿薄唇，就听见他声音醇厚地说着些什么……

第一次说到最后，童染的眼皮轻轻地向上翻了下。

第二次她完全没任何反应。

……

二十分钟后。

老医生放下玉佩，让洛萧将灯打开。男人显然更关心另一个问题："怎么样，能忘记莫南爵吗？"

"不行，"老医生果断地摇头，"她要么是爱得太深要么是伤得太深，忘不了，第二次我怎么做她都没反应。"

爱得太深……

洛萧神色黯淡，垂着的双拳握紧，眼底暗涌的波涛让他不得不正视这个问题："你再试一次？会不会是哪里出问题了？"

"应该是没问题的……"

洛萧冷下脸："再试一次！"

"行，我下点狠手，不过，如果这样真的忘记了，她以后会很痛苦，会经常头疼的。"

洛萧皱起眉头："这些我会帮她缓解的，你只要让她忘记莫南爵就好。"

老医生只得再度拿起玉佩："关灯。"

他又按照之前的方法试了一次，这次时间从二十分钟增加到了四十分钟。

然而，当催眠进行到最后，老医生将玉佩覆上童染的双眼，即将开口的时候，童染突然伸出手，一把扯住了那块玉佩，粉唇微张："莫南爵……"

她声音很轻，力道却很大，老医生惊得想要收回手，童染眉头突然拧起来，小手紧握，指甲生生在他手上划出几道血痕！

"嘶——"

老医生惊得站起身，连连后退几步，童染却依旧不罢休，双手挥动，竟然连洛萧都拉不住她要扑上前的身体："小染！"

老医生从没见过反应如此激烈的人："快把她放平，按住她的双手，快！"

洛萧将童染按在病床上，握紧她的双肩。童染秀眉紧皱，两只纤细的手臂不停地打在他的脸上和肩上："不要……莫南爵，放开我，我不要——"

她语无伦次，动作激烈至极，洛萧拿过被子将她裹住，而后用力压着她的四肢让她无法动弹，过了约莫二十分钟，童染才慢慢停下动作。

"小染？"洛萧见她头一歪又没了反应，突然心急起来，伸手拍拍她的脸，"小染，小染！"

见她一动不动，洛萧冷着脸抬起头："怎么回事？！"

"没事，这不是又睡过去了吗？她方才已经是催眠敏感度四级状态了，居然还能从催眠中脱离出来挣扎，要不是我躲得快，她那手绝对把我的眼睛抓瞎。这说明这人是真的深扎进她心里了，"老医生摇头晃脑，手上被抓出血痕，他忙用酒精棉球给自己消毒，嘴里碎碎念着，"扎进心里的东西除非生老病死，不然拔不出来的。"

"……"

童染枕着柔软的枕头，方才的剑拔弩张全部退去，恢复了那副气息微弱的样子，好像随时会断气一样。

洛萧双手紧握成拳，眉宇间深沉的痛苦浮现出来。她爱莫南爵到底有多深？

他突然转过身，抬手就一拳砸在雪白的墙壁上！边上的仪器都跟着震动了下，洛萧面色阴冷，低下头看着童染的脸，眼底黑云浮动，整个病房内只剩下他剧烈的喘息声。

老医生见状摇了摇头，叹了口气："没用的，她潜意识里都能反抗这么激烈，肯定是忘不了的。"

洛萧狠戾地眯起眼睛，突然很想知道，如果刚才的催眠是让小染忘了自己……

她会忘记吗？

他垂着头，浅薄的刘海盖住了额头，老医生也知道他心情不好，识趣地没再开口。

过了好半晌，洛萧才平静下来，再度开口："那怀孕的事情她忘记了吗？"

"我刚刚催眠怀孕这事儿的时候，看到她翻眼皮了，手指也动了，这些都是催眠中记忆封闭的征兆，"老医生拍着胸口，差点被吓死，"怀孕的事应该是忘记了，她从知道自己怀孕到现在应该没多长时间，所以催眠容易。"

洛萧抿着唇，突然开口，也不知道是在问人还是在自言自语："女人要是替男人生了孩子，是不是分开就更难了？"

老医生闻言面露笑容："那当然啊，我媳妇生了孩子之后都离不开我儿子了，两人之间的纽带更紧了嘛，毕竟孩子是爱情的结晶，肯定放不开的。"

他说着声音小了下去，今天为了钱做了件这么缺德的事情，不知道会不会有报应……

洛萧垂在身侧的手攥了起来，小染要是和莫南爵有了爱情的结晶，再做什么都没用了。

他阴恻恻地眯起眼睛，抬脚走出了病房，丢下一句："在这里待着别动。"

老医生看着病床上躺着的童染摇了摇头，这孩子肯定不是方才那男人的，要不然谁会这样做？

二十多分钟后洛萧便回来了，手里拿着个盒子和一台小型 DV，老医生见状起身："这是要做什么？"

"没你的事，让开。"洛萧推开他，将 DV 放到合适的角度后，走到床边坐下，熟练地打开盒子，里面是一支一次性针管和一管深红色的试剂。

洛萧将试剂举起来，对准头顶的白炽灯晃了下，确定色泽度没问题后，撕开了一次性针管的包装袋。

老医生曾经是化学博士，加上学了三十多年医，对这种东西也了解过，他颤抖着伸出手去，"这，这是……毒药吗？"

洛萧并不睬他，站起身走到垃圾篓边，将试管的头用力掰开，而后用一次性针管将那深红色试剂吸了进去。

老医生盯着他的动作不放。

洛萧面色阴沉，掀开被子，握住童染垂在身侧的纤白左手。

"你做什么？！"老医生陡然一惊，忙冲过去抓住他的手，"你要给这小姑娘注射这个？"

洛萧神色冷冽："松开你的手。"

"你疯了？"老医生并不松手，催眠什么的可以，但是这毕竟是人命关天的事情，他医德在身说什么也看不下去，"她还怀着孕，你给她注射这个，她还能活吗？"

"不会死的。"洛萧伸手将他推开，眯起眼睛，"我自己的东西，我还不知道吗？"

老医生被他推得后退几步："你的东西……你……"

洛萧不再开口，将童染的左手拉起，针尖对准了她的手腕，将那深红色的液体尽数推入她的体内……

老医生见状伸手遮住眼睛，不忍再看。

注射完之后洛萧将针尖拔出扔在地上，童染原本光洁的额头莫名开始沁出汗珠，垂在身侧的手突然开始挥舞："疼，好疼，不要，啊——"

她动作剧烈，浑身紧接着便颤抖不止，洛萧紧搂着她，上半身同她相贴，薄唇紧抿："小染，不痛，别怕……"

童染置若罔闻，所有神经都被刺激，那深红色的液体被吸收进每一个细胞，迅速扩散壮大，像是一双大手拉扯着头皮般："不要，啊——"

"小染，别动，"洛萧按住她的肩膀，眉头紧皱着，"忍一忍，十分钟之后就好了，听话……"

童染的叫喊一声比一声凄厉，她挥舞的双手改为紧紧掐住，十指仿佛刺入肉中，她猝然睁开眼睛，眸中一片嗜血的猩红！

老医生捂住嘴，这、这简直太可怕了……

童染还在不停挣扎，洛萧松了下手臂，本想让她躺下去，却不料这一松手，童染突然翻了个身，朝边上的仪器撞去！

"小染！"洛萧大惊失色，忙冲过去拉住她，童染一张小脸完全涨红，脖颈处的动脉急剧跳动，整个人沉浸在巨大的痛苦之中："痛……好痛——"

洛萧眉头紧皱，Devils Kiss 的毒发是因人而异的，有些人刚注射过后并不会毒发，可没想到这么巧，小染第一次注射就毒发了。

他用力拉住她的双手将她按回病床上，童染完全处于无意识状态，喉间涌上来的气血让她几近崩溃，此时根本无法被控制住，她猝然收回一只手，五指弯曲后一挥，硬生生在洛萧的脖颈上划出五道血痕！

洛萧皱起眉头，一手抓住她的肩膀，另一手探入口袋掏出一支备用的银色针管，用牙齿咬开管盖后，对准她的后颈再度刺了进去！

他动作毫不犹豫，又一管深红色液体完全被推了进去。

童染原本嗜血的双眼渐渐褪去猩红，她眼皮翻了两下，晕了过去。

洛萧弯腰给童染盖上被子，拧干毛巾后将她额上的细汗抹去。

"过来。"洛萧突然直起身体朝老医生喊了句，"再帮她检查一次。"

"好……"

半小时后，老医生将单子从打印机里抽出来。

洛萧忙伸手接过去："怎么样？"

老医生摇头："孩子暂时没什么事，毕竟才一周多，看不出来什么，但是毕竟母婴的血是相通的，说不定孩子会受到影响……"

"没事，"洛萧看了看单子，而后将其捏成团扔开，"我说不会就不会。"

"……"

此时，洛萧口袋里的手机响起来，他拿出来看了眼，而后快速接起来，举步走到窗台边，一直到手机那头的人挂断电话都没讲一句话，再返回来时，老医生已经收拾了包站起身来。

"那个，今天你找我过来我就不收钱了。"

洛萧挑眉："为什么？"

"我不想要钱，"老医生看向地上的针管，"我可不可以找你要一管这个？我想自己回去研究，我保证不会做别的，也不会外传的。"

他本以为洛萧会拒绝，却不料他点了下头："好。"

老医生一喜："那你现在去拿吗？还是……"

他话还没说完，洛萧突然走到他跟前，他抬起头，还未开口，就感觉到一个冰冷坚硬的东西抵在自己腰侧。

他猝然睁大眼睛："你……"

"我可以给你，可是你已经没机会拿了。"

洛萧扣动消音枪的扳机，子弹射入老医生的腰侧，老医生连尖叫都来不及，双眼一翻，擦着男人的肩膀倒了下去。

洛萧收回手，拿起那架 DV 后转身走出病房，外面站着几个人："少爷。"

"去把里面收拾干净，找几个人前前后后看紧。"

"是。"

他说完转身离去，几个手下走过去打开病房门的时候，就见一团深蓝色的东西蹿了进去，几人吓了一跳："什么东西？"

"喵——"

楠楠本来是藏在车顶上的，这会儿好不容易找过来，肯定不会被轻易抓住，它扭头看看几个彪形大汉，圆滚滚的小身体灵活地冲进病房，几下便不知道躲到哪里去了。

几个手下对看了一眼，还以为是洛萧养的什么宠物，也就没放在心上，清理完之后便退了出去。

病房的门再次被带上，楠楠从饮水机后面探头探脑地蹿出来跑到病床边，咬着被单爬了上去。

"喵——"它蹭到童染头边，女子嘴唇苍白，睡颜恬静。楠楠伸出小爪子摸摸她的脸，想叫她起来，可无论它怎么扑腾，她就是不动。

楠楠委屈地叫了几声，小身体钻进她的被窝里蜷了起来。

　　洛萧出了私人医院后将车开到傅氏门口，下车后却并未进去，而是上了马路边的另外一辆轿车。

　　车内，冷青坐在驾驶座上，看见他便回过头来："少爷，您怎么这么久才来……"

　　洛萧并未透露童染怀孕的事情："去看了下小染。"

　　冷青点头，而后皱起眉头："那我们现在去哪里？万一莫南爵的人找到怎么办，帝爵已经有人在朝这边查了……"

　　"去小染住的那个小区。"

　　冷青一怔："小区？"

　　"对，"洛萧眯起眼睛，"去接莫南爵。"

　　"……"冷青更是怔住，"莫南爵不在锦海市？！"

　　难怪，他还奇怪洛萧带走童染后，莫南爵为什么没有第一时间找来，原来是不在。

　　洛萧身体向后靠："我也是才知道，他去了意大利。"

　　"……"

　　冷青愣怔良久才道："他是因为知道我们要合作才去的？他怎么可能会知道……"

　　洛萧并不说话，闭上眼睛，暂时不去理这些事情："现在就去小区，他今天肯定会回来。"

　　冷青现在才理清头绪，发动车子，突然开玩笑道："少爷，这次算不算傅青霜阴错阳差救了你一次？"

　　"要不你搬到傅家去吧，对她这么感兴趣？"

　　冷青忙闭上嘴巴。

　　车开到小区门口停下，洛萧闭着眼睛靠在座椅上，冷青也没说话，等了没多久，就见几辆轿车开了过来，将他们的车子包围在中央。

　　而后，一辆宝蓝色的布加迪威航从路口疾驰而来，横停在小区门口。

　　冷青一惊，吓得双手冒汗，握紧了方向盘："少爷，这……"

　　洛萧一句话没说，打开车门下了车。

冷青忙跟着下去。

布加迪威航的车门被推开，莫南爵一身黑色风衣，修长的腿上套着双皮靴，显然是刚下飞机便过来了，男人俊脸阴沉，步子迈得很大，洛萧才抬起头，便被揪住衣领："她人在哪里？！"

洛萧并不说话，抬眸同他对视。

莫南爵一手揪着他的衣领，将洛萧抵在轿车的车门上，后背撞击发出砰砰的声音："我问你她在哪里？！"

冷青攥起拳头，围着他们的轿车上下来十几个黑衣人将冷青围了起来。

洛萧还是不动，莫南爵微弯下腰，伸手从皮靴里掏出把匕首，男人皓齿快速咬掉刀套，锋利的刀尖抵住洛萧的脖子："说！"

洛萧这才开口："她在我那里。"

莫南爵手臂横进一点，刺破了洛萧颈间的皮肤，滴滴鲜红的血珠沁了出来："我要具体的地方！"

"你去了也没用，"洛萧也不喊疼，眉宇冷静，"你松开我，我们上去谈。"

莫南爵闻言眯起眼睛，低下头来，鼻尖几乎同洛萧相抵："怎么，你要威胁我？"

"对，"洛萧点头，"我敢肯定你不会拿小染的命来赌，就凭这一点，我就可以威胁你。"

莫南爵眸中翻涌起骇人的波涛，好看的薄唇紧抿，到最后，手上的劲还是松了。

洛萧见状并不惊讶，伸手推开他后直起身体："爵少，如果你跟我上去谈谈，我保证小染暂时不会有事。"

莫南爵冷笑一声，抬起手，在洛萧身上将匕首上的血擦干净，而后丢在地上，转身进了小区。

洛萧跟着走进去。

莫南爵随身带着钥匙，打开门，扑面而来的就是童染身上常有的那种清香味，男人进门后习惯性地换上了拖鞋，走进去在沙发上坐下来，跷起一条腿，视线扫过去，发现茶几上放了个粉红色的本子。

他伸手拿起来，是一本天蓝色的记录本。

上面每一页都写着一道菜，不仅贴着菜的成品照片，内容更是详细到极致：配菜的要求与替换、具体做法、调料的比例、火候和最佳烹调时间，甚至是菜名的来历和需要搭配的配汤……

男人修长的手指一页页翻着，每翻一下，心口便生生地抽痛一下。

每一道，都是他曾经说过的菜名，有些确实是喜欢吃的，而有些只是随口一说逗她玩的。

这蠢女人还真的都记下来了……

莫南爵手背抵住额头，罕见的恐慌感涌上心头，他手心攥紧那个记录本，颀长的身体向后靠去。

背后像是压住了什么，男人低下头，就看见沙发上放着一个袋子。

他将袋子拿过来打开，里面是一团深棕色的毛线，边上还有一个半成品外加几根棒针横在其中，看起来，应该是一条没织完的围巾。

"莫南爵，我帮你织条围巾好不好？"

"你这么蠢织得出来？"

"我会学的嘛。"

"你学得会楠楠都能说话。"

"我一定会学的！"

"鬼信。"

莫南爵眯起眼睛，眼神深邃无比，黑眸紧盯着那条没织完的围巾。

洛萧跟着走进来，并没换鞋，抬头便瞥见玄关处的鞋柜上贴着张照片。

照片上，童染拿着一个大大的棉花糖靠在莫南爵的肩头，小脸上洋溢着笑容，小手比着个"V"的手势。男人则冷着俊脸，虽然看上去不情愿照相，但丝毫不影响这张合照所呈现出的美好温馨。

二人靠在一起，显然匹配到极致。

洛萧目光一沉，毫不犹豫地伸手将照片撕下来，揉成团后扔进了边上的垃圾篓。

他走进客厅，见莫南爵正拿着个袋子，洛萧也不开口，走到一侧的沙发坐下来。

冷青也跟着进来。

莫南爵手心攥了下，动作珍惜地将那装围巾的袋子放回沙发。

洛萧伸手从口袋里掏出张碟片，冷青会意，接过碟片后走到电视柜边上，装好后按了播放键。

莫南爵抬起头来。

偌大的液晶电视很清晰，画面闪了几下，然后便是一间病房。

中央的病床上躺着个漂亮女人，画面明显是未做过任何处理的，所有的人都拍得一清二楚。

正是洛萧给童染注射 Devils Kiss 的画面。

影像全长也不过二十分钟，最为清晰的地方甚至还被刻意放大，包括滴着深红色液体的针尖刺入女子的肌肤，包括童染小脸痛苦地皱起嘶吼出声，包括她的挣扎、她的哭喊……

女子如小兽般呜咽的声音一下又一下回荡在客厅内。

画面的最后一刹那，恰好拍到童染的脸，能清晰地看见她因疼痛而咬破了自己的唇，惨白的唇上有血珠沁出，绽放出妖冶的美。

莫南爵双手紧攥成拳，指骨缩紧的咔嚓声有些慑人，俊脸笼罩在层层乌云之中，再沉一点便是地狱。

他从未想过，恶魔之吻毒发的时候竟会那般疯狂……那她毒发的时候该有多疼，她帮自己解毒的时候又该有多疼？

画面刚结束，莫南爵便霍地站起身，两步上前，抓住洛萧的肩头将他按在了沙发上，抬起的拳头直直地落下来砸在他的脸上，洛萧也不躲，接连几拳之后，他才抬起手握住莫南爵的拳头："你要是把我打死了，小染也得跟着死。"

莫南爵眼眸狠狠眯起，反扣住洛萧的手腕，力道大得几乎将他的手腕生生扭断："你居然下得了手！"

洛萧同他对视，眉宇平静："莫南爵，你若是早点放手，我也不可能会下手。若不是你跟我抢，会走到今天这一步？"

"我跟你抢？"莫南爵凌厉的眉眼间尽是嗜血的光芒，"是你跟我抢还是我跟你抢？她要真是你的，我还抢得走？！你今天能给她注射Devils Kiss，明天就能杀了她！"

"轮不到你来评判！"洛萧语气一沉，"莫南爵，你们之间不应该有感情，有了也不会长久的。"

莫南爵再度抡起拳头，这一拳直接将洛萧从沙发上打得翻了下去。莫南爵直起身体，颀长的身形犹如置身地狱般阴沉骇人。

洛萧伸手按了下嘴角，血腥味冲入鼻腔，火辣辣地疼。

冷青想伸手去扶他起来，可看见莫南爵这副修罗般的模样，脚步竟生生顿在原地。

莫南爵一步步走过来，一脚踩住洛萧撑在地上的手，脚上粉蓝色的兔头拖鞋还是童染非要买的，男人眉眼阴沉，嗓音喑哑无比："解药在哪里？"

洛萧并不回答，撑起上半身，一手按住肩膀："莫南爵，你中过Devils Kiss，有多痛苦不需要我说。"

"既然知道痛苦你还给她注射？"莫南爵冷冷一笑，面容凛冽，"怎么，这就是你所谓的爱？"

洛萧抬头对上他的眼睛："这是你逼我的！莫南爵，你想我帮她解毒吗？"

"怎么，"莫南爵弯腰在沙发上坐下来，两手握了下，"要我离开她？"

"不，"洛萧摇头，"我要你做一件事情。"

莫南爵双手手肘撑在膝盖上，闻言眉梢冷讽般挑起："你这么心狠手辣，还有事情需要我替你做？"

洛萧抬了下酸麻的手臂，掏出把消音枪放在茶几上，冰冷的枪管和玻璃相碰发出轻微的声响："我要你帮我杀一个人。"

莫南爵瞥了一眼："谁？"

洛萧眯起眼睛："洛庭松。"

"什么？"莫南爵难得诧异了下，抬眸看向洛萧，"你到底在说什么？"

"明晚八点，第二医院重症监护病房401，你准时开枪。"

洛萧伸手将消音枪顺着光滑的玻璃茶几推到莫南爵跟前："就用这

把枪。"

莫南爵视线落在那把消音枪上，而后冷笑着抬起来："我还当你为什么不直接撞死，原来在这里放了线。"

洛萧并不回答，收回手，同莫南爵对视："这就是我要你做的事。"

"然后？"

"没有然后，你只负责杀了他，我会替小染解毒。"

莫南爵身体向后靠："我要是说不呢？"

洛萧微仰下巴："你舍得看她毒发你就说不。"

"你当真舍得？"

"跟这个比起来，我更不舍得看她跟你在一起。"

莫南爵走到阳台边，推开窗户，外面的冷空气悉数灌进来，他点了根烟，薄唇轻吐出的烟圈如同云雾般缭绕。冬天了，下雪的时候从这里望出去白茫茫一片，更加美丽。

要是童染在，她看到了一定会笑。

莫南爵侧过头，仿佛能看见童染穿着件毛茸茸的睡衣蹲在边上，仰起小脸，笑意盈盈地看着自己，嘴角梨涡绽放。她说，莫南爵，你抱我起来好不好？

阳台的右边还放着把藤椅，里面的阿狸抱枕是他们逛超市的时候一起买的。

她说，莫南爵，你不抱我的时候，我就抱着它。

莫南爵深邃的目光落在抱枕上，他伸出手，将抱枕拿起来，柔软的触感直击人心，男人低下头，将俊脸埋了进去，闭上眼睛，鼻尖用力吸了口气，仿佛能闻到她留下来的味道。

时间一分一秒地流逝，莫南爵始终维持着那个姿势没动，直到指间夹着的香烟烧到尽头，手指猝然被烟头烫到，男人甩了下手，站起身来。

他将手里的阿狸抱枕放回藤椅上，眼底的哀戚和深情收了回去，走回客厅。

洛萧站着没动。

莫南爵看也不看他一眼，径直进浴室冲了个澡，出来时全身只围了条白色浴巾，旁若无人地进了主卧，换了件干净的深蓝色休闲衬衫。

童染曾经说过，最喜欢看他穿这个颜色。

换好衣服后莫南爵从主卧走出来，双手插兜，冷冷看着洛萧："带我去见她。"

洛萧眯起眼睛："好，我带你去见，不过她暂时不会醒，你见了也没用。"

说完洛萧抿着唇，起身走了出去。

冷青刚要跟上，一道黑影却出现在面前，他怔了下："爵少？"

莫南爵一手撑在墙壁上，视线在他的脸上来回巡视着，突然伸手摸了把他的脸。冷青一惊，慌忙后退："你做什么？！"

莫南爵嘴角扬起抹笑："这容整得不错，模型是金城武？"

冷青冷下脸："爵少，你在说什么我听不懂。"

"听不懂就把耳朵也整整，"莫南爵定定地看着他，眼神瞬间变得深沉，"你跟着洛萧，他给你多少钱？"

"我不要少爷的钱。"

"那就是要女人？"莫南爵眯起眼睛，"我猜一下，难不成，你帮他睡老婆？"

一语说中。

冷青顿时无语，自然是摇头否认："爵少别开玩笑了，不可能发生这种事的。"

"可不可能你们心里清楚，"莫南爵陡然伸出一手搭在他肩上，五指握了下，"你跟着洛萧，不图钱不图女人，那你图什么？"

冷青不敢开口，怕被他绕进去。

"不说话就是默认了，"莫南爵轻点了下头，"果然是为了报仇。"

冷青矢口否认："我不想报仇。"

"那就是有仇。"

"爵少！"冷青心里咯噔一下，推开莫南爵的手，再说下去他绝对招架不住，"少爷已经下去了，我们该走了。"

冷青说完抬脚就朝门口走去。

莫南爵不再多说，二人乘电梯下楼，就在冷青走出电梯的时候，莫

MO WANG CHU XIN, XU NI ZHAO XI

南爵擦过他的肩膀，极轻地丢下一句话："我知道你是谁。"

男人说完便径直向前走去，冷青闻言却猛然僵住，盯着莫南爵的背影，喉间哽了下。

以后在莫南爵面前绝对不能多说，说一句就能被绕死。

冷青将车开到私人医院的门口时，还未停稳，莫南爵便推门下了车。

冷青一个急刹车，差点撞到边上的护栏。

莫南爵瞥也不瞥一眼，抬脚就朝医院里面走去。

一路乘电梯上了楼，洛萧绕了好几个走廊，最后走到一扇门边，却不推门，而是朝边上的垃圾桶踢了下，原本雪白的墙面便打开道铁门。

莫南爵冷笑出声："连这种小暗道都得用垃圾桶，你自我定位果然很高。"

洛萧始终不说话，推开铁门朝里面走，再度穿过三四个小房间，来到一个大病房前。

门边便是一扇巨大的玻璃窗，能够清晰地看到房内的景象。洛萧打开灯，莫南爵双手插兜站在窗边，幽蓝的灯光洒在他身上，男人视线直直地扫过去，一眼就看见了病床上躺着的女子。

洛萧走过去同他并肩而立："小染还在睡。"

莫南爵并不开口，薄唇紧抿，涌动波光的眼底溢满思念。洛萧侧过头，能够清晰地看见他眸中紧锁的深情。

洛萧别过头，站在边上没说话。

半晌，莫南爵薄唇才动了下："去开门。"

洛萧并不动："就在这里看。"

"来都来了，你还怕什么？"

洛萧眯起眼睛，走过去打开门后，阴着脸侧身让开，抿着唇没说话。

莫南爵推开门走进去，病房内并未开暖气，一进去便是一阵冷气。

男人俊脸一沉，回过头来："你开了冷气？！"

洛萧跟着走进来："她体内有 Devils Kiss，不能吹暖气。"

莫南爵旋身揪住他的衣领："这么冷的天气你开冷气？是想让她活

活冷死？！"

"不会冷死，"洛萧推开他的手，"只开两个小时冷气。"

莫南爵松开他，走到控制开关边将冷气关掉。

洛萧站在原地，并未阻止他。

房内亮着幽蓝色的夜灯，中央的圆形病床极大，童染盖着薄被躺在中间，越发显得孱弱。她双手垂在身侧，被子拉到肩膀的位置，巴掌大的小脸苍白如纸。

莫南爵抬脚走过去，脚步很轻，明知道她不会醒，可还是怕吵醒她。

头顶幽蓝色的灯光将他深棕色的碎发打出一层朦胧色彩，莫南爵双腿跨过床沿的篓子，里面几根注射过的针管很是显眼，他眼底一刺，在床沿坐了下来。

莫南爵眯起眼睛，目光移到童染脸上后便再也移不开，眼眸中所有的冷血和孤傲在碰到她以后都溃不成军。男人倾身，手臂伸出去搂住童染包裹在薄被中的细腰。

他不敢用力，便半撑起身体，将她搂进怀中，俊脸完全埋入她的颈窝内。

她熟悉的体香清晰地钻入脑海，男人鼻尖酸涩，心底难以控制的情绪涌了上来。他微抬起头，薄唇凑到她的耳边，声音很轻："老婆，我回来了。"

童染歪着头靠着他，没有丝毫反应。莫南爵微抬起上半身，前额同她的额头相抵，薄唇轻柔地吻住她的鼻尖，又说了一遍："老婆，我回来了。"

莫南爵吐出的这六个字声音很轻，洛萧却像是听到了惊雷般退后两步，眉头深深拧起。

莫南爵维持着这个姿势，薄唇始终停留在她的鼻尖，感受着她微弱的呼吸，那至少告诉他，她还活着，还能安静地靠在他怀里。

男人伸出手，将她脸颊边的碎发别至耳后，动作很轻，指尖缠绕着从未有过的温柔："不是说好了要等我回来？"

童染一动不动。

莫南爵一手从她背部穿过去后握住她的肩，掌心摩挲着，精致的侧脸同她的脸颊紧贴住："不是说要给我礼物吗，我回来了，拿出来吧。"

"我饿了，去做饭。"

"你织的围巾好丑，我不会戴出去的。"

他抬起另一只手，刚动了下，童染原本被他搭在自己肩头的手臂便无力地滑了下去，垂在床沿。

莫南爵眼眸低垂，将手伸出去同她的五指紧扣在一起，微微用力，感受到她柔软的指骨，男人低下头，薄唇轻啄了下她的嘴角："对不起。"

童染垂着的手指动了下，她其实模模糊糊是能听见点声音的，可是体内的毒素让她无法清醒，她轻拧起眉："嗯……"是谁在说对不起……

莫南爵听到她喉间滚出来的声音，凑过去轻咬她小巧的下巴："老婆。"

童染轻拧起的秀眉因为这个动作松了下，似乎这两个字就让她紧绷的全身骤然松懈。

洛萧见状眸中溢出紧张神色，走过去抓住莫南爵的肩头："你想做什么？"

"紧张什么？"莫南爵头也没抬，"你可以选择滚出去。"

洛萧拧起眉头，抓着莫南爵的肩头向上拉："起来。"

"松开，"莫南爵抬头睨了他一眼，"不要逼我在这里打你。"

洛萧眯起眼睛，莫南爵双手动了下，将童染的整个上半身搂起来，她软绵绵地靠在他的肩上，歪着头的模样很是动人。

"不要再让她疼了，"莫南爵环住童染的背，她本来就很瘦，这会儿似乎比他走之前更瘦了，男人眼底涌出疼惜，伸手在她背部轻拍，"她受不了的。"

"以后的日子里我会慢慢弥补她。"

"弥补？"莫南爵冷笑一声，"捅进去的刀，再怎么拔出来，上面也会沾血。这个道理你不懂？"

Chapter9

莫南爵，你的爱太可怕了

洛萧并不说话。

莫南爵微仰起下巴："莫北焱是怎么和你说的？"

洛萧抬眸看他。

"他要什么？帝爵？"莫南爵冷笑，"你告诉他，我可以把帝爵给你们，"男人视线瞥向病床上，"前提是你把她的毒解了。"

"帝爵是他要的东西，不是我，"洛萧依旧不动，眼底的阴鸷沉了下去，"我要的是小染恨你。"

莫南爵嘴角扯出一抹嘲讽的弧度："她这时候有多恨我，以后会千倍万倍恨你。"

"与你无关。"

莫南爵冷冷眯起眼睛："我给了你机会，是你自己不要。"

"莫南爵，其实你要解决我很简单，你的实力我也很清楚，但是只要我掐着小染的命，我相信你就绝不会动手，"洛萧同他对视，"这样很好不是吗？她是我的，我会护她一辈子。而你继续过你的生活。"

此时，病床底下突然传来一阵咚咚咚的动静，洛萧皱起眉头，还没说话，便有个深蓝色的东西猝然蹿出来，爪子对着他的脸就是一抓！

洛萧惊得退后，抬起来的手臂骤然一疼，他反手一挥，那小东西再度扑上来，又是一爪子抓过他的肩头！

洛萧转身从桌上拿起把水果刀，刚伸出去，便被一只修长的手挡住。

莫南爵将那水果刀推开，弯下腰，伸手握住那小东西的后颈将它拎了起来："你怎么在这？"

楠楠一双滴溜溜的蓝眼睛睁得很大，虎视眈眈地瞪着洛萧，悬在半空中的小爪子还不停地朝前抓着："喵！"

洛萧放下刀，手臂和肩头都被抓出几道尖锐血痕，鲜红刺目，他疼得皱起眉头："这是什么鬼东西？"

莫南爵拎着楠楠晃了下："专门抓鬼的东西。"

"……"

"喵！"楠楠被拎得难受，转过头去看一眼莫南爵，方才嚣张的气势瞬间灭了下来。

其实当初买楠楠的时候，店长便告诉过他，楠楠并不是只纯种英短猫，是猫到虎的变异品种，说起来，应该是头小老虎。

他并未告诉童染，也一直是当只猫来养的，没想到越养越大，小家伙爪子倒是锋利起来了。

男人将它放下，转身朝洗手间走去，再出来时，手里拿着个塑料脸盆，里面装满了水，上面还飘满了白色泡沫。

洛萧按住手臂上的伤口："你要做什么？"

莫南爵看也不看他，走到病床边，将脸盆放在床沿，而后伸手将楠楠拎过来，直接按了进去。

"喵！"突然被按进水里，楠楠浑身一个激灵，抖着身体就要出来，莫南爵眼神一冷，竟硬生生看得小家伙不敢再动，安静地趴在盆中，用眼神抗议。

男人将衬衫的袖子挽至手肘，修长的手指一寸寸地抚过楠楠身上细密的蓝毛，眼神深邃地望向病床上的人。

她曾经说过，要让莫南爵给楠楠洗澡。

"童染，我知道你听不见，我只是想告诉你，"莫南爵低着头，未定型的浅薄刘海遮住额头，大掌抚过楠楠身上柔软的毛，"我以后每天都会帮它洗澡，一直洗到你完全不记得它为止。"

洛萧眼底一刺。

这个澡洗了整整半个小时，莫南爵将楠楠拎进洗手间，出来的时候小家伙裹着条白色的毛巾，男人将它身上的水渍擦干净，而后弯腰将它放在地上。

莫南爵抬脚走到床边，俯下身，薄唇在童染的额头上印下深深的一吻，而后直起身体，转身走了出去。

洛萧眯起眼睛看着他的背影，转身关上了病房的门。

楼下，冷青和几个手下正等着，莫南爵下来的时候目不斜视，径直走了出去，冷青忙追上去："爵少，少爷他没下来？"

莫南爵随口甩了一句："死在楼上了。"

冷青："……"

他转身刚要上去，就见洛萧走了下来："少爷。"

洛萧左右看了一眼："莫南爵走了？"

"是的，刚刚走出去。"

洛萧跟着走出去，这里是条林荫大道，四周都很安静，莫南爵并未开那辆跑车，而是双手插兜走在前面。

他走得很慢，洛萧几步就挡在他身前："你忘了拿这个，"洛萧将那把消音枪递过去，"明晚八点，用这把枪，医院那边我安排了心腹盯着，我知道你可以轻松地找人替换，但是我想你不会拿小染的安危开玩笑。"

莫南爵冷冷挑起眉，伸手接过那把消音枪。不再理洛萧，朝前走去。才走出几步，便有几辆轿车停在他身侧，男人也没回头看一眼，抬脚就跨了上去。

直到轿车消失在视野内，洛萧才收回视线，转过身就见冷青站在身后。

"我上去陪小染，你今晚没事就回去歇下吧，这几天也累了。"洛萧边说着，边转身朝私人医院走去。

冷青望着他的背影叹了口气，在原地站了一会儿，便到医院门口取了车开回家去。

虽然跟了洛萧，但是他还是没住洛萧安排的房子，而是自己租了个公寓，虽然不是市中心，但条件也算不错，交通也很便利。

冷青将车开到出租公寓的门口，到边上的夜宵店里买了点烧鸡和冰啤酒。漫漫长夜很难熬，他每天几乎都是整夜整夜地失眠，有这些东西起码能借酒消愁解解闷。

走出夜宵店，还未到公寓楼下，便有两辆黑色轿车从边上两个路口开过来，一前一后地将他堵住。

冷青警觉地退后两步。

此时，其中一辆车的车门被打开，走下来一个黑衣男子，朝他看了几眼："你是叫冷青吧？"

冷青并不回答："你们是什么人？"

"跟我们走一趟，"黑衣男子指了下后面的车，"上车。"

"笑话，你们叫我上车我就上车吗？"冷青感觉来者不善，脚步向后退着，一只手已经伸进塑料袋握紧一个啤酒瓶，"有事情就在这里说，我不会跟你们走的。"

黑衣男子也不惊讶，似乎料到他会这么说，几步上前，从上衣口袋里掏出张照片递到他眼前："这照片上的女人你认识吧？"

借着头顶微弱的灯光，冷青低头一看，瞬间觉得全身血液都倒流回去，他难以置信地瞪大眼："这，这是……"

那照片的拍摄地点应该是病房内，中央的病床上躺着个女人，浑身插满了管子，右脚上还打着石膏，头上包裹着纱布，全身唯一能看清的地方就是一张脸。

就是那张脸，让冷青整个人惊怔在原地！那分明就是整容之后的韩青青！

他紧紧盯着黑衣男子手里那张照片，久久无法回神。怎么会是青青？她不是已经死了吗？

冷青半张着嘴，手里的塑料袋掉在地上，啤酒瓶碎裂发出砰的一声，才将他惊得回过神来。他猛然抬起头，一手就要去抢那张照片："你怎么会有这照片？是哪里来的？！"

黑衣男子动作迅速地将手收回去："上车。"

"少废话！"冷青此时已经激动得不行，几步冲上前，直接抓上黑衣男子的肩头，"说！你怎么会有她的照片？她是不是还活着？她在哪里？"

虽然他的力道很大，可黑衣男子显然是经过训练的，几下就将他反手按住："你跟我们上车，自然会告诉你你想知道的事情。"

"你们？"冷青被他按住胳膊不得动弹，紧咬着牙，"你们是什么人？"

"我们，"黑衣男子低下头来，声音极轻，"是爵少的人。"

莫南爵？

冷青皱起眉头："我要怎么相信你们？万一你们不是……"

"你可以选择不相信，"黑衣男子晃了下手里的照片，"那你就把自己看过的当成一场梦，我们马上就可以离开。"

这口气……果然很像莫南爵的人。

冷青没再多说，跟着黑衣男子上了车，黑衣男子让他将手机关掉："我们带你去的地方不能用手机。"

轿车开得很快，地方也越来越偏僻，四周的树木渐渐多了起来。冷青望向窗外的一片漆黑，紧抿着唇，双手不自觉地紧紧握起。

四十分钟后到了目的地。

黑衣男子拉开车门："下车跟着我。"

冷青点点头，一颗心几乎要跳出来："她在这里吗？"

"不要废话，跟着我。"

"……"

冷青闭紧嘴巴，一路跟着黑衣男子朝里面走。这里是座巨大的欧式风格白色别墅，前后都有喷泉，树木繁茂，看起来装修十分豪华。

黑衣男子顺着一条鹅卵石小道一直走，冷青跟在后面，抬起头，就看见一栋红色的小房子掩映在几棵参天大树之中，显得格外独特。

黑衣男子带着冷青走到小房子楼下，边上立马出来几个人："张开双手。"

冷青知道要搜身，也没反对，那几个人搜出一把匕首后收走："可以了，上去吧。"

冷青顾不得想那么多，那张照片深深地刺激着他，他脚下步伐加快，很快便上了二楼。

门口的两个人看他上来便将门拉开："少主在里面等你。"

冷青抬脚就走了进去。

房间里，莫南爵换了件白衬衫，同款休闲裤，很是随性不羁，双手插兜："我们又见面了。"

冷青完全搞不清状况，警惕地抬起头，开口就问："爵少，你把我骗到这里来想做什么？"

"我骗你做什么？"莫南爵闻言轻笑，"你当自己是十八岁小姑娘？"

冷青立马接话："那张照片是真的？韩青青真的没死？她在哪里？"

"一下子问这么多你不觉得哽得慌吗？"莫南爵并不回答，这种事情就是要慢慢来，他转身走向边上的酒柜，取出一瓶红酒，倒入高脚杯后递给冷青，"尝尝，百年的酒。"

冷青将信将疑地盯着他。

莫南爵端起高脚杯轻抿一口，嘴角轻轻勾起："不要让我找人强灌你。"

冷青只得伸手接过酒杯，却不敢喝，只是盯着他："你叫我来到底要做什么？那张照片……"

"那张照片上的女人，"莫南爵眼睛微眯，"你认得吧？"

一个问题就将冷青堵死。

说认得就暴露了身份，可若说不认得，那为什么要来这里？

莫南爵看出他的挣扎，意料之中地微仰起下巴："你若是想见她，我马上可以带你去见。"

冷青闻言眼睛瞬间亮起来："带我去见她！"

莫南爵摇头："可是就算见了她，她也不会知道你是罗成。"

"没关系，"冷青想也没想就脱口而出，"我会告诉她我是罗成，只要你让我见……"

最后几个字生生卡在喉咙里。

莫南爵轻挑了下眉，颀长的身形斜倚在酒柜旁。

冷青："……"

既然已经被套出来了,冷青索性开门见山:"爵少,你今天把我叫过来,难不成就是为了核实我的身份?"

"不,"莫南爵就是要让他主动开口求,他轻晃着手中的高脚杯,神情透出玩味,"我请你来是为了喝酒聊天。"

冷青心系着照片,自然是很着急的:"我要见她。"

莫南爵闻言抬起头:"你是谁?"

冷青深吸口气:"我是罗成。"

"真能整,"莫南爵勾起唇,"洛萧是不是不给人整容就心里不舒服?"

冷青怕他又把自己绕进去,没敢多说,还是那句话:"我要见她。"

"凭什么?"

"……"

"你得有个让我带你去见她的理由。"

冷青一怔,随即走到莫南爵跟前,看着面前这张颠倒众生的俊脸,不得不说,莫南爵当真是有魅力的,冷青稳住声音:"爵少,求你带我去见她。"

求这个字明显让男人很满意,莫南爵俊目轻睨一眼:"你拿什么求我?"

冷青眉头紧皱在一起:"爵少,您不要为难我。"

"我从来不为难别人,"莫南爵笑得无害,一只手伸出去搭在冷青的肩头,"你只要说出一个让我满意的理由,我马上带你去见她。"

冷青身体陡然一沉,抬眸同莫南爵对视,却看不懂男人眼底的深潭。他思索了下,不知道该说什么理由,索性随口胡扯了一个:"我和小染是大学同学。"

话一出口他就后悔了。

却不料,莫南爵对这个理由似乎挺满意的,点了下头后收回手:"行。"

冷青一时有些瞠目结舌。

莫南爵弯腰将高脚杯放到圆桌上，擦着他的肩膀走了出去。

冷青忙跟上。

莫南爵大步走在前面，冷青四处看着，这房子装修更是独特，窗帘上都挽着厚重的沉金，看起来奢华至极。

穿过条条走廊，上了几层木质楼梯，两人到了一扇白色的双开门跟前。

莫南爵抬手轻叩了下。

里面传来脚步声，紧接着门被拉开，冷青一眼望过去，就看见一个清俊的男人站在门边："好困，要睡觉了。"

"滚！"莫南爵抬脚便踢，"他要见那女人。"

陈安探头看了一眼，一副鱼儿上钩的表情让冷青浑身不自在："成，进来吧。"

冷青跟着走进去，陈安走在他边上："你这容整得不错，模型是刘德华吗？"

冷青抿紧唇，难道跟莫南爵认识的人都这样吗？

没走多久就到了一个房间，陈安上前打开门："人在里面。"

莫南爵站在边上挑眉示意，冷青便直接走了进去。

里面开着冷气，温度似乎很低，白茫茫的让视线都有些模糊。冷青伸手拨了下，抬头就看见一扇巨大的透明玻璃窗。

那玻璃窗虽然在室内，却完全落地，将偌大的房间隔开，冷青走上前，便透过玻璃窗看到了里面的情形。

他的脚步生生顿住。

里面是一张圆形的病床，四周摆着各种正在运行的仪器，从仪器上拉出来的无数根透明管子接在病床中央的女人身上。

冷青喉间哽咽了下，他缓步上前，一手伸出去按住玻璃窗，五指收紧。从这个角度可以很清晰地看见床上女人的脸。是她……真的是她！

他无论如何也不会想到，她竟然还活着！

他一直以为她死在莫南爵手上了……

冷青眉头紧皱，床上的女人气息微弱，鼻间也插着管子，身体因为躺太久已经瘦得不成样子，一张姣美的脸也彻底失去了光彩。

她和小染一样大，也不过才二十出头……

外头像她这么大的女孩子都在享受生活，她却只能躺在这样的病床上，所有的青春都变得暗淡。

冷青咬住唇，眼眶泛酸后溢出眼泪，他也不擦，视线定格后便再也移不开。

莫南爵和陈安接着走进来。

莫南爵叼着根烟，并未点燃，他斜倚在玻璃窗边："看够了没？"

冷青一动不动。

莫南爵见状推了下陈安的肩："去把她身上的管子都给拔了。"

冷青闻言陡然转过头来："莫南爵，你别乱来！"

"叫这么大声做什么，"男人将嘴边的烟拿下来，倾身过去将烟别在冷青的耳朵上，薄唇浅浅勾起，"我想你现在的心情一定很复杂。"

冷青退后两步，警惕地看着他。

"你看，你爱的女人躺在这儿不能动弹，"莫南爵修长的手指轻叩几下玻璃窗面，"而你在外面，跟着她的仇人潇洒共事，成天如影随形。怎么样，这感觉是不是特别爽？"

最后一个爽字，男人加重了发音。

陈安挑眉，随即走到沙发边坐下，百赖无聊地拿起本杂志翻着看。

冷青闻言脸色阴暗无比，双手紧攥成拳："别说了。"

"敢做不敢听？"莫南爵上前一步，他本就比冷青高，这会儿搭下来一条手臂几乎将冷青压得不能动弹，"你跟着洛萧的时候，想过韩青青会用什么样的眼神看你吗？"

"够了！"

冷青浑身开始剧烈颤抖，这样的刺激他怎么受得了，伸手就要推开莫南爵的手。可男人怎么会放，五指收拢，反倒抓得更紧："你不是跟了洛萧吗？能为他赴汤蹈火换头换脸，这会儿难道还会怕一个女人不成？"

冷青几近崩溃："莫南爵！"

"给我闭嘴！"莫南爵脚下一踢，冷青整个人被踢倒在地，男人右腿抬起踩住他的肩头，俊脸上阴鸷一片，"别给脸不要脸，我的名字是你能这样喊的？"

冷青被踩住肩，脸上因激动而红了一片，他大口喘着气，心底堵着的那口气却怎么都无法消散："你放开我！"

莫南爵眯起眼睛："怎么不叫你的少爷来救你？"

冷青闭上眼睛，待呼吸平稳些后才又睁开，他抬眸对上男人黑曜石般的瞳仁："爵少，对不起，是我无礼了。"

莫南爵眉梢轻挑，脚尖从冷青的肩头移开，身体向后窝进了边上的沙发里："起来。"

冷青撑着身体站了起来。

莫南爵只跷着一条腿看着他。

他不说话，那就是给自己开口的机会，冷青自然知道这点，别过头去，视线再度落在病床上："爵少，她为什么还活着？"

莫南爵闻言踢了陈安一下，示意他来解释，陈安没好气地合上杂志："那时候她被注射药物后导致疯癫不止，然后又阴错阳差被爵打了针安定剂，二者相融合后，便产生了致命的毒素，她本来已经死了的。"

冷青眼底一刺。

陈安继续说道："可是老天爷似乎不想让她死，你应该知道她之前是被丢在贫民窟的吧？她应该是那时感染上了一种病，这个嘛你肯定知道的，艾滋病。"

冷青闻言浑身一震，难以置信道："那她……"

"她那时候还抓伤了爵，但是爵并没有被感染，知道是为什么吗？"陈安若有所思地看向病床上的韩青青，"病毒进入她体内后，就和之前被注射的致疯癫药物融合在一起，互相抵消了，本已经没事，却又生成了另一种毒素，具体是什么我也说不清，但也是致命的。而且，她那时确实是短暂休克了的，一切身体征兆都告诉我她已经死了。但后来手下的人将她抬出去准备处理的时候，有人来告诉我们，说看到她的手指还能动。"

冷青听完后无比震惊："怎么会这样……"

难怪当时韩青青出事后，童染自杀进了医院，洛萧安排了人在别墅外面盯着，可是始终没有发现莫南爵的人出来处理尸体，他们还以为是用别的方式处理掉了……

"这就是老天爷的安排，"陈安摊手，"我想，洛萧也完全没料到会这样，他不可能会想到，他研究的那种致疯癫毒素会和艾滋病病毒相融合，产生另一种新的毒素。"

冷青双拳攥紧："那她现在是什么情况？"

"现在你不是看见了吗？"陈安瞥了一眼后摇头，"就这个半死不活的样子，说不定哪天就没了，还每天都浪费我的水电费……"

"那个新产生的毒素没办法解吗？"

"我可以试一下，但是我缺个小白鼠，"陈安看他一眼，"你要来当吗？"

"……"

冷青还是有些无法接受，毕竟一个已经认定死去的人，突然就这么出现，他觉得自己的心都快要跳出来了，他抬眸望向一直不说话的莫南爵："那你为什么一直不告诉小染？"

莫南爵好看的桃花眼浅浅眯起，搭在腿上的手指轻敲着："都说了，她的情况极其不稳定，随时可能会死，童染已经因为她的死自杀过一次了，难道你让我告诉她，之后万一哪天韩青青又撑不住死了，难道要再让童染崩溃一次吗？"

确实是这样，如果韩青青再死一次，带来的打击无疑更大。

他语气突然软了下来："爵少……谢谢你能把青青留下来……"

"别谢我，"莫南爵抬手阻止他，眼神阴鸷，"要不是童染那么看重她，这种害过我的女人早就暴尸荒野了。"

冷青还未再开口，莫南爵却突然又说道："不过现在不同了，既然你是罗成，那么我随时可以拔掉她身上的维生系统。"

冷青顿时神色紧张："那，爵少需要我做什么？"

"不是我需要你做什么，是你必须按照我说的去做。"莫南爵直起身体，示意冷青在边上的沙发上坐下，而后道，"我从来不谈没把握的交易，你一旦答应了我，如果耍花招或是没办成，后果会让你这辈子都无法再站起来。"

冷青点头，并未多加思索，莫南爵手里的韩青青便是最大的筹码，他不可能放下她："爵少放心，我只要答应了，一定会拼死办成。"

莫南爵并不意外他会这么说，眯起眼睛："明晚八点，洛萧在医院给你安排了什么位置？"

冷青据实回答："抢救室。"

莫南爵挑眉："他还真是最后一点退路都要切断。"

"少……他说，要我待在抢救室，如果没能抢救过来就不动手，能抢救过来，就注射毒素，"冷青从口袋里掏出一个小袋子，里面装着些粉末，"兑水后就可以直接注射，一滴致命。"

莫南爵伸手将那个小袋子拿过来，而后从沙发后面取出一支深蓝色的小管子，顺着纹理分明的大理石桌面推过去："换成这个。"

冷青伸手接过，全密封的管子看不清里面的液体："这是？"

"河豚毒素 B，"莫南爵身体向后靠去，"会让人暂时休克，所有生命体征全部消失，呈现出死亡的状态，也就是假死。"

"我找人调出了洛庭松以前体检时拍过的片子，知道他心脏的大概位置，明晚我那一枪会偏离心脏一点，所以他不会死。抢救时你找机会将河豚毒素 B 注射进洛庭松体内，后面的事你不用管。"

"好，"冷青收起那管子，"我知道该怎么做了。"

"两件事，还有一件，"莫南爵沉寂片刻后开口，"我要傅青霜这个人。"

"傅青霜？"冷青怔了下，"这个我办不到，我不可能把她从傅家绑出来……"

"不，"莫南爵眯起眼睛，"你还是太嫩了，洛萧不会放过傅青霜的，最迟明天，他一定会对傅青霜下手。他也许不会直接杀了她，但是也不会好到哪里去，"男人跷起条腿，"你不是跟了洛萧这么久吗？找他要一个他已经弃掉的人，应该没什么难的吧？"

冷青并不太懂："你要傅青霜做什么？"

"她能逼着洛萧娶她，价值自然不言而喻，"男人薄唇浅浅勾起，"她若是能狠下心继续威胁，洛萧绝对会选择听她的，只是女人都太心软，到最后还是舍不得。"

冷青绷着脸，突然开口："傅青霜怀孕了。"

"哦？"莫南爵挑眉，"她怀孕了关我什么事，难不成孩子是你的？"

"……"

冷青并不回答，站起身走到玻璃窗边，喉间哽了下："我……能进去看看她吗？"

"不能，"莫南爵果断拒绝，"做好你要做的事，否则你下次可以去乱葬岗看她。"

冷青没再说话，在玻璃窗前站了好一会儿，才转身离去。

莫南爵站在窗边看着冷青被车送出去，精致的侧脸被夜色打出一层寂寥。

过了明晚八点，一切都会不一样了。

男人收回视线，只觉得无比疲倦，伸手按了下眉心，刚转过身，一阵异样的电流陡然袭上心头！

莫南爵眉头一皱，身体软了下便单膝跪了下去，他一手撑住地面，强冲上来的快感让他浑身剧痛难当。男人咬着牙，伸手去抓边上柜子的门。

陈安正好推门进来，还未开口，便看见这一幕，几步冲了过来："爵！"陈安扶住他的手臂，发现他浑身都在颤抖，"糟糕，你毒发了！"

莫南爵这会儿尚且清醒，他向后靠抵住柜门："出去。"

陈安无视他的话，拉着他就要站起来："走，我扶你去无菌房。"

莫南爵俊目轻眯，汗水顺着精致的侧脸滑落下来，他用尽所有力气推开陈安，陈安向后趔趄一下，就见男人拉开柜门，从里面取出一个盒子。

"你疯了？！"陈安冲上去按住他的手，"松开！我去给你找个干净的女人来，可以暂时缓解毒发。"

"开什么玩笑，"莫南爵勾唇，连说话都在喘气，他痛苦地仰起头，解开的衬衫下露出性感的锁骨，"我现在是个有老婆的人，你让我找什么女人？"

陈安一怔，伸手握住他的肩："爵……"

莫南爵薄唇紧抿，伸手将盒子打开，里面一根根银色针管排列整齐，全部是 Devils Kiss。男人拿出一根，颤抖着将管盖咬下来丢开，抬手就朝自己的右臂扎下去！

"不行！"陈安抓住他的手，"莫南爵，为个女人你要害死自己吗？好不容易戒了这么久，你现在给自己注射，前面的忍耐不就功亏一篑了？！"

"滚开！"莫南爵俊脸上闪过阴鸷神色，"出去！"

陈安五指用力，面色凝重："你体内的 Devils Kiss 现在已经是第二阶段了，你这一针下去就是第三阶段，以后时间长了你就会产生依赖性，毒发的时间将无法预估，而且会越来越短，你难道要一辈子被毒品控制吗？"

"你莫不是要我……这几天好好疗养下？"莫南爵胸口剧烈起伏，眸中猩红乍现，他闭上眼睛，浑身犹如针刺般疼，"童染还在洛萧手上，明天晚上我要是不出现，你要我眼睁睁……看着她死？"

莫南爵眼里的猩红已经变得嗜血，他用力推开陈安，毫不犹豫地将手里的针刺入右臂！

"爵！"

陈安惊得再度冲过去，但莫南爵动作很快，一管深红色的 Devils Kiss 已经被他悉数推入体内，男人深吸口气，感觉体内翻涌的波涛在一点一点沉寂下去，他丢开针管，修长的手臂垂下来，将头向后靠去。

"你……"陈安看了一眼地上已经空了的针管，差点被他气死，他伸手揪住莫南爵的衣领，双目染上熊熊怒火，"行，你为了个女人这么糟蹋自己，可以。莫南爵，你就去爱吧，到时候要死了别来找我救你！"

陈安说完后松开双手，起身朝门外走去，砰的一声将门用力摔上。

莫南爵并未动弹，屈起一条腿将酸麻到僵硬的手臂搭上去，而后再度闭上眼睛。

自从怀孕后，傅青霜就从来没出过门。

她今天醒得很早，换了件宽松的衬衫，起身将窗户推开。

昨天明明还是阳光明媚，今天的天气却如此阴沉，一大早天空就昏沉沉的，让人心情都跟着压抑。

傅青霜拿起床头的手机，想了下还是放回去，她打的电话，十个有九个洛萧都不会接，偶尔接的那一个，百分之九十是按错了。

她目光暗淡了下，而后看向自己尚且平坦的腹部。她想，也许孩子生下来后，洛萧回来的次数应该会多一些吧？毕竟，这也是他的孩子。

思及此傅青霜微微弯起唇角，没关系，她可以等他。

傅青霜在楼上坐了一会儿，便下楼去用早餐。

刚走到楼梯口，用人便迎上来："太太，先生刚才来电话了，说中午来接您出去吃饭。"

傅青霜一怔，而后瞬间睁大眼睛："真的？他怎么说的？"

"是真的，就在几分钟之前，我以为您还在睡，没敢打扰，"用人连连点头，"先生说上午十一点半来接您，让您记得穿漂亮些。"

傅青霜转身就上了楼。

她想了很久，还是挑了件孔雀蓝的裙子，她知道洛萧最喜欢蓝色，因为童染最爱的颜色是蓝色。

然后她化了个淡妆，唇上也擦了淡淡的唇彩，手腕静脉处喷了点香水。

一切准备好后，她下楼到客厅，坐在沙发上等着。

一直等到十一点半，整整三个小时，她动也没动一下，生怕错过重要的电话。

十一点半，门外准时响起门铃。

用人忙起身走到玄关，一开门，就见洛萧站在门外。

他穿了身白色的西装，浅薄的刘海打在额头上，清俊的脸上没了平时的冷淡和疏远。洛萧走进来两步，温和地笑了下："青霜。"

傅青霜站起身来，贪恋地看着他这副温润的模样……当真是宛如初见。

他们第一次见面就是在一个普通的酒会，她第一眼就爱上了他，就这么简单。

这份爱她无法放下，傅青霜深知，这辈子她不会再爱上别人了。能嫁给他，是她活着到现在，最美的礼物。

傅青霜走过去，刚要弯腰换鞋，洛萧突然托住她的手："怀孕了身子不方便，我来帮你。"

她浑身一震，泪水就这么夺眶而出："没关系，我自己可以的……"

"我来。"洛萧蹲下身，拿起边上的平底鞋，一手托起她的脚，动作轻柔地将鞋给她穿好。

傅青霜感觉自己全身都在颤抖，洛萧将两只鞋子都给她穿好后，直起身体，朝她伸出手："我们走吧？"

傅青霜将手交到他手上，男人握紧后，另一只手绕过去揽住她的肩："脚下小心些。"

傅青霜跟他一起走到外面，轿车正在等候，洛萧打开车门："要我抱你上车吗？"

傅青霜受宠若惊，摇了摇头："没关系，我，我自己可以上车的。"

洛萧嘴角浅浅地勾起，回过头来："不想我抱你上车吗？"

傅青霜咬住下唇："我……"

想，怎么会不想？

洛萧看出她的犹豫，转过身，微微弯下腰，手臂轻柔地绕过她的腿弯和背部，将她横抱起来："当心头。"

傅青霜一手勾着他的脖子，男人脚步稳健地将她抱上了车，拿过一个坐垫递给她："垫着这个，坐着软。"

"好。"

她接过去垫在背部，洛萧坐在她身边，一手还揽着她的肩："想吃什么？"

傅青霜笑着回答："我都随你。"

"那好，我们去吃西餐，"洛萧将头靠过来，"我都安排好了，你一定会喜欢的。"

"好，"傅青霜歪着头靠在他肩上，只觉得无比幸福，"萧，我们一直这样下去好不好？"

洛萧视线投向窗外，眯起眼睛："哪样？"

"就像现在这样，我不求你对我多好，我也不求你多爱我……"傅青霜伸出手去抱住他的腰，"我只希望你能在我身边，我爱你就好。"

洛萧收回视线，竟点了点头："好。"

傅青霜脸上晕染开笑容，她用力抱紧他："谢谢你。"

洛萧揽在她肩头的手拍了下，没再开口。

轿车一路开到了摩天大酒店。

洛萧将傅青霜抱下车，携着她走进大堂："我订了顶层的 VIP 房间，包了场。"

傅青霜自然是高兴的，二人乘电梯上了楼，这儿顶层很高，一眼望下去，几乎能俯瞰锦海市的全景。

服务员领着二人进了包厢，菜上齐后，洛萧挥了下手："你下去吧，别让别人上来。"

"是。"

傅青霜偏头看了一眼："这里好美。"

"你喜欢就好。"洛萧突然站起身，走到傅青霜边上坐下，开始动手帮她切牛排。

傅青霜一怔，忙去拉他的手："我自己来吧……"

"没事，你不是喜欢吃切好的吗？"洛萧低着头，细心地将牛排切成小块，而后将叉子交给她，"慢点吃。"

傅青霜眼眶一酸，接过后叉了一块喂给他。

洛萧眉头不着痕迹地拧了下，还是吃了下去："你自己吃吧，我不饿。"

他说着再度站起身，走到边上将红酒的酒塞打开，倒入两个高脚杯里，透明的杯沿被染成瑰丽色。

傅青霜吃了几块，突然抬起头来："萧，今天是什么日子吗？"

洛萧闻言温和一笑，将手里的酒瓶放下来："没什么日子，就是想庆祝一下。"

傅青霜伸出手端过一个高脚杯："庆祝什么？"

"庆祝很多事，"洛萧也端着高脚杯坐到她身边，"多到说不完。"

"你今天很开心吗？"

洛萧点点头："很开心。"

他开心，她自然也开心，傅青霜笑了笑，仰头就想喝口酒。

洛萧伸手抵住她的杯沿："先等等。"

"红酒，我稍微喝点没关系的。"

"我现在不想让你喝，"洛萧将她手里的高脚杯拿过来后放在桌上，倾身靠过去，突然开口，"青霜，嫁给我的这几个月里，你过得开心吗？"

傅青霜闻言一怔，不知道他为什么这么问。其实她并不开心，应该说是处于开心和痛苦的交界处，可她还是点了点头："开心。"

洛萧笑出声来："为什么开心？"

傅青霜将头靠在他的肩上："因为能和你在一起。"

洛萧突然侧眸看她："你爱我吗？"

傅青霜毫不犹豫地点头："爱。"

"青霜，你说，什么才是爱？"

"爱一个人，就会想和他在一起，每天都在一起，并肩看日落，简简单单，平平凡凡……"

"如果无法在一起呢？"

傅青霜抬起头来，深情地望着他的脸："那就会很痛苦。"

洛萧勾起唇："有多痛苦？"

傅青霜以为他在和自己说情话，这样的情况当真是第一次，她有些娇羞："就是，就是无法想象的痛苦。"

"你既然知道是无法想象的痛苦，"洛萧将手里的高脚杯放下，眼睛微微眯起，"那你还让我忍受了这么久？"

傅青霜一怔，再度抬头望他："萧，你在说什么？"

洛萧对上她的眼睛："我说什么你不明白吗？"

傅青霜摇摇头，直起身体坐好："萧，我没别的意思，我和你在一起就很知足了……"

"你知足了？"洛萧突然伸手抬起她的下巴，"那我怎么办？"

傅青霜并不明白他在说什么："萧……"

洛萧眼里蓦然浮现的阴暗令人心惊："你说和爱的人在一起才会开心，

不在一起就会痛，你想过我有多痛吗？"

傅青霜张了张嘴，他态度转变如此之快，她当真是始料未及的："萧，我们今天能不能不说这……"

"今天不说，你还要什么时候说？"洛萧站起身来，拽住她的胳膊，"等到我痛死的时候再说？"

傅青霜被他拽得跟着站了起来，咬住下唇："萧，我们刚刚不是说好了以后一直这样……"

"说好了？说好的话能当真吗？"洛萧脸色陡然一沉，傅青霜也不知道是哪几个字触怒了他，他一个用力就将她推到边上的栏杆上，"曾经说好的话就是真的吗？那么多背弃誓言的人，有多少个说好的等着他们？！"

"萧，我……"傅青霜背后抵着镂空的栏杆，那浮华的雕花几乎要刺进肉里，"你别这样，我好疼……"

"你好疼？"洛萧松开她的手，改为握住她的脖子，"你不是一直过得很开心吗？怎么又疼了？"

他俊脸上闪过的神色阴戾无比，傅青霜吓得浑身哆嗦，她推他的肩："萧，你……我，我说错了什么，你别生气……"

"你没说错，"洛萧在她脖颈上轻抚了几下，"就算你说错了，我也不会怪你。"

傅青霜神色一松，还来不及开口，就见洛萧转身取过桌上的高脚杯，她还未反应过来，男人突然将高脚杯放进她的手里，而后压着她的手用力按向边上的栏杆！

砰！

高脚杯因为大力挤压而破裂开来，碎玻璃片悉数刺入傅青霜的掌心，她的整只左手瞬间血肉模糊。傅青霜惊恐地睁大眼睛，手心钻心地疼："啊——"

"叫什么？"洛萧眯起眼睛，握住她滴血的手腕，再度朝栏杆上刺去！

"啊——"

整个手掌几乎被尖锐的栏杆刺穿，傅青霜疼得五官都拧在了一起，洛萧退后两步，她整个人便顺着滑了下来："我的手，我的手——"

她浑身都在颤抖，整只手犹如浸在血中。洛萧蹲下身，捏住她的下巴："你的手不是好好的吗？当初威胁我的时候，这只手是怎么端咖啡杯的，青霜，你还记得吗？"

他这一声青霜喊得极重，傅青霜只觉得浑身陷入彻骨的冰寒中，她拼命摇着头："萧，不要，不要……"

"不要什么？"洛萧手指用力，几乎将她的下颌捏碎，语气狠戾，"你不是要我吗？不是非要和我结婚吗？你做的那些事情以为我不知道？"

傅青霜哆嗦着摇头："我，我没有……"

"你没有？"洛萧站起身，一脚踩住她满是鲜血的那只手，脚尖用力向下。

"啊——啊——"

"叫什么？"洛萧松开脚，侧身拿过桌上那瓶红酒，再度蹲下身，扳过她的脸，"我问你，你以前找人去伤害小染的事情，你想过后果吗？"

傅青霜瞪大眼睛，头发散开来，疼得脸上血色尽褪："我，我知道错了，萧，原谅我，我是因为爱你……"

"爱我？"洛萧冷冷一笑，手腕翻了下，将那瓶红酒对着她的手心倒了下去！

酒精渗入伤口，瞬间起了反应，傅青霜浑身犹如触电般紧绷："啊，疼——"

"你也知道疼？"洛萧握住酒瓶底部，将瓶口用力砸向她的手，一下一下极其用力，鲜血飞溅在他白色的西装上，"你找人害小染的时候知道疼吗？你在酒店骂她的时候知道疼吗？你威胁我的时候知道疼吗？"

傅青霜艰难地伸出另一只手抓住他的胳膊，嘴唇惨白："萧，不要，我求求你，你别这样对我……我……我还怀着你的孩子……"

"我的孩子？"洛萧顿住动作，嘲讽一笑，"你确定是我的孩子吗？"

傅青霜睁大眼睛："我就只有和你上过床……"

"那我换个方式问，"洛萧俯下身来，方才的温润全部被狠戾所代替，"你确定和你上床的人是我吗？"

傅青霜浑身一震，难以置信地摇头："怎么会不是你……"

洛萧冷笑一声，握着酒瓶的手探向她的腹部，瓶口隔着衣服在她腹部轻画着圈："要不你亲口问问你的孩子，是不是我？"

冰冷的触感传入肌肤，傅青霜惊得蜷起身体，完好无损的那只手护住腹部，眼底泪水涌动："萧，你在说什么，我，我听不懂……"

"当时你第一次来找我，你说的话我也听不懂，"洛萧眯起眼睛，眉宇间的痛楚一闪而过，"为什么你那时候就可以那么残忍？"

"不……我……"傅青霜摇着头，"萧，对不起……"

洛萧指腹抚上傅青霜的脸，眉头紧皱："那时候我也求过你，我问你，你到底在说什么，你说我没资格这样问你。我不肯娶你，你还泼过一杯咖啡到我脸上，你说你喜欢我温润的样子，叫我不要和你顶嘴，否则不会放过我。怎么样，还记得吗？"

"我……"傅青霜咬着唇，她自从和洛萧在一起后，身上的那些大小姐棱角都慢慢磨平了，直到现在，她越爱越深，已经彻底为他改变了自己，"我以后不会那样了……萧，我这几个月的改变你看不见吗？"

"我看不见，是你亲手把我的眼睛刺瞎了，"洛萧伸手按下自己的眼睛，"如果不是你，我和小染怎么会走到今天这一步？我若是不娶你，能时时刻刻去找她，她又怎么会爱上莫南爵？！"

"萧……"傅青霜双肩颤抖，手上的疼似乎都没有心疼来得剧烈，她自嘲地笑出声，"为什么你就那么爱她啊？你也知道她爱莫南爵，为什么你就不能回头看看我……"

"因为她是童染，她从小就是我的，长大了也必须是，"洛萧压在她身上的啤酒瓶陡然用力，"你能有多爱我？用全部生命去爱一个人，你没尝试过怎么会知道？！"

"啊——"傅青霜猛地蜷起身体，腹部抽痛下，她脸上沁出冷汗，连话也说不出来了。

你怎么知道我没有用生命去爱你？你从来不曾回头看我一眼，又怎么知道我有多爱你……

洛萧扔开手里的酒瓶，盯着傅青霜的视线陡然深沉起来。他站起身，傅青霜用尽全力伸手抓住他的裤腿："我求求你，不要离开我，你杀了我也好，我不想离开你……"

洛萧脚步顿了下，傅青霜颤抖着伸出那只满是鲜血的手，双手抱住他的腿："对不起……我不该威胁你，我不该伤害童染，我保证以后什么也不做。你可以不爱我，可以不理我，可以打我骂我，怎么对我都可以，我求求你不要让我离开你，我想待在你身边，哪怕你不跟我说话，我也愿意像以前一样，安静地在家等你。你可以和童染在一起，我都不在乎，我真的不想离开你……"

她退让至此，已经完全放下尊严。傅青霜想，人这辈子就爱这一次，她真的放不开。洛萧说放不开童染，她也放不开他，她闺密也劝她放手，可要是真的那么容易，当初就不会爱得那么深……

洛萧不为所动，傅青霜哭得肩头剧颤，却不敢放开手。她知道，这一刻放手，她会彻底失去这个男人，这个她深爱的男人："萧，我求求你，让我待在你身边，我每天只要能看见你就好，我什么都不要，我求你了……"

洛萧双手紧攥了下，突然蹲了下来。

傅青霜贪恋地看着他的脸，一双手还死死抓着他的裤腿不放。

洛萧同她对视，眼底依旧什么都没有，清冽如刀："你真的这么爱我？"

"是……"傅青霜哭着猛点头，"我从来没停止爱你……"

"可是，如果我告诉你，"洛萧望着她水光浮动的眼睛，清俊的脸上几乎没什么表情，"你哥哥是我亲手送进牢里的，你的父母昨天去马尔代夫度假，已经不可能再回来了，傅氏我会亲手转给别人，你拥有的一切都是被我摧毁的，从今以后你们傅家再也不可能站起来，今天过后你就会失去一切。你，还爱我吗？"

"你说什么……"傅青霜瞪大眼睛，完全无法反应过来，她双唇抖动，"萧，你，你不要这样吓我，我，我受不了的……"

"不是爱我吗？"洛萧伸手握住她的肩头，"我这样对你，你还爱我吗？"

"不……不是真的……"

"是真的，"洛萧点点头，"这是我唯一不骗你的一次。"

"不……"傅青霜猛地摇头，"你骗我，洛萧，你骗我，你快告诉我，你是骗我的！"

"我没骗你！"洛萧伸手擒住她的下巴，伤人的眼神直直刺进她的眼底，"傅青霜，你知道我待在你身边隐忍了多久吗？你知道我躺在你身边，从来没有一个晚上闭上过眼睛吗？你现在来说爱我，那我的爱、我和小染的爱，谁来赔？"

傅青霜死死咬住下唇，脸上的妆完全被泪水覆盖，声音像是牙关咬出来的："可是我爱你……"

洛萧收回手，冷讽地勾起唇："我也爱小染，胜过你爱我万倍，可现在她眼里心里只有莫南爵，你告诉我，我该怎么办？"

傅青霜已经疼到没知觉了，垂下头去："萧……"

洛萧伸手扣住她的手腕，语气听不出丝毫怜惜："傅青霜，你犯过的错我是不可能原谅你的，我们之间不可能有爱，从你威胁我的那一刻开始，就已经不可能存在，明白吗？"

洛萧不再多说，将她的手拉开，直接起身，将腿抽出来："你这时候若是能说一句恨我，我也许还会欣赏你。"

傅青霜双手死死扒住地面，浑身已经提不起一点力气："我爱你，我骗不了自己……"

"可是我不稀罕。"

洛萧眉眼冷淡至极，走到桌边端起原本倒给傅青霜的那杯红酒，轻晃两下后，蹲下身递给她："喝吧。"

傅青霜艰难地抬起头，透过那瑰丽的颜色，望着他清俊的侧脸："萧……"

"我不想动手，你自己喝吧。"

傅青霜闻言苦笑一声，伸手握住洛萧的手，男人以为她要挣扎，却不料她只是接过他手里的酒杯，并不问里面是什么："你这样灌我会弄得你满手都是……萧，我自己喝吧。"

洛萧闻言什么也没说，收回了手。

　　傅青霜端起高脚杯，一眨不眨地盯着那如血的颜色："萧，是不是这一杯喝下去……我就再也见不到你了？"

　　洛萧并不回答。

　　傅青霜弯起唇角，将唇瓣凑至杯边，突然开口："你想过吗？其实，我们很像……"

　　她连说话都在喘气，洛萧只是蹲在她面前，傅青霜抬头望着他的俊脸："我们爱人的方式……很像，我明知你不爱我，可我还是飞蛾扑火，你也明知童染爱的是莫南爵……"

　　洛萧目光一寒，傅青霜见状笑出声来，她背靠着栏杆，提上一口气都很难："你别那么看我，既然是最后一次了，你就不能温柔一点吗？我……我不想看你痛，所以我没别的意思，只是想告诉你，萧，别再这样了……爱不爱老天爷已经决定了，为了童染不值得……如果你不肯放手，也许，也许我的今天，就是你的明天……"

　　洛萧站起身来："我和小染与你不一样。"

　　"能有什么不一样，不都是爱吗……"傅青霜艰难地仰起头，声音断断续续的，"你爱她那么久，她轻易地就转身了，你想没想过，也许……也许你们之间根本不是爱……"

　　"够了！"洛萧厉喝一声，再度蹲下身，从口袋里掏出一张纸，"把这个签了。"

　　傅青霜垂头看了一眼，离婚协议书。

　　她嘴角弯起苦笑："我们之间是我说的开始，你说的结束，我一直以为我至少能留住你的人，可是我发现，留住了人，只不过是留住一个躯壳而已，能有什么用……"

　　她说着越笑越厉害，洛萧只觉得她的那番话异常刺耳，皱起眉头，伸手去抓她鲜血淋漓的左手。

　　"别，"傅青霜吃力地想要抽回手，"很脏的……"

　　洛萧眉头紧皱，并不松开，而是扣住她的手腕，将她本就染了血的大拇指拉到离婚协议书上，按下一个血红的指纹印。

　　男人松开手，将离婚协议书收回口袋。

傅青霜左手随着他的动作垂到身边，她眯起眼睛，天空阴沉一片，大中午的就没了阳光，就好像她的生命，再也不会有阳光了。

没了他，她哪来的光?

洛萧站起身，居高临下地睨着她："喝了。"

傅青霜再度端起酒杯凑到唇边，微微张开嘴："萧，我放你走了，你去爱你爱的女人吧……我只希望，你不要伤了自己，不要像我一样……"

她说着仰起头，将那半杯红酒悉数灌了下去。

冰凉的感觉滑过喉咙，傅青霜缓缓闭上了眼睛。

她以为自己会死，可并未等来如期而至的刺痛感，她再度睁开眼睛，张了张嘴，却发现嗓子里一阵刺痛，什么声音也发不出来了。

她抬起手掐住喉咙，浑身都开始剧烈地颤抖，她止不住地干呕着，上半身几乎贴在地上，可是无论她怎么努力，嗓子就是无法出声。

她哑了……

傅青霜难以置信地抬起头。

洛萧垂眸，四目相接，他的眼里依旧没有任何感情："这就是你威胁我的代价。我不杀你，是因为你已经什么都没有了。你活着，会比你死了更加痛苦。"

傅青霜抖动肩膀，想要笑，可是已经笑不出声来。

是啊，她非要爱他，爱到最后家破人亡，身心俱残……

傅青霜闭上眼睛，嗓子里灼烧般疼。

后悔吗?

她最痛的不是他的残忍和决绝，也不是她的家破人亡，而是……她到现在，居然说不出"后悔"这两个字。

此时，房门被人打开，几个彪形大汉走进来，洛萧点点头，几人便上前，手里拿着一个巨大的麻布袋，准备将傅青霜装进去。

"等等。"洛萧突然扬手，抬脚走到傅青霜身边，将自己沾血的白色西装外套脱下来，披在她的肩上。

傅青霜浑身一震，却没有睁开眼睛。

洛萧也没再看她一眼，直起身后转身走了出去。

直至他的脚步声消失在耳膜深处，傅青霜这才缓缓睁开眼睛，边上的彪形大汉见状打开麻布袋的袋口朝她头上套去，傅青霜艰难地别过头，最后看了一眼天空。

她想，今天之后，也许天空就再也不会晴了吧……

至少她再也看不见晴空了。

今天，是锦海市有史以来天气最为阴沉的一天。

从下午一点就开始下雨，倾盆大雨如同瀑布般倾泻而下，猛烈而强劲，砸落下来的雨水彻底将整座城市洗刷。

人们站在高楼大厦里俯瞰出去，整片天空像是被一只巨大的手给死死压住，蓝天白云被隔绝在外，密不透风到一丝丝光彩都照不进来。

街上的行人都拿着伞，这种天气，虽然雨停了，可还是让人烦闷至极，走过斑马线的小女孩拉拉自己妈妈的手："妈妈，今天为什么一直下雨？"

女子蹲下身抬手擦擦她的小脸："不是已经停了吗？"

"那为什么会下？"小女孩仰头望向阴沉的天空，喃喃自语，"下雨，是因为老天爷哭了吗？"

下午四点五十七分。

别墅顶层，红木房门被轻轻打开一条缝，陈安端着水杯走进来，脚步很轻，将水杯放在桌子上后，拉开抽屉，从褐色的小盒子里取出几粒白色药片。

中间的 kingsize 大床上，莫南爵闭着眼睛躺着，男人俊脸上剑眉轻拧着，显然睡得并不安稳。

陈安皱起眉头，将白色药片在手心握碎，然后放进水杯里晃了晃。

下午四点五十九分。

陈安看一眼莫南爵，弯下腰，一手伸出去绕到男人枕头的另一侧，想要将他枕下的闹钟拿过来。

他动作很轻，没发出一点声响，指尖触碰到闹钟的一瞬间，手腕蓦地被人扣住。

陈安一怔。

莫南爵睁开眼睛："你做什么？"

陈安抽回手："没什么，看到一只蟑螂。"

莫南爵冷睨他一眼，没再多说什么，修长的手指按了下眉心："几点了？"

陈安坐在床边，随口胡扯："才三点多。"

铃铃铃——

被男人定时成五点的闹钟准时响了起来。

陈安面色一僵。

莫南爵伸手关掉闹钟，掀开被子后站起身，光着的上半身线条极富诱惑力，男人旁若无人地走到衣橱边开始拿衣服穿。

他动作很快，换好衬衫后将黑色皮衣披上身，高档的西装裤将修长的双腿包裹得无比有形。

莫南爵伸手扯了下衣领，转身朝门外走去。陈安见状站起身，将水杯递给他："刚起来，喝点水再走。"

莫南爵冷淡地瞥了眼："自己下的迷药自己喝。"

"……"

他脚步未停，陈安侧身挡住他："爵，你现在不能出去。"

"我有事。"

"你身体不允许，"陈安伸手握住门把，"昨天一晚上你有多痛还需要我说吗？现在第三阶段就算是注射了新的 Devils Kiss 都会痛，毒品的性质我还没摸透，保不齐随时会出什么状况，你需要卧床休息两天。"

"明天再说。"

"今晚八点整是吗？一个女人而已，不要了就不行吗？"

"不行。"

他话语简短却凌厉，陈安被他堵得无话可说，别过脸去，莫南爵已经拍开他的手，拉开门走了出去。

陈安气得差点摔掉手里的杯子。

莫南爵下楼后并未带人，开着跑车径自出了别墅，一路上风尘很大，他也没关窗户，任由冷风扑面。

洛萧从摩天大酒店出来后，回去换了套衣服，又开车出了门。

下午五点二十分。

莫南爵将车开到公寓小区楼下，摔上车门，抬头望了一眼后抬脚走进去。

洛萧将车开到洛庭松出车祸的地方，由于下雨，加上这里原本就偏僻，泥泞的路令车胎都裹上了泥巴。他将车停在路边，开门下了车。

莫南爵乘电梯上了楼，其实也不过短短七天没回来，他眼睛微眯，到达楼层后朝公寓走去。他随身带着钥匙，打开门后，女子身上熟悉的清香味便扑面而来。

洛萧下车后走到路中央，今天街上车很少，他走了几步后目光瞥到边上的路灯，底端的支柱还有被撞凹进去的痕迹，可见当天晚上的车祸有多么惨烈。

莫南爵习惯性地换上拖鞋走进去，家里还是那副模样，童染不在家，也没人打扫，楠楠也不在家，更没的闹腾，冷冷清清的感觉让人跟着心沉。男人走到沙发边坐下来，一眼望过去，就可以看到边上装着围巾的袋子和茶几上的菜谱记录本。

洛萧走到路灯边蹲下身，金属表面的柱子已经被撞得变了形，他伸出手抚上去，当天晚上刺耳的碰撞声犹在耳边，他收回手，抬眸看出去，可以看见边上因为车祸被撞歪的防护栏还没修理。

莫南爵站起身，单手插兜，走到阳台上将藤椅上的阿狸抱枕拿起来，五指随着柔软的抱枕陷下去，他抬起手，让鼻尖贴着抱枕，感受着女子熟悉的味道。

洛萧走到防护栏边，双手撑住已经半塌下去的防护栏，冰冷的触感令他浑身发颤。此时，道路那头开过来一辆大卡车，经过他面前一个因积水而产生的巨大水坑，溅起千层浪，男人并没躲，而是闭上眼睛，任由那些污水溅到自己身上。

莫南爵在阳台上站了一会儿，拿着抱枕走出来，而后又将茶几上的菜谱记录本和沙发上装围巾的袋子全部拿起来。男人高大挺拔的身形站在客厅里，环顾一圈后走了出去。

洛萧浑身都是被溅到的污水，他却动也没动一下，站了一会儿，这才伸手抹了把脸上的水，转身回到车边。

下午五点四十分。

莫南爵从公寓出来后开车到了曾经和童染去过的那个夜市，时间尚早，夜市并未开始，他停好车后走进去，依旧是满地狼藉，几个来得早的小摊贩正在摆摊。男人双手插兜，眯起眼睛看着前面长长的一路，仿佛曾经的女子还在身边，她撒娇地拉着他的手，说，好老公，陪我去吃凉皮好不好？

洛萧从那条路出来后将车开到一家花店，走进去买了十一朵白菊花，出来后抬起头。这条路是他们高中时候上课的必经之地，每天中午下午放学，小染都会拉着他的手，说，洛大哥，买雪糕给我吃好不好？

下午六点整。

莫南爵将车开到曾经陪童染买生煎包的店门口，今天没什么人，男人买了几个她喜欢吃的肉馅生煎包。回到车内时，油腻的味道弥漫整个跑车，他本是极其不喜欢这种味道的，可现在闻着，却好像能看到她靠在自己身边，嘴上吃得油油的样子。

洛萧将车开到医院，拿着白菊花走上去，重症监护401号病房，他走进去时，病床上的人戴着呼吸罩，浑身还插着管子，边上的心电图极其不稳定。洛萧将花放在床头桌上，退后两步，膝盖弯曲后跪了下来，对着病床上的人磕了三个头。

下午六点二十分。

莫南爵将车开到曾经带童染来过的牧场，这里有几只他养的狼，男人修长的手指握住铁丝网，眼里溢出深切的哀戚。当初把她丢进去，看着她被狼追，他本以为这样狠心就可以缓解自己心里的愤怒和难受，可没想到，最痛的却是自己。天知道，她哭喊的时候，他心里揪得有多痛。

洛萧出了医院后将车开到洛家，他并未开进去，也没下车，就停在小区门口。他侧过头，小区入口处还是有好多小沙堆，乱七八糟的也没人清理。小时候小染经常拉着他出来玩沙子，她皮得很，经常用小铲子铲得一身沙，玩到最后直接趴在沙堆上睡着了，每次都是他抱她回家。

晚上六点四十分。

莫南爵从牧场出来后将车开回帝豪龙苑，他进门后周管家忙迎上来要接过他手里的东西，男人却径自上楼进了主卧。他目光扫过那张kingsize大床，上面有过他和童染无数次的欢爱记忆，有过他们的第一次……男人目光微沉，而后将手里的围巾袋子、记录本还有阿狸抱枕都放进了他的私人抽屉里，细心地上了锁。

洛萧从洛家小区门口离开后，直接将车开回了私人医院。他下了车，手里还残留着白菊花的味道，他直接上了楼，顶层的病房内，童染还沉沉地睡着。这几天发生的一切她都不知道，女子一张巴掌大的小脸上以往的青春朝气完全消散，只余下苍白无力。洛萧走进去，轻柔地在床边坐了下来。

晚上七点整。

莫南爵走出帝豪龙苑，外面一辆黑色轿车正在等候，他弯腰上车，司机回过头来，恭敬地问："少主，要去哪里？"

莫南爵身体向后轻靠在椅背上："第二医院。"

他说着看了眼时间，七点五分，离八点还差五十五分钟。

男人从口袋里拿出那把消音枪，修长的五指紧握上去，冰冷的枪身硌得他掌心生疼。

洛萧伸出手，弯起的手指轻抚上童染的脸颊，光滑的触感令他掌心跟着颤抖。她沉睡的样子就像是公主，他眯起眼睛，是他一个人的公主。

莫南爵将枪放回口袋里，手肘抵住车窗沿，好看的薄唇抿住食指，将视线投向窗外。

洛萧将童染身上的被子掖了下，而后站起身来，掏出手机拨了个号码出去。

莫南爵瞥一眼未知的来电号码，而后接了起来。

洛萧转身走出病房，在阳台上站定，伸手打开窗户，冷风刺骨无比："爵少。"

虽然显示的是未知号码，莫南爵也早就猜到是他，薄唇冷冷勾起，并未说话。

洛萧望出去，外面的高楼上，悬挂着的大钟十分清晰："现在已经七点十分了。"

莫南爵挑眉："所以？"

"我打电话是想提醒一下你，"洛萧眯起眼睛，"八点整你要去医院。"

挂掉电话，洛萧转身走进病房，将病床上的童染打横抱起来。她很轻，他几乎不用花什么力气，洛萧低头看着怀里这张小脸，目光轻柔。

他将童染抱下楼放入车内，开到了第二医院后，又将童染抱进七楼的普通病房内放下，吩咐好护士后便驱车离开了。

片刻后，第二医院外，黑色轿车停下，莫南爵推开车门走下来，抬起头，眼睛微微眯起，望向医院高耸的住院楼。

上面的时钟清晰地显示，七点二十五分。

男人握紧口袋里的消音枪，手指紧了下而后松开，迈开步子，每一步都沉重到提不起来，莫南爵心里很清楚，这一步迈出后，对他和童染来说意味着什么。

他跟她说等他回来，她终究没等到，是他回来晚了，还是老天爷注定就是要错开这一步？

莫南爵眉宇间笼上层层散不开的戾气，他才走了几步，突然一阵电流从背后蹿上来，熟悉而又痛苦的感觉令他浑身一震，男人陡然闷哼一声，脑中一闪而过的剧痛让他几乎站不稳！

莫南爵伸手扶住了边上的栏杆，整条右臂开始剧烈地颤抖。

他咬着牙，冷汗毫无征兆地顺着精致的侧脸滑落下来，男人抬头看一眼时间，七点二十九分。

莫南爵伸出左手紧握着右臂，眉头紧皱，浑身迅速蹿上针刺般的疼，打得五脏六腑都在叫嚣。男人强撑着直起身体，抬脚朝医院走去。

蓦地，一辆黑色轿车擦着他的肩膀停下来。

莫南爵也没抬头。

陈安推开车门走下来："你还真的要去……"

他话音还没落，莫南爵脚下陡然一软，整个人擦着车门倒了下去，陈安大惊失色，伸手扶住他："爵！"

莫南爵半跪在地上，垂着头，这才短短一分钟不到，额前的碎发就被冷汗打湿。陈安碰到他才发现他浑身抖得不成样子，知道他又是毒发了："这才隔了不到一天时间！"

莫南爵并不说话，忍了会儿后伸手推开他："松开。"

陈安以为他不舒服，松了手后，却发现男人撑起身体转身回到轿车内，陈安跟过去扯住他："你做什么去？"

莫南爵没什么力气，被陈安扯得后退几步，他睨了一眼边上的黑衣人："去把 Devils Kiss 拿来。"

黑衣人点头后要去取，去被陈安直接拦住，他一手按住莫南爵的肩："你真疯假疯？又要给自己注射？昨天毒发时的一管还不够是吧？！"

莫南爵抿着苍白的薄唇，抬眸看了一眼，七点三十三分。

他并不理会陈安，再度看一眼黑衣人："去拿。"

陈安挡在黑衣人身前："不许去。"

黑衣人为难地看着陈安，他自然是听莫南爵的："安少爷，少主的吩咐……"

"他吩咐叫你杀了他，你干吗？"

黑衣人闻言一怔："这……"

"他这就是叫你间接杀了他，你如果敢，可以试试看。"

黑衣人立马不敢动了。

莫南爵抬起头来，脸色阴沉："怎么，我的话不管用了是吧？"

"少主……"

莫南爵推开陈安的手："你别在这里碍眼。"

"我碍眼？"陈安扣住他的手腕，"你到底在做什么？昨晚不让你注射你不听，现在好了，已经变成一天发作一次了，你高兴了吗？"

"滚开！"

莫南爵抬手就要甩开他，陈安双手揪住他的衣领，黑衣人大惊失色："安少爷，你别这样……"

男人浑身都在颤抖，陈安一脚踹开黑衣人，直接将莫南爵抵在车门上："你还想给自己注射？再来一管是什么后果你能预估吗？"

莫南爵一个用力将陈安推开："你少管我的事，滚！"

"你以为我爱管？你不想我管就不要毒发成这个样子出现在我面前！你莫南爵什么时候成这样了？以前的莫南爵哪儿去了？"陈安再度揪住他的衣领，"你自己看看，你为了女人把自己折磨成什么样？一个童染你就彻底转变了是吗？"

"我乐意！"莫南爵掏出消音枪，枪口直抵陈安的太阳穴，冷冷开口，"你再多说一句我就开枪。"

这时，黑衣人还是去取了针管过来，递给莫南爵："少主……"

莫南爵一手举着枪，指尖还是止不住颤抖，另一只手伸出去接针管，陈安先他一步抢过来，用力朝地上一砸！

砰！

巨大的爆裂声炸开来，针管内的 Devils Kiss 渗入地面，立马晕染出深黑色的痕迹。

陈安直接握住抵在自己太阳穴上的枪："你自己看看，这就是你要给自己注射的东西，这就是剧毒，你脑子残废了？"

砰——

莫南爵对准陈安脚边开了一枪，消音枪声音极小，并未引起周围人的注意，他将枪抬起来指向黑衣人："再去取一支来。"

陈安冷笑一声："行，莫南爵，你今天为了个女人朝我开枪是吧？"

"对，"莫南爵点头，俊脸苍白，"等我从医院出来，这一枪你随时可以朝我开回来。"

陈安转过头看向边上站着不动的黑衣人："去把他扛回车上。"

几个黑衣人面面相觑，莫南爵眯起眼睛："谁敢动我？"

刚才那个黑衣人又去取了一支针管，莫南爵伸手接过来，陈安见状冷笑："莫南爵，你这一针要是打下去，从以后你别说你认识我！"

莫南爵头也不抬，用牙齿咬掉针套后，对着自己的右臂就扎了下去！

他动作极快，一秒钟不到就将一管 Devils Kiss 推入了自己体内，岩浆般的快感瞬间爆发，莫南爵死死咬住牙，稳定住后深吸口气，扔掉针管后抬起头。

七点四十五分。

陈安并未再开口，只是冷眼看着他的动作。莫南爵收起枪后转身朝医院走，才走没两步，又是一阵刺痛袭上来，男人喉间一甜，猛地吐出一口鲜血！

陈安才转过身，听到声音忙冲过来，莫南爵身体晃了下朝地上跪了下去，他单手撑住地面，实在忍不住痛呼出声："啊——"

"怎么回事？"陈安一手扶住他的肩，一手探向他颈间的动脉，"是不是哪里还疼？"

莫南爵低着头，撑在地面上的手指蜷起来后握紧，他紧闭着眼睛，声音都是从牙缝中挤出来的："止痛药。"

"你……"陈安紧拧着眉头，可他这会儿是真疼，陈安知道倔不过莫南爵，从口袋里的药瓶里取出几粒药递给他，"你就这样胡来吧，你最好死在这里，别喊我过来给你收尸！"

莫南爵接过药片后放进嘴里，却并未直接下咽，而是咀嚼了几下，味道苦涩得令人作呕，他这才感觉清醒了点："扶我起来。"

他精致的侧脸上布满汗珠，额头青筋紧绷，陈安看着都觉得不忍，握在他肩上的手收紧："爵，你放手吧，一个女人真的不值得……"

"我爱她。"

陈安真想一巴掌甩到他脸上："已经爱到你自己的命都可以不要了？！"

莫南爵侧眸看他："对。"

陈安一怔。

莫南爵顺着他的力道站起来，手掌贴向鼻尖，蚀骨般的疼痛当真是致命的，止痛药慢慢起效直至蔓延全身，颤抖的手这才渐渐停止下来。

莫南爵再度深吸口气，模糊的视线渐渐清晰，他推开陈安的手，转身就朝医院内走去。

与此同时，医院住院楼第七层。

普通病房并未开暖气，窗户也不知道被谁稍稍开了点，冷风一点点地灌进来，房内渐渐冷下来。

童染躺在病床上，皱起秀眉，只觉得越来越冷，她下意识地环住双肩，蓦地，一阵剧烈的风刮过来，窗户被用力打了下，发出巨大的声音——

砰！

童染浑身一震，猛然睁开了眼睛！

入目便是一片白茫茫的天花板，童染怔了起码有一分钟，这才撑着身体坐起来，可紧接着就是一阵强烈的头晕目眩，她伸手扶住额头，难受得差点要倒下去。

此时，病房门被人推开，护士端着水杯走进来："你醒了？"

童染抬起头看向她："你……"

护士知道她嗓子哑，便将水杯递给她，童染喝了几口后才能发出声音："我怎么会在这里？"

护士将水杯接过来，她拿了钱，自然是按照那人交代的话来说："你之前去重症监护病房探视，进去后没出来，然后就有人发现你昏倒在里面，把你救出来了。"

重症监护病房……

童染只觉得头痛欲裂，她知道大伯出了车祸，她也确实赶到医院来了……可是她为什么会昏倒？之前她在做什么？

她拍拍额头，越想越觉得头疼，脑袋里像是被人硬生生地抽走了什么，疼得钻心。她又喝了几口水，感觉好些后，双脚探下去穿鞋："谢谢你，我现在可以走了吗？"

"可以。"

童染扶着房门走出去，走到护士站："您好，我想问一下，洛庭松的病房是在几楼几号？"

护士核对她的身份后查了下，将单子放在桌沿上："是四楼，401。"

"谢谢。"

童染说着看了眼墙上的电子钟，七点五十分。

她走到七楼的电梯口，可是电梯故障，童染只得转身走楼梯。她头晕得厉害，所以走得并不快，三层楼她走了七八分钟，到达四楼的时候已经喘得不行了。

童染拍了下脸颊，四楼是重症监护病房，所以并没什么人，她走到护士站却发现值班的人不在，她只得自己去找，409、408、407……

她走到401病房门口站定，确定没错后，伸手握住门把。

莫南爵走到洛庭松的病床边，洛庭松嘴上还戴着呼吸罩，手背上插着点滴，床头放着一束白菊花。男人眯起眼睛看了一眼，而后掏出消音枪。

对面墙上的电子钟正好指向八点整。

童染拧开门把。

莫南爵将枪口对准洛庭松的心脏，他稍微偏离了一点，修长的指尖扣住扳机。

童染推开病房的门。

莫南爵双眼一眯，而后扣动扳机！

砰——

童染抬头朝里面看去。

病房内很安静，所以轻微的声响都能听得很清楚，子弹直射入洛庭松体内，飞出的鲜血溅在莫南爵的俊脸上。

男人直起身体。

"你……"童染睁大眼睛看着眼前这一幕，莫南爵手里纤长的黑色消音枪还抵在病床上的人的心口，侧脸上的鲜红血滴已经说明刚刚发生了什么。

她半张着嘴，眸中溢满震惊，连动也不会动了。

莫南爵修长的手指轻拭了下侧脸，而后望了洛庭松一眼，转身朝房门口走了过来。

他脚步并不快，却也算不上慢，从病床到门口的距离，男人是默数着步子的，一、二、三……

七步。

童染的视线还定格在病床上，洛庭松蓝白相间的病号服上，胸口渲染出刺目的血红，她知道，那是血。

男人什么话也没有说，擦着她的肩膀就要走出去。

童染蓦地伸手抓住他的手腕。

莫南爵顿住脚步，却没有回头，也没有说话。童染素白的小手死死抓着他的手腕，如若不是她自己也在发抖，她一定会发现，男人浑身已经抖得不成样子了。

可是她发现不了，童染睁着眼睛，却觉得视线越来越模糊，突如其来的场面让她无法接受，任谁看到都是反应不过来的。

她颤得连肩膀都微微向内蜷了起来，从喉间发出来的声音像是被挤破的水泡，碰一下都疼得不行，她动了动干裂的嘴唇："我……一直在等你回来。"

莫南爵眯起眼睛，喉结滚了下，还是什么话都没说。

他浑身疼得犹如针刺，止痛药的作用只是一时的，甚至只是几分钟的，方才上楼的时候，他就意识到这点了。

男人想要抽回手。

"别！"童染惊觉他的意图，用力握紧他的手，"别走！"

莫南爵并未再动。

"你……"童染慢慢转过身来，清明的视线对上他的眼眸，熟悉的感觉让彼此心尖都跟着颤抖，划过的电流叫作思念。她伸出手，去拽他拿枪的那只手："你杀了他……是吗？"

男人同她对视，刺痛的目光被体内渐渐蹿起的猩红所代替，他轻点下头："对。"

童染拿过他手里的消音枪，枪口还沾着鲜血，她眼睛睁得极大，紧盯着那把枪，仿佛眼珠随时会掉出来："为什么？"

她声音也很轻，风一吹就在耳边散开，莫南爵居高临下地睨着她。

曾经，童染问过他，莫南爵，毒发的时候你究竟有多痛？

他现在有多痛，也许她以后就会经历一样的痛……

所以他现在有多痛，就一定不会让她以后有多痛。

男人眯起眼睛："因为他该死。"

童染浑身一震，握紧那把枪，纤白的手指掐得泛白，她莫名就笑出声来："莫南爵，你在说什么呢？"

男人并未回话，童染突然抓住他的肩膀，踮起脚，手臂用力将他往门上推，砰的一声震耳欲聋："为什么？为什么啊？！"

莫南爵任由她动作，童染抡起拳头砸在他肩上："你说话啊，莫南爵，你说话！"

男人眼睛微眯，喉间蹿上腥甜，莫南爵忍住后咽回去，薄唇轻启："因为他姓洛。"

"不，不可能，你骗我，我不信……"童染双手改为揪住他的衣领，他太高，她踮着的脚站不稳，身子一歪就朝边上倒，莫南爵一伸手扶住她，童染抬起头，男人的俊脸已经凑了过来："不信是吗？"

童染瞪大眼睛，如小兽般嘶吼："我不信！我不信！"

莫南爵伸手握住她的肩膀，眼中的血色令人心惊，他咬着牙，一个字一个字道："我早就说过，姓洛的都该死，洛庭松是第一个，而且不会是最后一个。"

莫南爵知道她肯定是难受的，也知道她肯定接受不了。上次韩青青的事情都能刺激得她自杀，更何况是洛庭松？所以，这时候他能做的，除了保住她的命，就是激起她的恨！

深恨一个人至少能让她支撑住自己，不至于会自杀，哪怕她恨的人是他，可这总比她直接倒下去要好。莫南爵双手握紧她的肩，将她抵在门上，眯起眼睛道："童染，听懂了吗？我恨洛萧，所以我要杀了他父亲。"

"你在说什么……"童染摇着头，盯着眼前这张颠倒众生的脸，这是她日夜相处的男人，他眸中曾经的刻骨深情令她完全沉沦……

她无法想象，为何会有如此令人心惊的转变："你那些天说在忙……忙的就是这些事吗？你说你要出去几天，回来之后一切说不定都能平静下来……你说叫我等你……你都是骗我的吗？"

童染亲眼看到他点了下头："对。"

她的心在一点点下沉，纤细的五指抓住了男人的手臂，力道大得几乎要陷进去，童染艰难地仰起头："大伯出车祸，也是你找人撞的，是吗？"

反正她说什么，莫南爵就悉数承认："对。"

"我不信……"童染用力推开他的手，"你骗我！你怎么说我都不会信的，你不可能会这样对我……"她说着突然冲上去，用力拽着他的衣领，眼泪在眼眶里打转，可就是流不下来，"莫南爵，你有苦衷的对不对？你告诉我，你是有原因的，床上躺着的那个人不是大伯，不是他对不对？我知道你是逗我玩的，肯定不是他……"

她说完就开始颤抖，是不是大伯她又怎么可能不知道……童染死死揪住他："你说不是你杀的，你说我就相信你，莫南爵，我求你，你说啊——"

莫南爵盯着她的眼睛，四目相接，曾经的温存和深情已经被遮盖住："我已经说过了。童染，你要记得，不要轻易去相信一个男人，再深情再久远的感情都会有假，你以为永远不会伤害你的人，其实就是伤害你最深的那个，你给的信任不是良药，而是毒药，它会让你连怎么死的都不知道……"

他这番话，无疑是在无形中提醒她和洛萧的关系，可这样的情况下童染又怎么可能听出来……

"啊——"童染伸手捂住头，手里的消音枪掉在地上，发出砰的一声。她用力挣脱他的怀抱，"你这个骗子，我不信，你放开我，放开我……"

男人并未执着，她一喊，他就松了手。

她瞬间撤离了他的怀抱。

莫南爵感觉浑身的力气像被抽光，她给的痛比毒素更加刻骨，他闭上眼睛，这番话，她现在不懂，以后总有一天，她一定会懂。

童染抱着头蹲在他跟前大叫、嘶吼，蜷缩起来的身体弱不禁风，莫南爵眼底溢出无穷无尽的怜惜和哀戚，他微微抬起头，视线正好对上不远处的摄像头。

他知道洛萧在看。

洛萧，看她这么痛，你开心了吗？

童染将头死死埋下去，像是要彻底脱离这个世界，她握紧的拳头已经泛白，双肩颤抖，还未张开嘴，便被人一把拎了起来："是不是很痛苦？"

男人磁性却低沉的声音响在头顶，她抬起头，对上他黑曜石般的瞳仁："我不信你不痛。"

"对，我也痛，要不是因为你和洛萧，我们都不会痛，"莫南爵指了指病房内，"他如果不是洛萧的父亲，就不会死，明白吗？"

童染死死盯着他，男人用力抓住她的手臂后将她整个人按在门上："你今天就好好看清楚，死在你面前的人是谁。韩青青也好洛庭松也好，他们都该死，知道为什么该死吗？因为他们都是横在我们中间的人，不死不行……"

"不要再说了！"

"为什么不能说？"他将这里面的层层关系用另一种话语展现在她面前，"韩青青是你同学，洛庭松是你大伯，他们存在的价值就是要你看着他们死去……"

啪！

莫南爵被这力道极大极其响亮的一巴掌甩得别过脸去，精致的侧脸上红彤彤的五指印几乎要沁出血来，男人舌尖轻抵嘴角，尝到了腥甜的味道。

其实他说的每一句话都是隐含深意的，莫南爵知道现在的场面下她是听不懂的，但他必须说。

童染扬起的手顿在半空中，她死死咬住下唇，后退两步，却发现已经退无可退："不，我还是不信……你说过韩青青不是你杀的，我知道不是你，那次明明……"

"那次明明什么？其实那次的事情都是假的，难道你以为看到的就是真的吗？"莫南爵逼近一步，侧脸已有些红肿，可见她用了多大的力气，他扯一下嘴角都觉得痛，"韩青青确实是我杀的，害过我的人我怎么可能留着？不过也不是因为这个，其实她接近我们的目的很明显，从她重新出现在你身边那一刻开始，她就注定是要死的……"

"你住口！"童染猛然抬起头，眼中溢满泪光，"什么叫注定要死？莫南爵，人命在你眼里这么不值钱吗？"

"因为她是你朋友，"男人同她对视，"因为她说她爱我。"

童染摇着头，思维太混乱，她完全无法理清："你到底在说什么？爱你就注定要死吗？那我该死多少次……"

莫南爵目光一沉，沉痛地别开视线，童染却抓住了他的胳膊："那，你爱我吗？"

"爱，"男人并不回避，"我要是不爱你，何必如此介怀你和洛萧的事情？要不是因为你们的事情，洛庭松也不会死，说到底还是因为我太爱你……"

啪！

同一个位置，更大的力道下，莫南爵差点被她这一巴掌打得倒下去，他负在身后的手及时扶住门框，喉间本就气血翻涌，这一下更是头晕目眩。

男人指尖贴了下嘴角，鲜血溢了出来，果然被打破了。

童染掌心震得发麻，浑身连带头皮都在疼："莫南爵，你的爱太可怕了……"

"可怕吗？"男人眯起眼睛，"这样窒息的爱你觉得可怕吗？得不到就要毁灭，你既然被别人碰过，既然不独属于我，那我就让你到死都活在痛苦中，这就是我的爱，你能接受吗？"

"不……"童染摇着头，断断续续的字从嘴里挤出来，"我不……我不要……"

"你不要是吗？"莫南爵微微眯起眼睛，视线扫向头顶的摄像头，"这样的爱你接受不了是吧？"

莫南爵是说给他听的。

监控录像前，洛萧沉着脸，猛然拿起手边的茶杯，砰的一声砸在边上的墙壁上！

Chapter10
她替莫南爵扛下了罪名

　　他分明已经达到目的了，分明已经赢了，可为什么莫南爵的每一个字都像是刻在他的心头，每一句话说的都是他。洛萧是旁观者，怎么可能听不出来？

　　可他为什么感觉不到快感？小染已经这样对莫南爵了，她那两巴掌甩在他脸上，分明已经甩出血来，洛萧却觉得像是甩在自己脸上，生疼生疼的，打得他视线恍惚。

　　他忽然间害怕起来。

　　要是真有那么一天，童染能够完全明白莫南爵话里的含义……

　　洛萧双拳紧握，紧盯着监控录像里对视的二人，目光一点点沉下去。

　　到最后，洛萧突然转过头将视线投向漆黑的夜空，这时，脑海中蓦地冒出一个问题——他是真的赢了吗？

　　此时，走廊尽头走来一个值班护士，她本来只是听到声音过来看看，结果走近一看，发现地上竟然有一把沾着血的枪！

　　护士瞪大眼睛："这……你们……"

她说着惊恐地朝病房内看去，发现病床上的人胸口满是鲜血，护士捂住嘴，却还是尖叫起来："啊——杀人了——杀人了——"

她视线扫过童染和莫南爵，而后拔腿就朝外面跑去，一边跑一边掏出手机报警："来人啊，杀人了——"

莫南爵直起身体，这一站直，更加头晕目眩，他几步走向童染，伸手拽住她的胳膊："走。"

"走到哪里去？"童染抬起头，眼泪凝结成块，"我还能走到哪里去？"

"去找洛萧。"莫南爵将她拽起来。

"你放开我！"童染被他拖起来，蓦然甩开他的手，"我和他什么都没有，现在没有以后更不会有，你不要侮辱我！"

"我侮辱你？"莫南爵突然扳住她的肩，双手握紧，"这可是你说的。"

童染还没反应过来，男人突然将她抵在墙上，她睁大眼睛，他冰凉的唇就堵住了她嘴。他靠她很近，熟悉的味道灌入鼻腔，彼此都是颤抖的，他的吻依旧如狂风暴雨般肆虐，搅得她无法动弹，童染贪恋这感觉，却又觉得羞耻，她伸手捶他的肩："放……开……"

他嘴里的血腥味过渡到她嘴里，刺激得人神经紧绷。莫南爵抽离她的唇，直起身时突然开口："我告诉你，我做的这些都是因为爱你，你要也得要，不要也得要，明白吗？"

童染被他弄得头晕目眩，用力推开他，嘴角却勾不起笑："难道杀人也是因为爱我吗？"

莫南爵不置可否，拎着她的胳膊将她朝外面推："滚吧，去找你的洛萧。"

童染被他推得踉跄一下，却转过身朝病房走去，莫南爵知道那护士肯定报警了，他不想她掺和进来，拽住她的手："滚！"

"放开我！"童染浑身都在发抖，咬着牙抬头看他，"莫南爵，你说的我都不信，我一句也不信！"

"信不信由不得你！"

男人拽住她的胳膊想将她丢出去，这时，走廊那端传来脚步声，紧接着好几个护士和医生走了过来，先前那个护士走在最前面："快，那个病人估计不行了……"

"去安排手术!"

"先推出来!都让开!"

几个人手忙脚乱地冲进去将洛庭松连带着病床一起推出来,莫南爵侧开身子,背后抵住门框,只觉得浑身越来越烫。

他伸手贴了下额头,烫得他猛然缩回手。

急救室就在边上,医生将门打开,厚重的病床车被推进去,发出齿轮滚动的声音,两扇白色大门被关上,顶上"手术中"三个字猝然亮了起来。

童染突然蹲下身,将那把枪捡起来,白皙的手掌来回摩挲着那把枪,几乎把枪身所有地方摸了个遍。

莫南爵斜靠在门边,身上冷热交替,痛得像是有什么就要破体而出。男人见她那动作冷笑出声:"还要留着做纪念吗?不用等了,抢救不过来的,他一定会死。"

童染并不说话,脚步极轻地走到急救室外面的座椅边坐下来,那把消音枪被她放在边上,紧挨着自己的腿。

她双手捂住脸,浑身颤抖地弯下身去。

时间一分一秒地过去,莫南爵微仰起头,视线越来越模糊。他知道自己可能支撑不住了,男人直起身体,走到童染边上将她拽起来:"别待在这里碍眼。"

"你松开!"嘴上这么说,童染却一把握住他的手,抬起头来,"我知道大伯肯定没死,他不会死的……"

"他会。"莫南爵用力握住她的肩将她提起来,"你要亲眼看看是吗?"

"莫南爵!"童染死死盯着他,每一个字都像是咬出来的,"你到底是怎么想的?我真的看不透你……你说叫我等你回来,我每天都在等你,我不知道为什么会变成这样。我曾经以为我能焐热你的心……看来我错了,你的世界太残忍了,我没办法进去,你眼里只有杀戮和报复……"

"是,没错,我残忍,我杀了他心里就得到满足。"莫南爵伸手扳过她的脸,看着这张令他痴迷的容颜,"别想着焐热我的心,我这么残忍的人哪来的心？"

童染别开视线，挣脱他的手，重新走到椅子边上坐下来。

莫南爵手掌贴着额头，不断上涌的热气灼烧得视线几近模糊，男人也没力气再多说什么，在她对面坐了下来。

气氛瞬间沉静下来，整个走廊上只剩下头顶微弱的灯光和呼吸声，静谧得令人心寒。

二人都垂着头，谁也没有再抬头看对方一眼。

此时，急救室内，正在做手术的医生手里拿着手术刀和缝合线，朝边上的护士递了眼色："他情况稳定住了，子弹打偏了，没正中心脏。"

护士松口气："没死就好，也算他命大。"

冷青戴着口罩站在边上，帮忙递递东西，过了十几分钟后，医生呼出口气将口罩摘下来："好了，差不多……"

冷青闻言故意将边上的剪刀扔到地上，他弯下腰去捡的时候，将手里装着河豚毒素 B 的针管扎进洛庭松的小腿，而后将整管药推了进去。

他动作很快，掩饰得也极好，将针管放回口袋后，本来已经转过身的护士骤然大叫一声："糟糕！他不行了！"

"怎么回事？！"

"心电图停了！"

医生看了一眼吓坏了："还真见鬼了，注射强心剂！准备电击！"

"八十！"

"四十！"

"二十！"

"十……"

"心跳停止，呼吸停止……"

急救室外，童染将脸埋在臂弯内，手臂撑在腿上，连带着整排塑料椅都在抖，她双手紧握，祈祷着不能有事，一定不能有事……

蓦地，急救室的大门被推开，童染噌的一下站起身来，却见一个护士推着手术用的器具走出来，童染冲上去抓住护士："里面的人怎么样了？

还活着吗？还活着对不对？！"

护士平淡地道："抢救无效。"

童染浑身一震，如遭雷击："不，不可能，怎么可能抢救无效……"

正在这时，急救室的门被人推开，几个护士推着病房的车走出来："让一让……"

童染一眼就看到了上面盖着的白布。

她双目一刺，竟连动一下的力气都没有了。

那是她视作父亲的大伯……

几个护士推着车擦过童染身边的时候，她突然回过神，而后疯了一般冲上去："你们都走开！他没死，他不会死的，大伯，大伯——"

几个护士面面相觑，其中一个过来拉她："小姐你别这样，节哀顺变，人都已经走了……"

"不，不可能，放开我！放开我！"童染用力挣扎，强忍已久的眼泪终究夺眶而出，顺着白皙的脸颊滑下来，她浑身颤抖，蓦地跪下来，"啊——"

护士不忍，伸手去扶她："小姐……"

童染却猛一下站起身，从边上推车里拿了一把手术刀，直接朝对面的座椅上冲过去。

莫南爵从坐下来后就没再动，他单手撑着额头，已经疼得站不起来了，薄唇紧抿，眼底的猩红隔两秒就乍现一下。男人浑身都在抖，喉间蹿上来的腥甜几乎就要破口而出，他半眯着眼睛，连思绪都渐渐模糊起来……

童染冲过来一把拽住他的胳膊，莫南爵身体晃了下，竟差点从椅子上栽下去。他疼得不行，并未听见她们说的话，被这么一推男人才睁开眼睛，嗓音沙哑无比："怎么了？"

童染抓着他的肩膀，一张小脸涨得通红："他死了！莫南爵，你竟然还问我怎么了？他死了！你开心了吧？"

男人眼皮跳了两下，这才回过神来。莫南爵这会儿是真的疼到了极限，他推开她的手，想要起来看看，可刚站起身，童染便一把将他推到墙上："莫南爵，我大伯死了！"

男人眼角轻拉开，便看到自己胸口处抵着一把锋利的手术刀。

莫南爵嘴角勾起抹自嘲的笑："你要杀我吗？"

边上几个护士目瞪口呆地看着，谁也不敢上前去拉。

童染整只握刀的手都在颤抖，刀尖抵着他的心口处。她比任何人都知道，这一刀她刺不下去，她怎么也舍不得刺下去……

童染死死抓着手术刀，摇着头："我想的，我真的想杀了你，可是我下不了手……莫南爵，我爱你，我舍不得你……"

男人牙关紧咬，疼得五脏六腑都在打战。他痛苦地眯起眼睛，突然抬手拍拍她的头："那我来帮你。"

童染一怔，还未反应过来，男人突然向前倾了下身体——

噗。

手术刀尖端刺破黑色皮衣，悉数没入莫南爵的胸口。

童染感觉手腕处一热，鲜血喷了出来，她低头一看，竟然是深红近乎黑色的。

她猝然睁大眼睛，难以置信地看着眼前这一幕："莫南爵……"

男人浑身一僵，骤然闷哼一声，蔓延的毒素因为手术刀刺入心脏的剧烈疼痛，竟然瞬间感到一阵难言的清醒和解脱。他修长挺拔的身形倾斜着，半个人几乎靠在她身上，精致的下巴轻抵在她的肩头上，俊脸上全是冷汗："这样……你心里舒服点了吗？"

"你——"

童染触电般收回手，血顺着莫南爵黑色的皮衣滴下来，男人想要伸手捂住胸口，可连抬手的力气都没有了。

他眯起眼睛，视线里却没有童染，莫南爵想再看一眼她的脸，可是无论他怎么努力，眼皮还是那么重。

他伏在她肩上一直没有动，童染感觉到他浑身都在抖，无法言喻的恐慌涌了上来，她忙向后退了两步："你……"

她这么一撤开，莫南爵彻底失去支撑力，双膝一软，擦着椅子的边缘就跪了下去！

砰！

莫南爵一腿膝盖抵着地面，一腿半屈起来，低垂着头，胸口涌出来的黑血因为他这个动作尽数滴落在地上。

童染目瞪口呆地看着他在自己眼前跪下去，她何曾见过他如此狼狈不堪的样子？

她几步冲过去，蹲下来后扶住他的肩头："莫南爵……"

男人一动不动，她手上用力晃了两下，可他依旧无丝毫反应。

童染伸手去捂住他胸前的伤口，温热的血液不断从指缝间溢出来，怎么也止不住，童染死死咬住唇，抬头就喊："快去叫医生来！快啊！"

"边上的护士瞬间回过神，忙转身冲了出去。

与此同时，走廊那端的电梯口走出几个警察，最前面的是冲出去报警的那个护士，她脚步急切，抬手就朝这边指过来："对，就是那边的重症监护401病房，我看到了枪和血，还有两个人站在门口吵架……"

几个警察神色凝重，交头接耳地说了几句，显然很是重视。

"就是这里！"

"快！通知人来封锁现场！"

童染听到声音抬起头来。

一行人已经走过来了，几个警察环顾四周，眼神锐利。

边上的推床上躺着已经呈现死亡征兆的洛庭松，那护士神色激动，走过去将白布掀开："被枪杀的就是这个病人，已经被确认死亡了。"

几人望了一眼，便拿出相机来记录拍照。

其中一个警察走过来，一眼就认出了躺在地上的男人："是爵少！"

拍照的几个警察都走过来，看了一眼后魂都吓飞了："我的天，这是什么情况？！"

年长的警察使了个眼色，另外几个人忙走过去将童染拉起来："你是什么人？这里是怎么回事？"

童染被拽住胳膊，整个人几乎是从地上被拖起来的。她低头望了一眼男人苍白的俊脸，眼角泛起层层湿意。

地上还有沾血的手术刀，大摊的黑血从男人的胸口源源不断地涌出来，顺着光滑的地面流出几道血河。

"叫你说话！"几人用力将她按在墙上，口气严厉，"到底是怎么回事？！"

童染并不喊疼，垂着的头抬起来，眼神空洞："是我杀了人，病床上的人是我杀的。"

护士吃惊地看她一眼，杀人的是她吗？

那警察也有些怀疑："是你？"

"是的，"童染点点头，指向那边的座椅，上面放着之前被她一遍遍摸过的消音枪，"看到那把枪了吗？那是我的枪，上面都是我的指纹。"

"去拿过来。"

其中一人戴着手套走过去，将消音枪拿起来后放进了一个干净的密封袋中。

那警察一手拎着密封袋的袋角，递到童染面前晃了晃："你说的是这把枪吗？"

"对，"童染点点头，清美的小脸上没什么表情，"我就是用这把枪杀人的。"

"为什么要这么做？"那警察扫了她一眼，显然不相信她一个纤细的女人会做出这种事情，口气带着质疑。

童染语气笃定，看向病床上的人："他是我大伯洛庭松，我前几天找人把他撞成了植物人，然后想着找机会把他杀了，所以今晚就动了手。"

几个年轻的警察闻言面面相觑，一个年纪轻轻的小姑娘竟这么残忍……

正在这时，走廊那头传来推担架车的声音，紧接着几名医生快步走过来，童染原本空洞的双眸唰地亮起来，冲过去喊出声："快来救人！这里！"

急救室的大门被推开，伴随着一阵急切的脚步声，"手术中"三个字瞬间亮了起来。

童染看着急救室的门合上后，转身看向那几名警察："我不会跑的，你们能不能让我在这里等到他平安出来？"

"不行，"其中一人摇头，看向她的眼神已经带着几分鄙夷，"你现在是嫌疑人，肯定是要跟我们回去的。"

"不，我现在不走，"童染退后两步，伸手抓住塑料座椅的边缘，"等他平安出来我一定跟你走，你们就在这里看着我，也不行吗？"

几个警察对视一下，开口问道："你和爵少是什么关系？"

"没什么关系，"童染摇头，随口胡扯，"我就是喜欢他，但是他不喜欢我，我想跟着他他不同意，纠缠了一下，他叫我滚，所以我一生气，就把他刺伤了。"

几人闻言摇了下头，看来又是个妄想攀上枝头当凤凰的女人："爵少怎么会在这里？"

"他来看我大伯，洛庭松是洛氏的人，他们之间有合作关系，刚好碰到了我。难道他的行动你们也要控制吗？"

几人显然对莫南爵有所忌惮，不敢多问什么，其中一个警察拿着手铐朝她走过来："对不起，你现在必须跟我们走，请配合我们的工作。"

童染并不反抗，顺从地伸出双手，让那人将自己的双手铐住，小脸上神色坚决："我一定要在这里等他出来！"

正这时，走廊上再次传来脚步声，童染抬起头，就见陈安一脸着急地朝这里大步走来。

看到陈安，童染心头骤然一松，忙开口喊道："莫南爵在急救室里……"

"急救室？"陈安站定脚步后视线扫过地上的黑血和手术刀，神色陡然深沉下去，"怎么回事？！"

边上的警察看他一眼，知道他肯定是认识莫南爵的，忙过来谄媚般递上根烟："先生，是这样的，这女人刺伤了爵少，爵少现在已经被推进急救室，应该不会有事的……"

陈安垂在身侧的手紧握成拳，他侧过脸，视线凌厉地扫向童染："你刺了他一刀？"

童染对上他的视线，喉间哽咽了下，索性悉数承认："对，是我捅了他一刀。"

那一刀虽然是他自己压下来的，但是在她眼里，和她亲手捅的是一样痛的……

陈安眼里涌起大团怒火，那警察的烟还未递过来，他突然伸手推开那警察，大步朝童染走过去："我宰了你！"

"这位先生……"

他揪住童染的衣领就将她朝墙上摔，童染半边肩头撞得快要散架，陈安紧接着抡起拳头就朝她脸上砸："我陈安从来不打女人，但我今天破例，因为你根本不配做女人！"

他的拳头眼看就要砸下来，童染并未闪躲，闭上眼睛，却没感觉到疼痛，几名冲上来的警察及时拽住了陈安的胳膊："先生，您别这样……"

"松开！"陈安用力甩开他们，几乎将童染整个人拎了起来，"你还是人吗？那一刀你居然捅得下去？！我就不明白了，你直接滚去找洛萧不就行了吗，非得缠着爵不放，惹了这么多事，哪一件不是因你而起？当时在岛上就该让李钦把你杀了！"

童染并不说话，垂下视线，任由陈安揪着自己的衣领。边上几个警察急得满头大汗，她毕竟是嫌疑人，出了事他们也是承担不起的："先生，您冷静点，这件事情我们带回去会处理的，这里还是医院，您别冲动……"

砰！

陈安抡起的拳头砸在童染头侧，几名警察吓得心都快跳出来了，陈安厌恶地收回手："女人都一个样，狼心狗肺的，亏我救你那么多次，我都嫌脏手！"

他说着猝然松开手，童染整个人顿时顺着墙壁滑了下来，陈安冷冷地看她一眼，甩手就朝急救室走去。

童染松了一口气后闭上眼睛，陈安来了，那莫南爵肯定不会有事的……

几个警察见状对视一眼，看来里面事情挺多，他们也没再问，走过来去拽童染："起来！"

童染没再挣扎，艰难地站起身，两个警察站在她的身侧分别按住她的肩膀，推着她朝前走。

童染回头看了一眼急救室亮着的大灯，然后收回视线，走出去后被推进了停在外面的警车。

冷青正好走出医院大门，一抬头看见这一幕，瞪大了眼睛，还以为是自己看错了，可他走近一看，被推上警车的人确定是童染。

怎么回事……童染被警察带走了？

洛萧站在监控录像前，抢起一拳砸在显示屏上。本来看到莫南爵中了一刀他还觉得高兴，可他怎么都没想到，小染居然对警察说是自己杀了人！

洛萧脸色阴鸷地站起身，拨通了冷青的电话后转身出了房间。

与此同时——

洛庭松确认死亡后暂时被护士推进了太平间，核对编号后，看守的人便先出去了。

约莫二十分钟后，几个黑衣人从太平间顶上的窗户下来，手里还扛着个袋子，几人动作很快，也很细心，一个个挨着找着。

"401，这个是他。"

几人确认没错后，将袋子里一模一样的人扛出来放上去，又将洛庭松装回袋子里，顺着来时的天窗爬了出去。

楼下的树荫下，一辆长形商务车正在等候，几人上车后将洛庭松放到车内的担架上，边上的医生忙给他检查。

"没事，他还活着，"医生给他手背扎进点滴针，又看了眼心电图，"河豚毒素 B 的暂时性效果已经退了，虽然他现在还是植物人状态，但至少命保住了。"

几人松了口气，其中一个黑衣人拿出手机给冷青发了个好字。

冷青站在医院门口焦急地等待着，生怕会出什么意外，待看到短信后，才松了口气。

这时，洛萧开着车从医院门口出来，冷青看了眼车牌，忙走过去上了车："少爷。"

"小染被带走了，"洛萧双手握紧方向盘，脸上现出阴恻恻的神色，冷青开口接道："是的，我也看到了。那少爷，我们现在去警局吗？"

"等会儿去，现在就去太明显了，"洛萧抿着唇，显然正在思考。冷青第一次做这种事情，还是有些心虚的，刚想别开视线，洛萧突然转过头来，"手术没出什么意外吧？"

"没，"冷青稳住声音后摇头，"洛庭松已经确认死亡了，是我亲眼看见的。"

洛萧点头，心思显然不在这上面，思索良久，便将车掉了个头，朝反方向开去。

警察局。

审讯室内开着刺眼的大灯，直射向铁栏杆内坐着的人。

几名警察坐在童染对面，其中一人拿起桌边的密封袋："你确定是这把枪吗？"

童染戴着手铐，闻言轻抬起头，双眼差点被那亮光刺瞎，她别开视线点点头："是的。"

警察冷冷看她一眼："枪哪里来的？"

"黑市上买的。"

"多少钱？"

她随口说了个价格："一万五千七。"

"哪来的钱？"那警察翻了下她的档案，"你还是南音的学生吧，这里显示你并未退学。"

"连钱怎么来的都要管吗？"

"问你什么就说什么，"边上的警察走过去按住她的肩膀，迫使她抬起头对着那刺眼的灯，"别耍花招，老实点说！"

童染冷笑一声："钱是我卖身赚来的。"

"在哪里卖？"

"街上，给钱就卖。"

那警察继续问道："是跟谁学的开枪？"

"我卖过的一个人。"

"叫什么名字？"

"忘了，那么多人我哪里记得住？"

"大概长相？"

童染抬头瞅了他一眼："跟你差不多吧。"

那警察脸色一沉："为什么要杀洛庭松？"

童染闻言眼底浮现一抹哀戚，她强行掩饰下去，而后嘴角勾起自嘲的笑："因为我想杀他。"

"理由。"

"我大伯母从小对我就很坏，"童染喉间哽咽了下，这些其实都是事实，"她每天打我，我身上都被掐得青一块紫一块，她不让我吃饭，还把我关起来，我每次都被她折磨得不成人形。这些你们都可以去问邻居，问问他们我小时候是怎么过来的。"

警察做出推断："所以这么多年来，你一直怀恨在心？"

"对，"童染点点头，顺着他的话说下去，"我心里一直记恨大伯母，发誓长大以后一定要报仇，把我小时候吃的苦全部讨回来。我筹备了这么久，等的就是今天。我等这一天等得太久了，久到我已经等不下去了……"

她说着眼泪就流了下来，几个警察摇摇头，继续问道："他之前的车祸也是你设计的？"

"是，"童染点头，什么罪名都悉数承认，"那天晚上我让他开车来接我，然后找了几个小混混，等他开出来的时候撞了他。"

警察皱起眉："找的那几个小混混都是谁？哪里人？"

"不知道，外省的。"童染眯起眼睛，"别问我多少钱，我都是用身体去换的。"

"那几个人的联系方式？"

童染嗤笑一声："身体交易要什么联系方式？你土不土？"

"……"那警察推推眼镜，"你既然恨你的大伯母，为什么不直接杀了她，要杀洛庭松？"

"没听过一句话吗？"童染扯了下嘴角，"要伤害一个人，就要伤害他最爱的人，我这样做我大伯母才能最痛。"

"那莫南爵的伤又是怎么回事？"

童染抬起头来，黑白分明的眼睛已经被照得通红："医院不是有摄像头吗？你们看看不就知道了？"

那警察神色一厉："问你什么就回答什么。"

童染只得道："爵少只是去看我大伯。"

"你们之前认识？"

"认识，"童染点头，"我跟他睡过几次，后来他就把我甩了。"

那警察对这种事情也见怪不怪："这就是你刺他一刀的原因？"

童染想起之前在医院说的话："对，我想求他继续和我在一起，可他就是不肯，我们起了争执，我一激动就动了手，这点我已经说过了。"

那警察问了这么久，总觉得哪里不对，可就是找不出来，他盯着童染的脸，片刻后推开椅子站起身朝外面走去，丢下一句："别让她睡着了。"

"是。"

警察局外，一辆黑色保时捷急速驶来，洛萧推门下了车，冷青忙跟在后面。

一进去，几个警察便看到了他，其中一个认识的忙走过来："洛少。"

洛萧眉头紧皱："人关在哪里？"

"这边的审讯室。"

"情况怎么样？"

"她已经承认了，是她杀的人。"

那人带着洛萧走过去，门一推开看到里面的场景，洛萧脸色铁青，走过去将那刺眼的大灯给踢开。童染神色恍惚下，险些从椅子上栽下来。

洛萧望了眼她细白手腕上的手铐："把这东西解开。"

"这，不行，"那警察摇头，"她现在还是嫌疑人，这东西我们不能动的……"

洛萧薄唇紧抿，示意那人先出去，走到童染身边蹲下来："小染。"

童染半眯着眼睛，被强光刺了太久，不停地流着眼泪。

童染身上依旧是那件孔雀蓝的长裙，浑身沾满了黑色的血，洛萧目中一刺，脱下自己的西装外套给她披上。

他双手握住她纤瘦的双肩，童染却突然伸手抓住他的手，洛萧怔了下，她抬起头来看他："对不起。"

"对不起什么？"

"大伯死了。"

洛萧心口一窒："小染……"

"他真的死了，"童染双目渐渐失去焦距，眸中尽是空洞到绝望的暗淡，"是真的……"

"小染，"洛萧蹲下来，扳着她的双肩，"这不是你的错。"

"是我的错，"童染秀眉紧蹙，"没有我他不会死的……"

洛萧只觉得喉间被什么东西给哽住了，如此难受。他单膝跪地，将童染按进自己的胸膛："小染，难受就哭出来吧……"

"我为什么要哭？"童染靠在他胸前没有动，微闭起眼睛，"是我杀的，我已经认罪了。"

"小染，你疯了吗？"洛萧将她拉起来，扳住她的脸，语气低沉，"不是你杀的为什么要承认？你知道后果是什么吗？"

"你怎么知道不是我杀的，分明就是我杀的，"童染视线越过他的肩头看向审讯桌上的那把消音枪，"你看到了吗？那是我的枪。"

"小染！"洛萧心底一沉，怀疑她是不是精神出了问题，他站起身将她拉起来，"你认得我是谁吗？"

"我当然认得，"童染抬头看他，"你是洛萧。"

洛萧皱起眉头："你知道自己在哪里吗？"

"警察局。"

"我带你出去，"洛萧搂住她的腰就要抱她起来，"你现在就去告诉他们你和这件事情没关系。"

"你放开我！"童染双手被铐住，只得抬起手来捶他的肩，"我不走！"

"不行！"洛萧用力抱住她，却陡然想起她还怀着孕，视线无意识扫过她的腹部，眉头紧皱起来，手上的劲到底还是松了点，"小染，你别任性，这种事情不是开玩笑的。"

"我没开玩笑，"童染不等他反应过来，竟然扑通一声跪了下来，"我杀了你父亲，应该跟你谢罪才对。对不起，洛大哥。"

洛萧瞬间怔在原地，只觉得手脚冰凉，竟没有勇气再去扶她起来。

童染双手放在地上，姿势标准地对着洛萧磕了下去。

洛萧眉头紧皱，浑身的血液似乎都在倒流。

童染磕完之后站起身来，身体晃了下，却还是稳住了。

洛萧脸色苍白，童染突然又开口道："洛大哥，从今晚开始，我们就是不共戴天的仇人了。你不再是我的洛萧了，我也不可能再是你的童染，你走吧，我再也不想看见你了。"

"……"

洛萧彻底无语，他没想到，他这一步，竟生生将她推得更远了……

洛萧在警局外打了个电话，十分钟不到，警局里就走出来个人。

洛萧关上车门后走过去，那人递过一支烟，洛萧摇头："我不抽。"

他们站在比较隐蔽的角落，也没什么人能看见，那警察还是小心翼翼地四处望了一眼："洛少，您要问就快点，现在局里都在加班……"

洛萧高大的身影挡在他面前："我要你们把她放出来。"

"不可能，"那人摇摇头，语气坚定，"现在加班就是为了这个案子，毕竟涉及买卖枪支，上头也很重视。"

洛萧拧起眉头："那枪不是她的，人也不是她杀的。"

"可是她承认了，"那人继续说道，"洛少，我也不敢忽悠您，什么都给您直说了，要是她死不承认，或者完全否认这件事和她有关，我们也没足够的证据抓人。可关键是她一口咬定就是自己干的，而且什么细节都交代了，这样的情况下，不可能放人。"

洛萧紧抿着唇："如果她说不是自己干的，是不是就行了？"

"这怎么可能？审讯都已经进行过了，她说的那些话都是有录音的，在场的人也都听到了。"那人点上一支烟，语气有些惋惜，"已经承认的事情要再翻供很难的，除非……"

那人顿住声音。

洛萧睨着他的神色："除非什么？"

"我听说她和爵少关系匪浅，"那人朝里面看了一眼，"要是爵少出面，这事估计能摆平。"

洛萧听出他话里的意思："必须要莫南爵？"

洛萧听得有些烦躁，绕来绕去，最后居然还要去找莫南爵？他阴恻恻地眯起眼睛："就没别的法子？"

"还有一个最简单的，你找出人不是她杀的的证据，"那人看一眼时间，"只要能证明不是她杀的，那我们肯定放人。"

证据……洛萧眼神沉了下来，其实证据他是有的，当天的摄像头他全部弄掉后还控制了一个，有录像证据。

但是……他若是把这录像拿出来，那不就等于告诉童染，这件事情是他干的？

洛萧视线瞥向亮着灯的室内："如果落实了，她会被判多久？"

"这种情况，"那人想了下后叹口气，"就算死罪可免，活罪也是难逃的。"

洛萧攥紧拳头，事情发展到这一步当真是令他措手不及的，他怎么也没想到，他能用小染的命逼莫南爵，却无法阻止她拼死替莫南爵担下这个罪名！

"洛少，没事我就先回去了，出来太久也不好，"那人看时间差不多了，准备回去。

洛萧阴着脸点点头："好，麻烦你了。"

"哎，先走了。"

洛萧在黑暗中站了很久，抬头看着阴沉的天空，心里堵得难受。

一切都偏离了他最初的想法。

医院，顶层。

莫南爵躺在偌大的病床上，双手双脚都被链子给固定在身侧，男人赤着精壮的上身，俊脸苍白一片，眉头紧皱，似乎沉浸在巨大的痛苦中。

陈安戴着口罩站在边上，手里还拿着一把手术刀。他低头看一眼心电图，边上几个都换上了防菌服的黑衣人突然喊道："安少爷，少主这样下去……"

陈安已经站了将近六个小时，满脸都是汗，闻言剑眉皱了下："没事，能挺过去。"

"可是……"

"没有可是！"陈安将手术刀朝盘子里一摔，"我说能就能！"

此时，莫南爵俊脸开始泛红，男人紧紧咬着牙，全身透着不正常的幽红，他右手开始剧烈颤抖，被注射过的地方泛出青紫，连带着链子都跟着发出不安的声音。

如若不是被固定着，这里面的人估计都得被他杀了。

陈安按住莫南爵的双肩，防止他抖动的时候牵扯到胸前的伤口。

时间一分一秒地过去，莫南爵的症状非但没有消失，反倒更加严重，泛红的肤色渐渐转成白色，看起来当真骇人。

心电图上的数字开始下降。

陈安依旧按紧男人的双肩，薄唇紧抿，什么也没说。

"糟糕！"边上帮忙的护士大喊出声，指着莫南爵手上扎着的点滴针管，黑红色的血竟然倒流回去，"这，这……"

陈安抬头望了一眼，莫南爵胸口被刺了一刀的伤口已经缝合，可这会儿肉线崩裂开来，男人肩头剧颤，就算在昏迷中也是忍到了极限。

陈安知道，他这会儿体内血液对冲，才会导致点滴被冲出血来，他收回视线："先把他的点滴拔了。"

护士依言照做。

可点滴针头刚被拔出来，男人修长的五指颤了下，竟有血从被扎过的手背里滴出来。

护士吓得连连退后。

其中一个黑衣人实在看不下去了，从边上敞开的白色柜子里拿了支银色的针管走过去："安少爷，还是给少主注射吧，这样下去肯定会出人命的……"

"不会，"陈安语气坚定，"你们都出去。"

黑衣人握紧手里的东西："可是少主现在这个状况……"

"你知道这东西是什么吗？"陈安蓦地直起身体，夺过黑衣人手里的针管就朝边上的盆栽走过去，拧开针套后就将深红色的液体悉数滴了进去。

一盆盆栽迅速腐烂。

几个黑衣人瞪大眼睛，他们虽然知道 Devils Kiss 的毒性强，但谁也没想到竟然会如此骇人！

"看清了吗？"陈安将针管摔进边上的垃圾桶，脸色阴沉，"这东西注射进去还能活几天？"

几人面面相觑："那现在……"

"我说他能挺过去就能挺过去，他是莫南爵，不是别人！"

陈安说着走过去，俯下身，双手撑在男人身体两侧，抡起拳头捶了下他的左肩："我今晚打了你的女人，莫南爵，我等你醒过来揍我！"

此时，病房门被敲了两下，陈安摘下口罩走出去，回头望了一眼："别让他伤了自己。"

"是。"

陈安走出来后站定，抬头望向对面的人："怎么了？"

"安少爷，"那助理模样的人毕恭毕敬道，"帝爵那边有人说要见莫总，已经待了很久了，他说事情紧急，非见不可。"

陈安拧起眉："是谁？"

"对方只说姓洛。"

陈安脸色一沉："洛萧？"

"这个不知道，他没说名字，就说让莫总务必马上过去，让我们转告，是关于童小姐的事情，"那助理将电话递过来，"他还说，如果莫总实在不想过去，他们之间通个电话也行。"

"他现在人在哪里？"

"在帝爵。"

"好，"陈安脱下防菌外套交给护士："我现在跟你过去一趟。"

"是。"

帝爵会客室内，洛萧坐在沙发上，面前摆着接待倒好的水，他一口未喝，只是时不时地看一眼时间。

蓦地，会客室的门被推开。

洛萧站起身来，抬起头，却发现来人并不是莫南爵。

陈安走进来，身后还跟着几个黑衣人，他嘴角扯开笑，看到洛萧后直接嘲讽道："你还有脸来帝爵？"

洛萧别开视线："我来找莫南爵。"

"开什么玩笑，"陈安闻言笑出声来，"你以为他是你想见就能见的人吗？"

洛萧皱起眉头，他见过陈安几次，印象中他不像是会这样说话的人："我找他有急事。"

"什么事？"陈安在边上的主位沙发上坐下来，跷起一条腿，双手交叉，"噢，我懂了，是不是家里又来什么亲戚了，需要找爵帮你杀掉？"

洛萧也不同陈安争，在他对面坐了下来："实在不行，让我跟他通个电话。"

"怎么，你的梦还没醒吗？"陈安冷笑一声，"你以为你是谁？"

洛萧语气沉了下来："小染被抓了。"

"哦？"陈安挑眉，"为什么呢？"

"她替莫南爵扛下了罪名，说全是她干的……"

"等下，"陈安打断他的话，伸手指向他，"我得纠正下，不是替莫南爵扛下罪名，是替你。"

洛萧并不反驳："小染现在在警察局，审讯已经结束了，如果再审两轮，她会被起诉。你把这件事情告诉莫南爵，他会找人把小染放了。"

"对，他会，"陈安点头，随即同他对视，"但是我不会。"

"你什么意思？"

陈安冷笑："童染要坐牢了是吗？好，坐得好，最好这辈子都别出来！"

洛萧脸色难看，皱起眉头："这件事情小染是无辜的，先把她弄出来。"

陈安站起身来："成啊，把 Devils Kiss 的解药交出来，我就让帝爵的人打电话，怎么样？"

洛萧抿紧唇瓣，并未开口。

"怎么，舍不得啊？"陈安环顾四周，"你放心，我这里什么都没装，你就算说出 Devils Kiss 是你研发的，也没人会告诉童染的。"

洛萧依旧不说话。

陈安坐回沙发上："我话撂下了，拿出解药，你的小染就能出来。"

洛萧皱起眉头，无论如何，他是不可能拿出解药的："我没有你所谓的解药。"

"逗猫呢？"陈安眯起眼睛，"要么你说出成分，我去配。"

"我听不懂你在说什么。"

"得，"陈安摊手，"没什么可说的了，你可以滚了。"

洛萧并不动："你瞒着他，不怕他知道以后恨你？"

陈安抬起头："你宁愿让童染被判刑坐牢，也不愿意交出解药，她还是被你亲手推进警察局的，你说说看她知道后会不会恨你？"

洛萧皱起眉头，转身离开。既然谈不成，他只能通过别的方法找莫南爵。至于解药，他肯定是不会交出来的。

陈安站起身走到会客室门口，不忘对着他的背影喊了句："救童染的办法其实你有，但是你自己掐断的。你记住，她要是真坐牢了不是因为别人，是因为你的残忍！"

陈安声音很大，几乎整层楼的人都能听见，洛萧头也没回，径直进了电梯下楼。

回到车上，洛萧拨通原来给莫南爵打过的号码，可一直是关机状态。

洛萧双手放在方向盘上，难道真的眼睁睁看她去坐牢？！

陈安最后说的那几句话回荡在耳边，洛萧伸手拉开边上的 CD 篮，里面，一盘录像带静静躺着。

洛萧陷入沉思，握紧手里的录像带，眉头紧皱。最后，他还是将录像带里面的芯片毁去。

将已经毁了的录像带扔进边上的垃圾袋，洛萧开车离开了帝爵。

童染依旧供认不讳。

已经审了一天一夜，她累得头都抬不起来。一模一样的问题，却一直重复地问，她觉得自己的灵魂都要被抽空了。

"头儿，"一人走进来扯了下正在审问的警察，低头在他耳边说道，"帝爵那边的人没动静，应该不会插手这件事情。上头说叫我们按照正常程序走。"

"好，我知道了。"那警察说着站起身，挥了下手，"今天就到这儿吧，我们明天就可以把你移交出去了。"

童染什么话也没说，只是闭上了眼睛。

第二天一早，童染就接到了被起诉的通知。

庭审等一切都极其顺利。

洛萧给她请了律师，可是童染坚持不要，洛萧好几次来见她，她却拒见任何人。

开审到最后判决结果出来，因为童染的供认不讳，仅仅花了一天时间。

双重罪名，她被判了三十七年。

童染也没有提起上诉。

她从法庭上被押下来后，直接被送入了锦海市第一女子监狱。

被囚车送过来的时候，童染除了身上的一套囚服，什么也没有。

到了指定地点，本来是要做身体检查的，那几个医生却跷着腿，闲闲地聊着天。

民警将童染推进来："给她检查下身体，马上要送进去的。"

"多大？"其中一个医生起身，瞅了童染一眼，"登记一下。"

童染站着不动，黑白分明的眼珠里所有的光彩已被彻底磨光，只剩下无穷无尽的空洞。

医生连推了她两下，她还是不动。

医生直起身体："怎么回事儿，神经问题啊？"

"卖身买枪，撞了自己的大伯，还开枪将其杀了。"那民警瞥了童染一眼，眼底尽是不屑。

童染置若罔闻，依旧没动。

"得了，这还检查什么？"那医生听完这番话也是目露鄙夷，伸手拍了下童染的脸，"还能说话吧？直接送进去，有病死在里面拉倒，走吧走吧。"

童染还是不动，那民警过来扯她，她趔趄了下，才抬腿朝外面走。

"哎，等等！"那医生眼尖，一眼就看到了她纤白脖颈上的那条项链，"这东西你们不没收的啊？"

那民警摇头："送到了再没收。"

"嘿嘿，那就给我啦，我瞅着挺好看的，"那医生伸手就将项链拽了下来，童染的脖子上瞬间被划出一道红痕。

那医生将项链对准光源，看到吊坠是一颗幽蓝色的桃心钻石，从做工到镶嵌都是精致到无可挑剔的，那桃心上正面刻着莫染两个字，反面刻着初心两个字。

"莫染初心？"医生左右看了下，将项链收进自己口袋，"得了，你们快送去吧。"

童染却突然顿住脚步，猛地回过头，眼神冷冽："把我的项链还我！"

"叫什么啊，坐牢还戴什么项链。"那医生不以为意，瞥了她一眼后转身坐回去，"等你这辈子出来也人老珠黄没人要了，还留着这种东西干吗？"

童染一双眼睛死死盯着那个医生："那是我的东西，你没资格拿！"

那医生不屑地瞪她一眼，话语恶毒："还在执着什么？都已经这样了，进了这种与外界隔绝的地方，你以为戴着这根项链就能回到以前吗？做梦吧！"

童染僵在原地，不再说话。

医生的一句话，将她的无名火气瞬间浇灭。

是啊，这辈子已经回不去了……一根项链，她拿回来了又能怎样？

她再也不看那医生一眼，转身走了出去。

囚车直接开到了监狱门口。

今天并没有阳光，锦海市这些天都是这样昏昏沉沉的天气，仿佛天空随时会压下来，闷得叫人喘不过气。

民警打开车门上的铁栏杆，将童染从上面拽了下来。

童染连眉头也没皱一下，被扯下来的时候险些栽倒在地，边上的人用脚踢了她一下："站起来！"

童染膝盖跪在地上撑了下，站起身的同时抬起了头。

头顶正上方，是一排庄严肃穆的方正大字：锦海市第一女子监狱。

童染眯起眼睛，眼底透露出的情绪复杂难言，嘴角弯起令人心酸的笑，这样的地方，她原先只是在电视上看到过，而如今，要真真切切地踏进去了。

"愣什么，你以为来参观呢！"边上的人用力推了她一下，口气不善，"快走，别耽误我们的时间了。"

童染被他推得踉跄一下，什么也没说，收回视线后走了进去。

双脚跨进那沉重的铁门栏杆时，她还是顿住了脚步。

无限的心酸涌上心头，童染回头望了一眼。

泪眼蒙眬。

厚重的大铁门被关上，发出的声音犹如嘶吼的野兽，沉重却又剧烈地敲击在心头，激起的灰尘拍打在脚边，令人忍不住颤抖。

童染垂下眸，跟着前面的人朝里面走去。

那狱警将她领到一个地方登记后，给她讲了些基本的规矩和今后的生活。

童染一言不发，狱警说什么，她都点头。

交代完毕后，狱警将她带到一扇刷着绿漆的铁门门口，解开锁后将她推进去："不要闹事，好好改过自新。"

童染始终低垂着视线，手铐已经被拿下来，她双手有些不适应地紧贴在身侧，抬脚走了进去。

铁门从外面被锁了起来。

一进去，里面便是一阵刺鼻的味道，显然不怎么打扫，童染目不斜视，径自走到自己的床铺前坐下来。

上面什么都没有，只有一个脏兮兮的枕头和一床被子。

她撑着铺沿躺下去，脸朝内地将身体蜷缩起来。

蓦地，上铺忽然动了几下，一个人爬下来，而后又从边上的角落聚过来好几个人："喂！"

　　那女人伸手就去拽童染的手，见她一动不动，索性踢了一脚："装什么死？起来！"

　　童染闭着眼睛，连眼皮也没抬一下。

　　"给我起来！"那女人见她不动，和边上的人对视几眼，几人直接伸手将童染给扯下床铺，"叫你说话！别装清高！"

　　童染整个人被拽了下来，所幸下铺和地面相差并不高，她单手撑着地面，依旧没抬头，转个身就要躺回去。

　　"脾气这么倔？今天就得好好治治你，别新来的不懂规矩，"那女人一脚横过去踩住了童染的枕头，"睡啊，你有本事，就睡我脚背上啊，我看看你闻着味道能睡着不。"

　　"哈哈哈——"边上的人闻言大笑出声，"蓝姐，还是你说话经典啊，不愧是我们的一姐啊。"

　　"那当然，这儿都得听我的！"

　　童染动作猛然顿住，听这声音觉着耳熟，"蓝姐"二字更是让她怔了下。

　　她转过身，抬起头来，视线刚好同那女人碰上。

　　二人对视一眼，皆是一怔，眼底同时涌出无法掩藏的惊讶！

　　那女人显然比童染还要吃惊，嘴巴大张，久久无法合拢，她伸出手指向童染；"你……你怎么……"

　　边上的人见状抬手撞了她一下；"蓝姐，你认识她啊？"

　　"认识，"阮亦蓝冷笑一声，"她是我大学同班同学，怎么会不认识呢？"

　　"这么巧，大学还同班啊……"

　　童染别头，显然不打算理她，阮亦蓝直接弯腰在她的床沿坐了下来："不说话啊？该不会是我看错了吧？"

　　童染还是不说话。

　　阮亦蓝嘴角勾起冷笑，伸手拍拍童染苍白的脸颊："哟，我猜猜啊，是不是莫南爵把你甩了，你死缠着不放，他嫌烦就索性把你送到这里了？"

　　童染神色冷淡："不关你的事。"

　　"哎哟笑死我了，怎么就不关我的事了？"阮亦蓝越发冷笑，突然伸手揪住童染的头发，用力拉扯了一下，"童染，你知道我是怎么进来的吗？"

童染用力推开她的手，从下铺出来后站起身："阮亦蓝，你做的恶事还少吗？当初找人害青青的人就是你，你以为我不知道吗？这些都是你应得的报应！"

"报应？"阮亦蓝笑出声来，"童染，别给我提什么报应不报应的，谁叫你得罪了傅青霜？谁叫傅青霜爱上了洛萧呢？你运气倒好，没整到你，倒是把韩青青给搭进去了。"

"你给我闭嘴！"

阮亦蓝上前一步，握住她的肩头："我闭什么嘴？那些事都是傅青霜找人做的，我只是帮个忙而已，我有什么错？我在这里待了这么几个月是因为什么，你还不知道吧，我告诉你，是莫南爵把我送进来的，就因为我当初想要甩你一巴掌。就因为这没甩下去的一巴掌，他就把我送进来了！童染，你何等金贵？"

童染闻言怔了下，没想到，阮亦蓝竟然是莫南爵送进来的……

"愣住了啊？"阮亦蓝用力推了她一下，"我还道你跟了莫南爵过得有多爽，没想到你居然也有这一天！我早说过，莫南爵迟早会把你甩了，你以为你能绑住他吗？真是笑话！"

童染冷冷勾起唇，并不同她多争："是啊，笑话，但是有句话用在你身上很对，知道是什么吗？"

阮亦蓝双手环胸。

童染眉目冷淡："阮亦蓝，善恶到头终有报，你对不起青青，这笔债你迟早要还，要我说，不是莫南爵送你进来，是老天爷送你进来的。"

"你……"阮亦蓝被她堵了下，脸色瞬间刷白下去，她上前几步，"好啊，你说善恶到头终有报，那我问问你，你怎么也进来了？你的报是什么？"

"与你无关。"

"我今天还非要你说！"阮亦蓝伸手揪住童染的头发，朝身后的几人示意，那几人忙上前按住童染的双肩，踢她的腿弯让她跪在地上。

童染被固定住动弹不得，双膝咚的一声磕在地上，只觉得浑身酸疼得厉害。阮亦蓝蹲下身捏住她的脸："说！你是怎么进来的？让我听了也跟着爽一下。"

"这么想知道吗？"童染冷笑着对上她的眼睛，目无惧色，甚至带着些许凌厉，"那我告诉你，我杀了人。"

阮亦蓝一怔，不信这样的话会是她说出来的："杀了人？你杀了谁？"

"你过来，"童染冲她点头，示意她靠近，"过来我就告诉你，我不想让别人听见。"

阮亦蓝皱起眉头："你耍什么花招？"

"你不是想知道吗？"

阮亦蓝看着她黑白分明的大眼睛，想了下还是靠了过去。童染凑在她耳边，低声道："我跟你说，我也是被莫南爵送进来的，因为他找了别的女人，然后我就暗暗发誓，只要是他接触的女人，我都不会放过，我做梦也会杀了她们……然后我就动手了，杀了好几个，到最后我累了就被抓了，我本以为没机会了，没想到还能在牢里遇到你……"

"你——"阮亦蓝闻言瞪大眼睛，惊得退开身，"童染，你这个疯子！"

"对，我疯了，"童染上下两排雪白的皓齿轻磕了下，"我刚刚差点就有机会把你的耳朵咬下来。"

阮亦蓝下意识地伸手捂住自己的耳朵。

边上的几人闻言面面相觑，只觉得被她这么一说浑身都起了鸡皮疙瘩，便都松了手，谁也不敢再抓着她。

童染拍拍膝盖上的灰站起身，视线朝四周扫了一圈，眉目冷冽："谁都别靠近我，你们蓝姐也说了，我是个疯子，要是把你们的耳朵一个个咬下来就完蛋了。"

"……"

阮亦蓝站在原地，眼睁睁看着童染走回铺上躺着，被她这么胡说八道地一吓，竟然不敢再去扯她了。

童染蜷缩起身体，依旧将脸朝向里面，眉宇间的冷冽瞬间消失得干干净净。"莫南爵"这三个字，她提一次痛一下，那感觉，竟然比她划伤手臂，伤口崩裂的时候还要痛。

晚上的时候，童染并未去吃饭，躺着动也没动一下，房间里很快就熄灯了。

她努力睁大眼睛，可黑暗中，什么也看不见。

童染伸出手去，却只能触摸到冰冷的墙壁，她收回手，眼里迅速涌起泪水。可这样的黑暗，她到底还是怕的。

童染牙齿紧咬住手背，才不至于哭出声来。莫南爵在洛庭松胸口上开的那一枪她忘不了，只要闭上眼睛就是那一幕。她缓缓闭上眼睛，眼泪从眼角滑落下来。

她几乎哭了一整晚，手背被自己咬到瘀青，童染仍旧不放，浑身颤抖，心有多痛，她咬得就有多重。

早上睁开眼睛的时候，整只左手手背已经被咬得高高肿起来，双眼也酸胀得难受。

童染撑坐起身，浑身像是散架了一般，她下意识地伸手摸了下额头，并未发烧。

这是她在监狱里度过的第一个晚上。

童染侧过头，天窗开着，她透过小小的缝隙看着外面的蓝天白云，曾经天天接触的世界，如今隔着这一堵高墙，似乎一切都变得晦暗无比，再也没有阳光照进来了。

这时，外面响起晨操的铃声，童染简单地洗漱过后，便站起身朝外面走去。

晨操过后就是平时要做的劳动，都是轮流制的，今天没轮到童染，她便回去屋子里待着。

刚一进门，童染便感觉被一股大力拽了下，她猝不及防，整个人跪了下去，紧接着双肩被人按住，反应过来的时候，脸颊已经贴住了冰冷的地面。

阮亦蓝手里拿着根结实的布条，居高临下地看着童染，一脚伸出去踩住童染的肩膀："你再嚣张啊！善恶到头终有报，你报一个我看看啊？！"

她们起码有五个人，童染知道挣扎不了，索性不说话。

她这副冷淡的态度更让阮亦蓝生气，她冲边上的几人道："我告诉你们，她是莫南爵的女人。"

那几个女人听见这话吓了一跳："真的假的啊？莫南爵的女人？"

"对，没错，"阮亦蓝仰起下巴，"羡慕吧？羡慕就给我打！"

几人手里都拿着布条，这东西隔着衣服打人没痕迹，更不会出血，却很疼。阮亦蓝用力踩住童染的肩膀，扬手对准她的背就是一鞭！

"啊——"童染疼得喊出声来，嘴里却立马被塞进一块布，她秀眉紧蹙，背部僵直，疼得五脏六腑都在打战。

阮亦蓝第十次扬起布条鞭子："这些都是我替傅青霜送给你的，你知道她有多恨你吗？我今天就悉数替她讨回来！"

阮亦蓝说着又是一鞭，她下手很重，抽得童染背上火辣辣地疼，连挣扎的力气都已经没了。

傅家别墅。

傅青霜已经不可能再回来，洛萧并未将这里卖掉，只是找人将她所有的东西都扔了，他依旧住在这里，没有搬走。

"少爷，"一个穿白大褂的人从楼上走下来，洛萧正站在窗边，闻言转过身来："怎么样？"

那人递上几张纸："我们按照您说的找了个孕妇，给她注射了 Devils Kiss，两天之后我们发现，胎儿的生长被抑制了。"

"抑制了？"洛萧皱起眉头，显然并未猜到这点，"什么意思？"

"简单点说，就是 Devils Kiss 注射进母体之后，会抑制胎儿的生长，造成一种暂时停止发育的状态。"那人抽出其中一张纸，"而且注射两天后，我们再通过 B 超和抽血，已经无法检查出她怀孕。"

"无法检查出？"洛萧闻言眉宇舒展开，这无疑是个好消息。

"是的，B 超和验血都已经查不出来，并且孕妇也没了正常怀孕的那些反应，我认为应该是 Devils Kiss 将胎儿给护了起来，不让它生长，也不让外物入侵它。"

"有发现别的症状吗？"

"没有，就是会头疼加嗜睡，情绪不稳定，不过我认为这个要看个人情况。"

洛萧看着那几张纸："那胎儿多久才会开始正常生长？"

"这个还不确定，毕竟我们才开始研究。我估计是毒素抑制了孕酮素，两者相冲了，不过并不确定，就算抑制了应该也是暂时的，"那人说着摇头，"少爷，我认为这不是个好现象，这样下去孩子就算不出问题，可总要生下来……"

"我知道，"洛萧点头，"没事，你们继续，有什么新的消息就告诉我。"

"是。"那人答应着退了出去。

洛萧转身望向窗外，小染是昨天下午进去的，今天是第二天了，可莫南爵还是没消息。

他拿起手机，刚要拨电话出去，便有个号码打了进来，洛萧眼睛一亮，是帝爵的号码。

十五分钟后。

洛萧被接待领到帝爵的会客室，他伸手推开门，一眼望进去，就看见陈安坐在沙发上。

洛萧神色黯淡下来，环顾四周并未看到莫南爵："怎么又是你？"

"当然是我，不过我可没你那么阴魂不散。"陈安说着站起身，并未绕弯子，直接走到边上的液晶电视旁，"我这里有个好东西，打算给你看一下。"

洛萧皱起眉头，下意识觉得不是好东西："什么？"

"你好好看吧，这可是你一直关心的，"陈安伸手按下开关键，走到洛萧身边，"要开始了，紧张不？"

"……"

画面很快开始播放，一看，便是监狱内。

洛萧眯起眼睛，屏幕闪了一下后，紧接着便响起女子凄厉的叫喊声："啊——"

画质并不是很清楚，显然是暗处的摄像头，但依旧可以看见童染贴在地上的小脸，以及因痛苦而拧起的眉头。

她穿着蓝白相间狱服的纤细背部，一下又一下地被粗布条抽过，童染嘴里塞着布，只得闭起眼睛，光洁的额头沁满汗珠。

洛萧猝然睁大眼睛，一个转身揪住陈安的衣领："这是怎么回事？！"

陈安伸手推开他的手，而后反抓住他的衣领："是你亲手把她送进去的，她现在在里面被人欺负成这样，你问我怎么回事？心疼吧？"

洛萧拧起眉头："你想怎么样？你明明看到她被打，居然不去告诉莫南爵把她救出来？"

"我说你是不是脑残啊？"陈安笑出声来，"要是今天换成爵站在这里，就因为他爱童染，他舍不得她痛苦，肯定被你威胁得死去活来的。可是他现在爱得命都快没了，你还指望帝爵的人把童染救出来？做梦吧你！"

鞭子抽打的声音不断传来，洛萧眉头深拧在一起："既然帝爵不会找人救小染，你今天找我来做什么？"

"我就是想让你看看，她现在正在受什么苦，"陈安抬眸对上他的眼睛，直接说重点，"我要说的很简单，你把 Devils Kiss 的解药交出来，童染马上就可以出来，也不会再受这些苦。"

洛萧抿紧唇瓣："不，我说过，我绝对不会交出解药。"

陈安闻言冷笑一声："你宁愿童染被打成这样，也不愿意交出解药对吗？"

"对，"洛萧伸手扯开他的手，"要我给莫南爵解药，绝无可能。他快死了是吗？那很好，我恭喜他。"

陈安再度揪住他，一手指向屏幕："你不是和她二十一年的感情吗？忍心看着心爱的女人每天被打成这样？"

"我再怎么不忍心也可以强忍下去，因为比起这个，"洛萧狠戾地眯起眼睛，嘴角勾起残忍的笑，"我更希望看看莫南爵是怎么死的！"

陈安第一次觉得无语，冷冷一笑道："你到底是爱童染，还是希望爵死？这两者在你心里孰轻孰重？"

洛萧伸手推开陈安，也不再看屏幕一眼，自动忽略女子的惨叫声，转身朝会客室的大门走去，走到门边的时候他顿住了脚步，突然回过头来："如果你非要这么问，就凭他莫南爵要了童染所有本来应该属于我的那些第一次，我认为两者一样重。"

洛萧说完便走了出去。

陈安双手紧握成拳，眉头深深拧起。其实他已经找人交代下去让狱警照顾下童染，若是洛萧今天交出解药，童染马上就能出来。

可他太小瞧洛萧了，他能如此狠心对童染，还有什么事情做不出来？

陈安并未在帝爵逗留，将录像带拿出来后，开车回了医院。

无菌病房内，莫南爵还未醒来，双手双脚上的链子已经被撤掉，男人眉头也不再紧皱，整张俊脸处于极度放松的状态，显然睡得很沉。

陈安推开门走进去，边上的护士见到他忙站起身来："安少爷，爵少还没醒，会不会有什么事？"

"不会，"陈安走过去看了看，将男人正挂着的点滴调慢些，"他状态还是很不稳定，体内毒素没清除，注射了镇静剂，不会这么快醒的。"

"都已经两天多了，"护士摇头，望向莫南爵的俊脸，"我好担心爵少出什么事啊……"

"你只要闭紧嘴巴，别告诉他什么乱七八糟的事，让他安心躺在这里好好休息，就不会出事，"陈安将莫南爵身上的薄被拉上去点，"只要关系到那女人他就开始心软，软肋给人掐住就什么都没办法了，大半条命都得去掉。"

"好，我什么也不会说的。"

陈安点头，突然想到一个问题："他胸口被刺的那一刀，我们放出来多少血？"

"大概……350ml？"护士说着拧起眉头，神色似乎不忍，"而且，都是黑血。"

陈安在床沿坐下来："放完那些黑血之后，症状就稳定下来了，对吧？"

护士想了下："好像是的，之后爵少就没了挣扎的状况，而且呼吸和心电图都稳定了，只是到现在还没醒，不知道为什么……"

"我不是说了吗？没醒是因为打了镇静剂。"

护士闻言瞪大眼睛："安少爷，你是故意的……"

陈安瞥了眼莫南爵苍白的俊脸，视线转而又落在他右臂被注射过的青紫伤痕上："我想利用童染坐牢，找洛萧弄到解药，爵要是醒了能同意我这么做吗？但我没想到的是，洛萧那孙子居然看到那样的录像都不肯给解药！"

护士完全听不懂他在说什么："洛萧……是谁？"

"你不用知道，反正不是人。"

护士撇撇嘴，没再说话。

陈安眉头紧锁，视线随意投在一处，思绪却飘出很远，放黑血……

难道每次毒发的时候，放掉 350ml 黑血，就能缓解了？

而且，Devils Kiss 毒发时能通过女人来解毒，是不是间接证明其中有春药的成分？

陈安眯起眼睛，起身走进了边上的研究室。

探监室。

阮亦蓝被叫出来的时候还觉得有些奇怪，她坐牢这么久，都没人来看过她，家里人因为忌惮莫南爵，搬到了别的省份，只剩下她一个人在这里。

狱警带着她走进来，阮亦蓝戴着手铐抬起头，就见一个男人坐在对面的椅子上。

她怔了下。

狱警显然是收了钱的，送她进来后就带上了门守在外面。

阮亦蓝上前几步："怎么是你……"

"你还认得我吗？"洛萧抬起头来，示意她坐下。

"认得。"阮亦蓝注视着他，她第一次见洛萧是童染带去见的，最后一次见，却是傅青霜带她去的。

傅青霜说："蓝蓝，这是你姐夫。"

阮亦蓝想了下，还是开了口："姐夫。"

洛萧对于这个称呼并未否认，点了下头："你是怎么进来的？我听说，是欺诈罪？"

阮亦蓝嘴角冷冷勾起，并不愿在这个话题上多说："我姐今天没来吗？"

"她今天有事，来不了，"洛萧摇了下头，直接切入正题，"小染和你同一间牢房吧？"

"是的……"阮亦蓝知道他不可能是来看自己的，肯定是冲着童染来的，"我很好奇，她怎么会进来的？她不是跟了莫南爵……"

洛萧皱起眉头："她还好吗？"

"呃，"阮亦蓝神色闪躲，"还不错……"

"是吗？"洛萧眯起眼睛看向她，"你打了她是吗？"

"……"

阮亦蓝不知道他怎么知道的，撇了撇嘴，没出声。

"我可以让狱警去检查，"洛萧站起身来，"要是被爆出你打了她，我作为她的家属对你起诉，你觉得你会再多蹲几年？"

阮亦蓝闻言顿时慌了，跟着站起身来，手铐发出叮咚的声音："你，你想做什么？"

洛萧同她对视，阮亦蓝这样的人，肯定是希望能早点出去的："不想我起诉你也可以，帮我一个忙。"

"什么忙？"

"这个，"洛萧顺着木质桌面将东西推到她面前，是一包白色粉末，"你找机会给小染服下。"

阮亦蓝目露疑惑："这是什么？"

"普通的药，没有什么危害，只是会让人暂时出现水痘初期症状而已，"洛萧压低声音道，"你让她服下，她就能获得暂时保外就医的机会。"

阮亦蓝吃了一惊："你要救她出去？"

"这个你不用管，能让她被送去医院就行。"

阮亦蓝并未伸手去拿，她抿起唇瓣："那我有什么好处？"

"没有好处，但是至少不会有坏处，"洛萧双手放在桌面上，"钱这方面我也会帮你打点，你接下来在里面应该可以过得不错。"

阮亦蓝想了下，还是伸手将那白色粉末袋拿起来放进囚服的口袋里，她突然抬起头："姐夫，你能救我出去吗？"

洛萧摇头："不能。"

"为什么？我明明什么罪都没犯，我是被冤枉的……"

"你以为我是莫南爵吗？"洛萧冷笑一声，站起身朝外面走去，"罪其实你已经犯了，因为你打了她。"

"等等！"阮亦蓝出声喊住他，"你这么跟我说话，就不怕我不帮你吗？"

"不会，因为你这种人最会明哲保身，"洛萧脚步不停，推开门走了出去，"今天就动手，我晚上必须看到她出来。"

童染在牢房里几乎不说话，每天都是躺在自己的铺上，蜷着身体脸对着墙。

阮亦蓝好几次坐过去想要跟她说话，可童染从来不动，就算把她从铺上扯下来，她还是会拍拍裤腿自己爬回去继续躺着。

阮亦蓝没办法，只得另找机会。

晚饭的时候，童染端着盘子走到桌边坐下来。她没有丝毫胃口，只是用筷子拨了几下米饭，便觉得饱了。

蓦地，眼前人影一闪。

童染抬起眼，就见阮亦蓝端着个盘子在自己对面坐下来。

她起身就要走。

"等等！"阮亦蓝扣住她的手腕将她拉回来，"我跟你说件事。"

童染冷冷地看向扣住自己的那只手："松开。"

"你态度别这么恶劣嘛，我不就打了你一次？"阮亦蓝将她拉得坐下来，将自己碗里的汤推到她面前，"今天有人来看我了。"

童染眉目冷淡："恭喜。"

"是你也认识的人，你猜猜是谁？"

童染冷冷勾唇："韩青青来找你索命了？"

"……"阮亦蓝将声音压低，"是莫南爵。"

这三个字，到底还是让童染心口跳了下，她抬眸看向阮亦蓝："他没事吧？"

"能有什么事？他来问我你怎么样。"

"他……还说了什么？"

阮亦蓝见她神色终于动容，便随口胡扯："没说什么，跟个女人一起来的，说不想见你，让你好好改过自新。"

童染垂下眸去，他没事……没事就好。

"怎么，伤心了？"阮亦蓝睨她一眼，心里越发舒畅，"要我说，你早该料到自己会有这么个下场……"

童染并不说话，掩饰性地端起桌上的汤，看也没看就喝了一口。

汤的味道很淡，而且已经凉了，童染喉间哽了下，将冰冷的液体吞下去才觉得清醒些。

阮亦蓝见她喝了汤，心里松了口气。

"谢谢你告诉我他没事。"

阮亦蓝抬起眼，并不明白："他能有什么事？"

童染什么也没再说，放下碗后站起来，才转了个身，身体却晃了下，突然擦着桌沿倒了下去！

阮亦蓝大惊，没想到洛萧给的这药药效如此快。她忙站起身来，配合着大喊："来人啊！有人昏倒了！"

容沁从南音走出来时，大门口的黑色轿车已经在等了。

她拉开车门跨上去："现在就要去了吗？"

"对，"男人点头，"我给你准备的囚服穿了吗？"

"穿了，在里面，"容沁拉紧大衣，她很年轻，才不过二十岁，是南音大一钢琴系的学生，"我……我是不是进去了就出不来了？"

"两百万还不够你坐几年牢吗？"洛萧并未说出具体时间，语气冷淡，"你只需要跟我进去病房把她换出来，你爸爸的病就有钱治了，难道你要看着他病死吗？"

容沁咬住下唇没再说话，在她看来，两百万，替人坐几年牢，还是很划算的。

她将身体坐直，视线锁定在轿车音响边上贴着的照片上，上面的女孩子一头乌黑的长发，大眼睛，小脸干净明媚，笑的时候露出两个浅浅的小酒窝。

确实是个美女，而且容沁不得不承认，自己跟她长得很像，至少有七分相似。

这就是洛萧找上她的原因。

她侧眸看向边上的男人："她叫童染是吗？"

"对。"洛萧点头，视线移到照片上的时候，神色温和了不少。

"她是你老婆吗？"

"对。"

容沁没再说话，看了看洛萧，只觉得他浑身都透着冷淡，和他的外貌并不相符。

车子一路开到第二医院。

洛萧开到后门绕进去，容沁裹紧身上的衣服："我……我害怕。"

洛萧转过头来看她："害怕就下车。"

容沁咬住下唇，双手紧握成拳："对不起，我随口一说的。"

二人一齐下了车，从侧门进了医院。

洛萧按照打听好的楼层走上去，一眼就看到一间病房门口站着两个警察。

洛萧眯起眼睛，将容沁拉到自己身边："等一下时机到了会有人去将那两个警察引开，你就直接走进病房，把她抱起来放进洗手间，自己躺上去。"

"那她在洗手间怎么办？"

"你躺上去后一会儿就坐起来，叫护士来，检查没事就会把你送回去。"

"那，好吧，"容沁咬咬唇，"不会被发现吗？我毕竟不是她……"

"谁有那个时间去发现？你进去的时候把这个涂在脸上，"洛萧将一个小瓶子递给她，"你们长得像，等你长几天痘好了之后，没人会那么注意你的。"

容沁点点头接过去，门口的警察暂时还未离开，二人便进了边上的病房等候。

无菌病房内，护士正拿着每日都需要注射的药走到病床边，轻掀开被子，推了下针管的活塞头后，就将针尖对准了男人的上臂。

莫南爵却霍然睁开眼睛。

护士手里的针尖才抵住皮肤，便被男人一把抓住了手腕，莫南爵眯起眼睛："你是谁？"

"爵少，您终于醒了！"护士一脸激动，语不成句，"我，我是安少爷吩咐在这里照顾您的。"

莫南爵环顾下四周，确实是陈安的医院，他松开护士的手，手掌贴向额头，记忆慢慢清晰起来："我睡了多久？"

"也，也没多久，"护士想起陈安交代过的话，不敢实话实说，"也就半天不到。"

莫南爵撑住床沿坐起来，掀开被单，护士忙按住他的手："爵少，您现在还不能起来。"

"松开，"莫南爵目光一沉，"谁告诉你我不能起来的？"

"安少爷吩咐的。"

"什么时候？"

"四天前就……"

护士话还没说完就觉得露了馅，抬起头，莫南爵冷着张俊脸正睨着她："你说我睡了半天，那另外的三天半我是死了吗？"

"不，不是的，"护士忙摇头，完全不知道该怎么开口了，退开身，"爵，爵少，我去找安少爷来。"

莫南爵站起身，走到边上的衣柜里随手拿了件衬衫穿上，修长的食指系好袖扣："不用。"

"不，不行啊，安少爷吩咐了，您醒了一定要通知他……"

"哦？"莫南爵穿好衣服后走过来，伸手将护士放在床头的针管拿起来看了下，"这里面是什么？"

"就，就是普通的营养药。"

"普通？"莫南爵忽然拽过护士的手臂，"那你试试看。"

"不要——"那护士一惊，里面陈安放了镇静剂，扎进去她肯定昏倒，"爵少，不可以，我不能打！"

"打了会怎样？一睡不醒？"莫南爵眯起眼睛，越发觉得不对劲，直接将针尖刺入那护士的手臂中，"你也睡个四天给我看看。"

"啊——"

那护士连连尖叫，莫南爵还未推动活塞头，病房的门便被推开，陈安走进来时明显怔了下："爵？"

这么快就醒了？

莫南爵松开那护士的手，眯起眼睛："童染在哪里？"

"我怎么知道？"陈安摊手，走到桌边端起杯子喝了口水，"一直没出现，估计是被洛萧给养起来了。"

"你见过洛萧了？"

"没见过。"

莫南爵抬脚就要朝外面走，陈安忙转身扯住他："你当真不要命了吗？躺了这么几天，一醒来就要出去，多休息下能死吗？"

"能有什么事？"莫南爵别开眼，脚下并未再动，"我这不是没死吗？"

陈安没好气地瞪他一眼："差不多了。"

"怎么会，"莫南爵嘴角勾起抹笑，"你在这里，我怎么会死？"

"你不是宁愿吐血也要冲进去吗？一冲就冲出一身伤，心脏还被人捅一刀，满意了吧？"

莫南爵眯起眼睛："所以就因为这个，你就让我睡了四天？"

"什么叫我让你睡了四天？"

"你的小蜜说的。"莫南爵睨了一眼边上的护士。

"别瞎说，"陈安推了下他的肩，让他出去就完了，"你再去睡会儿，晚上还有个检查。"

"我要去找洛萧。"

"你还找他做什么？"

"聊天。"男人抬脚就要走。

陈安侧身挡在他身前："我跟你说，他已经狠到一个地步了，而且他这会儿掐着童染，你还跑去找他，这不是送死吗？"

"他掐不着童染。"

"得了，就是掐着了你才会听他的，要不是因为童染，你能伤成这样吗？"

"她没伤我，那一刀是我自己刺下去的。"

陈安怔了下："什么？"

"你以为是童染刺伤我的？"

陈安别开视线："没有。"

莫南爵睨着他吃惊的神色，越发觉得不对。他沉默了下，而后突然开口："洛萧还跟你说了什么？"

陈安猝不及防，脱口就骂："那畜生还能说什么？他看到那样的录像带都不为所动，连童染坐牢了都不肯给解药，要我说他真不是……"

后面的话全部顿住。

护士感觉到四周聚起不对劲的气氛，赶忙向后退。

莫南爵全身笼罩在暗沉之中，眼里笼上大团阴鸷，他双目阴沉地盯着陈安，说出来的话冰寒慑人："你刚才说，童染坐牢了？"

"……"

陈安向后退了两步，稳住声音："是洛萧见死不救，他明明可以给解药救童染的，可是他死都不肯……"

莫南爵眯起眼睛，神色骇人："所以，你就在背后推了一把，让童染在牢里待着？"

还不等他再开口，衣领便被人猛地攥住。陈安一怔，莫南爵拽着他就走到窗户边，啪的一下推开窗户，直接将陈安的半个身体推了出去："我问你，她是不是真的坐牢了？！"

"我去，我有恐高症！"陈安吓得不轻，这里是十九层，他上半身几乎悬在窗外，只要莫南爵一松手，他绝对摔下去，"只不过是让童染坐几天牢，说不定洛萧就能给解药，就这样你都舍不得？"

莫南爵弯下腰，俊脸逼近他，眼神狠戾："她是我的女人，你就让她这样在牢里待着？！"

"她待在牢里跟我有什么关系？"

"你如果没吩咐过什么，帝爵的人怎么可能不救他？"

"你没醒，他们肯定不会随便救人的。"

"所以这就是你让我睡这么些天的原因？"

陈安张了张嘴，说来说去他确实是故意的，想要借此机会逼洛萧交出解药，只是……

只是他没料到洛萧不肯而已。

见他不说话，莫南爵气得俊脸铁青，手上劲道松了下，陈安惊得捉住他的手："爵！你真要摔死我不成？"

"上次就该打死你！"

莫南爵揪紧他衣领的手臂猛地用力，将陈安直接从大开窗户口推了出去，护士吓得惊叫连连："爵少——"

陈安一阵头晕目眩，还未反应过来，身体颠簸几下，彻底悬空后又瞬间被拉回来，砰的一声摔在地砖上。他惊魂未定，抬起头时，莫南爵已经大步走出了病房。

砰——

病房门被大力摔上。

陈安伸手撑住额头，就知道是个重色轻友的货。他摇了下头，还是觉得眩晕不止，护士连忙端了杯水来："安少爷，你没事吧？"

"没事，"陈安喝了两口水，扶着墙壁站起来，腿还是软的。他恐高症也不是一年两年了，莫南爵绝对是属于秋后算账那一类型，"去帮我收拾下东西，我要准备出去度假。"

"度假？"护士怔了下，他整天不就是在到处度假吗，"去哪里度假？"

"哪里都可以，"陈安将水喝完后朝外面走去，"速度点，帮我订机票。"

"要去多久？"

"等他打电话求我我再回来。"

"……"

护士盯着他的背影，看得出走路还在打战，显然吓得不轻……

这是去度假，还是逃难？

锦海市第一女子监狱门口，几个人正往里面送一些必需品，铁门刚刚打开，一辆宝蓝色跑车便直接冲了进来。

"啊——"几人吓得魂飞魄散，跑车并未停下，直接擦着铁门的边缘冲进去，发出刺耳的声音。

几个眼尖的狱警看出这车是谁的，忙丢下手里的东西走过去，车门被人猛地推开，果然就见莫南爵大步跨了下来，俊脸阴沉，整个人似罩在乌云里。

几人忙迎上去："爵少，您怎么来了……"

"说！"莫南爵伸手揪住两人的衣领，直接反手一摔就按在水泥墙壁上，"童染在哪里？！"

两人面面相觑，显然对童染这个名字有点印象："好，好像在第二牢房吧？"

莫南爵松开手，踹开重重铁门，直接走进了第二牢房。

那两个狱警生怕出事，连忙跟上。

第二牢房里，阮亦蓝正和几个女人说自己的辉煌过去，她得意地挑了下眉，反正怎么好听怎么吹："要知道，当时爵少可是专宠我一个人的……"

砰！

房门突然被一脚踹开，莫南爵大步跨进来，锐利的眸子扫向四周："童染！"

阮亦蓝杏目圆睁，显然没料到居然会在这里看到他，她站起身走过来："爵……"

莫南爵瞥了她一眼，好半天才想起这是谁，伸手就揪住她的衣领，阮亦蓝看得出他神色急切无比："爵，你……"

"童染在哪里？"莫南爵伸手握住她的双肩，脸色阴鸷，就像要将她生吞活剥一般，"我问你童染在哪里？！"

"她，她保外就医了，"阮亦蓝睁大眼睛，不敢说是自己下的药，她盯着男人近在咫尺的俊颜，虽然是他送她进来的，但她还是忘不了他，"才送走没多久，现在应该在第二医院……"

保外就医？！那蠢女人莫不是毒发了？！

莫南爵闻言猝然松开手，看都没再看她一眼，转身就朝外面走去。

对面下铺的一个女人拍拍胸口，显然还没反应过来，开口问道："这男人好帅啊，你认识他吗蓝姐？对了，那个童染是不是你们前几天用布条抽的女人？"

阮亦蓝吓得瞪大眼睛，忙摆手示意她闭嘴，可对方的话已经冲口而出。

莫南爵跨出去的脚步顿住，男人眼角现出一抹狠戾，回过头看了阮亦蓝一眼，扯开的笑容令人心惊。

阮亦蓝望着他的眼神吓了一跳，忙摇头："爵，不是的，我……"

莫南爵早已大步走了出去。

几个狱警面面相觑，然后跟在后头。

男人并未多留，直接开车朝第二医院驶去。

Chapter11
你胡说，月老才不住在海底

第二医院内。

容沁和洛萧坐在边上的病房内，门口的两个警察一直没走开，显然挺称职的。

容沁走到房门口朝外面看了下，紧张得手心都是汗，这种事情她还是第一次干："我们就这样一直等着吗？"

"对，"洛萧靠在座椅上，"你别探头探脑的，坐着老实等。"

"他们什么时候才会走啊……"

"看时机，等下吃晚饭，肯定会走。"

"那好吧。"

容沁不再多说什么，走过来坐在洛萧边上，盯着他清俊的侧脸，突然开口问道："为什么你老婆会进监狱？"

洛萧目光一沉，将视线别开："出了点事。"

"噢，看你好深情的样子，你很爱她吗？"

"对。"

容沁满面憧憬："真好，我也希望有一个男人能这么爱我，时时刻刻保护我，不让我受一点伤害，也不让我吃一点苦头……"

洛萧脸色阴沉下来，听着这番话就莫名不舒服，他啪的一下将手里的杂志摔在边上："你安静点待着不行吗？"

"……"

容沁也不知道他为什么突然生气，吓得抿紧了唇瓣，不再说话。

此时，外面传来脚步声，洛萧忙起身去看，便见那两个警察交头接耳说了句话，而后一起朝楼下走去。

他目光一亮，朝身后招手："快过来，东西涂好了吗？"

容沁跟着走到门边，将洛萧给的药胡乱几下涂在脸上："我直接过去吗？"

"你先走到门边去，我在这里按护士铃，等里面的护士出来，你就进去，按照我之前吩咐的做。"

"好。"

容沁深吸口气，想了下那能救命的两百万，没再犹豫，推开门走了出去。

容沁裹紧身上的大衣，走到病房门口，探头望去，里面的两个护士正在帮忙擦药，趴着的女子一头乌黑的秀发散在身侧，果真很美。

此时，病房内的护士铃响起，两个护士见药擦得差不多了，转身走了出来。

容沁侧了下身体躲在边上，那两个护士还未走到房门口，走廊那头突然传来一阵急切的脚步声。

容沁抬起头，就见一个穿着黑色皮衣的男人大步朝这边走了过来。她睁大眼睛，只看一眼便认出来了，这是帝爵总裁！

莫南爵身后还跟着两个护士，显然是被揪上来的："爵少，您要找的人在这边……"

洛萧站在边上的病房里，看到男人的身影后猛然攥紧双拳，莫南爵居然没死？！

"哪一间？！"

"我们现在就找找看……"两个护士并不清楚，一间间去看，莫南爵显然等不了，眯起眼睛扫向四周。

容沁抬眸，刚好同他的视线触碰上。

女子眼里涌出掩饰不住的爱慕，男人冷瞥一眼，只觉得她同童染长得倒是有几分相像。他别开视线，抬脚就朝边上的房门踹去！

几个护士大惊失色："爵少，您别这样……"

砰——

病房门应声倒下，里面的几个人吓了一跳，莫南爵扫了一眼不是，转身就要去踹另一间！

"天哪，爵少！"护士连忙上前，可又不敢碰他，紧接着，又是一扇病房门应声倒下。

莫南爵走过一间踹一扇门，护士跟在后面，急得团团转："爵少，还是我们来找……"

"那个，"容沁突然从角落走出来，抬头望向面前满身怒气的男人，"你是来找人的吗？"

莫南爵眼神冰冷："滚开。"

容沁视线定在他俊美的侧脸上，眼底的贪恋和爱慕连护士都看得一清二楚，她想，若是能跟着这样的男人，两百万、三百万都无所谓了："你找谁？要不然我帮你一起找找……"

莫南爵伸手就要推开她，护士忙抓住一丝机会开口问道："你知道这层住着一个叫童染的吗？刚送来……"

容沁一怔，童染？这么巧？她几乎是不假思索地开口："我知道，就在 405……"

她伸手朝后头不远处的一间病房指去。

洛萧见容沁居然还给莫南爵指出位置，气得几乎要吐血，可这时候莫南爵来了，警察肯定随时会赶过来，他也不好冲出去。

容沁咬了下唇，看向男人的小脸上带着几分红晕，开口解释道："我刚刚听到有人喊童染的，应该不会错，那个，你是不是帝……"

话还没说完，莫南爵直接伸手将她推开。男人头也没回，脚步急切地朝 405 冲去，容沁被推得一个趔趄，没想到他居然连一句谢谢都没有。

405病房内，童染背上的鞭痕被擦了药,她悠悠转醒,只觉得头痛欲裂。

背上的衣服还未被盖下去，童染撑起半边身体，刚要伸手去拉，房门突然砰的一声被人踹开！

她一惊，视线还未看过去，便感觉到一阵强大的气息靠近。她下意识地朝边上缩了下身体，毕竟自己背上还是裸着的："是谁……"

病床边的人却突然顿住了脚步，半天没有动静。

童染抬起头来，正好同男人燃着熊熊怒火的眸子对上。

她张大嘴，半天没有反应过来。

莫南爵站在病床边，俊目微眯，视线一眨不眨地落在女子背部的鞭痕上。她的背纤细白皙，原本应该很美的，此时却交错着浅浅的红痕，擦着棕色的药膏，看起来完全变了味。

显然是被打出来的。

莫南爵知道，这种痕迹不深的伤，才最痛。

男人浑身散发着冷冽的气息，仿佛随时会把她吃了，童染怔了半天，动了动唇："你……"

"爽吗？"

莫南爵双目猩红，盯着她背部的眼神几乎喷出火来："童染，非要去坐牢的感觉很爽吗？"

"……"

童染咬住下唇，硬生生将视线别开，忍了这么久的眼泪，在这一刻莫名决堤，她倔强地别过头去："才不要你管！"

莫南爵依旧冷着脸，垂着的双手紧握成拳，每一道伤痕都像是鞭在自己身上，疼得堪比毒发。

他突然走上前，单手搂住她的细腰，将她整个人提了起来，抬脚就朝外走："你这么爱把罪名往自己身上揽，那你就坐上一辈子！"

身体突然悬空，童染下意识地伸手去捶他的肩："莫南爵，我讨厌你，放开我！"

"讨厌我？"男人顿住脚步，回过头来，鼻尖正好贴住她的，近得可以闻到她身上的清香，"你怎么不说恨我？"

门外几个护士探头探脑的，童染这才发现二人的姿势有多暧昧，脸上一红，双腿开始乱蹬："我不想看到你，你走！"

莫南爵闻言抽回手，站起身朝外面走去，童染没想到他竟然真的走了，伸出手想要拉他，男人却突然转过身来，她猝不及防，整个人被大力拥进一个温暖的怀抱。

"你……"

"别动，让我抱一下。"

男人很用力，几乎要将她揉进骨子里，童染只觉得被他拥抱得浑身都要撞碎了。她伸手环紧他精壮的腰，好像受过的一切委屈此时都涌了出来，她嘴里忍不住呜咽，也就只有对着他才会如此爱哭："我以为我再也出不来了……"

莫南爵感觉抓在自己腰侧的小手紧了下，眯起眼睛，心里酸涩得难受。他无法言明这种感觉，她就像藤蔓一般，在他心头缠得越来越紧，可越是要窒息的时候，他便越是觉得美好，美好到比毒药还可怕。

这种感觉真是令人心惊却又痴迷，甩不开扔不掉，随着时间越缠越紧。

莫南爵想，也许这就是所谓的爱吧？

真是个麻烦，男人眯起眼睛，却并不是真的嫌麻烦。陈安说得没错，他一头栽在童染身上，竟真的再也爬不起来了。

床头放着几瓶药，莫南爵伸手拿起来细看了下，是长水痘时才需要服用的，他神色阴鸷："你哪里不舒服？"

"不知道，他们说我是昏倒才被送来的，"童染坐在床沿，皱起眉头，"我也不知道自己是怎么昏倒的，本来在食堂，站起来就觉得晕。"

童染说着想起阮亦蓝推给自己的那碗汤，莫不是她在那碗汤里放了什么？

莫南爵却眯起眼睛，想到的是先前在病房门口看到的那个女孩，她身上裹着厚厚的外套，显然是为了遮盖什么，长得还和童染有几分相像。

难道……

洛萧肯定不可能不为所动，他能想出来的，也就只有这种暗地里的手段。

结合监狱里的阮亦蓝，莫南爵稍微细想了下，就知道童染为什么会被送到医院来了。

男人脸色一沉，弯下腰直接将童染打横抱起来："走。"

童染忙伸手环住他的脖子，眼里下意识地闪过一抹惊慌之色："外面有警察看着，他们会抓我……"

看来这几天真是被吓得不轻。

莫南爵阴沉着俊脸，大掌在她身上轻拍几下，抬脚就朝外面走去："别怕，我在这儿，他们没人敢动你。"

尽管他这么说，可从病房出去的时候，童染还是将头死死地埋在他胸前，整个人如同孩子般将身体蜷缩起来，一手还死攥着他的衣领："万一他们……"

"我说不会就不会，"莫南爵将她搂紧，脚步稳健，俊脸上闪过不忍，"困就闭上眼睛，醒来就没事了。"

她将头埋得更深，乌黑的发丝将侧脸完全遮住，圈住男人脖颈的手臂几乎将他勒得喘不过气来。

莫南爵抱着她一路走出去，闻讯赶回来的两个警察忙迎上来，看一眼童染，再看一眼男人这动作，瞬间明白了："爵少……"

"我的女人我带走了，你们要抓就来帝爵抓我，"莫南爵脚步未停，连头也没回，"或者让你们上头的人直接找我，我恭候大驾。"

两名警察对视了下，这话还不明显吗？谁也不敢再多说什么，看着男人挺拔的背影连连点头。

走廊边的角落里，容沁走出来后看着莫南爵大步离去的背影，她望不见男人怀里童染的脸，可想到在洛萧车上看到的那张照片，不用看，便知道定是一副楚楚可怜的模样。

要不然莫南爵的动作也不会如此温柔。

容沁一双手紧攥起来，她才二十岁，年轻貌美，长得也同童染差不多，为什么童染能如此幸运被帝爵总裁抱走，自己却差点要为了钱去替她坐牢？

她眼里似有不甘，却被隐了下去。容沁旋身回到洛萧所在的病房，一进门，便被男人一手用力拽住："你疯了？！"

她被拽得趔趄了下，伸手扶着桌沿才站稳："你松开！"

洛萧神色阴沉，背光而立，高大的身形让容沁觉得有些慑人："你换不成就算了，居然还给他指路？！"

容沁年轻气盛，闻言直起腰板："我看他是帝爵总裁，不过想讲几句话套下关系罢了，喜欢那样完美的男人，难道有什么错吗？"

洛萧冷着脸："你觉得他很完美？"

"当然，那种男人谁不喜欢？"容沁见他脸色越来越冷，想到洛萧先前说童染是他老婆，那莫南爵等于是抱走了他老婆……

思及此，她将声音放小："对不起，事情没办成，我先走了。"

她站起身就朝病房外面走去，不料洛萧却拦住她，从口袋里掏出一张支票递给她。

容沁接过来一看，居然是二十万。

她吓了一跳，伸手还回去："事情没成，我，我不能要。"

洛萧并不接："拿着吧，不是家里急着用吗？"

"可我……"

"以后我也许还会找你，先留着，大不了就当我送你的。"

容沁抬起头看他："为什么？"

洛萧笑了下："就凭你长得像我老婆。"

容沁闻言攥紧手心里的支票："那你不如包了我，反正你老婆被人抱走了。"

洛萧闻言挑眉："你不是喜欢莫南爵吗？"

"你也很不错，"容沁咬咬唇，"而且他不可能看上我。"

洛萧捕捉到她眼底的爱慕以及贪婪，嘴角轻轻勾起："那不一定，很多事情可是说不准的。"

容沁只当他是调侃自己，抬起干净的小脸："那我先走了，钱我不会白拿你的，我的手机号码不会换，你要是有需要帮忙的就找我。"

"好。"洛萧点头，也不再多说，擦着她的肩膀出了病房。

容沁盯着他的背影，想到自己还要回到学校苦苦练琴念书，心里越发不爽。虽然其中的原委她不懂，但为什么那个叫童染的女人就能如此好命，既有这样深情的老公，又能认识莫南爵那样的男人？

她站着出神良久，将支票放回口袋后走出了病房。

医院。

莫南爵抱着童染回来的时候，陈安并不在，护士迎上来时他问了下，才知道陈安竟然去了西班牙。

男人脸色阴鸷，跟他玩跑？可以，看你能跑多久！

他并未再多问，回到病房时童染已经睡着了，秀眉紧蹙，小脸沉浸在一种莫名的紧张感中，显然睡得并不安稳。

莫南爵动作小心翼翼地将她放到病床上，将她的双腿放平，正要拉开她环住自己脖颈的手，刚扣住她的手腕，童染却陡然一惊，缩了下身体，叫出声来："我不要戴手铐！"

男人动作一顿。

童染并未醒过来，纤细的手臂依旧紧紧环住他的脖子，莫南爵怕她这样会不舒服，他动一下，她便紧一分："我不要戴，我自己会走……"

"好，不戴，"他伸手轻拍她的背，语气低柔，"别怕，没人会给你戴。"

童染一张小脸紧紧皱在一起，双唇都在颤抖，显然沉浸在巨大的梦魇之中："我，是我杀的，是我……"

莫南爵眼底一刺，伸手轻揽住她的腰："不是你，没人说你，不会有人抓你了，别怕。"

"是我，你们别抓他，是我……"

"乖，"男人低下头，薄唇擦过她的鼻尖，"老婆，不怕。"

童染浑身颤了下，因为这两个字莫名地安静下来。

她双腿拳上来，身体缩成一团，完全是自我保护的姿势，莫南爵伸出手去，才发现她整个手心里都是汗。

男人眉头紧皱，并未再动，而是直接侧身躺在了她边上。

莫南爵不敢整个身体睡下去，虽然这个姿势极其不舒服，但怕压着她的手臂，他只得半撑起身体，视线一眨不眨地落在她脸上。

她原本脸就小，这么一折腾，越发显得小了。

从男人的这个角度，能明显看见她纤细的锁骨，身上这几个月好不容易养出来的一点肉又瘦了下去，甚至比原来还要瘦。

莫南爵伸手轻抚上她的脸颊，指尖刚触碰上去，童染却惊得收回双手抱住自己："不要打我！"

莫南爵目光一沉，收回手，低头吻了下她的额头："好好睡一觉，没人会打你。"

童染依旧拧着眉，显然还是很怕，男人并不久留，她眼底黑眼圈很重，这些天肯定没怎么合过眼，需要的是好好睡上一觉。

莫南爵将薄被拉上去盖在她的肩头，起身出了房间。

休息室。

莫南爵站在阳台上，双手手肘抵住栏杆，半个身体探出去些，修长的手指间夹着的香烟就要燃到尽头，可男人浑然不觉，双眼眯起，视线投向窗外，神色间透露出些许复杂。

不一会儿，一名女医生拿着单子走出来。

身后传来脚步声，莫南爵还是未动，他已经站了很久，显然是出了神。

"爵少。"女医生见状轻唤了声。

莫南爵这才回过神来，手指抖了下，显然是被香烟烫到了，男人甩了下手，转身回到房内："怎么样？"

"我刚刚给她简单地检查了下，因为她还在睡，而且她现在的状态不适合深层次检查。"

那女医生跟着莫南爵走到沙发前，男人坐下去后跷起一条腿："什么意思？"

"从她的睡眠状况来看，十分不安，轻微的动静都能影响到她，说明她的情绪并不稳定，"女医生面色凝重，"肯定是受过什么惊吓，要么就是心理压力太大，或者是事情太多，她想不通，时间长了就会这样。"

莫南爵脸色阴鸷："会有什么后果？"

"如果一直延续下去的话后果会很可怕，"女医生推推眼镜，"她现在睡眠极其不稳定，如果发展下去，会变成完全无法入睡，或者只要有一点声音马上就会醒来，长期这么下去精神肯定会崩溃。"

莫南爵眉头紧锁："需要怎么缓解？"

"她是不是去牢里面转过一圈？"女医生突然开口。

"对。"

"果然，那里面气氛太压抑了，而且四处不通风，那种环境下，再加上她情绪悲观的话，就会变成现在这样，"女医生摇下头，"我估计她醒来之后会很排斥生人，因为她下意识会觉得是伤害她的人，而且，我看她这个反应，她之前应该是有过幽闭恐惧症的吧？"

男人点头，脸色越发难看："会导致幽闭恐惧症发作？"

"不能说是导致，我觉得会引起更严重的恐惧症，比如社交恐惧症和场所恐惧症，反正情绪若是不稳定，她随时会发作，跟她心理压力太大有关系。"

莫南爵修长的食指在膝盖上轻点了下："心理疏导有用吗？"

"没什么用，"女医生拿起几张纸轻推过去，"这要她自己想得开，疏导的话无法抹掉她的记忆，反倒还会让她更加排斥。"

莫南爵眯起眼睛，将几张纸拿起来看了下，内容很详细，说的是恐惧症的危害和发作周期等等。

他翻了几下，上面每个字都深刺入心中，莫南爵突然一个用力将纸张甩开，A4纸啪的一下贴在墙上，而后掉下来滑落在男人脚边。

女医生吓了一跳，正襟危坐，生怕惹怒了他："爵少，我都是实话实说，我不敢骗您的……"

"我知道，"莫南爵冷着脸，下巴仰了下，"还有什么，继续说完。"

"我个人建议，她现在需要好好放松心态，比如，可以带她去看看海，或者是去体验一下不一样的生活，让她心底的阴霾散去，"女医生说一句瞥他一眼，斟酌语句，"我的意思就是让她多接触新事物，别闷在房间里，那样会让她更不舒服。"

莫南爵闻言眯起眼睛，视线侧出去投向窗外，体验不一样的生活……

也是，该带她好好去玩玩，之前的几个月来让她养身体，门都没让她出几次，又来了这么一出，她肯定是受不住的。

男人想着便点了下头："好。"

"还有，很重要的一点，"女医生口气严肃，"绝对不能再刺激她，一点点刺激都不能有，至少这几天绝对不行，要是这几天稳定不了，后面更难稳定了。"

"好，我知道了。"

莫南爵站起身，双手插兜："陈安什么时候回来？"

"这个，"女医生瞥了一眼，"安少爷说，如果爵少这么问的话，就转告您：他什么时候求我，我就什么时候回来……"

莫南爵闻言眯起眼睛，转身走了出去，丢下一句话："让他直接死在西班牙，省事。"

"……"

女医生撇撇嘴，这样的话她才不敢转告。

童染醒来的时候，睁开眼睛便对上一双黑曜石般的瞳仁，她伸手就去推："你怎么在这里？"

"你睡在这里，我肯定在这里。"

莫南爵伸手揽住她的肩，同她并肩而躺："睡得舒服吗？"

童染扭头看了一眼，才发现这里是帝豪龙苑。

她环顾四周，这房间是主卧，所有的摆设依旧没变，同她离开前一模一样。

她鼻尖莫名酸涩了下，很多往事涌上心头，这里是他们第一次见面的地方，也是他们共同生活过的地方……

男人伸手从床头柜上拿过药膏，手指抹了下后，朝她背后的伤痕处涂去。

久违的亲密感让她莫名不适应，童染侧过头，盯着他精致的侧脸："还是我，我自己来。"

"你自己怎么来？难道你是八爪鱼吗？"莫南爵并不松开，动作很轻，指尖滑过的药膏也很均匀，冰凉的感觉沁入皮肤，童染舒服得忍不住轻哼。

抹完药后莫南爵收回手，翻身躺在她边上，他们靠得很近，近到可以清晰地听到彼此紊乱的呼吸声。

这难得的静谧在二人之间蔓延，其实要说的话很多，要问的话更多，莫南爵深知，童染心里不可能就此放下，她亲眼看到他开枪，这是不争的事实。

可是谁也没有说话，二人都睁着眼睛，视线也不知道投在哪一处。

莫南爵轻合上眼眸。

童染感觉到身边男人的呼吸声渐渐沉稳下去，侧过头，就见他已经闭上了眼睛，侧脸安静，仿佛已经睡着了。

她眼中沁出哀戚，心里就像压着大石头，无时无刻不敲打着她的心。童染睁大眼睛看着他的睡颜，仿佛要将其深刻进心里。

她伸出手，轻柔的指尖沿着他的眉心向下，滑过眼角、高挺的鼻梁、好看的薄唇……

时间一分一秒地过去，男人动也没动一下，显然已经沉睡，童染收回手后轻轻地撑起身体，绕过大床后走进试衣间，拿了件披肩长裙换上。

她视线轻扫过去，就连试衣间也没变，她的衣服全在，而且看了下很多都是新出冬季新款，显然是新送来的。

童染眼眶酸涩，她收回视线，将披肩系好，走出试衣间后直接朝主卧门口走去，手还没握住门把，手腕便被人一把扣住："去哪里？"

她一怔，视线抬起便对上男人阴沉的眸子："你……你没睡着？"

"趁我睡着偷跑？"

"……"童染抽回手，将脸别开，"我下楼吃饭。"

"要回公寓你也没钥匙。"

"我可以找物业拿。"

男人目光一沉。

既然被套出来了，童染索性不再掩饰："我想回去。"

"不行。"

她仰起小脸瞪他："你说了我有自由的。"

男人直接耍起无赖："我爱怎么说怎么说，反正可以随时收回。"

童染气结，伸手就去捶他："莫南爵，你不要脸！"

男人伸手裹住她的小手，勾唇邪笑："我怎么可能不要，我的脸你刚刚不是还摸过吗？"

"……"

他真的没睡着？！

童染只觉得耳根子处滚烫，她用力抽回手："要你管！"

二人就这么站在房门口，谁也不肯退一步，站了一会儿，还是童染先开了口："我不想待在这里。"

她一边说一边等着他问为什么，却不料，莫南爵闻言只是点了下头："好，那我们换个地方。"

童染不解地仰起小脸。

"你不是一直喜欢大海吗？"莫南爵推开房门，搂住她的肩朝外面走，"我们去看海。"

童染并未推开他，习惯性地跟着他的脚步走："帝豪龙苑后面不是有锦海吗？"

"去看没看过的海，"莫南爵侧过头，"你不是一直说要出去玩吗？我们现在就走。"

"可是……"童染皱起眉头，现在这样她怎么能出去玩……

她还未开口拒绝，男人突然顿住脚步，一个旋身将她抵在墙上。

他动作并不大，童染却觉得浑身都紧绷起来，莫南爵一手绕过她的肩头紧握住，下巴抵在她的头顶，声音很低："不要拒绝我。"

"……"

即将出口的话被童染硬生生咽了回去，她深呼出口气，其实她又何尝不想去？她曾经和他说过那么多次，想去的地方，想要看的风景……

她一直想，时间尚早，他们也都还年轻，以后相伴的时间很多，陪她看风景的只会是他莫南爵，拖一拖也无所谓。可是回首望望，从指缝中悄然溜走的，已经不只是时间了。

一朝一夕，很多东西竟能在瞬间被颠覆。

还记得高中毕业的时候，老师让他们每个人填一份毕业感言，说是留作纪念，别的同学都写了很长，而童染只写了一句话。

再回首恍然如梦。

那时只是单纯觉得这句话好听,洛萧看见后还笑过她,可一直到今天,童染发觉自己才真正体会到这句话是什么意思。

果真如梦。

童染鼻尖酸涩,那个话题谁也不会主动去碰,她闭上眼睛,任由自己任性,伸手环住男人精壮的腰,而后轻点下头:"好。"

莫南爵闻言神情松懈,退开身道:"我去安排。"

"好。"

童染点点头,也没问要去哪里,既然他说要去玩,她就跟着他。

她下楼吃早餐,周管家很久没看到她:"童小姐,您可算回来了。"

童染浅笑,视线在客厅内环顾:"我好久没来了。"

周管家笑眯眯地将汤端到她手边:"您不回来,少主也不回来,这儿都快成我一个人的了。"

"他都住在我那里。"

周管家点点头:"是啊,我问过少主,少主说,有童小姐的地方才是他的家……"

童染一怔,喝汤的手顿住,莫南爵说过这样的话?

周管家也一怔,抬起头,就见莫南爵一脸阴沉地站在楼梯口。

呃……周管家伸手挡住脸,一种即将失业的感觉灭顶而来。

莫南爵抬脚走下楼梯,一步步走到周管家跟前。

周管家抓紧手里的抹布,进退两难:"少主……"

男人眯起眼睛,浑身散发的气息都要把周管家吓死:"我说过这样的话吗?"

"没,没说过……"

童染见状忙站起身:"你饿了吗?"

莫南爵侧过头,童染忙走过去扯住他的手臂:"先吃饭吧,我一个人吃好无聊。"

早饭吃完,童染摸着肚子站起来,感觉要撑死了!

她起身在客厅走了两圈,才觉得舒服点。她最近胃口很奇怪,有时候不吃不会饿，可有时候怎么吃也吃不饱。

她坐在沙发上时，莫南爵从楼上走下来，手里拎了个黑色的包："走。"

童染看他已经换了身衣服，深蓝色的衬衫更衬出男人身上的气质，她瞥了眼时间："才七点多，我们就要走吗？"

莫南爵将包交给用人，走到她身边坐下："你坐过飞机吗？"

童染回想了下："只坐过你的直升机。"

"那今天就坐飞机，你不是一直喜欢正常的生活吗？我们就走正常的路线。"

童染闻言侧过脸去："你这是承认你一直不太正常吗？"

莫南爵闻言怔了下，还自己挖了个坑自己跳了，他抬起眼皮："不正常才会爱上你。"

"……"

童染又吃了个哑巴亏，撇了下嘴，索性保持沉默，不开口不吃亏。

二人坐了一会儿，用人便进来汇报："少主，东西都准备好了。"

莫南爵轻点了下头，搂着童染站起来："走吧。"

"我不用收拾东西吗？"

"都有人送过去，你跟着就行。"

二人往外走去，黑色轿车已经在等候。二人刚上车，周管家从门口走出来，莫南爵看了童染一眼，还是下了车。

"少主，"周管家迎上来，手里拿着部私人手机，"刚刚那边的人来电话，说是有人去帝爵找您，然后手机就响了。"

莫南爵剑眉皱起，伸手接过手机，看了眼屏幕，又是未知号码。

不用想他都知道是谁。

男人眼里染上阴鸷，他将手机在手里转了几下，转身放进了边上用人端着的水杯里。

周管家一怔："这……"

"我们出去这些天，暂时不要告诉任何人，"莫南爵双手插兜，微眯起眼睛，这份久违的宁静，他不想被破坏，"一切事情回来再说。"

"是，"周管家点点头，什么也没问，"少主和童小姐好好玩。"

莫南爵敛下神色，转身回到车内。

轿车一路开到锦海市海蓝国际机场，机场内已经有专人在等候，莫南爵搂着童染走进去，接待人员忙迎上来，早在之前就已经将手续都办好，领着二人直接进了机舱："爵少，我们一直在等您。"

莫南爵点头，童染跟着他从 VIP 通道走进去，飞机很大，机上的空姐个个甜美动人，男人走进去的时候，每个空姐都不想放过这样的机会，皆姿势标准地敬礼："爵少。"

男人眼皮都没抬一下，童染手肘撞了下他："这么多美女，你没看上的吗？"

"我只看到了你。"莫南爵侧过头眯起眼睛。

童染翻了个白眼，自讨没趣，跟着走进去，才发现，整架飞机里竟然没有一个人："我们来早了吗？"

莫南爵走到头等舱后坐下来，边上的空少见状对童染解释道："是这样的，爵少包了机。"

"……"童染张了张嘴，包机？他不是说要走正常路线吗……

飞机很快落地，机场内人很多，显然是旅游旺季，童染望着人山人海摇摇头："这么多人，我们怎么玩？"

"我们和他们不玩一样的地方，"莫南爵戴上墨镜，单手插兜，一手搂住她的肩，"我带你玩的都是惊喜。"

童染紧贴在他身侧，抬起头来，看到了机场门口的标示。

藏海市。藏海……葬海。

她蹙起眉尖，这名字好听是好听，就是有点奇怪。

没等多久，便有一辆黑色越野车开过来，上面的人穿着件短袖，肤色是当地人的黝黑色："爵少。"

莫南爵轻点下头，接过车钥匙，童染望了一眼："我们自己开车吗？"

"对。"

越野车显然是新买的，车内外都是崭新的，男人发动后开出去，童染坐在副驾驶座上，两眼新奇地朝外面看着："你知道路怎么走吗？"

莫南爵并不说话，只是专心开车，童染瞥他一眼后轻哼一声："小气。"

"不想我扔你下去就乖乖坐好。"

童染撇下嘴，把嘴巴闭上。

目的地似乎很远，莫南爵足足开了一个多小时才到，童染倒是不觉得晕车，她一路上都在看风景，藏海市很美，四处都是成片的绿树，这座城市似乎工业化并不明显，还保留着很多传统的东西，高楼大厦也不多，不像锦海市那么繁华。

"到了。"

莫南爵将车停下来，童染跟着推门下车。四周都是参天大树，鼻间充斥着树木的清香，边上还有着成片的小木屋，看起来十分别致。

她仰头看着："我们要住这儿吗？"

男人的身体从身后贴上来，他扳过她乱看的小脸，手指攥住她的下巴："看那儿。"

童染顺着他指的方向抬起头来，一眼看出去，便是片一望无际的沙滩，尽头是深蓝色的大海。她总觉得不对，定睛看去，这才发现，沙滩上竟然有一个大红色的染字！

整个巨大的沙滩都被那一个染字所占据，看上去就像是一个大蛋糕，上面用草莓酱写着一个字。

童染彻底怔住，睁大眼睛，眼底又惊又喜。身后，男人大掌在她腰间收拢，磁性的声音在耳边响起："我听说，女人都喜欢玫瑰花瓣。"

童染闻言眼眶湿润，什么话也说不出来。视线慢慢变得蒙眬，她伸手抹了下，眼前却陡然一闪，沙滩上的那片红色竟然瞬间变成洛庭松染血的胸口。

她浑身一震，猛然推开腰间的大手，身体向边上退了几步。

莫南爵手僵了下，他直起身体后皱起眉头："怎么了？"

"没什么，"童染摇摇头，男人朝她走一步，她便下意识地退后一步，"我……我可能是晕车。"

莫南爵神色暗淡下来，却也没再上前，收回手道："那我们上山吧，里面空气好。"

"上山做什么？"童染这才抬起头来，"我们不去海边吗？"

莫南爵看着她瞬间变得惨白的小脸，也知道她想到了什么，别开视线，投入不远处茂密的山林间："海边晚上去，我带你去体验一下不一样的生活。"

童染任由他带着，自然是全部听他的："好。"

莫南爵转身朝边上一间小木屋走去："先去换衣服。"

童染跟在他身后。

莫南爵率先进了小木屋，童染在外面坐了一会儿，抬起头，便见男人推门走出来。

她瞬间瞪大眼睛："你……"

莫南爵一身深绿色的迷彩服，腰间系着劲装皮带，一双腿被布料勾勒出修长的弧度，脚下则是黑色的皮靴，颈间拢着耀金色的领口，衬出一张精致的俊脸。

童染几乎看得痴了，她从未想到，有人竟然能将迷彩服穿得如此好看有型，她记得自己高中初中军训的时候穿这个，那简直是难看到不敢出门……

这男人果然是天生的衣服架子，穿什么都能衬出极致的美。

莫南爵走到她身边："去换。"

她怔了下："我，我也穿这个吗？"

男人危险地眯起眼睛："你想穿裙子吗？我可以陪你打野战。"

"……"

童染站起身走进了房间。

换好后走出来，她在镜子面前照了一圈，其实，也没那么难看嘛。

她转过头："我是不是越长越漂亮了？"

莫南爵冷冷看她一眼，薄唇吐出两个字："短腿。"

"你……"童染几步冲到他面前，架起自己一条腿放在他边上的凳子上，"你自己看清楚，我的腿短吗？"

男人一脸嫌弃地瞥了一眼："比我短。"

"……"

他以为自己腿长了不起？！

童染说不过他，索性岔开话题："我们就这样上山吗？"

莫南爵走进小木屋拿出黑金色的箭筒背在背上，童染并未见过这样的东西："这是什么？"

男人扯了下胸前的皮绳，这样看起来倒像是一名专业的狩猎者，他微仰起下巴，脸上尽显冷冽之色："到了你就知道了。"

喊，又在装神秘，童染撇了撇嘴，跟在他身后上了山。

上山的路其实很漫长，但是童染从未来过这样的地方，所以新奇感很强，走了差不多四十分钟，她转过头去，后方只能看见一片深绿，已经望不见来时的路了。

而抬头朝前面看，也只能看见茫茫深绿。

这样的感觉，当真像是在闯迷宫。

莫南爵体力一直很强，并不觉得累，他转过头来："累吗？"

"还好，"童染摇摇头，人却已经走到边上的木墩上坐了下来。她深深吸口气，到处都是草木的清香味，说是心旷神怡一点都不假，"好舒服。"

"累了就休息下。"

莫南爵斜靠在树干上，从包里拿出瓶矿泉水，拧开后递过去。

童染伸手接过，喝了两口，见他双手环胸站着，似乎对这样的环境习以为常："你以前来过这样的地方吗？"

男人眯起眼睛："我住过。"

"住过？"

"被扔进来的，"莫南爵神情冷冽，"两个月。"

童染想到他曾说过他母亲的事情，想来，应该是她才对："就你一个人吗？"

"不。"男人摇头，对于另一个人是谁，似乎并不愿意提及。

童染也聪明地不去多问："那你当时多大？"

"十一岁。"

"……"

十一岁……那能活吗？

莫南爵转过头，看到她看向自己的目光，明白她要问的是什么："我也以为不能活，前三天几乎是走一步摔一跤，浑身是伤，什么吃的也没有，只能吃树叶树皮，晚上连觉也不敢睡，随时会有不知名的野兽蹿出来。但是最后终究是要站起来的，你不站起来跑，就等着别人追上来把你杀了，人生就是这么残酷，不会给你软弱的机会。"

莫南爵知道，当时若不是莫北焱，他是不可能在这样的环境下活下来的。可是那又能说明什么？莫北焱会拉他一把，仅仅因为那是莫北焱的任务，仅此而已。

如果莫北焱当时的任务是杀了他，莫南爵相信他一定会毫不犹豫地朝自己拉弓射箭，一点点犹豫都不会有。

只是这个道理他终究是明白得太晚，晚到几乎搭进一切，他才看清楚。

男人眼里沁出的哀戚早已被恨意掩埋，莫南爵侧过头，就见童染睁着一双大眼睛看着自己。

她眼里到底还是有着天真和纯净的，如果可以，莫南爵当真希望她一辈子不要接触到这些黑暗，一辈子，都能够拥有这样的眼睛。

可是……

男人视线暗淡，他直起身体："还累吗？"

童染知道这肯定是他不愿意提及的事情，也没再多问，站起身道："不累了，我们走吧。"

二人朝前又走了一段，此时树木渐渐变得稀疏，四周静静的，只剩下脚底踩过树叶的沙沙声。童染有些害怕，拽着他的袖子："这，这里会有老虎吗？"

莫南爵瞥她一眼，她还不知道自己其实一直养着一只小老虎，他微眯起眼睛扫向四周："有。"

童染杏目圆睁，整个人几乎靠上去贴在他身上："那、那怎么办……"

"你怕吗？"

"你在我就不怕。"

男人心里陡然一暖，伸手揽住她的肩，突然开口："你喜欢吃什么野味？"

"野味？"童染皱起眉头，不知道他为什么这样问，"好像没什么特别喜欢的，兔肉应该还不错……"

"好。"

男人点头转身就要走，童染忙扯住他的袖子："你要去哪里？"

"荒郊野岭的我还能去哪里？"莫南爵瞥她一眼，嘴角勾出笑意，"童染，你是不是离不开我了？"

"你……"童染一个激灵松开手，"我，我只是怕你一个人偷跑了。"

"跑不了，"莫南爵拉起她的手裹在掌心内，"我就怕我贴着你不放，你到时候把我给甩了。"

什么话？童染别扭地抽回手："莫南爵，你不适合说这样的话，这不是你的台词。"

"那我该是什么样的台词？"

"你应该说，这里是我的地盘，要跑也是你跑。"

"聪明。"男人笑着拍拍她的头，童染还未继续开口，莫南爵突然将她拉到身后，"蹲下别动。"

童染吓了一跳，忙在他身后蹲下来。莫南爵敏锐地眯起眼睛，走到边上的树干旁，从背后的箭筒中将上等的弓和箭取出来，微弯下腰，视线投向前方。

童染看着他手里的东西，这才知道他话里的意思，小脸上带着兴奋，将声音压得很小："是不是有东西可以打？你看到了什么？"

莫南爵专心看着前方，可童染在身后吵个不停，没一分钟就拽他一下："你快说说你看到了什么，让我也看看，是不是那种很好打的？"

"别吵。"

"你说一下嘛……"

莫南爵并不回答，童染正想继续拽他，男人却突然站起身，将手里的箭搭在弓上，桃花眼眯起，修长的手臂拉开一个完美的弧度——

一箭飞快地射了出去，不远处传来一声号叫，紧接着便是树叶被碾压的声音。

显然是正中目标。

童染还没看清，男人已经将手里的弓放了下来，她睁大眼睛，半张着嘴："你，你已经射了？"

莫南爵回过头来，嘴角勾起一抹饱含深意的笑。

童染看到他的表情，忙站起身绕过他朝前面走去："我去看看你射中了什么。"

莫南爵不放心，上前将她拉到身后，童染跟着他走过去，拨开层层树枝，这才发现，地上躺着的竟然真的是只兔子，那一箭射得极深，从整只兔腿贯穿进去。

童染拎着那兔子的耳朵，小兔子显然还没死，一条没受伤的腿还乱蹬着，莫南爵直起身体："走。"

男人走在前面，童染缓步跟着，低头看着自己手里尚且鲜活的生命。小兔子眼珠滴溜溜地看着她，似乎带有哀求。

她心里软了下，趁着男人不注意，弯腰将它放到了布满树叶和枯树枝的地面上。

兔腿上的箭已经被拔出来，她刚一松手，小兔子便蹬着前腿噌噌地朝反方向跑去，童染看着它的小身影，嘴角微微弯起。

她直起身体，就见男人已经转过身来看着自己。

"你……"童染怔了下，"你看到了？"

莫南爵黑眸微眯，并不说话，童染以为他生气了，忙上前去拉他的手："你别生气嘛，我就是看它可怜，它还那么小，也许只是迷路了，放它走它就可以找到家了……"

莫南爵盯着她灵动的大眼睛，深知能说出这番话是因为善良，也正是因为如此，男人越发觉得心里压了块大石头。他突然伸出手，用力地将童染抱进怀里。

他很用力，童染几乎是整个人撞进他胸膛内，脑袋被男人的大手按住，她差点窒息："莫南爵，你怎么了？"

莫南爵双手将她拥紧，下巴搁在她的头顶上，眼中沁出哀戚，嗓音低沉："没什么，就是想抱你。"

"莫名其妙……"童染嘟囔了句，踮起脚，巴掌大的小脸紧贴在他的颈间，"对不起，我不该把兔子放走。"

　　"没事，想放就放，一只兔子而已，"莫南爵伸手轻抚她的秀发，另一只手在她背上轻拍，"只要你喜欢，我就打一百只让你慢慢放。"

　　童染没说话，男人拥着她便不放了，她只得伸手轻推了下："你抱够了没？"

　　"抱不够。"

　　"……"

　　他什么时候这么肉麻了……

　　童染眼角微微上扬，还未再开口，莫南爵已经松开她，别开视线，并不同她对视："走吧，一会儿就天黑了。"

　　"好。"

　　二人继续朝前面走，还未走几步，突然右边传来一阵窸窣的脚步声，莫南爵敏锐地侧过头，伸手将童染拉到自己身后："有人，别出声。"

　　童染满脸紧张，也不敢说话，莫南爵拉着她蹲下身，从背后抽出弓箭。脚步声越来越近，仿佛就在耳边……

　　砰！

　　突然从身后传来一声剧烈的撞击声，莫南爵一个旋身，第一反应就是将童染护在身后，而后拉开手里的弓箭，视线探出去时，便见一个浑身是血的男人从茂密的丛林间滚下来。

　　"啊……"童染及时地捂住嘴，将惊呼声吞回肚子里，小手死攥着莫南爵腰侧，"这，这……"

　　那男人一头微卷的金发，脸上身上都是血，完全看不清本来的样子，只能看见他蓝色的眼睛睁着，一眼就看到了莫南爵："救救我……"

　　他说的是中文，但显然语音生硬，莫南爵皱起眉头，手里的弓箭并未放下，而是直直指向仰躺的男人。

　　那男人看他一眼，便知道自己不可能打得过，瞥见莫南爵身边还站着个女人，便转移目标："小姐，救救我……"

　　童染看着他的样子，扯了下莫南爵："你认识他吗？"

　　男人摇头，眼神清冽，"不认识。"

　　"那别杀他……"童染抬脚想要走过去，莫南爵见状放下手里的弓箭，环顾四周，将她拉到自己身边："别乱动，站我边上。"

童染点点头，莫南爵走过去在金发男人身边蹲下来："有人追杀你？"

"对……"金发男人虚弱地点点头，视线移到莫南爵的俊脸上，总觉得有几分熟悉，可浑身的伤让他虚弱得无法去辨认，"我，我和我妻子一起的，她，她还在后面，马上来……"

莫南爵抬手探了下他颈间的动脉："还有人要来？"

金发男人捕捉到他眼里一闪而过的杀机，忙摇了下头："追杀我们的人已经走了……就剩下，我，我妻子……"

莫南爵蹲着没动，显然并不想放过他。这样的人说的话几分能信几分不能信，谁也不知道，凡是这种看起来是巧合的事情，往往是最大的麻烦。

男人一手搭在膝盖上，一手缓慢地向下滑去，已经摸到了腰间的匕首。

童染并未发觉他的动作，那金发男人却从莫南爵的眼神里知道了他的决定，认命地闭上了眼睛。今天若是角色互换下，他也会做同样的决定。

莫南爵修长的指尖已经探到了匕首的前端，就在此时，树林的那头传来一声女人的叫喊："杰西——"

莫南爵五指攥了下，童染还未抬头就被男人拉至身后，他高大的身形将她整个人挡住："别动。"

童染知道他是为了安全，点点头站在他身后。

那女人从那头的小山坡上跑下来，身上也有几处血迹，显然也是受了伤的，她急得声音都在打战，跑到自家男人跟前后，才发现面前站着两个人："你们是……"

莫南爵冷冽地眯起眼睛，童染在他身后探出脑袋来："我们只是路过的。"

"……"男人嘴角抽了下，这算是个什么解释？

那女人也没多说什么，将杰西上半身抱起来，动作很快，从包里拿出喷雾剂，在他胸前中弹的地方喷了几下，而后咬住胶带，准备给他包扎起来。

童染见状探出半个身子来，一双小手还环在莫南爵腰侧："是不是要先把子弹挖出来比较好？"

那女人抬起头，也是一头金发，鹅蛋脸上满是急切的神色："我知道，可是我身上没有刀……"

"我们有。"童染伸手推推莫南爵，男人并不动，她索性将手伸进他迷彩裤的口袋里，果然摸到一把小刀。

童染将小刀拿出来后瞅了莫南爵一眼，男人始终冷着俊脸，她便准备走出去，却还是被扯住了手。

童染转过头来，咬着下唇："你别这样……"

莫南爵低头看她一眼，她眼里的动容和不忍很是明显，他叹口气，接过她手里的刀后拉着她走过去，弯腰将刀递过去。

"谢谢。"那女人接过后感激地看了二人一眼，什么也没再说，俯身专心地将杰西胸口的子弹挖出来。

童染抓住莫南爵的手臂，见状忙将头别过去："我记得我也帮你挖过子弹。"

小刀斜入他背部的感觉，童染还清晰地记得，那种疼痛，她甚至不敢去想象他是怎么忍过来的。

"对，"男人勾唇笑了下，食指轻点下薄唇，"你还用这个帮我疗过伤。"

"……"

童染翻了个白眼。

那女人将伤口包扎好后，童染又将背包里的矿泉水递了一瓶过去。

那女人喂杰西喝了几口水，将他的身体放平，站起身，将小刀洗净后递过来："谢谢你们，我叫米洛。"

"不用谢。"童染要伸手去接那把小刀，却被莫南爵拦住，男人俊脸冷淡，摇了下头："留着用吧，他身上的枪伤不止一处。"

米洛点点头，将刀收回去，朝着二人鞠了一躬："今天多亏了你们，谢谢你们，大恩大德日后有机会必定报答。"

她也不是第一天出来混的，光是看便知道眼前这个男人绝不是简单人物，他没杀了他们，已经是最大的恩德。

童染见她如此严肃，忙摆摆手："没关系的，我们也没帮上什么……"

莫南爵并不说话，眼底仍有戒备，伸手搂过童染的肩："走。"

童染脚步不动："那他们……"

"没关系的，"米洛很少遇到这么有善心的女人，接触过的都是蛇蝎心肠的，她扬起笑容，"我老公休息一下就没事了，过不了多久我们的人就会找来的，你们先走吧，马上就要天黑了。"

"好，那我们先走了。"

童染话还未说完，便被莫南爵搂着朝前走去。谁也不会想到，这次的偶遇和帮助，会给日后的他们带来什么样的影响和转折。

童染回过头看了一眼，他们走出了很远，已经看不到刚才那两人："你说他们会是坏人吗？"

"不一定，不过就算是也没机会出手，"莫南爵挑眉，"类似这种把戏我看得太多了，真真假假谁也分辨不了。"

童染闻言喉间哽了下："你小时候到底受过多少伤？"

莫南爵直起身体，视线扫过她的小脸："你小时候和洛萧在一起睡过多少次，我就受过多少伤。"

"你……"

"怎么？"

"我们那时候都还小，只是纯睡觉而已。"

"躺在一起就是不行。"

童染彻底无语，别开脸："你离了洛萧就没的说了。"

"对，我就喜欢说他。"

童染垂下眼，视线莫名暗淡下来，莫南爵知道她肯定又想起那些事了，便止住话题，拉起她的手："走吧，一会儿从后面就可以下山。"

童染却抬起头来："我想学射箭。"

莫南爵没想到她会这么说："为什么？"

"要是以后有敌人站在你身后，我也可以保护你，"童染目光灼灼地看着他，"你已经教会我开枪了，射箭我也要学。"

"好。"男人点头，他也没想过她今日的这番话真的会成真，既然她要学，那他就教她。

莫南爵从背后抽出弓箭，紧贴在她背后，让她用正确的姿势站好，男人双腿抵住她的膝弯："用右手虎口推弓，对……"

童染这么站着很不舒服，像是被他整个人包裹住，她皱起眉毛："为什么你拉弓射箭姿势可以那么帅，我就非得这样站……"

"你这才第一天碰，就想练成我十多年的手法？"莫南爵踢一下她的腿，神色严肃，"站好！"

童染撇下嘴，早知道这么不酷就不学了。

莫南爵握住她的双肩："试试看。"

童染双手举着，左手使不上多少力气，右手推弓的虎口酸麻不止："我……我不敢。"

莫南爵想也没想就脱口而出："你就想着前面站着的是洛萧。"

童染闻言回过头来："为什么要想是他？"

男人眼皮跳了下："因为我恨他。"

"……"

"就试一次，"莫南爵将她的双手托高，握着她的手拉开弓箭，"我数到三就放手，你自己将箭射出去。"

"我，我还是不敢……"

"听话，"莫南爵腰侧同她相抵，"你射出去一箭，我就让你亲我一口。"

"……"这算是奖励吗？！

男人不给她犹豫的机会，已经开始数数："一。"

"啊，你别，我还没准备好……"

"二。"

"天哪怎么弄啊，我，我突然忘了……"

"三。"

"啊啊啊——"

童染尖叫起来，可莫南爵已经放开了手，她手里已经拉开的弓收不回，利箭犹如疾风一般疾射出去——

不远处又传来一声号叫，童染猛然放下手，莫南爵接住她手里的弓箭，嘴角勾起抹笑："你成功了。"

童染白他一眼，这种看似简单的事情，真的做起来却远比想象中复杂："我差点吓死了。"

"怕什么，"莫南爵拉住她的手，"走，去看看你射中了什么。"

二人走到刚才发出声响的地方，莫南爵抬手将树枝拨开，这才发现，地上躺着的，竟然又是那只被她放走的兔子！

童染一阵眩晕，这也太巧了吧？

"瞧，"莫南爵蹲下身，以同样的姿势将兔耳朵拎起来，薄唇勾起意味深长的笑，"你看，我之前只是射中了它的腿，它尚且还能活命，你这一箭正中心脏，它连喘气的机会都没有。"

童染瞪大了眼睛，他说得没错，这只兔子已经死了，而且是她杀的……

"怎么，伤心了？"莫南爵挑眉，将兔子递给她，"自己打的东西，自己拿着。"

童染什么话也没说，伸手接了过来。

男人站起身，擦着她的肩膀朝前走去，同她背对的时候，莫南爵突然开口，话中带话："你如此珍惜它，可是到头来，它终究是要死在你手上。"

童染低头看着手里已经死去的兔子，并未听出他话里的深意，看了一会儿后转过身来："你说得对。"

男人收回视线，眼底的阴霾已经被掩埋："什么？"

"它既然跑出来了，就该做好被射杀的准备，"童染抬起头同他对视，"我不该放它走，只会让它死得更加痛苦。"

她小脸沉浸在莫名的哀戚中，倒也不是因为死了一只兔子，童染只觉得胸口处闷闷的，有一种说不出来的紧绷感，好像什么东西即将爆发。

莫南爵见状走过去搂住她，低下头去，脸颊贴上她的额头："真的伤心了？"

"没，"童染摇摇头，被他抱着就觉得舒服很多，"就是觉得你说得很对。"

"那你要怎么奖励我？"

"我奖励你干吗？"童染知道他又起了那种念头，忙伸手推开他，"我们该下山了，都快天黑了。"

莫南爵又挨过来揽住她："对，下山，天黑好办事。"

"……"

二人在山上也没多逗留，莫南爵像是很熟悉路，领着童染从另一条小路下了山。

她手里还拎着那只兔子，一直没松开，下山后走了一段路还没望见尽头，童染累得弯下腰，一手撑住膝盖："我，我不行了。"

"累了？"

"我才没你那么好的体力。"童染瞥他一眼，见他竟然面色如常，丝毫不见喘气。

莫南爵将她手里的兔子接过来，突然在她面前蹲下身："上来。"

童染一怔，望着他的背，突然开口："这是你第一次背女人吗？"

"你想要我的第一次？"

"……"童染喉间哽了下，抬脚走上前，微微弯腰，双手绕过去环住他的脖子，"我，我不敢。"

"不敢什么？"

"不敢让你背我……"

"脑子坏了？"莫南爵皱起眉头，双手勾起她的腿弯，"抱紧我。"

童染双手环紧。

她很轻，几乎没什么重量，莫南爵背着她脚步稳健，丝毫不费力。她的侧脸同他耳际紧紧相贴，彼此身上的温度和脉搏跳动都能清晰地感受到。

童染闭上眼睛，小脑袋靠着他，侧边的秀发随着风时不时地拂在男人的薄唇上，她盯着他精致的侧脸出神："莫南爵，我经常在想，我为什么会遇上你。"

"你命好。"

"……"童染又问道，"那你想过吗，为什么会遇上我？"

不等他开口，童染似乎料到他会说什么，直接替他回答："因为你命衰……"

莫南爵却开口道："因为我命好。"

童染闻言一怔，没想到他会这样回答，她前胸紧贴着他的后背，心脏跳动的节奏通过男人健硕的后背传到他心里："你不后悔遇到我吗？"

莫南爵眯起眼睛，这个问题其实他想也不需要想就有答案："那你后悔吗？"

"不后悔，"童染环住他的肩，手指顺着他的侧脸滑下来，倒是难得地说了句合他心意的话，"是个女人都喜欢你这样的男人。"

"我没发现你哪里像个女人。"

"你还没回答我，"童染手指的动作顿住，将下巴抵在他的颈窝处轻蹭了下，"莫南爵，你后悔遇到我吗？其实陈安说得对，你遇到我之后就很多麻烦事，我给你带来的都是厄运，你本来可以过得很好的，没必要因为我中毒受伤……"

男人并未说话，童染知道这个问题可能问得多余了，双手下意识地紧了下："莫南爵，希望你下辈子不要遇到我。"

"下辈子不需要遇到，"莫南爵突然顿住脚步，回过头来，薄唇差点贴住她的，童染吓得挺起身体，男人却突然开口，"因为你生生世世都是我的。"

他这么一句话，却让童染挺起的身体更加僵直，她慌忙别开脸，心跳莫名地加速："你……你想得美。"

莫南爵嘴角勾笑："是，你比我想象中要美。"

"……"这算是情话吗？

童染小脸上表情还是有些不自然，她抬起头来，前方似乎可以看见出路了："是到了沙滩吗？"

"对。"

莫南爵也抬眸看去，男人已经背着她走了很长一段路，童染见到了，便蹬了下双腿："放我下来，我可以自己走。"

莫南爵闻言蹲下身，童染从他背上滑下来，沙滩上到处是被风吹散的玫瑰花瓣，暗红的颜色衬托着沙砾，看起来颇为壮观。

"好美。"

童染踮起脚踩在上面，细细的沙子让她白皙的小脚丫痒痒的，她侧过小脸，还是第一次如此认真地观察大海。

一望无际的深蓝，真是美得让人移不开眼。

童染弯下腰将迷彩服的裤腿卷起来，露出一截纤白的小腿，踩着碎步上前，海水涌上来冲刷着她的脚丫："要是能一辈子住在这里就好了。"

身后，莫南爵眯起眼睛凝视着她的背影，看得出她是开心的，其实她的开心很简单，她要的不是钱也不是权，简单平淡的生活便能满足她。

男人脚步未动，目光带着许些哀戚，微风吹起她披散着的头发，童染张开双臂，感觉从未如此舒爽过，仰起小脸尽情地呐喊出声来："啊——"

清甜的嗓音随着海风回荡在沙滩上，童染微微眯起眼睛，脸颊都被吹得有些疼了，可她仍旧朝前面走着，每走一步喊一句，仿佛要将胸腔内所有压抑的情绪全部释放出来。

蓦地，腰间被一只大手揽住，莫南爵扳着她的肩将她转过来："你去下海吗？"

她小脸被吹得通红，男人皱起眉头，双手捧住她的脸："冷吗？"

童染点点头。

"冷就回去吧，"莫南爵双手搓了下她红彤彤的脸颊，将她抱进怀里，"今天累了一天，回酒店。"

"不，我不想回去，"童染抱住他的腰，脑袋蹭在他胸前，"莫南爵，要是我们能一辈子住在这里就好了。"

莫南爵抿起薄唇，微微低下头，视线暗淡下来，并未开口。

"你不愿意吗？"童染抬起头来，尖尖的下巴抵着他的胸膛，"住在这里，什么烦恼都不会有，每天只有你和我，你可以去打猎，我在家里等你，我可以种菜、养花、带孩子……"

她说着视线跟着暗淡下去，又想起了他们曾经有过的那个孩子，他来的时候她不知道，走的时候她也是迷迷糊糊的，童染环紧他的腰："莫南爵，你说我们的那个孩子现在在哪里？"

莫南爵伸手按住她的脑袋，让她的脸颊紧贴自己。

他还是没说话。

童染依旧喋喋不休，二人拥在一起，倒不觉得那么冷了，靠着他她总能感觉到安心："我总觉得对不起他，我想，我以后要是再有一个孩子，我一定会给他这个世界上最好的一切，我会让他开心地长大，每天都笑靥如花，我……"

她话音陡然一顿。

莫南爵望向起伏的海面，轻拍一下她的脑袋："怎么不说了？"

童染还是不说话，男人察觉到不对劲，握着她的双肩将她拉开，俯下身时，这才发现她小脸煞白："不舒服？"

童染眉心紧拧，手掌撑住额头。方才她回忆起以前那些事情的时候，支离破碎的画面莫名地闪现一刹那，她分不清那是什么："我……我觉得头好晕。"

莫南爵拉下她的手，才发现她眼眸空洞地望着某一处，他伸手在她脸上轻拍了下："童染？"

她并未有任何反应，男人眉头紧皱，伸手握紧她的肩头，一只手并拢后覆在她的眼前。

感觉到视线陡然一黑，童染双眸中极快地闪过恐慌，她啊的一声尖叫出来，用力将他推开："我不要！"

她后退的脚步极快，一个不稳便跌在了沙滩上，童染双手向后撑，细碎的沙摩擦在手掌中，惊得她双手胡乱挥舞："啊——"

莫南爵几步上前，在她身边蹲下来，知道她现在情绪不稳定，男人并不强行拉她起来，而是双手轻柔地落在她的肩头，试着轻唤："童染？"

她痛苦地皱起眉头，恍惚中，看见一块玉佩在自己眼前来回地晃悠着，一下又一下，晃得她脑袋生疼，一个浑厚的声音不停地响起，忘了吧，忘了吧，快忘了吧……

"啊——"童染双手抱住脑袋，头疼欲裂，"不要，我不要——"

她整个人沉溺在梦魇中无法自拔，催眠所带来的后遗症洛萧并不清楚，那老医生当时也只是往最轻的方面说，可童染现在的情况，正好是最严重的那种。

莫南爵见状眉头越发紧锁，他按住她抱紧脑袋的双手，低下头凑在她耳边："童染。"

童染听不见任何声音，紧紧闭着眼睛，那块玉佩阴魂不散地在她眼前晃动着，她无论怎么避开，玉佩都能跟着她的视线转移："走开，我不要看，拿开，拿开——"

"好，拿开，都拿开，"莫南爵听不懂她在说什么，可也知道她必定是看到了害怕的东西，男人俯下身，将她整个人抱进怀里，拉起她的双手放在自己背上，"你不要什么，都拿开，没人敢过来，你睁开眼睛看看。"

男人一手搂住她的腰，一手伸出去将虎口处抵上她的牙关，防止她咬伤自己的舌头。

童染什么也没想，索性张嘴一咬。

莫南爵闷哼一声，虎口处酸麻不止，肯定是咬破了，他却依旧拥着她，丝毫未动。

约莫过了二十分钟，童染才渐渐安静下来，靠在莫南爵胸前，双手还在颤抖，胸口剧烈起伏着。

男人将她抱起来放在腿上，从背后拿出瓶矿泉水，拧开后先喝了口，而后对准她的唇瓣喂了进去。

童染并不挣扎，感觉到冰凉的水，主动迎了上去，一口水喂完，她才睁开眼睛。

莫南爵扳着她的脸："醒了？"

"我……"童染睁大眼睛，仿佛刚才只是做了一场梦，"我怎么了？"

"没事，"莫南爵将她的脑袋按下去，阴沉的视线越过她的头顶望出去，"你睡着了，我怎么叫你你都不肯起来。"

童染小脸柔顺地贴着他的手臂："刚才吗？"

"对。"

童染别过视线，就看到他右手虎口处的血迹，她伸手去拉，男人用力甩开她："走，去酒店。"

"你的手怎么了？"

"没事。"

"你别骗我。"童染不信，起身就要去拉他，一个不稳又差点跌倒，她莫名地又气又恼，索性直接坐在沙滩上。

"怎么，这就不高兴了？"

莫南爵微弯下腰来，嘴角勾笑，魅惑的模样扣人心弦，童染看着便消了一半气，拍拍身上的沙子站起来："反正你一天到晚就骗我。"

"我骗你什么了？"

"你手上有伤。"

"对，"男人并不否认，邪笑地睨她一眼，"小狗咬的。"

"……"

童染转身就走，低着头，一步一步地数着脚下的沙子。

莫南爵擦着她的肩膀朝前面走去。

他走得很快，才几下便只能看见个修长的背影，童染伸出双手拢在嘴边："莫南爵——"

男人并不回头，仿佛没听见一般，童染不禁心急，加快脚步："莫南爵，你等我一下！"

男人抬腿就跑。

搞什么？！

"你——"童染气得吐血，抬脚就追，"我看你跑到哪里去！"

可男人腿长，体力也不是她比得上的，才跑没几步，童染再抬头，已经不见人影。

"莫南爵，你给我出来！"

她的话音刚落，天空中骤然亮起烟花，巨大的爆炸声乍现天际，纷飞的烟花如同亮眼的星，将她的夜空彻底点燃。

童染仰着头，那烟花五颜六色，每一刹那都是那么耀眼，她惊讶地捂住嘴，眼里的光彩被彻底点燃。

砰——

接二连三的烟花炸响，整个夜空仿佛都被点亮，她不禁喃喃自语："好美……"

"喜欢吗？"

磁性的嗓音在身后响起，童染猛然回过头去，就见莫南爵站在她身后，身上已经换了件桃红色的勾领衬衫。他极少穿这种亮色，却更能衬出他高贵的气质，男人双手插兜，俊脸带笑："傻样。"

童染吸吸鼻子，才发现自己笑得有多傻，她走上前去："你做什么突然消失？"

"去帮你拿衣服。"

莫南爵抬起手，也不知道从哪里变出一件长裙，也是同样的桃红色："我帮你换。"

童染还没完全看清楚，伸出双手捂在胸前："你怎么帮我……"

话还未说完，男人另一只手已经握住了她单薄的肩头，拉开她迷彩服的拉链："就在这里换。"

"不要！"童染惊得伸手去推他，环顾四周，"要是有人看见怎么办……"

"我的女人换衣服谁敢看？"莫南爵将她上身的迷彩服脱下来，视线顺着她白皙的脖颈扫下去，喉结轻滚了下，随手将衣服丢开，"干脆别穿了。"

"别！"童染忙弯腰去捡，莫南爵握住她的腰将她拉起来，滚烫的温度贴上她的后背，童染惊得推开他，"你别乱来！"

"你乱动就别怪我乱来。"

"……"

童染站着不敢再动，莫南爵将她的裤子褪下，明明一件简单的长裙，穿好却足足花了十几分钟，能揩油的地方男人当然一个没放过。

童染一张小脸早就涨得通红，可她怕挣扎男人更加乱来，便站着任由他动手动脚，好不容易最后一个扣子扣好，她才开口："穿好了吗？"

"如果你不满意我可以帮你脱了再穿一次。"

"……"

男人退开身，弯腰将她腰间的上摆稍微拉上去些，打了个结后，露出她白皙细嫩的腰线。

童染撇下嘴没再开口，莫南爵揽住她的肩带着她朝海边走去："想出海吗？"

想起上次出海时的情景，童染下意识地摇摇头，虽然时隔很久了，还是有些后怕："我不敢。"

男人拍拍她的脑袋，揽着她走到海边，一艘已经准备好的游艇搁浅在沙滩上，那游艇并不大，跟上次的差了很多。

莫南爵修长的腿跨上去，转过身，朝她伸出手："来。"

童染并未犹豫，下意识地便将手交给他，跟着跨上去。游艇晃动了下，她吓得抓紧他的手："啊！"

男人瞥她一眼，"没出息。"

童染皱皱鼻头，莫南爵拉过她的双手："抱紧我。"

"我才不……"

要字还没出口，游艇猛然发动，一下蹿了出去，童染吓得闭紧双眼，冰凉的海浪打在脸上，她双腿缠上男人精壮的腰，忍不住放声大叫："啊——"

莫南爵握着方向舵，手法娴熟地左右移动，游艇犹如破浪而出的鲤鱼，疯狂却又稳健，惹得身后女子阵阵尖叫："慢点开，别转弯，啊——"

男人丝毫没放慢速度，童染渐渐适应了这样的刺激，双眼睁开一条缝，海上还是夜景最美，游艇顶端镶嵌着一颗夜明珠，将前方照得明亮。

童染完全放松下来："真好看。"

莫南爵魅惑地勾起薄唇："你是说我吗？"

"对。"童染难得不同他斗嘴，小脸贴在他健硕的背上："莫南爵，你是这个世界上最好看的男人。"

"比洛萧还好看？"

"对。"

莫南爵挑眉，这句话倒是听着舒服，他拉开她的手站起身，视线投出去。

童染也跟着他站起来："你做什么？"

男人笑着看她一眼："你猜。"

童染左右看了下，四周漆黑一片，她随口打趣道："难道你要像电视剧演的一样，跳下去然后变身成海的王子？"

"对。"

一个对字出口，童染还未反应过来，男人突然纵身一跃，颀长的身形投入海中！

男人水性极好，潜下去只是荡漾出几个水波后便瞬间没了踪影，童染吓得目瞪口呆，蹲下身，趴在游艇边缘："莫南爵！"

海面上的水波渐渐消失，直到完全恢复平静。

四周寂静一片，童染伸出手朝海面上捞，却只能触碰到冰冷的海水，"莫南爵，你在哪里？"

她心口一室，莫名的恐慌袭上心头。何时开始她已经不能离开他一步，童染站起身焦急地环顾四周："莫南爵，你出来！"

她喊了半天却没任何动静，童染实在等不下去，几步走到游艇边缘，将裙摆拉上来在膝盖处打了个结。

就在她准备跳下去的一瞬间，哗啦一声，海面上突然蹿出个人影，男人一手托着个东西，一手伸出来托住她的细腰，将她整个人推了回去。

童染被这适中的力道推得跟跄一下，跌回游艇里，莫南爵蹿上来后一个翻身上了游艇："难道你想自尽？"

童染看到他后重重松了口气："我是要去找你！"

"找我做什么？"莫南爵轻挑下眉，他浑身都湿透了，水珠顺着精致的下巴滑落下去，桃红色的衬衫紧贴在胸前，勾勒出精壮的身材，"才几分钟，你就想我了？"

童染伸手想打他，男人却突然变戏法一样从背后拿出个东西递到她眼前："送你。"

她眼前闪了下，定睛一看，竟然是个樱桃红的心形蛋糕。

童染一怔，难以置信地看着这蛋糕："你，你哪里弄来的？"

莫南爵将蛋糕放在二人中间："刚刚下海捞到的。"

"……"

"是真的，"男人抬起头来，黑曜石般的瞳仁内闪动着耀眼的光芒，让人想要揉入心里，他起身凑到她耳边，"我碰到了月老，他说，让我把我的心送来给你。"

童染只觉得耳根滚烫，她害羞地别过脸去，连带着粉唇跟着烧了起来："你胡说，月老才不住在海底。"

"我让他住，他就得住。"

她被逗笑："你有这个本事吗？"

莫南爵倾身拉过她的手，嘴角勾起："我想住进你心里，不就成功了吗？"

童染脸红地想要抽回手："我还没同意！"

"我同意就行了。"

莫南爵修长的手指挑起蛋糕正中央的一抹奶油，朝她唇边递去。童染小脸上洋溢着幸福的笑容，粉唇凑过去，将他指尖的奶油含进嘴里。

莫南爵收回手，俊脸带笑："甜吗？"

"甜。"童染点点头，当真是甜进了心里，这是她这辈子吃到过的最甜的奶油。

二人仰躺在游艇上，莫南爵双手交叉枕在脑后，童染靠着他的手臂，游艇被关掉了发动机，任由海水推动着它缓慢漂动。

宁静的夜空中星子璀璨，一眼望过去像是漫天的沙砾，美不胜收。童染微眯起眼睛，突然伸手拽了下莫南爵的袖子："你快看，那颗最亮的星星！"

"叫什么？"

"叫莫染初星。"

男人瞥了一眼，嘴角不自觉地勾起，他起的这个名字，她倒是很喜欢。

童染却突然变得神色暗淡，拉下他的手臂，莫南爵便从脑后抽出一只手搂住她的肩。

不需要言语的动作已然成了习惯。

二人紧靠在一起，童染在他胸前拱了下脑袋，突然低声开口："莫南爵，我有件事情告诉你。"

男人眼皮轻抬："说。"

她咬了下嘴角："我，我把项链丢了。"

"什么时候？"莫南爵闻言侧过头，其实他第一眼便看见她脖颈上没了项链，还以为她没戴出来或者是被洛萧给拿走了，所以才没问。

童染声音小了些："在进监狱检查的时候。"

她身体不自觉地一缩，莫南爵将她搂紧，大掌轻拍下她的肩头："没关系，我去找回来。"

童染将头埋进他的颈窝处，他说会找回来，她便安了心："好。"

她其实是后悔的，如果她知道再看到项链会是什么时候，童染想，她当时就算拼了命，打破头，甚至是丢掉性命，也要将那条"莫染初心"从那女医生手里抢回来。

可这个世界上没有那么多如果，童染闭上眼睛，安心地靠在男人怀里："莫南爵，要是一辈子能这么一直躺下去，该有多好。"

莫南爵搂紧她，心里刺痛了下，轻合上眼睛："睡吧。"

童染双手抱住他的腰，心里到底还是怕的："在海面上我睡不着。"

"那我们回去。"

"好。"

男人起身将游艇开回去，靠岸后天已经完全黑了，莫南爵将童染打横抱了起来："你先睡会儿，醒来就到酒店了。"

童染安静地靠在他胸前，侧过脑袋："我们不去酒店住好不好？我想早上一起来就能看到海。"

莫南爵抬起头，前方不远处有好几家亮着灯的民房，如果寄宿一下应该是可以的，他点点头道："好。"

他若是依着一个女人，当真就是百依百顺。童染打了个哈欠将头侧在他的臂弯内："我好困。"

"睡吧。"

莫南爵抱着她朝前面走去，不到二十分钟便到了一家人门前，童染睡得很浅，男人稍微动一下手她便醒了，挣扎着从他怀里下来："我来敲门。"

开门的是一个老妇人，看上去五六十岁的样子，很是和蔼，童染同她解释了几句，老妇人一听是来旅游的夫妻，便欣然应允了。

莫南爵弯腰走进屋内，与其说这是房子，不如说是几个小屋子拼凑在一起的，男人高大的身影将空间都衬得有些逼仄。他视线轻扫一下，老妇人笑眯眯地拉着童染的手："小姑娘，你老公长得真俊。"

童染瞥了一眼，男人在外人面前就是冷着张俊脸，话都不会多说一句，更别提摆出什么好脸色来。

老妇人领着童染走到一间小屋旁，推开木门："小姑娘，你们要是不嫌弃的话就住这儿吧，我就住隔壁屋。"

莫南爵走近看了下，点了点头："好，就住这儿。"说着转过身走出来，掏出几沓厚厚的钞票放在桌上。

童染走过去靠在他身边，老妇人看到后吓了一跳，忙将钱推回去："哎呀，哪要得了这么多钱……这些都可以把我这屋子买下来了，你们夫妻俩住得高兴就好，我一个老人家用不了多少钱的。"

"您就收下吧，这样我们也住得安心，"童染将钱放进了边上的抽屉里，环顾着四周，屋子里摆设很是清贫，一看便知道老妇人的生活条件并不好，"老人家，您一直是一个人住吗？"

老妇人闻言叹了口气，转身倒了两杯茶，而后在木凳上坐下来："原先，是我和我老伴一起住的。"

童染知道里面肯定有故事，拉着男人坐下来，习惯性地抱住他的手臂："那您的老伴……"

"他是个医生，"老妇人脸上带着浓浓的哀伤，"他是自学成才的，一直给人看病，看了好多年……后来我们有了孩子，孩子们都在大城市里工作，希望把我们老两口接去，可是老伴坚持要住在这里。他会得很多，不仅会治病，还会催眠，在我们这一带很有名的……"

老妇人哽咽了下，继续说下去："本来日子一天天过，虽然清贫些，我们老两口伴着外面那片藏海也很乐得其所，可就在前不久，有几个人找上门来，说是要他去给人催眠，然后就把他接走了，就，就再也没回来……"

老妇人说着抹了下眼泪，童染见状忙坐过去拉住她的手："老人家您别伤心……是什么人来接走他的？您说说看，也许我们能帮上忙的。"

"我，我也没看清，就是几个男人，站在前面那个脸都遮起来了，这种人怎么会让我们看见脸？"老妇人眼泪越发汹涌，"他们给了好多钱，我老伴就跟着去了，我还等他回来烧红烧鱼，但是没想到这一去就……"

老妇人连连叹气，布满皱纹的脸上全是泪水。童染起身抽了几张纸替她擦眼泪，心里也跟着难受："您别哭，说不定能找到的，我们可以帮忙的……"

老妇人闻言抬起头来，握紧童染的手，眼里溢出希冀："真的吗？能找到我老伴吗？我愿意出钱的，要多少钱都行……"

"不用钱的，我老公是，是警察，可以帮忙找的，"童染帮她将重新涌出来的眼泪擦干净，"老人家，您有您老伴的照片吗？"

莫南爵跷起一条腿，伸手摸了下鼻子，得，她这一下就把他整成白道的人了。

"有，有的，我去拿给你们看……"

老妇人慌忙站起来，差点跌倒，童染忙扶住她："我去拿吧，您告诉我在哪里。"

"谢谢你小姑娘……在左边第三个抽屉里。"

"没事。"

童染起身走过去拉开第三个抽屉，看到一张照片的同时，视线扫过边上红绒盒子里放着的玉佩。

她眼前莫名地恍惚一下，差点睁不开眼睛。莫南爵见她不动，起身走过去从后面搂住她的腰："怎么了？"

童染摇摇头，将那块玉佩拿起来细看了几眼，越看越觉得很奇怪，她转过身伸出手去："老人家，这块玉佩是？"

老妇人望了一眼："噢，这是我老伴留下来的，是他们家世世代代祖传的，有两块，一块他带走了，一块就留在家里了。"

童染皱起眉头，那玉玲珑剔透，总让她觉得莫名熟悉，仿佛在哪里见过。

身后的男人察觉到她的不对劲："你认识这玉佩？"

"不认识，"童染摇头，暗道自己肯定是想多了，小心翼翼地将玉佩放回去，"可能是之前打碎过一块，所以现在看到总觉得似曾相识。"

"喜欢就买，"男人霸道得很，食指挑起玉佩，望向那老妇人，"多少钱？"

老妇人忙摇头："这，这是传家宝，我不敢随便卖的……"

莫南爵直接开价："一百万。"

老妇人闻言瞪大眼睛，显然被吓住了："一，一百万……"

男人挑眉："三百万。"

"……"老妇人张着嘴，话都说不出来了。

"你别这样，"童染忙将他手上的玉佩拿下来放回去，拉着男人走回去，"我老公开玩笑的，老人家您别误会，"她说着坐在老妇人身边，将照片递过去，"您看下，是这张照片吗？"

老妇人看了一眼，点头："没错，这就是我老伴。"

童染这才将照片拿起来细看，她盯着照片上那老人家的脸，他虽然上了年纪，却有一双摄人心魂的眼睛，眼眶极深，像能将人吸进去般。

童染皱起眉头，双眼不自觉紧盯着照片，好半天才回过神来："您说，他会催眠是吗？"

"是啊，他催眠技术很好，这一带的人都认识他。"

童染又问道："那来找他的那几个人能确定是本地人吗？"

"这个我真不知道，"老妇人摇摇头，"估计都是些干大事的人，要不然怎么会行踪那么隐蔽？而且我老伴走的时候什么也没说，就留下对方给的三十万现金，说是事成之后再付剩下的钱。"

"他没交代过什么时候会回来吗？"

"没说过，我老伴也是个随意的人，就说有事情打这个电话，"老妇人说着从口袋里拿出张纸，显然是天天带在身上的，"这电话是他走之前留下的，但是我每天都打，都提示关机……"

童染接过来看了一眼，是个普通的手机号码，没什么特别的："他还留下什么没？比如对方的资料？"

"都没有，走得很急，连衣服都顾不上带。"老妇人说着将照片拿在手上，粗糙的手指抚过照片上的人，"我们本来说好今年过完就去儿子家住几个月，可是没想到……"

童染眉头紧皱着，伸手安抚性地轻拍着老妇人的肩："老人家，不会有事的，一定可以找到，"她拿过照片递到莫南爵跟前，"你见过他吗？"

Chapter12

爱她，你就放手

男人瞥了一眼，这种山野村夫他去哪里见："没见过。"

童染瞪他一眼，将照片收回来："老人家，他是多久前被接走的？"

"大概十天之前，也没多久，所以我一直觉得有希望，能找到他……"

莫南爵闻言眯起眼睛，十天之前？

"可以找到的，"童染将记着电话号码的纸和照片都收起来，起身走到莫南爵身边，"你帮忙找找。"

莫南爵并未伸手去接："全国这么大，大海捞针地找？"

"我不管，"童染伸手抱住他的胳膊，在他身边坐下来，"反正你帮忙找，一定要找到。"

男人轻眯起眼睛，显然并不爱管这些闲事，但她开了口，他肯定是会答应的："好。"

童染笑眯眯地靠着他，望向那老妇人，安慰道："老人家，您放心，我老公说找就一定能找到，您就在家等消息，别胡思乱想。"

"哎，好，好……"老妇人闻言神色激动，慌忙站起身来，作势就要鞠躬，"如果能有消息，哪怕，哪怕我老伴已经没了，我也想去看他最后一眼……谢谢你们，真的谢谢你们……"

童染忙起身扶住她，陪着她坐下来："没事的，您当心些。"

莫南爵拿起桌上的照片，食指顺着轻敲几下，十天前……男人总觉得哪里不对劲，收起照片，将这件事情放了心上："只要他是从藏海市出去的，就一定能找到。"

"是的，所以您别太担心，注意身体。"童染听他这么说便知道有希望，安慰了那老妇人一会儿，便起身准备回屋休息。

莫南爵被她拉着站起身，脚步刚动，却突然开口问道："你们这儿除了他，"他说着指了下照片上的老头，"还有人会催眠吗？"

老妇人回过头来道："催眠术最好的就是我老伴儿，别的，"她想了下，"还有住在那边山口的老王叔，但是他这几天进山去了，可能要两天后才会回来。"

童染扯了下男人的袖子："怎么了？"

"没事，"莫南爵摇头，眉头始终锁着，"你想什么时候回去？"

童染笑着扯开嘴角，这样的任性她真希望能持续一辈子："我想多住几天，你头一次带我出来玩，我还没玩够呢。"

"那好，"男人点头，俊目微眯，回想起方才在沙滩上童染捂住头时的叫喊，也许，能对缓解她紧绷的神经起点作用，"那我们就多住两天，住到那个会催眠的人回来。你不是最近经常头疼吗？让他给你看一下。"

"小姑娘，你会头疼吗？"老妇人闻言接口道，"催眠对治头疼可有效了，你们两口子想住多久就住多久，我这儿平常也没别人，老王叔一回来我就去找他过来给你瞧瞧。"

童染自然是答应的，笑着点头："好，那谢谢您了。"

"哎，你们早点休息吧。"

老妇人说着进了房间。

童染拉着莫南爵也进了屋，房间摆设很简单，她四处看了下，只有两张拼在一起的木板床和一套桌椅，床单绣着红色小花，典型的朴实农家味道。

不过倒也干净简洁，童染简单收拾了下，将床单铺好，又将窗子都打开，探出身去，伸手挥舞了下："一开窗就能看到海，我要是能一辈子住在这里就好了。"

"你喜欢我就把整个藏海买下来。"

"……"

男人弯腰在床沿坐下来，童染倒了杯水走过来："怎么了？看你一直不太高兴。"

"没事。"

莫南爵伸手将她拉过来坐下，童染还未反应过来，男人已经翻身将头枕在了她的双腿上："别动，让我躺会儿。"

童染瞥他一眼，视线落在他还未完全干的头发上，抬了抬腿："我去拿毛巾。"

男人俊脸朝内，显然正在闭目养神："做什么？"

"帮你擦头发。"

莫南爵闻言轻抬起头，童染拿了条干净的白毛巾来，重新坐上去，男人依旧枕在她的腿上："你看看你，头发都是湿的。"

童染拿着毛巾，轻柔地给他擦着头发，纤细的手指穿梭在他深棕色的短发内，男人发质很好，童染用毛巾细心地一寸寸擦拭着，莫南爵突然开口："我记得你上一次给我吹头发，还是在帝豪龙苑。"

童染嘴角浅笑，纤细的手落在他的短发上，一下一下地给他捋着，男人舒服地哼了一声："手法不错。"

"那当然。"

"给洛萧吹过头发吗？"

她并不隐瞒："吹过。"

莫南爵闻言皱了下眉头，突然单手支起上半身，黑眸紧盯着她："我怎么发现，你对我做的事情，都对洛萧做过了？"

童染不晓得他又吃哪门子的醋："哪些事情？"

"就是你对我做的事情。"

"才没有。"

"你敢说出一件来？"

童染想了下："我没亲过他。"

"一次都没有？"

"没亲过嘴……"

男人穷追不舍："亲过脸？"

"小时候亲过。"

莫南爵突然倾身过去在她侧脸上咬了口。

"啊！"童染捂住脸向后退，"你做什么跟楠楠一样？！"

男人目光一沉："楠楠也咬过你的脸？"

"楠楠经常舔我……"

莫南爵俊脸黑下了，翻身又躺下去，依旧是脸朝内，俊脸紧贴着她的小腹，这个姿势让男人觉得莫名舒心。

似乎，能够抓住什么。

童染抿嘴笑着看他吃醋的样子，什么也没说，双手依旧轻柔地给他顺着头发。

"莫南爵，你说，很多年后，我还能这样给你擦头发吗？"

"当然能，你想擦就擦一辈子。"

"一辈子是多久？"

男人深吸口气，她身上的清香还是如此能吸引他："你想多久就多久。"

"可是万一……"

莫南爵抬起头来，薄唇勾起："放心，我会死在你前头的。"

"不许胡说！"童染陡然红了眼眶，这句话她听着便觉得难受，她伸手捂住他的嘴，才发现自己竟连指尖都在颤抖，"不许说死，你不会死的，永远不会……"

"傻瓜，"男人直起身体，握住她的手，"是人都会死的，我又不是神仙。"

童染用力抽回手，别开脸："你是莫南爵。"

男人浅笑："你以前不是经常骂我不得好死吗？"

"你——"

童染咬住下唇，心底某根弦被触动，眼泪莫名地夺眶而出。她低下头去，双肩颤抖："对不起……"

"哭什么？"莫南爵扳起她的小脸，抬手擦掉她的眼泪，"我还没死呢，你就哭……"

"莫南爵！"童染突然打断他的话，倾身用力抱住他，双手勒得紧紧的，灭顶般的恐惧席卷而来，她也不知道自己是怎么了，语无伦次起来，"你不会死的，一定不会的……"

"好，我不死，"莫南爵顺着她，"等你哪天不想再看到我了，我再死。"

童染张嘴就咬在他肩上："莫南爵，你再胡说……"

男人嘴角勾笑："好，我不说了。"

微风轻拂，吹得人心旷神怡，童染微微侧过脸，嘴唇贴着他的耳畔，情不自禁地脱口而出："莫南爵，我爱你。"

锦海市，傅家别墅。

今年冬天气候很是奇怪，前段时间雪下得很大，这几天却偏偏停了，天空放晴，万里无云。

夜晚的时候还是很冷，洛萧穿着件毛领的黑色大衣，他原本只穿天蓝色衣服的，仅仅因为童染喜欢，他便穿了二十一年。

如今她完全不在意了，洛萧想，他穿什么她也不会看到，看到了，也不会注意。

用人见他从楼上下来，忙道："先生，晚餐准备好了。"

洛萧这几天发烧，什么也吃不下，看了眼便将视线别开："撤掉吧。"

用人一怔，他这几天都不吃饭，身体哪受得了："先生，还是多少吃点吧……"

洛萧没再说话，走到玄关处换了鞋便开门出去。

用人无奈地摇摇头，以往太太还在家的时候，好歹还会和先生吵架，可她一走，家里便彻底冷清下来。

也不知道太太去哪里了。

洛萧出来后站在院子里，原本开着的花全部冻死了，他蹲下身，指尖碰到枯萎的花瓣上未化净的雪，冰得他猛然收回手。

他蹲了会儿便觉得双腿酸麻，站起身时双眼眩晕了下，险些栽倒。两个手下正好从大门进来，见状忙上前扶住他："少爷。"

洛萧甩了下手，左手小指上戴着黑色指套，他睁开双眼，一张俊脸在毛领的衬托下显得越发清瘦："没事。"

两个手下对视一眼，他这样哪叫没事："少爷，您几天没吃东西了？"

"不碍事，"洛萧抬起头来，视线扫过他们，"找到莫南爵吗？"

二人皆摇头："找不到，他的行踪本就隐蔽，自从上次在医院出现之后，我们的人就跟不到了，帝豪龙苑我们根本无法靠近。"

洛萧皱起眉头："去帝爵找过了吗？"

"找过了，帝爵的人也都不知道，他们说总裁向来不是天天去上班的，再说莫南爵有专门的通道出入，旁人都是不知道的。"

"别的方式全没找到？"

"少爷，"两个手下神色为难，"莫南爵本就不是我们能动的人，以我们的势力要去查他的行踪是不可能的，哪怕他这会儿就在帝豪龙苑里面，只要他不出来见我们，我们也绝对进不去的。"

洛萧深知这一点，若不是因为童染，莫南爵又怎么会向他妥协？他眯起眼睛，莫名地开始心慌："难道他并不在锦海市？"

他带着小染去了什么地方？

"这个无法确定，我们的人也按照您的吩咐去机场查了，可查不到。"

其中一个手下说道："反正但凡涉及莫南爵的信息，机场方面的人都是拒不透露，怎么也不肯说。"

洛萧眉头紧拧着，这都已经好几天了，难道莫南爵真的带着小染离开锦海市了？

这几天晚上，洛萧几乎整夜整夜合不了眼，睁开眼睛是童染，闭上眼睛也是童染，只觉得周围都是她的影子。

洛萧甚至清晰地意识到，如果莫南爵真的不在乎童染身上的 Devils Kiss，就这么带着她离开，他是无论如何也找不到的。

这个念头如潮水般从四面八方侵袭而来，洛萧只觉得心口像是被人剜了个洞，他伸手捂住胸口，只觉得瞬间窒息了下，突然剧烈咳嗽起来，咳得俊脸通红，心口剧痛，差点就要跪下去。两个手下吓了一跳，忙伸手扶住他："少爷，您这是……"

洛萧手背紧贴着薄唇，咳到最后嗓子都感觉到血腥的味道，他擦了下嘴角，缓了下才能正常呼吸。

洛萧直起身体，推开二人，径自走进大厅。用人正在收拾餐桌，他抬起头，一眼便扫向墙上的挂壁电视。

电视里正在播报今日新闻。

新闻……

洛萧眯起眼睛，眼底闪现利光，他加快脚步，上楼进到书房后，在最里边上锁的抽屉里取了串钥匙。

再下楼的时候，洛萧走到两名手下身边，在他们耳边说了几句话，二人睁大眼睛："少爷，这……"

洛萧眉目清冷："去办。"

二人对视一眼，只得点头："是。"

"我先过去，你们办好了直接来找我，"洛萧绕过大门出来后上了辆挂牌的轿车，发动车子，"一个小时之内到。"

"是，少爷。"

二人点头，洛萧也没再多说，轿车一下便开了出去。

他开得很快，不到二十分钟，便到了目的地。

洛萧并未从前门进去，而是绕到后门，将轿车停在门口，推门下车。

这里的一切依旧是熟悉的，他在这里住了二十多年，一草一木都是记得的。

洛萧脚步放慢，小区内住的人并不多，大多数是年老的人，这时候都已经睡下。他视线扫向周围，最后定格在旁边草坪中的秋千上。

洛萧弯起嘴角走了过去，秋千随着晚风晃动发出吱呀吱呀的声音，这秋千是小时候就在这儿的，其实早就生了铁锈，摸上去感觉很扎手。他坐上去，整个秋千架就都跟着晃了下。

洛萧双手抓住秋千的铁链，抬起头，视线刚好对上对面那家人已经熄灭了灯的窗户。还记得小时候，他每次推着小染在这里荡秋千，她都会说："洛大哥，你快看，那家人又在炒土豆丝了……"

她说了那么多年的话，为什么突然就不说了？

洛萧站起身，秋千发出刺耳的声音，他眼底笼起寒冰，仿佛回忆都是尖刀，刺得他体无完肤。

他抬起眼眸扫过这些熟悉的草坪、沙堆、自行车棚……随后收回视线，抬脚朝前走去。

洛萧从口袋里掏出钥匙，将门打开。

门并未反锁，他进去后打开灯，客厅内冰冷一片，摆设依旧未变。这是他离开家后，除了上次因为小染回来以外，第二次回来。

他曾经以为这是他的家，是最温暖的地方，可铺开来的事实砸得他头破血流，这里早已经不是他的家了。

洛萧眉头紧皱，并未换鞋，径自上了楼。

二楼的楼梯口挂着一张巨大的照片，洛庭松黑白的脸正对着他，洛萧嘴角勾起嘲讽的笑，硬生生地别开视线，眼底是挥之不去的厌恶。

二楼最里面的房间内，宋芳并未睡着，自从洛庭松走后她便睡不着了。她推开房门出来，就见洛萧站在楼梯口。

宋芳一怔，显然没料到他会回来："萧儿……"

洛萧侧过头望她一眼，退开身，眼底尽是讽刺："把这照片挂在这里，你不会觉得良心不安吗？"

宋芳叹口气，走过去拉住儿子的手："你这次回来是看妈的吗？这里晚上太安静了，妈都睡不着……"

"别碰我。"

洛萧侧开身，抬脚朝房间走，宋芳忙跟上："你要留下来过夜吗？"

洛萧没说话，径自走进房间，他的房间从来没变过，还是原来的样子。

宋芳跟在他身后，生怕一句话惹得他不高兴，没敢再开口。

洛萧走到书桌边，上面还摆着他和童染以前的照片，他伸手全部拿起来放进袋子里，而后走过去拉开抽屉。

里面放着他们曾经写过的一辈子在一起的约定书，不仅签了字，还印了手印。

他目光柔和，将这些东西都拿起来，而后走到衣橱边，将童染亲手给他做的白衬衫收进袋子里。

仅仅半个袋子，就足以装走他对这个家仅剩的留恋。

他没再看房间一眼，转身下楼，宋芳忙跟着，洛萧顿住脚步，突然回过头来："你先上楼躺着，我去给你倒杯水。"

宋芳一怔，激动地忙点头："哎，好，好……"

洛萧走到厨房，从口袋里拿出两粒安眠药，放进水杯后晃了下，完全溶解后拿上了楼。

宋芳靠在床头，洛萧将水杯递给她："里面我放了安眠药，喝了早点睡。"

"你不留下来陪陪妈……"

洛萧难得地在床边坐下来："下次再回来。"

"好，妈等你。"

宋芳仰头将水喝了，而后躺了下去，洛萧站起身，望了一眼她的脸："我走了。"

"开车注意安全……"

洛萧转身就走。

等他下楼来，两个手下已经到了，手里拎着四个白色的大瓶子："少爷。"

"是从后门进来的吗？"

"是的，摄像头都已经处理好了，不会被拍到的。"

"好，"洛萧回头望了最后一眼，眼神决绝，"动手。"

"是。"

洛萧擦着他们的肩膀走出去，静静地站在门口，动也没动一下，手里拎着的袋子好似有千斤重，让他几乎喘不过气来。

十几分钟后，两个手下拎着空瓶子走出来："少爷，汽油都洒好了。"

洛萧伸出手，其中一人递过来一个打火机，他眯起眼睛，打着火后直接将其朝屋内扔去！

打火机落地发出砰的声响。

洛萧并未再看一眼，转过身朝后门走去，身后的房内汽油被点燃，顺着几条线噌的一下就烧了起来，火苗快速蔓延，而后燃起了通天的火光！

屋内的火越烧越大，渐渐开始燎原，灼烧得人背后都跟着发烫起来。洛萧背影笔直，走得很慢，到了后门的时候，还是回头望了一眼。

一楼的火光已经蔓延到了二楼，鲜红的火焰刺得洛萧双眼剧痛。

他抬手抹了下眼睛。

两名手下站在边上，也不知道该说什么，但现在继续留在这里肯定是不行的，其中一人只得开口："少爷。"

洛萧这才回过神，别开视线，眼底腾起水雾，他垂下头去："一个小时后，匿名通知各大媒体。"

"是，"两个手下点头后对视一下，有些不解，"少爷，通知媒体做什么？"

"莫南爵不是不见了吗？"洛萧抬起头来，眼角湿润，"就算他们离开了锦海市，就算我找不到他们，但只要通知了媒体，新闻就会播的，小染总会知道着火了，她会回来的。"

两个手下闻言张张嘴，没再说话。

洛萧别过头，攥紧手里的袋子，转身上了车。

藏海市。

童染一直都是睡得很沉的，可今天她睡得很浅，只觉得睡梦中的自己掉人了一个巨大的洞，四周无数双手将她抓住，任她怎么挣扎也脱不开身。

她伸出手去，想要抓住什么，可一个转身，却发现背后是一个燃烧着的火坑，她拼命朝前跑，可是火星已经烧到了她脚上、裙摆上……

"啊——"童染尖叫一声，猛然坐起身来。

她眯着眼睛，光洁的额头上沁满汗珠，腰间横着的手臂紧了下，莫南爵睁开双眼，将她搂进怀里："怎么了？"

童染被他搂着躺回去，小脸紧贴他的胸口："我，我做了个噩梦。"

男人精致的下巴抵在她的头顶上，大掌在她背上轻拍几下，嗓音沙哑：

"梦到我咬你了？"

"没，"童染紧靠着他，浑身好像很冷，"就是梦到我掉进了洞里，怎么也爬不出来……"

"太胖。"

"噗——"童染被他逗笑，握起拳头捶他，"你就不能说我点好？"

莫南爵眉梢轻挑，一腿横过去："你大半夜把我吵醒了，打算怎么补偿我？"

他这么几句话，使得童染紧绷的小脸舒缓了些，她伸出纤白的手臂到他的俊脸前："喏，给你咬我一口。"

莫南爵睨了一眼，竟真的凑过去就要咬她。

童染忙将手臂收回来藏在背后："你还真的咬我！"

"那当然，我向来很听话。"

"……"

童染翻个身，脑袋枕着他的手臂，睁大眼睛："我最近老是做噩梦。"

莫南爵闭上的桃花眼再度睁开："梦到什么？"

"很多……小时候的事、认识你后发生的事、这几个月来发生的事，包括大伯……"童染陡然顿住声音，喉间哽咽了下，翻过身去，背对着男人，下意识地蜷起身体。

莫南爵一手还放在她头侧，跟着她翻身，另一手伸出去轻揽住她的腰，童染身体明显僵了下，却并未推开他。

二人谁都没再开口。

莫南爵将头埋入她的颈窝，吸了口气，感受着她的清香。

童染咬住嘴角。

他们之间本来就隔着个"洛萧"，从认识到现在，这两个字刺在他们中间，还没彻底拔出来，现在"洛庭松"这三个字又刺了进来。

不，不对，莫南爵嘴角勾了下，他忘了，韩青青还刺着没拔出来。

童染小手握成拳抵在鼻间，动也没动一下，似乎是睡着了。莫南爵撑起半边身体，小心翼翼地将她的头抬起来放回枕头上。

男人翻身下床，换了件衬衫后开门出去。

沙滩上还是白茫茫的一片，莫南爵双手插兜，迎风而立，贴身衬衫勾勒出完美的身材，男人微眯起眼睛，视线定格在海面上的某一处。

她说，想一辈子住在这儿，可她并不知道，若是莫南爵真的陪她住在这儿，不出两周，便会有人过来寻他，不是找，就是暗杀。

站在这个高度上，就算想要抽身而退，别人也不可能会放你一条生路。

普通人那般厌倦的平淡生活，对他来说却犹如登天般困难。

莫南爵望向天空，神色间隐约透露出某种担心，莫北焱出现在罗马绝非偶然，可以百分百确定他绝对是替洛萧去的。

他若真的和洛萧合作，那图的又是什么？

莫南爵蹲下身，抬手在沙滩上写下两个字。

烈焰。

焰……焱。

至于烈……男人修长的手指划过那四点底，他眯起眼睛，眼中闪过一道冷冽的光芒。洛和染，这两个字刚好都有三点水。

两个三点水变成一个四点底，再加上上面的一个列字……

难道是指洛萧和童染并列在一起的意思？

莫南爵站起身来，一脚踩住那两个字，脚尖用力，"烈焰"两个字瞬间被踩得散开来。

"你不冷吗？"

蓦地，身后传来女子清甜的声音。

莫南爵收回思绪，回过头去，就见童染裹着件白色的小披风站在他身后。

她一张小脸冻得通红，望向他的眼睛也是蒙蒙眬眬的："我出来找了一圈看不到你……我还以为你丢下我走了。"

男人并不动，童染走上前来站在他边上："莫南爵，你生气了吗？"

莫南爵俊目轻瞥一眼："我生什么气？"

"不知道，"童染靠他身侧，抬起头看他，"本来这时候你应该会走过来抱我的，但是你没动……我就想你肯定是不高兴了。"

莫南爵心底某根弦被拨动了下，他叹口气，就连对她冷漠一点，他都已经做不到了。

童染望着他冷下去的脸色，伸手要去拉他："你到底怎么了……"

男人突然伸手将她搂进怀里。

他很用力，童染整个人撞进他的胸膛，鼻子都撞得有些疼了，她在他胸前蹭了下，头顶传来磁性的声音："是想我这样抱你吗？"

"……"童染咬住嘴角，才不会傻到承认就是想这样，索性不开口。

莫南爵抬手按住她的脑袋，童染双手交握在他背后："我觉得时间过得好快，一下子就第二天了。"

男人没有接话。

她继续开口："我真希望时间永远停留下来。"

莫南爵视线越过她的头顶，不知道望向哪里。

清晨的阳光渐渐升起，洒在二人身上却是凉飕飕的感觉，童染先松了手，拉着他转过身："我们回去吧。"

男人手臂很自然地搭在她肩上："今天想去哪里玩？"

"不知道，"童染眉梢眼角都染着炙热的笑容，"要不我们去看电影吧？你还没陪我去看过电影。"

莫南爵皱起眉头，他从没去过那种地方："人多，太吵。"

"我们挑个没人的时间，午夜场怎么样？"

"干脆买个电影院给你。"

"不行！"

男人眼皮跳了下，童染瞬间捕捉到了他的意思，忙阻止："你也不许包场！我们像普通情侣一样去看，买爆米花喝可乐，这样才有谈恋爱的感觉……"

莫南爵瞥她一眼："谁要跟你谈恋爱？"

"你啊。"

男人收回手："想得美。"

"你……"童染瞪圆一双大眼睛，"莫南爵，你什么意思？你不跟我谈你想跟谁谈……"

二人说笑着走回屋内，老妇人已经起来了，她煮了些红豆粥，这是藏海市的特色："我还以为你们出去了呢，快来尝尝看。"

"谢谢奶奶。"

童染已经换了个亲昵的称呼，走过去盛了碗放到男人面前，莫南爵瞥了一眼，显然没什么兴趣："我不饿。"

"你尝尝嘛，"童染舀起一勺红豆粥，吹了下后递到他唇边，"尝一口。"

莫南爵皱了下眉头，勉强尝了一口。

童染见他吃了，忙凑过去问："怎么样？好吃不？"

男人冷冷看她一眼："难吃。"

"怎么可能，"童染也尝了一口，甜甜的很爽口，"我觉得很好吃。"

"你喂的都难吃。"

"莫南爵，你⋯⋯"

老妇人望着二人斗嘴这一幕，微微抿嘴笑了，端着碗走过去："小姑娘，你们结婚多久啦？"

童染咬了下嘴角，也不知道该说什么，倒是莫南爵接了话："一年。"

"⋯⋯"

老妇人笑眯眯地看着她："我看你们这么恩爱，倒像是新婚夫妻来度蜜月的。"

童染莫名地红了脸，忙低下头专心吃粥，老妇人见状又道："对了，老王叔今天早上就回来了，刚刚我打电话去问了，他说一会儿就能过来替你瞧瞧。"

莫南爵闻言抬起头来："让他现在就过来。"

老妇人看了一眼时间，才不过七点半："他这会儿应该还在家里，他那个孙子可皮了⋯⋯"

男人霸道起来丝毫不讲道理："现在过来。"

他声音清冷，老妇人抬起头望了一眼，童染忙扯了扯他："对不起啊奶奶⋯⋯我老公说话就是这个口气。"

"没事，没事，"老妇人也看出莫南爵似乎很重视这件事情，忙站起身来，"我现在就去打个电话，反正他在家也没事情。"

"好，谢谢您。"

老妇人打过电话后，不到二十分钟，那个老王叔便上门来了。

　　和他一起来的，还有他不过五岁的孙子，小男孩确实很皮，一进门便冲过来抱住老妇人的腿："奶奶，奶奶我要吃糖……"

　　老妇人笑着拉住他的手："好，奶奶给你买……"

　　童染站在边上，小男孩转过头时，黑亮狡黠的眼睛正好同她对上，她眼神瞬间恍惚了下，仿佛莫名地被拨动了某根心弦。

　　莫南爵揽住她的肩，低下头："又头疼了？"

　　童染点点头："就觉得莫名很晕。"

　　老王叔走过来，刚伸出手，童染便下意识地退后一步，老王叔开口，声音是她所熟悉的那种醇厚音色："别担心，我就是看看你怎么样。"

　　莫南爵望他一眼，拉住童染的双手："别怕，我在。"

　　"好。"童染听话地站着不动，老王叔用手背贴了下她的额头："小姑娘，你是不是觉得莫名头晕目眩？"

　　童染想了下，也没那么严重："也不会，偶尔才有那么一下，几秒钟就好了。"

　　老王叔凝视着她的眼睛，半晌没开口。

　　此时，小男孩调皮地跑到边上，老妇人拉不住他，他小手抓过遥控器："皮皮要看电视！"

　　老王叔闻言转过头："不许闹，爷爷跟哥哥姐姐有事情说。"

　　小男孩瘪了下嘴，手里还是没停，将挂在墙壁上的老旧电视打开来。

　　电视屏幕上闪过几条白色波纹，打开便是新闻频道。

　　童染抬起头来，女主播的声音清晰地传来——

　　"下面播报一则实时新闻：锦海市第一日报记者王宇称，今天凌晨大约两点时，锦海市一处中老年小区发生火灾，火势极大，从小区的一栋房子蔓延到其他家，包括旁边的连锁酒店一同被波及，目前火势尚未得到控制，据不完全统计，伤亡人数已经上百……"

　　电视画面瞬间被切换到火灾现场。

　　漫天火光几乎灼痛人的双眼，焦黑的烟升至天空中，七八辆消防车对着燃着熊熊大火的小区喷着水柱，可仍旧难以稳住火势。

　　记者拿着话筒站在外面，呛得话都说不完整："喀……我们现在就在火灾现场，火应该是从最里面的一栋房子烧出来的，"她伸手朝小区内指去，可已经完全看不见本来面目了，"现在已经过了将近六个小时，由于小区内都是老人家种的花草树木，所以烧起来很快，目前还没得到控制……"

摄像师转着镜头拍摄，正好对准了小区门口的那家超市。

童染瞬间瞪大眼睛，无法形容的震惊和诧异悉数涌了上来。

那是她以前每天回家都要路过的超市……大伯还会抱着她走进超市，每次都会问："小染，想吃红烧鱼吗？"

记者还在说着："火势目前越来越旺，边上的酒店顶层被困了近百人，消防员已经冲进去救人了，这应该是锦海市近三十七年来最严重的一场火灾……"

"啊——"童染双手抱住头，眼睛死死盯着屏幕，腰却已经半弯下去，眼泪夺眶而出，"不——"

莫南爵看到火灾的画面也怔了下，随后眯起眼睛，怎么可能这么巧，他们一走，洛家就着火了？

除非……

莫南爵伸出手扳住童染的双肩，将她拉了起来。

"不可能，不可能！"童染猛然直起身体，下意识地抓起边上的椅子，不顾一切地朝电视机砸去。小男孩立马被吓到了，慌忙跑到老妇人身边："奶奶，姐姐好吓人……"

电视机本就摇摇欲坠，被砸中后整个掉下来，发出砰的一声巨响，激起满地灰尘。

"不可能，骗人的，都是骗人的，不可能会着火——"童染慌乱地摇着头，伸出手去，抢起手边一切能抓住的东西，拼了命地朝电视机砸过去，"都是骗人的！假的！"

她声嘶力竭，双手紧握成拳。

莫南爵单手搂住她的腰，另一只手钳制住她的双手："童染！"

"你放开我！放开！"童染抬脚就去踢他，男人并不躲开，眉头紧锁，任她怎么挣扎也不放开她："你先冷静下来！"

"我冷静什么？"童染蓦地抬起头，双手死死揪住他的衬衫领子，"我的家都没了，我的家人都死了……我要怎么冷静？你教教我，我该怎么冷静？"

莫南爵生怕她做出什么过激的举动，搂着她的腰不放，一手握住她的后颈："家没了可以再有……"

"我不信，我不信这是真的……"童染浑身都在颤抖，"我肯定是看错了，那不是我家，不是，肯定是播错了……"

"童染，"莫南爵将她放下来，让她坐在桌上，伸手握住她的双肩，"你什么都别想，闭上眼睛，好好睡一觉，醒来我就带你回家……"

"不！"童染双肩颤抖，情绪极其不稳定，"你骗我，莫南爵，你每次都骗我，我不信你，我不会再信你了，我恨你……"

她说着抢起拳头用力砸到男人身上，一下一下都跟着颤抖，莫南爵却并不动，任由她发泄。

"不……"到最后童染垂下头去，双肩被洒进来的阳光包裹住，"我死也不信，没有着火，我的家还在……"

莫南爵直起身体，将她抱进怀里，他知道事情已经发生，空洞的言语安慰是没有用的。

童染靠在他肩上，哭到嗓音沙哑，连说话的力气都没了，她闭上眼睛，一个字一个字像是从喉咙里挤出来的，断断续续不成音："我……我要回家。"

"好，"莫南爵轻合上双眼，再睁开时已是清明一片。男人喉结轻滚了下，退开身后将她打横抱起来，"我带你回去。"

童染靠在他胸前，双手捂住脸，眼泪从指缝中滑落。

莫南爵并未再逗留，什么也没多说，打了个电话安排后，抱着童染上了车。

黑色的吉普车很快便消失在视线中，老妇人站在门口望了一眼，摇了摇头："唉，那小姑娘也真是命苦……"

老王叔抱着孙子走出来，小男孩被吓到了，这会儿低着头不敢再说话："那小姑娘被催眠过。"

老妇人闻言吓了一跳："不会吧？"

"我还会看错吗？"老王叔眯起眼睛，他学催眠这么多年，不可能会看错，"八九不离十，她绝对被催眠过，具体什么事情我不知道，但她情绪不稳定，而且易怒，眼底都是散不开的浓雾。"

"那你为什么不说？"

"方才那样的情况你要我怎么说？说出来会更刺激她，她肯定受不了的，"老王叔摇头，"放心吧，那小伙子要是真的在乎这件事，一定会派人回来问的。"

老妇人也能看出莫南爵对童染的感情，点了点头转过身："对了，那次我老伴被接走的时候，你看见了吗？"

"看见了啊，我当时就在山口，还看到接他的那个人了，"老王叔回忆了下当时的情况，"也是个小伙子吧，和刚才那个差不多高，长得挺清俊的，我看见他拿下口罩了。"

老妇人神色暗淡下去，这简直是大海捞针："也不知道能不能找到，我连谁害了他都不知道……"

"别担心，事事都有定律，"老王叔拍拍她的肩，"一切都会水落石出的，纸还能包住火吗？你瞎担心也没用。"

"也是……"

藏海市到锦海市坐飞机差不多三个半小时。

一路上，童染一直没睁开眼睛，不吵不闹，安静地蜷着，莫南爵也只是搂着她，二人都没说话。

很快就到了锦海市。

帝爵的人已经等在机场，第一时间将他们送去了火灾现场。

轿车开到的时候，火势还是没被控制住，现场乱成一团，十几辆消防车正轮番灭火。

莫南爵推门下车，扑面而来的热浪瞬间让人忍不住后退，灼烧得浑身发烫。

童染跟在后面下了车，伸手扶住车门，一眼望去，满是无尽的火光。

她抬脚要走过去，却被男人抱住了腰："你想去送死吗？"

童染被刮过来的浓烟熏得睁不开眼："我想再回家看一眼。"

"已经没了，"莫南爵扳住她的双肩，他宁愿她大闹一场，也不希望她自己骗自己，"你好好看看，已经都烧掉了，你再骗自己也没用。"

"你怎么知道烧掉了？"童染抬起头，"肯定还在，我不信没了，一定还在……"

"童染！"莫南爵双手用力，迫使她同自己对视，"你睁大眼睛，事实已经是这样了，你只能接受。"

"你为什么这么淡定？"童染看进他的眼底，"不是你家对吗？反正和你没关系，烧掉了就烧掉了。你说我是不是很傻？我为什么要难受，我……"

莫南爵眯起眼睛，没再多说，将她抱进怀里："哭吧。"

"怎么哭？"童染睁大眼睛靠在他胸前，"我忘了……"

男人眼底刺痛了下，弯腰将她打横抱起来："我们先回去。"

童染摇头，眼底已经没了眼泪："我不回去。"

此时，救护车开来，从冒着黑烟的小区内抬出许多担架:"人救出来了，17栋的！"

童染猝然睁大眼睛，17栋……

一个小时后。

医院急救室前，童染坐在椅子上，垂着头，若不是靠着边上的男人，肯定整个人都直不起来了。

她已经记不清自己是第几次坐在急救室门口了……

童染紧闭着眼睛："莫南爵……你说我大伯母会死吗？"

男人抿着唇，并未回话，已经烧成那样，死不死的……

童染双手捂住脸，疲倦至极，声音从指缝中逸出来："虽然我大伯母对我不好，小时候天天打我骂我，但她毕竟是我伯母，再怎么样我也不希望她出事……"

莫南爵伸手将她搂紧。

童染也没再开口，歪着头靠在他肩上，轻合上双眼。

洛萧赶来的时候，看到的就是这一幕。

他眉宇间笼上阴霾，走过去将童染拉起来："小染。"

童染听见声音后睁开双眼，噌地站起身："大伯母她……"

洛萧双眼流露出哀戚之色，眼睛一眨不眨地落在童染身上。她还裹着白色的披肩，衣领并未裹严实，锁骨上还有昨晚留下的斑驳细密的吻痕……

洛萧眼底一刺，连带着心尖都在痛，他蓦地伸出手，直接将童染抱进怀里，下巴抵在她的头侧，手在她腰间搂紧，双手紧握成拳。

莫南爵跟着站起身，双手插兜，眼底刺痛，却并未动。

童染推开洛萧，后退几步站在莫南爵身侧，伸手抱住了莫南爵的胳膊，将脸颊贴上去。

莫南爵什么也没说，伸手搂住了她。

洛萧只觉得胸口被狠狠一击，浑身都跟着刺痛。他正欲上前，此时，急救室的门被推开，医生从里面走了出来："谁是病人家属？"

童染闻言抬起头，洛萧几步上前揽住她的肩，将她从莫南爵怀里抢过来，带她走到医生面前："我们是。"

莫南爵眉梢轻挑，嘴角勾起冷讽的笑。

医生将单子递给他们，分析道："病人送来的时候重度烧伤，应该是抢救不过来了，我们在她的胃部检测到了安眠药的成分。先前她是死了丈夫对吧？根据火灾的情况来看，应该是属于自杀，我们会将这个情况反馈给警方的，你们家属签个字吧。"

童染双肩颤抖："抢救……不行吗？"

"估计是不行了，还在做最后的努力，先给你们家属说一下。这种情况我们见得多了，烧成这样，就算救过来也是废人一个，你们也别抱太大希望了。"

洛萧始终抿着唇，面色凝重地伸手接过单子，签上了自己的名字。

童染伸手撑住额头，眩晕了下，险些栽倒。

洛萧扶住她，童染却将他推开，走到边上坐下来，将头埋入双膝间。

洛萧凝视着她的动作，眼底越发刺痛，喉间哽了下，抬起头，便同莫南爵的视线相触碰。

莫南爵桃花眼微眯，微仰起下巴，嘴角噙着薄笑，一下就看进了洛萧眼底。

洛萧错开他的视线，沉下声音道："你还好意思站在这里？"

莫南爵双手插兜，只是浅笑着睨着他，一言不发。

洛萧被他看得浑身发麻，只得别开脸，走到童染身边，手落在她的肩上："小染，我们走。"

童染动也没动一下。

洛萧索性伸手去搂她，这次却被莫南爵按住，男人目光冰冷："她既然不想动，就让她好好坐会儿。"

"这是我们的家事，你管不着，"洛萧推开他的手，"我要带她走。"

莫南爵冷笑："笑话，你爸妈都死光了，你的梦还没醒吗？不要逼我在这里动手。"

洛萧直起身体："你打我一下试试看。"

莫南爵抡起一拳就砸在他的嘴角，甩了下手后收回来，嘴角始终噙着笑："我试了，然后？"

洛萧狠戾地眯起眼睛，视线再度扫过童染脖子上的红痕，蓦地转过身，扬起一拳就朝莫南爵脸上砸去！

一个人影蓦地闪过来，伸手裹住了洛萧的拳头。

陈安挡在莫南爵身前，用力甩开洛萧的手："你敢打他一下试试看？"

陈安显然是刚从机场赶过来，他瞪了洛萧一眼，转身拉住莫南爵："走吧，在这里招晦气。"

莫南爵却不动，视线锁在童染身上。

陈安叹口气，还未开口，就见童染抬起头来，她视线蒙眬，飘忽不定："莫南爵，我想回家了……"

一句话还没说完，童染双眼一翻，身体晃了下，直接从椅子上倒了下去！

"小染！"

两个男人同时冲过去，莫南爵手疾眼快地接住童染，洛萧伸出手去握住他的手腕："松开。"

莫南爵抬起头："火是你放的吧？"

洛萧并不承认："笑话，我放火做什么？"

陈安插嘴："作死。"

洛萧眯起眼睛："我没必要放这个火，难道我还能有什么好处吗？"

"好处你自己心里清楚，"莫南爵冷笑一声，低头望了一眼怀中女子苍白的小脸，"洛萧，看她满身是伤你很开心吗？"

"是你造成的，你若是肯放手，她也不会伤成这样，"洛萧同他对视，"我要带她回去。"

莫南爵眯起眼睛，洛萧又道："我给她解毒。"

"你的话能信？"

"那你就眼睁睁看她死。"

莫南爵目光一暗，洛萧见状继续道："莫南爵，你想继续刺激她吗？爱她，你就放手。"

陈安实在受不了了，走过来拉住莫南爵的胳膊将他拉开，看向洛萧："得了，带着你的小染滚吧。"

洛萧双臂紧了下将童染横抱起来，她的一只小手还拽着莫南爵的袖子，陈安帮忙拉开："别碍眼了，速度滚。"

洛萧抱着童染转身就走，还未走出正门，童染突然睁开眼睛，她浑浑噩噩，视线模糊，什么也看不清，只觉得喉咙干得不行："我好渴……"

洛萧一怔，低下头望着怀里的人，神色温柔："小染，你想喝什么？"

"我好渴，我要喝水……"童染摇了摇头，伸出手去拽住男人的领子，"莫南爵，我们回家吧……"

洛萧心口刺了下，双臂搂紧童染，脚步加快："我带你回去。"

医院内，莫南爵脚步未动，眯起的桃花眼始终维持着那个弧度，陈安推他一下："爵？"

莫南爵收回视线，眼中溢出哀戚，陈安伸手揽住他的肩："爵，我跟你说，我这次去西班牙认识了个很漂亮的女人，改天介绍给你认识认识……"

莫南爵肩膀抖动着甩开他的手，转身朝外面走去："回去跟你算账。"

陈安："……"

还没忘记那茬？！

医院外，洛萧的车就停在门口，他将童染放在副驾驶座上，拿了瓶水喂到她唇边："小染？"

童染被喂了几口，才觉得脑袋不那么沉了，她睁开眼睛，伸手挡了下阳光："莫南爵，我们到家了吗？"

洛萧眸色一凛，伸手将她的披风拉紧："小染，我们马上回去。"

童染一听声音猝然抬起头来，眸中有着掩饰不住的吃惊："你怎么……"

洛萧伸手就将车门关上。

他还未回到驾驶座，童染就用力将车门推开，下车后视线焦急地扫向四周："莫南爵去哪里了？"

洛萧走过来握住她的双肩迫使她正对自己："小染，你满心满眼都只有莫南爵吗？你睁大眼睛看看，他做了什么你看不见吗？你为什么就非得跟他在一起？"

童染哪还受得了这些话的刺激，大叫一声，挥开他的手："你放开我！"

"童染！"洛萧眉头一皱，挡在她身前，"跟我回去，他杀了我爸，你就不能多为我想想吗？"

童染双手护在胸前，拼命摇着头，这些话她一句也不想听，她什么也听不进去，她真的好累，她只想回家……

此时，莫南爵和陈安正好从医院门口走出来，童染视线扫到他的身影，双眼猝然亮了下，猛然推开洛萧，转身就朝门口跑去！

"小染！"洛萧伸出去的手抓了个空。

童染跑得很快，莫南爵双手插兜从门口走下来，眼前晃了下，抬起头来，就见一个身影猛地扑入怀中。

童染几乎是撞入他怀里的，一双手紧紧地抱住他的腰，十指交握在他背后，小脸埋入他的胸膛，咬着呜咽声："不要丢下我……"

莫南爵眯起眼睛，精致的下巴微仰了下，就见洛萧正抬头望着这边。

莫南爵嘴角勾起冷笑，伸手搂住怀里的女人。

童染眼眶涌出的泪水浸湿了男人的亚麻衬衫，她很怕，怕睁开眼睛看到的人不是他："你答应过我不会走的……"

莫南爵眼神软了下来，俯下身将她的手臂从自己腰间拉开。童染以为他要推开自己，双手紧抱着死也不肯放，男人伸手搂住她的腰，低下头，薄唇轻柔地吻在她的眼角，将她的眼泪悉数吻住。

他磁性的声音在她耳边响起："我不走，我带你回家。"

童染连连点头，仿佛这一句话就是定心丸。她自然地伸手勾住他的脖子，莫南爵俯身将她横抱起来："走，我们回家。"

"好……"

童染轻点下头，一手还是死死抓住他的衣领，生怕他跑了，小脸完全贴在他的胸口，神情间倾泻出心安和放松。

陈安站在边上，纵然平常看不惯童染，看见这一幕，还是有了一丝不忍。她毕竟只是个二十出头的女孩子，这些事情对他们这样的人来说，都是震撼的，更别提她了，当真是难以接受的。

莫南爵未再看洛萧一眼，抱着童染朝边上等候的轿车走去。

陈安抿着唇跟在后面，一句话也没说。

黑色的轿车开了出去，洛萧抬起头，双眼怔怔出神，望着车子消失的方向。

医院门口车水马龙，无数车子进进出出，洛萧就这么站在路中央，动也没动一下。

明明已经到了黄昏的时候，他却觉得光线无比刺眼，刺得他快要瞎了，他眯起眼睛，才发现自己的双手竟颤抖得这么厉害。

小染回来了，他如愿见到她了，他拥抱了她，听见了她的声音……可为什么，他还是抓不住她？

天色渐暗，洛萧依旧一动不动，任由铺天盖地的黑暗将他吞噬。

帝豪龙苑，三楼主卧。

童染迷迷糊糊地睡了一觉，醒来的时候只觉得头上痒痒的，她睁开双眼，就见莫南爵坐在床头，低着头正专心地给她擦头发。

男人精致的侧脸被黄昏的余光打出一层朦胧光泽，童染伸出手去，纤细的指尖正好触碰到他高挺的鼻梁，心尖都跟着悸动起来。

男人顿了下，薄唇抿住她的指尖，好看的桃花眼轻轻抬起："醒了？"

童染面容恬静地点点头，低头望了下，自己身上已经换了睡衣："你帮我洗澡了？"

莫南爵轻瞥她一眼："帮你洗澡比帮楠楠洗还累。"

童染瞪他："你从来没帮楠楠洗过澡。"

莫南爵并未接话，手臂绕过她的背将她抱起来，拿过个垫子让她靠在背后："我去让周管家端粥上来。"

他说着就要起身，童染下意识伸手抓住他的袖子："别走。"

"就在楼下。"

"不要，"童染死抓着不放，"那你抱我下去吃。"

莫南爵嘴角勾起抹笑，魅惑的神色令她不由得怔了下，他低下头，薄唇擦过她的脸颊："抱了我就吃你。"

"……"童染松开手，拿过个垫子扔在他的俊脸上。

"乖乖等着。"莫南爵笑着拍拍她的头，转身朝楼下走去。

房门被带上，发出轻微的咔嗒声。

房内，童染盯着被关上的门怔怔出神。铺天盖地的疲倦感席卷而来，说不怕是假的，她颤抖着弯下腰去，纤细的背部整个弓起，抱住双膝，几乎缩成一团。

房外，莫南爵并未立即下楼，修长的手指还维持着握着门把的动作。男人抬起头来，视线紧盯着红木门，眼中沁出复杂的神色。他眯起眼睛，也不知道过了多久，直到感觉双脚都站得酸麻，这才转身朝楼下走去。

二人心里都压着石头，可为了对方，谁也没开口。

一楼主客厅，陈安正坐在沙发上，手里拿着本杂志翻看，看到莫南爵后将杂志丢开，站起身来："她醒了吗？"

莫南爵点头，瞥了餐厅一眼，周管家还在煮粥。

男人一言不发，走到沙发边沉沉坐下去，陈安跟着他坐下，伸手握住他的肩头："爵……"

莫南爵并未开口，身体倾了下，手肘撑住膝盖，俊脸上笼着阴霾，声音低沉："东西弄好了？"

陈安叹了口气，伸手从口袋里掏出个红木盒子递给他："好了。"

莫南爵接过后打开来，里面是一对璀璨的珍珠耳钉。

他伸手拿起来，耳钉做得很精致，珠圆玉润甚是好看，男人眯起眼睛，将它对准光源仔细看了下："里面放了河豚毒素 B 吧？"

"放了，"陈安点头，而后皱起眉，"爵，你要我在耳钉里放河豚毒素 B 做什么？"

莫南爵并不说话，将耳钉收起来，放回盒子里。

此时，用人走进来询问道："少主，有个警察在外面，说是来汇报最新情况的，要放行吗？"

莫南爵点头："让他进来。"

陈安面色凝重。

那警察被搜身后带进来，恭敬地站在茶几前，垂首道："爵少。"

莫南爵身体向后靠，窝入沙发内，眼眸轻抬："人抢救过来了？"

"没有，已经确认死亡了，"那警察摇头，脸上也有不忍，"火势烧得太旺了，把她救出来的时候就已经烧得面目全非，医院也抢救了很久，但还是没成功。因为从她的胃部检测出安眠药的成分，加上她前段时间死了丈夫，推测是她自己纵火自杀的。"

莫南爵并未开口，嘴角勾了下，同陈安对视一眼，二人眼底都带着嘲讽之色。

洛萧当真是精心考虑过了，真是苦心设计。

沉默了半晌，莫南爵突然拿起桌上的盒子，招了下手："你过来。"

那警察怔了下，忙走过来："爵少。"

"拿着这个，"莫南爵将装着珍珠耳钉的盒子推过去，而后从口袋里拿出张纸，上面是一行钢笔写的字，"待会儿你跟我上楼，把这盒子连同这张纸一起交给她，你就说，是在洛家还没被烧到的柜子里找到的。"

"是，爵少。"那警察忙点头，伸手拿起盒子和纸张，发现纸张上面的字是——

赠小染二十三岁生辰洛庭松

言语十分简单，短短十二个字，笔锋苍劲有力。

陈安跟着起身，看了一眼后，似乎明白过来："爵，你这是……"

"反正洛家已经被烧了，这东西你们说是从洛家找出来的，它就是从洛家找出来的，"莫南爵修长的食指在桌沿轻敲着，他危险地眯起眼睛，"该怎么说你斟酌下，反正要让她暂时相信这东西就是洛庭松留给她的，明白吗？"

他说得如此严肃，那警察哪敢不明白，连连点头："明白明白……爵少，您放心，我会好好说的。"

"嗯。"

莫南爵点头，站起身朝楼上走去。

那警察忙跟上去。

到了主卧，边上守着的用人轻敲了下门："童小姐。"

大床上，童染依旧维持着蜷着身体的姿势，闻言才抬起头来，动了动酸麻的手臂，拿过外套披上："进来吧。"

用人将门打开。

莫南爵领着警察走进去，童染见状怔了下，下意识地皱起眉头："他……"

莫南爵走过去坐在床沿，伸手搂住她的肩："别怕，他不是来抓你的。"

童染闻言双肩才松懈下去，垂着头靠在男人怀里。那警察望向莫南爵，见他不着痕迹地点了下头，这才开口道："童小姐，这东西是我们在洛家找到的。"

他将纸张夹在盒子里拿出来，用人接过后递向童染。

"这是什么？"童染伸手接过来，打开盒子，纸张掉下来飘落在她裹着被子的双膝上。

她拿起来，只看了一眼，便觉得双眼酸涩，眼泪瞬间夺眶而出。

童染伸手捂住嘴，低头凝视着那对好看的珍珠耳钉，只觉得无比难受："这……是在洛家哪里找到的？"

那警察细细斟酌着该如何让她相信："是在洛家还未被烧掉的柜子里，我们进去的时候柜子门已经烧焦，但里面的东西都还是能看的，我们就找到了这个，所以送过来给你们家属。"

童染紧紧咬着下唇，视线落在耳钉上后再未移开，她小心翼翼地伸出手，将耳钉取出来："好看吗？"

莫南爵薄唇紧抿，童染将耳环拿在手中摩挲了下，递到他面前："帮我戴上吧。"

男人点头，她的耳垂小巧而圆润，戴上这对珍珠耳钉，当真是精致到完美的点缀。

莫南爵眼眸紧盯着她白皙的侧脸，这才开口："好看。"

童染擦了擦眼泪，一手捏住一个耳垂，嘴角总算有了丝笑容："这是大伯留给我的，一定是老天爷不让它被烧掉。"

那警察站在边上，闻言连忙附和道："是的，我们找到的时候也吓了一跳，真是太不可思议了……"

他话才出口，童染却顿住笑容，陡然抬起头来："请问，我大伯母她……抢救过来了吗？"

莫南爵面色阴沉，那警察也意识到刚才自己本不该插话的，可这会儿只得硬着头皮道："没有……重度烧伤，已经确认死亡了……"

童染闻言只是垂下头去，没哭也没闹。火势那么大，她虽然难受至极，但也有心理准备。

这会儿听到，只觉得胸口像被挖了个大口子。

莫南爵薄唇紧抿，搂住童染的腰让她躺回床上，将被子掖好："你先睡会儿，我一会儿就上来。"

童染揪住被子点点头，将小脸埋进去。这种时候她只想安静地躺下，莫南爵自然是明白这点的。

男人起身后走出房间。

用人将那警察送了出去。

莫南爵双手插兜站在花园内，完美的身形被夜色拉出一道长长的影子。陈安同他并肩而立，递过去一根烟。

男人将烟点燃后夹在指间，却并未吸一口，他眼眸轻抬，视线投入苍茫的夜色中。

陈安抽完一支烟，才开口："那耳钉……"

"让她戴着吧，至少她心里不会那么难受，"莫南爵眯起眼睛，"她迟早会发现的。"

洛庭松送的耳环内藏着河豚毒素B，童染若是发现了，只需要将这些线索串在一起，定能明白其中隐藏的深意。

"你要让她自己发现真相？"陈安细想了下，便明白了他的意思，勾唇笑道，"爵，你对她真好。"

莫南爵下巴微抬："你羡慕也去找个女人。"

"不找，女人嘛，玩玩也就算了，这句话还是你以前跟我说的，"陈安伸手搭在他的肩上，"你忘了？"

莫南爵甩开他的手，将香烟扔在地上踩灭，转身走回屋内："忘了。"

"……"陈安无奈地摇头，并未跟着他走进去，而是又掏出根烟点燃。

三楼主卧内，童染并未睡着，男人推门进来发出轻微的声音时，她就已经睁开了双眼。

莫南爵穿着件黑色的鸡心领毛衣，用人将粥放在床头后便退了下去，男人走到床沿坐下来，俊脸凑过去："眼睛瞪那么大做什么？"

童染伸手捂住眼睛。

"不许遮。"

莫南爵伸手将她的手拉开，童染的眼睛同他黑曜石般的瞳仁对上，她突然坐起身，用力拥住他。

童染也不知道自己这样做是为什么，她总觉得，只有紧紧抱住他，他才是她的。

这份患得患失，她当真是无法招架。

莫南爵伸手在她背后轻拍："难受就哭出来，别忍着。"

"不哭，"童染将小脸埋入他颈窝内，他身上的毛衣透着特有的薄荷味，令她身心舒爽，"看到你我就开心。"

莫南爵勾起薄唇，存心逗她："我跟你正好相反。"

"……"童染张嘴在他脖子上咬了口。

"继续，很舒服。"

童染嘴角也勾着笑，抱了他好半天，才舍得松开手："我饿了。"

莫南爵伸手端起床头的皮蛋瘦肉粥，吹了下后递到她唇边，神色专注，深棕色的浅薄刘海并未定型，就这么打在额头上，衬出别样的清俊意味。

童染小口地吃着，盯着他的俊脸半晌道："莫南爵，你真帅。"

男人闻言嘴角浅浅勾起："帅到什么程度？"

"山崩地裂。"

"……"这算是夸奖吗？

莫南爵突然凑过去在她唇边咬了下，然后舌尖轻抵嘴角，似在品味："这粥味道不错。"

童染捂住嘴角："你不要脸！"

"好，不要。"莫南爵顺势将俊脸埋入她胸前。

"你……"童染被他弄得很痒，双手推着他，笑出声来，"莫、莫南爵，你、你走开！"

男人站起身就走。

"你——"童染气结，忙伸手拽住他的手，"你真的走？"

莫南爵回过头来，俊脸上神色魅惑："我算是知道了，女人说不要就是要，每句话都是相反的。"

"……"童染别过头去，"那你走吧。"

她小脸还没侧过去，便被拥入一个温暖的怀抱，男人磁性的声音在她耳边低声道："不过我知道，有三个字是真的。"

"都是假的！"

莫南爵双手将她拥紧："我爱你。"

"……"

童染陡然顿住声音，他不是没说过这句话，可这般直白还是第一次。她眼眶湿润了，原来这天底下，真有那么一个人，他只需要随随便便说几个字，便能让人连心尖都跟着颤抖。

童染下巴抵在他肩上，眼帘轻合："莫南爵。"

"嗯？"

"你是我的莫南爵。"

男人并不说话，童染张嘴在他肩头轻咬："你要说是。"

莫南爵嘴角勾笑："是。"

童染侧过脸，鼻尖贴着他的颈窝："你是我一个人的莫南爵。"

"是。"

童染伸出双手抱紧他。

二人静静相拥着，都用了极大的力道，仿佛要将对方揉进骨髓。

谁也没再开口，时间于他们来说，每一分每一秒都是珍贵至极的，谁也不知道这一秒松开手，下一秒会是什么样子。

童染觉得，这世间最温暖的事情，就是能和他相拥。

脉搏相贴，他每一次的心跳她都能感觉到，她所认为的爱情、美好、平淡、生命，也不过就是能在他怀里。

也不知道过了多久，她抬起小脑袋，轻蹭了下男人精致的侧脸："明天，我想把大伯、大伯母的骨灰盒送到我爸妈的墓地去，同他们葬在一起。"

男人什么也没多问，只是点了下头："我陪你去。"

童染并未拒绝，靠在他的肩头，眼皮越来越重，她渐渐睡过去，一直到完全睡着，紧搂着男人脖子的手都没松开。

莫南爵轻柔地将她抱起，任由她像个孩子般紧贴在自己身上，他侧躺下去，搂住她的腰后轻合上双眼。

一夜无梦。

童染早上醒来的时候还是紧搂着他的脖子，莫南爵眼眸轻合，应该还在睡，她情不自禁地凑过去，低头在他薄唇上轻啄了下。

男人猛地睁开眼睛，翻身就将她压住。

"莫南爵，你使诈！"

"这火是你挑起来的。"

当天下午，洛庭松和宋芳的骨灰盒便被送了过来。

童染穿了件纯白色冬款长裙，骨灰盒送来之后她便一直拿在手上，一刻也没放下。

黑色轿车在外面等候，今天天气十分阴沉，黑压压的乌云笼罩在头顶，似乎随时会下雨。

莫南爵将童染抱上车，车子很快便出了帝豪龙苑，陈安并未去，坐在客厅里，刚点上一支烟，火苗竟然蹿出来烧到了手指，他嘶的一声甩开，阵阵阴霾笼上心头。

他心觉不对劲，拿了钥匙后起身回了自己的别墅。

西郊墓园。

因为童染坚持，所以莫南爵并未带太多人来，只是带了几个贴身跟随的黑衣人。

车子很快便驶到了墓园外围。

童染双手捧着骨灰盒，抬头看了一眼，突然开口：“就在这里停吧。”

司机将车停下。

黑衣人过来拉开车门，童染下车后抬起视线，墓园仍是那副萧索的模样，她还记得自己上一次来，是和大伯、大伯母还有洛萧一起扫墓……

只不过短短几个月，她再次来，竟然是抱着他们的骨灰盒下葬。

人生当真是诸多不能预测，这一秒你在人流涌动的街头大笑，说不定下一秒你就会蹲在萧索无人的小巷哭泣。

莫南爵穿着身纯黑色西装，修长的身形笔挺有型，他微眯起眼睛，目光落在童染身上。

二人视线相碰。

童染抱着骨灰盒走到他跟前，却并未再靠近，半天没开口，眼睛始终定格在骨灰盒上。

二人对着站了一会儿，天空灰蒙蒙地下起了绵绵细雨，黑衣人忙撑了把黑色的雨伞过来。

童染感觉头顶被乌云笼住，她抬起头，才发现是把伞，她挪开脚步，躲开雨伞，轻声道：“莫南爵，我想一个人进去。”

男人抬眸看她。

童染直视着他的眼睛：“你就在这里等我吧，不要让任何人跟着我进去……我希望能留给我的亲人最后一丝尊重。”

洛庭松那一枪确实是他开的，她不可能释怀，这点他明白，男人轻点下头：“好。”

童染的视线依旧落在他的俊脸上，好半天才收回来，她什么也没再说，转身走进了墓园。

莫南爵眯起眼睛，盯着她纤瘦的背影，伸手将边上黑衣人打的伞推开，任由细小的雨滴滴落在身上。他背靠着车门，掏出根烟，点燃后便没再动。

黑衣人也看出自家少主心情不好，知趣地退到了边上。

墓园内，童染抱着骨灰盒，每一步都走得极其沉重，仿佛漫天的乌云都压在了肩头上。

这么些年，她每年都会来给爸妈扫墓，那时候陪在她身边的人，变成了她手里抱着的两个骨灰盒。

童染只觉得双眼酸胀无比，她强忍住心头的苦涩，凭借着记忆中的路线，走到了父母的墓前。

她抬起头来，墓碑上，童明海和苏澜两个名字依旧清晰。

童染双手颤抖，她紧咬住下唇，将手里的骨灰盒放在边上，走到墓前跪了下来："爸、妈……"

童染磕了三个头，直起身体，眼眶内溢满水雾，眼前模糊得她几乎看不见。她伸出手，缓缓抚上墓碑："爸、妈，小染不孝……"

她捂住嘴，身体向前靠，整个人贴上去，冰冷的墓碑贴着她的小脸，刺骨地寒。

"爸、妈，对不起……"

童染闭上眼睛，眼泪顺着脸颊滚落下来。

细小的雨滴并未下大，童染靠着墓碑，喃喃地说了好多话，说了这些年受过的委屈，以及开心的事、不开心的事……

她还说了莫南爵，说了他的好、他的坏，他为她做过的事，他说他爱她……

童染说着说着哭出声来，轻退开身，替莫南爵朝着墓碑磕了三个头。

蓦地，耳边响起脚步声。

童染满面泪痕，抬起头来，就见洛萧站在眼前。

她明显怔了下。

洛萧一身纯白色西装，双眼紧盯着她的小脸："小染。"

童染看他一眼后垂下头去："你也来了。"

洛萧蹲下身，童染还是跪着的姿势，她双膝僵硬，裙摆都被浸湿了，洛萧伸手握住她的双肩："小染，你先起来。"

"不，"童染摇摇头，盯着墓碑，"我想陪陪爸妈。"

洛萧薄唇紧抿，只有在这种时候，童染才不会躲着他。他起身走到她边上，也跪了下去。

洛萧伸手将边上洛庭松和宋芳的骨灰盒拿起来，放在了童明海和苏澜的墓前，双眸中沁出旁人难以读懂的哀戚，磕了三个头。

"叔叔、婶婶，"洛萧将买好的白菊花放在墓碑边上，心口剧痛，这是只有他一个人才知道的痛，连带着双手都在颤抖，"祝你们在天上一切安好，平平安安，幸福美满。"

他又磕了三个头。

童染这回跟着他一起磕，二人同时直起身体后，洛萧侧身盯着她白皙的侧脸。

他喉间哽咽了下，破体而出的哀戚将他掩埋，洛萧突然伸出手，将童染用力抱进怀里："小染，别动，让我抱一下，就一下……"

童染小脸上泪痕未干，浑身颤抖，男人在她耳边轻声道："小染，以后，在这个世界上，我们唯一的亲人就只有彼此了。"

童染咬住下唇，伸出手将洛萧推开，站起身同他拉开距离："不……莫南爵也是我的亲人。"

洛萧闻言脸色一沉，跟着站起身来，声音无比晦暗："莫南爵？他凭什么是你的亲人？"

童染抬头同他对视："他是我的男人。"

"小染！"洛萧只觉得一股怒火直冲上头顶，他几步上前握住她的双肩，"你为什么非得要这样，没了他，你就活不了了吗？"

"对，"童染点点头，并不否认，"我爱他，我要和他在一起。"

洛萧心口狠狠一刺，眉宇间笼上阴霾："小染，为什么我不能做你的男人？我可以马上娶你，莫南爵给不了你的东西，名分、安稳、平淡……我通通可以给你……"

"不，不对，"童染摇摇头，同洛萧对视，眼底清明，每一个字都是从内心发出来的，"我以前很想要那些东西，可是真的爱了之后才发现，那些都不重要了，我什么都可以不要，不要名分，也不要安稳和平淡，我可以跟他出生入死，只希望他能在我身边……"

"住口！"洛萧冷笑一声，猝然松开手，退开几步，"小染，你当真是这么想的对吗？你永远不可能再接受我了，对吗？"

童染敛眸，点了点头："是。"

"好，好极了，"洛萧嘴角泛起冷笑，他突然从背后拿出个东西，童染神色震惊，洛萧手上拿着的，竟然是一个微型遥控器！

她瞬间便猜到了什么："你……"

"对，我在这里埋了炸弹，"洛萧将遥控器扬起，"小染，你说你不可能再爱我，可我没了你不能活，既然这样，我们就一起死吧，"他顿了下，神色变得阴鸷，"当然，莫南爵要陪我们一起，我知道他在外面等你，炸弹的中心源，就是墓园的大门口。"

童染吓得双眼瞪大："你疯了？"

"对，"洛萧紧盯着她，"为了你，我是疯了。"

童染双手颤抖，稳住呼吸抬起头来，盯着那遥控器："洛大哥，你别冲动，你这样只会毁了你自己……"

洛萧双眼溢出嘲讽的笑："失去了你，我就失去了一切，我还在乎什么？"

童染开口劝着他："洛大哥，你并没有失去我，我是你妹妹，这点一辈子不会改变，我们两家也可以住在一起，可以一起过年……"

"两家？"洛萧冷笑，打断她的话，"小染，我要的不是妹妹，我要你做我的女人，我们只能是一家的，你还听不懂吗？"

童染闻言只是一个劲地摇头："不可能的，我不会再爱上你了……"

洛萧伸出手，手掌用力裹住她的肩头，因他激烈的动作，童染纤细锁骨上斑驳的吻痕变得分外显眼。

洛萧目光一刺，伸手轻抚上去，沉着声音道："这是莫南爵昨晚碰你时留下的吗？"

"……"

童染并未开口，胸口不由自主地剧烈起伏，洛萧见状喉结轻滚了下，低下头，将脸埋入她的颈窝内。

童染只觉得浑身发抖反胃，眼睛一眨不眨地落在男人高举的遥控器上，待洛萧侧过头吻她脖颈的时候，她突然伸出手，踮起脚将那遥控器抢了过来！

洛萧原本沉溺在她的体香中，突然感觉手中一空，回过神时童染已经夺过了遥控器。

他还来不及去抢，就见童染张开嘴，将遥控器上的信号接收器咬下来，竟然直接吞了下去！

"小染！"洛萧大惊失色，冲过去捏住她的嘴，"那东西哪能吃？你快吐出来！"

童染只觉得喉咙内似乎都被划破，她硬生生地咽下去，唇边已经被刮破溢出鲜血，她笑着抬起头来，声音断断续续："我……我就算死……也不会让你伤害莫南爵……"

洛萧闻言陡然红了眼眶，颤抖着伸出另一只手，将她搂紧："小染，你当真那么爱他……"

童染喉咙生疼，连话也说不完整："对……"

墓园外，莫南爵靠在车门上，眼眸微眯，视线随意落在远方，燃尽的香烟烫到手指，男人嘶的一声甩了下手，直起身体："多久了？"

黑衣人站在边上，闻言看了下时间："正好十五分钟。"

莫南爵又掏出一根香烟点燃："找个人进去看看，记住，站远点，看着就行，千万别让她发现了。"

"是，少主。"

黑衣人转身进入墓园。

这边墓园内，洛萧几乎将童染压到地面上，一手用力在她背上拍着，抬起的膝盖抵住她的胃部："吐出来，小染，听话，吐出来……"

巨大的冲击力使得童染开始剧烈咳嗽，却怎么也咳不出声音来，她伸手捂住喉咙，止不住地干呕："哕——"

她一张小脸涨得通红，显然难受至极，洛萧却不肯放手，用力捏着她的嘴巴："必须吐出来……"

童染一个猛烈干呕，圆形的信号接收器混合着喉咙里的鲜血，被吐到了布满枯树叶的地上。

童染一阵眩晕，只觉得胸腔内的空气都被抽空，连呼吸都犹如刀割般疼痛。

她睁开双眼，第一反应就是大喊呼救："有炸——"

洛萧猛然伸手捂住她的嘴。

虽然墓地和墓园门口距离有些远，莫南爵却突然直起身体，叼着香烟的薄唇抿了下，似乎听到了什么，他侧过头，眼神尖锐地射向墓园内。

边上的黑衣人忙走过来："少主？"

莫南爵只停了几秒，便迅速将香烟拿下来在脚边踩灭，抬脚朝墓园内走去，心中莫名不安起来："去派直升机来，立刻！"

"是！"

先进墓园的黑衣人找了一圈没看到童染，洛萧死死捂住童染的嘴，将她抵在一棵树上，瞥到黑衣人的身影后，他猝然大惊，童染开始剧烈挣扎："唔，放——"

"别动，"洛萧压低声音，"小染，你想让我死吗？"

童染并未停止挣扎。

洛萧眼神一暗，从口袋里掏出一包白色粉末，在童染面前扬了下，童染还来不及反应，双眼一翻，整个人便瘫软在他怀里。

洛萧抱起她就朝边上的树林里快步奔去，最里面的参天大树边，停着三架直升机。

"少爷。"守着的手下见他来了，忙打开舱门，洛萧点头，抱着童染跨入机舱内。

与此同时，天空骤然响起嘟嘟嘟的声音，洛萧于舱门内抬起头来，发现七架直升机蓦地出现在上空！

那手下瞪大眼睛："少爷，这……"

洛萧没想到莫南爵竟然来得如此快，他眉头紧皱，将昏迷的童染紧紧抱在怀里："走！"

"是。"

三架直升机腾空而起，朝着反方向快速开去。

这一头，莫南爵已经上了一架直升机，目标很快锁定那三架直升机，对方开得很快，而这墓园前方，便是锦海海域。

莫南爵将手里的枪上膛后冷冽地眯起眼睛："给我追！"

开了不到二十分钟，直升机已经跨入锦海海域上方，那手下焦急地回过头来："少爷，对方是帝爵的人……我们跑不过，他们马上就要包围我们了。"

洛萧眉峰紧皱，低下头看向怀里的童染，女子此刻正安静地靠在他的臂弯内，他伸手抚上她的脸："跑不过也要跑，被包围了再说。"

那手下张张嘴，想说什么，最终还是将话咽了回去。

不出所料，不到五分钟，他们便被赶来的帝爵的直升机给包围了。

机翼盘旋的声音震耳欲聋。

那手下无奈地回过头："少爷，我们被包围了……"

洛萧并未开口，轻柔地将童染放在座椅上，站起身来，直接将舱门拉开。

对面的直升机上，黑衣人将舱门拉开，莫南爵修长的身影迎风而立，黑色手工西装冷冽慑人。

男人抬起手，黑洞洞的枪口直指洛萧："你找死？"

洛萧双手空空，一双眼睛紧盯着莫南爵，眼神迸发出蚀骨的嫉妒和恨意。

莫南爵下巴微仰，食指即将扣动扳机，对面舱门的人影却晃了下，只见洛萧双膝一软，竟然直接对着莫南爵跪了下来！

男人眯起眼睛。

洛萧笔直地跪着，双手紧紧攥起，眼眶竟然是湿润的，他望着对面自己怎么也敌不过的男人："莫南爵，我求你，把小染还给我吧……"

莫南爵嘴角溢出嘲讽的笑，举枪的手并未放下："她本来就不是你的，还这个字，你用错了。"

洛萧死死盯着莫南爵，想着童染为他的奋不顾身，想着她那般坚定地说爱他，想着她脖颈上他留下的吻痕……

熊熊炉火越燃越烈，洛萧双拳攥紧，手背上青筋暴起："我只要小染……"

砰——莫南爵抬手对准洛萧的肩头开了一枪。

鲜血飞溅出来，那手下忙扶住洛萧："少爷！"那手下生怕莫南爵再开枪，忙将洛萧拉进舱内，"少爷，您的伤口……"

"不碍事。"洛萧摇了摇头，撑着舱门想要站起来，突然又是砰砰砰几枪，子弹炸开在他的手边！

手下赶忙将他拉进去，莫南爵冷冽的声音在舱门外面响起："洛萧，我告诉你，童染是我的女人！"

话音落下又是几声枪响，整个直升机晃了下，那手下焦急地蹲在洛萧身边："少爷，帝爵的人太多了，这样下去我们会坠机的……"

"不会的，"洛萧嘴唇苍白，伸手拿过边上的布条，绑在肩上的伤处，"小染在我手上，他不会让她受伤的。"

此时，天空绵绵细雨变大，一波又一波的风从海面上呼啸而来，吹得直升机都跟着轻晃，黑衣人靠过来："少主，好像要下大暴雨……"

莫南爵轻眯起眼睛，拿起边上的安全绳挂在腰间，俊脸抬起："把直升机朝他那架靠过去。"

黑衣人明白过来他的意图，忙阻止道："少主，这样不行，要是跳过去，很容易受伤的……"

"行不行我说了算，"莫南爵眼神一寒，将安全绳系紧，"难道要我眼睁睁看着吗？"

几乎是同一时间，狂风加大，暴雨如倾盆般砸下来，莫南爵修长的右腿跨出舱门，手臂攀住边上的栏杆，男人深褐色的短发被打湿，雨水顺着他精致的侧脸滑落下来。

洛萧直起身体，他知道只要莫南爵跨过来，以自己的实力必定是打不过莫南爵的，他的视线扫了一圈后落在躺着的童染身上，随后对手下道："你去把舱门拉开。"

手下大惊："那不是直接让他进来吗？"

"快去！"洛萧双眼一眯，走过去将童染的上半身抬起来，拿起边上的两条安全绳挂在她的腰间，确定拉紧后，将她整个人抱了起来。

手下将舱门拉开。

洛萧抱着童染走过去，莫南爵已经要靠近他们，洛萧眉宇间闪过狠戾之色，直接将挂着安全绳的童染从舱门口扔了下去！

童染纤瘦的双肩擦着舱门边缘滚落下去，身体下坠到一定高度后，腰间被两条安全绳扯住，骤然停下，整个人就这么悬在半空中。

狂风依旧肆虐，豆大的雨滴如同拳头般砸在脸上和身上，童染神志不清，下意识地拳起肩膀，仿佛置身在巨大的冰窖中，冷得剧烈颤抖。

莫南爵眼睛陡然睁大，他一手攀住舱门，转过头时，整张俊脸犹如修罗般染上怒火："你想害死她？！"

洛萧立在舱门边，白色的西装上满是鲜血，他抬起头冷笑一声："我叫你把她还给我，你不肯，既然我得不到她，你也休想得到！"

莫南爵冷冷眯起眼睛，眼神晦暗，他从腰间掏出银枪："把她拉上来！"

"拉上来也不是不可以。"洛萧伸手从边上拿过一把匕首，在舱门边蹲下身，脚边，是悬挂在童染腰间的两条安全绳的绳尾。

狂风越来越大，童染被吹得在半空中来回摇摆，莫南爵心口剧痛，砰地就朝洛萧脚边开了一枪："洛萧！"

子弹擦着洛萧的脚踝射入机舱，他却不为所动，挑起一条绳尾，锋利的匕首抵在上面："我只要两刀下去，她马上就会掉下去，这么大的风浪，"他抬起头，"她绝对必死无疑。"

莫南爵动作明显顿了下，俊脸冰寒一片，嘴角的冷讽越发明显："她若是死了，对你有什么好处？"

"没任何好处，我会心痛，会难受，会绝望，我也会去死，"洛萧神色黯然，却很快被嫉妒所掩埋，"但是这一切，都好过我看着她在你怀里快乐，我宁愿她死，也不愿意让她成为别人的。"

莫南爵只觉得好笑，舌尖轻抵嘴角，视线紧锁在半空中的女人身上，脑海中唯一所想，就是她的安全。

"你的爱，"莫南爵抬眸看向洛萧，"真叫人恶心。"

洛萧双眸迸射出恨意："我不能拥有她，你也别想拥有！"

他说着竟然抬起匕首，朝着其中一根安全绳直接割了下去！

失去一根安全绳的拉力，童染原本被平吊着的身体歪了下，上半身朝下，一头乌黑的秀发披散开来，被风吹起，在空中飞舞。

莫南爵眼底一刺，收回手里的枪，洛萧阴鸷地眯起眼睛："把直升机退回去。"

莫南爵喉结轻滚了下，眼神晦暗无比，洛萧见状，匕首尖端抵住仅剩的一根安全绳绳尾，他并未看下方的童染，而是死死盯着莫南爵："你知道我有多恨你吗？"

莫南爵俊脸微侧，身上的西装已经全部被打湿，紧贴着衬出完美的身形，他退回机舱内，视线从未离开过童染："把她拉上来！"

洛萧却并不这么做，而是站起身，扬起匕首直指着莫南爵，眼里迸发出蚀骨的嫉妒："莫南爵，我要带她走，从今以后，她童染和你再无半点关系，她只会是我的女人。"

"你先把她拉上来！"

"你先走，"洛萧字字清晰，"你们的人全部退开，我就把她拉上来，不过我随时可以再把她推下去，或者是一刀结果她，你知道的，我做得出来。"

莫南爵冷着脸，双眼盯着下方的童染，片刻后轻点下头："你先拉她上来，我就走，"莫南爵说着抬起俊脸，眼底嘲讽尽显，"我莫南爵说话算话，没你那么恶心。"

洛萧皱起眉头，却并未反驳，随即蹲下身拽住安全绳，一寸寸将童染从半空中拉了上来。

莫南爵始终盯着童染的身影。

见洛萧搂住童染的腰将她抱进舱门，莫南爵才放松下来。

洛萧伸手抚上童染的脸，这才发现，早已冰冷一片。

他低下头，嘴唇吻上她的脸颊。

莫南爵冷冷眯起眼睛，洛萧却并未松懈，猝然抬起手，匕首尖端抵住童染的脖颈："还不走？"

莫南爵嘴角冷冷勾起，突然抬起手，对着洛萧另外一边未受伤的肩头就是一枪！

洛萧整个人向后跌去，童染顺着他的力道被带进舱内，莫南爵睥睨着他："这一枪是我替童染打的。"

洛萧手上的匕首依旧抵住童染的脖颈，他稍微用力，尖端刺入她的肌肤，沁出几滴鲜血："你让我流多少血，我就让她流多少血。"

莫南爵冷笑一声，修长的手猝然松开，银枪掉下去坠入深海，男人冷眼睥睨着洛萧："打过你的枪，我留着都嫌脏手。"

莫南爵视线冰冷，扫过童染的脸颊："她是我的女人，我不信你能抢走她。"

男人说着扬手，十七架直升机整齐地朝他靠拢："走！"

"是，少主。"

天空暴雨加剧，噼里啪啦的声音几乎盖过了机翼盘旋的声音。

洛萧于漫天阴霾中抬起头来，等到十七架直升机在视野中消失，他手里的匕首咚的一声擦着舱门掉落下去。

他双手将怀里的童染搂紧，低下头，侧脸擦过她被匕首尖端刺出的血迹："小染，你是我的了……"

轰——

巨大的惊雷闪过头顶，似乎连老天爷都在怒吼。洛萧抱着童染站起身来，身形摇晃了下，手里劲道却未放松半分。

风雨丝毫没有停下的意思，三架直升机掉了个头，朝风雨的更深处急速驶去。

两方的直升机都消失在原本盘旋的夜空，不到二十分钟，原本肆虐的风雨竟然停了下来，天空恢复湛蓝，铺开一道道明朗的光影。